Noirs soupçons

DU MÊME AUTEUR CHEZ MIRA

L'étrangleur de Sandpoint
Noir secret

BRENDA NOVAK

Noirs soupçons

Roman

MIRA

Titre original :
DEAD GIVEAWAY
publié par MIRA®

Traduction de l'américain par VALÉRY LAMEIGNÈRE

Photos de couverture
Marais : © SUNE WENDELBOE/GETTY IMAGES
Visage féminin : © JASON HOMA/GETTY IMAGES
Barque : © ROYALTY FREE/M. GILE

83-85 boulevard Vincent-Auriol 75646 PARIS CEDEX 13.
www.harlequin.fr
ISBN 978-2-2808-1833-9 — ISSN 1765-7792

« N'importe quel lâche peut s'engager dans un combat qu'il est certain de gagner. Mais qu'on me montre celui qui a suffisamment de panache pour s'engager dans un combat qu'il est certain de perdre. »

George Eliot (Mary Ann Evans)
Romancière anglaise, 1819-1880

1.

Ils n'avaient pas l'intention de le tuer. C'était ça qu'il fallait prendre en considération. Mais on était à Stillwater, dans le Mississippi, une ville aussi petite que l'esprit de ses habitants était étriqué. Ceux-ci n'oubliaient rien, ne pardonnaient rien. Il fallait que quelqu'un paye pour la disparition de leur pasteur bien-aimé, même s'il s'était écoulé dix-neuf ans depuis la disparition du révérend Barker.

Clay Montgomery était leur suspect préféré, depuis le début.

Sa seule chance résidait dans l'absence de preuves. Aucun corps n'ayant été retrouvé, la police n'avait jamais pu établir sa culpabilité. Mais ça ne les arrêtait pas. Il y avait toujours quelqu'un pour aller fouiner dans sa propriété, poser des questions, échafauder des scénarios ou essayer de reconstituer le passé, dans l'espoir de résoudre le plus grand mystère de Stillwater.

— Tu crois que ton beau-père va revenir un jour?

Beth Ann Cole tapota son oreiller et plaça un bras au-dessus de sa tête. Clay se sentit agacé, malgré les jolis yeux qui le regardaient derrière d'épais cils blonds. D'ordinaire, Beth Ann évitait d'aborder le sujet, de peur qu'il ne prenne la mouche. Mais depuis quelque temps, il la laissait venir trop souvent chez lui et elle commençait à prendre ses aises.

Sans lui répondre, il repoussa le drap froissé pour sortir du lit, mais elle le saisit par le poignet.

— C'est tout? Un petit coup et puis s'en va? Tu n'es pas aussi égoïste, d'habitude!

— Tu n'avais rien à me reprocher, il y a une minute, dit-il

en lançant un regard éloquent par-dessus son épaule pour tenter d'apercevoir les traces que les ongles de la jeune femme avaient laissées dans son dos.

Elle fit la moue.

— Encore…

— Tu en veux toujours plus. Plus que je ne suis prêt à donner, ajouta-t-il avec humeur.

Son regard se posa sur les doigts blancs et délicats accrochés à son avant-bras. En temps normal, elle aurait senti le danger et l'aurait laissé partir. Mais ce soir-là, elle fit l'erreur qu'elle commettait chaque fois que son impatience prenait le pas sur son bon sens.

— Comment peux-tu te servir de moi sans le moindre scrupule ?

Le ton geignard de Beth Ann mit Clay hors de lui. Sans doute les mauvaises nouvelles qu'il avait reçues dernièrement y étaient-elles pour quelque chose : Allie McCormick, la fille du shérif — elle aussi officier de police —, était de retour en ville. Et elle posait des questions.

Retenant un juron, Clay se massa les tempes dans l'espoir de chasser un mal de tête naissant. Mais la douleur ne fit qu'empirer lorsque Beth Ann reprit la parole.

— Clay, est-ce qu'un jour notre relation dépassera la simple attirance physique ? Le sexe est donc tout ce qui t'intéresse chez moi ?

Elle avait un corps superbe dont elle n'hésitait pas à se servir pour arriver à ses fins. Et ce qu'elle désirait à cet instant, c'était lui, Clay. Combien de fois avait-elle eu recours à des cajoleries pour le convaincre de la demander en mariage ? Pourtant, elle savait pertinemment qu'il n'était pas amoureux d'elle, même s'il lui plaisait de penser le contraire. Il était très rare qu'il l'invite à sortir, et il ne lui avait jamais fait aucune promesse. Et s'il réglait la note chaque fois qu'ils dînaient au restaurant, c'était par pure courtoisie. Il ne fallait surtout pas y voir la preuve d'un attachement particulier. D'ailleurs, c'était presque toujours elle qui sollicitait sa présence.

Il se rappela le jour où elle était venue sonner à sa porte pour la première fois. Depuis presque deux ans qu'elle s'était installée en ville, elle ne s'était pas privée de flirter avec lui. Dès le premier jour où il avait franchi le seuil de la boulangerie où elle travaillait, Beth Ann l'avait accueilli avec un sourire sans équivoque. Mais la relative indifférence de Clay — qui tranchait avec la concupiscence affichée des autres hommes de Stillwater — avait excité la convoitise de la jeune femme. Un soir, après qu'il l'eut délibérément ignorée en la côtoyant dans le magasin, elle s'était présentée à sa porte, avec un trench-coat pour seul vêtement.

Elle savait qu'il ne pourrait rester indifférent à cette provocation, et c'est ainsi que leur liaison avait commencé. Mais depuis quelque temps, Clay en avait sérieusement marre.

— Lâche-moi le bras ! dit-il.

Elle cligna des yeux, puis obéit.

— J'avais l'impression que tu commençais à éprouver quelque chose pour moi, dit-elle d'un ton pleurnichard.

Lui tournant le dos, il enfila son pantalon. En temps normal, le sexe le détendait ; ça l'aidait même à dormir. C'était la raison pour laquelle sa relation avec Beth Ann avait duré aussi longtemps. Or, ils venaient de faire l'amour deux fois et il se sentait plus crispé que jamais. Il n'arrêtait pas de penser à Allie McCormick, d'autant que Grace lui avait appris qu'à Chicago, la fille du shérif travaillait sur les affaires qui restaient en souffrance depuis plusieurs années, faute d'avoir pu être élucidées. Et, apparemment, elle était diablement efficace. Finirait-elle par découvrir la vérité ?

— Clay ?

Beth Ann le poussait vraiment à bout.

— Il serait peut-être temps qu'on arrête de se voir, dit-il en enfilant son T-shirt.

— Comment peux-tu dire ça ? s'écria-t-elle. Je t'ai posé une question, une seule ! Bon sang, tu es une vraie pile électrique, ce soir ! ajouta-t-elle en riant nerveusement, comme si elle ne le prenait pas au sérieux.

Il se tourna pour la dévisager.

— Mon beau-père n'est pas un sujet de discussion.

Elle ouvrit la bouche, puis parut reconsidérer ses paroles.

— C'est bon. J'ai compris. N'en parlons plus. Excuse-moi.

Il se renfrogna. Elle ne l'avait pas envoyé au diable en claquant la porte, comme elle l'aurait fait il y a encore une semaine : signe qu'elle commençait à s'attacher et qu'il était grand temps de mettre un terme à cette histoire.

Il n'était même pas disposé à admettre qu'il avait un cœur, alors de là à l'ouvrir à une femme…

— Habille-toi ! lança-t-il.

— Clay, tu ne vas quand même pas me chasser en pleine nuit ?

Avant, il la renvoyait chez elle dès qu'ils en avaient terminé. Mais les dernières fois qu'ils s'étaient retrouvés dans son lit, elle avait fait semblant de s'endormir après l'amour, si bien qu'elle avait passé la nuit chez lui. Une concession qu'il regrettait, à présent.

— J'ai du boulot, Beth Ann, dit-il d'une voix dure.

— A 1 heure du matin ?

— Je ne suis pas fonctionnaire, figure-toi !

— Allez, Clay, arrête de faire la tête ! Reviens sous les draps et je te ferai un massage. Je te dois bien ça pour te remercier de la robe que tu m'as offerte.

Elle le gratifia d'un sourire resplendissant, qui acheva de l'exaspérer. La décision qu'il avait prise lui répugnait. Mais il n'avait que trop attendu pour lui dire adieu.

— Tu ne me dois rien. Oublie-moi et sois heureuse.

Elle haussa les sourcils.

— Si tu veux mon bonheur, c'est que tu tiens à moi.

Il secoua la tête, décidé à jouer la carte de l'honnêteté.

— Je ne tiens à personne.

Des larmes coulèrent le long des joues de la jeune femme, et Clay s'en voulut aussitôt. Peut-être avait-il trop compté sur le côté superficiel de Beth Ann. Pourtant, il savait bien qu'elle se remettrait de leur séparation dès qu'un autre homme viendrait lui faire les yeux doux à la boulangerie.

— Tu mens ! lui lança-t-elle d'un ton accusateur. Tu tiens à tes sœurs. Tu serais capable de te sacrifier pour Grace, pour Molly, et même pour Madeline.

Elle avait raison sur ce point. Mais elle ne pourrait jamais comprendre le lien qui l'unissait à ses sœurs. Elle ignorait tout de ce qui était arrivé cette nuit-là. Même Madeline, la fille unique du révérend Barker (que Clay considérait pourtant comme sa propre sœur), n'avait pas été mise dans le secret. Elle vivait avec eux, à l'époque, mais elle avait passé cette fameuse nuit chez une amie.

— C'est différent, dit-il.

Il y eut un silence douloureux, puis la jeune femme déclara :

— Tu sais que tu n'es qu'un salaud ?

— Oui, j'en suis parfaitement conscient.

— Tu ne fais que te servir de moi !

Et voilà, c'était reparti…

— Je pourrais te retourner le compliment, rétorqua Clay en enfilant ses grosses chaussures de travail.

— Comment oses-tu dire ça ? Moi, je veux t'épouser !

— Seulement parce que c'est impossible.

— C'est faux !

— Tu sais à quoi t'en tenir depuis le début. Je t'ai prévenue avant même que tu ne retires ton trench-coat.

Elle balaya la pièce d'un regard abasourdi.

— Je me suis dit que tu allais changer… qu'on pourrait…

— Arrête ça ! cria-t-il, excédé.

— Clay, je t'en prie…

Elle jaillit hors du lit, s'élança vers lui pour enrouler ses bras autour de son cou. Il se dégagea. Rien, pas même la vision de sa poitrine superbe, ne le ferait changer d'avis. Une partie de lui désirait vivre et aimer comme n'importe quel homme.

Fonder une famille. Mais il se sentait vide à l'intérieur. Mort. Aussi mort que le corps qui se trouvait dans sa cave.

— Désolé. Je t'avais prévenue. Tu ne peux pas dire le contraire.

Elle pinça les lèvres. Une lueur dure figea ses yeux vert émeraude.

— Espèce d'ordure ! cria-t-elle. Tu ne t'en tireras pas comme ça. Je vais... Je vais...

Avec un sanglot désespéré, elle saisit le téléphone sur la table de nuit.

Bah ! Elle jouait la comédie, se dit-il. Elle allait sûrement appeler l'un dc ses admirateurs pour qu'il vienne la chercher, en espérant ainsi le rendre jaloux... Il l'observa d'un air impassible tandis qu'elle frappait théâtralement le clavier du téléphone.

Elle ne composa que trois chiffres et, une seconde plus tard, hurla dans le combiné :

— Au secours ! Clay Montgomery essaie de me tuer ! Il sait que je suis au courant de ce qu'il a fait au rév...

Clay traversa la pièce en deux enjambées, lui arracha l'appareil des mains et raccrocha violemment.

— Tu as perdu la tête ? gronda-t-il.

Elle haletait. Avec ses yeux luisants et ses cheveux blonds tout emmêlés, elle avait l'air d'une sorcière. Il ne restait plus rien de sa beauté.

— J'espère qu'ils vont te jeter en prison ! murmura-t-elle d'une voix haineuse. Et que tu y pourriras pour le restant de tes jours !

Après avoir ramassé ses vêtements, elle se précipita dans l'entrée. Clay haussa les épaules. Ann Beth ne se rendait pas compte que son vœu était déjà exaucé. Clay n'était peut-être pas physiquement derrière les barreaux, mais il était prisonnier du passé. Et il le resterait jusqu'à sa mort.

Allie McCormick n'arrivait pas à y croire. Elle gara sa voiture de patrouille sur le bas-côté de la route de campagne déserte, et demanda :

— Tu peux répéter ?

Sa collègue s'exécuta :

— J'ai dit que je venais de recevoir un appel provenant du 10682 Old Barn Road.

Allie reconnut l'adresse. Elle figurait partout dans le dossier qu'elle avait rouvert en arrivant à Stillwater, il y avait de cela six semaines.

— C'est la ferme des Montgomery. Qu'est-ce qui se passe ?

— Possibilité d'un 10-31 C en cours.

— Un homicide ?

Allie subodorait qu'un meurtre avait déjà eu lieu sur cette propriété, dix-neuf ans plus tôt. Elle avait peine à croire qu'on en eût perpétré un deuxième aujourd'hui. Pour commencer, si le révérend Barker était bien mort, comme certains l'affirmaient, Stillwater avait déjà dépassé son quota de crimes violents pour les cinquante années à venir. Ensuite, Clay Montgomery vivait seul dans cette ferme où, d'après les renseignements qu'elle avait pris, il menait une existence d'ours solitaire.

— En tout cas, c'est ce que prétendait la personne qui a appelé, répondit la préposée au dispatching radio.

Sans doute s'agissait-il d'une fausse alerte. Des gamins qui profitaient de la réputation sulfureuse de Clay pour faire une mauvaise blague.

— C'était un homme ou une femme à l'appareil ?

— Une femme. Très convaincante. Il y avait une telle panique dans sa voix que j'ai à peine compris ce qu'elle disait. Et après, ça a coupé.

Merde ! Ça n'annonçait rien de bon.

— Je suis tout près. Je peux m'y rendre en moins de cinq minutes.

— Tu veux que j'envoie Hendricks en renfort ?

L'autre flic de la patrouille de nuit n'était pas un foudre de guerre, mais, en cas de problème, ce serait mieux que rien.

— Essaie toujours, mais je parie qu'il est en train de ronfler dans son fauteuil. Il y a une heure, je l'ai surpris en train de piquer du nez. Et quand il dort, même un tremblement de terre ne suffirait pas à le réveiller.

— Je peux appeler ton père chez lui, si tu préfères.

— Non, ne le dérange pas. Si tu échoues avec Hendricks, je me débrouillerai toute seule.

Allie raccrocha et alluma son gyrophare. Quant à la sirène, elle ne tenait pas à la déclencher tout de suite car ça l'angoissait : elle attendrait donc pour cela d'arriver en vue de la ferme.

Pour tout dire, la nouvelle recrue de la police de Stillwater ne se sentait pas encore tout à fait à l'aise sur le terrain : Allie avait perdu la main à force de rester derrière son bureau de Chicago, le nez plongé dans les dossiers. Mais son divorce et son retour à Stillwater l'avaient amenée à faire des sacrifices. Les patrouilles nocturnes en faisaient partie.

La pluie se mit à cingler son pare-brise alors qu'elle descendait Pine Road en quatrième vitesse. La voiture dérapa légèrement lorsqu'elle donna un brusque coup de volant à gauche pour s'engager sur la voie rapide. Le printemps avait été pluvieux, mais elle préférait les averses à la redoutable humidité du mois de juin. Les yeux rivés sur le ruban luisant de la route, elle s'efforça d'oublier le chuintement hypnotique des essuie-glaces.

— Dans quoi vous êtes-vous encore fourré, monsieur Montgomery ? murmura-t-elle. Vous ne seriez tout de même pas assez stupide pour commettre un autre crime…

Encore faudrait-il savoir s'il était responsable du premier, songea Allie. Elle savait seulement que la disparition du révérend Barker — un événement dont elle se souvenait très clairement — était éminemment suspecte. Comment un homme aussi respecté dans cette petite ville très pieuse aurait-il pu s'évaporer ainsi dans la nature sans laisser un mot d'explication ? D'autant qu'il n'avait pas emporté la moindre affaire ni effectué de retrait à la banque. Personne ne ferait une chose pareille sans une bonne raison. Et quelle raison, bonne ou mauvaise, aurait incité Barker à quitter sa ferme, son seul bien ? S'il avait été en vie, on aurait déjà reçu de ses nouvelles. Il avait encore de la famille en ville : une femme, une fille, deux belles-filles, un beau-fils, une sœur, un beau-frère ainsi que deux neveux. Sa fille Madeline était persuadée qu'il avait été assassiné. Elle refusait d'accepter l'idée qu'il ait pu l'abandonner.

Allie avait déjà vu des pères de famille quitter femme et enfants du jour au lendemain. C'était une possibilité qu'on ne pouvait écarter. Mais en l'occurrence, elle avait tendance à partager l'opinion générale, à savoir qu'il était arrivé malheur au révérend Barker. Et elle était bien décidée à découvrir la vérité. D'abord pour permettre à Madeline de faire le deuil de son père, mais aussi pour calmer Joe, le neveu de Barker, qui exerçait toutes sortes de pressions pour que l'enquête fût résolue.

Ses phares illuminèrent l'allée de la ferme. La propriété semblait mieux entretenue que du temps de Barker. Toutes les saletés qu'il avait entassées un peu partout — vieux appareils ménagers rouillés, pneus dégonflés, morceaux de ferraille — avaient disparu. La maison et les dépendances semblaient en bon état.

Elle arrêta la voiture, coupa sirène et gyrophare. Puis, son arme à la main, elle se précipita vers l'entrée du bâtiment principal.

La porte s'ouvrit sur une femme vêtue d'un pantalon déboutonné, qui serrait un chemisier et un sac contre sa poitrine nue.

— Ah ! vous voilà ! s'écria-t-elle en trébuchant.

Allie l'aida à se relever. Elle l'avait reconnue : c'était Beth Ann Cole, l'employée de la boulangerie du Piggly Wiggly, le supermarché de la ville. Allie l'avait déjà croisée à plusieurs reprises. Beth Ann n'était pas le genre de fille qu'on oubliait facilement. Un corps de rêve et un visage tout aussi magnifique : une peau de porcelaine, de longs cheveux blonds et des yeux verts en amande.

Quelques jours plus tôt, elle l'avait aperçue à l'église en compagnie de Clay. Un beau couple, qui attirait tous les regards. Enfin, s'ils formaient vraiment un couple… Car rien dans l'attitude de Clay ne le laissait supposer. Mme Peabody, qui partageait le même banc qu'Allie à l'église de Stillwater, avait chuchoté que Clay ne venait jamais à la messe avec la même personne. Puis elle avait ajouté qu'il n'y venait pas assez souvent pour sauver son âme.

Allie les avait observés pendant toute la durée de l'office sans parvenir à une conclusion. De toute façon, Clay Montgomery était un homme extrêmement difficile à cerner. Du temps où ils s'étaient croisés au lycée, elle n'avait pas manqué de remarquer ce beau garçon au teint cuivré. Mais ils n'avaient jamais été proches. Déjà à cette époque, Clay était un solitaire.

— Que se passe-t-il ? demanda-t-elle à Beth Ann.

La jeune femme fondit en larmes.

— Essayez de vous ressaisir !

— J… j'ai froid, balbutia Beth Ann tout en lançant un regard vers la maison, comme si elle craignait que Clay Montgomery ne sorte pour l'agresser de nouveau. Est-ce qu'on peut monter dans v… votre voiture ?

Allie entraîna la belle blonde vers la Ford aux couleurs de la police, et l'aida à s'installer sur le siège passager. Elle se glissa ensuite derrière le volant et verrouilla les portières. Beth Ann s'était mise à sangloter. Son mascara avait coulé et des rigoles noirâtres sillonnaient ses joues.

La lumière extérieure qui s'était allumée automatiquement grâce à un capteur de mouvements s'éteignit d'un seul coup.

Allie décida d'attendre que sa passagère fût complètement rhabillée avant d'allumer le plafonnier.

— Respirez profondément. Calmez-vous… Comment êtes-vous venue ici ?

— En voiture, répondit la jeune femme, désignant une Toyota Avalon verte garée près du véhicule d'Allie.

— Vous avez les clés ?

Elle fit signe que oui en reniflant.

— Dans mon sac.

— A quelle heure êtes-vous arrivée ?

— Vers 22 heures.

— C'est vous qui avez appelé la police ?

— Oui… Ce type est un animal…

Ses sanglots reprirent, mais elle poursuivit néanmoins :

— Il… il a tué ce révérend dont tout le monde parle. Vous savez, celui qui a disparu depuis si longtemps.

Allie fut traversée d'un frisson. Beth Ann avait prononcé ces mots avec un tel aplomb… Sans compter qu'ils ne faisaient que refléter l'opinion générale.

— Comment le savez-vous ?

— Il me l'a dit ! Et il a ajouté que si je ne la fermais pas, il me tabasserait à mort, comme il l'avait fait avec son beau-père.

Clay était assez costaud pour casser la figure à n'importe qui. Un mètre quatre-vingt-dix, bien bâti, avec les épaules les plus larges qu'Allie eût jamais vues.

Pourtant, à seize ans, c'est-à-dire à l'époque où le révérend avait été porté disparu, il n'était pas si costaud. C'était un grand gamin dégingandé, avec une tignasse noire, des yeux bleu cobalt et un visage impassible qui ne trahissait jamais la moindre émotion. Sauf quand il pensait être à l'abri des regards et qu'une étrange tristesse semblait le submerger. Pourtant, il fuyait toute manifestation de sympathie. Quant à ses muscles, ils s'étaient développés plus tard, après son départ pour l'université, alors qu'il avait une vingtaine d'années.

— Vous a-t-il expliqué comment il s'y était pris pour tuer son beau-père ? demanda Allie.

— Je vous l'ai dit. Il… il l'a tabassé.

Allie fut soulagée quand Beth Ann enfila enfin son chemisier. Durant sa carrière, elle en avait beaucoup vu, et elle ne comptait plus le nombre de cadavres qu'elle avait dû examiner. Néanmoins, le spectacle de cette jeune femme en train de se rhabiller après avoir quitté le lit de Clay Montgomery avait réussi à la mettre mal à l'aise.

— Vous voulez dire qu'il a tué le révérend Barker à mains nues… alors qu'il n'avait que seize ans ?

Une fois que Beth Ann eut boutonné son chemisier, Allie alluma le plafonnier pour pouvoir l'observer. Des nuages menaçants obscurcissaient la pâle lueur de la lune, et la lumière de la petite ampoule était trop faible pour dissiper la pénombre qui régnait dans l'habitacle.

— Il est fort. Vous ne pouvez pas imaginer à quel point.

Allie connaissait la réputation de Clay. Il avait battu toutes sortes de records athlétiques, à l'université. Mais au moment des faits, il ressemblait plus à une asperge qu'à un haltérophile.

— Il devait peser soixante-dix kilos tout mouillé, à l'époque où le révérend a disparu, fit-elle remarquer d'un ton sceptique.

— Oh ! je pense qu'il s'est servi d'une batte ! déclara Beth Ann après un silence. Oui, il a pris une batte de base-ball et il lui a fracassé le crâne.

Quelque chose ne collait pas dans ce témoignage, mais Allie essaya de poursuivre l'interrogatoire. Si cette femme disait la vérité, quel avait été le mobile du meurtre ? Le révérend s'était-il montré trop sévère ? Peut-être… Allie se souvenait de Barker comme d'un pasteur traditionaliste, parfois à la limite de l'intransigeance. Aurait-il interdit à Clay — qui avait déjà une cohorte de jeunes filles énamourées à ses basques — de sortir et de s'amuser ?

— On n'a retrouvé aucune arme, dit-elle dans l'espoir que Beth Ann lui fournirait d'autres renseignements.

— Il a dû s'en débarrasser.

— Est-ce qu'il vous a *dit* clairement qu'il s'était servi d'une batte ?

La jeune femme jeta un regard vers la maison.

— Non, mais ça tombe sous le sens.

Ça tombe sous le sens… Allie soupira.

— A quel moment Clay vous a-t-il avoué ce meurtre ?

— Euh… il y a quelques semaines.

— En avez-vous parlé à quelqu'un ?

— Non.

— Pas même à votre père ? A votre mère ? Ou à un ami, peut-être ?

— Non, je n'ai rien dit à personne. Je… j'avais trop peur de lui.

— Je vois, murmura Allie.

En fait, elle ne voyait rien du tout. Beth Ann ne semblait pas avoir peur de Clay, l'autre jour à l'église. Au contraire, elle avait passé son temps à le frôler, à s'accrocher à son bras.

— Et vous êtes quand même venue ici ce soir, alors que vous aviez toutes les raisons de le craindre ? Pourquoi ?

— Parce que je suis amoureuse.

— Mais…

— Il m'a agressée ! s'écria-t-elle en enfouissant la tête dans ses mains.

— Pour quelle raison vous a-t-il agressée, mademoiselle Cole ?

— On s'est disputés.

Allie se tut, exprès, attendant que Beth Ann continue son histoire. En général, les gens se mettaient à parler quand le silence s'installait.

— Je lui ai annoncé que j'étais enceinte, dit-elle en essuyant une larme sur sa joue. Il a exigé que je me fasse avorter. Comme j'ai refusé, il s'est mis à me frapper.

Il n'y avait pas la moindre trace de sang sur le visage de Beth Ann.

— Où ça ? lui demanda Allie.

— Dans sa chambre.

La pluie redoubla de violence, faisant monter de la terre une odeur de végétation humide.

— Non, je voulais dire : sur quelles parties du corps vous a-t-il frappée ?

Beth Ann esquissa un geste vague.

— Un peu partout. Il voulait me tuer.

Allie s'éclaircit la voix. Elle ne savait trop que penser de Clay Montgomery, mais un fait était certain : durant ces vingt dernières années, il n'avait pas desserré les dents. Dans ces conditions, comment imaginer qu'il avoue brusquement un crime dont il s'était toujours proclamé innocent ? Surtout à une personne aussi versatile que cette jeune femme… En outre, s'il avait vraiment voulu lui faire mal, elle ne serait sans doute pas là en train de raconter ses prétendus malheurs. Et puis, pourquoi avait-elle attendu l'arrivée de la police, au lieu de s'enfuir avec sa propre voiture ?

— Comment avez-vous réussi à vous échapper ?

— Je… ne sais pas, répondit-elle. C'est embrouillé dans ma tête.

Allie pinça les lèvres. Elle s'empara du calepin qu'elle conservait dans sa boîte à gants, y consigna le témoignage d'Ann Beth mot pour mot, puis regarda la maison d'un air pensif.

— Ne bougez pas. Je vais demander à M. Montgomery de me donner sa version des faits. Ensuite, vous me suivrez au poste pour faire une déposition. Sauf si vous préférez que je vous conduise à l'hôpital, ajouta-t-elle avant d'ouvrir la portière de la voiture.

La jeune femme ne réagit même pas à cette suggestion.

— Une déposition ? répéta-t-elle.

— Une tentative de meurtre n'est pas un délit mineur, mademoiselle Cole. Ni l'aveu d'un ancien homicide. Vous voulez que cet homme soit inculpé, n'est-ce pas ?

Beth Ann coinça une mèche de cheveux derrière son oreille.

— Euh… oui, je crois.

— Vous m'avez bien dit qu'il avait essayé de vous tuer, n'est-ce pas ?

— Bien sûr ! Regardez un peu là !

Elle remonta sa manche. Allie vit une griffure superficielle sur son bras. Pas vraiment le genre de blessure qu'un type comme Clay pouvait vous infliger. De plus, lors des disputes, les hommes frappaient généralement au visage… Mais il fallait tout noter, au cas où Beth Ann se déciderait à porter plainte.

— On va prendre ça en photo. Avez-vous d'autres égratignures, des coupures ou des ecchymoses ?

— Non.

— Pourtant, vous affirmez qu'il vous a frappée… Combien de fois ?

— Je suppose qu'il n'a pas tapé trop fort, dit Beth Ann, revenant brusquement sur ses précédentes déclarations. Il m'a écorchée avec ses ongles quand j'ai essayé de fuir. Il y a eu plus de peur que de mal, comme on dit.

Une éraflure accidentelle était loin de constituer une tentative d'homicide.

— Concernant ses aveux, vous maintenez également votre version ?

— Oui, évidemment.

Allie, là encore, doutait du sérieux de ces affirmations.

— Vous pourriez le jurer devant un tribunal ?

Beth Ann fixa la maison du regard.

— Il ira en prison, si je le jure ?

— Ça vous ferait plaisir, n'est-ce pas ?

— Oui, comme à tous les habitants de cette ville.

— Si ce que vous dites est vrai, la prison est une possibilité. Cela dit, il faudra que votre histoire soit confirmée. Avez-vous des preuves ?

— Quel genre de preuves ?

— Savez-vous où se trouve le corps du révérend ? Sa voiture ? L'arme du crime ? Avez-vous des aveux écrits ou enregistrés ?

— Non, mais Clay m'a dit qu'il l'avait tué. Je l'ai entendu clairement.

Allie n'en croyait pas un mot. Elle ne croyait même pas que Beth Ann eût été agressée. Elle passa néanmoins un appel au poste de police pour savoir où en étaient les renforts.

— Je n'ai pas réussi à joindre Hendricks, lui annonça son interlocutrice. Tu ne veux vraiment pas que je réveille ton père ?

Allie éteignit le plafonnier et examina la ferme silencieuse et tranquille.

— Non, je m'en charge. Si je ne te donne pas de mes nouvelles d'ici à une demi-heure, réveille-le.

— Ça marche.

Ajustant son pistolet autour de sa taille, Allie descendit de voiture.

— Ne bougez pas et verrouillez les portières ! ordonna-t-elle à Beth Ann.

— Qu'est-ce que vous allez dire à Clay ?

— Je vais lui répéter vos propos et je verrai bien sa réaction.

Beth Ann l'empêcha de fermer la portière.

— Pourquoi ? Il va tout nier en bloc ! On ne peut pas faire confiance à un type qui a si mauvaise réputation !

Allie ne répondit pas. A Stillwater, beaucoup de gens se contenteraient de témoignages aussi peu convaincants que celui de Beth Ann pour condamner Clay Montgomery. Mais elle voyait les choses autrement. Pour Allie, seules les preuves menaient à la vérité. Et, pour la découvrir, elle comptait bien puiser dans son expérience acquise à Chicago, au service des affaires non résolues.

2.

Clay prit tout son temps pour venir lui ouvrir. Il avait forcément entendu la sirène, et il savait que Beth Ann avait trouvé refuge dans la voiture de police garée devant chez lui. Pourtant, c'est à peine s'il avait écarté son rideau une seconde au moment où Allie avait remonté l'allée qui menait à sa porte.

Lorsqu'il apparut enfin dans l'encadrement, il portait un T-shirt noir, un jean délavé et des grosses chaussures de travail marron clair. S'il était inquiet ou furieux, il n'en laissait rien paraître. Cela dit, Clay Montgomery n'était pas homme à s'épancher. Aussi Allie ne fut-elle pas surprise de son silence et de sa mine renfrognée. Il avait toujours été comme ça.

Toujours ? Peut-être pas, en y réfléchissant bien. A en croire les témoignages contenus dans le dossier Barker, Clay avait été un gamin joyeux et sociable. Allie ne lui avait pas vraiment prêté attention avant cette triste affaire, quand la ville en émoi avait unanimement désigné l'adolescent comme présumé coupable. Mais beaucoup d'habitants se souvenaient des premiers temps où il était arrivé à Stillwater, juste après que le révérend avait épousé Irene et qu'elle s'était installée à la ferme avec sa petite famille. Et tous affirmaient que Clay n'était devenu taciturne et renfermé qu'après la mystérieuse disparition de son beau-père.

De quoi se perdre en conjectures.

— Que voulez-vous ? demanda-t-il sans préambule.

Au hasard de ses déplacements, Allie avait aperçu Clay à deux ou trois reprises, mais lui ne l'avait pas vue. Ou alors, il avait fait semblant. Non qu'elle se fût attendue à ce qu'il lui manifestât un intérêt particulier… Elle ne mesurait qu'un mètre soixante et pesait à peine cinquante-deux kilos. Son corps athlétique lui donnait des airs de garçon manqué, d'autant plus qu'elle venait de couper très court ses cheveux brun foncé. Certes, ça mettait en valeur ses beaux yeux noisette, mais ça n'avait pas le pouvoir d'augmenter le volume de ses seins, plutôt petits, et serrés dans un uniforme bleu. Pas de quoi émoustiller un homme comme Clay Montgomery qui fréquentait des créatures de rêve comme Beth Ann et détestait la police du fond du cœur !

Malgré son passé douteux, Clay pouvait avoir toutes les femmes qu'il voulait. Il était tellement sexy que c'en était presque scandaleux. Et il avait la réputation de ne jamais s'attacher.

Qui parviendrait à lui mettre le grappin dessus ? Certainement pas elle ! De toute façon, pour ce qui était des hommes ombrageux, elle avait eu sa dose avec son ex-mari.

Pourtant, elle n'arrivait pas à détacher son regard des épaisses mèches brunes qui tombaient sur le front de Clay, de son nez peut-être un rien trop large, de sa mâchoire bien dessinée. Son visage était très viril, à l'exception des yeux. Bordés de cils longs et délicatement courbés, ils semblaient renfermer un monde de secrets. Et sans doute une grande douleur.

— Il y a une femme dans ma voiture qui affirme que vous venez de l'agresser, déclara Allie.

Il jeta un coup d'œil en direction du véhicule de police, mais ne fit aucun commentaire.

— Vous n'avez rien à dire à ce sujet ?

Il suffisait de voir l'expression sévère qui durcissait les traits de Clay pour comprendre pourquoi la plupart des gens préféraient le laisser en paix. Au-delà de sa haute stature et de ses épaules de déménageur, un seul regard de lui vous clouait sur place.

— Est-ce qu'elle a l'air de quelqu'un qui vient de se faire agresser ?

— Difficile à dire dans la pénombre.

— Alors, laissez-moi vous aider à y voir clair : Beth Ann vous a menti.

— Vous voulez dire que vous ne l'avez pas touchée ?

Il croisa les bras et s'appuya contre l'encadrement de la porte.

— C'est une question piège, madame le policier ?

— Je vous demande pardon ?

Il fit rouler les muscles de ses épaules sans y prendre garde.

— Bien sûr que je l'ai touchée ! dit-il sans quitter Allie des yeux. Je l'ai touchée partout où elle me l'a demandé. Et même ailleurs. On n'était pas en train de prendre une tasse de thé, si vous voulez tout savoir. Je l'ai touchée, mais je ne lui ai pas fait de mal, bien au contraire.

D'ordinaire, quand un petit malin faisait ce genre de déclaration, Allie enregistrait l'information qui l'intéressait et laissait automatiquement les détails de côté. Elle possédait une étonnante habileté pour reconstituer le puzzle d'un crime, et rien ne la distrayait de ce but. Mais travailler dans la ville où elle avait grandi, parmi des gens qu'elle connaissait presque tous, rendait la tâche beaucoup plus délicate. Et les mots de Clay faisaient naître dans son esprit des images qu'elle aurait préféré ignorer.

Elle s'humecta les lèvres et chassa les scènes troublantes qui défilaient dans sa tête pour focaliser de nouveau son attention sur l'affaire qui l'avait amenée. La personnalité et le passé de Clay — réel ou supposé — compliquaient encore la situation. Il y avait tellement de gens à Stillwater qui rêvaient de le voir derrière les barreaux… Il importait de tout vérifier pour ne pas laisser place aux rumeurs. Au fond, c'était d'abord pour lui qu'elle se montrait vigilante. Pour lui éviter d'endosser une nouvelle fois le rôle de bouc émissaire. Et tant pis s'il était loin d'imaginer qu'elle se souciait de ses intérêts.

— Est-il exact que vous vous soyez disputés au sujet du bébé ?

— Quel bébé ?

Il y avait du jasmin étoilé qui grimpait sur le treillis disposé de chaque côté de la véranda. Allie pouvait respirer son parfum capiteux, malgré la pluie.

— Elle ne vous a pas dit qu'elle était enceinte ?

Le mot le fit reculer comme si elle venait de lui décocher une bonne droite. Même Clay Montgomery pouvait parfois se trouver dans l'incapacité de se dominer. Et, à en juger par l'expression d'horreur qui se lisait sur son visage, il venait d'atteindre les limites du self-control.

— Quoi ?

— D'après elle, vous auriez exigé qu'elle avorte.

— Tout ça, c'est des conneries ! lança-t-il d'un ton exaspéré.

Si Allie ne s'était pas dressée devant lui du haut de son mètre soixante et un, il aurait sans doute foncé tête baissée vers la voiture de police.

— Allez la chercher, qu'on s'explique ! Elle ne peut pas être enceinte.

Allie haussa les sourcils.

— Je croyais que vous n'étiez pas en train de prendre le thé…

— D'accord, on a… Mais je n'ai pas…

Il se passa nerveusement la main dans les cheveux.

— Et puis merde ! Ce qu'on a pu faire dans l'intimité de ma chambre ne vous regarde pas. Laissez-moi régler cette histoire avec elle.

— Je suis navrée, mais j'ai bien peur d'être concernée, au contraire, déclara Allie. Voyez-vous, Mlle Cole affirme que…

— Elle raconte n'importe quoi !

— Peut-être. Mais je suis tenue d'envisager tous les cas de figure.

Il hésita un instant avant d'abandonner soudain son attitude agressive.

— Très bien, dit-il. Vous voulez des détails, eh bien vous allez en avoir. Beth Ann prend la pilule et, en plus, j'utilise toujours un préservatif. Cela dit, on se contente rarement d'une simple pénétration. Elle apprécie beaucoup ce que je fais avec ma langue. Mais il arrive parfois qu'elle prenne son pied quand je…

— Ça ira comme ça, merci ! lança Allie, furieuse de se sentir rougir.

Elle savait pertinemment qu'il avait décidé de la choquer pour lui apprendre à mettre son nez dans sa vie privée. La dernière chose dont elle avait envie était de lui donner la preuve visuelle qu'il avait réussi son coup. Mais elle n'était pas de bois, et les secrets d'alcôve d'un homme d'ordinaire avare de confidences la déstabilisaient quelque peu. Le fait qu'il fût si beau et si viril n'arrangeait rien non plus.

— Pensez-vous qu'elle ait pu oublier de prendre la pilule une fois ou deux ? demanda-t-elle en s'efforçant de masquer son trouble.

— J'imagine que c'est possible, même si c'est peu probable. Beth Ann n'a certainement pas envie d'être enceinte de moi.

Il avait prononcé ces derniers mots avec aplomb, mais Allie voyait bien qu'il se posait des questions. L'idée d'avoir un enfant avec cette femme semblait le mettre dans un tel état de panique qu'elle en eut presque de la peine pour lui.

— Et pourquoi ça ?

— Parce qu'elle ne voudrait pas se retrouver seule avec un bébé sur les bras. Elle sait que je ne l'aime pas et que je n'ai jamais eu l'intention de fonder une famille avec elle.

— Peut-être a-t-elle songé qu'un bébé vous ferait changer d'avis ?

— Bon Dieu…, grommela-t-il en se massant le visage.

— Monsieur Montgomery ?

Il laissa retomber ses mains et planta son regard dans celui d'Allie.

— J'exige un test de grossesse. Dès l'ouverture des pharmacies.

— Personne ne peut l'obliger à en faire un. Pas même la police.

— Bien sûr, suis-je bête ! dit-il d'un ton sarcastique. La vie privée est sacrée pour vous.

Allie ne releva pas, d'autant qu'il avait de bonnes raisons de faire cette remarque. Et puis son attitude hostile pouvait se comprendre : la police et les habitants de Stillwater lui menaient la vie dure depuis si longtemps...

— Je ne peux pas l'y contraindre, dit-elle d'une voix plus douce, mais je peux vous donner mon sentiment personnel sur la question. A en juger par le caractère fantaisiste de ses autres déclarations, je dirais qu'elle n'est pas enceinte.

Elle vit Clay plisser légèrement les yeux et la dévisager avec une certaine curiosité. Il avait dû être si souvent malmené par la police qu'il s'étonnait de bénéficier soudain d'un minimum de gentillesse. Mais l'étonnement céda vite le pas à la défiance, comme s'il soupçonnait Allie de chercher à gagner sa confiance pour mieux le poignarder dans le dos.

— Nous n'avons jamais évoqué la possibilité d'avoir un bébé, dit-il prudemment. Aucun conflit à ce sujet.

— Mais vous vous êtes bien disputés, n'est-ce pas?

— En effet. Je l'ai priée de s'en aller. C'est tout.

— Etes-vous disposé à coopérer pour faire toute la lumière sur cette histoire, monsieur Montgomery?

— Qu'attendez-vous de moi, au juste? demanda-t-il sans quitter Allie des yeux.

— Auriez-vous l'amabilité de me montrer vos mains?

Le visage de Clay se ferma. Il avait immédiatement compris la raison de cette requête.

— Non.

— Monsieur Montgomery...

— Je cultive du coton, madame McCormick, coupa-t-il d'un ton impatient. Et je restaure des voitures de collection. Sans compter que je répare moi-même mes engins agricoles et que j'exécute la plupart des travaux dans la maison et les bâtiments attenants. En un mot, je suis un manuel. Mes mains sont mon outil de travail, et il ne faut pas s'attendre à ce qu'elles ressemblent à celles d'un rond-de-cuir. Des égratignures ou des coupures ne prouveront rien, sinon que j'ai beaucoup de boulot.

Il l'avait appelée « Mme McCormick » sans même jeter un regard à sa plaque. Ainsi, il savait parfaitement qui elle était… Peut-être ne l'avait-il pas remarquée lorsqu'ils s'étaient croisés dans la rue ou au supermarché, mais les nouvelles allaient vite dans une petite ville comme Stillwater.

— Je ne suis pas du genre à tirer des conclusions hâtives, monsieur Montgomery, dit-elle pour le rassurer. Mais Mlle Cole a porté de sérieuses accusations contre vous, et il est de mon devoir de vérifier si elles sont fondées.

— Et si je refuse ?

— Je risque de penser que vous avez quelque chose à cacher.

— Ah oui ? Et concrètement, quelles seraient les conséquences de vos suppositions ?

Elle releva vivement la tête pour répondre au ton provocateur de Clay. Ce n'était pas grand-chose, mais elle ne pouvait pas faire beaucoup mieux pour compenser les nombreux centimètres qui les séparaient.

— Je me verrais peut-être dans l'obligation de vous arrêter et de vous emmener au poste.

— M'arrêter ? Vous avez du renfort, j'espère ?

— Pas encore, répondit-elle avec un sourire, mais croyez-moi, je peux arranger ça très vite.

— Alors, il faut que j'appelle mon avocate, dit-il. J'en connais justement une de grand talent.

Bien entendu, il faisait référence à sa sœur Grace qui avait occupé le poste de substitut du procureur général de Jackson avant de revenir vivre à Stillwater, neuf mois plus tôt.

— Comme vous voudrez, dit Allie en s'efforçant de conserver un ton affable. Grace peut se joindre à nous si vous le souhaitez. Mais si ma mémoire est bonne, elle est sur le point d'accoucher. Avez-vous vraiment envie de la réveiller au milieu de la nuit et de lui demander de braver la pluie pour venir jusqu'ici ? De toute façon, ça ne changera rien, vous savez. Je finirai par obtenir ce que je veux. Ça prendra juste un peu plus de temps.

Elle vit sa mâchoire se contracter. Clay Montgomery n'aimait pas être poussé dans ses derniers retranchements. Il lui faisait penser à un lion en cage, allant et venant d'un pas furieux d'un bout à l'autre de sa prison.

Après avoir longuement toisé Allie d'un air de défi, il haussa soudain les épaules et lui présenta ses mains.

— Je n'ai rien à cacher.

Allie les observa attentivement, d'un côté puis de l'autre.

— Alors, ai-je battu une pauvre femme sans défense ? Une pauvre femme dont le corps ne porte, d'ailleurs, aucune trace de coups, ajouta-t-il avec un sourire goguenard.

Allie avait bien noté quelques coupures sur les paumes calleuses de Clay, mais rien d'anormal pour un homme qui travaillait de ses mains.

— J'aurais besoin de prendre des photos.

— Des photos ? Maintenant ? Et pourquoi donc ?

— Pour avoir des preuves.

— Je vous dis que je ne l'ai pas frappée ! répéta-t-il d'un ton emporté.

— Justement ! Une photo montrera que vos articulations ne sont pas enflées et que vos ongles sont trop courts pour être responsables des griffures que l'on peut voir sur le bras de Mlle Cole.

Il hésita un instant. Il avait manifestement du mal à croire qu'elle pût chercher à le protéger.

— Quelles griffures ? Il n'y a pas de griffures sur le bras de Beth Ann.

— Il n'y en avait peut-être pas tout à l'heure, mais je vous assure qu'il y en a maintenant.

La jeune femme s'était peut-être infligé elle-même les griffures en question, mais ça n'empêcherait pas certaines personnes de s'en servir pour faire pression sur le juge afin qu'il inculpe Clay. Cela faisait dix-neuf ans qu'il était assis sur un baril de poudre, et le moindre incident pouvait allumer la mèche. Le neveu du révérend Barker, notamment, se ferait un plaisir de jouer les artificiers. Non seulement Joe Vincelli haïssait les Montgomery, mais il avait des amis haut placés.

— Mlle Cole a du mal à donner une version... disons... cohérente des faits, reprit Allie, mais le juge Harris peut néanmoins décider de vous inculper. Et maintenant...

Allie s'éclaircit la voix et avança vers Clay pour s'abriter sous le porche. Elle aurait préféré garder ses distances, mais la pluie lui tombait dans le cou.

— Pouvez-vous ôter votre T-shirt, s'il vous plaît ?

— Quoi ? s'écria-t-il en la regardant comme si elle était folle.

Elle songea alors que la présence d'un coéquipier de sexe masculin lui aurait facilité la tâche, mais elle s'efforça de cacher son embarras.

— Je crois que vous m'avez très bien entendue.

— Mais pourquoi voulez-vous que...

— C'est comme pour vos mains. Je veux m'assurer qu'il n'y a pas eu de pugilat avant mon arrivée.

Elle s'attendait à un nouveau refus. Cet homme n'avait pas l'habitude de recevoir des ordres, et il n'allait sans doute pas tarder à se révolter devant ce petit bout de femme qui lui tenait tête. Pourtant, à sa grande surprise, il planta son regard bleu dans le sien, et lui adressa un sourire à se damner.

— Après vous, dit-il.

Manifestement, il avait décidé de changer de tactique. Et il avait raison, d'une certaine manière, car l'attaque était la meilleure des défenses. Mais pas question de se laisser déstabiliser !

— Je suis certaine qu'en ce qui concerne les femmes, vous n'avez que l'embarras du choix, dit-elle en jetant un coup d'œil vers la voiture où attendait Beth Ann. Vous n'avez donc aucune raison de vous intéresser à ma modeste personne.

— Qui vous dit que je n'apprécie pas les *modestes personnes* de sexe féminin ?

Dieu sait comment elle réussit cette fois à ne pas rougir.

— Si ça ne vous fait rien, j'aimerais presser le mouvement, dit-elle du ton le plus neutre possible. J'ai d'autres chats à fouetter.

A son tour, il tourna la tête en direction du véhicule de police. Elle comprit qu'il trouvait humiliant d'être examiné sous le regard de son accusatrice.

— Nous pouvons faire ça à l'intérieur, si vous préférez, lui proposa-t-elle poliment.

— Vous devriez peut-être commencer par renvoyer Beth Ann chez elle, au cas où vous auriez envie de rester…

Il accompagna ces mots d'un sourire suggestif, de toute évidence destiné à la mettre mal à l'aise.

— Elle est très bien où elle est, répliqua Allie sans se démonter. Et je suis persuadée que je parviendrai à dominer mes pulsions.

Avec un petit rire, il rentra dans la maison comme si ça ne faisait aucune différence pour lui. Mais à la façon dont il se détendit, elle sut qu'il était soulagé.

— Est-ce vraiment nécessaire ? demanda-t-il une dernière fois, une pointe de désarroi dans la voix.

Après le harcèlement policier dont il avait fait l'objet depuis tant d'années, Allie pouvait comprendre son envie qu'on lui fiche la paix. Mais sans qu'elle pût exactement s'expliquer pourquoi, il lui importait d'obtenir la preuve visuelle de son innocence. Lorsque l'incident de cette nuit serait connu en ville, nul doute que cela ferait grand bruit. Et elle avait toujours eu un faible pour ceux que désignait la vindicte populaire.

Ce qui l'intriguait chez cet homme, c'était sa manière de rester stoïque dans la tempête, sans chercher à s'abriter. Pourquoi n'avait-il jamais rien fait pour convaincre les habitants de Stillwater de son innocence ? Au fond, il était lui-même son pire ennemi.

— Si je note dans mon rapport, clichés à l'appui, que votre corps et vos mains ne présentent aucun signe susceptible de prouver que vous vous êtes livré à des actions violentes, le juge sera beaucoup moins enclin à donner une suite judiciaire à la plainte de Mlle Cole.

— Il n'y a pas eu d'action violente ! Sauf si le fait de mettre fin à une histoire de fesses sans intérêt peut être considéré comme tel.

C'était le passé qui rendait la situation délicate. Sans ce poids qui pesait sur les épaules de Clay, Allie aurait sans doute renvoyé Beth Ann chez elle en lui rappelant que la loi pouvait se montrer sévère à l'encontre de ceux qui se rendaient coupables de faux témoignages. Mais tout ce qui touchait au révérend Barker était encore si sensible, dix-neuf ans après sa disparition, qu'elle ne pouvait se permettre de traiter cette affaire à la légère. Après réflexion, elle avait décidé de ne rien dire à Clay au sujet des accusations de meurtre proférées par la jeune femme. A quoi bon susciter sa colère alors qu'elle était seule avec lui ? Il était déjà suffisamment énervé. Elle se contenterait de noter dans le dossier toutes les affirmations fantaisistes de Beth Ann. De toute façon, Allie avait bien l'intention de les démonter l'une après l'autre. Patiemment et méthodiquement, selon son habitude.

— Je vous demande ça uniquement pour vous éviter des ennuis par la suite, monsieur Montgomery.

La croyait-il ? Rien n'était moins sûr. Mais avec un hochement de tête curieusement enfantin pour un homme si viril, il retira son T-shirt.

Allie n'avait jamais vu un corps aussi parfait. L'Apollon du Belvédère pouvait aller se rhabiller, songea-t-elle en contemplant le large torse de Clay. Une médaille en or pendait à son cou, se balançant doucement entre ses pectoraux. Elle s'étonna d'y reconnaître l'effigie d'un saint.

Leurs regards se croisèrent et elle pria pour qu'il ne lise pas dans le sien à quel point elle appréciait le spectacle.

— Vous ne semblez pas très à l'aise, pour un flic. Vous avez pourtant dû en voir bien d'autres…

Quelque chose avait changé dans le ton de sa voix. Il avait cessé de jouer au gros dur qui se fout de tout.

— D'ordinaire, j'ai plutôt affaire à des cadavres, répliqua-t-elle.

— Les corps vivants sont beaucoup plus plaisants, vous ne trouvez pas ?

Il recommençait à flirter avec elle, mais elle se rendait bien compte qu'il ne cherchait pas vraiment à la séduire. C'était sans doute pour se donner une contenance qu'il faisait ça. Pour conserver sa dignité pendant qu'elle l'inspectait comme un animal.

— Sans doute, répondit-elle. Mais ils sont également plus dangereux.

La bonne humeur de Clay fondit brusquement comme neige au soleil.

— Je n'ai jamais levé la main sur elle !

— Je ne parlais pas de ce genre de danger, dit Allie en lui touchant le bras pour l'inviter à se retourner.

Mais il ne bougea pas d'un millimètre.

— Si je l'avais frappée et qu'elle s'était défendue, il y aurait des marques sur mon visage et sur mon cou, nous sommes d'accord ? Peut-être même sur mon torse.

De fait, elle ne voyait rien qui pût laisser croire qu'ils s'étaient battus. Mais la réticence de Clay à lui montrer son dos piquait sa curiosité.

— Il existe des exceptions, dit-elle.

Comme il ne répondait rien, elle prit de nouveau son bras pour lui prouver sa détermination.

— Vous en avez assez vu pour aujourd'hui, dit-il.

Mais elle sentit qu'il protestait pour la forme.

— Je vous en prie, monsieur Montgomery. Finissons-en.

Il finit par s'exécuter, et elle vit les griffures toutes fraîches qu'il avait voulu lui cacher.

— Elles vous ont été infligées ce soir, n'est-ce pas ?

Il lui jeta un regard sombre par-dessus son épaule.

— Oui, mais c'était avant la dispute. A un moment où elle ne me voulait que du bien.

En effet. Il suffisait de voir l'angle des griffures pour deviner ce que Beth Ann et Clay faisaient au moment où elle lui avait labouré le dos de ses ongles. Inutile de faire un effort d'imagination pour se représenter la scène : il l'avait dépeinte quelques minutes plus tôt avec assez de détails pour qu'elle marque durablement l'esprit d'Allie.

Soulagée d'avoir fini son inspection, elle s'éloigna de lui.

— Merci. J'imagine que vous ne comptiez pas vous coucher tout de suite, dit-elle en jetant un coup d'œil à ses chaussures de travail. Pourriez-vous être assez aimable pour me rejoindre au poste de police quand j'en aurai terminé avec Mlle Cole ?

Il acquiesça d'un signe de tête.

— Alors, dans une heure environ. Je prendrai quelques photos qui prouveront que votre corps est parfait.

Elle se mit à rougir en songeant à la façon dont ses propos pouvaient être interprétés, et se hâta de les clarifier.

— Enfin, je veux dire qu'il est exempt de marques qui indiqueraient que vous vous êtes battus.

Mais Clay, l'esprit ailleurs, ne releva pas.

— Vous me croyez quand je vous dis que je ne lui ai pas fait de mal ?

— Peu importe ce que je crois. Je ne suis là que pour consigner des faits. Ce sera au juge de se faire une opinion. Si vous pensez que mes notes manuscrites suffiront à le convaincre, ne vous donnez pas la peine de venir au poste de police. Dans le cas contraire…

— Allie…

Elle ne put réprimer un mouvement de surprise. Ainsi, il connaissait son prénom ?

— Oui ?

— Je n'ai jamais levé la main sur une femme. Jamais ! Vous me croyez ?

Elle tourna les yeux vers lui, faisant appel à son instinct. Jusque-là, elle s'était efforcée de ne pas prendre parti, de simplement faire son travail. Mais elle devait admettre que c'étaient les mots de Beth Ann qui sonnaient faux, et non ceux de Clay. Peut-être avait-il besoin qu'un policier, pour une fois, lui témoigne sa confiance.

— Oui, je vous crois, dit-elle.

Et elle s'en alla sur ces mots.

Attablé dans sa cuisine, Clay écoutait le tic-tac de l'horloge en songeant qu'il n'avait aucun besoin de se rendre au poste de police. Les accusations de Beth Ann ne tenaient pas debout. D'ailleurs, Allie McCormick avait dit qu'elle le croyait. Mais serait-elle toujours aussi bien disposée à son égard si d'autres — son père, par exemple — avaient une lecture des faits différente ? Franchement, il en doutait. Et pourquoi le défendrait-elle ? Il savait bien que les événements de la nuit ne parlaient pas en sa faveur : une femme hystérique qui appelait la police de chez lui, à 1 heure du matin. Les griffures dans son dos. Et Beth Ann qui affirmait être enceinte de lui et qui refusait l'avortement qu'il aurait soi-disant exigé...

Tout ça était terriblement humiliant. Il était presque certain qu'elle n'attendait pas d'enfant. Si cela avait été le cas, elle n'aurait pu s'empêcher de lui annoncer la nouvelle pour le convaincre de rester avec elle. Beth Ann était assez manipulatrice pour se servir d'un bébé à venir comme monnaie d'échange. Mais la perspective de fonder une famille avec elle était suffisamment effrayante pour qu'il envisage de renoncer définitivement aux femmes. Le jeu n'en valait pas la chandelle : il n'arrivait même plus à vivre des histoires purement sexuelles sans le regretter à un moment ou à un autre.

— Merde ! grommela-t-il en ramassant ses clés de voiture.

Il allait se rendre au poste de police, se mettre à moitié nu devant elle et la laisser prendre ses foutues photos. Pour se donner du courage, il songea à sa mère et à ses sœurs. Pour elles, il devait s'efforcer de circonscrire l'incendie allumé par cette garce de Beth Ann.

Surtout ne pas attirer l'attention sur lui et sa famille !

Surtout ne pas déterrer le passé !

*
* *

Comme elle était persuadée que Clay ne viendrait pas, Allie ouvrit de grands yeux lorsqu'il poussa la porte du poste de police, un peu avant 3 heures du matin. Beth Ann venait de partir, et Hendricks avait finalement réussi à soulever son derrière en plomb pour aller faire sa patrouille.

Ce qui signifiait qu'une fois encore, elle se retrouvait seule avec Clay.

— Entrez, entrez, monsieur Montgomery, dit-elle, convaincue qu'il lui proposerait de l'appeler par son prénom et peut-être même de le tutoyer.

Après tout, ils étaient à peu près du même âge, et ils avaient fréquenté la même école… Mais il n'en fit rien.

— J'aimerais qu'on en termine le plus vite possible, dit-il simplement, après un bref salut de la tête.

Elle était sur le point de se servir du café, mais elle se ravisa.

— Juste le temps de sortir mon appareil, dit-elle en ouvrant le tiroir de son bureau.

Elle commença par photographier ses mains, puis il retira son T-shirt et elle immortalisa son visage, son cou et son torse.

— C'est tout ? demanda-t-il, étonné qu'elle ne s'intéresse pas au spectacle qu'offrait son dos.

— Oui, ça suffira comme ça.

— Vous croyez que les mensonges de Beth Ann risquent de me créer des ennuis ? demanda-t-il en enfilant son T-shirt.

Même en l'absence de la jeune femme, Allie n'avait pas envie d'évoquer les prétendus aveux de Clay au sujet du meurtre de Barker. Une accusation aussi grave devait reposer sur des preuves irréfutables et non sur la réaction épidermique d'une femme éconduite. Mais de toute façon, elle comptait bien éclaircir tôt ou tard le mystère de cette disparition. Elle possédait toutes les compétences nécessaires pour y parvenir.

En attendant, les allégations — mensongères ou non — de Beth Ann n'allaient pas tarder à revenir aux oreilles de Clay.

D'autant que Hendricks était désormais au courant. Son collègue de nuit avait assisté à la déposition, buvant chacune des paroles de Beth Ann comme du petit lait. Si Allie ne prévenait pas Clay, il risquait de croire qu'elle l'avait mené en bateau. Et la meilleure manière d'aborder cette enquête qui lui tenait à cœur ne consistait certainement pas à se mettre à dos le principal suspect dans le meurtre de Barker. Elle avait appris depuis longtemps que les affaires se décantaient souvent grâce à l'aide de ceux dont on n'attendait rien.

— Je ne pense pas qu'il existe suffisamment d'éléments à charge pour vous inculper, si c'est ce que vous me demandez.

Clay comprit au ton de sa voix qu'elle avait encore des choses à lui apprendre. Solidement campé sur ses jambes, il croisa les bras et leva un sourcil.

— Mon petit doigt me dit que je ne suis pas encore sorti de l'auberge.

Allie s'assit sur le rebord du bureau.

— Pas tout à fait, c'est vrai.

Elle vit une fugace expression de lassitude passer sur le visage de Clay.

— Je suis tout ouïe, dit-il.

— Elle a affirmé que vous aviez tué votre beau-père.

Cette révélation ne sembla lui faire ni chaud ni froid.

— Elle n'est pas la seule à penser ça.

— Sans doute, mais elle affirme que vous lui avez confessé votre crime.

Allie commençait à se sentir nerveuse. Si Clay était innocent, les mots de sa maîtresse devaient lui rester en travers de la gorge.

— Mlle Cole vient de signer une déposition dans ce sens, précisa-t-elle d'une voix douce.

Elle s'était attendue à une réaction de colère, comme celle qu'il avait eue après avoir appris que Beth Ann prétendait être enceinte. Mais une fois de plus, il parvint à la surprendre en conservant son calme. Un calme si complet qu'il confinait à l'absence. D'ailleurs, même si son regard était posé sur elle, il semblait fixer un point au loin, bien au-delà de son visage.

— Je n'ai rien avoué de tel, dit-il au bout d'un moment.

— Ça ne veut pas dire que vous soyez innocent, répliqua Allie.

— Ni que je sois coupable, dit-il.

Cette petite provocation n'avait pas suffi à le déstabiliser et à lui en faire dire plus qu'il ne le souhaitait. Sans doute savait-il que la déposition de Beth Ann n'était pas si compromettante que cela… Allie décida donc de jouer cartes sur table.

— Pourquoi est-ce qu'elle raconte des trucs pareils ? Elle veut vous voir croupir en prison ou quoi ?

— Bien sûr ! C'est également le désir d'au moins la moitié de cette ville.

— Eh bien, sachez que j'ai l'intention de mettre fin aux rumeurs, annonça Allie.

— Ah oui ? fit-il avec un petit sourire ironique. Et comment comptez-vous y parvenir ?

— En faisant toute la lumière sur cette affaire.

Il saisit la photo encadrée de Whitney qu'elle conservait sur son bureau.

— Alors c'est vrai, ce qu'on dit ?

— Et que dit-on, s'il vous plaît ?

— Que vous avez rouvert l'affaire Barker. Que vous êtes décidée à percer le mystère de sa disparition.

Elle attendit qu'il cesse de regarder la photo de sa fille et qu'il reporte son attention sur elle.

— Je le fais surtout pour Madeline. Nous nous connaissons depuis le lycée et nous avons été amies, autrefois. J'aimerais trouver des réponses aux questions qu'elle se pose depuis près de vingt ans. L'aider à tourner la page.

Il reposa le cadre sur le bureau.

— Même si elle prétend ne plus y croire, Madeline espère secrètement que son père est toujours en vie, dit-il.

— Et vous, qu'est-ce que vous en dites ?

— Ça me semble improbable. Et après dix-neuf ans, il ne va pas être simple de trouver de nouveaux éléments.

Disait-il cela pour se rassurer ou énonçait-il simplement un fait ?

— J'ai résolu des affaires encore plus anciennes.

— Je vous félicite. Mais dans le cas qui nous occupe, il manque un élément essentiel. Pour qu'on puisse parler de crime, encore faudrait-il qu'il y ait une victime. Or, le corps du révérend n'a jamais été retrouvé. Ce n'est pas faute d'avoir cherché, pourtant. Mais tous ceux qui ont essayé de le localiser se sont cassé les dents. Y compris votre père.

— Je peux m'appuyer sur des moyens techniques et scientifiques dont la police ne disposait pas à l'époque des faits.

— Voilà qui est prometteur, dit-il.

Il avait prononcé ces mots d'un ton neutre, mais en voyant le coin de sa bouche se relever légèrement, Allie se demanda s'il n'était pas sarcastique.

— S'il s'avérait en fin de compte que votre beau-père a bien été assassiné, n'aimeriez-vous pas que le coupable soit arrêté et que justice soit rendue ?

Cette fois, le visage de Clay resta impassible.

— La justice ? Je ne demande que ça.

— Qu'est-ce qui te prend de me réveiller à une heure pareille ? s'écria Irene. Il est à peine 7 heures !

La mère de Clay ne mesurait peut-être qu'un mètre cinquante-huit, mais elle était dotée d'une poitrine plus que généreuse et d'une énergie hors du commun. Elle entrouvrit un peu plus la porte du petit duplex dont elle avait entrepris de refaire la décoration. L'appartement était rempli de nouveautés : meubles, tapis, tableaux, bibelots… Clay ne pouvait s'empêcher de craindre que toutes ces folies n'attirent l'attention, que d'autres ne soupçonnent bientôt ce qu'il savait déjà. Ce n'était certainement pas avec l'argent qu'elle gagnait dans la boutique où elle travaillait qu'elle pouvait se payer tout ça. Elle avait dit à tout le monde qu'elle avait eu une augmentation, mais il aurait fallu que son salaire fût multiplié par cinq pour qu'il lui permette d'effectuer de tels achats.

— Je me lève à 4 heures du matin presque tous les jours de la semaine et je n'ai pas dormi de la nuit, dit-il. Alors, excuse-moi si j'ai un peu de mal à te plaindre.

Il la plaignait d'autant moins qu'il savait ce qui la mettait de si méchante humeur. Ce n'était pas le fait d'avoir été tirée du lit un peu plus tôt que d'habitude, comme elle voulait le lui faire croire, mais bien d'être surprise sans maquillage. Irene détestait recevoir de la visite avant d'avoir pu se « ravaler la façade », comme elle disait. Même quand il s'agissait de son fils. Clay pouvait compter sur les doigts de la main le nombre de fois où il avait vu sa mère sans son rouge à lèvres carmin et sans l'épais mascara qui recourbait ses cils.

— Tu vas me laisser entrer, oui ou non ?

— Attends une seconde.

Elle rajusta son peignoir et tapota ses cheveux sombres — qu'elle coiffait d'habitude en arrière — avant d'ouvrir la porte en grand.

— Qu'y a-t-il donc de si urgent ? demanda-t-elle en s'effaçant pour le laisser passer.

La pièce était pleine comme un œuf. Depuis la dernière fois qu'il était venu, Irene avait acquis un nouveau canapé en cuir, un écran plat, deux lampes et une table roulante en merisier garnie d'un service à thé flambant neuf.

— Tu as mis fin à cette histoire, n'est-ce pas ? lui demanda Clay aussitôt qu'elle eut refermé la porte.

— Je ne sais pas de quoi tu parles, répondit-elle sans oser le regarder.

Elle partit en direction de la cuisine, laissant derrière elle des effluves de gardénia. Un nouveau parfum, songea Clay en soupirant.

— Je te fais un café ? J'ai là un mélange d'arabicas dont tu me diras des nouvelles.

Clay jeta un coup d'œil à l'emballage qu'elle lui brandissait sous le nez. *Grands crus du Brésil et du Costa Rica torréfiés à l'italienne.* Décidément, le père d'Allie ne refusait rien à sa nouvelle compagne !

— Tu te rends compte de ce que tu fais ? demanda-t-il en la rejoignant. Es-tu seulement consciente des risques que cela comporte ?

— Laisse-moi tranquille, Clay ! J'ai bien le droit de vivre, moi aussi.

Ça, pour vivre, elle vivait. Dans l'aveuglement le plus complet. Elle préférait faire comme si elle ignorait ce qui était réellement arrivé à son second mari, ce qui, en soi, ne posait pas de problème. Clay voulait avant tout que sa mère et ses sœurs soient heureuses… et qu'elles oublient. Voilà pourquoi il restait à la ferme. Pour s'assurer que personne n'allait venir y mettre son nez. Pour que le passé ne remonte jamais à la surface. Pour qu'elles puissent, contrairement à lui, mener une existence normale… Mais en refusant d'entendre raison, sa mère risquait de réduire tous ses efforts à néant.

— Allie McCormick enquête sur la disparition de Lee, dit-il.

Cette nouvelle ne parut pas affecter Irene.

— Pas officiellement, rétorqua-t-elle en versant le café dans le filtre.

— Qu'est-ce que ça change que ce soit officiel ou non ? Elle a travaillé à Chicago, dans un service qui ne traite que des dossiers restés en souffrance depuis des années. Elle a beaucoup d'expérience dans ce domaine.

— Je sais. Il paraît que c'est une excellente professionnelle. Tout comme son père, d'ailleurs.

Elle avait dit ça avec une certaine fierté dans la voix, comme si elle parlait de sa propre famille. Clay n'en revenait pas.

— On dirait que ça te fait plaisir ! Et comment tu sais ça, d'abord ?

— Grace m'a parlé d'elle. Allie sort à peine d'un terrible divorce. Elle est seule et l'agitation de la grande ville doit lui manquer. Il ne faut pas s'étonner qu'elle cherche à s'occuper pour se changer les idées. Que veux-tu qu'une fille brillante comme elle fasse dans un trou perdu comme Stillwater ? Mais tu verras, elle finira par se lasser et trouvera une autre distraction pour tromper l'ennui.

— Pour tromper l'ennui…, répéta Clay, abasourdi par la manière dont sa mère prenait les choses.

— C'est Madeline qui est derrière tout ça, tu sais. Elle la relance constamment.

— Je n'ai pas le sentiment que cette affaire soit un simple divertissement pour Allie McCormick, maman. A moins que je ne me sois complètement trompé à son sujet, ce qui m'étonnerait beaucoup, je dirai qu'elle prend ce dossier très à cœur. Elle m'a paru déterminée à retrouver ton mari… Ou du moins ce qu'il en reste. Et ça ne te fait ni chaud ni froid ?

Sans doute aurait-il dû lui parler également des accusations de Beth Ann… Voilà qui n'allait pas arranger les choses. Les événements de la nuit avaient probablement attisé la curiosité d'Allie, et elle devait être plus motivée que jamais pour mener son enquête. Mais il n'osa rien dire à sa mère. En réalité, il était furieux contre lui-même d'avoir tant tardé à mettre fin à son histoire avec Beth Ann, et d'exposer ainsi sa famille au danger.

Irene lui tourna le dos pour ranger le paquet de café dans un placard.

— Pourquoi devrais-je m'inquiéter du fait qu'Allie ait décidé de mettre son nez dans un dossier poussiéreux ? Ce qui s'est passé appartient à une autre vie. Comme je ne cesse de le répéter à Grace, tout ça est derrière nous, à présent. Pourquoi n'aurais-je pas le droit d'oublier et de profiter du temps qu'il me reste à vivre ?

— Avoir une aventure avec un homme marié, c'est ça que tu appelles profiter de la vie ? Un homme que tu vois en cachette ? Un homme avec qui tu ne pourras jamais marcher main dans la main dans les rues de la ville ?

— Un homme qui me traite mieux que tous ceux que j'ai connus avant lui ! répliqua vivement Irène en faisant volte-face.

Ses yeux lançaient des éclairs. Clay l'avait rarement vue aussi remontée.

— Regarde le magnifique peignoir qu'il m'a offert ! poursuivit-elle sur un ton à peine plus pondéré. Regarde mon appartement ! Pour la première fois de ma vie, je suis amoureuse d'un homme qui fait attention à moi. Dale est amoureux de moi, et il n'a pas peur de montrer ses sentiments. Lui, au moins, il sait comment faire plaisir à une femme !

Clay se sentit gagné par un affreux sentiment de culpabilité. C'était en grande partie sa faute si sa mère avait mené une existence aussi pénible durant près de vingt ans. Si seulement il l'avait écoutée, cette nuit-là... Si seulement il était resté à la maison avec Grace et Molly, comme elle le lui avait demandé... Mais il n'avait que seize ans, à ce moment-là. Trop jeune, trop innocent pour imaginer les horreurs que sa mère avait commencé à soupçonner. Et aujourd'hui qu'elle trouvait un peu de réconfort auprès d'un type qui la traitait comme une reine, il était contraint de jouer les rabat-joie.

— Maman, si tu ne le fais pas pour toi et pour nous, fais-le pour lui ! Si quelqu'un découvrait que vous avez une aventure, sa carrière serait foutue. McCormick est le shérif de cette ville, nom de Dieu !

— On est très prudents, Clay. Personne ne découvrira quoi que ce soit.

— Comment peux-tu dire une chose pareille, maman ? Tu sais comment ça se passe dans les petites villes. Les gens ne cessent de s'épier. D'ailleurs, Grace et moi, on n'a pas mis longtemps à découvrir ce qui se passait !

— Tu en as parlé à Molly ?

— Non.

Sa jeune sœur avait quitté Stillwater pour étudier à l'université, et elle avait eu la bonne idée de ne jamais y revenir. C'était elle qui avait le mieux réussi à tourner la page.

— De toute façon, ça ne change rien que tu lui aies dit ou non. Je te parie que Grace lui a tout raconté.

Clay ne chercha pas à détromper sa mère, d'autant qu'elle

avait probablement raison. L'essentiel, c'était que Madeline n'en sache rien.

— Il faut que tu mettes un terme à cette folie, maman. Nous avons déjà assez de secrets comme ça.

Irene haussa les épaules.

— On ne se voit plus depuis quelques jours, dit-elle d'une voix boudeuse.

Clay eut envie d'en rester là et de croiser les doigts pour que sa mère suive son conseil. Mais maintenant que la fille du shérif s'intéressait à eux, il ne pouvait se contenter d'une vague promesse.

— Si tu ne l'as pas encore quitté, fais-le maintenant.

— Facile à dire ! grommela-t-elle en sortant deux tasses d'un placard.

— Pas si facile que ça, répliqua-t-il. Si ça peut t'aider, pense à sa femme et à sa fille… Je sais que tu n'as pas envie de les faire souffrir.

Irene referma le placard d'un geste furieux, faisant claquer la porte avec un bruit formidable.

— Par contre, tout le monde s'en fout si c'est moi qui souffre !

— Mais enfin, maman ! Il est marié, que je sache ! Tu n'as aucun droit sur lui.

— Ce n'est pas une question de droit, Clay, mais de *sentiments*. Et puis, ce n'est pas comme si j'avais décidé quoi que ce soit. Il se trouve simplement que… que c'est arrivé, voilà ! Ce n'est pas le premier mariage qui bat de l'aile, tu sais.

— Ah bon ? Parce qu'il t'a annoncé son intention de divorcer ? Non, bien sûr ! Alors, si tu veux mon avis, ce n'est pas son couple qui a des problèmes, mais plutôt sa libido qui va bientôt lui en créer.

— Ça suffit ! cria Irene. Je ne suis ni une femme légère ni une briseuse de ménage !

Alors, cesse de te comporter comme si c'était le cas, eut-il envie de lui rétorquer. Mais il ne voulait pas la blesser. Et puis, il fallait se mettre à sa place : ses maris, violents tous les deux, ne l'avaient pas traitée comme elle le méritait. Dans ces conditions, comment s'étonner qu'elle s'attache au premier homme qui s'intéressait à elle, qui la respectait et la couvrait de cadeaux ?

— Maman, si Allie apprend que son père a une aventure avec toi, elle sera sûrement tentée de te le faire payer. Et quelle meilleure vengeance que de prouver notre responsabilité dans la disparition de Barker ?

La machine à café se mit à gargouiller, et une odeur suave se répandit dans la pièce.

— Je n'ai pas vu Dale depuis que sa fille est revenue à Stillwater, marmonna Irene.

Clay dévisagea sa mère avec attention, s'efforçant de savoir si elle disait la vérité. A en juger par sa mine malheureuse, il décida que c'était sans doute le cas.

— Tant mieux. Mais tu vas te jeter dans ses bras dès qu'il reviendra ?

— Non.

Cette fois, il n'en crut rien. Pour qu'une histoire comme la leur se termine vraiment, il fallait mettre les points sur les i. De séparation en retrouvailles, si elle restait dans le vague, ça pouvait encore durer des années.

— Il faut que tu te montres claire et définitive avec lui, maman. Dis-lui que tout est fini entre vous.

Les yeux d'Irene s'emplirent de larmes. En la voyant pleurer, Clay eut envie de lui dire de faire comme bon lui semblait. Mais il savait que ce ne serait pas raisonnable : si le shérif quittait sa femme pour vivre avec Irene, la ville entière se liguerait contre elle. Par la faute du révérend Barker, Irene n'avait jamais été très appréciée à Stillwater. Aussitôt mariés, il l'avait isolée en lui interdisant toute sortie, à l'exception des activités religieuses. A qui voulait bien l'entendre, il affirmait avoir fait une erreur en épousant une femme qu'il qualifiait de frivole, paresseuse et vaniteuse. Il lui arrivait même de la critiquer entre les lignes de son sermon, avec des mots durs que ses paroissiens prenaient littéralement pour parole d'Evangile. Après tout, le révérend n'était pas un étranger, lui. Sa famille était établie depuis de nombreuses années à Stillwater, où il possédait des terres, des amis et l'apparence de la vertu. De son côté, Irene n'avait pour elle que l'espoir d'une vie meilleure.

Un espoir vite réduit à néant par l'ordure qui se dissimulait derrière un masque pieux.

Mais personne ne connaissait le vrai visage du révérend. Personne, sauf les Montgomery.

— Je suis désolé, dit Clay d'une voix douce. Tu n'as pas vraiment le choix, maman. Tu le sais, n'est-ce pas ?

Elle essuya une larme qui roulait sur sa joue.

— Oui, je le sais.

3.

— Maman, maman…

La voix de sa fille lui parvint à travers un brouillard, puis elle sentit qu'une petite main tapotait son épaule. Allie aurait bien dormi un peu plus longtemps — elle s'était couchée à 9 heures, ce matin, après avoir déposé Whitney à l'école —, mais elle fit un effort pour ouvrir les yeux. Elle voulait consacrer le plus de temps possible à sa fille, quitte à rogner sur son temps de sommeil. Après tout, c'était pour ça qu'elle était revenue vivre à Stillwater, qu'elle avait accepté un salaire de misère et un travail de nuit.

— Qui c'est ? demanda Whitney.

Allie plissa les yeux pour essayer de distinguer ce que sa fille lui collait sous le nez. Un rai de lumière filtrait à travers le store, trouant la pénombre de la chambre. L'après-midi était déjà commencé.

— Qu'est-ce que tu me montres là, ma chérie ?

— Ben, tu vois bien : c'est une photo !

Décidément, sa maman posait parfois de drôles de questions…

— Une photo de qui, mon trésor ?

— D'un monsieur.

La fatigue qu'Allie ressentait encore quelques instants plus tôt s'envola d'un coup lorsqu'elle comprit que sa fille lui présentait une photo de Clay Montgomery. Elle avait rapporté le dossier en espérant pouvoir terminer à la maison son rapport sur les événements de la veille. Whitney avait dû fouiller dans la boîte qui contenait les documents.

— Qui c'est ? répéta la fillette.

— Tu ne le connais pas, répondit Allie d'une voix distraite.

Whitney fit la grimace.

— Pourquoi il est tout nu, maman ?

La mimique dégoûtée de sa fille aurait pu la faire sourire si elle n'avait pas été aussi troublée par Clay au moment de prendre ce cliché.

— Il n'est pas tout nu, ma puce. Il a un pantalon.

Whitney ne semblait pas convaincue.

— Je ne vois pas son pantalon.

En étudiant la photo, Allie s'aperçut qu'elle était cadrée de telle façon que l'on pouvait croire en la nudité de Clay.

— On ne voit pas son pantalon, dit-elle, mais je t'assure qu'il en porte un.

La gamine continua à fixer la photo d'un air absorbé.

— Pourquoi il boude ?

— C'est un monsieur qui boude tout le temps.

Allie se rappela le sourire enjôleur de Clay quand elle lui avait demandé d'enlever son T-shirt. *Après vous.*

— Enfin, presque tout le temps, rectifia-t-elle.

Et c'était aussi bien comme ça. Parce que les sourires de cet homme constituaient presque un danger public.

— Tu vas mettre cette photo sur le frigo, à côté de celle où je suis avec papy et mamie ?

Allie imagina la tête de ses parents s'ils étaient confrontés à l'image de Clay Montgomery torse nu, chaque fois qu'ils venaient se servir un verre de lait.

— Non, ma puce. C'est juste quelque chose dont j'ai besoin pour mon travail. Où est mamie ? demanda-t-elle pour changer de sujet.

— Dans la cuisine. Elle me prépare un goûter. Elle m'a dit de ne pas te déranger, mais j'avais envie de te voir.

Allie prit sa petite fille dans ses bras et la serra très fort.

— Tu peux venir me voir dès que tu en as envie.

Comme toujours, Whitney se laissa cajoler avec plaisir. Elle était si douce, si câline qu'Allie n'arrivait pas à comprendre comment son ex-mari avait pu ressentir une telle animosité à son égard. De son point de vue, c'était aussi inexplicable qu'inexcusable.

— T'es drôlement grande, tu sais ? dit-elle en la repoussant doucement pour la regarder de haut en bas d'un air admiratif.

— Je ne suis plus à la maternelle, déclara fièrement Whitney.

Mais la distraction fut de courte durée. La fillette reporta bientôt son attention sur la photographie de Clay.

— Il est méchant, ce monsieur ? Tu vas le mettre en prison ?

Allie ne voyait pas Clay comme un criminel, même si ses yeux semblaient renfermer quelque sombre secret. La disparition de son beau-père soulevait nombre de questions, et l'on ne pouvait pas dire qu'il faisait des efforts pour aider la police à résoudre l'énigme. Ce petit jeu durait depuis dix-neuf ans !

— Non, il n'est pas méchant. Justement, j'ai pris cette photo pour montrer qu'il ne s'était pas battu. S'il s'était battu, tu vois, il aurait plein de marques sur le corps…

— Ah, d'accord ! fit Whitney, comme si tout était clair dans son esprit.

Dieu merci, les pas d'Evelyn se firent entendre avant que la fillette ne puisse poursuivre son interrogatoire. Déjà un vrai petit flic ! songea Allie. A croire que c'était dans les gènes des McCormick.

Elle profita d'un moment où Whitney avait les yeux rivés sur la porte qui s'ouvrait pour glisser la photo sous son matelas. Elle avait pris ces clichés dans le seul but d'établir la vérité, et, en ce sens, elle avait parfaitement accompli sa mission. Mais en protégeant Clay Montgomery, même pour éviter une erreur judiciaire, elle s'exposait à la réprobation des habitants de cette ville, et en particulier à celle de ses parents.

— Pas trop fatiguée, Allie ? demanda Evelyn en pénétrant dans la chambre.

— Mamie, j'avais demandé des cookies ! s'écria Whitney en voyant l'assiette garnie de sandwichs et de chips.

— C'est pour ta maman, mon cœur. Les cookies sont dans la cuisine.

— Ah bon ! J'y vais !

Evelyn sourit et tendit l'assiette à sa fille.

Allie n'aurait jamais cru qu'elle reviendrait un jour vivre chez ses parents. Et surtout pas à trente-trois ans et avec un enfant dans ses bagages. Se retrouver à la case départ était une véritable leçon d'humilité. A dire vrai, c'était même humiliant. Parfois, elle avait le sentiment de n'être qu'une ratée. Mais ses parents possédaient une maison de deux cent quatre-vingts mètres carrés, entourée d'un terrain de près de deux hectares. Il aurait été stupide de dépenser de l'argent pour se loger, alors qu'ils avaient tant d'espace et qu'ils étaient ravis d'accueillir leur fille et leur petite-fille. Et puis, avec un travail de nuit, une enfant et pas de mari, Allie n'avait pas vraiment d'autre choix. Il y avait bien une maison d'amis, en contrebas de la résidence principale, à proximité de l'étang. Elle aurait pu s'y installer, et, d'ailleurs, elle comptait le faire si cela devenait un jour nécessaire, mais pour le moment elle trouvait plus d'avantages que d'inconvénients à cohabiter avec Evelyn et Dale. Les six dernières années de son mariage avaient été particulièrement éprouvantes, et elle n'en appréciait que davantage l'amour de ses parents.

— Merci, maman.

— J'espère que ça te plaira, ma chérie. Comment s'est passée ta nuit ?

Allie repoussa drap et couverture avec les pieds, et s'assit en tailleur, l'assiette sur les genoux. On n'était qu'à la mi-mai, mais elle pouvait déjà sentir l'humidité estivale qui gagnait du terrain.

— C'était intéressant.

— Intéressant ? répéta sa mère en prenant l'air étonné. Tu as verbalisé un automobiliste pour excès de vitesse ? Pour défaut d'assurance ?

Manifestement, son père n'avait pas entendu parler des événements de la nuit. Ou, en tout cas, il n'avait pas appelé sa femme pour lui en faire part. Quoi qu'il en fût, Allie préférait ne pas évoquer le sujet devant sa mère. Elle l'avait déjà entendue parler de Clay Montgomery, et il ne faisait guère de doute qu'elle prendrait le parti de Beth Ann. Allie n'avait aucune envie de se retrouver dans une position où elle se verrait contrainte de défendre Clay.

— J'ai raccompagné chez eux quelques types éméchés qui faisaient du raffut en sortant du Good Times, dit-elle.

Ce qui, d'ailleurs, était la pure vérité. Mais, une heure plus tard, elle se rendait chez Clay après avoir reçu un appel radio.

— C'est tout ?

— En gros, oui.

Allie aurait sans doute pu, au prix de quelques éclaircissements, convaincre sa mère de la duplicité de Beth Ann. Mais l'attirance qu'elle avait ressentie à l'égard de Clay la mettait mal à l'aise. Elle craignait que sa mère, qui la connaissait si bien, ne perçoive ce petit secret, au cours de ses explications.

Curieusement, ce fut Evelyn qui, d'une manière détournée, aborda le sujet que sa fille s'efforçait d'éviter.

— Et l'affaire Barker ? demanda-t-elle en s'asseyant au bord du lit. Ça avance ?

Son visage si fin était plus ridé que celui de son mari. Le père d'Allie était un homme trapu au visage halé qui faisait dix ans de moins que son âge. Sa mère demeurait néanmoins une belle femme. Un peu comme une rose séchée reste belle.

— Tout doucement. Mais ça avance.

La lecture des innombrables rapports et témoignages conservés dans les archives s'était révélée une sacrée corvée. Mais il ne lui restait plus qu'une boîte à ouvrir, et elle aurait épluché tous les documents qui constituaient l'épais dossier. Seulement, chaque fois qu'elle était sur le point de s'y plonger, son père lui confiait une autre tâche. Sans compter qu'elle était quasiment seule à travailler la nuit. Hendricks était vraiment le pire des tire-au-flanc qu'elle eût jamais rencontré.

— D'après ce que j'ai pu constater jusqu'à présent, beaucoup de témoignages se contredisent. Par exemple, Deirdre Hunt affirme qu'il a vu le révérend se diriger vers la sortie de la ville vers 20 h 30, le jour de sa disparition. Pourtant, Bonnie Ray Simpson déclare que Barker s'est garé devant chez lui à peu près à la même heure. Et tu sais que Jed Fowler se trouvait à la ferme, ce soir-là, en train de réparer le tracteur dans la grange. Mais il prétend qu'il n'a rien vu ni entendu.

— N'oublie pas que Jed a aussi avoué le crime quand il a cru que ton père avait déterré le squelette du révérend.

— Un tas d'os qui se sont avérés être ceux d'un chien.

— Certes, mais ça nous a appris qu'il était prêt à tout pour protéger les Montgomery, ce qui prouve qu'il en sait plus qu'il ne veut bien le dire.

— D'accord avec toi. D'autant que les témoignages de Rachelle Cook et Nora Young laissent également penser qu'il n'a pas dit la vérité. Selon elles, le révérend Barker s'apprêtait à rentrer chez lui quand elles lui ont dit au revoir sur le parvis de l'église, juste avant qu'il ne disparaisse.

Allie savait que sa mère connaissait ces faits par cœur. Comme tous les habitants de Stillwater. Elle-même n'aurait rien ignoré des détails de l'affaire si elle n'avait pas quitté la ville après ses études secondaires. Ensuite, l'université, le mariage et son travail l'avaient tenue éloignée de sa ville natale. Elle n'avait appris la disparition du révérend Barker que lorsque son père avait fini par l'évoquer en sa présence.

— Il faut que tu découvres qui a le plus intérêt à mentir, déclara Evelyn, jamais avare de conseils.

Elle avait une telle passion pour les romans policiers et les faits divers sanglants que c'était à se demander pourquoi elle n'avait pas endossé l'uniforme, comme le reste de la famille. Non seulement son mari dirigeait le département de police de Stillwater où travaillait désormais sa fille, mais Daniel, l'aîné de ses enfants, était shérif en Arizona. Quand ce dernier appelait

Allie pour discuter d'une affaire, Evelyn confisquait souvent le téléphone pour donner son avis sur la question.

— Papa est à son bureau ?

— Je crois. A moins qu'il n'ait été appelé sur le terrain ou qu'il ne se soit arrêté chez Lula Jane, ajouta Evelyn en soupirant.

L'année précédente, le médecin avait mis Dale en garde : son taux de cholestérol était trop élevé et il fallait sérieusement songer à faire un régime. Evelyn l'avait aussitôt mis à la diète, mais elle savait qu'il trichait en s'arrêtant quotidiennement au Two Sisters, un café du coin qui servait une excellente tarte maison, ou au Piggly Wiggly pour y acheter chips et sodas, ou encore chez Lula Jane dont les gigantesques beignets aux pommes faisaient courir tous les gourmands de la ville.

— Il n'est pas très sérieux, dit Allie avec un petit sourire en coin.

Evelyn secoua la tête d'un air navré.

— Pour ce qui est de la nourriture, ton père n'a jamais su se contrôler.

Avec son mètre soixante-dix-huit et ses cent quinze kilos, Dale avait tout intérêt à perdre du poids. Mais il avait toujours été râblé. C'était sa nature, et Allie détestait le voir se priver de ce qu'il aimait le plus.

— Tu ne devrais peut-être pas lui imposer un régime aussi strict.

Evelyn secoua la tête d'un air inflexible.

— Je n'ai pas le choix, ma chérie. Son médecin m'a dit qu'il risquait d'avoir une crise cardiaque. Ou une embolie cérébrale.

— Il a de la chance de t'avoir auprès de lui.

— Je n'ai pas envie de le perdre, dit Evelyn en tendant la main pour glisser une mèche de cheveux derrière l'oreille de sa fille, comme lorsqu'elle n'était encore qu'une enfant. Ça fait quarante ans que je vis avec lui. Tu te rends compte ? C'est fou comme le temps passe…

Allie pressa la joue contre la paume de sa mère.

— Merci de m'avoir accueillie dans votre maison.

Evelyn baissa la voix pour ne pas se faire entendre de Whitney qu'elles entendaient chanter dans le couloir.

— Tu aurais dû nous parler de tes problèmes plus tôt.

— Je pensais que les médicaments calmeraient ses sautes d'humeur. Et ça n'a pas si mal fonctionné, d'ailleurs. Je me serais sans doute accommodée de la situation si seulement Sam avait montré un minimum d'intérêt pour sa fille.

— Ce type n'était qu'un…

Whitney entra dans la chambre.

— Un égoïste, termina Evelyn.

Le visage de la fillette était illuminé d'un grand sourire tout barbouillé de chocolat.

— Mamie fait les meilleurs cookies du monde ! Je suis contente qu'on habite ici !

La présence de son père ne semblait pas lui manquer. Mais étant donné la manière dont il s'était comporté avec elle, il ne fallait pas s'en étonner.

— Moi aussi, mon trésor, je suis contente d'habiter ici.

— Alors, nous sommes contentes toutes les trois, déclara Evelyn en ramassant l'assiette vide d'Allie. Viens, Whitney, on va laisser ta maman se reposer encore un peu.

La fillette ne répondit pas, trop occupée à fouiller dans les plis du drap et de la couverture.

— Elle est où ? demanda-t-elle d'une voix contrariée. Pourquoi elle est plus là ?

Allie avait replongé la tête dans les oreillers. Elle avait l'intention de se lever pour aider sa fille à faire ses devoirs, mais elle avait encore besoin d'un quart d'heure avant d'émerger et de rejoindre le monde des vivants.

— Qu'est-ce qui n'est plus là ? demanda-t-elle d'une voix étouffée par les oreillers.

— La photo.

— Quelle photo ? demanda Evelyn.

— La photo du monsieur tout nu. Celle que maman a prise à son travail.

Allie sentit le regard de sa mère se poser sur elle, mais elle feignit de ne pas s'en apercevoir.

— Allie ?

— Laissez-moi dormir encore un peu, marmonna-t-elle en faisant semblant de somnoler.

— Maman…, commença Whitney.

Mais au grand soulagement d'Allie, Evelyn trouva les mots pour persuader la fillette de sortir de la chambre.

— Viens, on va appeler oncle Daniel. C'est toi qui feras le numéro.

— Et tante Jamie ? Elle sera là aussi ? Parce que moi, je veux lui parler.

— Peut-être, dit Evelyn. Le mieux, c'est d'appeler tout de suite pour savoir si elle est là.

Aussitôt qu'elle se retrouva seule, Allie glissa la main sous le matelas et récupéra la photo de Clay. Elle allait la remettre dans la boîte avec les autres documents, et l'on n'en parlerait plus. Il n'y avait vraiment aucune raison d'être gênée par une telle image, se dit-elle. C'était du boulot, un point c'est tout. Pas de quoi en faire toute une histoire. Même si… Même si les yeux de Clay, d'un bleu impénétrable, avaient quelque chose de fascinant.

Cet homme était-il un assassin ? Le complice d'un meurtre ? Ou seulement un bouc émissaire ?

Pour le moment, elle n'en avait pas la moindre idée. La seule chose dont elle était certaine, c'est qu'elle n'avait jamais vu un homme aussi beau.

Pestant contre elle-même, elle replaça la photo dans sa cachette — pas question que sa mère ou sa fille la voient quitter la chambre avec Clay sous le bras. Puis elle se força à sortir du lit.

Il plut encore, cette nuit-là, et Clay resta un moment devant la fenêtre de sa chambre, à regarder la vapeur monter de la terre encore chaude, à écouter les branches des arbres cingler la maison comme le fouet d'un dompteur. La violence de l'orage lui donna le sentiment d'être encore plus isolé qu'à l'ordinaire, mais lui rappela également que, même s'il se sentait prisonnier du passé, les saisons se succédaient et la vie suivait son cours.

Le téléphone se mit alors à sonner. Après une longue journée de labours, il avait remplacé le toit d'une des remises situées derrière la grange. Il avait mis son dos à rude épreuve en montant à l'échelle avec le matériel calé sur une épaule, puis en restant courbé là-haut pendant deux heures pour fixer toutes les plaques de shingle. Clay s'étira douloureusement : il était grand temps d'aller se glisser entre les draps. Il se dirigea pourtant vers la table de nuit et décrocha le téléphone. C'était sûrement Beth Ann : il avait essayé de la joindre à deux reprises au cours de la journée.

— Allô !

— Clay ?

Oui, c'était bien elle. Il s'allongea sur le lit et, les yeux rivés au plafond, se demanda pourquoi il n'était pas en colère. Elle avait quand même fait tout son possible pour l'envoyer en prison, et il n'était pas encore dit que ses efforts resteraient vains. Mais en vérité c'était surtout à lui qu'il en voulait. Au moins, Beth Ann était prête à s'engager. Alors que lui était incapable de proposer ne fût-ce qu'une relation amicale.

— Quoi de neuf ? dit-il.

Elle resta un moment muette, sans doute surprise qu'il l'accueille avec sa phrase habituelle, comme si rien ne s'était passé.

— Tu n'es pas fou de rage contre moi ? demanda-t-elle au bout d'un moment.

— Fou, peut-être, mais pas de rage.

La voix de Beth Ann se brisa.

— Ce n'est pas grand-chose, mais sache que je suis désolée.

Elle avait l'air sincère, ce qui rendait la situation encore plus bizarre. Sans doute avait-elle mal agi, mais il savait qu'au fond elle n'était pas si mauvaise. Et puis, après tout, lui non plus n'était pas un saint.

— N'en parlons plus, dit-il.

— Je suis d'accord, répondit-elle vivement.

Cela signifiait-il qu'ils pouvaient tourner la page et continuer leur vie, chacun de son côté ? Il plissa le front, angoissé par ce qui allait suivre. Il était peu probable que Beth Ann fût enceinte. Mais *peu probable* ne voulait pas dire *impossible.*

— Il y a quelque chose que j'aimerais savoir…

Le tonnerre gronda dans le lointain, et l'écho se propagea dans le ciel avec assez de force pour faire vibrer les vitres de la maison.

— C'est vrai, ce que tu as dit à Allie McCormick ?

Il s'était imaginé qu'elle comprendrait tout de suite à quoi il faisait allusion, mais il se rendit compte que ce n'était pas le cas.

— Je ne sais pas ce qu'Allie t'a raconté, mais elle a sûrement tout inventé pour te faire peur. Je reconnais que j'étais furieuse contre toi et que j'ai dit un peu n'importe quoi… Dans l'émotion du moment, tu comprends… Mais elle m'a presque obligée à faire cette déposition ridicule. C'est tout juste si elle ne m'a pas tenu la main pour que je la signe, tu sais ? J'étais si fatiguée… Je n'ai pas su dire non.

Clay n'avait aucune envie de revenir là-dessus. De toute façon, le mal était fait… Non, ce qu'il voulait savoir, c'était si oui ou non elle attendait un bébé. Mais la réponse de Beth Ann était tellement inattendue qu'il se laissa un moment distraire de ce qui l'intéressait vraiment.

— Allie a fait pression sur toi pour que tu m'accuses, c'est ce que tu es en train de me dire ?

— Oui ! J'étais bouleversée et elle en a profité pour me manipuler. Je ne sais pas si tu es au courant, mais elle s'intéresse à la disparition de ton beau-père. Je suppose qu'elle veut montrer aux péquenauds que nous sommes ce qu'un flic de la grande ville est capable de faire.

Clay revit soudain le visage d'Allie McCormick. Elle ne

possédait pas la beauté spectaculaire de Beth Ann, mais ses traits avaient quelque chose d'unique. Il se remémora ses grands yeux noisette encadrés par des cheveux brun coupés à la garçonne, les quelques taches de rousseur qui piquaient son petit nez, son menton peut-être un peu pointu… Comme elle était plutôt petite, les taches de rousseur lui donnaient un côté enfantin. Mais le grain de beauté qui ornait sa joue gauche lui conférait en même temps un air adulte et sophistiqué. Sa bouche, pulpeuse et bien dessinée, semblait faite de velours. Légèrement dissonante à côté de ce petit nez moucheté, elle n'en était pas moins féminine, sensuelle, et donnait à l'ensemble de ses traits une harmonie singulière.

— Arrête de tout mettre sur le dos d'Allie ! dit-il.

Pour la première fois depuis le début de leur conversation, Clay se sentit gagné par l'agacement. Allie McCormick ne s'intéressait qu'à la vérité, il en aurait mis sa main au feu. Mais il ne pouvait pas se fier à elle pour autant : dans son cas, la vérité constituait précisément la plus grande des menaces.

— Je te dis que tout est de sa faute, répéta Beth Ann. C'est elle qui m'a obligée.

— Je n'en crois pas un mot. Ce n'est pas du tout son genre de faire ça.

— *Pas du tout son genre ?* Mais comment se fait-il que tu la connaisses si bien ?

La jalousie était perceptible dans la voix de Beth Ann. Clay n'avait jamais eu la patience nécessaire pour supporter ce genre de scène, et il en avait encore moins maintenant que tout était fini entre eux.

— Je n'ai pas besoin de la connaître, dit-il durement. Il suffit de la voir pour se rendre compte qu'elle ne prend pas son travail à la légère.

— Les chiens ne font pas des chats, Clay. Comme son père, elle essayera de t'envoyer en prison par n'importe quel moyen.

— Allie ne cherche pas à me coincer à tout prix, Beth Ann.

Pas pour le moment, en tout cas, songea-t-il. Mais ça risquait de changer si elle découvrait que le shérif avait une aventure avec sa mère. Ou quand son enquête sur la disparition du révérend aurait un peu progressé…

— Jamais je n'aurais signé cette déposition si elle n'avait pas insisté, Clay. Je te le promets.

De toute évidence, Beth Ann espérait revenir dans les bonnes grâces de Clay en mettant tout sur le dos de quelqu'un d'autre. Mais ça ne faisait que conforter Clay dans l'idée qu'il n'avait rien à faire avec une femme comme elle.

— Je me moque de cette foutue déposition, Beth Ann. Si elle était assez crédible pour qu'on me jette au trou, je suppose qu'on serait déjà venu m'arrêter. Tout ce qui m'intéresse, c'est le…

— Le quoi ?

— Le bébé, Beth Ann.

— Quel bébé ?

— Tu lui as dit que tu étais enceinte, oui ou non ?

— Oh…

Elle eut un petit rire gêné.

— … Comme je te l'ai expliqué, je n'étais pas dans mon état normal et j'ai raconté un peu n'importe quoi… Mais dès que j'ai pu reprendre mes esprits, je lui ai bien précisé que ce n'était pas vrai.

Il ferma les yeux, laissant passer entre ses lèvres l'air qu'il retenait depuis qu'il attendait sa réponse.

— Alors, c'était un mensonge ?

Il avait besoin d'en être absolument certain.

— Non, Clay. Mais…

Sa voix devint un murmure plein d'espoir.

— Aurais-tu accepté de m'épouser si j'avais été enceinte de toi ?

Bien qu'il se fût efforcé de la chasser de son esprit, cette question le taraudait depuis qu'Allie lui avait rapporté les propos de Beth Ann. S'il avait été si angoissé durant ces dernières vingt-quatre heures, c'est qu'il n'était pas homme à fuir ses responsabilités. Après ce qu'il avait vécu pendant sa propre enfance, l'idée d'avoir un bébé qu'il ne verrait qu'occasionnellement lui était insupportable. Pour lui, être père était un engagement des plus sérieux, même s'il fallait pour l'honorer épouser une femme que l'on n'aimait pas.

— Sans doute, admit-il à contrecœur.

Un silence assourdissant salua cet aveu.

— Je dois raccrocher, dit-il, je tombe de fatigue.

— Attends !... Clay, si c'est un bébé que tu veux, je serais heureuse d'en avoir un avec toi. Je suis sûre qu'il serait magnifique !

Il imagina les rires d'une fillette résonnant dans la maison, la fierté de hisser un fils près de lui sur le tracteur... Il s'était pris d'affection pour les deux garçons que le mari de Grace avait eus d'un premier lit. Teddy et Heath n'étaient peut-être pas les enfants de sa sœur, mais il ne les considérait pas moins comme ses neveux. Il en voulait deux aussi mignons qu'eux, ou alors une petite fille à croquer comme l'avait été Grace. Ça n'avait pas toujours été facile entre sa sœur et lui, depuis la disparition de Barker, mais ils s'entendaient vraiment bien, depuis quelque temps. Elle était restée sa préférée dans les bons et les mauvais moments, pas seulement à cause de leur faible différence d'âge, mais aussi parce que sa douceur et sa fragilité avaient le don de l'émouvoir...

Toutes ces images rendaient la proposition de Beth Ann presque tentante. Peut-être que ça valait quelques sacrifices, après tout. Dire qu'à trente-quatre ans, il était encore célibataire...

Mais comment concilier une vie de famille avec le lourd secret qu'il portait comme une croix ? Qu'adviendrait-il de ceux qu'il était censé protéger si quelqu'un découvrait un jour la vérité ? Cette Allie McCormick, par exemple...

Il n'aurait alors d'autre choix que d'assumer entièrement la responsabilité de ce qui s'était passé. Et il connaîtrait la prison pendant de longues années.

Beth Ann était loin de s'en douter, mais il lui rendait un fier service en la repoussant.

— Non, dit-il. C'est fini entre nous.

— Ce n'est pas possible ! s'écria-t-elle, la voix brisée. Laisse-moi venir te voir une dernière fois.

Elle ne lui rendait pas la tâche facile.

— J'en ai marre de tout ça, Beth Ann. Ce genre de discussion m'épuise.

— Juste ce week-end. Ou la semaine prochaine. Une dernière nuit ensemble, hein, Clay ? En mémoire du bon vieux temps…

— Ça ne servirait à rien, dit-il. Mieux vaut en rester là.

Et il raccrocha sans rien ajouter.

Allie trouva son père courbé sur le clavier de son ordinateur, le visage masqué par une impressionnante pile de documents. Il travaillait d'ordinaire à des heures normales, mais, ce soir-là, il n'était pas rentré dîner à la maison. Lorsqu'il avait appelé Evelyn pour lui annoncer qu'il était débordé, Allie s'était étonnée qu'il ne veuille pas lui parler : il ne pouvait pourtant ignorer qu'elle était intervenue, la veille, à la ferme des Montgomery. Les nouvelles allaient vite à Stillwater : en une journée, le moindre ragot faisait le tour de la ville. Et quand, de surcroît, il s'agissait de Clay Montgomery, quelques heures suffisaient pour qu'on ne parle plus que de ça.

— Maman m'a dit que tu étais parti à 8 heures ce matin, dit-elle. Tu dois être épuisé ?

Elle se dirigea vers son petit bureau situé dans un angle de la pièce, et y posa le Tupperware qui contenait son dîner.

— Qu'est-ce qui te retient si tard, papa ?

Il répondit par un grognement agacé, sans cesser de taper avec deux doigts sur son clavier. Dale McCormick n'avait qu'un goût modéré pour le progrès technologique. Si ça n'avait tenu qu'à lui, il aurait continué à travailler à l'ancienne, sur les bonnes vieilles machines à écrire.

— Quand je pense que je suis obligé de faire des heures

supplémentaires à cause des aveux de Clay Montgomery! siffla-t-il entre ses dents.

« Nous y voilà! » songea Allie. Elle posa son rapport à côté du clavier de son père et approcha une chaise.

— Tout le monde est au courant, c'est ça?

— Evidemment! Grâce à la discrétion légendaire de ton collègue de nuit.

— Hendricks?

— Oui, Hendricks! De qui d'autre veux-tu que je parle? C'est tout juste s'il n'est pas monté au sommet de l'église avec un porte-voix pour annoncer à la population qu'on tenait notre homme.

Allie s'attendait à ce que son père lise son rapport pour avoir une version plus objective des faits. Mais il n'y jeta pas le moindre regard.

— Qu'est-ce que tu en penses? lui demanda-t-elle.

— J'en pense que Hendricks est un crétin.

Allie se tourna vers la porte, et reprit un ton plus bas :

— Ce n'est pas moi qui dirai le contraire, mais je te rappelle que son père a le bras long. De toute façon, tu sais très bien que je ne parlais pas de lui. Crois-tu que les allégations de Beth Ann puissent être prises au sérieux par le juge?

— Ce n'est pas à exclure.

Allie s'était attendue à une réponse différente, plus proche de ses propres conclusions.

— Et mon rapport?

— Quoi, ton rapport?

— Eh bien, tu vas le lire, oui ou non?

— Pas la peine.

— Mais pourquoi?

Il ne répondit rien.

— Papa, si tu ne comptes pas lire mon rapport, je vais t'en donner la teneur tout de suite. Pour moi, il n'existe rien de nouveau à verser au dossier. Beth Ann Cole porte des accusations fantaisistes sans pouvoir en prouver aucune. Accusations que Clay Montgomery nie farouchement, aujourd'hui comme depuis dix-neuf ans. Je ne vois pas en quoi cette déposition pourrait être considérée comme un élément nouveau susceptible de justifier une inculpation.

— On dit qu'il n'y a pas de fumée sans feu, grommela Dale en haussant les épaules.

— Et depuis quand accuses-tu les gens de meurtre sur la foi de simples « on dit » ? Si tu veux mon avis, il faudrait commencer par retrouver le corps du révérend avant de tendre une oreille complaisante aux calomnies les plus fantaisistes.

— Essaie donc d'expliquer ça à tous les gens qui appellent ici pour exiger l'arrestation de Clay ! rétorqua Dale. Je te jure qu'ils le lyncheraient s'ils le pouvaient. Cela dit, la seule chose dont on soit sûrs, c'est qu'il a toujours refusé de faire des courbettes pour assurer sa tranquillité.

Allie n'en revenait pas. Jamais elle n'avait entendu son père faire preuve d'une telle compréhension à l'égard de Clay. Il en était presque arrivé à le défendre !

— J'ai un peu de mal à te suivre, papa. Tu m'as dit un jour que tu le croyais coupable et que sa mère et ses sœurs mentaient pour le protéger. Tu as changé d'avis ?

— Mon opinion personnelle n'a aucune importance, dit-il en continuant à taper laborieusement sur le clavier de son ordinateur.

Il pointa le menton en direction du rapport d'Allie.

— *Ton* opinion non plus, d'ailleurs. Seul compte ce qu'on peut prouver.

— Mais justement ! s'exclama Allie. On n'a rien contre lui. Comment le juge pourrait-il l'inculper alors que le dossier est vide ?

— Crois-moi, Allie, le juge peut faire ce que bon lui semble. Et je ne serais pas surpris qu'il nous ordonne d'aller arrêter Clay dans les jours à venir. Même après toutes ces années, l'affaire du révérend Barker reste une véritable bombe politique. Et je te conseille vivement de ne pas mettre le feu aux poudres.

— Mais c'est absurde, papa ! Il faut qu'on découvre ce qui s'est vraiment passé.

— Pourquoi ? répliqua Dale en relevant la tête pour regarder sa fille. Tu doutes que Clay soit coupable ?

— Si je devais dresser une liste de suspects, Clay y figurerait certainement, dit-elle. Mais il ne serait pas le seul.

Dale détourna la tête et se remit à taper sur son clavier comme s'il plantait des clous.

— Ne perds pas ton temps à enquêter sur cette affaire, conseilla-t-il à Allie.

Aussitôt, elle se redressa sur sa chaise. Depuis le début de cette conversation, son père se comportait comme s'il n'accordait plus qu'une importance relative au dossier Barker. Lui qui avait consacré tellement d'énergie à cette histoire, voilà qu'à présent, il lui disait que c'était une perte de temps ! C'était à n'y rien comprendre.

— Je te demande pardon ? dit-elle sans chercher à cacher sa surprise.

— Il est trop tard pour espérer découvrir la vérité. Même si le révérend a été assassiné, on ne risque pas de retrouver ses restes après dix-neuf années.

— Je te trouve bien défaitiste. Et si la clé du mystère se trouvait au cœur même de tous ces documents et témoignages réunis au fil du temps ? Ce dossier a peut-être besoin d'un regard neuf.

— Peut-être. Mais à quoi bon passer des heures à le lire et le relire, à interroger de nouveau tous ceux qui ont déjà témoigné ? Le criminel n'a jamais récidivé — si criminel il y a —, et la sécurité publique n'est pas menacée, que je sache.

— Tu me demandes à quoi bon ? Eh bien, je cherche simplement à éviter une erreur judiciaire. Quoique, pour être franche, je doute que la déposition de Beth Ann Cole constitue un élément à charge suffisant pour faire condamner Clay Montgomery.

— Tout dépend des jurés. Je peux t'assurer que si le procès avait lieu à Stillwater, il risquerait fort de se voir octroyer un aller simple pour Parchman Farm.

Parchman Farm, la prison de haute sécurité du Mississippi… Cette idée révolta Allie.

— Mais enfin, papa, il ne s'agit pas de savoir si Clay est sympathique ou non ! s'écria-t-elle. Il s'agit de justice. Justice pour le révérend disparu, justice pour sa famille qui cherche désespérément des réponses depuis de longues années. C'est la vérité qui compte, et non pas de trouver un coupable à tout prix pour satisfaire la soif de vengeance des habitants de cette ville ! Il est de notre devoir de chercher à comprendre ce qui s'est passé. Distribuer des contraventions pour excès de vitesse est sans doute très utile, mais la noblesse de notre métier est avant tout de servir la justice. C'est ce que tu m'as enseigné, et c'est ce en quoi je crois profondément.

Dale accusa le coup, mais ne céda pas.

— Barker a disparu depuis si longtemps, dit-il, la tête un peu rentrée dans les épaules. Si tu veux mon avis, on a des problèmes plus urgents à résoudre.

— Pourquoi ton opinion a-t-elle autant changé ? demanda Allie, abasourdie par ce qui avait tout l'air d'un revirement à cent quatre-vingts degrés.

— Résoudre une affaire en souffrance depuis de longues années demande des mois et des mois de travail pour un résultat incertain. C'est toi-même qui me l'as dit.

— C'est vrai, mais…

— Je ne vois pas l'intérêt de rouvrir ce dossier, coupa-t-il. Quand bien même tu t'y attellerais en dehors de ton temps de travail. Je veux que tu te concentres sur les problèmes qui surviennent aujourd'hui, pas sur des dossiers vieux de deux décennies. N'oublie pas que tu as une petite fille à élever. Consacrer tes loisirs à enquêter sur la disparition de Barker ne serait pas une bonne idée : Whitney a besoin de toute ton attention, Allie.

Il appuya fermement sur une dernière touche et recula sa chaise pour se lever. L'imprimante se mit aussitôt en action. Tandis que le document sortait de la machine, Allie put voir qu'il s'agissait d'une lettre adressée au maire de la ville. Elle espéra que son père y faisait état de l'absence de preuves sérieuses contre Clay Montgomery.

— Je ne comprends pas, dit-elle en résistant à l'envie d'aller chercher la lettre pour y jeter un coup d'œil.

— Qu'est-ce que tu ne comprends pas ?

— Avant, tu t'intéressais autant que moi à cette affaire.

La mine renfrognée, il tira d'un coup sec sur son manteau accroché à une patère.

— J'ai tourné la page, voilà tout. Et les habitants de cette ville devraient en faire autant.

— Papa, ces gens ont perdu un ami, un membre de leur famille, un guide spirituel... Ils ont passé des années à se poser des questions, alors ils veulent des réponses.

— Ouais, et ils clouent un type au pilori en se moquant bien de savoir s'il est réellement coupable.

Allie était de plus en plus énervée par le tour que prenait la conversation.

— Eh bien, si tu veux que Stillwater retrouve la paix, il faut justement résoudre le mystère de cette disparition.

— Il y a certains mystères qu'il vaut sans doute mieux ne jamais élucider, maugréa-t-il entre ses dents.

— Quoi ?

— Je suis crevé, dit-il. Je rentre à la maison.

Allie le regarda signer la lettre destinée au maire, la glisser dans la corbeille qui contenait le courrier en partance, et se diriger vers la sortie. L'espace d'un instant, elle crut qu'il allait partir sans même lui dire au revoir. Mais il se retourna au moment où il atteignait la porte.

— Je compte sur toi pour veiller sur la tranquillité de notre bonne ville, d'accord ? dit-il avec un sourire fatigué.

Allie voulut lui rendre son sourire, mais le sien était si forcé qu'elle eut l'impression de faire une grimace.

— Fais attention à toi, papa.

Il entrouvrit la porte et secoua à l'extérieur son parapluie encore mouillé.

— Où est ce fainéant de Hendricks ? demanda-t-il en consultant sa montre.

Allie haussa les épaules d'un air résigné.

— En retard, comme d'habitude.

— Bon à rien…, marmonna Dale avant de sortir.

Le vent s'engouffra brièvement dans la pièce, apportant avec lui une odeur de pluie. Allie posa le mug qu'avait utilisé son père sur la pile de documents pour éviter qu'ils ne s'envolent. Réfléchissant aux étranges propos du shérif — *Il y a certains mystères qu'il vaut sans doute mieux ne jamais élucider* —, elle resta un moment sans remarquer ce qu'elle avait pourtant sous les yeux. Mais après deux ou trois minutes, le mug qu'elle venait de déplacer attira son attention. Il était orné d'un cygne blanc grossièrement dessiné, et flanqué d'une légende ridicule : « Fais-moi cygne ! »

Fais-moi cygne ? Fronçant les sourcils, elle prit la tasse pour la regarder de plus près. Où son père avait-il dégoté une horreur pareille ? Non seulement c'était laid, mais c'était le pire jeu de mots qu'elle eût jamais lu. Certainement pas un cadeau de sa mère, qui avait un goût très sûr. Et lui n'aurait pas dépensé un centime pour un tel objet.

Allie jeta un coup d'œil à la machine à café. Qui sait d'où sortaient les nombreux mugs qui s'agglutinaient autour de l'évier ? Après tout, songea-t-elle en haussant les épaules, ils pouvaient appartenir à n'importe qui.

4.

— Ah, te voilà…

Allie se pencha par-dessus son bureau pour mieux voir Hendricks. Il se tenait appuyé contre la porte des archives, caressant douloureusement son ventre comme s'il avait une indigestion. Allie n'aurait pas été surprise que ce fût le cas. Non seulement ce type était un goinfre, mais il mangeait salement. D'ailleurs, il avait les lèvres luisantes et une tache de graisse sur le col de son uniforme.

— Qu'est-ce que tu fous ? demanda-t-il en glissant les pouces dans sa ceinture.

Il lui aurait suffi d'ouvrir les yeux pour avoir sa réponse, songea Allie. Ou d'utiliser son cerveau, si lent fût-il. A son avis, que faisait-elle assise par terre, avec les documents du dossier Barker éparpillés devant elle ? Du tricot ? On aurait pu s'attendre à un peu plus de perspicacité de la part d'un policier, mais force était de reconnaître que Hendricks n'appartenait pas à l'élite de la profession.

— Je cherche de nouveaux indices dans l'affaire Barker, dit-elle. Je me demande si on n'est pas passés à côté de quelque chose qui pourrait nous mettre sur une piste.

— A quoi bon ? aboya-t-il d'une voix mauvaise. On connaît déjà le salaud qui a tué le révérend.

— Vraiment ? fit la jeune femme avec un sourire narquois. Comment se fait-il que je ne sois pas au courant ?

Perplexe, Hendricks la regarda un moment sans rien dire, se contentant de gratter le sommet de son crâne où quatre mèches blondes se battaient en duel.

— Ben si, tu es au courant, finit-il par dire. Puisque c'est toi qui as pris la déposition de Beth Ann.

— Et tu peux prouver qu'elle dit la vérité ?

— Et tu peux prouver qu'il est innocent ? répliqua-t-il du tac au tac.

Cet argument, entendu dans la bouche de nombreux habitants de cette ville, avait toujours semblé fallacieux à Allie. Mais de la part d'un officier de police, une telle réflexion était tout simplement inadmissible.

— Non, mais je peux le *présumer,* rétorqua-t-elle. *Présumé innocent,* ça te dit quelque chose, Hendricks ? Tu peux soupçonner Clay autant qu'il te plaira, mais, sans preuve, il reste innocent aux yeux de la loi. Et je te rappelle que la loi, c'est toi.

— La preuve de son crime existe. Elle est là, quelque part… On finira bien par la trouver.

— C'est justement pour ça que je passe le dossier au peigne fin. J'espère y dénicher des détails qui nous auraient échappé jusqu'ici. Ce n'est pas en restant les mains dans les poches que l'on risque de découvrir la vérité, ajouta-t-elle en levant vers son collègue un regard plein de reproches.

Il sortit un mouchoir douteux de sa poche et s'en tamponna le front. Il faisait froid dehors, et le poste de police n'était pas très bien chauffé, mais ça n'empêchait pas Hendricks de transpirer comme un bœuf.

— Aux dernières nouvelles, ton père ne voulait plus qu'on fourre son nez là-dedans.

Imperturbable, Allie retira une nouvelle pile de documents de la grosse boîte en carton qui se trouvait devant elle.

— Il a peur que j'y passe trop de temps, voilà tout. Mais ce n'est pas le cas.

En partant, une demi-heure plus tôt, le shérif avait trop de choses en tête pour songer à lui donner des consignes. Et puis la nuit était calme pour le moment. Pourquoi ne pas en profiter pour avancer un peu sur le dossier Barker ? s'était-elle dit en allant chercher la dernière boîte qu'il lui restait à explorer. Elle avait promis à la fille du révérend qu'elle trouverait des réponses à ses questions, et Madeline n'allait pas tarder à venir aux nouvelles : elle appelait au moins une fois par semaine pour savoir où en était l'enquête.

Et puis Allie avait besoin d'une occupation pour rester éveillée. Sinon, elle ne tarderait pas à se mettre à somnoler, comme le faisait toujours Hendricks. Elle était debout depuis que Whitney était entrée dans sa chambre avec la photo de Clay, et elle n'avait cessé depuis lors de courir à droite et à gauche. Elle avait d'abord aidé la fillette à faire ses devoirs, puis elle l'avait accompagnée à sa leçon de piano. Au retour, elle avait aidé sa mère à préparer le dîner, puis il avait fallu donner le bain à Whitney, sans parler des innombrables rituels qui accompagnaient son coucher. Allie était épuisée, mais elle n'aimait pas l'idée d'être payée à ne rien faire. Après tout, les habitants de Stillwater n'avaient sûrement pas envie que leurs impôts servent à payer des fonctionnaires pour qu'ils dorment. S'efforcer de résoudre l'affaire Barker n'était pas seulement un bon moyen de garder les yeux ouverts, c'était aussi et surtout la meilleure façon de mettre à profit ses qualités d'enquêtrice. Cette histoire avait beau remonter à dix-neuf ans, elle avait marqué les esprits, et en particulier ceux des gens qui avaient été directement concernés par l'affaire : la fille du révérend, les Montgomery, Jed Fowler qui réparait le tracteur à la ferme la nuit de la disparition, le révérend Portenski qui avait repris la chaire de Barker à l'église de Stillwater et, bien entendu, tous les fidèles du prédicateur disparu. Même les Archer se sentaient impliqués à titre personnel maintenant que Kennedy avait épousé Grace. Et ils formaient une famille très nombreuse.

Allie ne parvenait pas à comprendre pourquoi son père se désintéressait soudain de cette affaire alors qu'il s'était montré jusque-là si déterminé à en venir à bout. Il avait souvent accusé son prédécesseur d'incompétence, assurant que si l'enquête avait été correctement menée à l'époque, le mystère Barker n'en serait plus un depuis longtemps.

Alors, pourquoi vouloir freiner Allie qui cherchait précisément à corriger les failles de cette première enquête ?

— Tu trouves des trucs intéressants ? demanda Hendricks.

— Pas vraiment.

Mais elle était passablement intriguée par le rapport qu'elle tenait à la main. D'après Farlow, le policier qu'elle avait remplacé, Joe Vincelli avait trouvé la bible de poche que le révérend emportait partout avec lui. Cette découverte avait eu lieu en juillet dernier, et depuis, le Livre saint avait été restitué à Madeline. Toujours selon le rapport, Joe, le neveu de Barker, disait avoir trouvé la bible enterrée dans un camping situé à Pickwick Lake. Et il affirmait que la personne qui l'avait cachée là n'était autre que Grace Montgomery.

Des vérifications avaient permis d'établir que Kennedy Archer avait loué un emplacement sur le terrain en question durant le mois où la bible du révérend y avait été découverte par Joe. Kennedy n'avait d'ailleurs pas cherché à cacher ce fait, pas plus que la présence de Grace avec lui sur les lieux. Mais ils niaient l'un comme l'autre avoir jamais été en possession de cette bible. Fait curieux, Joe était venu camper une nuit avec eux. Il avait été l'ami de Kennedy pendant de nombreuses années, mais leur relation semblait avoir récemment pris une tournure belliqueuse : Joe soutenait que Grace avait cherché à se débarrasser de la bible du révérend en l'enfouissant dans le sol, tandis que Kennedy prétendait que Joe l'avait enterrée lui-même pour compromettre Grace.

Allie pouvait imaginer que Kennedy eût menti pour protéger la femme qu'il aimait. Mais elle pouvait aussi concevoir que Joe eût monté une machination visant à incriminer les Montgomery : il était convaincu qu'ils étaient responsables de la mort de son oncle et rêvait de vengeance. Pourtant, avant juillet dernier, la bible du révérend semblait avoir disparu avec son propriétaire. Si Joe l'avait cachée lui-même, il avait bien fallu qu'il la trouve quelque part. Mais où ?

Elle sortit son calepin et y griffonna une note : *Demander à Madeline de me montrer la bible de son père.*

Hendricks se racla la gorge de manière répugnante et cracha

le fruit de ses efforts dans la corbeille à papier qui se trouvait derrière Allie, interrompant brutalement la jeune femme au milieu de ses réflexions.

— Il ne faut surtout pas te gêner pour moi ! s'écria-t-elle, aussi indignée que dégoûtée.

— D'accord, répondit-il tranquillement avant de pointer le doigt vers le calepin. Qu'est-ce que tu écris là-dessus ?

Bon sang, ce type était une véritable plaie ! Allie décida de l'ignorer dans l'espoir qu'il se lasserait et lui ficherait enfin la paix. Mais elle dut vite déchanter. Son silence ne fit qu'encourager Hendricks à s'accroupir pour lire par-dessus son épaule.

— Si… Joe… a trouvé… la… bible… sur le… terrain… de camping… comme… il… l'affirme… comment savait-il… où chercher ?

Il avait du mal à déchiffrer l'écriture d'Allie, et prononçait les mots lentement et à voix haute, comme un enfant qui vient d'apprendre à lire.

— Où d'autre… aurait-il… pu… la trouver ? Qui la… conserve… à présent ?

— Hendricks, j'aimerais autant que tu évites de…, commença Allie.

Mais il l'interrompit au milieu de sa phrase.

— J'ai la réponse à toutes tes questions, moi !

Ses genoux ne supportant plus le poids de son corps, il s'adossa au mur.

— Grace a pris la bible du révérend après que Clay lui a réglé son compte. C'est aussi simple que ça.

— Vraiment ? Et peux-tu m'expliquer pourquoi elle aurait attendu dix-neuf ans avant de s'en débarrasser ? Elle était substitut du procureur général de Jackson, nom d'un chien, et sa carrière était on ne peut plus prometteuse ! Tu ne penses tout de même pas qu'elle aurait été assez bête pour conserver chez elle quelque chose d'aussi compromettant que la bible de son beau-père !

— Elle avait peut-être décidé de la changer de cachette.

Après tout, c'est aussi ce qu'elle a essayé de faire avec le corps du révérend.

— Il n'existe aucune preuve de ce que tu avances là, Hendricks.

— Ah ouais ? Et à ton avis, qu'est-ce qu'elle faisait à la ferme au beau milieu de la nuit, munie d'une torche électrique et d'une pelle ?

— Selon elle…

Allie se saisit d'une pile de documents et rechercha la déposition de Grace qu'elle venait tout juste de lire.

— Tiens, écoute ce qu'elle a déclaré : « N'en pouvant plus d'entendre la moitié de cette ville accuser ma mère et mon frère d'avoir assassiné mon beau-père, j'ai finalement décidé de vérifier par moi-même si son corps avait été enterré derrière la ferme, comme tant de gens le prétendaient. »

— Ben voyons ! lança Hendricks d'un air moqueur.

— Elle aurait décidé d'agir de nuit pour que personne ne sache que les gens avaient réussi à la faire douter de sa propre famille. Dans sa déposition, elle explique que si elle avait informé son frère ou sa mère de son projet, ils auraient probablement tout fait pour l'en dissuader. Ça me paraît logique, conclut Allie.

— Je m'en fous que ce soit logique ou non, déclara Hendricks. Je suis sûr qu'elle ment.

Allie non plus n'était pas certaine que Grace ait dit la vérité. Mais à la différence de son collègue et de tant d'autres, elle refusait de tirer des conclusions hâtives. Son expérience lui avait enseigné que les « a priori » étaient souvent les pires ennemis de la vérité. Elle l'avait appris à ses dépens, à Chicago, alors qu'elle traquait un violeur en série. Elle s'était alors focalisée sur un type que tout semblait accuser, y compris la rumeur publique, et elle avait engagé de gros moyens pour l'arrêter. Le temps qu'elle comprenne son erreur, le véritable coupable s'était envolé. Il lui avait fallu deux ans et trois nouvelles victimes pour mettre la main sur le criminel.

— On ne peut pas prouver qu'elle ment, dit-elle. En fait,

on ne peut rien prouver du tout pour le moment. Rappelle-toi que Joe a désigné l'endroit où Grace avait creusé et que papa est allé jusqu'à faire venir un excavateur dans la ferme de Clay. Et qu'a-t-il récolté ? Les ossements d'un chien mort de vieillesse !

— J'y étais, figure-toi ! rétorqua Hendricks. Et je peux t'assurer que Grace a failli tourner de l'œil. Tu aurais dû voir ça ! Elle était persuadée qu'il s'agissait du squelette de son beau-père.

— Qu'est-ce que ça prouve ? demanda Allie en reposant les documents sur le sol.

— Ça prouve qu'elle savait pertinemment que son frère était l'assassin.

Allie étira ses jambes qui commençaient à s'engourdir.

— Si Clay est un assassin, pourquoi n'a-t-on jamais retrouvé le squelette de Barker ?

— Parce qu'il n'est pas assez bête pour l'avoir enterré dans sa propriété. Il s'est dépêché de le transporter ailleurs avant que la police vienne mettre son nez dans ses affaires.

— Il était là quand l'excavateur a fouillé le sol de sa ferme ?

— Bien sûr ! Personne ne peut pénétrer sur ses terres sans qu'il s'en rende compte immédiatement. Un vrai chien de garde. Et même avec un mandat de perquisition, mieux vaut lui demander la permission d'entrer. Clay n'est pas le genre de gars qu'on a envie de mettre en rogne.

Allie se redressa, soudain très intéressée.

— Dis-moi comment il s'est comporté. Etait-il aussi nerveux que Grace ?

— Comment le savoir ? Ce type est aussi impassible que les gardes de Buckingham Palace. C'est à croire qu'il a une pierre à la place du cœur.

Allie se rappela la gamme d'émotions qui avaient brièvement traversé le visage de Clay, la veille au soir : l'embarras, la colère, la panique et le ressentiment. Le charme aussi, quand il s'était mis à flirter avec elle pour dissiper le sentiment de malaise qu'ils éprouvaient l'un comme l'autre… Non, cet homme n'était pas dénué de sensibilité.

— Il a ses faiblesses, dit-elle. Comme tout le monde.

— Pas d'accord. Si je lui collais le canon de mon revolver entre les deux yeux, je suis certain qu'il me défierait d'appuyer sur la détente sans même élever la voix. Je n'ai jamais rencontré un gars aussi coriace que lui. Ce salopard est un vrai dur à cuire.

Clay avait un caractère bien trempé, ça ne faisait aucun doute. Mais la vie ne lui avait sans doute pas laissé le choix, songea Allie. Il avait bien fallu qu'il s'endurcisse pour supporter la constante suspicion qui l'entourait depuis son adolescence, pour faire face à l'animosité de ses concitoyens. Pourquoi n'avait-il pas fui cette ville ? A sa place, elle aurait pris le premier train et serait partie aussi loin que possible. Qu'est-ce qui pouvait bien le retenir ici ? La ferme ? Irene, sa mère, en avait hérité à la mort de Barker. Une fois les études de son fils terminées, elle lui en avait donné l'usufruit. Allie ignorait quel type d'arrangement il avait conclu avec les membres de sa famille, mais elle ne voyait pas ce qui l'empêchait de vendre la propriété, de dédommager sa mère et ses sœurs s'il leur devait quelque chose, et d'acheter un terrain ailleurs, là où personne n'avait entendu parler du révérend Barker.

— A ton avis, pourquoi reste-t-il à Stillwater ? Il est beau gosse et toujours célibataire. Il pourrait refaire sa vie ailleurs sans la moindre difficulté.

Hendricks essuya la sueur qui perlait à son cou.

— Je suppose qu'il reste à cause de sa famille.

La question valait également pour Irene. Pourquoi était-elle restée à Stillwater ? Molly, la plus jeune sœur de Clay, avait mis les voiles. A en croire Madeline, elle avait fêté ses trente ans à New York où elle était créatrice de mode. Grace avait fini par s'en aller, elle aussi, mais elle était revenue. Et maintenant qu'elle était mariée à Kennedy Archer, il était peu probable qu'elle reparte. Kennedy et son père possédaient la banque de Stillwater, et Allie imaginait mal que le mari de Grace veuille déraciner ses enfants, abandonner l'entreprise familiale et s'éloigner de ses parents. D'autant que son père se remettait tout juste d'un terrible combat contre le cancer.

Irene, pour sa part, n'avait jamais cherché à quitter Stillwater. Elle s'était contentée de déménager en ville, laissant la ferme à Clay.

— Qu'est-ce que tu sais de Clay ? demanda Allie en changeant de position pour ne pas attraper un torticolis en regardant Hendricks.

— Tu n'as pas trouvé d'informations dans le dossier ?

Il y en avait quelques-unes, bien sûr, mais la police de cette bourgade tranquille du Mississippi n'avait pas l'habitude d'enquêter sur des disparitions ni sur des homicides, et le dossier n'était pas aussi détaillé qu'il aurait dû l'être. Ce qui intéressait Allie, c'était les histoires qui circulaient de bouche à oreille, tous ces petits riens que son père et ses prédécesseurs avaient dû considérer comme hors sujet ou sans importance. Puisque Hendricks semblait décidé à lui imposer sa présence pesante, autant essayer de le faire parler. D'autant plus qu'il avait une réputation de fouineur.

— J'y ai trouvé des renseignements administratifs. Mais j'aimerais en savoir plus.

— Il est né à Booneville, non ?

Elle acquiesça d'un signe de tête.

— Ma petite sœur s'est retrouvée dans la même classe que lui plusieurs années de suite, poursuivit Hendricks. Apparemment, il a été assez longtemps bon élève. Mais ça a dégénéré par la suite.

— Les mauvaises notes sont arrivées avant ou après la disparition de son beau-père ?

— A peu près à la même époque, si je me rappelle bien ce que m'a dit Mary Lee. Mais je n'ai jamais lu ses dossiers scolaires : pour ça, il aurait fallu consulter les archives de l'école.

— Et son père biologique ?

— Tout ce que je sais, c'est qu'il a foutu le camp.

— Quelqu'un a déjà essayé de retrouver sa trace ?

— Pas à ma connaissance. Pourquoi ?

Allie haussa les épaules, persuadée qu'il n'insisterait pas, mais sa question semblait avoir piqué la curiosité de Hendricks.

— Tu penses qu'il aurait pu tuer aussi son père ? demanda-t-il, soudain tout excité. Ce type a un problème avec l'autorité, ça saute au yeux.

— Je ne suis pas très forte en calcul, mais j'ai l'impression qu'il aurait été un peu jeune pour commettre un tel meurtre.

Le ton sarcastique d'Allie passa complètement au-dessus de la tête de Hendricks.

— Alors, tu pensais à Irene ? Bon sang, mais c'est bien sûr ! s'exclama-t-il en se frappant les mains l'une contre l'autre.

A le voir et à l'entendre, on aurait cru qu'Allie venait de résoudre l'affaire Barker.

— Maintenant, je comprends pourquoi on te faisait un gros chèque tous les mois quand tu bossais à Chicago. Je parie que personne d'autre n'a pensé à un truc pareil.

Sans doute parce qu'elle était la seule dans cette ville à en avoir assez vu pour considérer une telle éventualité. Il lui était arrivé de travailler sur des crimes vraiment abominables ; le genre d'affaires que les policiers de Stillwater ne connaissaient qu'à travers la rubrique « Faits divers » des journaux.

— Ça vaut la peine de vérifier, dit-elle lentement.

— Et comment ! s'écria Hendricks. C'est une hypothèse parfaitement plausible.

Son crâne luisant remuait curieusement d'avant en arrière, comme celui du chien en plastique que sa grand-mère avait fièrement posé sur la custode de sa vieille Oldsmobile.

— Si le père de Clay était encore de ce monde, reprit-il, il se serait manifesté à un moment ou à un autre. Les Montgomery vivent à Stillwater depuis… Quoi ? Vingt-trois ans ? Mais ce type n'a jamais pointé le bout de son nez… Plutôt bizarre, non ?

Allie regarda son collègue avec une pointe d'agacement. S'il s'avérait qu'en effet le père de Clay était mort et que les circonstances de son décès n'étaient pas parfaitement limpides, il faudrait se pencher sérieusement sur son cas. Mais Hendricks s'enflammait comme si l'affaire était déjà entendue, alors qu'il ne s'agissait que d'une hypothèse somme toute assez peu probable.

— Inutile de t'emballer ! lui dit Allie. M. Montgomery a sûrement refait sa vie dans un autre Etat.

— Bien sûr, bien sûr, dit Hendricks distraitement.

Mais la jeune femme se rendait bien compte qu'il était trop occupé à développer le scénario qu'elle venait d'esquisser pour écouter ses mises en garde.

— Si on peut prouver qu'Irene a tué son premier mari, ce sera du gâteau de la confondre pour le meurtre du second. On ferait d'une pierre deux coups. Du grand art ! s'exclama-t-il, au comble de l'excitation.

— Hendricks…

Elle se leva et lui saisit fermement le bras pour qu'il comprenne qu'elle ne plaisantait pas

— Ce n'est qu'une hypothèse parmi d'autres. Ne va surtout pas raconter ça à tout le monde.

— Qui ? Moi ? dit-il en posant la main sur son cœur. Pas un mot de ce qu'on a dit ne sortira de cette pièce.

Moins de vingt-quatre heures plus tard, quelqu'un abordait Allie alors qu'elle faisait ses courses au Piggly Wiggly pour lui demander si Irene Montgomery était vraiment une tueuse en série.

La main du révérend Portenski tremblait comme une feuille au vent, tandis qu'il déplaçait une latte du plancher située dans un coin sombre de l'église. Le cœur battant et la bouche sèche, il plongea l'avant-bras dans la cavité qui se trouvait en dessous. Cela faisait déjà dix ans qu'il était tombé par hasard sur cette cachette, un jour où il effectuait de menues réparations. Un jour qu'il maudissait entre tous.

Si seulement Dieu pouvait lui venir en aide, lui dire ce qu'il devait faire de sa sinistre découverte… Incapable d'en décider par lui-même, il avait remis en place la lourde table que son prédécesseur avait installée sur la latte amovible, et s'était efforcé d'oublier ce qu'il avait vu. Mais quand tombait le soir et qu'il n'avait plus d'autre choix que de rester face à lui-même, les images odieuses lui revenaient en tête, le torturant parfois jusqu'au matin.

Il était fatigué de vivre ainsi, dans un sentiment permanent d'angoisse, de culpabilité et d'indécision. Il était temps d'en finir une bonne fois pour toutes. Il retira le sachet en plastique de sa cachette et se dirigea vers la sacristie située au fond de l'église, aussi vite que ses articulations rongées par l'arthrite le lui permettaient.

Un feu crépitait dans la cheminée de la pièce chichement meublée. Le révérend Portenski n'était pas aussi démuni que cet endroit aurait pu le laisser supposer. Il aurait même pu vivre un peu plus confortablement s'il l'avait désiré. Mais il préférait limiter les possessions matérielles au strict minimum. Pour cet être essentiellement spirituel, il s'agissait avant tout d'une hygiène de vie. Affamé de connaissances, il voyait l'intelligence comme un hommage à la lumière divine. Ainsi, tout l'argent qu'il ne consacrait pas à l'église et à ses fidèles servait à acheter des livres. Ils remplissaient trois murs de la pièce, soigneusement alignés sur des étagères de fortune qu'il avait construites lui-même avec des planches de bois récupérées çà et là.

Le sac en plastique qu'il tenait du bout des doigts avait des allures de sacrilège dans ce lieu dévoué à quelques-uns des plus grands esprits de ce monde.

S'approchant de la cheminée, Portenski eut le sentiment que l'enfer s'ouvrait sous ses pieds. Une bouffée de chaleur le submergea tandis qu'il tendait la main vers le feu pour y jeter le sac en plastique.

Vas-y ! Fais-le ! hurlait une voix au fond de lui. *Débarrasse-toi de ce fardeau !*

Mais il n'y arrivait pas. Son désir de protéger l'église et ses fidèles se heurtait à son sens moral. Il se sentit déchiré, perdu : sa raison et l'intérêt de son ministère lui commandaient de tout brûler, mais sa conscience se rebellait. Que faire ? Apporter le sac à la police ? Il avait attendu trop longtemps. Et puis, ça ne changerait rien, maintenant que le mal était fait et que le révérend Barker avait dû se soumettre au jugement divin !

Accablé, il comprit qu'il en était au même point que dix ans plus tôt : détenteur d'un secret qu'il ne pouvait ni révéler ni conserver.

Il se laissa lourdement tomber sur sa chaise et renversa le sac devant lui. Quelques Polaroïd s'éparpillèrent sur son bureau.

En guise de pénitence, il se força à regarder chaque image. Mais un violent haut-le-cœur mit rapidement un terme à son supplice.

Clay entendit sa mère l'appeler.

Se protégeant du soleil avec son avant-bras, il plissa les yeux en direction de l'allée qui contournait la grange et le poulailler. Vêtue d'une robe rouge et coiffée d'un chapeau extravagant, Irene marchait maladroitement, gênée par ses chaussures à talons aiguilles.

— Reste où tu es, dit-il. J'arrive !

Il laissa tomber sa pelle et se dépêcha d'aller à sa rencontre avant qu'elle ne se torde une cheville sur l'allée en gravier. Il avait passé la matinée à nettoyer les rigoles d'irrigation et il était en nage : son T-shirt à manches longues lui collait à la peau. Pourtant, il ne faisait pas très chaud et une épaisse couche nuageuse masquait le soleil.

— Tu es au courant ? cria Irene avant même qu'il n'arrive à sa hauteur.

Au courant de quoi ? se demanda-t-il, peu pressé d'en savoir plus. Surtout qu'elle avait dit ça d'un ton qui ne laissait rien présager de bon. Et puis elle n'aurait pas quitté son travail sans une bonne raison.

— Qu'est-ce qu'il y a ? demanda-t-il en se préparant au pire.

— Allie McCormick essaie de retrouver Lucas.

— Lucas ? répéta-t-il, abasourdi.

Rechercher le second mari de sa mère ne lui suffisait donc

plus… Il fallait à présent qu'elle mette aussi la main sur le premier.

— Oui, Lucas ! Tu ne te souviens plus du prénom de ton père, Clay ?

Il essuya la sueur qui perlait à son front avec la manche de son T-shirt. Bien sûr qu'il se souvenait du prénom de son père ! Seulement, il l'avait relégué depuis longtemps dans un coin sombre de son cœur. A quoi bon se rendre malade, comme à l'époque où il pensait à lui tous les jours ? De toute façon, il ne reviendrait plus.

— Pour quelle raison est-ce qu'elle le cherche ?

— La rumeur court que je l'ai tué ! Tu te rends compte ? Je suis certaine que Lucas se porte comme un charme, ajouta-t-elle, incapable de dissimuler une certaine amertume.

Clay leva la main pour inviter sa mère à se calmer et à ralentir son débit.

— Doucement, maman, doucement. Pourquoi diable Allie s'intéresserait-elle à Lucas ? Il n'a rien à voir avec la disparition de Barker. Il n'a même jamais mis les pieds à Stillwater.

— Je crois qu'elle me prend pour une sorte de veuve noire, Clay. En tout cas, c'est l'avis de Mme Little.

Mme Little était la propriétaire de la boutique de vêtements où sa mère travaillait cinq jours par semaine. Bien qu'au début elle ait fait preuve d'une certaine méfiance vis-à-vis de sa nouvelle employée et que leurs rapports soient restés professionnels avant tout, elle se montrait plus aimable avec Irene que la plupart des gens de cette ville.

— Alors, comme ça, Allie McCormick recherche Lucas… Eh bien, qu'elle le cherche ! dit Clay en haussant les épaules. Pendant ce temps-là, au moins, elle nous fichera la paix avec Barker.

— Mais que se passera-t-il si elle le retrouve ?

— On devrait peut-être lui demander de récupérer les années de pension alimentaire qu'il te doit.

Irene fit la grimace.

— Arrête de dire des bêtises ! Tu sais aussi bien que moi

qu'il ne me versera jamais le moindre centime. De toute façon, je ne voudrais pas de son argent.

Clay ne voyait pas ce qui la tourmentait à ce point.

— Qu'est-ce qui t'inquiète, au juste ?

— Si elle l'appelle, il risque d'avoir envie de venir nous voir. Et ça, il n'en est pas question.

— Il se fout royalement de nous, maman. Sinon, il nous aurait contactés depuis longtemps.

— Va savoir s'il ne verrait pas là une occasion de nous demander pardon ! dit Irene. A toi, surtout. Tu es le plus âgé des enfants. C'est toi qu'il connaissait le mieux.

Du revers de la main, Clay brossa la terre qui maculait son pantalon. Son père n'était jamais revenu. Pas même pour lui. Clay savait que la blessure de son départ ne guérirait sans doute jamais. Mais il refusait de s'apitoyer sur son sort.

De toute façon, la crainte que Lucas ne débarque n'était pas la seule chose qui préoccupait sa mère. Il sentait qu'il y avait autre chose.

— Tu t'imagines que ça me ferait plaisir de le revoir, c'est ça ?

— Tu l'admirais tellement !

Irene avait raison. Dans une autre vie, Lucas Montgomery avait été un héros pour Clay. C'était l'homme qui emmenait toute la famille en ville, les jours de paie. Il offrait aux enfants des cornets de glace : ceux qui sortaient de la machine en tortillons bicolores. L'homme qui entraînait sa maman dans des valses endiablées d'un bout à l'autre de la cuisine, ou qui se mettait à chanter avec une spatule en guise de micro pour leur plus grand plaisir. L'homme qui berçait Molly sur ses genoux jusqu'à ce qu'elle s'endorme, avant d'aller sur la pointe des pieds la coucher dans son petit lit à barreaux. A cette époque, Clay avait le sentiment que sa vie était plus belle, plus complète quand son père était là. Et il était persuadé que le reste de la famille ressentait la même chose.

Mais très vite, alors que Clay n'était âgé que de cinq ou six ans, Lucas avait cessé de rentrer tous les soirs à la maison. Et quand il avait commencé à découcher plusieurs nuits d'affilée, la maison s'était remplie de cris et de larmes. Clay entendait encore sa mère supplier : « Lucas, tu dois arrêter de boire et de faire la noce, tu m'entends ? On vient de recevoir la seconde lettre de rappel pour la facture d'électricité. Qu'est-ce qu'on fera s'ils nous coupent le courant ? » Ou encore : « Tu dois assumer tes responsabilités, Lucas. Quel exemple crois-tu que tu donnes à ton fils ? Il a besoin d'un père, pas d'un type qui passe en coup de vent après trois jours d'absence pour distribuer des baisers avec une haleine encore imprégnée d'alcool. » Ce à quoi son père répondait invariablement : « L'alcool n'a rien à voir avec ça, Irene. C'est seulement que je suis encore jeune et que j'ai tant de choses à voir, à expérimenter. Je ne peux pas rester coincé ici avec une femme et trois gosses. J'étouffe, tu comprends ? »

Au début, Clay avait pris la défense de son père. Dans son regard d'enfant, sa mère était la méchante, la rabat-joie, toujours en train de râler et de pleurer alors que Lucas, imprévisible, fantaisiste, riait tout le temps à gorge déployée. Pourquoi ne voulait-elle pas que papa s'amuse ? C'était forcément à cause d'elle qu'il passait de moins en moins de temps à la maison. Et puis, un jour, le papa si drôle les avait abandonnés, et Clay avait dû grandir presque du jour au lendemain. Tandis qu'il travaillait à l'épicerie du coin pour la moitié du salaire qu'aurait touché un adulte, il avait eu tout le temps de réaliser quel était celui de ses parents qui l'aimait vraiment.

Encore aujourd'hui, il arrivait à Clay de se reprocher son attitude de l'époque, si injustement hostile envers sa mère. Mais il comprenait à quel point il avait été difficile pour l'enfant qu'il était de blâmer cet homme au sourire facile, cet homme qui s'en sortait toujours par une pirouette : « Arrête de tout prendre au sérieux, Irene. Ton problème, c'est que tu ne sais pas t'amuser. »

— Tu n'as aucune raison de t'inquiéter, dit Clay. Je ne veux plus rien avoir à faire avec lui.

— C'est sa faute si notre vie est ce qu'elle est aujourd'hui.

S'il avait été un peu plus responsable, on habiterait encore à Booneville.

— Je sais, maman.

Lucas avait abandonné Irene sans lui donner un sou. Elle était si démunie, à l'époque, que les services sociaux avaient failli lui retirer ses enfants. Sans aucun diplôme ni la moindre expérience professionnelle, il lui était impossible de gagner assez d'argent pour nourrir correctement sa famille. Clay gardait encore à la mémoire cet été où il n'avait mangé que des flocons d'avoine. La demande en mariage du révérend Barker était intervenue dans ce contexte difficile. Irene avait accepté pour des raisons qui n'avaient rien à voir avec l'attirance physique, et encore moins l'amour. Tout le monde avait compris qu'elle voulait avant tout offrir la sécurité à ses enfants. Clay avait le sentiment que le révérend lui-même n'avait pas été dupe ; il n'était pas bête au point de s'imaginer qu'il avait séduit une femme tellement plus belle et plus jeune que lui.

Mais Irene avait joué le jeu, déterminée à être une bonne épouse et à faire de son mieux pour réussir cette nouvelle vie qu'elle considérait comme une seconde chance. Clay se souvenait qu'elle avait traité Madeline, la fille unique du révérend, comme son propre enfant. Elle lui avait expliqué, à lui, que son nouveau papa n'était peut-être pas aussi beau et charmant que le premier mais qu'au moins il s'occuperait bien de sa famille et que c'était ce qui comptait le plus. A l'en croire, Barker était un homme d'une grande intégrité morale, et ils allaient enfin connaître le bonheur d'un foyer stable.

Pauvre Irene… Elle était loin d'imaginer que sous le masque d'un homme d'Eglise apprécié de tous se cachait un ignoble prédateur.

— Pourquoi n'irais-tu pas dire un mot à Allie McCormick ? suggéra-t-elle d'une voix faussement enjouée. Tu pourrais la convaincre de cesser ses recherches.

Clay lâcha un long soupir.

— A quoi bon ? Laisse-la faire ce qu'elle veut et joue l'indifférence. Si tu essaies de l'en empêcher, elle va s'imaginer que ça te pose un problème, et ça lui donnera envie d'en savoir plus.

— Mais ça me pose réellement un problème ! s'écria Irene. Il faut que tu lui expliques à quel point la vie a été compliquée pour nous, après que Lucas nous a abandonnés. Dis-lui de ne pas perdre son temps avec lui.

— Qu'est-ce que tu racontes, maman ? D'une part, je n'ai aucun moyen de convaincre Allie McCormick de renoncer à son projet, et d'autre part tu paniques pour rien. Lucas s'est désintéressé de notre sort durant toutes ces années, et je ne vois pas pourquoi il aurait soudain envie de prendre de nos nouvelles. Et même s'il décidait de nous revoir, je t'ai déjà dit que je ne lui ouvrirais pas ma porte. Je suis persuadé que Molly et Grace feront comme moi. Tu n'as rien à craindre, je t'assure !

Irene se tordit les mains et inspira profondément.

— Ce n'est pas vrai, dit-elle, le visage grave.

— Qu'est-ce qui n'est pas vrai, maman ?

— Ce n'est pas vrai qu'il s'est totalement désintéressé de nous.

Clay plissa le front.

— Qu'est-ce que tu me chantes là ?

— Il m'a appelée, une fois.

— Il t'a appelée ? répéta Clay qui ne s'attendait pas du tout à ça. Quand ?

— Quelques semaines après la mort de Lee.

— Comment a-t-il fait pour te retrouver ?

— A Booneville, tout le monde savait que j'avais épousé un révérend et que j'avais déménagé à Stillwater. Ça n'a pas dû être bien compliqué.

Clay se passa la main dans les cheveux et ferma les yeux un instant.

— D'accord, dit-il. Il t'a donc appelée une fois. Mais je ne vois pas ce que ça change.

— C'est-à-dire que…, commença Irene d'un ton hésitant.

Clay l'encouragea du regard.

— Tu te souviens que j'étais au plus mal, reprit-elle. J'étais à deux doigts de faire une dépression nerveuse. Quant à Grace… Enfin, tu sais dans quel état elle se trouvait, après avoir subi les attouchements de cette ordure. Elle s'éloignait de nous, elle était emmurée dans son silence… Et Molly était encore toute petite, un peu désorientée mais pas vraiment consciente de la situation. Tu étais la seule personne à qui j'aurais pu parler de ce qui venait d'arriver, et tu n'avais que seize ans.

Clay eut une soudaine poussée d'adrénaline, et son cœur se mit à battre plus fort.

— Ne me dis pas que…

— Mets-toi à ma place, Clay. J'avais besoin de me confier à quelqu'un. A un adulte, tu comprends ? J'ai honte de l'admettre, mais je me sentais tellement perdue que je l'ai supplié de revenir vivre avec nous.

Clay s'efforça de conserver son sang-froid, malgré l'angoisse qui le gagnait.

— Que lui as-tu dit, exactement ?

— Tout. Je lui ai tout raconté. J'avais absolument besoin de me confier, d'alléger ma conscience. J'ai pensé que si je lui expliquais ce qui nous arrivait, à quel point tout cela était injuste, il se comporterait enfin comme l'homme que j'avais toujours voulu qu'il soit. Quelle sorte de père peut apprendre que sa fille a subi des attouchements sexuels sans accourir aussitôt pour lui venir en aide ?

— Quelle a été sa réaction ? demanda Clay d'une voix blanche.

Il était à bout de souffle, la poitrine dans un étau.

— Il m'a promis qu'il allait venir nous chercher. A l'époque, il habitait en Alaska. Il m'a dit que c'était magnifique, là-bas, et qu'on allait s'y plaire.

Clay enfouit la tête dans ses mains, et attendit quelques secondes avant de regarder de nouveau sa mère.

— Même s'il avait tenu parole, tu sais comme moi que nous n'aurions pas pu quitter Stillwater, dit-il. Nous sommes condamnés à y vivre jusqu'à la fin de nos jours. Si on vendait la ferme, la police obtiendrait du nouveau propriétaire la permission de fouiller, et ils retourneraient la moindre parcelle de terre.

— Lucas a dû penser la même chose que toi.

— Pourquoi dis-tu ça ?

Elle baissa tristement la tête.

— Parce que je n'ai plus jamais entendu parler de lui.

— Quel salaud…, murmura Clay, le regard perdu dans le lointain, bien au-delà des champs de coton.

Que faire, à présent ? Si Allie parvenait à contacter Lucas, elle arriverait peut-être à lui tirer les vers du nez. Et à partir de là, les choses risquaient de s'enchaîner très vite : la police ne tarderait pas à retrouver la voiture de Barker dans la carrière où Clay l'avait abandonnée, puis le juge délivrerait un nouveau mandat de perquisition. Et, cette fois-ci, le shérif ne repartirait pas bredouille. Ce n'était pas le ciment que Clay avait coulé sur le sol terreux de la cave qui allait les arrêter.

— Tu te rends compte de ce que tu as fait, maman ? dit-il sans colère. Il en a peut-être parlé autour de lui… Et comment être sûr qu'il ne va pas rapporter tes propos à Allie ?

— Il m'a juré de garder le secret.

De la part d'un type qui n'avait jamais su tenir une promesse, c'était particulièrement rassurant !

— Tu crois que tu pourrais demander au shérif de freiner les ardeurs de sa fille ? demanda-t-il.

Que son aventure avec Dale McCormick serve au moins à ça ! songea-t-il amèrement.

— Tu plaisantes ? Il refuse même de prononcer mon nom devant elle.

— Et quel est son avis à lui sur la disparition de Barker ? Il t'a déjà posé des questions à ce sujet ?

— Non, jamais. On évite soigneusement d'en parler. J'ai l'impression qu'il préfère ne pas savoir.

— Tu as eu de ses nouvelles récemment ? demanda Clay en se raidissant un peu.

— Il m'a appelée hier.

— Et qu'est-ce qu'il t'a dit ?

— Que je lui manquais.

Inutile d'être très perspicace pour comprendre que ce sentiment était partagé.

— Tu lui as laissé entendre que tu souhaitais mettre un terme à votre histoire ?

Irene rentra la tête dans les épaules et fit la grimace.

— Maman !

— Je n'ai pas pu, dit-elle d'une petite voix fautive. Ça faisait plus d'une semaine qu'on ne s'était pas parlé. Mais je vais le lui dire, je te le promets, ajouta-t-elle avec empressement. Seulement, de ton côté, tu dois te débrouiller pour que sa fille renonce à chercher Lucas. Il faut absolument que tu fasses quelque chose avant qu'elle ne lui parle.

Clay se frotta le menton, et sa barbe naissante crissa sous la pression de sa main. Il n'avait aucun moyen d'arrêter la machine. Allie n'allait certainement pas renoncer à cette procédure pour ses beaux yeux ! Il ne fallait pas rêver, surtout après ce qui s'était passé avec Beth Ann.

— Que veux-tu que je fasse ? dit-il. Je ne vois pas pourquoi elle m'écouterait.

— Elle n'a pas d'homme dans sa vie, fit remarquer Irene.

Le visage de Clay se ferma. Ses craintes se confirmaient.

— Je vais faire comme si je n'avais rien entendu, dit-il.

Irene rajusta son chapeau pour se donner une contenance.

— Les femmes sont toutes folles de toi, Clay. Tu peux te débrouiller pour qu'Allie succombe à ton charme. Tu pourrais même faire en sorte qu'elle tombe amoureuse de toi. Une femme est capable de tout par amour.

— Pas question ! répondit-il fermement. Je refuse de jouer avec ses sentiments.

— Mais c'est une jolie femme, et...

— J'ai dit non, maman !

— Bon, bon, ça va. Ne va pas aussi loin si tu as des scrupules. Mais rien ne t'empêche d'être gentil avec elle, d'avoir des petites attentions… Pourquoi ne pas l'emmener au cinéma, un de ces soirs ? Ou bien au restaurant ? Peut-être même que tu apprécieras sa compagnie, on ne sait jamais. Vous formeriez un beau couple, tous les deux.

Clay n'en revenait pas.

— Tu es tombée sur la tête ou quoi ? Combien de temps crois-tu qu'il lui faudrait pour me percer à jour ? Et puis imagine le tableau : toi avec le père et moi avec la fille ! Ce serait vraiment le bouquet !

— Mieux vaut t'en faire une amie qu'une ennemie, répliqua Irene. Tu n'as rien contre le fait d'avoir de nouveaux amis, n'est-ce pas ?

Il ne répondit pas, et elle s'engouffra dans la brèche.

— S'il te plaît, Clay ! Madeline m'a dit qu'elle était très sympathique.

Ça, il le savait. Sa mère n'avait pas besoin de l'en convaincre. Il s'était rendu compte par lui-même qu'Allie était quelqu'un de bien. Elle n'avait pas fait preuve d'hostilité à son égard, la nuit où Beth Ann avait appelé la police. Contrairement à la plupart des habitants de cette ville, elle semblait n'avoir aucun préjugé contre lui.

— Je ne sais pas…, murmura-t-il.

L'idée de nouer des relations amicales avec un flic lui paraissait presque surréaliste. Il avait passé tant d'années à les éviter comme la peste… D'un autre côté, il existait un vieil adage plein de sagesse : « Il ne faut pas perdre ses amis de vue, et encore moins ses ennemis. » En se rapprochant d'Allie, il parviendrait peut-être à glaner des informations sur la progression de l'enquête, ce qui lui permettrait de mieux protéger sa famille. Oui, mais…

— La perspective de manipuler quelqu'un me fait horreur, dit-il après quelques secondes de silence.

Et quand ce quelqu'un était une femme comme Allie, cela devenait presque inconcevable. Non, vraiment, même si la suggestion de sa mère n'était pas dénuée de bon sens, il préférait garder ses distances avec la fille de McCormick.

— Peut-on vraiment se permettre de faire l'autruche en espérant que Lucas ne dira rien ? demanda Irene.

Non. Il savait qu'ils ne pouvaient pas se le permettre.

— Clay…, dit Irene doucement en lui touchant le bras.

— Quoi ?

— Il faut faire tout ce qui est en notre pouvoir pour éviter qu'Allie McCormick contacte ton père.

Elle avait raison. A quoi bon s'aveugler ? Allie était plus qualifiée que tous ceux qui avaient enquêté avant elle sur cette affaire. Et sa détermination ne faisait aucun doute. Après tout, passer un peu de temps en sa compagnie n'était peut-être pas une si mauvaise idée… Avait-il seulement le choix ? Il lui suffirait d'être prudent, de ne pas en faire trop.

Il soupira en se demandant s'il parviendrait jamais à se libérer du passé.

— C'est entendu, dit-il. Je vais essayer.

Visiblement soulagée, sa mère lui adressa un grand sourire. Elle semblait croire qu'il lui suffisait de claquer des doigts pour qu'Allie oublie Lucas et classe à tout jamais le dossier Barker.

Si seulement ça pouvait être aussi simple ! songea Clay.

5.

Ce soir-là, après s'être douché et séché les cheveux, Clay appela Madeline avec le téléphone sans fil qu'il avait emporté dans la salle dc bains. Il adorait sa sœur adoptive et prenait souvent de ses nouvelles. Irene, Grace et Molly faisaient de même. Après la disparition de son père, la jeune orpheline avait choisi de rester avec eux plutôt que d'aller vivre avec la famille éloignée du révérend. Cette décision en avait surpris plus d'un à Stillwater, mais pas les Montgomery : ils la considéraient depuis toujours comme l'une des leurs. Ils partageaient tout avec elle, à l'exception notable de leur terrible secret… Secret qui pourrait la conduire à les haïr si d'aventure elle venait à le percer.

— Salut ! dit-elle. Tu sais que je suis tombée sur Beth Ann en prenant de l'essence, aujourd'hui…

Il accrocha sa serviette à la patère fixée derrière la porte.

— Suis-je censé applaudir à cette nouvelle ?

— C'était juste pour te dire que je suis au courant de ce qui s'est passé avant-hier.

— Je m'en serais douté ! dit-il d'un ton blasé en quittant la salle de bains embuée.

— Ce dont tu ne te doutes peut-être pas, c'est que Beth Ann m'a donné une version des faits assez différente de celle qui circule en ville.

Il entra dans sa chambre et présenta son dos à la psyché pour voir si les griffures avaient cicatrisé.

— Tu vas m'annoncer une bonne ou une mauvaise nouvelle ?

— Une bonne.

Les griffures avaient presque entièrement disparu. Ça aussi, c'était une bonne nouvelle.

— Alors, elle ne t'a pas raconté que j'avais essayé de la tuer ?

— Non. Elle m'a seulement dit que tu l'avais quittée.

— Même ça, c'est un mensonge, maugréa-t-il en ouvrant le tiroir qui contenait ses sous-vêtements.

— Comment ça ?

— Je n'ai pas pu la quitter puisque nous ne formions pas un couple. Je ne lui ai jamais fait aucune promesse.

— Mais elle espérait que les choses allaient évoluer. C'est humain, mets-toi un peu à sa place… Au fait, elle s'en veut terriblement d'avoir appelé la police. A l'en croire, elle est encore follement amoureuse de toi.

Il enfila son caleçon, le téléphone coincé entre l'oreille et l'épaule.

— Ne t'inquiète pas pour Beth Ann. La semaine prochaine, elle sera follement amoureuse de quelqu'un d'autre.

— Tu n'es qu'un affreux cynique ! s'esclaffa Madeline. Mais tu as peut-être raison, après tout. John Keller attendait dans sa voiture pendant qu'elle se lamentait à ton sujet. Et à voir la façon dont il la regardait, je suis certaine qu'il est tout disposé à la consoler.

— John Keller ? répéta Clay. Qui est-ce ?

— Tu sais bien, le type qui dirige Stillwater Sand and Gravel pour le compte des parents de Joe Vincelli… Tu es jaloux ?

— Non, répondit Clay en choisissant un jean dans la pile. Je croyais que Joe s'occupait de cette carrière de gravier, ajouta-t-il après un court silence.

— Il a bien le titre de directeur, mais en réalité, il n'y met presque jamais les pieds. Depuis son divorce, Joe est trop occupé à courir les filles et à boire de la bière pour travailler. C'est John qui fait tourner la boutique.

Si Madeline le disait, ça devait être vrai. Stillwater et ses habitants n'avaient aucun secret pour elle. D'ailleurs, son métier consistait en partie à se tenir au courant de tout : deux ans plus tôt, elle avait racheté le *Stillwater Independent*, un hebdomadaire local, à un couple qui avait décidé de prendre sa retraite.

— Ce bon vieux Joe, murmura-t-il en mettant son pantalon.

— Je sais, je sais, tu ne le portes pas dans ton cœur.

— C'est le moins qu'on puisse dire.

A cause de Joe, la police était venue creuser chez lui avec un excavateur. Mais ce n'était rien comparé à la façon dont ce type s'était comporté avec Grace. Clay ne connaissait pas le fond de l'affaire, mais il en savait assez pour deviner que la haine entre Vincelli et sa sœur remontait à l'époque où ils étaient ensemble au lycée. Il croyait également savoir qu'ils avaient couché ensemble à cette époque. Pourtant, il ne s'était jamais permis de porter un jugement moral sur les errements de sa sœur. Elle avait tellement souffert des abus du révérend... Après qu'elle eut enduré ses attouchements à l'âge de treize ans, elle avait recherché de façon compulsive le contact physique avec les garçons. Une façon de terminer le travail de destruction entamé par Barker... Et Joe, ce salaud, n'avait rien trouvé de mieux que d'en profiter, infligeant de nouveaux bleus à cette âme à la dérive.

Clay avait bien essayé de la protéger d'elle-même, mais Grace n'avait pas voulu de son aide. La rage au cœur, il avait assisté, impuissant, à sa lente descente aux enfers. N'importe quel être un peu sensible aurait compris que sous les manières provocantes de l'adolescente se cachait une petite fille perdue. Mais Joe-le-profiteur n'était pas du genre à s'embarrasser de scrupules.

Quelle force de caractère il avait dû falloir à Grace pour s'en sortir... Parce qu'elle s'en était sortie. Dieu sait comment, elle était parvenue à surmonter ses traumatismes, à se réapproprier son corps et à reprendre confiance en elle. Elle semblait heureuse, à présent, et Clay ferait tout pour que rien ne vienne perturber l'harmonie de sa nouvelle vie. Même s'il devait pour cela rester dans cette maudite ferme jusqu'à la fin de ses jours... Jusqu'à ce qu'il pourrisse comme avait pourri le corps de celui dont il gardait les restes à la manière d'une sentinelle.

Cette pensée lui rappela l'objet de son appel.

— Qu'est-ce que tu fais, ce soir ? demanda-t-il en boutonnant sa braguette d'une main.

— Kirk m'a demandé si je voulais jouer au billard avec lui. Pourquoi ? Tu veux nous accompagner ?

Kirk Vantassel, couvreur de métier, était le petit ami de Madeline depuis des années. Clay s'était longtemps attendu à recevoir un faire-part de mariage, mais à ce jour les tourtereaux n'étaient même pas encore fiancés. Avec le temps, ils ressemblaient de moins en moins à un couple d'amoureux, et ceux qui ne les connaissaient pas s'imaginaient souvent qu'ils étaient frère et sœur.

— Je sais que tu n'aimes pas la foule et que le Good Times est bourré à craquer le vendredi soir, dit-elle, mais je pense que ça te ferait du bien de sortir. Ça n'est pas sain de toujours rester enfermé chez toi, Clay.

— O.K., je vous retrouve là-bas, dit-il contre toute attente.

Et elle n'était pas au bout de ses surprises.

— Tu crois que tu pourrais convaincre Allie McCormick de venir ?

Clay profita du silence stupéfait à l'autre bout du fil pour passer la tête dans le trou de son T-shirt.

— Tu veux que je t'arrange un rendez-vous avec Allie ? demanda Madeline juste au moment où il collait de nouveau l'écouteur contre son oreille.

— Non, non, qu'est-ce que tu vas chercher là ? répliqua-t-il du ton le plus neutre possible. J'avais seulement envie de la connaître un peu mieux.

— Je vois, dit Madeline lentement pour bien lui faire comprendre qu'elle n'était pas dupe.

— Tu fais fausse route, petite sœur, dit Clay en se glissant dans une chemise qu'il laissa ouverte par-dessus son T-shirt.

C'est juste que j'ai entendu dire qu'elle enquêtait sur la disparition de ton père…

Il s'interrompit pour s'asperger d'eau de toilette.

— Et je me suis dit que ça vaudrait peut-être le coup qu'on en discute, pour savoir si je ne pourrais pas par hasard lui être utile.

Il détestait mentir, et plus encore quand il s'adressait à quelqu'un d'aussi proche que Maddy. Mais, une fois de plus, il payait le prix de ses actions passées.

— C'est très généreux de ta part, Clay, dit-elle avec une pointe de moquerie dans la voix. Surtout quand on connaît ton aversion pour tout ce qui porte un uniforme… Eh bien, figure-toi que j'avais justement l'intention de l'appeler, ajouta-t-elle en reprenant son sérieux. Elle a laissé un message sur mon répondeur à propos de la bible de papa.

— Ah bon ? Elle veut y jeter un coup d'œil ?

— Ouais.

Cette idée ne lui plaisait pas beaucoup. Les notes manuscrites laissées par le révérend sur les premières et les dernières pages de sa bible pouvaient être différemment interprétées. Allie comprendrait-elle que ces mots étaient ceux d'un détraqué ou n'y verrait-elle, comme Madeline, que l'expression d'un amour pieux et innocent pour la petite Grace ?

Dans des moments pareils, Clay se disait qu'ils avaient eu raison de cacher la vérité à Maddy. C'était douloureux pour elle d'ignorer ce qu'il était advenu de son père, d'autant que son angoisse qu'il l'eût abandonnée ne s'était jamais entièrement dissipée. Mais elle aurait souffert mille fois plus si elle avait appris que le révérend était la dernière des ordures.

Aurait-elle seulement pu croire son père capable de telles horreurs ? se demandait parfois Clay. C'était loin d'être certain. Ce dont on pouvait être sûr, par contre, c'est que personne dans cette ville ne serait disposé à entendre la vérité. Pour ses anciens fidèles, Barker était un saint homme : un symbole de droiture et de pureté.

— Je vais aller manger un morceau, dit-il. On se verra au Good Times.

— Tu dînes chez toi ou en ville ?

— Je pense que je vais aller au Two Sisters. Tu veux m'y rejoindre ?

— Ce serait sympa, mais j'ai un article à terminer. Et puis Kirk est encore au boulot, en train de réparer un toit qui fuit. Ce serait quand même plus gentil de l'attendre et de dîner avec lui, tu ne trouves pas ?

— Si, bien sûr. Ton article parle de quoi ?

La question n'était pas aussi désintéressée qu'elle en avait l'air. A vrai dire, Clay se méfiait un peu des sujets que Madeline choisissait : la semaine précédente, elle avait publié un papier sur les voitures qu'il restaurait dans sa grange, précisant qu'un collectionneur lui avait récemment acheté une Chevrolet Bel Air de 1957 pour la coquette somme de 52 000 dollars, et qu'un autre attendait de prendre livraison d'une Jaguar XJ6 de 1960 bien plus chère encore. Une autre fois, elle avait écrit qu'il s'occupait seul d'une « immense ferme magnifiquement entretenue », comme s'il était sur le point de se voir octroyer la médaille du mérite agricole. Mais le pire, c'était la fois où elle l'avait mis à l'honneur dans sa section « Célibataire du mois », le décrivant comme « terriblement séduisant » et doté du « charme mystérieux des hommes insaisissables ». Clay se serait volontiers passé de ce coup de projecteur : avec tous les soupçons qui pesaient sur lui, il attirait suffisamment l'attention comme ça pour qu'il ne soit pas nécessaire d'en rajouter.

Lorsqu'il avait protesté, elle lui avait candidement expliqué que son nom faisait vendre. Alors, il s'était fait une raison. Il n'allait pas en mourir, après tout. Et tant mieux s'il pouvait l'aider à écouler quelques exemplaires supplémentaires de son journal.

Pourtant, il se sentit sur la défensive lorsqu'elle évoqua sa nouvelle idée d'article :

— Ce qui s'est passé avec Beth Ann m'a donné envie d'écrire

quelque chose sur les raisons qui poussent une femme à accuser l'homme qu'elle aime de crimes imaginaires.

— Vraiment ? dit-il en faisant la grimace. Et quand comptes-tu publier ça ?

— Dans un numéro d'été, je pense.

Croisant les doigts pour qu'elle oublie d'ici là ce sujet saugrenu, Clay ramassa son portefeuille et ses clés de voiture.

— Tu ne m'as toujours pas dit ce que tu écrivais en ce moment.

— Je prépare une série d'articles sur Allie.

— Tiens donc… Tu comptes l'élire « Célibataire du mois » ?

— Non, il s'agit d'articles de fond sur les meurtres qu'elle a élucidés quand elle travaillait à Chicago. Ça va faire la une.

— C'est une très bonne idée. Je vais lire ça avec intérêt.

— Tu verras, c'est passionnant. Dans l'une des affaires que j'évoque, elle a réussi à trouver le coupable grâce aux surpiqûres du drap dans lequel était enveloppée la victime.

— Aux surpiqûres ?

— Parfaitement. Elle s'est rendu compte que ce drap était différent de ceux que l'on utilise généralement chez soi. Alors, elle a contacté toutes les sociétés qui lavent le linge pour la restauration et l'hôtellerie, et elle s'est aperçue que les hôtels apposaient chacun une surpiqûre de couleur différente sur leurs draps. Pour qu'ils ne soient pas tous mélangés, tu comprends ?

— Euh… Oui, mais comment cette découverte l'a-t-elle menée jusqu'au tueur ? demanda Clay.

— Tu auras les détails quand l'article paraîtra. Mais je peux te dire que c'était drôlement malin de sa part. En gros, elle a réussi à retrouver l'établissement d'où provenait le drap et à confondre l'un des employés.

— Bien joué, dit Clay.

Mais il n'était plus très sûr d'avoir envie de lire cet article. Il était déjà bien assez inquiet comme ça.

*
* *

— Allie ? Allie !

La voix de son père vint se superposer à celle d'un personnage du dessin animé que regardait Whitney. S'emparant de la télécommande, elle coupa le son pour qu'ils puissent se parler sans hurler.

— Qu'est-ce qu'il y a, papa ?

— Téléphone !

Elle ne l'avait pas entendu sonner. Allie se frotta les yeux, et comprit que les cris de son père l'avaient tirée de sa somnolence. Elle était de repos pour le week-end et elle allait enfin pouvoir passer la nuit dans son lit. Mais en attendant d'aller se coucher, elle éprouvait quelque difficulté à rester éveillée.

— J'arrive !

Une nouvelle pression sur la télécommande, et Belle retrouva sa voix pour le plus grand bonheur de Whitney et de Clochard.

Allie n'eut qu'une porte à pousser pour pénétrer dans le bureau de son père — ou plutôt sa tanière —, mais il lui fallut un moment avant de dénicher le téléphone au milieu du fouillis qui régnait dans la pièce.

— Allô !

— Allie ? C'est Madeline.

Elle se laissa tomber lourdement dans le fauteuil. Elle s'attendait à cet appel.

— Comment vas-tu, Maddy ?

— Bien, merci. Et toi ?

— Un peu décalée avec les horaires de nuit, mais je tiens le coup.

— C'est vrai que ça ne doit pas être évident… Au fait, je tiens la bible de mon père à ta disposition. J'ai lu et relu ses annotations manuscrites, et je n'ai rien trouvé qui puisse être considéré comme un indice. Mais si tu as envie d'y jeter un coup d'œil, ça ne me dérange pas du tout.

— Dans une affaire comme celle-ci, il est toujours intéressant de regarder les pièces disponibles avec un regard neuf. Pour ne rien te cacher, je n'ai pas fait beaucoup de progrès. Je dois passer le dossier au peigne fin et ça prend énormément de temps, d'autant que les documents se sont accumulés avec les années et que je m'intéresse au moindre détail.

— Je comprends, Allie. Tu sais, j'apprécie ta minutie et je te suis très reconnaissante d'avoir repris l'enquête. Ce n'est pas grave si c'est un peu long. Quelques mois de plus ou de moins, après toutes ces années… L'essentiel, c'est de découvrir ce qui est arrivé à papa. Et je suis certaine que tu y parviendras.

Allie sentit son cœur se serrer en entendant l'espoir qui transparaissait dans la voix de Madeline. Depuis dix-neuf longues années, elle attendait de savoir ce qu'il était advenu de son père. Comme ça devait être douloureux pour elle !

— Je ne peux rien te promettre, Maddy, mais tu sais que je ferai tout mon possible pour parvenir à un résultat.

— Personne n'est plus qualifié que toi pour m'aider, je le sais.

Allie ferma les yeux. Il n'allait pas être facile de se montrer à la hauteur de cette confiance. Elle avait rouvert beaucoup d'anciens dossiers dans sa jeune carrière, avec un taux de réussite d'environ un sur six, ce qui était unanimement considéré comme excellent. L'interview accordée au *Stillwater Independent* avait été l'occasion de faire état de ces statistiques, d'évoquer les indices qui se dégradaient au fil du temps, les témoins clés décédés ou introuvables, les mémoires qui flanchaient. Mais Madeline avait occulté ces mises en garde pour ne retenir que les succès de son amie. D'ailleurs, si Allie avait bien compris, elle avait décidé de publier le récit des investigations qui avaient connu un dénouement heureux et de faire l'impasse sur les échecs, pourtant plus nombreux.

Se focaliser sur les affaires résolues était sans doute une façon de garder confiance en l'issue de l'enquête qui la concernait directement.

— Je ferai de mon mieux, répéta Allie.

— Tu n'as pas besoin de me le dire : je sais que je peux compter sur toi.

Allie fit rouler le fauteuil pour se rapprocher du bureau et jeter un coup d'œil distrait sur le fichier rotatif de son père.

— Et sinon, quoi de neuf? demanda-t-elle en faisant défiler les bristols manuscrits.

— Tu travailles, ce soir? demanda Madeline en guise de réponse.

— Non, pourquoi?

Elle s'arrêta sur la fiche d'un fleuriste installé dans la ville voisine de Corinth. Bizarre. Son père n'avait pas l'habitude d'offrir des fleurs! Voilà qui était nouveau. A moins qu'il n'ait eu besoin de faire livrer une couronne… Pourtant, aucun proche n'était mort récemment. Et s'il s'était agi d'une relation professionnelle, il s'en serait occupé au poste de police, sûrement pas à la maison.

— J'ai pensé que tu aurais peut-être envie de te joindre à nous, ce soir. On va danser et jouer au billard. Ça me ferait plaisir que tu viennes.

Allie continua à faire tourner le fichier tout en réfléchissant à la proposition de son amie. En temps normal, elle aurait sauté sur l'occasion de faire une sortie avec Maddy. Le souvenir des bons moments passés ensemble lorsqu'elles étaient gamines était encore très présent dans son esprit. Et puis elle avait envie de retrouver une vie sociale. Même si ses deux meilleures amies de lycée s'étaient mariées et avaient quitté Stillwater peu de temps après son propre départ, il y avait d'autres personnes ici avec lesquelles elle souhaitait renouer. Jusqu'à présent, entre la nouvelle école de Whitney et son travail de nuit, elle n'avait trouvé le temps de revoir aucune de ses anciennes connaissances.

Oui, ça lui aurait bien plu. Mais ce soir, elle était *tellement* fatiguée…

— Je viendrais avec plaisir si seulement j'étais sûre de pouvoir garder les yeux ouverts, dit-elle en étouffant un bâillement. Le travail de nuit m'épuise, tu sais. Mon organisme est toujours en période d'adaptation.

— Ah bon ?

Madeline semblait sincèrement déçue.

— Clay espérait que tu serais des nôtres.

— Clay ? s'écria Allie, incapable de dissimuler sa surprise.

— Il m'a appelée il n'y a pas dix minutes pour me demander de t'inviter.

Allie resta un moment muette, s'efforçant vainement de chasser de son esprit l'image d'un Clay torse nu, comme sur la photo cachée sous son matelas.

— Pourquoi ton frère voudrait-il que je vienne ?

— Il m'a dit qu'il aimerait te connaître un peu mieux, peut-être parler de notre père avec toi.

Notre père... Clay n'avait jamais considéré le révérend comme son père. A moins que ce ne fût le cas lorsqu'il se trouvait seul avec sa sœur ?

Elle aurait aimé savoir comment ils se comportaient l'un avec l'autre quand ils se sentaient en sécurité, loin des regards indiscrets. Leur façon d'être dans l'intimité familiale lui fournirait sans doute de précieuses indications propres à éclairer cet étrange dossier. Clay se protégeait tellement face à ceux qui ne faisaient pas partie de son clan... Elle était vraiment curieuse de savoir ce qui se dissimulait sous cette façade de granit, surtout depuis que son œil acéré y avait décelé quelques fissures.

— Ma foi, s'il est prêt à me fournir des éclaircissements, ce serait bête de laisser passer l'occasion. J'ai l'impression qu'il est plutôt renfermé, d'habitude.

— Surtout avec les forces de l'ordre, dit Madeline en notant avec satisfaction le spectaculaire revirement d'Allie. Désolée pour ton père, mais il faut reconnaître que les policiers de Stillwater lui ont toujours mené la vie dure, ajouta-t-elle, soudain sur la défensive. Pourtant, je sais qu'il n'a rien à voir avec la disparition de papa.

— Tu m'as déjà dit ça, Maddy. Mais je ne dois négliger aucune piste.

Surtout quand Joe Vincelli et la moitié de la ville le désignaient comme coupable.

— Mais, contrairement à d'autres, je n'accuse jamais sans preuve. Et sache que je n'ai rien contre ton frère, d'accord ? J'essaie seulement de faire mon boulot le mieux possible, sans idée préconçue.

Madeline resta silencieuse, comme déchirée entre sa loyauté envers Clay et les propos que venait de lui tenir son amie.

— Je voudrais savoir une chose, Maddy, dit Allie d'une voix douce.

— Quoi ?

— S'il s'avérait que Clay est responsable de la disparition de…

— Ce n'est pas lui ! s'écria Madeline sans lui laisser le temps de finir sa phrase. N'écoute pas les ragots. Les gens d'ici disent n'importe quoi. Ils ne le connaissent pas comme moi je le connais.

— Je ne dis pas que c'est lui, pas du tout… Je formule simplement une hypothèse. Si — et je dis bien *si* — c'était lui, voudrais-tu le savoir ?

Pour Allie, la justice devait passer quoi qu'il arrive, et la réponse de Madeline n'influencerait en rien sa détermination à aller jusqu'au bout. Pourtant, elle était curieuse de savoir si Maddy avait bien mesuré les conséquences de ce qu'elle lui demandait. Elle avait absolument besoin de réponses, mais comment réagirait-elle si ces réponses ne faisaient qu'ajouter une nouvelle douleur à l'ancienne ?

— Inutile de t'inquiéter pour moi, Allie, répondit Madeline qui venait de comprendre le sens de la question. Je sais qu'il est innocent.

Allie l'espérait de tout son cœur. Pour son amie, bien sûr, mais aussi pour Clay : il était si jeune à l'époque des faits.

— Je n'ai aucune raison sérieuse de penser le contraire pour le moment, dit-elle. Mais puisqu'il a manifesté le désir de me parler, je ne vais pas laisser passer ma chance.

— Tu auras d'autres occasions de discuter avec lui, tu sais.

— « Un tiens vaut mieux que deux tu l'auras. » Je vais aller coucher Whitney, et puis j'irai boire deux ou trois tasses de café pour recharger mes batteries. Ça devrait me permettre de tenir encore quelques heures.

— Parfait. Mais ne déstabilise pas trop mon frère avec tes questions, d'accord ? Il est un peu sauvage, et j'aimerais qu'il puisse se détendre ce soir.

— Qu'est-ce que tu t'imagines ? répliqua Allie. Je sais me tenir quand il le faut.

De toute façon, même si elle l'avait voulu, elle ne voyait pas comment s'y prendre pour déstabiliser un type comme Clay Montgomery.

Clay repéra Allie aussitôt qu'elle pénétra dans la salle bondée. Elle portait une jupe noire plutôt courte et un T-shirt stretch d'un rose intense. La jupe aurait sans doute gagné à être encore plus courte, mais elle l'était tout de même assez pour surprendre sur une femme qu'il imaginait plus classique dans ses goûts. Et même si le T-shirt ne découvrait pas le moindre petit bout de ventre, il avait la bonté de la mouler avantageusement… Sans être voluptueuse, cette femme était fine, gracieuse et sensuelle. Ses cheveux courts savamment ébouriffés à l'aide d'un gel coiffant faisaient ressortir ses yeux et mettaient en valeur ses lèvres pulpeuses. Déjà, lorsqu'elle s'était présentée à lui en tenue de flic, il avait trouvé terriblement sexy cette bouche un rien boudeuse. Pourtant, s'il existait un tue-l'amour pour Clay, c'était bien l'uniforme de la police…

En la regardant venir vers leur table d'une démarche souple, sans provocation, il remarqua que bien des hommes se retournaient sur son passage. De toute évidence, la métamorphose d'Allie intéressait certaines personnes.

— Salut ! dit-elle en gratifiant Clay d'un sourire éclatant.

Puis elle alla s'asseoir sur la dernière chaise disponible, juste à côté de lui.

Malgré son envie, il évita soigneusement de poser les yeux sur la bouche qui venait de dessiner pour lui un si joli sourire.

— Bonjour, répondit-il tranquillement avant de détourner le regard pour boire une longue gorgée de bière.

Il eut le sentiment que la soirée allait se prolonger tard dans la nuit. Mais il n'aimait pas les raisons qui l'avaient conduit à accepter l'invitation de Madeline. Il essaya de se souvenir que la situation était grave et que l'heure n'était pas aux scrupules. « A la guerre comme à la guerre », songea-t-il sans conviction.

— Tu es superbe ! s'écria Madeline en prenant la main d'Allie. J'espère que tu as trouvé ton second souffle.

— J'ai avalé quelques comprimés de caféine. C'était plus simple, plus rapide et sans doute plus efficace que de boire un litre du jus de chaussette que fait maman.

Maddy était une très belle fille, avec sa longue chevelure auburn, ses pommettes saillantes et ses grands yeux bruns. Mais il lui était impossible de rivaliser avec Allie sur le plan de la séduction, songea Clay. Il aimait la singularité de cette jeune femme, le fait que sa beauté ne ressemblât à aucune autre. Et elle n'avait absolument pas conscience de son pouvoir, ce qui la rendait plus désirable encore.

— Quand je bois trop de café, expliquait-elle, je suis comme une pile électrique et puis d'un seul coup…

Elle claqua des doigts.

— … je m'effondre littéralement. Alors, si vous voyez que je m'endors…

De nouveau, elle adressa un sourire à Clay.

— … soyez assez aimable de bien vouloir me réveiller.

— On ne vous laissera pas tomber, dit Clay.

Leurs regards se croisèrent et il eut l'impression qu'elle le considérait avec une certaine curiosité.

— Vous voulez boire quelque chose ? lui proposa-t-il.

— Tout le monde se tutoie, ici : vous pourriez peut-être vous y mettre, vous aussi ? suggéra Madeline.

— Pourquoi pas ? dit Allie. Après tout, nous sommes de la même génération.

— Alors, tu veux boire quelque chose ? demanda Clay en esquissant à son tour un sourire.

— Une bière, s'il te plaît.

Bien sûr, songea-t-elle, nouer des liens amicaux avec un éventuel suspect risquait de nuire à son objectivité, mais cela pouvait également lui permettre de mieux cerner Clay et de récolter de précieux renseignements. De toute façon, elle ne voyait pas comment elle aurait pu décliner la suggestion de Madeline sans mettre tout le monde mal à l'aise, y compris elle-même. Et puis, jusqu'à preuve du contraire, Clay Montgomery était innocent.

Il fit un petit signe à la serveuse qui accourut aussitôt comme si elle n'attendait que cela.

— Deux bières, s'il vous plaît. Quelqu'un veut autre chose ? demanda-t-il en se retournant vers Madeline et Kirk, la main posée sur l'avant-bras de la serveuse pour la retenir quelques instants.

Mais elle ne semblait pas pressée de partir.

— J'ai tout ce qu'il faut, dit Madeline.

— Moi aussi, dit Kirk en soulevant son verre encore à moitié plein. Et si on passait aux choses sérieuses ? demanda-t-il, tandis que la serveuse s'éloignait. Qui a envie de faire une petite partie de billard avec moi ?

Kirk était aussi gentil et facile à vivre qu'il en avait l'air. Le seul moyen de le mettre hors de lui, c'était de manquer de respect à Maddy… Alors, là, le type sympa se transformait en taureau de combat. Clay l'aimait bien. Il était persuadé qu'il ferait un excellent mari pour sa sœur adoptive.

— Et si on intéressait la partie ? proposa Madeline.

— Excellente idée ! s'écria Kirk. Je suis venu ici pour me remplir les poches, moi !

Il repoussa les mèches noires qui lui barraient le front et se tourna vers Allie et Clay.

— Cinquante dollars que Maddy et moi on vous fiche une raclée.

— J'en suis ! dit Madeline en s'accrochant à son bras.

— Tu paries de l'argent, maintenant ? lui demanda Clay d'un air surpris.

— Les impôts sont sur le point de me rembourser un trop-perçu. Ils ont fait une grosse erreur et, maintenant, ils vont me faire un gros chèque !

— Alors, tu relèves le défi ? demanda Kirk en s'adressant à Allie.

Elle croisa les bras et souleva un sourcil.

— Vous n'avez pas le sentiment d'être un peu trop sûrs de vous, tous les deux ?

— Le problème n'est pas de savoir si on est trop sûrs de nous, mais si on est trop forts pour vous, déclara Kirk avec un clin d'œil moqueur.

— Il y a ceux qui fanfaronnent et ceux qui gagnent, répliqua-t-elle en lui rendant son clin d'œil. Clay et moi, nous faisons partie de la seconde catégorie.

Madeline applaudit, ravie de la tournure que prenait la soirée.

— Tu as vu, chéri ? Mon amie n'est pas du genre à se laisser intimider.

— On verra si elle fait autant la maligne quand elle aura cinquante dollars en moins sur son compte en banque, répliqua Kirk sans se départir de son air gentiment provocateur.

Allie se pencha vers Clay en se mordant la lèvre inférieure d'un air pensif.

— Toi qui les as déjà vus jouer, qu'en penses-tu ? Va-t-il falloir que je fasse tout le travail, ou te sens-tu capable de mettre une ou deux boules dans les trous ?

Clay ouvrit de grands yeux. D'ordinaire, il intimidait les femmes, mais cette Allie McCormick ne s'en laissait pas conter.

— J'ai peur d'être un poids pour toi, dit-il, sérieux comme un pape, mais je vais essayer de ne pas trop te faire honte.

Elle le dévisagea un instant, toujours avec cette lueur intriguée dans le regard, avant de lui adresser un grand sourire.

— Viens, dit-elle, il est temps de leur montrer ce qu'on sait faire.

Tandis qu'Allie, Madeline et Kirk se dirigeaient vers la table de billard, Clay intercepta la serveuse qui arrivait avec leurs bières. Il porta lui-même les verres larges et évasés dans la pièce du fond où Kirk était déjà en train de rassembler les boules de billard.

Allie prit sa boisson avec un petit signe de tête et plongea ses lèvres charnues dans la mousse blanche.

— Qui ouvre la partie ? demanda-t-elle en posant le verre sur le coin de la table.

— Vas-y, si tu veux, répondit Kirk en criant presque pour couvrir le bruit des conversations.

Pourtant, elle sembla ne pas l'entendre : quelque chose dans la salle venait d'attirer son attention.

Clay suivit son regard et vit Joe Vincelli qui se dirigeait vers eux, un sourire mauvais sur les lèvres.

— Alors, on est de sortie, madame la policière ? demanda-t-il d'un ton narquois.

Clay vit Allie se raidir.

— Ça vous pose un problème, monsieur Vincelli ? riposta-t-elle sèchement.

— Non, bien sûr que non ! Mais comme vous aviez annoncé votre intention de mettre la main sur l'assassin de mon oncle, je suis surpris de vous retrouver en train de faire la fête avec lui. C'est vraiment une drôle de façon d'enquêter, si vous voulez mon avis.

Instinctivement, Clay se plaça devant Allie pour la protéger. Il n'était pas question de laisser Joe ennuyer une femme en sa présence. Mais, malgré sa petite taille, elle ne semblait pas avoir besoin de lui pour se défendre. Elle posa la main sur le bras de Clay et le repoussa gentiment mais fermement.

— Justement, monsieur Vincelli, dit-elle sans hausser le ton, votre avis ne m'intéresse pas. Et je passe mes soirées avec qui bon me semble, est-ce clair ?

La mâchoire de Joe se crispa tandis que son regard faisait

l'aller et retour entre Allie et Clay. Il hésitait à répondre, comme s'il s'efforçait d'apprécier les risques qu'un mot déplacé lui ferait courir. Sans doute inquiet à l'idée de se faire corriger devant tout le monde, il choisit prudemment d'en rester là. Clay, qui attendait depuis longtemps une occasion de lui refaire le portait, en fut plus déçu que soulagé.

— Quel est ton problème ? demanda-t-il. Pourquoi passes-tu ton temps à importuner les femmes ? Si tu as envie de te passer les nerfs sur quelqu'un, je suis là, Joe. Viens donc t'expliquer dehors avec moi puisque tu as tellement envie de jouer à l'homme.

Il pensait qu'Allie allait intervenir, ne fût-ce que pour jouer son rôle de flic, mais elle resta immobile, observant la scène sans mot dire. Pourtant, malgré son calme apparent, Clay pouvait sentir à quel point elle était tendue, tandis que Joe hésitait de nouveau sur l'attitude à adopter.

Finalement, Vincelli battit en retraite.

— Ce type est un assassin, Allie, dit-il en s'éloignant à reculons. Ne le laissez pas vous embobiner.

— J'ai décidé de découvrir la vérité et personne ne m'influencera, répliqua-t-elle fermement. Ni lui ni vous.

A ces mots, Joe s'arrêta et risqua un dernier regard en direction de Clay. Mais ce fut à Allie qu'il s'adressa.

— Si vous êtes vraiment aussi intègre que vous le prétendez, suivez mon conseil et n'allez nulle part seule avec lui. Dans le cas où votre enquête progresserait un peu trop à son goût, il n'hésiterait pas à vous faire disparaître, vous aussi.

6.

Maudissant intérieurement Vincelli, Allie se courba sur la table de billard pour jouer son premier coup. Juste au moment où Clay commençait à se détendre, il avait fallu que cet imbécile de Joe vienne faire son petit numéro. Résultat : Clay s'était refermé comme une huître et ne disait plus un mot. Pourquoi les habitants de cette ville ne pouvaient-ils pas lui faire confiance et la laisser travailler comme elle l'entendait ?

Elle visa la boule blanche et l'envoya frapper les autres, unies et bicolores, disposées en triangle. Sous la puissance de l'impact, elles se dispersèrent aux quatre coins de la table, s'entrechoquant et rebondissant sur les bandes latérales. Deux boules unies plongèrent presque simultanément avec un bruit sourd dans deux poches opposées. Les autres s'immobilisèrent doucement sur le tapis vert. Allie rejoua aussitôt, sans rien réussir de fameux. Mais, au moins, elle laissa peu de solutions à ses adversaires.

— Pas mal, hein ? dit-elle en se redressant pour narguer Madeline et Kirk de son joli sourire.

— La partie ne fait que commencer, répondit Kirk en invitant Maddy à jouer.

Elle tenta un coup difficile qui échoua, et Kirk vint l'entourer de son bras. Après avoir posé un tendre baiser sur sa tempe, il lui conseilla en riant de faire mieux la prochaine fois si elle ne voulait pas qu'il se mette à la recherche d'une compagne plus douée qu'elle.

— C'est comme ça que tu parles à ma sœur ? lança Clay en mettant du bleu sur le bout de sa canne. Je te conseille de faire gaffe !

Il contourna le billard sous le regard admiratif d'Allie. Il y avait quelque chose d'animal dans sa façon de se mouvoir. Une grâce et un naturel dénués de toute affectation. Lorsqu'il trouva un angle qui lui convenait, il se pencha et appuya l'avant-bras sur le rebord de la table. Mais au lieu de viser, il releva les yeux pour regarder la jeune femme.

— Tu n'as rien trouvé de plus compliqué ? lui demanda-t-elle en voyant ce qu'il s'apprêtait à tenter.

— Il n'aime que les coups impossibles, dit Kirk avec un air ravi. Pourquoi crois-tu que j'ai parié cinquante dollars sur notre victoire ?

— Libre à toi d'essayer de mettre cette boule dans un trou, Clay, dit Allie avec un regard faussement réprobateur. Mais je te laisserai payer quand on aura perdu, je te préviens !

Un grand sourire salua cette menace. De toute évidence, le scepticisme d'Allie ne faisait qu'inciter Clay à relever le défi.

Il ferma un œil et ajusta longuement son coup. Percutée par la boule blanche avec un bruit sec, la sept rebondit successivement sur trois bandes latérales avant de frôler une poche située dans l'angle de la table… sans toutefois y tomber.

— Bien joué ! dit Allie avec juste ce qu'il fallait de sarcasme dans la voix.

Il alla la rejoindre et trinqua avec elle.

— A notre victoire, dit-il, même si elle tarde à venir. Je compte sur toi pour nous tirer de ce mauvais pas.

Allie aurait préféré ne pas sentir son eau de toilette, ne pas remarquer que son jean le moulait à la perfection. Mais c'était trop tard. Durant presque toute la partie, elle oublia qu'elle était ici en mission.

— Moi, au moins, je n'ai pas tenté de coups impossibles ! lui dit-elle quand ils eurent perdu et qu'il lui demanda de débourser la moitié des cinquante dollars.

— J'en ai quand même réussi quelques-uns ! lui fit-il remarquer.

C'était la pure vérité. En choisissant systématiquement la difficulté, il avait empoché autant de boules qu'elle. Clay était sans conteste un excellent joueur, mais il s'était créé des handicaps au lieu de tirer avantage de sa supériorité.

— Allons chercher d'autres bières, proposa Madeline, et ensuite on vous accordera une revanche.

— D'accord, mais cette fois-ci, je ne parie plus d'argent, dit Allie, la mine boudeuse. Les flics ne gagnent pas assez bien leur vie pour se faire plumer au billard. D'autant que je suis affublée d'un coéquipier qui fait tout pour perdre.

Dans la cohue aux abords du bar, Allie et Clay furent séparés de Kirk et Madeline. Allie faillit également perdre Clay dans la foule, mais alors qu'elle ne le voyait déjà plus, ses doigts vinrent s'enrouler autour de sa main pour la guider.

— Qu'est-ce qui t'a donné envie de devenir flic ? lui demanda-t-il, tandis que la foule les pressait l'un contre l'autre.

— Il faut croire que j'aime bien la chasse à l'homme.

Elle ne mesura l'aspect équivoque de ses propos qu'après les avoir prononcés.

Clay tourna vers elle un regard étonné dans lequel brillait aussi la lueur trouble du désir. Le moins que l'on pouvait dire, c'est qu'elle avait réussi à attirer son attention. Au fond d'elle-même, elle savait que les blessures de son divorce n'étaient pas encore cicatrisées, qu'il était trop tôt pour s'intéresser à quelqu'un d'autre, qu'elle laissait l'excitation de cette soirée lui monter à la tête. La fatigue, sans doute... Mais elle se sentait jeune et insouciante, libre comme si elle avait dix ans de moins, et elle n'avait pas envie de résister à cette douce euphorie. Depuis combien de temps ne s'était-elle pas autorisé pareille légèreté ? Quand elle songeait aux efforts consentis pour ses études, pour son travail, pour essayer de sauver son mariage, puis de se remettre de son divorce, pour élever sa fille...

— La chasse à l'homme, hein ? murmura-t-il, le regard aimanté par les lèvres d'Allie. Et que se passe-t-il quand tu mets la main sur... hum... sur l'homme en question ?

Son cœur se mit à battre plus vite. Même si elle ne l'avait pas fait exprès, c'était elle qui avait commencé avec les sous-entendus, et elle ne pouvait plus faire machine arrière. D'ailleurs, elle n'en avait nulle envie.

— La dernière fois, la chasse elle-même a été le meilleur moment de l'aventure, répondit-elle. J'ai bien peur que la capture n'ait pas tenu toutes ses promesses.

— La dernière fois ?

— Avec mon ex-mari. C'est le seul homme que j'ai connu si tu veux tout savoir.

— Tu dis ça comme à regret.

— Ce que je regrette, c'est d'avoir passé toutes ces années avec lui.

— Il ne faut pas perdre confiance dans les hommes. Certains valent la peine d'être connus.

Elle lui adressa un sourire mi-figue mi-raisin.

— Si tu le dis !

— Tu n'es pas prête à t'encanailler avec un autre, c'est ça ?

— M'encanailler ? N'oublie pas que je suis fille de flic !

— Et flic toi-même. Comment pourrais-je l'oublier ?

Il avait détourné le regard pour mieux la guider, mais elle pouvait sentir sa main qui la conduisait à travers la marée humaine du vendredi soir. La chaleur de sa paume l'électrisait, mais elle n'osait s'abandonner entièrement au plaisir de le sentir si proche. Pourtant, quand des garçons éméchés firent mine de se battre et que l'un d'eux faillit lui tomber dessus, elle fut heureuse de le sentir à son côté.

Clay la plaqua contre lui dans un réflexe protecteur.

— Il ne t'a pas marché sur les pieds, j'espère ? murmura-t-il à son oreille.

Le souffle de Clay lui fit l'effet d'une caresse chaude, et elle réprima un frisson.

— Non, non, tout va bien, s'empressa-t-elle de répondre en se détachant prudemment de lui.

Lorsqu'ils atteignirent enfin le bar, ils commandèrent tous deux une autre bière avant de retourner à la table de billard pour essayer de prendre leur revanche. Malgré ses promesses,

Allie accepta de parier de nouveau cinquante dollars et, cette fois-ci, ils remportèrent la partie. Mais l'alcool et les comprimés à la caféine ne faisaient pas bon ménage. Elle commençait à avoir la désagréable impression d'avoir les jambes en coton.

Il fallait que quelqu'un la raccompagne. Elle s'était laissé distraire de son but et, dans son état, il n'était plus question de parler de l'affaire Barker avec Clay. Il faudrait remettre ça à plus tard, quand elle aurait de nouveau les idées claires. Mais Madeline ne l'entendit pas de cette oreille. Elle affirma qu'il était beaucoup trop tôt pour s'en aller et entraîna tout le monde vers la piste de danse. Quelques secondes plus tard, Allie se retrouvait dans les bras de Clay, en train d'onduler au rythme de la musique country.

— Ça n'embête pas tes parents de garder ta fille quand tu sors ? demanda Clay de sa voix basse et légèrement rocailleuse.

— Dans la mesure où je travaille de nuit, ils le font tous les soirs. Mais je crois que ça leur fait plaisir. Quant aux week-ends, la question ne s'était jamais posée jusque-là : c'est la première fois que ça arrive.

— La première fois en six semaines ?

— Je suis revenue à Stillwater depuis si longtemps que ça ?

Elle avait du mal à faire le calcul. Lui, par contre, semblait être parfaitement au courant de la date de son arrivée… Mais de toute façon, elle n'avait pas envie de parler. Ni de ça ni de rien d'autre. Elle avait seulement envie d'écouter la musique et de rester contre ce corps ferme qui tanguait avec le sien.

Cela faisait une éternité qu'elle n'avait pas passé une soirée avec un homme. Surtout avec un homme qui sentait aussi bon que Clay Montgomery…

Soudain, il brisa leur étreinte et la repoussa doucement.

Elle leva les yeux vers lui, prête à le laisser partir. Mais il la tenait encore par la taille.

L'avait-elle serré de trop près ? Sans doute, sinon pourquoi aurait-il réagi de cette façon ?

— Je suis désolée, dit-elle, légèrement embarrassée. Je ne suis pas dans mon état normal.

— Je sais.

— Il faut que je rentre chez moi.

Il ne répondit pas tout de suite.

— Je crois que c'est une bonne idée, dit-il au bout de quelques instants. Je te raccompagne en voiture.

— Non, reste avec ta sœur et son petit ami. Je vais appeler mon père.

— Ne le dérange pas, dit-il d'une voix qui ne souffrait pas la contestation. De toute façon, j'avais l'intention de partir, moi aussi. On se retrouve dehors dans cinq minutes.

— Dans cinq minutes ? Pourquoi ? Tu as quelque chose à faire ?

Il fit un signe de tête discret vers un coin de la salle : Joe Vincelli les observait toujours.

— Autant éviter de lui donner du grain à moudre, tu ne crois pas ? dit-il en tournant le dos au neveu de Barker. Ce type n'attend que ça pour faire courir des rumeurs.

Allie savait bien qu'au fond, il se moquait éperdument que l'on bavarde à leur sujet. On chuchotait dans son dos depuis bientôt vingt ans, alors un peu plus ou un peu moins… Et quel tort cela pouvait-il lui faire si les gens s'imaginaient qu'il avait eu une aventure avec la flic censée le coincer pour le meurtre de son beau-père ? Au contraire, cet exploit ne manquerait pas de susciter l'admiration de tous les machos de la ville. Et Dieu sait qu'ils étaient nombreux !

Ce qui signifiait… qu'il cherchait à la protéger. Comme il l'avait protégée en la repoussant doucement quand la danse avait un peu trop rapproché leurs corps, comprit-elle avec un temps de retard. Avec sa réputation de sale type, voire de criminel, on se serait plutôt attendu à ce qu'il profite de la situation, non ?

Elle repensa aux deux parties de billard qu'ils avaient disputées côte à côte. Clay aurait facilement pu faire une démonstration et ne laisser que des miettes aux autres joueurs. Mais au lieu de flatter son propre ego, il avait pris garde à maintenir le suspens en tentant des coups compliqués, allant jusqu'à perdre la première partie. Et voilà qu'à présent, au lieu de quitter fièrement les lieux en la prenant par la taille pour que tout le monde reconnaisse ses talents de séducteur, il se souciait d'abord de son intérêt à elle.

Elle aimait bien Clay Montgomery. Oui, elle l'aimait vraiment bien.

Cela dit, elle n'était pas tout à fait dans son état normal. Dans l'intérêt de l'enquête, sans parler de sa tranquillité d'esprit, il fallait espérer qu'elle le trouverait moins à son goût quand l'effet combiné de l'alcool, des comprimés et de la fatigue se serait estompé.

Clay se rendait compte qu'Allie était un peu pompette mais, hormis ces quelques minutes où elle s'était laissée aller contre lui sur la piste de danse, elle faisait des efforts méritoires pour n'en rien laisser paraître. Un peu raide sur le siège passager du pick-up, elle fixait obstinément le paysage qui défilait. On aurait dit qu'elle se surveillait, de crainte de dire ou de faire quelque chose qu'elle regretterait par la suite.

— Tu as l'intention de rester encore longtemps chez tes parents ? lui demanda-t-il.

— A vrai dire, je n'avais même pas prévu de revenir vivre avec eux.

— Si j'en crois Madeline, ça se passe plutôt bien, non ?

— Ça vaut toujours mieux que de laisser Whitney à la garde d'une assistante maternelle.

— C'était l'autre alternative ?

— Oui. Si j'étais restée à Chicago et que j'avais conservé mon ancien boulot.

— Et son père ? Il ne pouvait pas s'en occuper un peu ?

— Il ne voulait pas avoir d'enfant.

Clay pouvait comprendre ce dont elle parlait : son propre père n'avait sans doute jamais voulu de lui ni de ses sœurs. Sinon, pourquoi les aurait-ils abandonnés ?

— Au moins, avec les lois actuelles, il est contraint de t'aider financièrement.

— Non.

— Pourquoi ? La loi est la même pour tout le monde, que je sache, dit Clay en allumant la radio.

— J'ai passé un marché avec lui. Je lui ai dit que s'il renonçait à tous ses droits sur Whitney, je ne lui réclamerais pas un centime. Il a signé les papiers sans hésiter une seconde.

Clay eut envie d'en savoir plus. Même si son ex-mari ne voulait pas d'enfant, quel genre de type pouvait dire adieu à sa gamine contre un arrangement financier ? Mais cette question était sûrement beaucoup trop personnelle.

— Prends cette rue, dit-elle en pointant le doigt sur la gauche.

— Je sais où tu habites.

Il se rendait bien compte qu'elle n'avait pas envie de discuter. Mais aurait-il une autre occasion de lui parler de Lucas avant qu'elle ne le retrouve ?

— J'ai entendu dire que tu recherchais mon père, dit-il en arrêtant la voiture à un stop.

Elle tourna vers lui un visage perplexe.

— Pourquoi me parles-tu de ça maintenant ? Tu le sais depuis longtemps, non ?

Clay baissa le volume de la radio qui, par un curieux hasard, diffusait la chanson sur laquelle ils avaient dansé.

— Je parle de mon vrai père, Allie.

— Oh…

Il descendit McDonald Street, puis s'engagea dans Response Road.

— Qu'est-ce que Lucas vient faire dans cette histoire ? demanda-t-il.

— Ce n'est pas parce que je soupçonne ta mère d'être une tueuse en série, si c'est ce qui t'inquiète.

La mine renfrognée, elle détourna la tête.

— Le goût de cette ville pour les racontars est vraiment détestable, maugréa-t-elle, le visage collé à la vitre.

Clay mit la ventilation en marche pour faire disparaître la buée qui se formait sur le pare-brise.

— D'accord avec toi, dit-il. Mais ça ne me dit pas pourquoi tu veux contacter Lucas.

Elle replaça quelques mèches de ses cheveux courts derrière son oreille parfaitement dessinée.

— Je fais toujours des recherches fouillées sur les gens dont les noms apparaissent dans mes dossiers. Faire l'impasse là-dessus serait une erreur, Clay. On ne peut pas comprendre les gens sans connaître leurs liens affectifs, leur histoire familiale, leur culture, leurs racines… Pour moi, c'est la seule façon de savoir à qui j'ai affaire.

— Mais Lucas ne fait pas partie de ma vie, Allie. Il nous a laissés tomber bien avant la disparition de mon beau-père.

— Pourquoi l'appelles-tu toujours par son prénom ? C'est ton père, après tout.

Clay doubla un camion qui se traînait devant lui. Allie avait peut-être un peu trop bu, songea-t-il, mais elle restait suffisamment lucide pour rebondir sur ce qu'il disait et reprendre les rênes de la conversation.

— Il nous a abandonnés quand j'avais dix ans. Alors, ne t'attends pas à ce que je lui donne du « Mon petit papa chéri ».

— Je comprends. Tu as dû vivre des moments très difficiles.

— J'ai survécu. On a tous survécu.

Difficilement, mais il ne jugea pas nécessaire de le préciser.

— Et je ne veux pas qu'il essaie de recoller les morceaux maintenant. Le temps perdu ne se rattrape pas.

Elle ferma les yeux et renversa la tête contre son siège.

— Pourquoi dis-tu ça ? Tu penses qu'il voudrait se faire pardonner et reprendre sa place au sein de votre famille ?

— Va savoir avec un type pareil ! Je préfère ne pas courir le risque.

Elle entrouvrit les yeux et l'observa derrière ses longs cils.

— Dans ce cas, je peux te rassurer. Il s'est remarié et il vit en Alaska.

Ces mots lui firent l'effet d'un crochet à la mâchoire, et il dut lever le pied de crainte de perdre le contrôle du pick-up. Ainsi, elle avait déjà parlé à Lucas ? Avait-il réussi à tenir sa langue ou s'était-il épanché sans vergogne, livrant dans le détail la confession de son ex-femme ?

Mais, bien entendu, ces questions n'étaient pas les seules qui se bousculaient dans l'esprit de Clay. D'autres, plus profondes et plus douloureuses, lui coupaient presque le souffle : comment Lucas, qui prétendait ne pas pouvoir supporter les contraintes de la vie familiale, avait-il pu fonder un nouveau foyer ? Pourquoi n'avait-il pas aimé Irene et les enfants qu'il avait eus avec elle ? En tout cas, pas assez pour rester auprès d'eux ? Pourquoi ne l'avait-il pas aimé, lui, un petit garçon de dix ans qui le considérait comme un héros et qui avait tant besoin de lui ? Comment avait-il pu accorder à d'autres ce qu'il avait si cruellement refusé à sa première famille ?

— Clay ? Ça va ?

Il se rendit compte qu'il roulait presque au ralenti, et appuya doucement sur la pédale d'accélérateur, jusqu'à atteindre une vitesse raisonnable.

— Oui, ça va. Merci.

— On devrait peut-être attendre demain pour parler de ça ? Je suis certaine que ce n'est pas un sujet facile pour toi, et j'ai peur de ne pas être en état de t'écouter comme il le faudrait.

— Inutile de prendre des gants avec moi, dit-il brusquement. Dis-moi seulement comment tu l'as retrouvé.

Elle haussa les épaules.

— Ça n'a pas été très compliqué. La compagnie de transport routier pour laquelle il travaillait quand tu étais encore gamin m'a donné son numéro de sécurité sociale. Il m'a ensuite suffi d'interroger le fichier national de la police. Les ordinateurs font des miracles, de nos jours.

Elle avait été trop rapide pour lui. Maintenant, le sort en était jeté.

— Qu'avait-il de si passionnant à raconter ?

Il avait parlé d'une voix qu'il voulait détachée, mais, en réalité, il craignait le pire.

— Je n'ai pas encore eu l'occasion de lui parler. Il n'était pas chez lui. J'ai eu sa femme et j'ai demandé qu'il prenne contact avec moi.

Sa femme... Clay ne s'était pas attendu à ce que ces mots lui fassent aussi mal. Il essaya de se raisonner : il avait trente-quatre ans et le petit garçon qui avait tant besoin de son papa appartenait au passé. Pourtant, la souffrance était toujours là.

— Tu sais s'il a eu d'autres enfants ?

— Non. Mais je peux te dire ce qu'il fait comme métier.

Clay hésita. Plus il en saurait, plus la douleur s'amplifierait... Mais la curiosité l'emporta sur la raison.

— Je t'écoute.

— Il est pilote d'hélicoptère. Il transporte des pêcheurs chevronnés vers des lacs ou des rivières difficilement accessibles par un autre moyen.

J'ai tant de choses à voir, à expérimenter...

— Ouais, c'est sans doute dans l'ordre des choses, marmonna Clay, comme pour lui-même.

— Qu'est-ce qui est dans l'ordre des choses ?

— Rien, rien.

Allie posa une main compatissante sur la manche de son blouson.

— Je suis désolée, Clay.

Gêné de s'être ainsi livré, il retira vivement son bras.

— Mon père n'a aucune importance pour moi.

Elle nota que, cette fois-ci, il ne l'avait pas appelé par son prénom...

— Et tu espères me faire croire ça ? lui demanda-t-elle.

Il adopta une pose décontractée, l'avant-bras posé sur le volant, tandis qu'Allie observait son profil éclairé par la lune.

— Pourquoi ? Tu en doutes ?

— C'est le moins que l'on puisse dire.

Clay ne savait plus trop quelle attitude adopter. D'ordinaire, les gens s'en tenaient aux apparences et il n'avait aucun mal à leur faire croire ce qu'il voulait. Mais Allie McCormick ne réagissait pas comme la plupart des gens. Chaque minute qui passait lui révélait un peu plus la singularité de cette femme hors du commun. A la différence des habitants de cette ville, elle ne s'arrêtait pas au personnage qu'il avait créé de toutes pièces pour se protéger de la vindicte populaire. Pourtant, elle était bien placée pour savoir qu'il était le principal suspect d'un meurtre. Mais, contrairement aux autres flics à qui il avait eu affaire jusque-là, elle respectait la présomption d'innocence et ne montrait aucun préjugé à son égard. Ainsi, la nuit où Beth Ann avait appelé la police, elle avait fait preuve d'une totale impartialité. Et ce soir, dans la salle de billard, elle était restée ferme face aux provocations de Joe.

D'un côté, son attitude le touchait. Mais, d'un autre, il lui en voulait parce qu'à cause d'elle, désormais, il avait quelque chose à perdre.

— Comme je te l'ai déjà dit, il ne fait plus partie de ma vie depuis longtemps, reprit-il.

Mais Allie n'était pas dupe.

— Je peux trouver d'autres renseignements sur lui si ça t'intéresse. Je pourrais même te donner son numéro de téléphone.

— Non, merci.

Il arrêta le pick-up devant chez elle. Le halo jaune d'une lampe d'extérieur éclairait la façade en brique, mais le reste de la maison était plongé dans le noir. En songeant au shérif et à sa femme qui dormaient derrière ces murs, il eut le sentiment d'être un adolescent qui raccompagne sa petite amie chez ses parents.

— Qu'est-ce qui te dit que tu ne lui manques pas ? demanda-t-elle doucement.

— Ça fait plus de vingt ans que je n'ai plus de nouvelles de lui. Je crois que ça donne une idée assez précise de ses sentiments à mon égard.

Il attendit un moment qu'elle dise quelque chose, mais elle resta silencieuse.

— Ecoute, Allie, reprit-il, je ne le considère plus comme mon père, tu comprends ? Et la dernière chose dont j'aie envie, c'est que quelqu'un organise des retrouvailles.

Elle hocha la tête.

— Très bien. Mais n'hésite pas à me prévenir si tu changes d'avis.

Clay avait le sentiment d'avoir fait tout ce qui était en son pouvoir. Même s'il en brûlait d'envie, il ne pouvait pas aller plus loin avec Allie : lui demander de ne pas parler à Lucas ne ferait qu'éveiller ses soupçons. Pourquoi sa mère avait-elle donné à l'homme qui était à l'origine de leurs malheurs passés les moyens de détruire également leur avenir ?

Pourtant, il n'arrivait pas à en vouloir à Irene. Si Lucas l'avait appelé, lui, qui sait s'il n'aurait pas commis la même erreur ? Ce beau parleur avait le don de vous mettre en confiance. Le problème, c'est qu'il ne se montrait jamais à la hauteur de ses belles promesses.

Et ça allait peut-être se vérifier une nouvelle fois.

— Bonne nuit, dit Clay quand Allie ouvrit sa portière.

Elle lui adressa un sourire adorable.

— Au fond, c'est ton père le grand perdant dans cette histoire, Clay. A sa place, je serais triste d'avoir laissé de si beaux enfants derrière moi.

— Arrête !

— Quoi ?

— Je ne veux pas de ta pitié.

Il détourna vivement le regard.

— Aime-moi ou déteste-moi, dit-il d'une voix dure, mais surtout n'aie pas pitié de moi !

Elle descendit du pick-up et se frotta les bras. La nuit était un peu fraîche et elle n'avait pas pris de manteau.

— C'est un choix intéressant, dit-elle avant de refermer la portière.

*
* *

— Comment ça s'est passé hier soir ?

Sa tasse de café à la main, la mère d'Allie était attablée à côté de son mari devant un solide petit déjeuner. Elle était encore en peignoir, mais le shérif avait déjà revêtu la salopette en jean qu'il mettait toujours pour tondre la pelouse. Son « costume de jardinier », comme il l'appelait. Lunettes demi-lune sur le bout du nez, il feuilletait son journal en faisant de son mieux pour ignorer les cris de Whitney qui hurlait : « Plonge dans la piscine ! » toutes les dix secondes avant de jeter sa poupée Barbie dans l'évier de la cuisine.

— Ta mère t'a posé une question, dit-il à Allie.

— Ça s'est bien passé, répondit la jeune femme en avalant une bouchée de céréales.

Elle n'avait pas du tout envie que sa sortie devienne un sujet de conversation. Elle avait demandé à sa mère de veiller sur le sommeil de Whitney pour lui permettre d'aller « enquêter un peu sur le terrain ». Oui, c'étaient les mots qu'elle avait employés… Des mots qui décrivaient mal cette soirée passée à s'amuser. Elle préférait ne pas s'attarder sur cette pensée, mais elle savait que les émotions qu'elle ressentait en présence de Clay étaient largement responsables de ce dérapage pas vraiment contrôlé.

— C'est tout ce que tu as à dire ? demanda Evelyn. Que ça s'est *bien passé* ?

Allie haussa les épaules, mal à l'aise sous le regard insistant de son père.

— Où est ta voiture ? demanda-t-il gravement, tête baissée pour mieux la dévisager par-dessus ses lunettes de lecture.

Ses parents l'avaient surveillée de près tout au long de son adolescence. C'était le prix à payer quand on était fille de flic. Mais de là à ce que son père recommence alors qu'elle avait trente-trois ans…

— Tu patrouillais autour de la maison, hier soir ? lui demanda-t-elle d'un ton ironique.

— Figure-toi que je bricolais dans la remise.
— Ah bon ? Et à quelle heure suis-je rentrée ?
— A une heure avancée.
— Mais encore ?
— A 2 heures du matin.
— 2 heures pile ?
— 2 h 13.
— Certaines choses ne changent jamais, à ce que je vois, dit-elle avec un petit rire indécis.
— Mais je n'ai pas envie de nager ! s'écria Whitney d'une voix haut perchée en sortant sa poupée dc l'évier.
Dale se pencha en avant.
— Où est ta voiture, Allie ?
— Dans le parking de la salle de billard, répondit-elle entre deux gorgées de jus d'orange, d'un ton aussi détaché que possible.
Mais son père ne désarmait pas.
— Et que fait-elle là-bas ?
— Je ne voulais pas prendre le volant, dit-elle en baissant la voix.
Cette explication fut saluée par un silence réprobateur.
— Tu étais ivre ! murmura finalement sa mère d'une voix horrifiée.
— *Un peu gaie* serait sans doute une description plus proche de la réalité. Mais avant que vous n'appeliez les Alcooliques Anonymes, je vous signale que deux ou trois bières une fois tous les trente-six du mois ne constituent pas un cas avéré d'ivrognerie.
Evelyn regarda sa fille avec une expression navrée.
— Que ce soit occasionnel ou non ne change rien, dit-elle. Je ne comprends pas quel besoin tu as de te soûler.
— Tout de suite les grands mots, maman… J'étais si fatiguée que j'ai pris des comprimés à la caféine avant de partir. Ça ne se marie pas très bien avec la bière, voilà tout.
— Et tu n'y as pas pensé avant de t'enivrer ?
— Le principal, c'est que je n'aie pas essayé de conduire, dit

Allie en espérant que ses parents lui accorderaient au moins ça.

Mais il en fallait plus pour mettre fin à l'instruction à charge.

— Et peut-on savoir avec qui tu buvais ? demanda son père.

Voilà. Ils avaient fini par poser la question fatidique. Allie inspira profondément, consciente que ses parents n'apprécieraient pas, mais alors pas du tout, la réponse qu'elle s'apprêtait à leur faire.

— Madeline Barker, Kirk Vantassel et Clay.

— Montgomery ? rugit Dale en tapant du poing sur la table.

Whitney laissa tomber sa poupée Barbie et se tourna pour s'intéresser au drame qui se nouait derrière elle. Allie aurait voulu dire à son père de se calmer, mais elle avait la bouche pleine.

— Dis-moi que ce n'est pas vrai ! reprit Evelyn.

Allie avala enfin ses céréales.

— Ecoute, maman, j'ai passé l'âge de mentir... Et de rendre des comptes à mes parents, ajouta-t-elle avec un soupir.

— Je ne savais pas que tu buvais..., murmura Evelyn, comme si Allie venait de leur apprendre qu'elle souffrait d'une grave addiction.

— Je ne bois pas, maman.

Sa patience commençait à s'émousser.

— Et pourtant, la première fois que tu sors avec Clay Montgomery, tu rentres à la maison dans un état tel que tu ne peux même pas prendre le volant !

— Ça suffit ! s'écria Allie, excédée. La vérité, c'est que je n'ai pas voulu conduire parce que je fais partie des forces de l'ordre et que je dois plus que quiconque respecter la loi. Et puis, si j'ai accepté de sortir avec Madeline, hier soir, c'est justement parce qu'elle m'a dit que son frère viendrait : j'ai pensé que ce serait l'occasion de lui poser quelques questions sur la disparition de Barker. Pour obtenir des informations, un contexte informel est parfois plus efficace qu'un poste de police. Alors, j'ai pris un stimulant à la caféine pour tenir le coup.

— Et tu as cru bon de boire de l'alcool par-dessus le marché.

Bon sang! songea Allie en faisant des efforts pour ne pas exploser. Sa mère ne lâchait donc jamais prise...

— Je ne pensais pas que quelques bières changeraient quoi que ce soit. Et puis...

Elle s'interrompit, incapable de présenter la suite des événements sous un jour favorable. Comment leur expliquer que l'interrogatoire s'était transformé en parties de billard et en danse lascive? Inutile de mettre de l'huile sur le feu. Elle enfouit son visage dans ses mains, et le parfum de Clay lui revint à la mémoire, la force de ses bras autour d'elle, leurs corps qui se balançaient en cadence...

Dale attendit qu'elle refasse surface pour poser son journal et croiser les bras.

— Et puis?

Mieux valait en dire le moins possible.

— Lorsque j'ai exprimé le désir de rentrer, Clay a été assez gentil pour proposer de me raccompagner.

— Gentil? répéta Dale comme s'il avait du mal à croire ce qu'il venait d'entendre. Parce que tu crois qu'il a fait ça par gentillesse?

— Oui, c'est ce que je crois.

— Tu es bien naïve, ma fille! Nous, nous connaissons la réputation du bonhomme.

— Moi aussi, je connais sa réputation! rétorqua Allie. Qui ne la connaît pas à Stillwater? Les gens d'ici passent leur temps à faire courir des rumeurs sur son compte.

— Mais le fait qu'il soit potentiellement dangereux ne t'a pas empêchée de monter dans sa voiture!

La mâchoire serrée, Allie se mit à frapper nerveusement sa cuillère contre la table.

— Si tu penses qu'il est si dangereux que ça, pourquoi essaies-tu de me dissuader d'enquêter à son sujet? Pourquoi refuses-tu de rouvrir officiellement le dossier Barker ? Tu n'as pas envie de savoir enfin s'il a tué le révérend ?

Dale se replongea dans son journal avec un profond soupir, comme s'il avait beaucoup de choses à dire sur le sujet mais qu'il préférait se taire.

— Papa ?

— Je t'ai déjà expliqué qu'on avait des problèmes plus urgents à régler, dit-il. Tu ferais mieux de consacrer ton temps à des choses importantes.

— Tu veux qu'on demande à Madeline si la disparition de son père est importante ?

— Tu n'as rien à faire avec Clay Montgomery, point final ! cria Dale. Les hommes normaux ne t'intéressent donc pas ? Tu as déjà misé sur le mauvais cheval une fois, et je ne vais pas rester les bras croisés pendant que tu refais la même erreur.

— Dale, calme-toi, je t'en prie ! intervint Evelyn qui craignait manifestement que les choses aillent trop loin.

Mais Allie avait déjà repoussé son bol de céréales pour se lever d'un bond.

— Je ne te permets pas de me parler de cette façon !

Dale se leva à son tour et se pencha par-dessus la table.

— Je suis ton père et je te parle comme bon me semble !

Allie soutint son regard. Pas question de se laisser intimider comme à l'époque où elle n'avait d'autre choix que de se plier à l'autorité paternelle.

— Tu n'oserais jamais traiter Danny de cette façon !

— Daniel est un homme.

— Et alors ? Tu sembles oublier que je suis une adulte, papa. Tout ça est parfaitement ridicule.

Elle regarda ses parents en s'efforçant de recouvrer son sang-froid.

— Vous vous rendez compte que vous faites toute une histoire pour rien du tout ? leur demanda-t-elle d'une voix plus calme.

— Garde tes distances avec Clay, lui dit Dale d'un ton plus posé. Et avec le reste de sa famille.

— Maman ? Pourquoi papy et mamie te fâchent ? demanda Whitney.

Allie fusilla ses parents du regard. Ils auraient au moins pu attendre que Whitney fût au lit pour jouer les inquisiteurs.

— Ne t'inquiète pas, mon cœur, dit-elle en la prenant dans ses bras. Personne ne se fâche contre moi. Et tu sais pourquoi ? Parce que je suis assez grande pour savoir ce que j'ai à faire.

Elle quitta la pièce sur ces mots qui s'adressaient autant à sa fille qu'à ses parents.

7.

Clay passait la plupart de ses week-ends, soirées comprises, à restaurer les voitures de collection qu'il conservait dans sa grange. C'était une activité solitaire, mais il en avait l'habitude. A dire vrai, ça ne lui déplaisait pas, au contraire : il travaillait à son rythme, prenant le temps de soigner chaque détail, et ce travail minutieux avait sur lui un pouvoir apaisant.

Aujourd'hui, pourtant, les choses étaient différentes. Il n'était pas dans son état normal. Il se sentait privé de volonté, léthargique, tourmenté. Quoi qu'il fît pour essayer d'occuper ses mains et son esprit, ses pensées revenaient sans cesse vers Allie. Au début, il avait essayé de se convaincre qu'il était surtout préoccupé par la menace qu'elle représentait. Ne pas perdre ses ennemis de vue, et tout le tremblement… Mais en milieu d'après-midi, elle n'était toujours pas sortie de sa tête, et il dut admettre qu'il s'agissait d'autre chose. Non, il ne réfléchissait pas à la meilleure façon de se protéger et de protéger sa famille. Pour une fois dans sa vie, il ne songeait même pas au passé.

Il avait envie de l'inviter à dîner. D'aller au restaurant avec elle le cœur léger, d'oublier le sombre secret qui pesait sur ses épaules. Il avait envie, le temps d'une soirée, d'être un homme comme les autres.

Après s'être essuyé les mains sur un torchon, il commença à remettre ses outils en place. A quoi bon continuer à travailler sur la Jaguar ? Il allait finir par faire une bêtise. Il s'interrompait toutes les cinq minutes, incapable de se concentrer, et se repassait sans cesse le film de la sortie de la veille. Les yeux dans le vide, il revoyait le visage d'Allie McCormick, tandis qu'une petite voix lui susurrait en boucle : *Oublie cette idée absurde. Pourquoi accepterait-elle de dîner avec toi ?*

Pour une raison, et une seule, songea-t-il : l'espoir de récolter de nouvelles informations pour son enquête. Mais il n'avait aucune envie de l'appâter en lui faisant miroiter Dieu sait quel renseignement inédit. L'idée de lui mentir le rendait mal à l'aise, bien sûr, mais surtout il avait envie qu'elle l'accompagne par désir et non par devoir. C'était à la fois simple... et terriblement compliqué.

— Clay ? Tu es là ?

La voix de sa sœur le tira de ses pensées. Il passa la tête par la porte de la grange et aperçut Grace assise sur les marches de la véranda située à l'arrière de la ferme, son ventre rond mis en valeur par sa robe de grossesse. Une nouvelle vie... Il était fasciné de la voir enceinte et adorait l'entendre parler avec enthousiasme du bébé à venir. Grace avait un mari attentionné et deux enfants — Heath et Teddy — qui lui faisaient des câlins à la moindre occasion.

Il ressentit soudain une telle envie de connaître ce bonheur, de goûter à ce qui comptait vraiment dans la vie qu'il en eut presque les jambes coupées. Il s'arrêta à mi-chemin et cligna des yeux sous le soleil déjà chaud de mai, imaginant une autre femme à la place de Grace. Une femme qui partagerait sa vie et porterait son enfant.

— Quelque chose ne va pas ? lui demanda Grace.

Clay chassa cette rêverie absurde d'un geste de la main et alla rejoindre sa sœur. De quel droit imposerait-il à une femme la vie d'angoisse qui était la sienne ? Et si un jour la vérité était découverte et qu'il devait passer des années en prison, qui s'occuperait d'elle et de leurs enfants ? On ne pouvait exiger de personne un tel sacrifice.

— Non, non, tout va bien... Juste un peu aveuglé par ce beau soleil, dit-il en mettant sa main en visière pour mieux regarder Grace. Comment se porte le bébé ?

— Bien, merci. Comme tu peux le constater, il grandit

beaucoup, ces derniers temps. J'ai l'impression de ressembler à une baleine.

— Une bien jolie baleine, alors ! De celles qu'il faut sauver à tout prix. Sérieusement, Grace, tu n'as jamais été aussi belle.

Elle sourit lorsqu'il se pencha pour l'embrasser, les bras dans le dos pour ne pas la tacher avec ses mains encore noires de cambouis.

— Tu le penses vraiment ?

— Est-ce que je mentirais à ma petite sœur ? dit-il en lui rendant son sourire. Et puis, comment pourrais-je ne pas te trouver belle ? On se ressemble tellement…

— Que tu es bête ! dit-elle en lui donnant une petite tape sur le bras.

— Tu veux boire quelque chose ? lui proposa-t-il tandis qu'elle s'installait sur la balancelle.

Elle avait tiré ses épais cheveux noirs en arrière pour se faire une queue-de-cheval, mais quelques mèches lui tombaient sur le visage, encadrant ses yeux du même bleu que ceux de Clay.

— Non merci, je viens de vider une bouteille d'eau.

Il avait besoin de se laver les mains, mais pour se débarrasser du cambouis, il fallait un savon spécial, une pierre ponce, une brosse à ongles et dix bonnes minutes. Mais comme Grace n'aimait pas s'attarder à la ferme, il décida de remettre ses ablutions à plus tard pour profiter d'elle un maximum de temps.

— Où sont les garçons ? demanda-t-il en s'asseyant à son tour sur la balancelle.

— Partis pêcher avec leur père une dernière fois avant l'arrivée du bébé.

— Et si les contractions commençaient en leur absence ?

— Ils sont allés tremper leurs lignes dans l'étang de Hold Hatfield. Tu vois, ce n'est pas bien loin. Et Kennedy ne se déplace plus sans son beeper.

Elle se débarrassa de ses sandales, plia les jambes sur les coussins de la balancelle et posa la tête contre l'épaule de son frère.

— Attention, tu vas te salir ! lui dit-il.

— Je m'en fiche.

Elle ferma les yeux et se laissa bercer, un air si serein sur le visage qu'il ne put s'empêcher de l'envier. Mais son bonheur compensait en partie la frustration qu'il éprouvait en songeant à sa propre vie. Grace avait tant souffert pour en arriver là… Il ne pouvait penser à ces années terribles sans éprouver un affreux sentiment de culpabilité. Pourquoi n'avait-il pas réussi à mieux la protéger ?

— Je ne savais pas que Kennedy avait un beeper, dit-il.

— Il l'a acheté la semaine dernière parce qu'il ne fait pas confiance à son portable. Il prétend que les réseaux sont toujours saturés, ou alors carrément inexistants. Bref, il est un peu nerveux. Il veut que je le contacte simultanément sur le téléphone et le beeper à la moindre contraction.

Clay se mit à rire et imprima du bout du pied un léger mouvement à la balancelle.

— Faut-il que je m'achète des gadgets électroniques, moi aussi, pour être prévenu de la naissance de ta petite merveille ?

— Kennedy t'appellera dès que j'aurai accouché, c'est promis.

— Vous avez déjà choisi un nom, j'imagine ?

— Si c'est une fille, elle s'appellera Lauren Elisabeth.

— C'est joli. Mais j'ai le pressentiment que ce sera un garçon.

Elle se redressa sur les coussins, le visage éclairé d'un timide sourire.

— Dans ce cas, il s'appellera Isaiah Clayton.

Clay la regarda sans pouvoir cacher sa surprise.

— Tu veux lui donner mon prénom ?

— Si tu n'y vois pas d'inconvénient.

— Bien sûr que non… Mais pourquoi ?

— Parce que je suis heureuse que tu sois mon frère.

Une boule se forma dans sa gorge et il préféra ne rien dire, se contentant de poser un baiser sur la joue de sa sœur. Ils se balancèrent un moment en silence, puis Grace lui donna un petit coup de coude.

— J'ai entendu dire qu'Allie McCormick avait décidé de parler à Lucas.

Clay hocha la tête.

— Heureusement qu'il n'est pas au courant, ajouta-t-elle.

Irene ne lui avait donc rien dit ? Clay hésita une seconde et décida que c'était aussi bien comme ça. Dans son état, il aurait été stupide de l'angoisser avec cette histoire. Si par malheur Lucas les dénonçait, Grace l'apprendrait bien assez tôt.

— Ouais, heureusement, dit-il simplement.

— Tu crois qu'elle va le retrouver ?

Il baissa les yeux vers ses mains sales. Il ne pouvait pas lui mentir sur toute la ligne.

— C'est déjà fait.

Grace posa le pied par terre pour arrêter la balancelle.

— Où est-il ?

— Il vit en Alaska, à ce qu'il paraît.

— Qu'est-ce qu'il fait là-bas ?

— Il s'est remarié.

L'espace d'un instant, Grace retrouva l'expression vulnérable de sa jeunesse. Les plaies de l'enfance ne se refermaient donc jamais, se dit Clay en songeant à sa propre réaction quand Allie lui avait annoncé la nouvelle.

Il prit la main de sa sœur dans la sienne, oubliant dans l'émotion le cambouis qui la maculait.

— Ne sois pas triste, Grace, dit-il doucement. Lucas n'en vaut pas la peine.

Elle hocha la tête avec un sourire forcé.

— Tu as raison… Allie est déjà venue fourrer son nez à la ferme ? demanda-t-elle après un court silence.

— Elle est venue, mais ça ne concernait pas Barker.

— A cause de Beth Ann, c'est ça ?

Il se leva d'un bond et, les mains sur les hanches, mima la colère.

— C'est pas vrai, ça ! Est-ce que la ville entière est au courant de ma vie privée ?

Grace éclata de rire et, soulagé de la voir se détendre, il vint se rasseoir près d'elle.

— Beth Ann raconte à tout le monde que tu veux un enfant, tu sais ? dit-elle en essuyant sa main sur le T-shirt sale de Clay.

— Non, je ne savais pas. Mais c'est n'importe quoi.

Grace inclina la tête pour mieux le regarder.

— Tu en es bien certain ?

— Evidemment ! Quelle idée… Je ne suis même pas marié et je n'ai personne dans ma vie.

— C'est que tu as montré un tel intérêt pour mon bébé… Presque autant que Kennedy.

— Ça ne veut rien dire, répliqua-t-il, vaguement conscient de sa mauvaise foi. Je suis son oncle, après tout.

— Peut-être le moment est-il venu de te poser un peu et de fonder ta propre famille… Hein, qu'en dis-tu ?

Se poser un peu ? On pouvait difficilement être plus sédentaire qu'il ne l'était déjà : sauf à partir en prison, Clay était condamné à rester dans cette ferme pour le restant de ses jours. Inutile d'espérer se marier un jour, dans ces conditions. Mais, conscient que Grace souffrait de le savoir ainsi, littéralement prisonnier du passé, il décida de jouer le jeu.

— Je suis certain que je finirai par rencontrer la femme qui m'est destinée, murmura-t-il avec un pincement au cœur.

— Ce qui est arrivé ne doit pas t'empêcher de vivre ta vie ! s'écria Grace avec ferveur.

Bien sûr, il aurait aimé la croire. Mais pour vivre réellement sa vie, il ne suffisait pas de le vouloir, même de toutes ses forces. Comment aurait-il pu oublier que le squelette de son beau-père était enterré dans la cave ?

— Ne t'en fais pas pour moi, dit-il. Ma vie me convient parfaitement telle qu'elle est.

Le regard de Grace se perdit en direction de la grange. Il avait détruit les boxes où dormaient autrefois les chevaux pour y installer son atelier, mais il savait que cet endroit évoquait encore de terribles souvenirs pour sa sœur. Dans l'une des ailes du bâtiment se trouvait un petit bureau où le révérend avait l'habitude de préparer ses sermons. Mais cette pièce de sinistre mémoire avait aussi servi de salle de torture. Plusieurs fois par semaine, cette ordure de Barker y attachait Grace et…

Clay fit la grimace, incapable de songer à une telle abomination. Ils avaient laissé ce bureau en l'état pendant dix-neuf ans, comme s'ils continuaient à espérer le retour de Barker. Le moindre crayon était resté à sa place pendant toutes ces années… jusqu'à l'été précédent où Grace, prise d'un irrépressible accès de colère, avait mis la pièce à sac. Après cela, Clay s'était occupé de ranger les affaires personnelles du révérend dans des cartons qu'il avait ensuite donnés à Madeline. Mais cet espace désormais nu de quinze mètres carrés conservait une atmosphère lugubre et étouffante, comme si le fantôme de cet être malfaisant y rôdait encore. D'ailleurs, Clay n'y mettait jamais les pieds.

— Tu veux me dire quelque chose ? demanda-t-il, surpris qu'elle ne se fût pas déjà levée.

Lorsque le passé remontait ainsi à la surface, Grace ne s'attardait jamais.

Elle posa la main sur son poignet et il sentit combien ses doigts étaient froids malgré la chaleur du soleil.

— J'ai rencontré le révérend Portenski à la pharmacie.

— Je ne savais pas que tu le connaissais.

Grace ne fréquentait plus les églises. Des trois enfants d'Irene, elle avait été la plus pieuse. Mais c'était avant d'avoir subi les assauts de Barker.

— Oh ! on s'est souvent croisés ici et là ! Mais d'habitude, on s'ignore consciencieusement. Je suppose qu'il s'est toujours dit que mon âme ne valait pas la peine d'être sauvée, ajouta-t-elle avec un petit rire. Mais cette fois-ci, il est venu vers moi.

— Ah bon ?

— Oui… Je l'observais du coin de l'œil et je voyais bien qu'il hésitait. Et puis, il s'est s'approché avec une drôle d'expression sur le visage.

— Quel genre d'expression ? demanda Clay, qui commençait à être intrigué.

— Comment te dire ? Une expression à la fois compatissante et attristée… C'est difficile à expliquer.

— Que t'a-t-il dit ?

— Que Dieu savait tout et que sa colère s'abattrait sur ceux qui lui avaient désobéi.

Clay se raidit aussitôt. Il avait un côté très protecteur avec Grace, et il s'était juré que plus personne ne lui ferait de mal. Pourtant, une chose l'étonnait : jamais il n'avait ressenti la moindre hostilité de la part du révérend Portenski. Alors, pourquoi diable aurait-il ainsi menacé sa sœur des foudres divines ?

— Ça ne lui ressemble pas, dit-il. Depuis quelques mois, il m'arrive d'assister de nouveau à la messe, tu sais. Et le révérend a tout de suite mis les choses au clair : la première fois que je suis venu, il a profité de son sermon pour faire comprendre à tous les fidèles qui me regardaient de travers que j'étais le bienvenu à l'église. Il s'en est pris à ceux qui jugeaient leurs semblables sur des on-dit et qui se laissaient gouverner par la colère et les préjugés. Tu aurais vu la tête de Joe Vincelli…

— Je crois que tu m'as mal comprise, Clay. Je n'ai pas eu le sentiment que son avertissement s'adressait à moi. C'était plutôt comme s'il essayait de me faire comprendre que les péchés de Barker ne resteraient pas impunis.

Une ombre passa sur le visage de Clay.

— Tu penses qu'il est au courant ?

— Oui. Je sais que ça peut paraître étrange, mais j'en ai eu la conviction.

— Mais comment pourrait-il savoir ? Nous avons fouillé l'église de fond en comble et nous avons mis dans des cartons toutes les affaires que Barker avait laissées dans la sacristie. Même s'il avait osé conserver ses sales photos dans un lieu sacré, je suis certain qu'on aurait mis la main dessus. Non, celles qu'on a brûlées devaient constituer tout le lot.

— Je ne crois pas, Clay.

Ils avaient déjà eu cette discussion auparavant. Bien que ce fût un sujet particulièrement pénible pour Grace, elle avait toujours maintenu qu'il existait forcément d'autres clichés. Selon elle, Barker avait pris des centaines de Polaroïd.

— Dans ce cas, où aurait-il pu les cacher ?

— Je l'ignore. Mais Portenski a sans doute la réponse à cette question. Je pense qu'il les a trouvées, Clay.

— Si c'était le cas, pourquoi n'en aurait-il pas informé la police ? Quel meilleur mobile pour faire disparaître quelqu'un que les actes révélés par ces horribles clichés ?

— N'oublie pas qu'ils montrent également quelle sorte d'homme était Barker. Portenski a peut-être éprouvé de la compassion pour cette gamine de treize ans.

Elle parlait de l'enfant qui avait été prise en photo à son corps défendant comme s'il ne s'agissait pas d'elle. Clay se demanda si c'était ainsi que Grace était parvenue à s'en sortir : en se détachant de la petite fille qu'elle avait été.

— Le révérend m'a ensuite signalé que si je souhaitais un jour retrouver le chemin du Seigneur, les portes de son église m'étaient grandes ouvertes.

— Tu lui as répondu ?

— Et comment… Je lui ai dit que je ne mettrais plus jamais les pieds dans une église, et encore moins dans celle de Stillwater.

— Quelle a été sa réaction ?

— Il s'est contenté de hocher la tête d'un air grave, comme s'il comprenait, et il a tourné les talons.

A l'instar de Grace, Clay avait cessé d'aller à la messe après avoir découvert le vrai visage de Barker. Il avait essayé de se persuader qu'il pouvait vivre sans Dieu, mais on n'effaçait pas aussi facilement des années d'éducation religieuse. Intellectuellement, il pouvait faire la différence entre la religion et celui qui l'incarnait ici-bas. Autrement dit, les actes répréhensibles d'un prédicateur ne ternissaient en rien la bonne parole qu'il prêchait. Pourtant, l'émotion l'emportait parfois sur la raison, et il lui était arrivé de sortir au beau milieu d'un sermon à cause d'un mot ou d'une phrase qui lui avait rappelé Barker. Etre confronté à un tel exemple de duplicité vous transformait profondément. Et une fois qu'on avait perdu cette innocence, il ne fallait pas espérer la retrouver un jour.

Grace posa la main sur son ventre, et l'esquisse d'un sourire chassa aussitôt les ombres du passé.

— Il te donne des coups de pied ? lui demanda Clay.

— On dirait plutôt qu'il fait des cabrioles ! Dommage que tes pattes soient aussi sales : je sais combien tu aimes le sentir bouger.

— Moi ? Première nouvelle ! répliqua-t-il sur le ton de la plaisanterie.

— A qui penses-tu faire avaler ça ? Pas à moi, en tout cas ! dit-elle en riant. Tu es bien sûr que Beth Ann n'est pas faite pour toi ?

— Absolument certain.

Bien sûr, tout n'était pas noir ou blanc dans la vie, mais en l'occurrence, il ne semblait pas y avoir de place pour le gris.

— Je voudrais tellement que tu fasses une belle rencontre, Clay ! Que tu fondes une famille et que tu sois aussi heureux que moi aujourd'hui.

Ces mots simples et directs le touchèrent profondément.

— Cesse donc de te faire du souci pour moi, dit-il d'un ton bourru.

— Je ne peux pas faire autrement. Je m'inquiète pour toi, pour Molly, pour Madeline, pour maman…

Elle leva les yeux au ciel.

— Surtout pour maman !

— Je m'occupe de ce problème.

Elle fronça les sourcils.

— Vraiment ? Alors pourquoi m'a-t-elle dit qu'elle partait en week-end ?

— Tu plaisantes, j'espère ?

— J'aimerais bien.

— Un week-end avec le shérif McCormick ? demanda-t-il

à voix basse, comme s'il craignait qu'une oreille indiscrète ne l'entende.

— Elle prétend qu'elle part seule… Comme si on pouvait gober une chose pareille !

— On n'aurait pas ce genre de problème si elle vivait à la ferme avec moi.

— Elle ne pourrait plus supporter d'habiter ici, Clay. Je me demande d'ailleurs comment elle a fait pour y rester aussi longtemps. Et comment tu fais, toi.

S'il avait eu le choix, il aurait également quitté les lieux depuis belle lurette. Mais il considérait de son devoir de protéger sa mère et ses sœurs, de s'assurer que personne ne viendrait fouiller la propriété au risque de déterrer le passé.

— Si elle vivait ici avec moi, je pourrais au moins l'empêcher de faire des bêtises.

— Sans doute, Clay, mais ça ne marcherait pas.

Même s'il se sentait tenu de veiller sur sa mère, il devait reconnaître que Grace avait raison. Clay avait pris l'habitude de vivre seul, et il n'était pas certain de pouvoir supporter une nouvelle cohabitation avec sa mère.

— Je me demande ce que le shérif raconte à sa femme pour justifier sa petite escapade extraconjugale, dit-il comme pour lui-même.

— Va savoir… Depuis le temps que ça dure, il doit avoir une liste d'excuses toutes prêtes.

Clay secoua la tête d'un air dépité.

— Pourquoi maman refuse-t-elle de m'écouter ?

— Je suis certaine qu'elle comprend ton point de vue. Elle sait parfaitement qu'il serait plus prudent de mettre un terme à cette histoire. Le problème, c'est que c'est au-dessus de ses forces.

— Au-dessus de ses forces ?

— Oui. Je me mets à sa place : jamais personne ne pourrait m'obliger à me séparer de Kennedy.

— Mais ce n'est pas la même chose, Grace ! Kennedy est

ton mari. Et Dale McCormick n'est ni veuf ni divorcé, que je sache.

Elle lissa sa robe, s'attardant sur l'arrondi parfait de son ventre.

— Je ne suis pas en train de dire que maman a raison. Mais c'est la première fois de sa vie qu'elle est réellement amoureuse. C'est pour ça qu'elle a tellement de mal à renoncer à lui.

— Tu crois qu'elle l'aime plus qu'elle n'aimait Lucas ?

— Le shérif est tout ce que notre père n'était pas. Il a les pieds sur terre, lui. C'est un homme solide, responsable ; un homme sur qui on peut compter.

— Qui ça, « on » ? demanda Clay d'un ton railleur. Pas sa femme, en tout cas ! Je te rappelle quand même qu'il la trompe.

— Bien sûr, reconnut Grace, ça n'a rien d'admirable. Mais essaie un peu de le comprendre. Maman a quelques années de moins que lui et, disons les choses comme elles sont, elle est beaucoup plus attirante qu'Evelyn McCormick. Il doit redécouvrir les joies du sexe… Enfin, tu vois ce que je veux dire, ajouta-t-elle avec un petit sourire embarrassé.

— A son âge, ça doit être surtout une question d'ego, dit Clay. Le fait d'avoir réussi à séduire maman lui donne sans doute le sentiment d'être encore un homme, un vrai.

— Et de son côté, maman a enfin trouvé quelqu'un qui la traite comme si elle était la huitième merveille du monde.

— Seulement, leur relation n'a aucun avenir… Et imagine un peu le scandale quand quelqu'un découvrira le pot aux roses !

— Oui, admit Grace en faisant la grimace. Le retour de bâton risque d'être violent. Pauvre Kennedy… Je me demande parfois s'il savait dans quoi il s'embarquait en se mariant avec moi.

— Ne dis pas de bêtises, voyons ! gronda gentiment Clay. Il a beaucoup de chance de t'avoir rencontrée.

— On verra s'il partage cette opinion quand tout le monde sera au courant de la liaison de maman.

— Alors toi aussi, tu penses que ça finira par s'ébruiter ?

— Tu sais bien qu'il est pratiquement impossible de garder un secret dans cette ville.

— Kennedy est au courant ?

— Oui. Je ne veux rien lui cacher.

Quelques minutes plus tard, quand elle se leva et posa un rapide baiser sur sa joue, Clay comprit qu'elle était restée à la ferme aussi longtemps qu'elle pouvait le supporter.

— Merci pour ton accueil, grand frère. Je vais essayer de convaincre maman de renoncer à son week-end.

— Bonne chance ! dit-il en songeant au résultat nul qu'avait produit sa propre intervention.

Grace s'arrêta sur les marches de la véranda et se retourna.

— Au fait, j'ai oublié de te dire que Molly allait bientôt arriver. Elle veut être là quand le bébé naîtra.

— Ça, c'est une bonne nouvelle. Il y a si longtemps qu'elle n'est pas venue nous voir !

— Depuis Noël, confirma Grace. Tu sais qu'elle a un nouveau petit ami ?

— Non. C'est du sérieux, cette fois ?

— Franchement, j'en doute. Dès qu'un homme s'attache un peu à elle, elle l'envoie balader. C'est marrant, ajouta Grace avec un sourire, mais ça me fait penser à quelqu'un.

— Je ne vois pas du tout de qui tu veux parler, répliqua Clay en prenant l'air innocent.

— Vraiment ? Jette donc un coup d'œil dans le miroir de la salle de bains quand tu iras te laver les mains. Tu verras à qui je pense.

— Grace ?

Elle souffla sur une mèche qui lui tombait dans l'œil.

— Quoi ?

— Si l'occasion se présentait, tu aurais envie de parler à papa ?

— Non, répondit-elle sans l'ombre d'une hésitation.

*
* *

Allie était assise à son bureau, le nez plongé dans le dossier Barker, lorsque son téléphone se mit à sonner. Whitney, qu'elle avait emmenée avec elle, faisait des coloriages par terre. Dieu merci, le shérif n'était pas venu au poste de police de toute la journée. Allie ne lui avait plus reparlé depuis la matinée orageuse, et elle trouvait que c'était aussi bien comme ça : la dispute du petit déjeuner lui restait encore sur le cœur.

Heureusement que son père venait rarement travailler le samedi, songea-t-elle. Quant aux deux collègues qui lui prêtaient main-forte aujourd'hui, ils étaient partis patrouiller en ville.

— Allie McCormick, dit-elle en jetant un coup d'œil au numéro qui s'affichait sur l'écran.

Son cœur se mit à battre plus vite quand elle comprit que l'appel venait d'Alaska. Elle ne savait pas trop pourquoi, mais l'idée de parler au père de Clay la rendait nerveuse.

— Bonjour, madame McCormick. Lucas Montgomery à l'appareil. Vous avez essayé de me joindre ?

— En effet. Merci de me rappeler, monsieur Montgomery.

— Je vous en prie. Que puis-je faire pour vous ?

Elle essaya de reconnaître des inflexions de Clay dans la voix de son interlocuteur, puis elle se demanda s'il ressemblait à son fils… Elle avait vu une photo de Lucas Montgomery dans le dossier de Clay, mais le cliché était techniquement mauvais, et il datait de plus d'un quart de siècle.

— Comme je l'ai expliqué à votre femme, je travaille pour la police de Stillwater, une petite ville qui se trouve…

— Ma femme m'a tout expliqué, coupa-t-il. Mais je crains de ne pouvoir vous être d'aucune aide. Je ne vois pas en quoi je serais concerné par la disparition d'un type que je ne connais ni d'Eve ni d'Adam.

Malgré son ton bon enfant, Allie crut déceler un brin d'amertume dans ses derniers mots.

— Ce type, monsieur Montgomery, n'est pas tout à fait un inconnu pour vous, lui expliqua Allie d'une voix aimable mais ferme. Lee Barker était tout de même le mari de votre première femme.

— Certes, mais j'ignore tout de ce monsieur. Irene et moi n'avons plus aucun contact depuis notre séparation.

— Vous ne vous êtes jamais reparlé ? Pas une seule fois ?

— Pas une seule fois.

— Vous ignorez donc que votre famille a été fortement soupçonnée d'être impliquée dans la disparition du révérend Barker ?

— Je l'ignorais, en effet. Mais je vous assure qu'Irene ne ferait pas de mal à une mouche. C'est tout ce que je peux vous dire. Navré si vous espériez plus.

— Je n'espérais rien de particulier, monsieur Montgomery. J'essaie tout bonnement d'établir des faits.

— Vous ne trouvez pas qu'il est un peu tard pour rouvrir l'enquête ?

— Je vous demande pardon ?

— J'imagine qu'après dix-neuf ans…

— Dix-neuf ans ? interrompit Allie, soudain en alerte.

Le silence se fit à l'autre bout du fil, comme si Lucas Montgomery venait de se rendre compte de sa bévue.

— Eh oui, dit-il au bout de plusieurs secondes, dire que je suis parti depuis déjà dix-neuf ans…

— C'est curieux, lui dit Allie. D'après mes renseignements, vous avez quitté votre famille quand votre fils n'avait que dix ans.

Elle aurait pu donner la date exacte de son départ, au lieu de mentionner l'âge de Clay, mais elle n'avait pu s'empêcher de rappeler à cet homme qu'il avait abandonné son petit garçon.

— Vous êtes certaine de ce que vous avancez ? demanda-t-il.

— Pourquoi ? Vous ne vous rappelez pas quel âge avait votre enfant quand vous l'avez vu pour la dernière fois ?

— Pas exactement.

— Eh bien, je vais vous le dire, cher monsieur. Vous êtes

parti il y a vingt-quatre ans. Pour ne rien vous cacher, je suis un peu surprise. Il est tout de même difficile de confondre un adolescent de seize ans et un gamin de dix ans.

— Avec le temps, tout devient flou, vous savez.

— Le révérend Barker a justement disparu depuis dix-neuf ans, figurez-vous ! Mais je suppose qu'il s'agit d'un pur hasard si vous avez cité ce chiffre…

— Je vous ai déjà dit que j'ignorais tout de lui.

— Quelle coïncidence, tout de même, que vous ayez deviné depuis combien d'années il avait disparu !

Elle le sentit hésiter.

— Ecoutez, vous… Vous faites fausse route, dit-il d'une voix qui avait perdu beaucoup de son assurance. Comme je vous l'ai expliqué tout à l'heure, Irene ne ferait pas de mal à une mouche. C'est quelqu'un de bien.

« Alors pourquoi l'avez-vous lâchement abandonnée ? » Mais Allie garda cette réflexion pour elle : elle ne l'appelait pas pour lui faire la morale.

— J'ai le sentiment que vous en savez plus que vous ne voulez bien le dire, monsieur Montgomery.

— Vous me traitez de menteur ? rétorqua-t-il d'une voix indignée.

Pour la première fois depuis qu'elle avait songé à contacter le père de Clay, elle se demanda sérieusement s'il avait quelque chose à voir avec la disparition de Barker. Se pouvait-il qu'il ait voulu revoir sa famille, qu'il soit tombé sur celui qui avait pris sa place et qu'une dispute avec le révérend ait mal tourné ? Cela expliquerait en tout cas pourquoi il s'était fait si discret depuis toutes ces années.

Allie envisagea cette possibilité avec un vrai soulagement. Elle aurait mille fois préféré passer les menottes à Lucas Montgomery qu'à son fils.

— Je ne fais que mon travail, déclara-t-elle sans se départir de son calme. Pouvez-vous me dire où vous vous trouviez la nuit où le révérend Barker a disparu ?

— Je n'en ai pas la moindre idée, chère madame, mais je peux vous assurer que je n'ai rien à voir avec la mort de ce type.

La main d'Allie se crispa sur le combiné.

— Je n'ai jamais dit qu'il était mort.

Pas de réaction.

— Monsieur Montgomery ?

— Après toutes ces années, dit-il enfin, ce n'est pas trop s'avancer que de formuler une telle hypothèse… Ecoutez, ajouta-t-il d'une voix impatiente, tout ça est ridicule. Je vis en Alaska depuis vingt ans et vous ne pourrez jamais prouver que j'en suis sorti un jour. Pas de billet d'avion. Pas de billet de train. Pas de reçu de carte bleue émanant de stations service.

— Je vois que vous regardez beaucoup les séries télévisées !

— J'adore *Les Experts*, répondit-il sans se démonter. Mais aussi *Cold Case* : Affaires classées. Vous connaissez ?

— Si je comprends bien, reprit Allie d'un ton imperturbable, vous n'avez jamais eu envie de revoir vos enfants ?

Silence.

— Voulez-vous que je répète la question ?

— Je vous ai parfaitement entendue.

— Et ?

— Je ne suis jamais revenu voir ma famille, ça vous va ?

— De mon point de vue, dit Allie, c'est un crime qui en vaut bien d'autres.

Ç'avait été plus fort qu'elle. Bien sûr, elle n'avait pas à juger cet homme sur sa vie privée. Mais l'attitude de Sam, qui avait si cruellement rejeté Whitney, lui était revenue à l'esprit. La douleur de Clay, qu'elle avait devinée la veille au soir, lorsqu'il l'avait raccompagnée en voiture, y était sans doute aussi pour quelque chose.

— Allez vous faire foutre ! lança Lucas avant de couper la communication.

Allie raccrocha lentement. Sa dernière remarque avait singulièrement manqué de professionnalisme. Mais elle avait pris Lucas Montgomery en flagrant délit de mensonge. Il lui cachait quelque chose, elle en aurait mis sa main au feu. Restait à savoir quoi.

Whitney cessa ses coloriages et leva la tête vers sa maman.

— C'était papa au téléphone ?

— Non, mon trésor. Mais c'était quelqu'un de tout à fait dans son genre.

8.

Le révérend Portenski, agrippant les rebords de sa chaire, se pencha légèrement vers ses fidèles. Le plaisir qu'il prenait à prêcher devant toutes ces oreilles attentives fut soudain perturbé par l'arrivée de Clay Montgomery. Il s'était glissé au fond de l'église, puis s'étais assis sur un banc isolé avec la discrétion d'un chat. Mais il avait suffi qu'une personne le remarque pour qu'un murmure parcoure l'assistance et que les têtes commencent à se tourner. Clay resta digne et imperturbable, regardant droit devant lui comme s'il n'avait pas remarqué l'attention pour le moins hostile dont il faisait l'objet.

Après avoir adressé un petit signe de tête au nouvel arrivant — une attention qu'il s'efforçait d'avoir, chaque fois que Clay assistait à la messe —, le révérend chercha des yeux d'autres paroissiens avec qui il se sentait plus à l'aise. Clay Montgomery avait sans doute commis un péché auquel le prédicateur préférait ne pas songer. Contrairement à la police et aux gens d'ici, Portenski savait ce qui avait pu motiver cet acte ô combien répréhensible. Parce que lui et lui seul connaissait l'existence de ces ignobles Polaroïd. Mais si Clay était bien responsable de la disparition de Barker, l'Eglise ne pourrait rien pour le salut de son âme. Il faudrait qu'il règle ça en tête à tête avec le Seigneur.

— Nul n'a le droit de se substituer à la justice divine.

En voyant les visages perplexes de ses ouailles, le révérend comprit qu'il venait de prononcer ces mots à haute voix, au beau milieu d'un sermon sur l'importance de secourir les nécessiteux.

Il toussota pour se donner le temps de rassembler ses idées, et se rattrapa en expliquant qu'il n'appartenait qu'à Dieu de juger si les indigents méritaient leur infortune.

— Celui qui tend la main pour faire l'aumône est notre frère. Devant Dieu, ne sommes-nous pas tous des mendiants ?

Quelques *Amen* firent écho à ces bonnes paroles. Portenski approuva d'un sourire et poursuivit son prêche en essayant d'éviter le regard perçant de Clay. Encore un quart d'heure et il serait débarrassé de lui, songea-t-il pour se donner du courage. Et comme il venait rarement deux semaines d'affilée, avec un peu de chance, il ne le reverrait pas avant le mois prochain.

— Allez dans la paix du Christ, dit-il enfin en ouvrant les bras, tandis que les fidèles se levaient lentement, accompagnés par l'orgue.

D'ordinaire, Clay était le premier à s'en aller. Mais cette fois-ci, il attendit sur son banc que l'église se vide.

Bras croisés, il ignora les remarques peu charitables qui fusaient çà et là. La plupart des fidèles s'interdisaient de le regarder, comme s'il avait été le diable en personne. Le père de Joe marmonna dans sa barbe, juste assez fort pour être entendu, qu'un criminel n'avait rien à faire dans la maison du bon Dieu. Quelques secondes plus tard, Mme Vincelli et ses amies le dévisagèrent sans vergogne, mais Clay s'intéressait à autre chose : il venait de voir Evelyn McCormick quitter l'église avec une fillette, laquelle s'était retournée pour faire un petit salut de la main. Il en déduisait donc qu'Allie était là, quelque part dans l'assemblée encore compacte. Il avait suffisamment envie de l'apercevoir pour attendre encore un peu, malgré les réactions hostiles que suscitait sa présence. D'autant qu'après sa conversation avec Grace, il espérait aussi avoir l'occasion de dire un mot au révérend.

Mais Beth Ann fut la première à fendre la foule pour venir lui parler.

— Clay, je suis si contente de te voir !

— Moi aussi, répondit-il par réflexe, et sans manifester le moindre enthousiasme.

Une réponse automatique qu'il ne tarda pas à regretter lorsque la jeune femme s'engouffra dans la brèche.

— Vraiment ? Ça te fait plaisir de me voir ?

Mal à l'aise devant ce ton plein d'espoir, Clay fut tenté de la rassurer avec des mots gentils. Mais il se ravisa : à quoi bon entretenir ses illusions ? Cela ne ferait que la blesser plus cruellement encore par la suite.

— Bien sûr que ça lui fait plaisir ! dit quelqu'un au moment où il s'apprêtait à répondre. Clay est toujours content de voir ses amis.

Surpris de reconnaître la voix d'Allie, il se tourna et vit la jeune femme qui venait vers lui. D'un clin d'œil discret, elle lui fit comprendre qu'elle était intervenue pour le tirer d'embarras.

— Bonjour, monsieur Montgomery, dit-elle poliment. Mademoiselle Cole…, ajouta-t-elle avec un petit signe de tête.

— Bonjour, madame McCormick, répondit Clay tandis que Beth Ann les regardait alternativement, bouche bée.

Clay aurait sans doute dû s'en tenir à un sourire poli avant de reporter son attention sur Beth Ann, mais il n'arrivait pas à détacher les yeux d'Allie McCormick. Elle était si jolie, si… harmonieuse, tout de blanc vêtue. L'espace d'un instant, il lui sembla qu'elle était la plus belle femme du monde.

— Qu'est-ce qui se trame, ici ? lança Beth Ann qui venait de retrouver l'usage de la parole.

Clay tourna vers elle un visage parfaitement neutre, espérant tuer dans l'œuf la crise de jalousie qu'il sentait poindre. Mais il était déjà trop tard.

— Vous espérez quoi, au juste ? reprit-elle en dévisageant Allie d'un air mauvais. Etre la prochaine dans son lit ?

— Je te rappelle que tu te trouves dans une église, lui dit Clay.

Peine perdue : Beth Ann ne prit même pas la peine de le regarder ; elle gardait les yeux rivés sur sa rivale comme un félin prêt à bondir sur sa proie.

— Je me contenterai pour l'instant de quelques leçons de billard, répondit Allie sans se démonter.

— Des leçons de billard ? répéta Beth Ann en plissant son front d'ordinaire si lisse.

Allie hocha la tête.

— Oui. Vous savez, ce jeu avec plein de boules de couleur… Figurez-vous que Clay y est excellent.

— Méfiez-vous, rétorqua Beth Ann d'un ton fielleux. Il excelle dans bien d'autres domaines. Et si vous n'y prenez pas garde, il va vous faire souffrir, vous aussi.

Allie sourit gentiment, comme si tous ces sous-entendus lui passaient largement au-dessus de la tête.

— Si un jour il n'a plus envie de m'enseigner sa technique, je m'adresserai à quelqu'un d'autre, voilà tout.

— Vous vous rendrez vite compte qu'il n'y en a pas deux comme lui, dit Beth Ann d'une voix accablée, avant de tourner les talons.

Clay ne savait plus que dire après une telle sortie. Se frottant la mâchoire avec un sourire en demi-teinte, il attendit qu'Allie rompe le silence gêné qui s'était installé entre eux.

— Voilà un sacré compliment, dit-elle.

Il haussa les épaules.

— Souviens-toi qu'elle ne vit pas à Stillwater depuis longtemps.

— Qu'est-ce que tu veux dire par là ?

— Elle n'a pas été éduquée dans la haine des Montgomery.

— Si j'en crois sa déposition de l'autre jour, rétorqua Allie, elle a rattrapé le temps perdu.

— Il ne faut pas la juger là-dessus. Ce n'est pas une méchante fille.

Allie le considéra d'un air pensif.

— Eh bien, on ne peut pas dire que tu sois rancunier, toi !

— Je dis ce que je pense, voilà tout.

— Tu sais qu'elle raconte à qui veut bien l'entendre qu'elle a envie de fonder un foyer ?

— Oui, j'ai entendu dire ça.

Il enfonça les mains dans les poches de son pantalon.

— Je suis sûr qu'elle fera une très bonne épouse, reprit-il. Elle rendra sûrement quelqu'un heureux.

— Quelqu'un ?

— Quelqu'un d'autre que moi.

— Et pourquoi pas toi ?

— Parce qu'elle n'aime pas jouer au billard, répondit-il en affectant le plus grand sérieux. Au fait, quand souhaites-tu prendre ta première leçon ?

Allie leva un sourcil circonspect.

— Faut voir… Ça va me coûter cher, cette histoire ?

Un sourire charmeur se dessina lentement sur les lèvres de Clay.

— Contrairement à ma réputation, je ne suis pas à la portée de la première venue.

Elle fit mine d'être effondrée.

— Et moi qui rêvais d'exploits sur le tapis vert… Il va peut-être falloir que je me rabatte sur un professeur plus abordable.

— Souviens-toi, dit-il sans cesser de sourire, il n'y en a pas deux comme moi… De plus, je fais une offre spéciale en ce moment : une leçon gratuite contre une invitation à dîner. Une excellente affaire, d'autant que c'est moi qui invite. Ça ne se refuse pas, il me semble.

Allie jeta un rapide regard autour d'elle.

— Quand ?

— Ce soir ?

Le cœur de Clay se mit à cogner dans sa poitrine tandis qu'il attendait une réponse. Ça lui faisait tout drôle de se sentir aussi nerveux. Lui qui, d'ordinaire, conservait un grand détachement en toutes circonstances — et en particulier avec les femmes… La plupart du temps, d'ailleurs, il n'avait même pas à faire le premier pas.

Au moment où Allie ouvrait la bouche pour lui répondre, elle vit son père qui approchait.

— Je t'appelle, murmura-t-elle avant de filer vers la sortie.

Clay brûlait d'envie de la suivre du regard, mais le shérif McCormick venait de se planter devant lui et réclamait son attention.

— Laisse ma fille tranquille, grommela-t-il sans préambule.

— Je vous demande pardon ?

— Tu as très bien compris ce que je viens de dire.

Et, sur ces mots, Dale sortit à son tour.

Allie pressa le pas vers la voiture de police dont elle se servait également pour ses déplacements personnels. Sa fille s'ennuyait vite à la messe et elle était devenue turbulente vers la fin de l'office. D'ailleurs, Evelyn l'avait déjà ramenée à la maison. Ça tombait plutôt bien, parce que la jeune femme voyait le shérif s'approcher dans le rétroviseur et qu'elle n'avait aucune envie de s'attarder sur le parking de l'église. A la maison, personne n'était revenu sur la dispute de la veille et, malgré une ambiance encore un peu fraîche, Allie en avait conclu que l'incident était clos. Pourtant, à voir la tête de son père quand il l'avait aperçue en compagnie de Clay, la hache de guerre n'était pas enterrée si profondément que cela. Elle démarra avant que Dale n'arrive à sa hauteur, appuyant doucement sur l'accélérateur pour ne pas donner l'impression de s'enfuir. C'était pourtant ce qu'elle faisait. Elle préférait laisser à son père le temps de se calmer avant de se retrouver tête à tête avec lui. D'autant qu'il était peu probable qu'ils parviennent à se mettre d'accord au sujet de Clay. Allie n'avait pas l'intention de renoncer à le voir. Elle était persuadée que les Montgomery détenaient au moins une part du mystère ; conviction renforcée par sa conversation téléphonique avec Lucas. Et puis, cela faisait bientôt vingt ans qu'on utilisait vainement la manière forte avec Clay. Pourquoi ne pas essayer la manière douce, pour une fois ?

A contrecœur, Allie dut aussi admettre en son for intérieur le faible qu'elle avait pour cet homme. Le sentiment qu'elle avait éprouvé l'autre soir en dansant avec lui n'avait, hélas ! rien à voir avec l'alcool.

Les mots de Beth Ann lui revinrent à l'esprit : *Si vous n'y prenez pas garde, il va vous faire souffrir, vous aussi.* Allie haussa les épaules en se disant que cela ne la concernait pas. D'accord, elle l'aimait bien et elle le trouvait beau à mourir, mais elle savait qu'il n'était pas question de vivre une histoire sérieuse avec lui. Ce n'était pas parce qu'il l'avait invitée à dîner qu'il éprouvait autre chose qu'une certaine curiosité à son égard. Inutile d'avoir fréquenté Clay Montgomery très longtemps pour comprendre qu'il n'était pas du genre à s'engager. De toutes les rumeurs qui circulaient à son sujet, la plus crédible était celle qui le décrivait comme un homme qui s'attachait rarement — et même jamais — à ses conquêtes.

Son portable se mit à sonner, et elle chercha le petit appareil à tâtons. Elle attendait un appel de son frère : elle avait essayé de le joindre quelques heures plus tôt pour lui parler des problèmes qu'elle rencontrait avec ses parents. Qui mieux que Danny pouvait la comprendre ? Bien sûr, tout n'était pas négatif avec Evelyn et Dale. Elle leur était reconnaissante de l'avoir accueillie aussi spontanément au lendemain de son divorce, et elle appréciait qu'ils s'occupent de Whitney en son absence. Mais son indépendance lui manquait terriblement. Vivre *et* travailler avec son père était sans doute un peu trop… Au départ, tout s'était déroulé au mieux. Mais après six semaines, leurs rapports commençaient à se gâter. Danny l'avait pourtant mise en garde…

Bon sang, mais où était ce satané téléphone ? Allie se pencha en avant pour glisser la main sous son siège. Peut-être était-il temps de s'installer dans la maison d'amis ? Bien sûr, ses parents risquaient de se vexer… Mais, pour Allie, retrouver une partie de son autonomie importait plus que ménager leur susceptibilité. D'autant qu'ils finiraient eux-mêmes par se rendre compte que c'était la meilleure solution. Et puis,

Whitney pourrait toujours aller les voir et dormir chez eux les nuits où Allie était de service.

Ses doigts finirent par rencontrer la coque métallique du portable sous le siège passager. Un rapide coup d'œil au numéro qui s'affichait sur l'écran, et elle le jeta avec humeur sur la banquette arrière. Ce n'était pas son frère, nom d'un chien, mais son père! Décidément, il ne lui laissait aucun répit. Mais pas question d'entrer dans son jeu : si elle lui parlait maintenant, ils ne feraient que se crier dessus.

Dans la mesure où Whitney venait sans doute de commencer sa sieste, Allie n'était pas pressée de rentrer à la maison. Elle décida de consacrer les deux prochaines heures à interroger certains témoins dont les dépositions figuraient dans le dossier Barker. Avec un peu de chance, ils seraient chez eux un dimanche, disponibles pour répondre à ses questions.

Et si elle commençait par Jed Fowler? Il se trouvait à la ferme le soir de la disparition de Barker, et il avait avoué le meurtre du révérend neuf mois plus tôt, lors de la dernière fouille effectuée par la police. Pourtant, il n'avait jamais été sérieusement considéré comme suspect. Pour quelle raison se serait-il débarrassé de Barker? Personne n'avait jamais pu répondre à cette question. Jed Fowler était un type étrange, d'accord, mais ça ne faisait pas de lui un assassin.

Par contre, il avait très bien pu voir quelque chose. Mais si c'était le cas, pourquoi gardait-il le silence depuis toutes ces années? Plus curieux encore, pourquoi avait-il préféré s'accuser plutôt que de désigner le vrai coupable?

En vérité, Allie avait sa petite idée sur la question.

Clay s'était rassis sur son banc et ruminait sa colère. Décidément, les mots du shérif McCormick lui restaient en travers de la gorge. Pendant un moment, il avait eu envie de ficher le camp et de ne jamais remettre les pieds dans cette église. Qu'est-ce qui lui avait pris d'assister de nouveau à la messe? Pourquoi se mêler à cette communauté d'hypocrites qui venaient vénérer un Dieu injuste? Qu'ils aillent au diable, tous autant qu'ils étaient ! Clay n'avait pas besoin d'Allie ni de son père. D'ailleurs, il n'avait besoin de personne. Mais avant de franchir la lourde porte de bois, peut-être pour toujours, il voulait dire un mot à Portenski. Si celui-ci daignait lui accorder un peu de son attention, bien sûr… Parce que le prédicateur ramassait les missels et alignait les bancs de bois depuis dix bonnes minutes sans paraître remarquer sa présence.

Il fallut qu'il se mette à toussoter avec insistance pour que Portenski lève les yeux et promène son regard autour de lui, apparemment sidéré de se retrouver seul avec Clay.

— Bonjour, monsieur Montgomery. Puis-je faire quelque chose pour vous ?

Il avait une voix et des manières onctueuses qui convenaient parfaitement à sa fonction. Mais, sous ce ton affable, Clay eut le sentiment très net qu'il n'avait guère envie de lui parler. Avant que Grace ne lui narre sa mésaventure, Clay avait mis l'attitude de Portenski sur le compte d'un certain malaise : le fait de s'adresser à celui que la rumeur publique désignait comme un meurtrier pouvait raisonnablement expliquer sa réserve. Mais à présent, Clay se demandait s'il n'y avait pas autre chose.

— Ma sœur m'a dit que vous étiez venu lui parler, l'autre jour, dit-il en se levant.

Le révérend se passa brièvement la langue sur les lèvres.

— Oui, je… Je voulais qu'elle sache qu'elle serait toujours la bienvenue dans cette église.

Clay remarqua que le visage de son interlocuteur s'empourprait légèrement.

— Vous lui avez dit que Dieu savait tout et que sa colère s'abattrait sur ceux qui avaient trahi sa parole. C'est bien ça ?

Du plat de la main, Portenski lissa les touffes de cheveux blancs qui couvraient chacune de ses oreilles.

— Je… Hum… Oui, en effet, c'est bien ce que je lui ai dit. C'est ma conviction, d'ailleurs.

— Songiez-vous à Grace en parlant de ceux qui trahissent la parole de Dieu ?

Le révérend ouvrit de grands yeux.

— C'est comme ça qu'elle l'a compris ?

— Ça fait vingt ans que notre famille est l'objet de toutes les suspicions. Comment voulez-vous qu'elle le prenne ?

— C'est un affreux malentendu ! s'exclama le révérend en secouant vivement la main. Je voulais seulement lui dire que Dieu savait tout, voyait tout, et qu'il fallait avoir foi en Sa justice.

— C'est une drôle de chose à dire à quelqu'un que vous croyez impliqué dans un crime odieux.

Portenski marmonna dans sa barbe.

— Je vous demande pardon ? Dans un crime odieux, il y a le coupable et la victime, monsieur Montgomery. Et je n'ai jamais dit que je considérais votre sœur comme coupable.

Clay le dévisagea en silence. Pendant quelques secondes, le temps sembla s'être arrêté.

— Alors, vous savez ce qui s'est passé…, murmura-t-il enfin.

« Vous savez que Barker était un dangereux pédophile », eut-il envie d'ajouter. Mais il fallait faire preuve de prudence. Inutile de faciliter la tâche de tous ceux qui avaient déjà jugé et condamné les Montgomery pour meurtre. Inutile de leur faire entrevoir un mobile bien plus plausible que la volonté de s'approprier les biens de Lee Barker.

Les lèvres pincées, Portenski tapota de nouveau ses cheveux. On sentait qu'il hésitait à répondre, mais, apparemment, la phrase de Clay ne l'avait nullement étonné.

— Mon révérend ?

— Je ne peux que me répéter, monsieur Montgomery. La justice divine…

— … finira par triompher. Oui, je sais. C'est tout ce que vous avez à me dire ?

— C'est tout. Le reste n'est pas de mon ressort.

Pas la peine d'insister, songea Clay. Il suffisait de voir l'expression fermée du prédicateur pour comprendre qu'il ne dirait pas un mot de plus.

A quoi bon perdre son temps à poser des questions qui resteraient sans réponse ? D'autant qu'il en avait d'autres, tout aussi importantes dans leur genre. Des questions qu'il avait envie de poser à quelqu'un comme Portenski depuis des années.

— Trouvez-vous que le Créateur soit vraiment un Dieu de pardon ?

Pris au dépourvu, l'homme d'Eglise resta un moment coi, désarçonné, avant de se raccrocher aux Saintes Ecritures.

— Il est écrit dans la Bible que…

— Ne me citez pas la Bible, mon révérend. Je vous demande votre opinion, à vous.

— Je ne suis qu'un homme.

— Un homme qui dévore des ouvrages de théologie, de philosophie et de sociologie à longueur de journée.

Tout le monde savait que Portenski était une bibliothèque ambulante. D'ailleurs, il n'hésitait pas à illustrer ses sermons de citations puisées dans un large éventail d'ouvrages savants.

— Personne n'est plus qualifié que vous pour répondre à une telle question, insista Clay.

Portenski s'éclaircit la voix.

— Je crois que, pour ceux qui le méritent, la miséricorde du Très-Haut est la plus grande des justices.

Clay hocha lentement la tête. Grace avait vu juste : le révérend avait bien découvert les Polaroïd. Ou en tout cas quelque chose qui lui avait ouvert les yeux sur le calvaire subi par la petite fille… et sur le sort de Barker. Le fait qu'il n'eût pas prévenu les autorités ne signifiait pas que Clay fût innocent à ses yeux. « Pour ceux qui le méritent », avait-il pris soin de préciser afin que Clay ne se fît aucune illusion : dans l'esprit de Portenski, la miséricorde divine ne serait accordée qu'à Grace.

Et il avait sans doute raison de voir les choses ainsi, songea Clay. Même s'il n'avait pas tué Barker, comme tant de gens le croyaient, Clay était en partie responsable des événements qui s'étaient déroulés ce soir-là. Sans compter qu'il avait largement contribué à faire disparaître le corps et la voiture de son beau-père, ainsi que toutes les traces qui auraient pu aider la police à comprendre ce qui s'était passé.

Il avait poussé les portes de l'église dans l'espoir d'y trouver un Dieu de miséricorde, un Dieu de pardon qui apaiserait son sentiment de culpabilité. Mais la paix du Christ n'était pas pour lui.

Après tant d'années de mensonge, il ne faisait plus partie de ceux qui pouvaient être sauvés. Portenski avait raison : l'indulgence de Dieu se méritait, et lui ne la méritait pas.

Au moment où elle garait la voiture de police devant la maison de Jed Fowler, Allie vit une silhouette apparaître brièvement derrière la porte-fenêtre du salon. Elle eut le temps de noter la sombre expression du maître des lieux. Se pouvait-il qu'il ne l'eût pas reconnue ? Mais non, impossible : elle était la seule femme à porter l'uniforme dans cette ville, et son père faisait entretenir tous les véhicules de la brigade chez *Jed Motors.*

Sans doute fallait-il mettre la mine renfrognée de Jed sur le compte de sa personnalité un peu particulière. Fowler n'avait rien d'un gars méchant, mais il était mal à l'aise en présence des femmes et des enfants. Il menait une vie simple et parfaitement réglée : il se levait tôt le matin, travaillait jusque tard dans la soirée et revenait se calfeutrer dans la petite maison où il avait grandi. Son père avait trouvé la mort dans un accident de la route alors qu'il n'était encore qu'un petit garçon. Il avait également perdu sa mère, une femme acariâtre qui terrifiait les enfants, à l'époque où Allie fréquentait l'université. Depuis, Jed vivait seul ici.

Allie quitta la voiture et remonta l'allée qui menait à la porte, se demandant si Jed n'était pas resté célibataire par la faute de sa mère. Elle se souvenait encore de cette vieille folle qui se balançait toute la journée sur le rocking-chair installé dans la véranda, toisant d'un œil mauvais les enfants qui rentraient de l'école primaire située à proximité. Dans ces conditions, on comprenait mieux pourquoi Jed n'avait jamais invité une fille chez lui. Allie avait dix-sept ou dix-huit ans quand ses amis lui avaient raconté qu'en rentrant tard d'une soirée, ils avaient eu la peur de leur vie en passant devant chez Jed : Mama Fowler se balançait sur son fauteuil en plein cœur de l'hiver, emmitouflée dans un amas de manteaux et de couvertures dont seul dépassait le canon d'un fusil… Si quelqu'un avait le malheur de la regarder, elle pointait l'arme dans sa direction et faisait mine de tirer.

Comment s'étonner que Jed fût un peu bizarre avec une mère pareille ? songea Allie en levant la main pour frapper à la porte. Mais elle s'entrouvrit avant qu'elle n'ait le temps de la toucher, et le nez cabossé du garagiste apparut dans l'interstice.

— Monsieur Fowler ?

Un borborygme lui répondit, mais la porte ne s'écarta pas plus pour autant.

Allie approcha le visage de l'ouverture et gratifia Jed d'un sourire poli.

— Puis-je vous dire un mot, s'il vous plaît ? lui demanda-t-elle en espérant qu'il serait sensible à ses efforts de courtoisie.

Il jeta un regard par-dessus son épaule comme s'il cherchait une excuse pour ne pas la faire entrer.

— On peut parler dehors si vous voulez, maugréa-t-il.

Il réajusta la casquette de base-ball rouge qui ornait son crâne et sortit de son antre, laissant la porte entrouverte derrière lui. Allie put ainsi constater que la maison n'était pas en désordre, ce qui aurait pu justifier que Jed refuse de la faire entrer…

— Vous savez sans doute pourquoi je suis ici.

Il avait cessé de plisser le front d'un air inquiet, et se contentait à présent de la dévisager. Etaient-ce ses yeux enfoncés dans leurs orbites ou la barre que formaient ses sourcils broussailleux qui lui donnaient ce regard étrange ?

— Non, m'dame. Je l'ignore.

— J'aimerais qu'on parle un peu de Lee Barker.

— L'enquête a été rouverte ?

— Pas officiellement. Mais j'ai promis à Madeline de voir ce que je pouvais faire.

— Vous voulez l'aider, c'est ça ?

— En effet.

— En découvrant comment son père a disparu ?

— Avant de revenir vivre ici, mon boulot était de reprendre de vieilles affaires jamais élucidées. J'espère que mon expérience me permettra de réussir là où les autres ont échoué. Le mystère qui entoure la disparition du révérend est une chose difficile à vivre pour ses proches, vous savez. Ils attendent des réponses depuis si longtemps… Madeline mérite de savoir ce qui est arrivé à son père, vous ne croyez pas ?

— Bon débarras, si vous voulez mon avis, marmonna Jed dans sa barbe.

Allie s'attendait à tout sauf à ça.

— Pardon ? demanda-t-elle, doutant soudain d'avoir bien entendu.

Il rentra la tête dans les épaules et abaissa la visière de sa casquette.

— Rien.

— Vous aviez quelque chose contre le révérend Barker ? insista-t-elle.

Pendant longtemps, Jed s'était rendu à la messe chaque dimanche. Et puis un jour, quelques années avant la disparition de Barker, il s'était levé en plein milieu de l'office et avait quitté l'église sans un mot. Il n'y était jamais retourné, depuis. Allie se rappelait que sa propre mère était intervenue pour essayer de le ramener dans le droit chemin, mais ni elle ni personne n'avait réussi à le faire changer d'avis.

— Je ne peux pas dire que je le portais dans mon cœur.

— Vraiment ? Je suis curieuse de savoir pourquoi.

— Quelle importance puisqu'il n'est plus là ?

— Tous les détails comptent dans ce genre d'affaire, vous savez.

Mais il lui opposa son air buté en guise de réponse. Comprenant qu'elle n'obtiendrait pas plus de précisions sur ce point, elle revint aux questions qu'elle comptait lui poser au départ.

— Vous vous trouviez à la ferme de Lee Barker le soir où

il a disparu, n'est-ce pas ? En train de réparer un tracteur, si mes renseignements sont bons.

Il répondit par l'affirmative d'un simple hochement de tête.

— J'ai lu votre déposition, dans laquelle vous affirmez que le révérend n'est pas revenu chez lui, ce soir-là.

Silence.

— Maintenez-vous cette déclaration, monsieur Fowler ?

— Oui, m'dame.

— S'il était rentré à la ferme, l'auriez-vous forcément aperçu ? Ou auriez-vous au moins entendu sa voiture arriver ?

— Difficile à dire.

— Vous étiez en train d'écouter la radio, je crois ?

— Exact.

— Aviez-vous mis le volume plus fort que lorsque vous l'écoutez dans votre atelier ?

Tout le monde savait que Jed passait ses journées de travail avec la radio allumée.

— C'est bien possible. Il n'y avait que les gamins à la maison, et je savais que ça ne les dérangeait pas.

— Les gamins ? Quels gamins ?

— Les filles Montgomery.

— Irene et Clay n'étaient pas chez eux ?

Bien sûr, elle savait parfaitement qu'ils ne s'y trouvaient pas. Elle avait lu plusieurs fois chacun des témoignages, chacun des rapports de police que contenait le dossier. Mais elle voulait l'entendre de la voix de Jed pour essayer de percevoir comment il avait vécu les événements de la soirée. Il suffisait parfois d'une inflexion, d'un mot qui échappait à la personne que l'on interrogeait, pour vous mettre sur une piste. Et puis, ça permettait de vérifier que la version du témoin n'avait pas changé.

— Mme Montgomery…

— Pourquoi ne dites-vous pas Mme Barker ? demanda Allie. C'était pourtant bien son nom à l'époque, ajouta-t-elle en observant attentivement la réaction de Jed.

La question ne sembla pas le perturber outre mesure.

— Oui, je suppose que vous avez raison, dit-il.

— Vous souvenez-vous quand elle a récupéré son ancien patronyme ?

Quelques années après la disparition du révérend, la mère de Clay avait préféré reprendre le nom de son premier mari. Pour porter le même que ses enfants, avait-elle expliqué. Si Allie avait bien deviné la raison qui avait poussé Jed à s'accuser du meurtre de Barker — elle pensait qu'il était tombé amoureux de la belle Irene et qu'il avait voulu la protéger —, il serait en mesure de lui fournir ce renseignement.

Mais il secoua la tête d'un air indifférent.

— Très bien, dit Allie. Revenons à la soirée qui m'intéresse. Avez-vous vu Mme Montgomery à la ferme ?

— Elle est venue dans la grange me dire qu'elle partait faire un tour.

— A-t-elle précisé où elle allait ?

— Ça avait quelque chose à voir avec l'église, mais je ne me rappelle pas exactement de quoi il s'agissait.

Après vérifications, on avait pu établir qu'Irene s'était rendue chez Ruby Bradford pour répéter avec d'autres membres de la chorale. Elle était ensuite revenue chez elle, une demi-heure après que des témoins avaient vu son mari partir, lui aussi, en direction de la ferme.

— Semblait-elle impatiente de s'en aller ?

Jed parut soudain perplexe, comme s'il s'agissait d'une question qu'on ne lui avait jamais posée.

— Je ne pourrais pas vous le dire.

— Quel était son comportement ? Etait-elle nerveuse ? Préoccupée ? Résignée ?

Après la disparition de son mari, Irene avait quitté la chorale. Elle admettait d'ailleurs n'avoir jamais eu de goût particulier pour le chant : c'était le révérend qui avait insisté pour qu'elle donne l'exemple en participant aux activités religieuses de la paroisse.

— Elle est juste venue me dire qu'elle devait partir, et elle est sortie de la grange. Je n'ai rien noté d'anormal.

— Après son départ, vous êtes resté seul dans la propriété avec les filles ?

— Non. Clay était là aussi. Au début, en tout cas.

— Que faisaient-ils dans la maison tous les trois ? Vous vous en souvenez ?

Il haussa les épaules.

— Comment voulez-vous que je le sache ? Je n'étais pas là pour les espionner, mais pour réparer le tracteur. Et c'est ce que j'ai fait.

— Y a-t-il eu d'autres allées et venues dans la ferme, ce soir-là ?

— Des jeunes sont passés voir Clay.

— A quel moment de la soirée ?

— Environ une demi-heure après le départ de Mme Montgomery.

Il avait donc entendu une voiture.

— Et ensuite ?

— J'ai vu Clay grimper dans un pick-up noir avec des gars de son âge. Ils ont claqué les portières et ils sont partis aussitôt.

Ces « gars de son âge » étaient Jeremy Jordan et Rhys Franklin. Les trois amis s'étaient rendus chez Corinne Rasmussen, une fille qui sortait avec Clay à l'époque. Corinne avait quitté Stillwater depuis longtemps, mais le dossier contenait ses déclarations faites lors de la première enquête. Déclarations qui confirmaient la visite en question.

— Si je comprends bien, Grace et Molly sont restées seules dans la maison… Des gamines âgées respectivement de treize et onze ans.

— Faut croire.

— Et ça ne vous a pas inquiété de les savoir livrées à elles-mêmes ?

— Pourquoi je me serais inquiété ? Grace était assez grande pour s'occuper de sa petite sœur. Et puis, de toute façon, c'étaient pas mes affaires.

— Vous étiez là pour réparer le tracteur et pour rien d'autre. C'est bien ce que vous êtes en train de me dire ?

— Oui, m'dame.

Frustrée par le manque de coopération de Jed, Allie se trouva momentanément à court de questions. Il ne faisait vraiment rien pour l'aider. Etait-ce là une simple manifestation de son caractère taciturne, ou se méfiait-il d'elle parce qu'elle était une femme ? A moins qu'il n'ait eu d'autres raisons, moins avouables, d'en dire aussi peu que possible…

— Quels étaient vos rapports avec Irene ?

— Elle me déposait sa voiture pour une révision, de temps à autre.

— Et ça s'arrêtait là ?

— Oui.

— Alors, vous n'étiez pas amis à l'époque où son mari a disparu ?

— Mme Irene était la femme du révérend.

— Vous voulez dire que vos relations se limitaient au cadre professionnel ? Vous étiez le garagiste et elle la cliente, et ça n'allait pas plus loin, c'est ça ?

— Oui, c'est ça. En tout cas, quand le révérend était là.

— Et il était souvent avec elle ?

— Presque toujours.

— Mais les rares fois où elle venait seule, quel genre de conversation aviez-vous tous les deux ?

Fowler enfonça profondément les mains dans les poches de son bleu de travail.

— Comme je vous l'ai dit, m'dame, on ne discutait pas souvent ensemble.

Interroger un type comme Fowler n'était pas simple. Allie n'obtenait de lui que des informations parcellaires ou connues depuis longtemps. Mais elle était du genre tenace.

— Vous m'avez pourtant dit qu'il vous arrivait de parler avec elle quand Lee Barker ne l'accompagnait pas.

— En gros, elle se contentait d'écouter ce que j'avais à dire sur la voiture, pour pouvoir le répéter à son mari.

— Et Clay ?

— Clay n'était qu'un gamin, à l'époque.

— Et aujourd'hui, vous le voyez souvent ?

— Je ne travaille pas pour lui. Clay répare lui-même ses véhicules.

— Alors, vous ne vous parlez jamais ?

— On se dit bonjour quand on se rencontre dans la rue.

— Comment se comporte-t-il avec vous ?

Jed la regarda dans les yeux.

— De la même manière qu'il se comporte avec tout le monde, j'imagine.

— Et Grace ? Et Madeline ? Il vous arrive de les voir ?

— Il m'arrive de les croiser ici et là. Surtout Grace, depuis qu'elle est revenue vivre à Stillwater. Il y a deux ou trois semaines, elle a déposé sa Cadillac au garage pour une vidange.

Il avait dit ça comme si elle n'était qu'une cliente parmi d'autres. S'il existait un lien particulier entre les Montgomery et Jed Fowler, rien ne permettait de le déceler dans les propos du garagiste, pas plus que dans son attitude. Et pourtant il s'était accusé quand il avait cru que les ossements de Barker avaient été découverts à la ferme…

— Vous avez confessé le meurtre du révérend Barker, il y a neuf mois de cela…

Elle attendit un moment qu'il réagisse, mais il se contenta de regarder ses chaussures en silence.

— Monsieur Fowler, pourriez-vous m'expliquer les raisons qui vous ont poussé à faire ça ?

— Je savais que la police allait essayer de tout mettre sur le dos de Mme Montgomery.

Il l'admettait donc ? Pourtant, il n'avait même pas appelé la mère de Clay par son prénom…

— Vous souhaitiez la protéger, c'est ça ?

— Je ne voulais pas qu'elle aille en prison.

Allie n'en revenait pas qu'il admette des choses aussi cruciales sans se faire prier.

— Et vous préfériez y aller à sa place ? C'était vraiment très généreux de vous sacrifier pour une femme dont vous n'étiez même pas proche. Vous saviez que vous risquiez la peine de mort.

— Elle a assez souffert comme ça, dit-il simplement.

Allie attendit que Jed relève la tête pour planter son regard dans le sien.

— Etiez-vous amoureux d'Irene, monsieur Fowler ? Est-ce la raison qui vous a poussé à vous accuser du meurtre de Lee Barker ?

— Non.

— Vous n'êtes pas amoureux d'elle ?

Le téléphone sonna dans la maison.

— Il faut que je réponde. Quelqu'un a peut-être besoin d'un remorquage.

« Sauvé par le gong ! » songea Allie.

— Allez-y, je vous en prie, dit-elle. Je vous attends ici.

Il était tellement pressé de répondre qu'il se précipita à l'intérieur sans protester ni prendre la peine de refermer la porte. Allie le vit disparaître au fond d'un couloir qui conduisait sans doute à la cuisine.

Elle profita de son absence pour s'avancer sur le seuil et promener son regard sur le salon parfaitement en ordre. Les meubles devaient dater du temps de Mama Fowler. Les napperons au crochet qui recouvraient les guéridons et les bras du canapé ne se trouvaient plus guère que chez les femmes très âgées. Même le téléviseur semblait dater d'une époque révolue : c'était un de ces postes avec d'énormes boutons et une antenne en V qui lui faisait des oreilles de lapin. A côté se trouvait une coupelle en cristal garnie de bonbons — curieux pour un homme qui ne recevait jamais personne, songea Allie machinalement —, et une photographie de…

Qui était cette femme ? Allie passa la tête à l'intérieur. Sans doute n'aurait-elle pas prêté attention à cette photo s'il y en avait eu d'autres dans le salon. Mais seules des reproductions de paysages ornaient les murs. Quant aux guéridons, à l'exception des vieux napperons, ils étaient complètement nus.

Allie hésita à entrer. La voix de Fowler lui parvenait étouffée, depuis une autre pièce. Tendant l'oreille, elle comprit qu'il parlait d'un camion tombé dans un fossé. L'affaire ne semblait pas simple et elle estima qu'elle avait le temps de regarder la photo de plus près avant qu'il ne raccroche.

Il régnait ici une odeur de chambre funéraire. On aurait dit que ce salon figé dans le temps n'avait pas été habité depuis des années. Pourtant, elle remarqua les chaussures de travail de Jed soigneusement rangées au pied d'un portemanteau mural.

Ce type devait vivre comme un fantôme, se déplaçant de pièce en pièce comme s'il flottait au-dessus du sol, sans déplacer le moindre objet. Sa mère était morte depuis une quinzaine d'années, mais on avait le sentiment qu'elle venait à peine de quitter le sofa pour aller se balancer dehors, sur son rocking-chair.

Tâchant d'ignorer le frisson glacé qui la parcourait à cette pensée, elle se saisit de la photographie. Il s'agissait d'un vieux cliché en noir et blanc. Etait-ce la mère de Fowler ? Une autre personne de sa famille ? se demanda Allie, tandis qu'un étrange détail attirait son attention : l'image d'un second personnage avait été découpée aux ciseaux. On pouvait encore distinguer son bras au bord du cadre.

Un examen un peu plus approfondi permit à la jeune femme de se rendre compte qu'il ne s'agissait pas d'une photographie personnelle, mais de la couverture d'une brochure. Au bas de la page, on pouvait lire : « Venez rejoindre le révérend Barker et sa… ». Le reste de la phrase avait été découpé avec l'homme dont il ne restait que le bras. Mais ces mots avaient suffisamment rafraîchi la mémoire d'Allie pour qu'elle reconnaisse soudain celle qui souriait dans le cadre. Il s'agissait d'Eliza Barker, la première femme du révérend.

Allie plissa les yeux pour essayer de distinguer les mots imprimés à l'envers au dos de l'image. Ce qu'elle avait pris pour une brochure était en réalité une invitation à une kermesse de Noël. A en juger par la date que l'on parvenait à déchiffrer dans un coin, c'était sans doute la dernière fête à laquelle s'était rendue Eliza. Elle s'était donné la mort trois ans avant que

Barker n'épouse Irene. Allie se souvenait d'une femme douce et aimable, qui avait investi toute son énergie au service des paroissiens de son mari. Si son suicide avait beaucoup peiné les habitants de Stillwater, il ne les avait pas vraiment surpris. Tout le monde savait qu'elle souffrait de dépression chronique. Elle avait même mis en place un groupe de soutien destiné à venir en aide à ceux qui connaissaient un problème similaire.

Mais pourquoi Jed avait-il exposé chez lui cette image bizarre ? Avait-il eu une relation particulière avec elle ? Allie en doutait : s'ils s'étaient pris d'amitié l'un pour l'autre — ou même s'ils avaient eu une liaison —, Jed aurait forcément eu en sa possession une véritable photo d'elle.

Etait-ce Eliza, la femme dont il avait été amoureux ? Amoureux jusqu'à l'obsession, peut-être ?

Au moment même où Allie réalisa que la maison était devenue silencieuse, elle sentit le poids d'un regard dans son dos. Elle se retourna le plus tranquillement possible et se trouva face à face avec Jed. Il se tenait dans l'embrasure de la porte, rouge comme une tomate. Allie n'aurait su dire si c'était la colère ou l'embarras qui empourprait son visage. Elle reposa le cadre sur la table basse poussiéreuse, et essuya ses mains sur sa jupe.

— Quelqu'un a besoin de vos services ? demanda-t-elle sur un ton faussement dégagé.

— Oui, dit-il en croisant les bras. Il faut que je parte tout de suite.

— Alors, je vous laisse travailler.

Elle se dirigea vers la porte, mais il l'appela au moment où elle s'apprêtait à sortir.

— Oui ? dit-elle en se retournant vers lui.

— Ne revenez pas ici sans mandat de perquisition.

Allie ne se sentait pas en sécurité en présence de Fowler. Et elle était mal à l'aise dans sa maison aux allures de musée de cire. Elle avait hâte de regagner sa voiture et d'aller interroger d'autres témoins, sans nul doute plus hospitaliers que Jed. Pourtant, elle avait une dernière question à lui poser.

— Pouvez-vous me dire pourquoi vous avez cette invitation chez vous ?

— On me l'a donnée, comme à tous ceux qui ont assisté à la messe, ce jour-là.

— Je vois.

Ce qu'elle voyait, c'est qu'il était très probablement le seul fidèle à avoir mis en évidence au beau milieu de son salon l'image d'Eliza Barker, après avoir découpé la partie du document où figurait son mari.

9.

Les bras de Clay se mirent à trembler tandis qu'il soulevait la barre lestée de plusieurs haltères. Certains jours, il avait besoin de se vider la tête, de déconnecter. Ce n'était qu'à ce prix qu'il retrouvait un semblant de paix. Voilà pourquoi il avait installé une salle de musculation dans le sous-sol de sa maison.

Après la réflexion du shérif McCormick et sa discussion avec le révérend Portenski, il avait besoin de l'oubli que procurait l'épuisement physique.

Allongé sur le banc, il regarda les cent cinquante-cinq kilos de fonte qui vibraient au-dessus de lui. Son corps criait grâce, mais Clay refusait de l'entendre. Il revoyait le sourire d'Allie, à l'église, quand il lui avait dit qu'il n'était pas à la portée de la première venue… Puis, par contraste, le regard noir de son père venu lui intimer de la laisser tranquille.

Outre le plaisir incomparable qu'il éprouverait à devenir l'amant de cette jeune femme qu'il désirait tant, cette relation lui permettrait d'en savoir plus sur l'avancement de son enquête et, jusqu'à un certain point, sur la manière dont elle interprétait les informations récoltées. Mais elle, qu'aurait-elle à gagner ? Il n'avait rien à lui offrir. Sauf si elle cherchait seulement à partager un bon moment avec lui. Ça, c'était dans ses cordes… Le problème, c'était qu'Allie n'était pas comme toutes celles qui lui couraient après. Même en déployant tout son charme, Clay n'était pas du tout certain de parvenir à la mettre dans son lit. Manifestement, Allie McCormick n'était pas l'une de ces femmes dites légères qui distinguaient plaisir et sentiment. « Mon ex-mari est le seul homme que j'ai connu, si tu veux tout savoir… »

Sans compter que, pour elle, une aventure avec Clay Montgomery serait fatalement synonyme d'ennuis. Coucher avec le principal suspect de son enquête était le meilleur moyen de se mettre à dos la population de cette ville.

Un… Deux… Trois… Inspirant une grande quantité d'air entre ses dents serrées, il baissa les haltères sur ses pectoraux. Il n'était pas prudent de soulever de telles charges quand on était seul. Clay le savait, mais sa nature de solitaire le poussait à faire fi du danger.

La barre toucha brièvement sa cage thoracique. Il essaya aussitôt de tendre les bras, tandis que son visage se déformait sous l'effort. « Un… D-deux… T-r-o-i-s… », fit-il dans un râle. L'espace d'un instant, il crut qu'il n'y arriverait pas. Mais il refusa de s'avouer vaincu.

« Allez, pousse sur tes bras, nom d'un chien ! Pousse ! »

Le visage cramoisi et les veines du cou gonflées, il tremblait des pieds à la tête. Ses muscles se tendirent et la fonte s'éleva lentement dans les airs, mais seule la volonté lui permit d'aller jusqu'au bout.

La bouche ouverte pour mendier un peu d'air, Clay songea qu'il en avait peut-être assez fait pour aujourd'hui. D'autant qu'il avait déjà puisé loin dans ses réserves d'énergie. Mais il était encore tôt. Et il avait toujours envie de voir Allie.

Encore une poussée. Il avait besoin d'aller au bout de lui-même.

Il venait de réussir à en faire deux de plus quand le téléphone sonna.

Il reposa la barre sur le socle qui se trouvait juste derrière sa tête, se releva lentement et attrapa une serviette pour éponger la sueur qui inondait son visage. C'était peut-être Allie qui appelait au sujet du dîner.

Mais cette invitation au restaurant serait forcément le début d'un engrenage qu'il n'était pas certain de maîtriser. Qui sait s'il n'avait pas autant à perdre qu'à gagner dans cette histoire ? Car cette femme était habituée à ressusciter des enquêtes au point mort. Il s'agissait donc pour lui d'un choix à double tranchant. Pourquoi prendre ce risque ? Même si Lucas se montrait trop bavard, il serait impossible de prouver quoi que ce soit, à moins de déterrer les ossements de Barker.

En tout cas, Clay aimait à le croire… Parce que, pour être honnête avec lui-même, il se demandait parfois si les Montgomery étaient vraiment à l'abri d'une investigation bien menée. Et ce doute le rongeait depuis dix-neuf années.

Avec un soupir résigné, il laissa le répondeur se mettre en route.

Allie referma le clapet de son portable aussitôt qu'elle entendit la voix enregistrée de Clay débiter son message. Elle avait encore plusieurs personnes à interroger, mais elle aurait voulu lui parler sans attendre pour qu'il n'interprète pas son départ précipité de l'église comme une réponse négative. Bien sûr, elle tenait à conserver de bonnes relations avec ses parents, mais pas question qu'ils se mêlent de sa vie privée.

Pour que la situation soit bien claire, elle avait décidé d'accepter l'invitation de Clay. Ce n'était qu'un dîner, après tout. Et puis, ils avaient besoin de parler. La dernière fois qu'ils avaient passé un peu de temps ensemble, elle avait laissé filer l'occasion d'évoquer le dossier Barker. De plus, la photo qu'elle venait tout juste de découvrir chez Jed Fowler soulevait nombre de questions. Des questions sans doute jamais posées à Clay lors de la première enquête. Enfin, Lucas Montgomery avait commis une gaffe en se trompant dans les dates, et Allie espérait que Clay pourrait lui en dire un peu plus là-dessus.

De toute façon, dossier Barker ou non, elle était certaine de ne pas s'ennuyer avec lui.

Elle rangea son portable en se promettant de rappeler Clay plus tard, et ralentit l'allure pour s'engager dans la propriété située face à la ferme des Montgomery. Bonnie Ray Simpson vivait là, dans une bicoque croulante qu'elle partageait avec son mari handicapé et sa petite-fille, une adolescente rebelle qu'elle avait toutes les peines du monde à élever. Lors de sa déposition,

Bonnie Ray avait affirmé avoir vu le révérend rentrer chez lui le soir de sa disparition.

Alors qu'elle jetait un coup d'œil machinal vers la ferme voisine, Allie aperçut le pick-up de Clay. Il devait être dans son garage, sinon il aurait décroché…

Sans réfléchir, elle fit demi-tour et alla se garer dans l'allée de la ferme, juste à côté du pick-up, et appela Clay en criant son prénom.

Aucune réponse. Ni bruit ni mouvement, sauf les poules qui picoraient et les feuilles bruissant au vent.

Elle décida d'aller voir dans la grange, persuadée qu'elle le trouverait le nez dans un moteur. Mais la porte coulissante était solidement fermée avec une lourde chaîne et un gros cadenas.

Sur l'aile droite du bâtiment, elle reconnut la petite pièce qui avait servi de bureau à Barker. Elle s'y était rendue autrefois en compagnie de son père, un jour où celui-ci était venu donner une autorisation pour une sortie que Daniel devait effectuer avec d'autres jeunes de la paroisse. Ça ne datait pas d'hier, mais elle gardait le souvenir vivace d'un quadragénaire aux traits lisses assis derrière un bureau de bois. Elle revoyait encore les lunettes de lecture qui semblaient posées en équilibre sur le bout de son nez.

Elle jeta un coup d'œil par-dessus son épaule pour s'assurer que personne ne l'observait, et alla regarder par la fenêtre du bureau. Comme le reflet du soleil l'empêchait de bien voir, elle colla le nez contre le carreau, les mains de chaque côté du visage. Lorsque la pièce lui apparut soudain, elle fut surprise de la découvrir complètement nue. Même la moquette avait été arrachée, ainsi que les lambris de bois foncé qui, autrefois, couvraient les murs.

De toute évidence, Clay n'attendait plus le retour de son beau-père. Il n'y avait rien d'étonnant à cela, après toutes ces années… Mais pourquoi laissait-il cet endroit à l'abandon au lieu d'utiliser l'espace pour autre chose ? Peut-être était-ce précisément ce qu'il comptait faire, songea-t-elle. D'où l'état actuel de la pièce. Pourtant, un autre détail attira son attention : on pouvait voir d'étranges marques sur les murs en plâtre, comme si quelqu'un y avait porté des coups de couteau.

Allie était en train de se demander ce qui pouvait être à l'origine de ces entailles quand un grondement sourd lui fit tourner la tête, juste à temps pour apercevoir une dépanneuse qui filait en direction de la ville.

S'agissait-il de Jed Fowler ? Se pouvait-il qu'il l'ait suivie jusqu'ici ?

Elle se précipita en direction de la route pour essayer de mieux distinguer le véhicule. Alors qu'elle contournait la maison aussi vite que possible malgré ses talons hauts, une main agrippa son bras, l'obligeant à s'immobiliser si brusquement qu'elle en perdit une chaussure.

— Qu'est-ce que tu fais là ?

Allie leva les yeux vers Clay. Elle avait vu un certain nombre d'émotions contenues traverser son visage, ces trois derniers jours, mais cette fois-ci, elle eut le sentiment de se trouver face à un bloc de marbre.

— Je suis tombée sur ton répondeur, dit-elle en se dévissant le cou pour essayer de voir la route derrière lui.

Mais la dépanneuse était partie.

— Oui, et alors ?

— Je me rendais chez Bonnie Ray Simpson quand j'ai repéré ton pick-up. Comme tu n'avais pas répondu au téléphone, je me suis dit que tu devais travailler dehors.

— Je prenais une douche.

Elle l'aurait deviné toute seule : l'eau dégoulinait de ses cheveux, gouttant sur ses épaules nues. Il avait dû sortir en toute hâte, sans prendre le temps de mettre un T-shirt et d'enfiler une paire de chaussures.

— Je suis désolée d'être entrée comme ça chez toi, dit-elle. Je voulais simplement te dire que j'acceptais avec plaisir ton invitation à dîner.

Il repoussa les cheveux trempés qui lui tombaient sur les yeux.

— Pour essayer de me tirer les vers du nez ?

— Pour que nous puissions travailler main dans la main afin de comprendre ce qui est arrivé à ton beau-père. Pour donner à Madeline et aux autres membres de ta famille une chance de faire leur deuil et de tourner la page.

Allie n'était pas certaine que cette réponse convienne à Clay, mais elle savait qu'il ne pourrait rien y trouver à redire.

— Et ton père ? demanda-t-il.

— Ne fais pas attention à lui. Il est un peu perturbé en ce moment.

— Et peut-on savoir ce qui le perturbe ?

— Eh bien… Disons que c'est la nature de nos rapports.

— Et de quelle nature sont nos rapports, au juste ?

Elle n'en était pas tout à fait sûre elle-même, mais elle savait de quelle nature ils auraient dû être.

— Professionnelle, bien entendu.

— Bien entendu, répéta-t-il.

— Alors, où allons-nous dîner ?

Il essuya une goutte d'eau qui coulait sur sa poitrine.

— Je n'aime pas les restaurants bondés.

— Il faudrait qu'on s'éloigne un peu de la ville pour trouver quelque chose de tranquille… Oh ! attends ! s'écria-elle. Je connais l'endroit parfait.

Il hésita comme s'il s'apprêtait à décliner l'offre.

— Tu as changé d'avis ? lui demanda-t-elle.

— Peut-être.

— Pourquoi ? dit-elle avec un sourire provocant. Je t'intimide ?

Cette idée parut l'amuser.

— A quelle heure on se retrouve ? lança-t-il avec un petit rire.

— Ça ne t'ennuie pas d'attendre que j'aie couché Whitney ?

— Pas du tout. Je n'ai pas l'air comme ça, mais je suis très facile à vivre.

— J'en prends bonne note.

Elle lui expliqua comment se rendre à la maison d'amis située en contrebas de la résidence de ses parents.

— Passe me prendre là-bas à 20 h 30, dit-elle. Je t'indiquerai ensuite le chemin pour aller à l'endroit auquel je pense.

Les yeux de Clay quittèrent les siens pour se promener un peu plus bas. Le chemisier qu'elle portait n'avait rien d'indécent, au contraire. Elle l'avait d'ailleurs choisi à dessein pour assister à la messe. Mais quand il la regardait comme ça, elle avait l'impression d'être nue.

Son cœur se mit à battre plus vite : contrairement à ce qu'elle avait espéré, son statut de flic ne l'immunisait absolument pas contre le sex-appeal de cet homme.

Nos rapports sont de nature professionnelle. Bien entendu.

— Alors, à tout à l'heure, dit-il en regagnant sa maison d'un air tranquille.

Mais maintenant qu'il la savait là, il allait veiller au grain pour s'assurer qu'elle ne mettrait pas son nez où il ne fallait pas.

Avec un soupir, elle posa son pied dans la chaussure qu'elle avait perdue et le tortilla jusqu'à ce que son talon touche la semelle. Une fois dans sa voiture, elle reprit la direction de chez Bonnie Ray Simpson, tout en songeant à l'endroit où elle avait choisi d'emmener Clay. Lui qui voulait s'éloigner de la foule, eh bien, il allait être servi… Avec un peu de chance, il se sentirait à l'aise, loin des regards et des oreilles indiscrètes, et il se confierait à elle. D'un autre côté, si Clay était aussi dangereux que son père et Joe Vincelli le pensaient, il ne fallait pas oublier qu'ils seraient seuls tous les deux, loin de tout.

Etait-ce de la folie de partir avec lui dans un lieu aussi reculé ? Peut-être. Mais elle ne craignait pas qu'il lui fasse du mal. Non. C'était plutôt l'idée qu'il lui fasse du *bien* qui la rendait nerveuse. Coucher avec le principal suspect de son enquête serait vraiment la pire des choses à faire.

Clay passa chercher Allie à l'heure prévue, et elle lui demanda si elle pouvait conduire le pick-up. Il lui laissa volontiers le volant et elle roula pendant près de trois quarts d'heure jusqu'à une cabane de pêcheur située en amont du lac Pickwick. Puis elle coupa le moteur, s'empara du panier de victuailles qu'elle avait posé sur la banquette arrière et descendit du 4x4.

Clay hésita un instant à la suivre. Il ignorait où Dale et sa mère se retrouvaient, mais ce petit chalet avait tout de la destination idéale pour leurs escapades amoureuses. C'était juste assez loin de la ville pour être tranquille, et assez proche pour ne pas les obliger à s'absenter trop longtemps. Et Clay doutait que le shérif prenne le risque de recevoir sa maîtresse dans la maison d'amis où Allie lui avait donné rendez-vous. Cette cabane où, selon Allie, son père aimait se ressourcer semblait un choix plus crédible pour abriter des amours illicites. D'autant qu'Evelyn ne devait jamais y mettre les pieds.

Clay resta un moment immobile sur son siège, à regarder la modeste construction de bois dans laquelle Allie venait de disparaître. Il n'en revenait pas qu'elle l'eût emmené dans un endroit pareil. C'était la première fois qu'il venait par ici. Mais maintenant qu'il y était, il pouvait imaginer sans peine sa mère et le père d'Allie, tout heureux de se retrouver dans ce cadre bucolique par un bel après-midi de printemps.

Un tableau qu'il n'appréciait que très modérément.

— Alors, tu viens ?

La silhouette d'Allie se détachait sur le seuil de la cabane, éclairée par la lueur d'une lampe à pétrole. Elle semblait un peu étonnée qu'il reste assis dans le pick-up.

Finalement, il laissa échapper un long soupir et ouvrit sa portière.

— Tu as réussi à trouver un restaurant vraiment intime, dit-il en s'approchant.

Le sourire d'Allie apparut dans le halo de la lampe à pétrole.

— Mon père passe presque tous ses dimanches ici. Il adore la pêche.

— Il t'arrive de l'accompagner ?

— Mon frère et moi, quand on était plus jeunes, on adorait cet endroit. Mais maintenant mon père y vient tout seul.

C'était en tout cas ce qu'il voulait faire croire à sa famille, songea Clay.

— Et aujourd'hui ? demanda-t-il. Il n'a pas eu envie de pêcher ?

— Il en a toujours envie, répondit Allie. Mais j'ai l'impression qu'il avait trop à faire à la maison. Je l'ai croisé avant de partir et il avait encore le nez dans la paperasse.

Tant mieux, songea Clay.

— Je peux comprendre qu'il aime venir se réfugier ici, dit-il.

Le chant solitaire d'un engoulevent s'éleva des bois humides qui les entouraient. Clay eut l'impression qu'il n'avait jamais entendu aussi distinctement ce drôle de cri. Il aimait ce bruit strident et têtu, la sensation d'isolement que procurait la densité de la végétation. Il hésita pourtant avant d'entrer dans la cabane, encore inquiet à l'idée de tomber sur quelque chose qui aurait appartenu à sa mère.

— On dirait que... Que tu n'as pas envie d'être ici avec moi, dit Allie en fronçant les sourcils. Quelque chose ne va pas ?

— Si, si, tout va bien, répondit-il en se décidant enfin à entrer.

La pièce ne devait pas faire plus de quinze mètres carrés, et Clay eut le sentiment de pénétrer dans une ancienne cabane de mineur. Une table était posée devant une cheminée en pierre dans laquelle pendait un crochet en métal. De part et d'autre, des rondins de bois sommairement taillés faisaient office de chaises. Contre le mur se trouvait un grand lit, et des rideaux blancs obscurcissaient les fenêtres. Le reste du mobilier se résumait à une petite étagère garnie de livres, deux placards, une barre de bois fixée sur le manteau de la cheminée d'où pendaient des ustensiles de cuisine, et un tapis de laine qui couvrait une partie du plancher.

— Il n'y a pas de salle de bains ? demanda-t-il.

— Les toilettes sont à l'extérieur, à une trentaine de mètres en aval du lac. Quand il fait nuit, il vaut mieux se munir d'une torche électrique sous peine de ne jamais les trouver.

— Depuis combien de temps ton père possède-t-il cette cabane ?

— Depuis que je suis née, ou presque.

Elle embrassa la pièce d'un ample geste de la main.

— C'est le grand luxe, pas vrai ?

Ce n'était peut-être pas luxueux, songea Clay, mais c'était absolument charmant. Il avait l'impression d'avoir mis le pied dans un autre monde, un monde éloigné des regards mauvais qui le suivaient habituellement partout dès qu'il quittait la ferme pour se rendre en ville.

Il était facile de comprendre que sa mère et le shérif McCormick puissent éprouver un semblable sentiment de sécurité quand ils se retrouvaient ici. Clay était de plus en plus certain qu'il s'agissait bien là du lieu secret où ils se donnaient rendez-vous. Mais, Dieu merci, il ne voyait aucune trace du passage d'Irene.

— Peut-être qu'un jour mon père se décidera à moderniser un peu cette cahute, dit Allie en riant.

— J'espère bien que non ! dit Clay. Je la trouve parfaite comme ça.

— Si tu devais faire la cuisine ici, tu apprécierais sans doute moins son côté primitif, répliqua-t-elle. Je crois qu'on pourrait faire installer l'eau courante et l'électricité sans trop nuire à son charme. Et, pour être honnête, je me passerais bien des expéditions nocturnes jusqu'aux toilettes.

Elle attrapa le panier de pique-nique posé sur le tapis, et le hissa sur la table.

— Mais j'adore ce sentiment d'être perdue au milieu de la nature, reprit-elle, alors qu'en réalité on n'est pas si loin que ça de la civilisation.

Elle releva la tête, persuadée que Clay allait donner son point de vue, mais il avait l'esprit ailleurs : il était en train de se demander comment il avait pu penser qu'Allie n'était pas si attirante que ça. Non seulement elle était jolie, mais elle était intelligente et positive, si pleine de vie et d'énergie… Grâce à elle, toute une gamme de sentiments se réveillait en lui. Et notamment l'espoir qu'il croyait mort et qui n'était qu'engourdi par des années de solitude. Stillwater était devenue sa prison. Une ville où il passait son temps à faire du sur-place. Mais, depuis le retour d'Allie, tout semblait s'éclairer d'un nouveau jour.

Bien sûr, il se réjouissait profondément de ce qu'elle lui apportait déjà par sa simple présence. D'une certaine manière, ce petit bout de femme incarnait le changement dont il avait besoin. Un besoin vital. Mais, d'un autre côté, il se méfiait des rêves qu'elle faisait naître en lui, parce qu'il savait que personne ne pourrait jamais le libérer des chaînes qui entravaient sa liberté, et en particulier de celles qui le liaient au passé...

— Quoi ? fit-elle, surprise qu'il la dévisage avec une telle intensité. Qu'est-ce qu'il y a ?

— Ça me plaît beaucoup, dit-il.

Elle lui sourit en retour, un peu hésitante, comme si elle s'étonnait qu'il aime tellement cet endroit. Mais il ne parlait pas de la cabane.

— J'espère que tu as faim, dit-elle.

— Qu'est-ce que tu as de bon là-dedans ? demanda-t-il en se penchant vers le panier. A moins que tu ne comptes d'abord me soumettre à la question ?

— Ne t'inquiète pas pour ça : tu ne perds rien pour attendre. J'ai l'intention de te faire boire pour obtenir ce que je veux de toi, ajouta-t-elle en brandissant une bouteille de vin.

Il souleva un sourcil.

— Et que veux-tu de moi exactement ?

Elle préféra faire comme si elle n'avait pas perçu le sous-entendu.

— Je veux que tu m'en dises plus que d'habitude. Ce qui ne devrait pas être bien difficile étant donné que tu n'es pas très bavard.

Elle se mordit la lèvre inférieure, ce qui laissa Clay songeur. Sa bouche était si pulpeuse, si désirable... Il était en train d'imaginer sa texture, son goût, quand Allie le ramena sur terre.

— Pourquoi es-tu comme ça ? lui demanda-t-elle sans détour. Pourquoi tu te surveilles en permanence ?

Clay se rendit compte qu'il n'avait pas d'échappatoire, ici, et qu'il allait devoir répondre aux questions d'Allie d'une manière ou d'une autre.

— Je ne me surveille pas, répliqua-t-il. Au contraire : je suis libre comme l'air.

Elle secoua la tête.

— Je n'en crois pas un mot. Tu passes ton temps à repousser ceux qui veulent t'approcher. Et pourtant j'ai le sentiment que ta solitude te pèse.

— Qu'est-ce que vous me chantez là, madame la psy ? dit-il sans toutefois parvenir à soutenir son regard.

Il se sentait presque vulnérable devant elle, comme si elle pouvait d'un coup d'œil deviner le moindre de ses besoins, de ses manques.

— Je ne fais pas confiance au premier venu, voilà tout.

Elle posa les deux mains sur le panier de pique-nique.

— Et moi, Clay, serais-tu prêt à me faire confiance ?

Il ne pouvait faire confiance à personne. Et surtout pas à Allie.

— Qu'est-ce qu'il lui est arrivé, à ton avis ? demanda-t-il pour changer de sujet.

— A qui ? A ton beau-père ?

— De qui d'autre veux-tu que je parle ?

— J'ignore ce qu'il lui est arrivé, répondit-elle avec une moue perplexe. Pour moi, ça reste un mystère.

— Allons, sois un peu honnête, Allie. Après tout ce que tu as dû entendre sur mon compte, tu te demandes forcément si je ne l'ai pas fait disparaître.

Il s'avança un peu pour voir si elle avait un mouvement de recul.

— Je ne vais même pas à la messe tous les dimanches. Les gens vous clouent au pilori pour moins que ça dans une ville comme Stillwater.

— Les gens, peut-être, dit-elle sans bouger d'un centimètre, mais pas moi.

— Alors, tu ne trouves pas risqué d'être seule avec moi dans un lieu où personne ne pourra te venir en aide ?

Il était temps de savoir ce qu'elle ressentait vraiment, songea-t-il en avançant brusquement vers elle. Une partie de lui espérait qu'elle s'enfuirait en criant. Ainsi, il pourrait la mettre dans le même panier que les autres et cesser de se faire des illusions. Des illusions qui se heurteraient toujours au mur de la réalité. Mais elle resta de marbre, levant vers lui un visage parfaitement détendu.

— Tu ne me fais pas peur, dit-elle calmement.

— Alors, c'est que tu ne sais pas ce qui est bon pour toi, rétorqua-t-il sur un ton mi-figue mi-raisin. En plus, je parie que personne ne sait que tu es ici.

— A qui voulais-tu que j'en parle ?

— Pas à ton père, en tout cas.

— Je vois qu'on est d'accord sur ce point.

— Donc, personne n'est au courant ?

Elle haussa les épaules.

— Quelle importance ?

— Ça pourrait en avoir une si j'étais vraiment le monstre qu'imaginent mes chers concitoyens.

Cela ne la fit pas rire. Au contraire, son expression devint soudain plus grave, plus pensive.

— Tu n'es certainement pas un monstre, Clay, mais ça ne veut pas dire que tu sois parfait pour autant.

— Aimerais-tu que je le sois ?

Elle posa sur lui un regard scrutateur, mais il détourna le sien, de crainte qu'elle n'y lise son besoin vital d'être accepté tel qu'il était.

— Personne n'est parfait, dit-elle, et c'est sans doute aussi bien comme ça. Pourquoi, tu voudrais l'être ?

« Oui », songea-t-il. Pour se racheter. Mais c'était impossible. Jamais il ne pourrait être assez bon, assez droit, pour effacer sa dette morale. Il était condamné à expier jusqu'à la fin de ses jours pour le rôle qu'il avait joué dans la disparition du révérend. Mais Allie était la dernière personne à qui il pouvait raconter ça.

— Oui, dit-il. Pour être autorisé à goûter à ton pique-nique.

Elle esquissa un sourire et, d'un signe de tête, désigna les quelques bûches empilées près de la cheminée.

— Pas de pitance avant que tu n'aies préparé un joli feu.

Le reflet dansant des flammes éclairait Clay d'un halo rougeoyant, adoucissant les traits anguleux de son visage. Allie aurait aimé le voir mieux, mais aussitôt après qu'elle eut réchauffé la soupe de palourdes au-dessus du feu, puis qu'elle l'eut versée dans les bols, il avait rempli leurs verres de vin rouge et éteint la lampe à pétrole.

Elle avait songé un instant à la rallumer, mais le spectacle du feu dans l'obscurité avait quelque chose de fascinant. La pénombre les enveloppait comme une chaude couverture, effaçant les soucis du quotidien au profit d'un doux sentiment d'intimité qui aurait dû mettre Clay dans un état d'esprit propice aux confidences. Mais, d'un autre côté, elle s'inquiétait un peu de l'effet que cette délicieuse promiscuité risquait d'avoir sur elle.

Ils dégustèrent l'épais potage en silence, comme si les craquements du bois qui se consumait dans l'âtre et le simple plaisir de manger valaient tous les mots. Puis, parce que les rondins de bois n'étaient guère confortables, ils allèrent s'installer sur le lit avec la bouteille de merlot. Allie s'étendit sur le ventre, tenant son verre au creux des mains, tandis que Clay s'adossait au mur et dépliait ses longues jambes devant lui.

— Je me sens vraiment bien ici, dit-il en fixant le feu avec l'air d'un chat qui s'apprête à ronronner.

Allie s'était bien doutée que cet endroit lui plairait, mais elle était surprise qu'il en parle autant. D'ordinaire, il n'offrait pas la moindre information sur ce qu'il ressentait.

— Tu pourras revenir, un de ces jours.

Il leva son verre comme s'il voulait trinquer pour célébrer cette bonne nouvelle.

— Alors, je ne dois pas livrer tous mes secrets d'un coup. Si je tiens à ce que tu m'invites de nouveau, il faut que j'aie encore quelque chose à t'offrir.

Il vit sa jolie bouche sourire dans l'obscurité.

— Je suis certaine que tu as beaucoup à offrir.

— Voyons voir…, dit-il comme s'il se creusait la tête à la recherche de ses propres qualités. Je peux te donner des leçons de billard. Je t'en dois déjà une, d'ailleurs.

— Et si l'envie me prenait de posséder une Jaguar de collection, je saurais où m'adresser.

Clay eut une moue dépitée.

— C'est tout ce que tu trouves d'intéressant chez moi ? dit-il d'un air accablé. Aïe, mon pauvre ego…

Elle promena son doigt sur le bord de son verre.

— Je suis sûre qu'il va s'en remettre. Pour une fois qu'une femme ne se pâme pas devant toi…

— Parce que les femmes *se pâment* devant moi, maintenant ?

Il avala une nouvelle gorgée de vin, prenant le temps de le déguster.

— Je trouve que tu as la langue bien pendue pour quelqu'un de tellement « comme il faut ».

— Qu'est-ce qui te fait dire que je suis « comme il faut » ?

— C'est peut-être parce que je t'ai vue en uniforme.

— Les flics ne sont pas forcément coincés, tu sais.

— En fait, je crois que cette idée me vient plutôt des longues jupes de laine que tu portais au lycée. Et de cette façon que tu avais toujours de serrer tes livres de classe contre ta poitrine en marchant d'un pas décidé.

— Tu te souviens de ça ? demanda-t-elle en riant.

Et elle qui pensait que Clay ne l'avait jamais remarquée…

— De ça et de ton discours de fin d'année. Comment ça s'intitulait déjà ? Attends, attends, ne me dis pas… « Construire l'avenir en s'inspirant du passé ». C'est bien ça, hein ?

— Incroyable ! Comment as-tu fait pour t'en souvenir ? s'exclama Allie, sidérée qu'il ait pu citer le sujet de son discours au mot près.

— Je n'ai pas beaucoup de mérite. *The Independent* l'avait publié *in extenso*. C'était vraiment du bon travail, si ma mémoire est bonne. Sûrement très instructif pour ceux qui avaient un passé digne de ce nom.

— C'est vrai que, grâce à mes parents, je n'ai jamais manqué de rien, dit-elle avec une pointe de culpabilité en songeant qu'il n'avait pas eu cette chance.

Après la disparition de Lee Barker, la mère de Clay avait dû accepter n'importe quel emploi. Il était de notoriété publique qu'elle était prête à travailler pour un salaire de misère. Elle n'avait tout simplement pas le choix. Personne à Stillwater ne voulait tendre la main à celle qu'ils considéraient comme responsable de la disparition du révérend.

Allie se souvenait que Clay portait toujours les mêmes vêtements et qu'il n'avait pas les moyens de se payer la cantine. Il travaillait à la ferme après l'école et enchaînait le soir avec tous les petits boulots qu'on voulait bien lui proposer. Il arrivait parfois en classe dans un tel état de fatigue que c'était à peine s'il parvenait à garder les yeux ouverts. Pourtant, tout le monde savait qu'il prenait soin de ses sœurs, Madeline comprise. Et il serait mort plutôt que de reconnaître qu'il était dans le dénuement. Il avait une façon de tourner ça à son avantage, transformant sa situation matérielle en une attitude rebelle qui en trompait plus d'un.

Comme la plupart de ses camarades de classe, Allie s'était laissé convaincre par ce stratagème. Mais, avec le recul, elle voyait Clay tel qu'il avait été à l'époque : un jeune homme aussi fier que misérable.

— Au fond, tes parents ne songent qu'à te protéger, dit-il. Tu devrais les écouter.

— Et cesser de te voir ? C'est ce que tu désires ?

— Non, ce n'est pas ça que je désire, répondit-il en plongeant les yeux dans les siens.

— Oui, eh bien, c'est gentil de vouloir m'éviter des ennuis, mais je vais te répéter ce que je leur ai dit : je suis une grande fille, Clay. Et je fais ce que bon me semble.

— Pas si *grande* que ça ! répliqua-t-il avec un regard légèrement moqueur.

— En tout cas assez pour mener ma vie comme je l'entends.

Il la regarda avec un sourire entendu.

— Arrête un peu avec tes airs condescendants ! lui dit-elle d'un ton agacé.

— Qu'est-ce que tu vas t'imaginer là ? Sincèrement, dit-il en posant la main sur son cœur, je trouve que tu es une vraie dure à cuire.

Son visage s'éclairait à présent d'un immense sourire, une rareté chez Clay Montgomery. Peu nombreux étaient ceux qui pouvaient se vanter de l'avoir vu aussi détendu. Allie but une gorgée de vin en l'observant du coin de l'œil. Oui, il avait vraiment l'air d'être à l'aise et de passer un bon moment. Il semblait réellement apprécier sa compagnie.

— Tu es armée, n'est-ce pas ?

— Oui, répondit-elle en levant les yeux par-dessus son verre. Raison de plus pour te tenir à carreau.

— Est-ce que toutes les femmes qui travaillent dans la police se sentent obligées de prouver quelque chose ? demanda-t-il avec un petit rire. Ou seulement celles qui pèsent moins de cinquante kilos ?

— Je pèse cinquante-deux kilos, précisa-t-elle. Et puis tu n'as jamais entendu dire que les plus petits colis renferment souvent les plus beaux cadeaux ?

— Il suffit de te regarder pour s'en convaincre, répondit-il, les yeux rivés sur sa bouche.

Elle voulut répondre, mais son cœur battait si fort qu'elle n'était pas certaine de pouvoir parler. C'était comme si la pièce venait de se vider de tout son oxygène.

Finalement, ce fut Clay qui rompit ce silence tendu.

— Pourquoi as-tu divorcé ?

Soulagée qu'il se décide enfin à parler, Allie fit néanmoins mine de protester.

— Ce n'est pas juste ! C'était moi qui étais censée poser les questions difficiles.

— Tu sais ce qu'on dit : « En amour comme à la guerre, tout est permis. »

— Et dans quel cas de figure nous trouvons-nous ? demanda-t-elle.

— A toi d'en décider, répondit-il sans quitter sa bouche des yeux.

En tout cas, ce n'était certainement pas la guerre, songea-t-elle en déglutissant.

— C'était un cyclothymique. Il perdait vite patience, et nous n'avions pas du tout les mêmes objectifs dans la vie.

Mais Clay semblait avoir perdu le fil de leur conversation.

— Mon mari, précisa-t-elle. Enfin, mon ex…

— Ah oui… Et qu'attendait-il de la vie ?

— Le confort, la liberté. Pas de fil à la patte, comme il disait.

— Et toi ?

— Des enfants.

— Et lui n'en voulait pas, c'est bien ce que tu m'as dit l'autre jour ?

— Oui. Il ne supportait pas de devoir restreindre son train de vie et planifier la moindre sortie… à cause de Whitney. Sans compter qu'il fuyait les responsabilités inhérentes au statut de père. Bref, un vrai cauchemar. Mais ce qu'il détestait le plus, en fait, c'était de devoir me partager avec quelqu'un d'autre.

— Il avait bien dû te prévenir qu'il ne voulait pas d'enfants !

— Non. Pas avant notre mariage, en tout cas. Et plus tard, quand j'ai commencé à évoquer la question, il s'est tout de suite montré hostile à cette idée. C'est vite devenu un sujet de disputes… Au bout du compte, il a fini par accepter, mais à condition de se limiter à un seul enfant.

— Et vous avez eu Whitney…

— Oui. Mais Sam ne lui a jamais manifesté le moindre intérêt. C'est à peine s'il daignait poser les yeux sur elle de temps à autre. Et il se montrait affreusement jaloux, chaque fois que Whitney nous interrompait ou que je m'occupais d'elle.

— Où as-tu rencontré un type pareil ? demanda Clay avec une pointe de mépris dans la voix.

Mais Allie n'en prit pas ombrage, au contraire. Elle avait beaucoup souffert de l'attitude de Sam, et le fait de se sentir comprise lui mettait un peu de baume au cœur.

— A l'université. C'est un type intelligent, tu sais. Plein d'ambition, à l'aise en société… Et incroyablement possessif, infantile et égoïste. J'ai mis du temps à le comprendre, mais plus ça allait, plus je me sentais tenue de faire un choix entre eux deux. Et puis, un jour, la nounou a eu une urgence familiale et Sam a dû aller chercher Whitney. Bien sûr, il a essayé de me joindre au moins dix fois, mais j'étais en réunion et j'avais éteint mon portable. Alors, il a ramené Whitney chez nous, il l'a enfermée dans sa chambre et il l'a laissée pleurer pendant des heures. Quand je suis rentrée à la maison, j'ai trouvé ma petite fille en larmes, complètement terrifiée.

— Voilà le genre de chose que je lui aurais fait regretter.

— C'est moi qui regrettais, dit-elle avec un petit rire triste. Je regrettais d'avoir épousé un homme capable d'être cruel avec un enfant. Ce jour-là, ajouta-t-elle pensivement, quelque chose s'est brisé à jamais entre nous.

— J'ai l'impression qu'il ne vous méritait pas, Whitney et toi.

— Tout ça, c'est du passé… Il est avec quelqu'un d'autre, maintenant, et c'est très bien ainsi.

— Tu préfères vivre seule ?

— Que mal accompagnée ? Sans aucun doute. Je ne reprendrai jamais la vie commune avec lui, si c'est ce que tu veux savoir.

Allie se frotta l'avant-bras : elle avait la chair de poule. A présent que la nuit tombait, il faisait un peu froid malgré le feu.

Clay déplia le plaid qui se trouvait au bout du lit et le déposa sur ses épaules.

— Merci, dit-elle.

Elle vida son verre et le posa entre deux livres, sur le bord de la petite étagère.

— Et si c'était à mon tour de te poser quelques questions indiscrètes ?

— Faut-il que je boive un peu plus de vin pour supporter l'interrogatoire ? demanda-t-il.

— Ce n'est peut-être pas une mauvaise idée.

— Par où comptes-tu commencer ?

Elle eut une grimace désolée.

— Par ton père.

— Génial ! dit-il d'un ton accablé. Mon sujet favori.

— Tu veux que je remplisse ton verre ? lui demanda-t-elle en s'asseyant face à lui.

— A vrai dire, même ivre mort, je n'aurais pas envie de parler de lui. Alors vas-y, terminons-en au plus vite.

Elle vint s'adosser contre le mur, à son côté, et partagea le grand plaid avec lui.

— Quand est-il revenu ici ?

— Ici ? répéta Clay en fronçant les sourcils.

— Oui, à Stillwater.

— Jamais, pour autant que je sache.

— Il ne t'a pas contacté une seule fois ?

— Non.

Allie souffrait à l'idée de devoir insister. Elle savait que Clay souffrait encore d'avoir été abandonné par son père, même s'il affectait l'indifférence.

— Et ta mère ? Il ne l'a pas revue ? Ou simplement appelée, peut-être ?

Il fixa le fond de son verre.

— Non, elle n'a pas eu de nouvelles de lui depuis qu'il est parti.

— Tu penses qu'elle te l'aurait dit si ç'avait été le cas ?

— Oui, je crois. Longtemps, j'ai été la seule personne à qui elle pouvait se confier.

Longtemps, et même très longtemps, songea Allie.

— Vous étiez très proches, n'est-ce pas ?

— Oui, elle me racontait presque tout.

Sans doute Irene avait-elle partagé avec lui des problèmes d'adultes bien trop lourds pour un adolescent. Mais il fallait se mettre à sa place, songea Allie : elle n'avait que lui pour l'écouter, les soirs où elle en avait gros sur le cœur. Ainsi, il s'était retrouvé à seize ans avec les responsabilités d'un père de famille, s'occupant de la ferme tout en enchaînant les petits boulots. La façon dont il avait pris soin de sa mère et de ses sœurs, tant moralement que financièrement, était digne d'admiration. Mais il n'était jamais question de ça quand les gens de cette ville mentionnaient le nom de Clay Montgomery.

Allie se demanda pourquoi personne ne semblait prêter attention à ce qu'il avait accompli de bien dans sa vie. Il avait réussi à obtenir son diplôme de fin d'études secondaires tout en cumulant deux jobs et en assumant le rôle de chef de famille. Il s'était ensuite inscrit à l'université dont il était sorti diplômé après deux ans seulement, au lieu des quatre années du cursus normal.

— Dans son malheur, ta mère a eu de la chance d'avoir un fils comme toi.

— J'ai peur de ne pas lui avoir été d'un grand secours, dit-il avant de vider son verre d'un trait. J'étais si jeune, à l'époque… Il aurait fallu que j'aie vingt ans de plus pour pouvoir l'aider réellement.

— Tu as fait de ton mieux, Clay.

Il resta un moment silencieux, l'air pensif. Après quelques secondes, Allie pencha la tête pour mieux le regarder.

— Qu'est-ce qu'il y a ?

— Rien… Je suis juste un peu fatigué, dit-il en appuyant l'arrière de son crâne contre le mur.

Allie se rapprocha un peu de lui, de la chaleur de son corps. Clay lui passa alors le bras autour des épaules, comme si ce geste intime avait été la chose la plus naturelle du monde. Elle sentit qu'il cherchait avant tout à lui procurer un sentiment de sécurité.

Ce côté protecteur, qu'elle ressentait fortement chez lui, signifiait-il qu'il était capable de couvrir les agissements délictueux d'un membre de sa famille ? De sa mère, par exemple… Savait-elle quelque chose sur la disparition de son mari ? Allie s'apprêtait à interroger Clay sur cette fameuse soirée au cours de laquelle la vie des Montgomery avait basculé, quand elle se rendit compte qu'il s'était endormi.

Respectant son sommeil, elle posa doucement la joue contre sa poitrine et écouta les battements réguliers de son cœur. Clay la surprenait chaque fois un peu plus. Il était bien plus sensible, bien plus profond qu'elle ne se l'était imaginé. Beaucoup de gens, dont son shérif de père, seraient surpris de connaître sa vraie nature. De toute sa vie, elle n'avait jamais rencontré un être aussi incompris.

Il était temps d'éteindre le feu, de ranger le pique-nique dans le panier et de rentrer à Stillwater. Mais elle était si fatiguée, elle aussi… Et elle se sentait si bien sous ce plaid, la joue contre le torse de Clay… Encore dix minutes. Juste dix petites minutes…

Lorsqu'elle rouvrit les yeux, les oiseaux chantaient pour saluer le lever du jour.

10.

La première pensée d'Allie fut qu'elle venait de passer la nuit avec Clay Montgomery. Tout de suite après, elle songea qu'il n'avait même pas cherché à l'embrasser. Elle hésitait entre soulagement et déception : tout de même, la retenue de Clay avait quelque chose de vexant. D'accord, elle savait bien qu'il préférait les grandes filles aux formes généreuses, mais elle était quand même restée quatre heures dans ses bras… Il aurait au moins pu montrer de l'intérêt, ne fût-ce que par politesse, quitte à faire ensuite semblant de résister à la tentation.

— Il faut rentrer, marmonna-t-elle en s'écartant de lui à regret. Je voudrais être chez moi avant que ma fille se réveille.

Il avait ouvert les yeux presque en même temps qu'elle, mais il n'avait pas du tout l'air ensommeillé.

Allie émit un bâillement sonore, songeant que cette capacité à démarrer au quart de tour, il la devait sans doute à la vigilance de tous les instants qu'il exerçait sur lui-même. Lui arrivait-il jamais de se détendre réellement ?

— Qu'est-ce que tu as ? lui demanda-t-elle, intriguée par son silence.

— Rien.

Il se leva et se mit aussitôt à ranger la vaisselle et les restes du pique-nique dans le panier en osier.

— Tu te réveilles toujours à cent à l'heure ? demanda-t-elle en s'étirant paresseusement.

— Pardon ?

— Laisse tomber.

Avec un dernier bâillement, elle se leva à son tour et vint l'aider à préparer leur départ.

— Alors, tu es satisfaite de ta moisson de sombres secrets ? demanda-t-il en sortant de la cabane, le panier à la main.

Elle lui emboîta le pas après voir ramassé la nappe à carreaux.

— Tu plaisantes ? Tu sais très bien que je n'ai rien récolté du tout. Tu t'en es drôlement bien tiré, une fois de plus.

— Je me demande comment je fais, dit-il en prenant l'air innocent.

Elle aimait son sourire de gamin, ses cheveux ébouriffés, la barbe naissante sur son menton volontaire. Il avait l'air tout froissé… et tellement sexy !

— Tu t'es endormi comme une masse. Qu'est-ce que j'étais censée faire ? Jouer du tambour pour te tirer du sommeil ?

Sans aller jusque-là, ils savaient l'un comme l'autre qu'elle aurait pu le réveiller. Mais Allie n'était plus si pressée de le soumettre à la question. Elle commençait à espérer — à espérer *du fond du cœur* — qu'il n'avait rien à voir avec la disparition de son beau-père. Et moins elle posait de questions, moins elle risquait de recevoir une réponse qui lui déplairait.

— Qu'est-ce qui te fait croire que Lucas est revenu nous voir ? demanda-t-il soudain en posant les affaires sur la banquette arrière.

Il ouvrit ensuite la portière passager pour Allie avant de contourner le pick-up et de se mettre au volant. Presque inconsciemment, elle glissa sur son siège afin de se rapprocher de lui le plus possible, comme pour prolonger l'intimité de la nuit. Comme si elle n'était pas encore tout à fait prête à affronter la vie normale.

— Il s'est un peu emmêlé les pinceaux quand je l'ai eu au téléphone, dit-elle.

Clay resta impassible.

— Comment ça ?

— Il a d'abord prétendu qu'il ne savait rien sur ton beau-père. Mais juste après, dans le feu de la conversation, il a dit que Barker avait disparu depuis dix-neuf ans.

Clay ne fit aucun commentaire.

— Tu ne trouves pas ça bizarre ?

— Avec mon père, rien ne m'étonne plus, dit-il en faisant démarrer le pick-up.

— Je suppose qu'il a lu quelque chose à ce sujet dans la presse, dit Allie, mais en dehors du *Stillwater Independent*, on ne peut pas dire que cette histoire ait fait la une des journaux. Je ne suis même pas certaine que l'information ait été reprise au niveau national, et ton père vit en Alaska depuis près de vingt ans.

— Il a encore de la famille éloignée au Mississippi.

— Tu penses qu'il est resté en contact avec eux ?

Clay haussa les épaules.

— Possible.

Même si Lucas maintenait des contacts avec sa famille restée dans le Sud, cela n'expliquait pas pourquoi il avait parlé de la mort du révérend comme d'une évidence. A priori, seul le meurtrier de Barker, ou une personne informée par ledit meurtrier, pouvait avoir une telle certitude. Et puis, s'il avait entendu parler du révérend dans les médias, ou par le biais de quelque cousin éloigné, pourquoi ne l'avait-il pas dit, tout simplement ?

— Prends à droite. Tu verras l'embranchement de la voie rapide dans deux minutes… Qu'est-ce que tu sais d'Eliza ?

— Eliza ?

Elle se tourna vers lui.

— La première femme de Barker.

— Ah oui, Eliza… Je ne sais pas grand-chose d'elle. Hormis ce que m'en a dit Madeline.

— Barker ne parlait pas d'elle ?

— Non, répondit Clay en appuyant sur l'accélérateur au moment où il engageait le pick-up sur la voie rapide. J'ai trouvé de vieilles photos d'elle dans le bureau de mon beau-père, mais je les ai remises à Madeline quand j'ai décidé de vider la pièce.

— Tu as fait ça récemment ?

— L'été dernier.

— Et pourquoi ne pas l'avoir réaménagée, depuis ? demanda Allie, avouant ainsi qu'elle avait regardé par la fenêtre du bureau.

Clay conduisait d'une seule main, presque adossé à sa portière, mais Allie voyait bien qu'il n'était pas aussi détendu qu'il voulait le faire croire.

— J'ai suffisamment d'espace comme ça.

S'il n'avait pas besoin de cette pièce, pourquoi avoir procédé à un nettoyage aussi drastique ? Mais Allie ne posa pas la question, de crainte de mettre le doigt sur des éléments qu'elle préférait désormais ignorer.

— En parlant avec Jed Fowler, j'ai eu l'impression très nette qu'il détestait ton beau-père. Il a une raison de lui en vouloir ?

Clay mit un peu plus de temps que nécessaire pour répondre, comme s'il hésitait à faire preuve de franchise avec elle.

— Pas que je sache, dit-il finalement.

De toute évidence, il avait choisi la prudence aux dépens de la sincérité, ce qui eut pour conséquence de mettre l'instinct policier d'Allie en alerte maximale. Clay avait trop de secrets. Et elle se rendait compte que ces secrets lui faisaient peur. Pour lui.

— Impossible de se montrer parfaitement honnêtes l'un envers l'autre, n'est-ce pas ? lui demanda-t-elle sans détour.

Il quitta un instant la route des yeux pour la regarder.

— Ça dépend de ce que tu attends de moi.

— Que veux-tu dire par là ?

— Je suis sûr que tu m'as compris.

Admettait-il qu'il ressentait, lui aussi, quelque chose pour elle ? Que ses sombres secrets, si d'aventure elle les perçait à jour, feraient obstacle aux sentiments encore confus, inexprimés, qu'ils éprouvaient l'un pour l'autre ? Elle aurait pu lui demander des éclaircissements, mais Clay n'était pas homme à donner le mode d'emploi de ses émotions. Et puis, elle se sentait elle-même beaucoup trop indécise pour insister sur ce sujet.

Le reste du trajet se déroula en silence.

Tandis qu'ils approchaient de la maison de ses parents, Allie ne put s'empêcher de jeter des coups d'œil nerveux en direction de l'horloge de bord. Il n'était que 6 h 15, et Whitney se réveillait rarement avant 7 heures. Par contre, son père était probablement en train de l'attendre en faisant les cent pas. A moins qu'il ne fût parti voir si elle était dans la maison d'amis.

Dieu merci, celle-ci était plongée dans le noir lorsque Clay se gara devant. Si Dale était réveillé, il l'attendait dans la maison principale.

— Je pense qu'on ne devrait plus se voir, dit-elle en posant la main sur la poignée de la portière.

— Je suis du même avis.

Elle se sentit blessée par la facilité avec laquelle il acceptait de lui dire adieu. Mais pas question de montrer son amertume.

— Je suis contente qu'on soit sur la même longueur d'onde.

Elle ouvrit la portière, mais il la retint par la manche de sa veste.

— Quoi ? dit-elle.

Il grommela un juron entre ses dents, sans toutefois lâcher prise.

— Qu'est-ce qu'il y a ? insista Allie.

— Quand est-ce qu'on y retourne ?

Pas besoin de demander où : Clay parlait évidemment de la cabane. Après avoir mentionné ce qu'ils *auraient dû* faire, ils s'avouaient à présent ce qu'ils *avaient envie* de faire.

— Je travaille toutes les nuits de la semaine, dit-elle.

Il avait beau essayer de le cacher, elle voyait bien qu'il était déçu.

Il la libéra avec une moue résignée.

— Sauf vendredi, ajouta-t-elle.

Il la regarda au fond des yeux. Il fallait vraiment qu'elle tienne à lui pour accepter de le revoir alors qu'elle avait tout à perdre dans cette histoire.

— Normalement, c'est là que tu dois dire d'accord, murmura-t-elle devant son mutisme.

Il hocha la tête d'un air grave.

— D'accord, dit-il. Je passerai te prendre ici.

Allie savait que c'était de la folie de se laisser aller aux sentiments qu'elle commençait à éprouver pour lui. Mais l'idée de retourner dans la cabane de son père, d'y passer une autre soirée en compagnie de Clay, se révélait bien trop tentante pour prétendre y résister. Elle mettrait fin à cette relation le week-end prochain. Une dernière soirée avec Clay ne changerait rien à l'affaire. D'autant qu'il ne la désirait pas. Sinon, pourquoi n'aurait-il rien tenté alors qu'ils avaient partagé le même lit une nuit entière ? Non, Clay avait toutes les femmes qu'il voulait. Ce qui lui manquait, c'était une amie.

— A la même heure qu'hier soir ? demanda-t-elle, alors que son cœur battait à tout rompre.

— Très bien. Et cette fois-ci, je me charge du pique-nique, dit-il en lui tendant le panier.

Il démarra aussitôt qu'Allie eut refermé la portière, et elle resta un moment sur le bord de la petite route, à suivre le pick-up du regard.

— Dale est fou de rage, dit Irene à voix basse.

Clay comprit que sa mère appelait depuis son lieu de travail. Il était en train de colmater une fuite dans une conduite d'eau quand il avait pris la communication, mais il laissa tout en plan aussitôt qu'elle eut prononcé ces mots.

— Qu'est-ce qu'il lui arrive ? demanda-t-il.

Mais il connaissait déjà la réponse à cette question. De toute évidence, le shérif savait qu'il avait passé la soirée — et même la nuit — avec Allie. Clay pouvait comprendre sa colère. A sa place, il aurait été furieux, lui aussi. Qui voudrait que sa fille fréquente un type comme lui ?

Pourtant, le shérif McCormick pouvait au moins lui être reconnaissant d'une chose : c'était la première fois que Clay se réveillait au côté d'une jolie femme à qui il n'avait pas fait l'amour, la première fois qu'il parvenait à juguler ainsi son désir sexuel. D'ailleurs, le cas ne s'était jamais présenté : la plupart du temps, les filles lui sautaient dessus avant qu'il n'ait le temps de dire ouf. Mais voilà que, la veille au soir, il avait senti le corps brûlant de désir d'Allie se coller contre lui, il avait respiré l'odeur de ses cheveux et de sa peau qu'il devinait si douce, sans pour autant esquisser le moindre geste. Un simple baiser dans le cou aurait suffi à mettre le feu aux poudres, mais il s'était dominé. A quel prix ! songea-t-il. Il avait conscience que cette femme était prête à se donner mais qu'il ne la méritait pas, et cette idée avait fait naître en lui des émotions douces-amères.

Il fallait vraiment qu'il fût masochiste pour programmer une nouvelle séance de torture, le week-end suivant ! A croire que le souvenir occultait l'amertume pour ne conserver que la douceur.

— Tu sais très bien ce qu'il lui arrive, répondit sa mère avec humeur.

— Tu sembles oublier que c'est toi qui m'as poussé dans les bras d'Allie, dit Clay avant de tirer un chiffon de sa poche pour s'essuyer le visage.

— C'était une erreur. Je n'imaginais pas à quel point ça affecterait…

Elle baissa la voix de nouveau.

— … qui tu sais.

— Ton amant. Qui est marié.

Clay eut un petit rire sans joie.

— Non seulement il trompe sa femme, mais il se permet d'exiger que ton fils célibataire cesse de voir sa fille également célibataire. Tu ne trouves pas ça un peu gonflé ?

— Si, bien entendu, admit Irene. Mais je veux que tu saches qu'il n'a rien contre toi.

— Oh ! je suis sûr qu'il m'adore !

Elle choisit d'ignorer ce sarcasme.

— C'est seulement qu'il est très protecteur avec Allie. Elle est sa petite fille chérie, tu comprends ? Comme je te l'ai dit l'autre jour, elle sort à peine d'un divorce difficile et il ne veut plus la voir souffrir.

— Enfin, maman ! Elle a seulement un an de moins que moi. Pourquoi la traite-t-il comme une gamine ?

— Je viens de te l'expliquer. Il pense qu'elle a assez souffert comme ça. Et puis, elle a un enfant, maintenant. Ce n'est pas d'une passade qu'elle a besoin, Clay, mais d'un bon père pour Whitney.

Sa main se crispa sur le téléphone.

— Et ça me met automatiquement hors course ?

— Tu sais comme moi que tu ne restes jamais longtemps avec la même fille. Cite-m'en une avec qui tu as passé plus d'un mois ou deux.

— Cite-m'en une que tu aurais voulu me voir épouser ! répliqua-t-il du tac au tac.

— Ce n'est pas ma faute si tu t'intéresses plus à la taille de leur poitrine qu'à celle de leur quotient intellectuel. Mais Allie n'est pas comme les autres, reconnut Irene.

Fréquenter ce genre de femmes, c'était un choix délibéré de la part de Clay. Et il ne s'agissait pas d'un goût prononcé pour les ravissantes idiotes, comme sa mère semblait le croire, mais d'une façon de se protéger. Avec elles, il ne risquait pas de désirer des choses qu'il ne pourrait jamais obtenir. Avec elles, il ne rêvait pas de construire un impossible avenir.

Mais il n'avait aucune envie d'expliquer tout ça à sa mère.

— Je n'aime pas ce qui t'arrive en ce moment, dit-il simplement.

— Je ne vois pas de quoi tu parles.

— Tu n'es plus toi-même, maman. Cette liaison avec le shérif obscurcit ton jugement.

— Ce n'est pas vrai, Clay.

— Si, c'est vrai. Et le pire, c'est que ça présente un certain danger.

— Pour qui ?

— Pour nous tous, et plus particulièrement pour Grace. C'est elle qui a le plus à perdre dans tout ça.

Irene garda le silence.

— Est-ce qu'au moins tu m'écoutes ?

— Grace n'est pas la seule qui a besoin d'être aimée, Clay.

Evidemment, elle avait raison sur ce point. Il était bien placé pour le savoir. Mais il devait protéger sa sœur avant tout. Et rester les bras croisés pendant que sa mère avait une aventure avec le shérif de Stillwater n'était pas la meilleure façon d'atteindre ce but.

— Trouve-toi quelqu'un d'autre, dit-il. Quelqu'un qui pourra t'aimer au grand jour.

— Ça suffit, Clay ! Je ne veux pas entendre un mot de plus là-dessus.

— Tu dois m'écouter, maman ! s'exclama-t-il.

— Non, non et non ! Pourquoi est-ce que tu ne peux pas te réjouir de me savoir enfin heureuse ? On dirait que ça te pose un problème. Est-ce parce que tu as décidé d'être malheureux jusqu'à la fin de tes jours que tu tiens tant à ce que je le sois aussi ?

Clay sentit une boule se former dans sa gorge.

— C'est vraiment ce que tu crois ?

— Oui ! cria-t-elle avant de raccrocher brusquement.

Mais elle rappela aussitôt, en larmes.

— Pardonne-moi, mon chéri. Ce que j'ai dit était terriblement injuste. C'est juste que… je l'aime tellement… Et lui aussi, il m'aime. Mais je suis condamnée à n'être que sa maîtresse. Jamais il ne quittera sa femme pour vivre avec moi, n'est-ce pas ?

— Non, dit Clay d'une voix douce.

Elle renifla et reprit sa respiration entre deux sanglots.

— Mon Dieu… Qu'est-ce que je vais faire ?

— Il n'y a pas trente-six solutions, maman. Tranche dans le vif et serre les dents jusqu'à ce que la douleur passe.

Allie était censée dormir pendant que Whitney se trouvait à l'école, mais elle n'arrivait pas à trouver le sommeil. Les pensées se bousculaient dans sa tête. Madeline avait laissé plusieurs messages : elle voulait discuter de l'enquête, suggérer de nouvelles idées, de nouvelles pistes. Mais Allie n'était pas pressée de la rappeler. Elle se sentait de moins en moins enthousiaste à l'idée de poursuivre ce travail, et elle savait qu'elle n'était pas douée pour donner le change. Elle commençait à se rallier à cette phrase de son père, qui pourtant l'avait laissée perplexe sur le moment : *Il y a certains mystères qu'il vaut sans doute mieux ne jamais élucider.*

Mais faire l'autruche n'était pas une solution. Il faudrait bien parler à Maddy à un moment ou à un autre, songea-t-elle au moment où son portable se mettait justement à sonner. Sur l'écran, le nom de son amie s'afficha pour la énième fois depuis qu'elle était rentrée de sa nuit avec Clay. De guerre lasse, Allie appuya sur le petit bouton vert.

— Allô !

— Salut, Allie, c'est Madeline. Comment ça va ?

— Bien. Et toi ?

— Impeccable.

Pourtant, à en juger par le ton de sa voix, elle n'était pas vraiment en pleine forme. Allie avait plutôt l'impression qu'elle cachait son impatience sous des inflexions faussement enjouées. Impatience d'obtenir des réponses qu'Allie ne pouvait lui donner.

— Alors, tu as fini de passer le dossier au crible ?

— Oui… Enfin, presque.

— Est-ce que quelque chose a attiré ton attention ?

Il valait sans doute mieux que Madeline ignore ce qui avait attiré son attention jusque-là. Mais, pour lui donner le sentiment que l'enquête progressait, elle mentionna sa rencontre avec Jed.

— Il t'a appris quelque chose de nouveau ?

— Pas vraiment, non.

Sentant la déception de son amie dans le silence qui salua cet aveu, Allie hésita à lui parler de la photo de sa mère trouvée chez Fowler. A quoi bon évoquer un sujet certainement douloureux pour Maddy ? D'autant qu'elle n'était pas certaine que cela eût une quelconque importance. Jed était un type assez étrange pour avoir découpé cette invitation simplement parce que Eliza s'était montrée aimable avec lui. Un mot gentil pouvait prendre des proportions démesurées chez un être en manque d'affection.

— Maddy, je voulais te demander… Tu sais si ta mère et Jed étaient amis ? demanda-t-elle en s'efforçant de prendre un ton aussi dégagé que possible.

— Amis ? Non, je ne dirais pas ça… Mais je n'avais que dix ans quand maman s'est… quand elle est morte. Peut-être étaient-ils plus proches que je ne le croyais.

— Tu ne te souviens pas de l'avoir vu chez vous, par exemple ?

— Non. Mais je me rappelle qu'il nous avait remorquées jusqu'à son garage un jour où la voiture de maman était tombée en panne… Il m'avait même donné une cannette de Pepsi… Ah oui, une fois, il a eu la scarlatine, mais il a refusé d'aller à l'hôpital. Alors, maman est venue le soigner pour qu'il puisse rester chez lui. Mais ça n'avait rien d'inhabituel : elle passait son temps à rendre service… Pourquoi tu me demandes ça ?

— Tu sais que Jed a cessé d'assister à la messe du jour au lendemain. Je me demandais simplement s'il ne s'était pas disputé avec ta mère.

— Oh ! ça m'étonnerait beaucoup ! Personne ne se disputait jamais avec maman. Elle était…

L'émotion était perceptible dans sa voix.

— Tout le monde l'aimait, conclut-elle dans un souffle.

— Oui, je me souviens qu'elle était très gentille, dit Allie. Mais je voulais quand même vérifier.

— Bien sûr, je comprends. Qui comptes-tu interroger, à présent ?

Allie posa les yeux sur la photo de Clay.

— Je ne sais pas, dit-elle. J'ai déjà parlé avec Bonnie Ray Simpson, mais elle ne m'a rien appris qui ne soit déjà consigné dans le dossier. Et puis, papa me donne beaucoup de travail en ce moment.

Silence.

— Je vais établir une liste des gens qu'il faut interroger en priorité, d'accord ?

Un nouveau silence, mais Allie devinait la question que se posait Madeline : *Quand?*

— Super ! dit Madeline. Je sais qu'entre Whitney et le boulot, ça ne doit pas être évident de trouver un moment pour cette vieille histoire, ajouta-t-elle d'une toute petite voix.

D'autant moins évident qu'Allie n'avait plus le cœur à ça. Difficile de résoudre une enquête quand on craignait de découvrir la vérité.

Elle ne put retenir un soupir.

— Je crois qu'on a fait le tour de la question pour le moment, Maddy. Il faut que j'aille me reposer.

— Allie ?

— Oui ?

— Promets-moi de ne pas renoncer.

Mal à l'aise, Allie songea à la nuit qu'elle venait de passer dans la cabane de son père, à son rendez-vous avec Clay le vendredi prochain…

— Maddy…

— Je sais, tu feras de ton mieux, dit-elle. Va vite te coucher, maintenant.

Et elle raccrocha sur ces mots.

Les jours qui suivirent le pique-nique, Clay trima encore plus dur que d'habitude. Il construisit de nouvelles clôtures, répandit de l'engrais dans les champs et commença à réaménager le jardin. Tout ça pour s'abrutir de travail et ne plus penser à Allie. Mais ça ne fonctionnait pas. Dans la soirée de mardi, sa mère vint lui rendre visite et lui annonça qu'elle avait rompu avec Dale McCormick. Il suffisait de la regarder pour comprendre qu'elle disait la vérité. Il en fut soulagé, surtout pour Grace. D'autant qu'elle devait accoucher la semaine suivante. Mais en félicitant Irene d'avoir su mettre un terme à cette histoire alors que lui-même s'apprêtait à revoir Allie, il eut le sentiment de n'être qu'un hypocrite. Comme sa mère, il était attiré par une personne qui n'était pas pour lui.

Tranche dans le vif et serre les dents jusqu'à ce que la douleur passe.

Clay songea qu'il ferait bien de suivre son propre conseil. Et le plus tôt serait le mieux.

Il attendit pourtant le dernier moment pour appeler Allie, c'est-à-dire le jeudi soir, juste avant de s'endormir. Il n'avait pas son numéro de portable, mais il savait qu'à cette heure avancée il avait des chances de la joindre au poste de police.

— Allie McCormick, j'écoute.

Clay coupa le son de la télévision, et s'assit dans son lit.

— Salut, dit-il. C'est Clay.

— Oh ! Salut… Quoi de neuf ?

Elle semblait si contente de l'entendre qu'il se demanda s'il aurait le courage d'annuler leur rendez-vous du lendemain.

— Rien de particulier.

— Pas de virée nocturne au Good Times ?

— Pas ce soir.

— Au fait, je voulais te dire que ta ferme était vraiment superbe. Je n'ai pas pu m'empêcher de l'admirer, l'autre jour, quand je suis venue te voir.

— Merci. Comment ça se passe avec ton père ?

Après qu'Irene lui eut dit que le shérif était furieux, Clay avait craint qu'il ne s'en prenne à Allie. Il avait même pensé l'appeler pour voir si tout allait bien, mais il s'était ravisé en se rappelant ses paroles : *Je suis une grande fille, Clay.*

— Il a été d'une humeur massacrante toute la semaine.

— Il sait que tu as passé la nuit avec moi ?

— Oui. Je lui ai dit la vérité : qu'on n'avait pas l'intention de s'endormir, mais qu'on s'était assoupis après avoir dîné. Je n'avais aucune raison de lui mentir.

Clay était heureux d'apprendre qu'Allie ne rougissait pas du plaisir qu'elle prenait à le voir.

— Comment a-t-il réagi ?

— Il m'a dit que j'allais gâcher mon avenir. Que je devrais

penser un peu plus à ma fille. Ça s'est arrêté là. Il n'a même pas élevé la voix. Franchement, je m'attendais à bien pire. Il semble avoir la tête ailleurs, en ce moment.

— Qu'est-ce qui le préoccupe comme ça ?

— Je n'en sais rien, justement. Et c'est ce qui m'inquiète.

Clay se demanda si la rupture avec sa mère n'avait pas affecté le shérif plus qu'il ne l'avait imaginé.

— A ce point-là ?

— Il n'est plus vraiment lui-même depuis que je suis rentrée.

— Rentrée d'où ? De la cabane ?

— De Chicago. Mais ça s'est encore aggravé cette semaine.

Mal à l'aise, Clay sortit du lit et alla se poster devant la fenêtre.

— Ah bon ? Qu'est-ce qui a changé chez lui ?

— Je ne sais pas… Il s'est refermé sur lui-même. Quand il ne se met pas en colère, il est complètement absent… Je ne comprends pas ce qui lui arrive. Danny l'a remarqué, lui aussi, quand il a appelé.

— Danny ? C'est ton frère, si je me souviens bien ?

— Oui. Il vit en Arizona. Lui aussi a trouvé que papa semblait avoir la tête ailleurs. Mais ce qui m'a vraiment fichu la trouille, c'est…

Elle s'interrompit soudain, comme si elle venait de réaliser qu'elle s'adressait à un quasi-inconnu.

— C'est ?

— Je ne sais pas si je devrais te raconter tout ça.

Clay se trouvait dans une position particulièrement inconfortable. Il connaissait les raisons de l'étrange comportement du père d'Allie, mais il était contraint de faire comme s'il les ignorait.

— Je comprendrais très bien que tu n'aies pas envie d'en parler, dit-il en espérant vaguement qu'elle en resterait là.

Un long silence lui répondit.

— J'ai envie d'en parler, dit-elle enfin. Mais seulement parce que je te fais confiance.

Il pressa son front contre la vitre froide. Elle lui faisait confiance, *à lui* ?

— Je t'écoute, Allie, dit-il en fermant les yeux.

— J'ai trouvé un tube de rouge à lèvres carmin dans la voiture de mon père.

La main de Clay se crispa sur le combiné et il se mit à arpenter sa chambre de long en large. C'était précisément ce qu'il redoutait depuis qu'il avait appris que sa mère avait une aventure avec le shérif. Elle avait enfin fini par renoncer à cette folie, mais n'était-il pas déjà trop tard ? Le fait que ce soit terminé ne changerait rien aux conséquences si jamais quelqu'un découvrait ce qui s'était passé entre eux.

— Tu es certaine que ça n'appartient pas à ta mère ?

— Jamais elle ne choisirait une couleur aussi voyante ! Et puis, de toute façon, elle ne met jamais de rouge à lèvres.

— Tu l'as trouvé dans sa voiture de patrouille ?

— Oui.

Clay arriva devant la porte et se mit à en tripoter nerveusement la poignée.

— Alors, ça peut appartenir à n'importe qui, tu ne crois pas ?

— Théoriquement, oui. Mais… ça me chiffonne quand même. Et puis, ce n'est pas tout. Je sais que ça a l'air idiot, mais il y a aussi ce mug dont mon père se sert tout le temps…

— Un mug ? Et qu'a-t-il de si particulier ?

— Il est orné d'un cygne blanc qui file sur l'eau au soleil couchant. Tu sais, ce genre de dessin romantique… Et dessus on peut lire « Fais-moi cygne ! ». Tu saisis le mauvais jeu de mots ?

— Oui, et alors ?

— Ce n'est pas du tout le genre d'objet que maman lui offrirait. Au début, j'ai pensé qu'il l'avait pris par hasard parmi toutes les tasses qui se trouvent sur l'évier, au poste de police. Mais, depuis, j'ai remarqué qu'il choisissait toujours celui-là…

Ah oui ! ajouta-t-elle après une pause, il a aussi le numéro d'un fleuriste dans son répertoire téléphonique. Pourtant, il n'envoie jamais de fleurs à maman.

— Il a peut-être l'intention de le faire bientôt, suggéra Clay sans la moindre conviction.

— Non, il y a quelque chose de bizarre. Je le sens. Maman fait comme si de rien n'était, mais je vois bien qu'elle se pose des questions. D'ailleurs, quand il est à la maison, c'est à peine s'il échange deux mots avec elle.

— Tes parents sont mariés depuis longtemps, Allie.

— Ce n'est pas une excuse pour se montrer indifférent envers sa femme.

Clay donna un coup de pied rageur dans son jean resté en boule sur le sol, puis il se remit à faire les cent pas.

— Qu'est-ce que tu comptes faire ?

— Je vais conserver ce tube de rouge à lèvres jusqu'à ce que j'aie compris ce qui se passe. J'ai aussi l'intention de fouiller la cabane. S'il a une aventure, c'est le lieu idéal pour retrouver sa maîtresse.

— Mais on y était vendredi dernier ! S'il y avait eu quelque chose de suspect, tu ne crois pas que tu l'aurais remarqué ?

— Je n'ai pas vraiment fait attention. Puisqu'on y va demain soir, ce sera l'occasion d'en avoir le cœur net.

Clay s'imagina en train de passer la cabane au peigne fin avec Allie, enfouissant dans sa poche d'éventuelles traces du passage de sa mère avant que la jeune femme ne les découvre… Non, il ne pouvait pas faire preuve d'une telle duplicité. Certes, il ne voulait pas que ses sœurs souffrent de l'erreur de sa mère, mais il refusait d'abuser de la confiance d'Allie. L'idée de faire semblant de l'aider, alors qu'en réalité il s'efforcerait de lui dissimuler des preuves, lui était insupportable.

— J'ai bien peur de ne pas pouvoir te donner un coup de main, dit-il.

Quelques secondes passèrent avant qu'elle ne réagisse.

— Tu annules, c'est ça ?

Il s'éclaircit la voix.

— Oui, désolé. J'ai une urgence de dernière minute.

— Ce n'est pas grave, dit-elle.

Mais il sentit bien qu'elle n'en pensait pas un mot.

— Pourquoi n'appellerais-tu pas une amie ? dit-il. Tu ne vas quand même pas y aller seule !

— Si. Je n'ai pas envie de mettre quelqu'un d'autre dans la confidence.

Il se passa la main sur le visage.

— Je suis vraiment navré, dit-il, faute de mieux.

— Ne t'en fais pas pour ça. De toute façon, ça n'aurait jamais pu marcher entre nous.

Elle avait prononcé ces mots sans colère. Elle ne faisait qu'énoncer une vérité dont ils avaient conscience depuis le début.

— Je sais, Allie.

— C'est pour ça que tu ne viens pas demain, n'est-ce pas ?

— Oui.

Clay sentit sa gorge se nouer en l'entendant pousser un long soupir à l'autre bout du fil. Comme il aurait aimé pouvoir lui dire combien il tenait à elle ! Mais à quoi bon lui donner des regrets ? A quoi bon la faire souffrir davantage ?

— Puis-je te dire une dernière chose ? demanda-t-elle.

Il se prépara au pire.

— Je t'écoute.

— Je n'ai jamais rencontré un homme comme toi. Tu es vraiment quelqu'un d'unique, Clay, dit-elle avant de raccrocher.

Allie était assise dans le fauteuil de son père, et elle regardait d'un air sombre le fameux mug avec son cygne, son soleil rougeoyant et les trois points d'exclamation à la fin du jeu de mots inscrit en grosses lettres noires. Il semblait parfaitement déplacé sur ce bureau où tout était sobre et masculin. Depuis une semaine, elle le mettait chaque soir dans l'évier avec l'espoir que son père en choisirait un autre en arrivant le matin. Mais elle le retrouvait invariablement à la même place, à côté de son agenda, quand il avait terminé sa journée de travail et qu'elle venait prendre la relève. *Fais-moi cygne…* Manifestement, il considérait cette tasse comme la sienne et ne comptait la partager avec aucun de ses collègues. Mais d'où pouvait-elle bien venir ? Et pourquoi semblait-il y tenir à ce point ?

Allie aurait donné cher pour le savoir. Ou peut-être pas, après tout, songea-t-elle en se tassant dans le fauteuil. Elle se sentait déjà suffisamment mal comme ça. Elle avait beau reconnaître que trop de secrets la séparaient de Clay, qu'une relation ne pouvait se construire sur des mensonges — même s'ils n'étaient que par omission —, elle ne pouvait s'empêcher de penser à lui.

C'était bien simple : depuis leur expédition dans la cabane de pêcheur, il occupait son esprit du matin au soir. Non seulement il était beau comme un dieu, mais c'était un être rare, profond, si peu mondain qu'il en était presque sauvage. Un homme aussi éloigné que possible de l'égoïsme et de la superficialité de Sam.

Les portes du poste de police s'ouvrirent à toute volée, et Allie réprima difficilement une grimace de dépit en voyant apparaître Hendricks. Elle l'avait envoyé en patrouille une heure plus tôt, et il était déjà de retour ! Lui arrivait-il jamais de faire son travail correctement ?

Il s'arrêta un instant pour la regarder.

— Quelque chose ne va pas ?

La question prit Allie au dépourvu. Malgré ses efforts pour conserver un visage neutre, son expression avait-elle trahi le mépris qu'elle éprouvait pour lui ?

— Euh… Non, tout va bien. Pourquoi ?

— D'habitude, à cette heure-ci, tu es plongée dans le dossier Barker, comme si tu espérais y découvrir une pépite d'or. Ne me dis pas que tu commences à te décourager !

Ce n'était pas du découragement, songea-t-elle. Plutôt une certaine réticence. Quelques jours auparavant, elle était sortie regonflée à bloc d'une conversation téléphonique avec

Madeline. La sœur de Clay était tellement certaine que les Montgomery n'avaient rien à voir avec la disparition de son père qu'elle en devenait persuasive. Allie avait alors retrouvé son envie de résoudre cette affaire, ne fût-ce que pour apporter la preuve de l'innocence de Clay et abattre les obstacles qui se dressaient entre eux.

Oui, mais voilà… Elle s'était ensuite intéressée à la bible du révérend que Madeline avait déposée au poste de police. A en croire les multiples annotations, Barker était obsédé par la luxure, mais aussi par sa jeune belle-fille. Allie n'aurait su dire s'il existait un lien entre Grace et le péché de chair dans l'esprit du révérend. Mais si c'était le cas, ces notes pouvaient laisser entrevoir des choses franchement dérangeantes. Pour Madeline, les mots de son père ne faisaient que refléter la droiture d'une âme pieuse qui s'insurgeait contre la dépravation des mœurs et exprimait sa tendre affection pour Grace. Mais Allie entrevoyait la possibilité d'un scénario très différent. Si ses soupçons étaient justifiés, elle tenait le mobile qui avait toujours manqué pour accuser les Montgomery…

Elle se mit à espérer que Barker fût parti refaire sa vie dans quelque lointaine contrée, ou qu'il eût été tué par un étranger de passage dans la ville.

C'était possible, après tout… Mais dans ses moments de lucidité, elle devait admettre que c'était peu probable. Par expérience, elle savait que les meurtres étaient rarement le fait du hasard, surtout quand le mobile du crime n'était pas le vol. Les homicides étaient presque toujours perpétrés par quelqu'un qui connaissait la victime et avait une solide raison de vouloir l'éliminer.

Et si elle avait correctement interprété ces annotations, les Montgomery avaient eu une solide raison de vouloir éliminer Barker…

— J'ai peur de saturer, dit-elle à Hendricks. Il faut savoir prendre un peu de recul pour assimiler toutes les données que contiennent ces archives.

Ce n'était pas entièrement faux, mais, en vérité, elle n'était pas en état de se concentrer sur ce dossier. Elle avait beau se répéter que c'était mieux comme ça, l'idée de ne plus revoir Clay lui donnait envie de se mettre en boule dans son lit et de pleurer toutes les larmes de son corps. Et comme si ça ne suffisait pas, elle se posait des questions au sujet de son père : avait-il une aventure ? Se pouvait-il qu'il trompe sa femme ? Qu'il trahisse sa famille ? Et si c'était le cas, qui était sa maîtresse ?

La porte s'ouvrit de nouveau, cette fois sur Joe Vincelli. Beth Ann Cole était suspendue à son bras, mais Allie ne s'étonna pas de les voir ensemble. La veille au soir, aux alentours de minuit, elle avait fait une halte au Good Times pour s'assurer qu'il n'y avait pas de bagarre ou de clients ivres qu'il aurait fallu reconduire chez eux. A peine était-elle entrée qu'elle avait vu Beth Ann se frotter lascivement contre Joe sur la piste de danse, n'interrompant ses mouvements obscènes que pour introduire sa langue dans la bouche de son nouvel amant. Ils en faisaient des tonnes, à tel point qu'elle avait hésité à leur coller une amende pour outrage aux bonnes mœurs.

Elle regrettait à présent de ne pas l'avoir fait.

— Bonjour, monsieur Vincelli. Bonjour, mademoiselle Cole. Que puis-je faire pour vous ?

— On passait par là et on s'est dit qu'on allait voir où en était l'enquête sur la disparition de mon oncle, dit-il.

Allie se leva et cacha discrètement le mug de son père derrière une pile de dossiers. Sans doute était-ce inutile, mais elle avait agi instinctivement.

— C'est un processus lent, dit-elle. C'est souvent le cas pour les dossiers très anciens.

— Je pensais que ma déposition donnerait un coup d'accélérateur à l'enquête, dit Beth Ann.

— Votre déposition a été prise en compte, répondit calmement Allie.

Les chaussures de Hendricks couinèrent sous son poids tandis qu'il s'approchait.

— Votre témoignage est très important, dit-il, s'épongeant le front avec son mouchoir.

— Prise en compte ? répéta Joe sans prêter la moindre attention à Hendricks. Qu'est-ce que ça veut dire, au juste ?

— Ça veut dire qu'elle a été versée au dossier où elle se trouve désormais avec le reste des éléments, répondit Allie en articulant bien, comme si elle s'adressait à un enfant en bas âge.

— Est-ce qu'il y aura une suite à l'accusation portée par Beth Ann ? insista Joe.

— Seulement si le juge estime que c'est opportun. Mais n'y comptez pas trop. Le dossier Barker n'est même pas rouvert officiellement.

Le visage de Joe Vincelli se ferma.

— Qu'est-ce que c'est que cette histoire ? Clay a tout raconté à Beth Ann. Si ses aveux ne suffisent pas à faire rouvrir le dossier, c'est qu'il existe une volonté d'étouffer l'affaire !

— La dernière fois que j'ai parlé à votre… hum… nouvelle petite amie, elle ne semblait plus très sûre de ses déclarations.

— Si, j'en étais sûre ! protesta la jeune femme avant de se tourner vers Joe, qui l'encouragea d'un petit signe de tête. Et puis, je me suis souvenue d'autre chose.

— Ah bon ? fit Hendricks en ouvrant de grands yeux. De quoi s'agit-il ?

— Clay m'a dit qu'il avait enterré le corps de son beau-père dans l'enceinte de la ferme.

Hendricks se frotta les mains avec un air ravi, manifestement persuadé que l'affaire allait connaître un dénouement rapide. Allie, par contre, devait se contenir pour ne pas traiter Beth Ann de menteuse. Ce témoignage, sans doute dicté par Vincelli, sentait la vengeance amoureuse à plein nez. Mais elle se méfiait aussi d'elle-même et de ses sentiments envers Clay.

— Il a dit ça, vraiment ? demanda-t-elle en espérant que sa voix ne trahissait pas la colère qui bouillait en elle.

Beth Ann souffla sur les longues mèches blondes qui lui masquaient le visage.

— Absolument. Et moi, je lui ai demandé : « Tu n'as pas peur que la police finisse par le découvrir ? »

— Qu'a-t-il répondu ? s'enquit Hendricks, les yeux de plus en plus écarquillés.

L'intérêt qu'il portait à cette histoire à dormir debout lui valut un grand sourire de la part de la jeune femme.

— Il a dit : « Ne t'inquiète pas pour ça. Les flics de cette ville ne sont pas assez malins pour me coincer. »

Et elle jeta aussitôt un coup d'œil vers Joe, comme pour chercher son approbation.

Allie soupira. Ils avaient manifestement inventé tout ça pour l'inciter à agir contre Clay. Cette ruse cousue de fil blanc avait quelque chose de risible, mais Allie commençait à en avoir par-dessus de la tête.

— Voilà une conversation aussi passionnante que détaillée ! lança-t-elle en conservant un ton aussi neutre que possible. C'est assez incroyable que vous l'ayez oubliée au moment où je prenais votre déposition.

— Je vous rappelle que je venais de me faire agresser ! J'étais bouleversée.

— Ce qui est bien normal ! déclara Joe en plaçant son bras autour des épaules de la jeune femme. Ce salopard l'a frappée, et il a menacé de la tuer si elle parlait de cette histoire à quelqu'un.

— C'est dingue ! murmura Hendricks, captivé par cette histoire dramatique.

— C'est pour ça que je ne suis pas allée voir la police plus tôt, renchérit la jeune femme en faisant des effets de cheveux. C'est bien ce que je vous ai dit l'autre jour… N'est-ce pas, Allie ?

Allie croisa les bras.

— Restons-en à Mme McCormick.

Beth Ann la regarda un court moment, bouche bée.

— Pardon ? bredouilla-t-elle.

— Veuillez éviter de m'appeler par mon prénom, s'il vous plaît.

La belle blonde se raidit, mais Vincelli avait déjà repris la parole.

— Alors, que comptez-vous faire ? La police va-t-elle enfin se décider à mettre les Montgomery sous les verrous ?

— Je ne peux rien faire tant que je ne sais pas qui a tué votre oncle, dit Allie. En admettant qu'il soit mort, bien entendu.

Joe fronça les sourcils d'un air furieux. Avec son visage étroit et ses canines pointues, il ressemblait plus que jamais à un loup affamé.

— Vous êtes en train de me dire que Clay n'est pas l'assassin ? hurla-t-il sans se soucier du respect qu'il devait à un agent de la force publique.

— Pour le moment, les éléments dont je dispose m'incitent à croire qu'il n'est pas coupable.

Mais, à la vérité, Allie se demandait si cette opinion était vraiment basée sur des faits, ou si des raisons personnelles l'empêchaient désormais d'imaginer Clay dans la peau d'un meurtrier.

— Vous êtes complètement malade, déclara Joe d'un air dégoûté. Qui d'autre aurait pu faire disparaître mon oncle ?

— J'ai peur de ne pouvoir encore répondre à cette question, monsieur Vincelli.

— Tu vois ce que je te disais ? lança Beth Ann en se tournant vers son compagnon avec un air de triomphe. Elle espère le séduire ! Elle est amoureuse de Clay !

— Il m'est arrivé de le voir dans le cadre de mon enquête, dit Allie qui faisait des efforts surhumains pour ne pas les envoyer au diable. Comme beaucoup d'autres témoins, d'ailleurs.

— Mais c'est le seul avec qui vous dansez ! lui fit remarquer Joe.

— Oui, renchérit Beth Ann, et c'est le seul avec qui vous avez envie de coucher.

C'en était trop. Sous l'effet de la colère, Allie se précipita vers son accusatrice, et ne s'arrêta qu'à quelques centimètres d'elle.

— Vous m'avez menti à plusieurs reprises, mademoiselle Cole, dit-elle d'une voix tranchante. Prenez garde : le faux témoignage est sévèrement réprimé par la loi. Et maintenant, veuillez sortir d'ici tout de suite.

— Vous l'aurez voulu ! grogna Joe entre ses dents. Je vais de ce pas voir Nibley.

Mme le maire, une amie des Vincelli, pouvait sans nul doute lui causer des ennuis. Mais Allie refusa de se laisser intimider.

— Faites ce que vous voudrez, dit-elle, mais foutez-moi le camp tous les deux avant que je ne vous arrête pour trouble à l'ordre public !

— C'est vous qui troublez l'ordre public, rétorqua Joe.

— Pourquoi ? Parce que, contrairement à vous, je refuse d'accuser Clay Montgomery sans la moindre preuve ?

— On pourrait en avoir, des preuves, si seulement vous faisiez votre boulot !

— On ne peut pas prouver quelque chose qui ne s'est jamais passé, riposta Allie, consciente qu'elle prenait de gros risques en allant aussi loin.

Tout semblait désigner Clay comme coupable. Mais contrairement aux gens d'ici, elle ne pouvait croire qu'il eût tué Barker. Pas de sang-froid, en tout cas.

Joe lui lança un regard plein de dédain.

— Vous allez entendre parler de moi, dit-il.

Allie posa une main sur les menottes accrochées à sa ceinture et l'autre sur la crosse de son arme de service. Heureusement, Beth Ann parvint à tirer son chevalier servant hors du poste de police. La porte se referma derrière eux avec un bruit mat, auquel succéda un long silence.

Sous le regard ébahi de son collègue, Allie poussa un long soupir et reprit sa place derrière son bureau.

— Je ne crois pas que ce soit une bonne idée de prendre la défense de Clay, risqua Hendricks au bout d'un moment.

— Il était peut-être temps que quelqu'un ose le faire ! répliqua-t-elle aussi calmement qu'elle le put.

11.

A peine Allie eut-elle franchi la porte du poste de police que Dale bondit de son siège. Il suffisait de voir son visage cramoisi et les veines saillir de son cou pour mesurer l'étendue de sa colère.

— Je t'avais pourtant prévenue! cria-t-il. Je t'avais déconseillé de remuer toute cette boue! Mais, bien sûr, tu n'as rien voulu entendre. Ma fille n'a besoin des conseils de personne, et surtout pas des miens!

Allie ne savait que dire. Lorsque sa mère l'avait réveillée pour lui annoncer qu'elle était convoquée sans délai au poste de police, elle avait tout de suite compris que le moment était venu de faire face aux conséquences de son altercation avec Joe. Elle s'était attendue au pire, mais la réaction de son père s'avérait encore plus violente que ce qu'elle avait imaginé.

— Calme-toi, papa. Tu sais que ce n'est pas bon pour ton cœur de te mettre dans des états pareils.

Elle s'assit face à lui, derrière le gros bureau métallique, jugeant préférable qu'il y eût un obstacle entre eux.

— Tu as perdu la tête ou quoi? T'exhiber ainsi devant toute la ville au bras de Clay Montgomery! Te soûler avec Clay Montgomery! Coucher avec Clay Montgomery!

Elle n'avait pas dit à son père qu'elle était allée pique-niquer dans sa cabane, et il s'était naturellement imaginé qu'elle avait passé la nuit à la ferme. Mais elle n'avait pas l'intention de mettre fin à ce malentendu.

— Je n'aurais sans doute pas dû mélanger la bière et les comprimés à la caféine, le soir où je suis allée jouer au billard, reconnut-elle. Mais je ne me suis jamais soûlée avec Clay. Et nous n'avons pas couché ensemble, vendredi dernier. Nous nous sommes simplement endormis côte à côte. Tu saisis la nuance, j'espère ? Il ne s'est rien passé.

— Mais tu sais que tout le monde le considère comme un assassin. Et je te rappelle que tu représentes la loi dans cette ville, nom d'un chien !

— Personne n'a jamais pu prouver quoi que ce soit contre lui. Et je viens de te dire qu'il ne s'était rien passé entre nous.

— Peut-être, mais je peux te dire qu'il s'est passé quelque chose entre le maire et moi, ce matin.

Allie ne put s'empêcher de faire la grimace. Qu'est-ce qui allait encore lui tomber sur la tête ?

— Tu peux être plus précis ?

— Mme le maire m'a déjà appelé trois fois depuis que je suis arrivé au bureau. Elle est dans une fureur noire. Figure-toi qu'à l'époque où elle briguait la mairie, elle a promis aux Vincelli de faire toute la lumière sur la disparition de Barker. C'est comme ça qu'elle s'est assuré leur soutien. Au début, elle me harcelait sans cesse, et j'ai dû déployer des trésors de diplomatie pour la convaincre qu'on avait fait tout notre possible mais qu'on manquait de preuves pour ouvrir une instruction. Et elle avait fini par se calmer... Jusqu'à ce que tu fourres ton nez dans ce dossier et que tu te mettes Joe Vincelli à dos.

Il s'arrêta un instant pour reprendre son souffle. Allie observait son visage furibond en l'écoutant distraitement. Se pouvait-il qu'il eût une maîtresse ?

— Maintenant, elle veut rouvrir l'enquête. Elle nous accorde tous les crédits dont on a besoin, mais elle exige des résultats. Et vite.

Allie cessa brusquement de s'interroger sur la fidélité de son père pour revenir au moment présent.

— Qu'est-ce que tu dis ? s'écria-t-elle.

— Tu as bien entendu. C'est ce que tu voulais, non ? Eh bien, maintenant, ça y est. Tu as intérêt à résoudre cette affaire vite fait, sinon on risque d'aller tous les deux pointer au chômage.

Allie n'en revenait pas. Juste au moment où elle allait renoncer à percer le mystère Barker, voilà que le maire lui donnait carte blanche… Avec obligation de résultats. Et dire que, depuis quelques jours, elle n'arrivait même plus à lire les documents contenus dans le dossier, tant elle était effrayée de découvrir un indice qui désignerait Clay comme coupable…

— J'ai changé d'avis, dit-elle. Cette affaire est trop ancienne, et on ne peut pas rattraper les erreurs de la première enquête. Je ne pense pas être en mesure d'élucider le mystère que représente la disparition du révérend Barker.

— Trop tard. Tu n'as plus le choix, maintenant. Et sache qu'en cas d'échec, on peut faire nos valises. Sans compter qu'avec ou sans preuve ils finiront par inculper Clay.

— Alors, c'est officiel ? L'enquête est rouverte ?

— Pas pour longtemps, crois-moi. Si tu ne trouves pas du nouveau très vite, il faudra te faire à l'idée de réveiller ton nouvel ami à l'aube pour lui lire ses droits.

— Jamais ils ne pourront le faire condamner sur la base de simples rumeurs.

— Tu sais très bien que ça dépend des jurés. Et s'ils sont d'ici, on peut s'attendre à tout.

Merde ! Allie savait que les ennemis de Clay avaient assez d'influence pour composer le jury à leur guise.

Elle se mordilla nerveusement la lèvre inférieure.

— On ne peut pas les laisser mettre un innocent derrière les barreaux, papa. Parce que c'est bien ce qui risque d'arriver, n'est-ce pas ? Ils en ont marre d'attendre des preuves qui ne viennent jamais, et ils ont décidé d'avoir sa peau à tout prix.

— Qui dit qu'il est innocent ?

— Moi !

— Un vrai cri du cœur, nota Dale avec un brin d'amertume. Et c'est justement ce qui me fait peur.

Et son cœur à lui, dans tout ça ? se demanda Allie en regardant son père. Pour qui battait-il ? Elle brûlait d'envie de lui poser la question, mais pour le moment elle ne pouvait l'accuser que de boire son café dans un vilain mug. Quant au tube de rouge à lèvres, Clay avait raison de dire qu'il pouvait appartenir à n'importe qui. Une voiture de police était un peu comme un taxi, même si le passager ne décidait pas toujours de sa destination.

— Je faisais ça surtout pour aider Madeline, tu sais.

D'un geste brusque, Dale poussa de côté quelques documents pour faire de la place sur son bureau.

— S'ils mettent son frère en prison, on ne pourra pas dire que tu lui auras été d'un grand secours, dit-il en se laissant retomber sur son fauteuil.

— Ce n'est pas très gentil ce que tu dis.

— Je sais. Mais combien de fois t'ai-je répété de rester en dehors de tout ça ?

Il secoua la tête et soupira longuement.

— Les Montgomery n'ont vraiment pas eu la vie facile, Allie. Tu crois que je voulais qu'on en arrive là ? Quand j'ai demandé à Clay de te laisser tranquille, je pensais aussi à son propre intérêt, figure-toi. Mais vous avez tous les deux refusé de m'écouter. Et maintenant, je n'ai plus d'autre choix que de rouvrir l'enquête.

Allie songea à ce qui avait attiré son attention, jusque-là : le probable mensonge de Lucas Montgomery, la photo d'Eliza dans le salon de Jed Fowler, les annotations équivoques sur la bible du révérend Barker…

Puis ses pensées glissèrent inexorablement, comme c'était si souvent le cas ces derniers jours, vers la soirée passée avec Clay dans la cabane de pêcheur. Elle se rappela à quel point elle avait eu envie qu'il l'embrasse, tandis qu'ils étaient tous les deux blottis sous le plaid…

— Clay n'est pas un assassin, dit-elle.

Son père leva un sourcil pour le moins sceptique, mais elle sentit qu'il n'avait plus le cœur à polémiquer.

— C'est triste à dire, mais j'ai peur que ça ne change plus rien à l'affaire. Il leur faut un bouc émissaire. Qu'il soit coupable ou non, ils vont se débrouiller pour lui faire payer la disparition du révérend d'une manière ou d'une autre.

— Non! dit Allie avec une soudaine détermination. Personne ne lui fera payer un crime qu'il n'a pas commis. Je suis certaine que Clay est innocent, et je vais le prouver.

Allie sourit à sa fille.

— Reste tranquille, ma puce : je ne vais jamais y arriver si tu bouges tout le temps.

Whitney était tellement impatiente de partir qu'elle avait du mal à attendre que sa mère termine de la coiffer.

— Ils vont faire du patin sur la glace! dit-elle, au comble du ravissement.

— Mais oui, je sais, mon amour.

— Et puis, le matin, on prendra le petit déjeuner sur un chariot que le monsieur amènera dans notre chambre!

Cela faisait déjà plusieurs jours que Whitney préparait ce voyage avec sa grand-mère. Elles allaient faire trois heures de route jusqu'à Nashville pour aller voir Disney sur glace, puis elles dormiraient à l'hôtel pour ne pas reprendre la voiture à la nuit tombée. Depuis qu'Evelyn lui avait annoncé la nouvelle, la petite fille ne parlait plus que de ça. Heureusement qu'elle n'attendait pas vraiment que sa mère lui réponde, parce qu'Allie avait l'esprit occupé par des choses bien moins réjouissantes : comment empêcher les Vincelli de faire pression sur la justice? Comment les empêcher d'organiser une parodie de procès dont Clay ferait les frais? Et quand elle ne pensait pas à ça, elle se demandait si la fouille qu'elle entendait conduire dans la cabane allait lui apporter la preuve que son père avait une aventure.

— Il y aura la Belle au bois dormant et Cendrillon, reprit Whitney. Et aussi Blanche Neige. Et même la Petite Sirène!

— Ça va être super, murmura Allie d'une voix distraite.

Evelyn passa la tête dans la salle de bains.

— Alors, est-ce que ma petite-fille préférée est prête pour la grande expédition?

Elle portait une robe couleur crème, des chaussures de soirée assorties, un collier de perles au cou et juste une touche de maquillage. Allie ne put s'empêcher de noter le rose pâle de son rouge à lèvres, si éloigné du carmin trouvé dans la voiture de son père.

— Whitney est toute à toi, dit Allie.

La fillette sautillait de joie en frappant dans ses mains.

— Regarde comme je suis belle, mamie ! Hein que je suis toute belle ?

— Tu es splendide, ma chérie. Mais tu vas te décoiffer si tu continues à sauter en l'air comme ça, dit Evelyn en se baissant pour plaquer un gros baiser sur la joue rose de sa petite-fille. Tu me fais tellement penser à ta mère quand elle avait ton âge…

— Tu es sûre que ça ne va pas faire trop pour toi ? demanda Allie. Tout ce trajet en voiture… Peut-être que je ferais mieux de vous accompagner.

Evelyn balaya sa suggestion d'un revers de la main.

— Ne sois pas bête, voyons ! Tu n'as même pas de billet pour le spectacle. Et puis, c'est notre petite aventure à toutes les deux. Pas vrai, Whitney ?

— Ouais, c'est notre petite aventure ! s'exclama la fillette.

Au début, Allie pensait que si sa mère passait autant de temps avec Whitney, c'était parce qu'elle n'avait pas eu l'occasion de la voir très souvent lorsqu'elle vivait à Chicago. De plus, Evelyn n'avait pas d'autres petits-enfants : même si Daniel s'était marié trois ans plus tôt, l'heureux événement que tout le monde espérait se faisait attendre. Mais à présent, Allie se demandait s'il n'existait pas une autre raison à cette débauche d'énergie dont bénéficiait Whitney. Et si sa mère compensait ainsi le manque d'attention de son mari ?

— Maman ? dit Allie.

— Oui ? dit Evelyn qui se battait avec le fermoir de son collier.

— Est-ce que ça embête papa que tu ne rentres pas dormir à la maison, ce soir ?

— Bien sûr que non ! Pourquoi voudrais-tu que ça l'embête ?

— Parce que tu pourrais lui manquer, par exemple.

— Ne t'inquiète pas pour lui. Il se débrouille très bien tout seul. Et puis il sait que je serai de retour dès demain.

Elle ouvrit son sac à main et commença à montrer à Whitney tous les trésors qui s'y trouvaient.

— Tu t'entends bien avec papa, en ce moment ?

Evelyn semblait de plus en plus absorbée par le contenu de son sac.

— Et ça, tu sais ce que c'est ? demanda-t-elle à Whitney. Ce sont des bonbons à la menthe. C'est pour se rafraîchir l'haleine.

Ravie qu'on lui parle comme à une grande personne, Whitney affichait un air des plus sérieux.

— Moi aussi, je veux me rafraîchir l'haleine, dit-elle. Je vais en acheter et en mettre dans mon sac.

— Maman ? reprit Allie avec insistance.

Evelyn ferma son sac d'un coup sec et se redressa.

— Quoi ? Qu'est-ce qu'il y a ?

— Tout va bien entre papa et toi ?

— Mais oui, voyons. Bien sûr... Pourquoi cette question ? ajouta-t-elle avec un sourire.

Mais Allie n'aurait su dire s'il était sincère.

— Je ne sais pas. Ces derniers temps, je trouve que...

— Qu'il a des sautes d'humeur ?

— Oui, on peut dire ça comme ça, répondit la jeune femme en observant bien sa mère.

— Ne t'en fais pas, dit Evelyn en lissant la robe de Whitney du plat de la main. C'est à cause de son régime.

— Papy n'aime pas manger des légumes, affirma la fillette d'un air entendu.

A cause de son régime ? Cette explication était loin de satisfaire Allie. D'autant que son père se bourrait en cachette de tous les produits inscrits sur la liste noire des diététiciens et qu'il avait même pris quelques kilos récemment. Sa mère se voilait-elle la face par peur de découvrir ce qu'elle pressentait confusément ?

En tout cas, Allie n'avait aucune envie d'être celle qui lui mettrait les points sur les i. Surtout qu'elle n'était sûre de rien, même si son instinct de flic lui soufflait qu'il y avait quelqu'un d'autre dans la vie de son père.

Nom d'un chien, se dit-elle, qui pouvait bien être cette mystérieuse femme au rouge à lèvres carmin ?

— Je veillerai à ce qu'il termine son assiette de légumes, ce soir, promit-elle en accompagnant sa mère et sa fille jusqu'à la voiture.

Whitney fit de grands signes de la main, tandis que la Chevrolet s'éloignait lentement. Aussitôt qu'elle fut hors de sa vue, Allie retourna dans la maison pour préparer sa propre expédition. Elle avait deux bonnes raisons de se mettre en route sans tarder : d'une part, elle voulait arriver là-bas avant la tombée de la nuit, et, d'autre part, elle préférait quitter la maison avant le retour de son père. Pour éviter d'avoir à inventer une histoire, elle ne lui avait pas dit qu'elle se rendait à la cabane.

Avec un peu de chance, songea-t-elle, il penserait qu'elle avait accompagné Evelyn et Whitney.

Allie venait de partir lorsqu'elle aperçut Grace Montgomery — Grace Archer, désormais — qui se tenait derrière l'étalage installé au pied de ce qui avait été la maison d'Evonne Walker, à l'angle de Main Street et d'Apple Blossom. Depuis qu'elle avait épousé le fils Archer, Grace avait pris un congé sabbatique pour se consacrer aux deux garçons que Kennedy avait eus d'un premier lit. Elle avait quitté son poste de substitut du procureur avec d'autant moins de regrets qu'elle n'avait pas besoin de travailler pour subvenir à ses besoins. Pas plus qu'elle n'avait besoin d'attendre dans ce jardin que les passants veuillent bien acheter ses produits faits maison. A vrai dire, elle le faisait autant par plaisir que par devoir : devoir de mémoire et hommage à celle qui l'avait autrefois prise sous son aile. Evonne lui avait en effet légué ses carnets de recettes si jalousement gardées : recettes ancestrales qui constituaient à elles seules tout le patrimoine culinaire de Stillwater. Personne ici ne pouvant imaginer qu'elles restent dormir au fond d'un tiroir, la sœur de Clay avait sorti son tablier de chef pour prendre la relève. Et lorsque la famille Walker avait mis la maison d'Evonne en vente, Grace s'était naturellement portée acquéreur. Son projet était maintenant d'y installer une boutique qui proposerait les produits autrefois cuisinés par Evonne. Mais, en attendant la fin des travaux, elle perpétuait la tradition en les vendant sur un étal posé dans le jardin, ainsi que sa protectrice l'avait toujours fait.

Grace n'était pas la seule à regretter cette femme qui avait tant compté pour elle. Toute la ville gardait un souvenir ému d'Evonne Walker.

Comme c'était presque toujours le cas, les deux garçons de Kennedy accompagnaient leur belle-mère. Ils semblaient si proches d'elle qu'on avait du mal à croire qu'ils n'étaient pas ses enfants. Allie s'étonnait un peu de cette belle complicité. A l'instar de son frère, Grace pouvait se montrer réservée, voire farouche. Et si on cherchait à l'approcher, Kennedy s'interposait aussitôt, comme si sa femme avait été vulnérable au point qu'il faille à tout prix la préserver du monde extérieur.

Allie balaya les parages du regard. Pas de Kennedy en vue. Après une brève hésitation, elle décida de profiter de son absence pour faire une halte. Bien sûr, elle voulait arriver à la cabane aussi vite que possible, mais elle n'oubliait pas que le temps lui était désormais compté pour résoudre l'affaire Barker. Il lui fallait absolument trouver un indice déterminant, un petit morceau de vérité qui la conduirait sur la piste du vrai coupable avant que l'engrenage judiciaire ne se referme sur Clay.

Grace serait-elle celle qui lui donnerait ce coup de pouce ? se demanda Allie en garant sa Toyota Camry le long du trottoir.

— Bonjour, inspecteur McCormick !

Teddy, le plus jeune des deux frères, se précipita vers elle pour l'accueillir. A neuf ans, il venait de se découvrir une passion pour la police, et il annonçait à qui voulait l'entendre qu'il deviendrait shérif de Stillwater quand il serait grand.

— Bonjour, Teddy, répondit Allie en posant la main sur ses cheveux blonds. Mais tu sais, je ne suis plus inspecteur, maintenant. Je suis redevenue un simple policier.

Teddy réfléchit un instant avant de hausser les épaules d'un air fataliste.

— C'est déjà pas mal, dit-il, magnanime.

Heath, son aîné de deux ans, décida qu'il était temps de passer aux choses sérieuses.

— C'est moi qui encaisse l'argent, expliqua-t-il en ouvrant une boîte rouge remplie de pièces et de billets. Dites-moi quand vous serez prête à me donner le vôtre.

« Banquiers de père en fils », songea Allie en se mordant la lèvre pour ne pas rire.

— Je ne manquerai pas de te le faire savoir, répondit-elle.

Elle saisit un bocal de pêches au sirop, tout en observant Grace du coin de l'œil. Celle-ci était en train de vendre deux tartes aux fruits à Mme Franklin, dont le mari avait tenu pendant près de cinquante ans la plus ancienne pharmacie de Stillwater. Lorsque la sœur de Clay releva la tête, elle n'eut pas l'air particulièrement ravie d'apercevoir Allie qui faisait mine de s'intéresser aux produits de toilette.

— Hum… Ça sent bon, dit-elle en fermant les yeux.

— C'est à la violette, annonça Teddy d'un ton docte.

— A la lavande, mon chéri, corrigea Grace qui venait de dire au revoir à Mme Franklin.

— Je vais prendre un flacon, dit Allie.

Heath lui tendit un panier en osier dans lequel elle déposa la lotion, ainsi qu'un lot de trois savons, également parfumés à la lavande.

— Evonne serait heureuse de voir à quel point vous êtes fidèle à son héritage, dit-elle à Grace.

Le compliment était sincère, mais il ne permit pas d'amorcer la conversation comme elle l'avait espéré.

— Merci, répondit Grace poliment avant de porter son

attention sur une voiture qui se garait devant les grilles ouvertes du jardin.

Le révérend Portenski en descendit. Il salua les quelques personnes qui se trouvaient là d'un ample geste de la main, mais Allie remarqua que son regard revenait sans cesse se poser sur Grace.

Celle-ci se mit aussitôt à s'occuper les mains, déballant les cookies stockés sous l'étal pour en garnir les plats.

— Qu'est-ce qui vous ferait plaisir, mon révérend ? demanda Heath.

— Je vous conseille les pêches au sirop, intervint Teddy, venu se poster à côté de son grand frère. Elles sont vraiment succulentes.

— Succulentes, hein ? dit Portenski. Eh bien, je vais te faire confiance. De toute façon, tout est succulent ici…

Il jeta un coup d'œil vers Grace qui poursuivait ce qu'elle faisait comme si de rien n'était.

— Et je vais aussi prendre des cornichons à l'aneth.

Teddy alla chercher les bocaux pendant que Heath se ruait vers la boîte rouge qui contenait sa fortune.

— Ça vous fera dix dollars tout rond, dit-il en tendant la main.

Allie remplit son propre panier d'une poignée de brownies. Finalement, cet arrêt improvisé tombait à pic : elle était partie si vite de chez elle qu'elle n'avait presque rien emporté à manger. Les brownies lui permettraient de tenir le coup si ses recherches s'avéraient plus longues que prévu.

— Vous n'avez pas encore de tomates du potager ? demanda Portenski en se tournant vers Grace.

— Pas encore, non.

— Quel dommage ! Celles que j'avais achetées l'année dernière étaient vraiment délicieuses.

Grace ne répondit rien, mais Teddy s'en chargea pour elle.

— Elles seront mûres dans quelques semaines.

Sans pouvoir en comprendre la cause, Allie sentait une

curieuse tension entre Grace et le révérend. Etait-ce parce que la sœur de Clay n'assistait jamais à messe ? Portenski était peut-être venu pour la convaincre de reprendre le chemin de l'église. A moins qu'il n'ait déjà essuyé un refus et qu'il ne revienne à la charge ? En tout cas, Grace ne faisait rien pour lui faciliter la tâche.

« Eh bien, nous sommes logés à la même enseigne, mon révérend ! » songea Allie.

Elle observa les efforts de Portenski pour attirer l'attention de Grace… et ceux de Grace pour éviter de le regarder. Le prédicateur essayait de se donner l'air naturel, remplissant son panier d'œufs frais dont il n'avait sans doute pas besoin, ou examinant les étiquettes de tous les pots de confiture. Mais le regard d'Allie fut soudain attiré par un pick-up qui passait dans la rue. Un pick-up qu'elle reconnut aussitôt. Oui, il s'agissait sans conteste du vieux Chevrolet de Jed Fowler.

Elle oublia momentanément Grace et Portenski pour songer à l'étrange garagiste. Elle était toujours persuadée que c'était bien sa dépanneuse qu'elle avait vue passer devant la ferme, l'autre jour, alors qu'elle était en train de regarder par la fenêtre de l'ancien bureau de Barker. Combien existait-il d'engins semblables, à Stillwater ? Aucun, à sa connaissance. L'avait-il suivie ? Bien sûr, on pouvait imaginer qu'ils avaient emprunté exactement le même trajet… Drôle de hasard, tout de même. D'ailleurs, Allie ne croyait guère à cette dernière hypothèse : l'expérience lui avait appris à se méfier des coïncidences.

Quel type bizarre !… Et pourquoi avait-il une photo encadrée d'Eliza dans son salon ? se demanda-t-elle pour la énième fois.

— Je… Hum… J'ai parlé avec votre frère…

Allie tendit l'oreille en entendant Portenski prononcer cette phrase presque à voix basse.

— J'ai bien peur qu'il n'y ait eu un malentendu au sujet de ce que je vous ai dit l'autre jour, murmura-t-il. C'est sûrement ma faute. J'ai dû mal m'exprimer.

Allie devait se concentrer pour comprendre ce qu'il disait, mais Grace répondit heureusement d'une voix plus distincte :

— Ne vous en faites pas. C'est déjà oublié.

Inutile d'être très perspicace pour voir que Grace préférait éviter le sujet. Le révérend, par contre, semblait déterminé à livrer son message.

— Je tiens à ce que vous sachiez que je suis désolé. Pour tout.

La sœur de Clay se tortilla nerveusement, tandis qu'Allie faisait de son mieux pour avoir l'air absorbé par le bocal de cornichons à l'aneth qu'elle tenait à la main.

— Vous n'avez aucune raison de vous excuser, dit Grace en posant la main sur son ventre proéminent.

Cette réponse parut soulager l'homme d'Eglise.

— Merci, dit-il lentement, comme pour donner plus de poids à ce mot. Merci…

La main de Heath était restée tendue pendant tout ce temps. Portenski y déposa un billet de dix dollars et tourna les talons. Il se dirigeait déjà vers sa voiture quand, contre toute attente, Allie entendit Grace le rappeler.

— Révérend ?

Il s'arrêta net et se retourna.

— Oui ? dit-il sans parvenir à dissimuler entièrement l'espoir que ce rappel inattendu avait fait naître en lui.

— Aidez donc mon frère, si vous tenez vraiment à faire quelque chose pour moi.

Il comprit certainement ce qu'elle entendait par là, parce qu'il ne demanda pas *comment* il pouvait aider Clay. Il se contenta de regarder Grace en silence et de hocher la tête. Après quoi il regagna sa voiture.

— Voilà, dit Allie en tendant son panier à Heath, j'ai tout ce qu'il me faut.

Le jeune garçon tapota les touches de sa machine à calculer avec une dextérité confondante, puis il lui présenta le total.

— Revenez vite nous voir ! dit-il pendant qu'elle sortait vingt-cinq dollars de son portefeuille.

— Tu peux compter sur moi, Heath.

Grace s'éloigna un peu, croyant sans doute Allie sur le départ, mais celle-ci resta immobile après avoir empoché sa monnaie.

— Grace ?

— Oui ? fit-elle en se mettant à coller des étiquettes sur des bocaux de pêches au sirop.

— J'aimerais vous dire un mot, si vous le voulez bien.

Grace tourna vers elle un regard glacial.

— A quel propos, je vous prie ?

— Moi aussi, je veux aider votre frère.

La jeune femme ne répondit pas tout de suite, mais Allie nota que son beau regard bleu se réchauffait un peu.

— Et comment comptez-vous y parvenir ?

— Je n'en sais encore rien, reconnut Allie. C'est un peu pour ça que je m'adresse à vous.

— Je ne vois pas en quoi je pourrais vous être utile. J'ai déjà dit à la police tout ce que je savais au sujet de la soirée pendant laquelle mon beau-père a disparu.

La conversation fut interrompue par un claquement de portière. Grace et Allie se tournèrent en même temps en direction du bruit, et virent Jed qui marchait vers l'étal.

— Avez-vous entendu parler des accusations de Beth Ann Cole ? demanda Allie vivement.

— Elle ment.

— Je le sais aussi bien que vous, mais il nous reste à le démontrer.

— Qu'est-ce qui vous ferait plaisir, monsieur Fowler ? demanda Teddy en se précipitant à la rencontre du nouvel arrivant.

Jed ne répondit rien, se contentant de saisir une tarte aux patates douces avant de fouiller dans ses poches et de donner le montant exact à Teddy.

La transaction se déroulait dans le dos d'Allie : lorsqu'elle entendit le jeune trésorier se réjouir de tout l'argent qu'ils engrangeaient aujourd'hui, elle en déduisit naturellement que Fowler était reparti vers son pick-up, et elle reporta son attention sur Grace. La seule manière de la convaincre de l'aider, songea-t-elle, était d'en appeler à son amour pour Clay. Elle et son frère avaient peut-être eu des différends dans le passé, mais ils étaient toujours restés unis face à l'adversité.

— Est-ce que vous accepteriez de prendre un peu de temps pour discuter avec moi de façon informelle ? Autour d'un verre, peut-être ?

Allie était tentée de lui apprendre que les Vincelli allaient faire pression sur le juge afin qu'il inculpe Clay. Elle avait envie de lui expliquer que s'ils parvenaient à le traîner devant les tribunaux, son frère risquait de ne jamais connaître le bébé qu'elle portait. Mais c'était justement la taille du ventre de Grace qui l'empêchait d'aller aussi loin. Certes, Allie avait besoin de résoudre l'affaire Barker de toute urgence, mais pas à n'importe quel prix : inutile de provoquer un accouchement prématuré ou de gâcher ses derniers jours de grossesse.

— Pouvez-vous au moins me promettre d'y réfléchir ?

Grace hocha la tête, et Allie posa la main sur son bras.

— Faites-moi confiance. Je ne cherche qu'à vous aider, murmura-t-elle sincèrement.

Lorsqu'elle fit demi-tour pour rejoindre sa voiture, elle faillit se heurter à Jed Fowler qui se trouvait juste derrière elle. Quoi ! il était encore là, celui-là ?

— Pardon, murmura-t-elle sans cacher son agacement.

Décidément, ce type n'était pas net, songea-t-elle en se glissant derrière le volant. Toujours là où on ne l'attendait pas. Après un dernier coup d'œil vers Grace et les garçons, elle enclencha la marche avant et mit le cap sur la cabane de son père.

Allie arriva à destination bien plus tard que prévu. Un camion s'était couché en travers de la voie rapide, se délestant de sa cargaison de gravats. L'embouteillage qui en avait résulté avait mis plus de deux heures à se résorber. Pour couronner le tout, il s'était mis à pleuvoir des cordes. Lorsque la cabane fut enfin en vue, il faisait nuit et des trombes d'eau s'abattaient sur la Toyota.

— C'est bien ma veine ! grommela la jeune femme en fixant d'un air accablé les aller et retour frénétiques des essuie-glaces.

Les bois sombres et détrempés étaient ce soir plus effrayants que bucoliques. Allie eut soudain envie de rebrousser chemin : se retrouver seule ici à cette heure tardive avait quelque chose d'angoissant, tout comme la perspective de découvrir ce qu'elle était venue chercher.

Elle se raisonna pourtant, songeant qu'il serait absurde d'avoir fait toute cette route pour rien. Maintenant qu'elle était là, autant en finir le plus vite possible et rentrer à Stillwater avant d'attraper une pneumonie.

Allie s'empara de son maigre dîner et courut jusqu'au seuil de la cabane. Mais une fois à l'abri sous le petit auvent de bois, elle hésita une dernière fois avant de pousser la porte. Elle se sentait nerveuse, inquiète, parce qu'elle n'avait pas su répondre aux questions qu'elle s'était posées tout le long du trajet. Si elle obtenait la preuve que son père avait une aventure, devrait-elle lui demander des explications ? Ou bien en parler à sa mère ? A moins que, dans un cas pareil, il ne fût préférable pour tout le monde de garder le secret…

Malgré leurs récentes prises de bec, elle aimait son père tout autant que sa mère. Mais comment réagirait-elle si elle apprenait que Dale était infidèle ? Ne risquait-elle pas de perdre tout respect pour lui ? En cas d'adultère, le fait que son père fût shérif constituerait à ses yeux une circonstance aggravante. Allie se faisait une très haute idée de son métier : pour elle, un policier devait donner l'exemple en tout. Surtout s'il s'agissait de Dale McCormick, un homme qu'elle avait toujours admiré.

— Je t'en prie, papa, ne me fais pas ce coup-là ! murmura-t-elle en s'accroupissant pour prendre la clé déposée sous le paillasson.

Une fois la porte déverrouillée, elle inspira profondément et entra dans la cabane.

La présence de Clay y flottait encore. Allie n'en revenait pas. Ça faisait pile une semaine qu'ils étaient venus ici, et elle pouvait encore déceler le parfum citronné de son eau de toilette. A moins qu'il ne s'agisse de son imagination ? Elle aurait tellement aimé qu'il soit là avec elle…

Elle promena sa torche électrique et son regard acéré dans la pièce. A priori, rien n'indiquait que cet endroit eût abrité de quelconques cinq-à-sept. Mais il faisait sombre et il fallait braquer la lampe dans le moindre recoin. D'autant que si son père recevait une femme ici, il ne fallait pas s'attendre à ce qu'il lui mâche le travail en laissant traîner des indices.

Non, elle devait s'intéresser aux détails révélateurs, aux petites choses apparemment insignifiantes qui avaient pu échapper à la vigilance du maître des lieux.

Assis devant la télévision, Clay passait d'une chaîne à l'autre, essayant vainement de s'occuper l'esprit. A cette heure-ci, Allie se trouvait sans doute dans la cabane. Se pouvait-il qu'elle découvre quoi que ce soit ? Pour sa part, il n'avait rien noté de suspect. Mais il n'avait pas ouvert les placards et les tiroirs ni regardé sous le lit ni inspecté les livres posés sur l'étagère… Impossible de dire si sa mère avait laissé quelque chose derrière elle. Quelque chose d'*autre*, ajouta-t-il pour lui-même, en songeant au rouge à lèvres oublié dans la voiture du shérif. Si Allie tombait encore sur un indice de ce genre, elle ne mettrait pas longtemps à découvrir la vérité.

A moins que sa mère ne tienne sa promesse. Oui, si elle parvenait à ne plus revoir le shérif, ils avaient peut-être une chance d'échapper à la sagacité d'Allie.

Mais, hélas ! il ne fallait pas trop compter là-dessus : lorsqu'il avait appelé Irene, plus tôt dans la journée, elle semblait déjà sur le point de flancher.

— J'ai cinquante et un ans, Clay, et j'ai déjà plus de la moitié de ma vie derrière moi, s'était-elle lamentée. Au nom de quoi me priverais-je de mes dernières belles années ?

Il s'était efforcé de lui rappeler ce qui était en jeu, et lui avait proposé de venir passer un peu de temps à la ferme au lieu de rester seule avec son chagrin. Mais elle avait décliné son invitation. Clay avait alors envisagé de se rendre chez elle pour lui tenir compagnie, mais il savait qu'au fond ça ne changerait rien à l'affaire. Si sa mère était déterminée à revoir Dale McCormick, elle irait le rejoindre dès qu'il aurait le dos tourné. Impossible de la surveiller vingt-quatre heures sur vingt-quatre.

Ça lui faisait de la peine de la voir si malheureuse, même si lui-même n'échappait pas aux affres du sentiment amoureux : il n'arrêtait pas de penser à Allie, seule dans cette cabane perdue au fond des bois, peut-être sur le point de découvrir qui était la maîtresse de son père.

Il frappa nerveusement le bras de son fauteuil. Allie allait forcément lui en vouloir : non seulement il serait pour elle le fils d'une briseuse de ménage, mais elle risquait de deviner qu'il était au courant depuis le début. Elle se sentirait dupée et ne lui accorderait plus jamais sa confiance.

Cette perspective l'affligeait. Il essaya de se souvenir qu'il ne devait rien à Allie. Que sa mère et ses sœurs passaient avant tout : ne s'était-il pas juré de les protéger contre la haine que leur vouaient la plupart des habitants de cette ville ? Contre le harcèlement de la police ? *Contre Allie,* puisque malheureusement elle aussi portait l'uniforme ?

Et pourtant… Il poussa un long soupir en regardant une publicité idiote d'un œil vide. Et pourtant il ressentait le besoin de la protéger, elle aussi. De lui épargner la blessure de se sentir trahie deux fois, par son père et par lui.

Clay éteignit la télévision et quitta brusquement son fauteuil. Pourquoi ne pas aller la rejoindre ? S'il existait une preuve de l'infidélité du shérif dans cette cabane, Allie l'avait sans doute déjà découverte. Il pourrait la réconforter, s'assurer qu'elle rentre chez elle sans encombre…

D'un autre côté, si elle avait fait chou blanc, ils se retrouveraient dans la même situation que la semaine précédente, complètement isolés du monde, séparés par un secret vieux de dix-neuf ans… Un secret qu'il serait si facile d'oublier lorsqu'il sentirait son corps contre le sien.

Il se laissa retomber dans son fauteuil avec un juron. Il avait le sentiment de tourner en rond. Il ne pouvait protéger à la fois Allie et sa famille. Il fallait faire un choix, quitte à trahir l'un des deux camps.

Allie dirigea la lumière sous le lit, puis souleva le matelas. Elle cherchait un sex toy ou un sous-vêtement avec des traces de rouge à lèvres… Mais il n'y avait qu'un magazine de pêche. Comme accessoire érotique, on faisait mieux !

Elle passa chaque livre au peigne fin, les secouant l'un après l'autre pour faire tomber d'éventuelles photos ou, pourquoi pas, un mot doux. Là encore, elle ne découvrit qu'un marque-page et un reçu pour l'achat d'un paquet d'appâts.

Elle vida entièrement les placards, à la recherche d'une bouteille de champagne ou d'autres produits de luxe que son père n'achetait jamais en temps normal. Spaghettis et boîtes de conserves recouvrirent vite le sol : pas vraiment de quoi concocter un dîner romantique.

Elle poursuivit sa fouille, vérifiant tout avec un soin méticuleux, du foyer de la cheminée aux interstices entre les lattes du plancher.

Rien.

Debout au milieu de la cabane, elle tourna lentement sur elle-même en se demandant si elle avait oublié quelque chose. Mais elle ne voyait vraiment pas ce qui aurait pu lui échapper. Cette pièce unique et très peu meublée n'offrait guère de cachettes. Et puis, pourquoi son père aurait-il déployé des trésors d'imagination pour effacer le passage de sa maîtresse alors qu'il ignorait tout des soupçons de sa fille ?

Conclusion : elle avait fait fausse route en s'imaginant qu'il avait une maîtresse.

Sa réaction fut un grand rire de soulagement. Si son père avait envie de boire dans un mug orné d'un cygne, c'était bien son droit, après tout. Et depuis quand était-ce un crime de conserver le numéro d'un fleuriste dans son répertoire téléphonique ? Quant au tube de rouge à lèvres carmin, le shérif de Stillwater raccompagnait souvent des jeunes femmes éméchées à la sortie du Good Times…

Allie sentit soudain son ventre gargouiller pour lui rappeler qu'elle n'avait pas encore dîné. Elle jeta une nouvelle bûche dans le feu, et partit en direction des toilettes extérieures. En plus de la torche électrique, elle avait emporté un savon et une serviette qui lui serviraient à se laver les mains dans le lac. Il pleuvait toujours, mais Allie s'en moquait. Elle n'avait pas l'intention de faire de vieux os ici. Elle allait manger un morceau en se réchauffant au coin du feu, puis elle rentrerait à la maison. Et si son père était encore debout, elle le serrerait fort dans ses bras. Tant pis s'il se demandait ce qu'il lui arrivait. Elle dormirait ensuite comme un bébé, heureuse pour sa mère.

Un bruit de verre brisé déchira le silence. Allie releva la tête, tous les sens en alerte. Il y avait d'autres cabanes dans le coin, mais elles se trouvaient assez éloignées les unes des autres. Bien qu'elle ne pût dire où se situait la plus proche, Allie eut la quasi-certitude que le son provenait de celle de son père.

Laissant tomber savon et serviette, elle revint sur ses pas en courant le long de la rive. Aussitôt la cabane en vue, elle éteignit la torche et fit un détour pour se mettre à couvert derrière un arbre. De là où elle se trouvait, la fenêtre semblait parfaitement intacte. Elle pouvait même voir la lueur du feu se refléter dans la vitre. Donc…

A quelques mètres d'elle, un bruissement dans les bois la fit sursauter. Etait-ce un animal ?

— Il y a quelqu'un ? cria-t-elle à tout hasard.

Aucune réponse.

Elle quitta sa cachette et ralluma la torche en dirigeant le faisceau vers le sol. Elle inspectait la clairière depuis quelques secondes seulement lorsqu'elle découvrit l'origine du bruit qui l'avait alertée : quelqu'un avait cassé la vitre de sa voiture. Un gros caillou se trouvait encore là, au pied du véhicule.

Abasourdie, elle s'accroupit pour ne pas offrir une cible

trop facile, et continua à promener le faisceau de sa torche sur la clairière obscure. Mais elle ne pouvait distinguer aucun mouvement, aucun bruit, à part ceux du vent et de la pluie. Estimant que le vandale avait dû prendre la fuite, Allie s'approcha de la voiture pour constater les dégâts. Pourquoi diable quelqu'un avait-il…

— Oh non! murmura-t-elle, saisie d'un affreux pressentiment.

Elle souleva la poignée de la portière qui céda sans résister. Des dizaines de petits éclats de verre dégringolèrent sur la carrosserie quand elle l'ouvrit pour vérifier si son arme de service se trouvait toujours sous le siège. Mais ses doigts ne rencontrèrent que le vide. Comme elle l'avait craint, quelqu'un avait volé son Glock.

Merde!

Instinctivement, elle tendit le bras vers la radio portable qu'elle emportait toujours avec elle quand elle n'utilisait pas le véhicule de patrouille. Mais elle aussi avait disparu.

Par quel hasard extraordinaire quelqu'un avait-il pu tomber sur sa voiture dans ce coin perdu? Sans compter qu'il faisait nuit et qu'il pleuvait à verse… D'où le voleur pouvait-il donc venir? D'une cabane voisine? Et où avait-il bien pu filer? Sans doute était-il parti à pied, puisque Allie n'avait pas entendu de bruit de moteur.

Se servant de la portière comme d'un bouclier, elle décrivit un arc de cercle avec sa torche pour scruter les alentours.

Elle ne vit que des arbres.

Pour une fois qu'elle n'avait pas utilisé sa voiture de police, songea-t-elle avec regret… Ça aurait sans doute découragé le voyou qui avait fait ça. Mais elle ne la prenait jamais quand elle devait quitter sa juridiction.

Il s'agissait maintenant de récupérer son portable resté dans la cabane, de prévenir son père et de fiche le camp d'ici le plus vite possible. Elle n'avait aucune envie de rester seule au milieu des bois sombres, sous l'orage, alors qu'un inconnu se baladait dans les parages avec son arme de service.

Après avoir éteint la torche, elle ramassa le premier bâton un peu épais qu'elle put trouver, et regagna vivement la cabane. Arrivée sur le seuil, elle jeta un coup d'œil par la porte entrouverte avant d'entrer. La pièce semblait vide. Une fois à l'intérieur, elle vérifia que personne ne se cachait derrière la porte ou sous le lit. Un peu rassurée, elle posa son bâton sur la table et s'aperçut alors que son sac à main ne s'y trouvait plus. Envolé ! Et avec lui le téléphone portable et les clés de voiture… A sa place, à côté de l'assiette de brownies, se trouvait un morceau de papier imbibé d'eau.

Le message imprimé, rendu flou par la pluie, faillit se déchirer dans sa main. Au prix de quelques efforts, elle parvint tout de même à le déchiffrer sous la lumière crue de sa torche électrique.

Si tu continues à remuer le passé, tu ne tarderas pas à rejoindre Barker.

12.

La pluie redoubla de violence, martelant le toit de la cabane. Traversée d'un frisson, Allie se rapprocha encore des flammes qui dansaient dans la cheminée. Elle avait masqué la fenêtre à l'aide d'une couverture pour ne pas être vue de l'extérieur, puis elle avait poussé le lit contre la porte. Ce n'était pas le plan du siècle, mais, sans voiture ni moyen de communication, elle n'avait pas trouvé mieux. Il fallait espérer qu'il y aurait suffisamment de bois sec pour entretenir le feu jusqu'au lever du jour… et que l'auteur du message était parti pour de bon.

La multitude de petits bruits qui provenaient du dehors ne lui laissait aucun répit : branchages giflant les murs de la cabane, cris d'animaux, bruissement furtif d'un rongeur dont la galerie passait sans doute à proximité du plancher, vent sifflant dans les arbres… sans parler de la pluie qui ne cessait de tambouriner au-dessus de sa tête. Même le crépitement du feu lui donnait parfois l'impression que quelqu'un s'approchait.

Pourtant, il était peu probable qu'il revienne, songea Allie pour se rassurer un peu. S'il avait voulu l'agresser, il n'aurait pas attendu qu'elle fût rentrée dans la cabane. C'était plutôt une bonne nouvelle, parce qu'elle ne disposait pour se défendre que d'un pauvre bâton et d'un couteau de cuisine, autant dire pas grand-chose face à un homme muni d'un revolver. Mais, pour le moment, il était juste venu délivrer un message, et non mettre ses menaces à exécution.

Elle avait beau savoir que son raisonnement était logique, elle ne parvenait pas à se détendre.

Retenant sa respiration, elle ferma les yeux pour mieux distinguer les différents sons qui lui parvenaient de l'extérieur.

Mais, après quelques instants, elle comprit que ses efforts de concentration étaient vains. Trahie par ses nerfs, elle ne parvenait plus à distinguer le réel de l'imaginaire.

« On se calme ! »

Sa paume, crispée sur le manche du couteau de cuisine, devenait de plus en plus moite. Elle refusa toutefois de le lâcher, ne serait-ce que le temps d'essuyer sa main contre son pantalon... Voyons, qui avait bien pu écrire ce mot ? Quelqu'un qui était au courant des dossiers en cours et qui n'avait pas intérêt à ce que la police découvre la vérité sur l'affaire Barker. Or, ceux qui ne voulaient pas « remuer le passé », pour reprendre les termes du billet, n'étaient pas légion à Stillwater. Les habitants de cette ville souhaitaient au contraire que l'enquête fût rouverte. Hormis les Montgomery, bien entendu, et peut-être Jed Fowler.

Se pouvait-il que Clay ait voulu lui faire peur ? Après tout, qui d'autre savait qu'elle serait ici ce soir ?

Non, impossible. C'était forcément quelqu'un d'autre. Quelqu'un qui, précisément, voulait qu'elle soupçonne Clay.

Joe ? Ou alors l'un des membres du clan Vincelli ? Pas Beth Ann Cole, tout de même ! Elle n'aurait jamais eu le cran de venir seule ici sous l'ora...

Un claquement de portière résonna dans la nuit. Allie se figea, la main serrée sur son couteau de cuisine. Cette fois-ci, il ne s'agissait pas de son imagination. Peut-être allait-elle avoir la réponse aux questions qu'elle se posait.

Elle se releva tant bien que mal malgré ses jambes en coton. L'oreille contre le mur, elle entendit distinctement quelqu'un s'approcher. Elle vérifia que le lit était bien poussé contre la porte, elle-même fermée à double tour. Hélas ! pour entrer, il suffisait de briser la vitre de la fenêtre.

Lorsque le visiteur frappa plusieurs coups à la porte, son cœur fit un bond dans sa poitrine.

— Allie ? Tu es là ?

Clay ! En entendant sa voix, son premier réflexe fut de lui répondre aussitôt. Mais elle se reprit in extremis. Avait-elle eu tort de lui accorder si vite sa confiance ? Et si elle avait été aveuglée par son charme et son incroyable beauté ?

C'était une éventualité qu'elle ne pouvait se permettre de balayer d'un revers de main. Surtout maintenant qu'elle n'était plus certaine de rien ni de personne, y compris d'elle-même.

— Allie, ouvre la porte ! dit-il d'une voix un peu plus forte. Qu'est-il arrivé à ta voiture ?

Elle vit la poignée tourner à droite et à gauche. La peur lui glaçait les veines et pourtant son instinct lui disait de le laisser entrer. Seule la retenait la voix de son père, qu'elle entendait résonner dans un coin de sa tête… « Le fait qu'il soit potentiellement dangereux ne t'a pas empêchée de monter dans sa voiture… »

— Allie ! Réponds-moi, s'il te plaît ! Est-ce que tout va bien ?

L'inquiétude était maintenant perceptible dans la voix de Clay.

S'il avait voulu la tuer, songea-t-elle dans un instant de lucidité, il aurait pu le faire le week-end précédent.

Mais la peur brouilla aussitôt ses pensées, lui promettant un destin funeste si d'aventure elle baissait sa garde : Clay pouvait l'assassiner, l'enterrer au fin fond des bois, et revenir à Stillwater sans que personne sache qu'il avait quitté la ferme. Et nul ne la retrouverait jamais. Comme le révérend : « Tu ne tarderas pas à rejoindre Barker… »

Clay avait contourné la cabane. Sans doute s'approchait-il de la fenêtre. Le poing d'Allie se serra violemment, et ses ongles s'enfoncèrent dans sa paume. Allait-il casser le carreau ?

Elle attendit, figée par l'angoisse, le cœur cognant dans sa poitrine. Dans quelques secondes, elle serait peut-être en train de se battre à mort contre l'homme qui peuplait ses fantasmes.

Mais lorsque la voix de Clay lui parvint de nouveau, elle semblait plus lointaine.

— Allie !

On aurait dit qu'il se dirigeait vers le lac. Espérait-il la trouver dans les toilettes extérieures dont elle lui avait parlé la dernière fois ?

— Allie ! Tu m'entends ? Allie !

Le vent emporta son prénom, le noyant dans les éléments déchaînés.

Si ce n'était pas Clay qui avait volé son arme et laissé ce mot menaçant, que faisait-il ici ?

« Tâche de réfléchir, Allie. Réfléchis, réfléchis, réfléchis ! » Elle devait essayer d'y voir clair, ne plus laisser la peur influencer son raisonnement. Puisqu'elle ne croyait pas que Clay ait pu tuer Barker — pas de sang-froid, en tout cas —, pourquoi craindre qu'il soit venu lui faire du mal, ce soir ? Cela n'aurait eu aucun sens.

« N'oublie pas, Allie. Tu as décidé de lui faire confiance. »

Assez pour lui ouvrir la porte et mettre sa vie entre ses mains ?

Elle se rappelait à quel point elle l'avait senti humilié de devoir retirer son T-shirt, le soir où Beth Ann l'avait accusé d'être un assassin. En réalité, Clay était un type bien sous ses airs bourrus. C'était ce que son instinct lui soufflait depuis le début, et son instinct était la seule chose sur laquelle elle pouvait encore compter.

Allie posa le couteau sur le rebord de la cheminée. Elle s'apprêtait à tirer le lit qui bloquait la porte quand elle perçut un juron étouffé, bien trop proche pour avoir été prononcé par Clay. D'ailleurs, elle pouvait encore entendre ce dernier crier son prénom du côté du lac.

Celui qui avait volé son arme n'était donc pas parti ? Pourquoi restait-il à proximité de la cabane ?

Le visage colérique et vindicatif de Joe Vincelli lui vint à l'esprit. Et si elle était tombée dans un traquenard ? Les propos sans ambiguïté de Beth Ann avaient certainement convaincu Joe — ainsi qu'une bonne partie de la ville — qu'Allie avait trop envie de coucher avec Clay pour vouloir l'arrêter. Furieux que celle en qui il avait placé ses derniers espoirs succombe au charme de son ennemi juré, Joe avait peut-être décidé de se faire justice lui-même. De fait, il connaissait le chemin qui menait à la cabane : Dale avait invité les Vincelli deux ou trois fois à des parties de pêche. Dès lors, on pouvait imaginer que Joe avait trouvé un moyen d'attirer Clay ici pour… Pour…

Allie sentit la panique monter en elle. Si elle avait vu juste, Clay était en danger. En grand danger.

Elle devait absolument le prévenir. Tout de suite ! Mais il lui avait fallu un quart d'heure pour bloquer la porte avec le lit, et elle ne pouvait pas l'enlever en quelques secondes.

Incapable de chasser les images morbides qui se bousculaient dans sa tête — elle voyait Joe viser Clay avec son arme de service —, elle s'arc-bouta contre le mur et se mit à pousser le lit avec ses jambes. Tout comme les chaises, il avait été taillé dans d'énormes rondins de bois, et pesait extrêmement lourd.

— Allie ?

Clay continuait à l'appeler.

— Arrête-toi ! Couche-toi par terre ! hurla-t-elle dans un accès de panique et de frustration.

Mais elle savait qu'il ne pouvait pas l'entendre. Chaque seconde passait à la vitesse d'une heure, tandis qu'elle déplaçait ce fichu lit centimètre par centimètre. Enfin, elle put déverrouiller la porte et l'entrouvrir suffisamment pour se glisser dehors.

— Clay !

Son pick-up était garé juste devant la cabane. Même dans l'obscurité, elle pouvait voir que quelqu'un avait crevé les deux pneus avant.

Quelqu'un qui voulait l'empêcher de s'enfuir. Cette vision acheva de la convaincre que Clay était la proie, ce soir, et non le prédateur.

— Clay ! hurla-t-elle encore, folle d'inquiétude. Couche-toi au sol ! Ne parle plus !

Le vent lui retourna son cri, tandis qu'elle s'élançait vers le lac. Trop tard. Elle n'avait pas fait deux pas qu'une détonation claquait dans la nuit. Elle entendit un petit cri à sa droite, puis le son mat d'un corps qui s'effondrait. A sa gauche, une ombre s'enfuyait à travers bois.

Pendant quelques instants, le temps sembla s'arrêter. On aurait dit que même l'orage faisait une pause. Le bruit d'un moteur qui démarrait rompit soudain la trêve : le tireur s'échappait. Elle n'essaya même pas de le poursuivre. A quoi bon ? Il était bien trop loin pour qu'elle ait une chance d'apercevoir son véhicule. Mais si elle restait ainsi clouée sur place, c'est qu'elle était en train de réaliser ce qui venait de se produire : quelqu'un avait tiré sur Clay. Et le cri rauque suivi d'un bruit de chute qu'elle avait entendu ne laissait guère de place au doute : la balle avait atteint sa cible.

L'odeur âcre de la terre détrempée emplit les narines de Clay. Que faisait-il là, étendu par terre, le visage battu par la pluie ? Il essaya d'ouvrir les yeux, mais ils se refermaient instinctivement sous la piqûre des grosses gouttes qui tombaient du ciel.

Allie…

Oui, il se souvenait. Il était en train de la chercher partout quand quelque chose l'avait littéralement mis K.O.

N'avait-il pas d'abord entendu une détonation ? Se pouvait-il qu'on lui ait tiré dessus ? Ça semblait parfaitement surréaliste, bien sûr, mais il ne voyait pas d'autre explication à ce qui venait de lui arriver. Il aurait voulu croire à un accident, mais les cris d'Allie lui revinrent à la mémoire. Juste avant d'être touché, il l'avait entendue qui hurlait son prénom, lui enjoignant de se coucher par terre…

Que se passait-il donc ? L'image d'une vitre brisée s'imposa à lui. Ça lui revenait, à présent : la voiture d'Allie vandalisée… Elle était en danger. Se lever… Il fallait absolument qu'il se lève pour aller la secourir !

Mais son bras… Son bras refusait de faire le moindre mouvement.

Avec un grognement de douleur, il essaya de voir ce qui l'empêchait de bouger. Une sensation de brûlure le fit grimacer. Il avait également un affreux mal de tête. Mais il ne pouvait pas laisser Allie aux mains de celui qui venait de le prendre pour cible.

— Allie ! appela-t-il aussi fort que possible.

Sauf qu'il était presque certain que le son n'avait pas passé le seuil de ses lèvres. Il criait, mais seulement dans sa tête.

— Clay ? Où es-tu ? Réponds-moi si tu peux ! Aide-moi à te localiser ! Clay ?

C'était elle qui s'époumonait. Elle le cherchait frénétiquement, le suppliant de lui répondre. Mais pourquoi diable les mots refusaient-ils de franchir la barrière de ses lèvres ?

Le faisceau lumineux d'une torche électrique jaillit entre deux troncs d'arbres. Elle venait dans sa direction.

Il aurait voulu lui dire d'éteindre sa lampe pour ne pas faciliter la tâche du sniper, de se mettre en boule dans un coin et de rester immobile. Si seulement il parvenait à retrouver l'usage de la parole…

Il ferma les yeux et essaya de dissiper la brume qui enveloppait son cerveau. Avait-il perdu connaissance en tombant ?

— Allie, ne reste pas là ! dit-il.

Il n'avait émis qu'un murmure inintelligible. A la seconde tentative, il réussit à s'exprimer plus fort et plus clairement.

— Va-t'en, Allie ! Tu m'entends ? Ne reste pas là !

— Clay ! lui répondit-elle.

Mais au lieu d'aller se mettre à couvert dans la forêt, elle courait vers lui.

— Pas par ici !

Peu à peu, il retrouvait ses esprits. Il se redressa tant bien que mal en position assise, puis s'agrippa à une branche basse pour se mettre debout. Une sensation de vertige le saisit aussitôt, mais il parvint à la contrôler. A vingt mètres de lui, la puissante lumière électrique bondissait au rythme de la course effrénée d'Allie. Bon sang, mais que faisait-elle ? Au lieu de l'écouter, elle se ruait dans sa direction.

— Allie…, commença-t-il.

Mais elle était déjà là. Elle le soutenait, tout en l'examinant attentivement à l'aide de sa torche.

— Tu es touché ?

Il ne pensait qu'à la protéger, à faire bouclier de son corps au cas où ils essuieraient un second coup de feu. Mais il n'était pas en état de se mouvoir comme il l'entendait. A vrai dire, il n'était même pas certain de pouvoir tenir debout sans l'aide d'Allie.

— Mon bras…

Elle braqua aussitôt la lumière sur la blessure, et il entendit un cri étouffé. Elle venait de voir le sang chaud et visqueux qui imprégnait ses vêtements. Lorsqu'elle s'exprima de nouveau, il fut surpris par le calme de sa voix. Le flic en elle venait sans doute de prendre le relais.

— Ça n'a pas l'air trop grave.

Il se doutait qu'elle disait ça pour le rassurer, mais sa propre angoisse passait au second plan pour le moment. Sa préoccupation immédiate était de la mettre à l'abri.

— Le tireur est peut-être encore dans les parages et…

— Non, coupa-t-elle. J'ai entendu sa voiture démarrer. Il faut retourner tout de suite à la cabane pour te soigner.

— A la cabane ? Je suis sûr que tu es une excellente infirmière, Allie, mais j'aimerais autant que tu me conduises à l'hôpital.

— Impossible. Nous n'avons plus de moyen de transport.

Dès qu'ils furent dans la cabane, elle l'aida à se débarrasser de ses vêtements mouillés. Elle craignait qu'il ne tombe en état de choc s'il ne se réchauffait pas sur-le-champ. Clay était trempé jusqu'aux os, et il avait les pupilles dilatées.

— Tu as un portable ? lui demanda-t-elle.

— Non.

Génial.

— Ce n'est pas grave. Tout va très bien se passer, répéta-t-elle pour la énième fois.

Qui essayait-elle de convaincre ? Derrière son calme de façade, elle n'était pas si sereine que ça.

Allie avait connu le terrain avant de travailler dans un bureau de Chicago, et il lui était arrivé de tomber sur de sales blessures. Mais, dans ces cas-là, les urgentistes étaient déjà sur place ou ils prenaient le relais quelques minutes après son arrivée. C'était la première fois qu'elle se trouvait seule avec une victime qu'elle ne pouvait pas emmener à l'hôpital.

De toute manière, ses efforts pour donner le change étaient probablement inutiles, parce que Clay ne semblait pas du tout l'écouter. On aurait dit qu'il mobilisait toute son énergie dans un effort surhumain pour ne pas tourner de l'œil.

— Ça te fait très mal ?

— Non.

Ses poings serrés, tout comme le léger tremblement de sa mâchoire, indiquaient le contraire. Mais elle décida de jouer le jeu.

— Tant mieux.

Elle couvrit le corps nu de Clay avec le grand plaid en laine qu'ils avaient partagé la semaine précédente, puis se mit à fouiller dans les placards. Elle avait aperçu une trousse de premiers secours, un peu plus tôt, alors qu'elle cherchait des preuves de l'infidélité de son père.

Ah, la voilà…

La trousse en question était une sorte d'antiquité, mais le tube d'Ibuprofène qui s'y trouvait n'était pas encore périmé. « Enfin une bonne nouvelle », songea-t-elle pour se donner du courage.

— Tiens, prends ça, dit-elle en laissant tomber quatre comprimés dans la paume de Clay. Ça devrait calmer un peu la douleur.

Il les avala sans protester.

— Ça n'a pas l'air bien méchant, dit-il en regardant son bras.

Terre et herbe s'étaient collées au sang qui maculait son biceps, et un filet rouge sombre s'écoulait d'un petit trou creusé dans le muscle deltoïde.

La balle était-elle restée à l'intérieur ?

A sa grande surprise, cette idée lui souleva le cœur. Elle avait pourtant vu des choses bien plus insoutenables au cours de sa carrière. Mais l'anonymat des blessés aidait à supporter le spectacle du sang et de la souffrance. De toute évidence, Clay n'avait plus rien d'un étranger pour elle.

Faute de mieux, elle s'empara d'un torchon et se mit à nettoyer son bras tout poisseux. Alors qu'elle arrivait au niveau de l'épaule, la blessure se mit à saigner abondamment. Elle pressa aussitôt le torchon contre la petite cavité, et attendit que le débit ralentisse. Après quelques minutes, elle put retirer sa main et examiner l'endroit où la balle avait pénétré. Elle se pencha un peu en avant, plissa les yeux, puis se laissa retomber en arrière avec un grand ouf de soulagement : le projectile était ressorti ! Dieu merci, il n'avait fait que traverser le muscle.

— Tu ne vas quand même pas tomber dans les pommes ? demanda-t-il en la voyant s'allonger sur le lit.

— Non, je suis simplement soulagée de ne pas avoir à t'opérer avec un couteau de cuisine. La balle est ressortie par là, dit-elle en pointant du doigt l'entaille située derrière son bras, juste sous l'épaule. Si ça ne te faisait pas aussi mal, je te dirais de te contorsionner un peu pour pouvoir l'admirer.

Clay fit la grimace à l'idée d'exécuter un tel mouvement.

— Je te crois sur parole, Allie.

— L'hémorragie est maîtrisée, dit-elle.

— Ravi de l'apprendre.

Elle noua le torchon autour de son bras pour maintenir la pression sur la blessure.

— Je reviens tout de suite.

Il essaya de la retenir, mais elle était déjà debout.

— Où vas-tu ?

— Au lac. J'ai besoin d'eau pour nettoyer tout ça.

— Non, je ne veux pas que tu sortes par ce temps. Viens plutôt me rejoindre sous ce plaid avant d'attraper la mort.

Allie se figura aussitôt le corps qui attendait sous l'épaisse couverture de laine. Un corps qu'elle avait elle-même déshabillé… Elle savait que Clay faisait simplement preuve de bon sens : le bois sec n'allait pas tarder à manquer et ils devaient trouver un moyen de se réchauffer. D'autant que le traumatisme physique qu'il venait de subir avait sans doute altéré la thermorégulation de son organisme. Même sec et bien couvert, il lui faudrait des heures pour atteindre une température interne normale… N'empêche qu'il était indispensable de nettoyer cette plaie au plus vite. Allie préférait ne pas songer à toutes les bactéries qui avaient dû y trouver refuge quand Clay s'était écroulé sur le sol boueux.

De plus, il n'était pas question de le rejoindre sous le plaid avec des vêtements mouillés, et elle n'osait se mettre nue. Avec quelqu'un d'autre, l'urgence de la situation aurait sans doute eu raison de sa pudeur. Mais Clay lui plaisait beaucoup trop pour qu'elle se déshabille devant lui sans arrière-pensées.

— Je viendrai une fois que ta blessure sera propre, répondit-elle.

— Tu n'as pas trouvé d'antiseptique dans la trousse ?

— Il y a un flacon, mais il est vide. Je ne sais pas s'il a été utilisé ou s'il s'est évaporé. Il doit être là-dedans depuis tellement longtemps…

— Ça peut sûrement attendre demain matin, dit-il en se renfrognant.

Allie avait si froid qu'elle pouvait à peine sentir ses doigts et ses orteils. Mais la plaie avait toutes les chances de s'infecter si elle ne trouvait pas le courage de ressortir.

— Non, Clay. Il faut s'en occuper tout de suite. Et puis, de toute façon, ça ne changera pas grand-chose : je suis déjà trempée.

— Viens, je te dis ! insista-t-il avec un air de gamin têtu.

Mais, pour toute réponse, elle prit le jean qui séchait devant le feu et en sortit les clés du pick-up. Qui sait si elle n'y trouverait pas quelque chose d'utile pour la nuit ?

La pluie et le vent lui fouettèrent le visage. Grimaçant, la tête rentrée dans les épaules, elle marcha vers le véhicule dont la silhouette un peu penchée se découpait dans la nuit. Le salopard qui avait tiré sur Clay ne perdait rien pour attendre, se promit-elle en regardant avec colère les deux pneus crevés. Il en avait réchappé par miracle. Quelques centimètres plus à droite, et elle aurait passé la nuit avec un cadavre.

Cette pensée transforma sa colère en rage, lui donnant soudain envie de partir à la recherche d'empreintes avant que l'orage ne les ait toutes effacées. Mais, dans une situation d'urgence, il fallait définir des priorités. Et, ce soir, la priorité s'appelait Clay Montgomery.

Se promettant de passer les alentours au peigne fin dès le lever du jour, Allie ouvrit la portière et se mit à fouiller le pick-up. L'habitacle était aussi bien rangé que la maison de Clay. Seule l'odeur de son eau de toilette apportait une touche personnelle. Dans la boîte à gants, elle trouva un manomètre, un paquet de mouchoirs, quelques CD, les papiers du véhicule, un couteau de survie et une boîte de préservatifs.

De toute évidence, il s'était préparé à un certain nombre d'éventualités. Mais pas à se faire tirer dessus.

Elle avait tellement envie de regagner la ville que l'idée d'utiliser le pick-up malgré ses pneus à plat lui traversa l'esprit. Mais les risques de rester embourbée au milieu de nulle part étaient trop importants. Et les autres cabanes ? Saurait-elle seulement les trouver ? Non, elle ne pouvait pas se permettre de perdre un temps précieux à les chercher, au risque de s'égarer. D'autant qu'elle n'était même pas sûre d'en trouver une qui soit occupée. Leur situation présente était loin d'être idéale, mais, au moins, ils disposaient d'un abri chauffé et d'un lit.

Inquiète à l'idée de laisser Clay trop longtemps seul, elle partit en courant en direction du lac pour aller y remplir sa casserole. Lorsqu'elle revint à la cabane, elle le trouva recroquevillé sur lui-même, grelottant, incapable de se réchauffer. Elle eut si peur qu'il ne tombe en état d'hypothermie qu'elle abandonna la casserole d'eau, se dévêtit entièrement, se sécha comme elle put et grimpa sur le lit.

Les ressorts du matelas grincèrent un peu sous son poids. Et comme Clay ne cherchait pas à se coller contre elle, comme elle s'y était attendue, l'inquiétude d'Allie monta encore d'un cran.

— Clay ?

— Hmm ?

Elle aurait voulu l'attirer à elle, là, tout de suite, sentir la vie qui battait en lui, cette force qui la rassurait tant… Mais elle-même devait d'abord se réchauffer sous peine de lui voler le peu de chaleur qu'il avait réussi à emmagasiner.

— Tu tiens le coup ? lui demanda-t-elle, tout en se frottant énergiquement les jambes et les bras pour accélérer le processus.

— Umm…

Son grognement semblait plutôt affirmatif, mais Allie ne fut pas rassurée pour autant. Dès que sa propre température eut atteint un niveau qu'elle jugea acceptable, elle tendit la main vers le torchon et transforma le garrot de fortune en compresse. La seconde d'après, elle était lovée contre lui. Au diable la pudeur et la bienséance ! Et tant pis s'il sentait à quel point elle le désirait. A ce moment-là, tout ce qui comptait pour elle, c'était de lui apporter un peu de bien-être.

— C'est agréable, marmonna-t-il après quelques minutes de ce traitement.

— Tu crois que tu vas pouvoir dormir ?

Il ne répondit pas. Elle craignait que la douleur ne soit insupportable, mais, au bout d'un moment, elle eut le sentiment que l'état de Clay s'améliorait. Elle pouvait sentir son cœur battre sans à-coups et sa poitrine se soulever à un rythme de plus en plus régulier.

Elle ferma les yeux, un peu rassurée, et pria pour qu'il passe une nuit paisible.

Il faisait encore nuit noire lorsqu'une douleur lancinante tira Clay d'un profond sommeil. L'origine de cette souffrance ne lui revint pas sur-le-champ, mais il se rendit tout de suite compte qu'il n'était pas seul dans le lit. Une femme dormait tout contre lui… Il sentait ses petits seins fermes pressés contre son dos, ses jambes douces relevées sous ses fesses, son haleine chaude sur sa nuque… Mais c'était la main de l'inconnue qui lui faisait le plus d'effet : son bras s'était détendu avec le sommeil et pendait à présent vers le bas. En toute innocence, elle le frôlait du bout des doigts, à un endroit particulièrement sensible…

Il changea de position en se demandant ce qu'il faisait là et qui était cette femme si intimement collée contre lui.

— Ça va ? murmura-t-elle dans un demi-sommeil.

Allie McCormick. En entendant sa voix, tout lui revint d'un coup. La vitre brisée. Le chemin boueux qui bordait le lac. La peur qu'elle soit en danger. La détonation sèche d'une arme à feu. Mais, curieusement, ces événements semblaient presque accessoires, comparés au fait qu'Allie fût dans le même lit que lui. Ils étaient blottis l'un contre l'autre, dans une cabane isolée au fond des bois. Nus. Seuls. Et il avait envie d'elle…

— Ça va, merci.

Il repoussa doucement le bras qui l'étreignait encore, et se tourna pour faire face à la jeune femme. Les braises qui survivaient dans l'âtre n'éclairaient que le contour de son visage. Mais il n'avait pas besoin de la voir pour la désirer. Tandis que ses autres sens prenaient le relais, Clay se laissa envahir par la chaleur de ce corps menu dont il ignorait tout. Par la sensation de leurs jambes entrelacées. Par son odeur féminine que le sommeil exacerbait.

— Clay ? murmura-t-elle en tendant la main vers lui.

Elle rencontra son ventre qu'elle caressa distraitement. Il ne bougea pas, comme s'il craignait qu'un mouvement brusque ne la réveille complètement et qu'elle réalise ce qu'elle était en train de faire. Il s'attendait à ce qu'Allie fasse machine arrière à tout instant, qu'elle trouve une excuse pour quitter le lit et se rhabiller.

Mais elle n'en fit rien. Il sentit sa main fine qui remontait lentement jusqu'à son bras blessé, mais il préféra le soustraire avant qu'elle ne puisse l'ausculter de ses doigts.

— Tu es sûr que ça va ? demanda-t-elle de sa voix engourdie par le sommeil.

— Absolument certain.

Comme il était certain du désir qui continuait à monter en lui.

— Tant mieux, dit-elle avec un sourire apaisé qu'il discerna à peine dans la pénombre.

La main qui l'avait touché une minute plus tôt reprit son parcours, se promenant sans hâte sur son torse, comme si elle cherchait à explorer la moindre parcelle de ce terrain encore inconnu.

Il ferma les yeux et fit un effort pour se dominer. Elle cherchait simplement à se rassurer, songea-t-il. Ou, plus probablement, elle était à moitié endormie et cette caresse n'était qu'un geste inconscient. Sinon, jamais elle ne l'aurait touché de cette manière tellement… sensuelle. Tellement érotique. Impossible d'imaginer qu'elle veuille se donner à lui… Non, il ne devait surtout pas fantasmer là-dessus.

Mais comment conserver son sang-froid alors que la main d'Allie remontait à présent vers son cou, puis se posait sur sa joue avec une telle tendresse qu'il en eut le souffle coupé ? Comment ne pas répondre à son appel ? Pourtant, il restait immobile, au supplice, persuadé que le moindre mouvement de sa part suffirait à mettre le feu aux poudres. Et, une fois lancé, il ne faudrait plus lui demander de s'arrêter.

Au prix d'efforts immenses, il parvenait à la laisser faire sans réagir, mais il ne pouvait cependant tout contrôler. Il dut se déplacer légèrement, de crainte qu'elle ne sente toute l'étendue de son désir. Mais quand elle promena son pouce sur sa lèvre inférieure, il ne put s'empêcher de le goûter, de le mordiller…

Elle émit un petit gémissement qui acheva de l'embraser, et il aspira le pouce tout entier dans sa bouche.

Le lit couina doucement sous leurs corps qui se rapprochaient.

— J'ai eu si peur pour toi, murmura-t-elle.

Il sentit le bout de ses seins effleurer sa peau, et faillit la saisir de son bras valide pour la plaquer contre lui.

« Non. Pense à son père. Pense au qu'en dira-t-on. Si tu te laisses aller, c'est elle qui en subira les conséquences. »

Allie devait forcément y penser, elle aussi, mais ça ne suffisait pas à la freiner. Elle passa ses doigts dans les cheveux de Clay, lui soufflant son haleine chaude dans le cou.

Il était déchiré entre raison et désir, entre ce qu'il devait faire et ce que réclamait son corps. Conscient d'être sur le point de céder, il songea que la moindre des choses serait de s'assurer qu'elle avait pleinement conscience de ses actes. Il ne voulait surtout pas qu'elle regrette plus tard d'avoir fait l'amour avec lui.

— Allie ?

— Oui ?

— Je…

La pointe de ses seins effleura une nouvelle fois son torse, le troublant assez pour lui faire oublier ce qu'il s'apprêtait à dire. Il continua malgré tout à se faire violence pour ne pas la toucher, pour ne pas prendre ce qu'elle lui offrait. Mais il ne pouvait aller jusqu'à la repousser.

Allie sembla soudain hésiter, comme si elle redoutait qu'il ne veuille pas d'elle.

— Tu as envie de dormir encore un peu ? lui demanda-t-elle.

« Jamais de la vie ! »

— Non.

— Ce n'est pas moi qui t'en empêche, au moins ?

— Non… Qu'est-ce que tu vas imaginer là ?

Il sentit que ce dialogue l'avait rassurée, malgré son caractère équivoque. Mais lui en était toujours au même point. Impossible de penser à autre chose qu'à la douceur de sa peau. Il se voyait baisser la tête pour prendre un de ses tétons roses dans sa bouche, tandis que sa main irait se promener ailleurs, dans des régions encore plus secrètes, encore plus intimes. Il avait tellement envie de l'entendre gémir…

« N'y pense pas ! »

Il ne voulait pas qu'elle subisse l'ostracisme dont il était victime depuis presque vingt ans.

Mais comment ne pas y penser ?

« Enlève sa main ! »

Il avait beau se sermonner, la sensation de ce corps contre le sien lui procurait un plaisir trop intense pour qu'il y renonce.

Il en était là de son dilemme quand la langue d'Allie s'invita sur sa lèvre inférieure, portant un sérieux coup au mur qu'il s'efforçait de dresser entre eux. Il se vit la renverser sur le dos, l'embrasser frénétiquement et la prendre sans plus attendre… Mais il se contenta d'ouvrir la bouche et de mêler sa langue à celle d'Allie. Elle grogna de plaisir et se cambra comme sous l'effet d'une décharge électrique. Elle vivait l'instant, mais Clay ne pouvait s'empêcher de songer au lendemain. C'était elle qui allait payer les pots cassés. Ce qu'ils étaient en train de faire ne lui vaudrait rien de bon. Allie avait un enfant, nom d'un chien ! Elle avait besoin d'un mari, d'un père pour Whitney, puisque ce Sam n'avait jamais su assumer ce rôle. Et, malheureusement, Clay ne pouvait être ni l'un ni l'autre.

Ça ne lui vaudrait rien de bon ? Peut-être que si, après tout, se dit-il avec un brin d'amertume. Puisque le passé le condamnait à être un éternel amant, pourquoi bouder le plaisir physique qu'il aimait recevoir et qu'il savait si bien donner ?

— Clay ?

Sa voix mal assurée lui fit comprendre qu'elle se posait encore des questions sur ses intentions.

Pourtant, il ne répondit rien. S'il lui expliquait sa façon de voir les choses, il devrait s'y tenir. Et il n'était pas prêt à prendre une décision aussi déterminante. Seulement voilà… Combien de temps allait-il pouvoir exécuter ce numéro d'équilibriste ?

Finalement, il prit son courage à deux mains et brisa leur étreinte.

Il sentit à quel point elle était embarrassée, décontenancée par sa dérobade. Il en était malade, mais que pouvait-il faire d'autre ? Repousser ses avances était un moindre mal. D'autant plus que ça l'inciterait à garder ses distances avec lui, à l'avenir. Oui, c'était aussi bien comme ça.

Ils se turent pendant quelques minutes. Quelques minutes qui semblèrent s'étirer à l'infini.

— Je suis désolée, dit-elle. Je sais que tu as très mal.

Il secoua doucement la tête. Allie l'excitait tellement que sa blessure était le cadet de ses soucis. Il aurait fallu qu'il perde connaissance pour ne plus avoir envie d'elle.

— Ce n'est pas ça, Allie.

Elle le regarda sans rien dire, mais il faisait trop sombre pour qu'il puisse voir l'expression de son visage.

— Je ne veux pas que les gens d'ici te traitent comme ils me traitent. Surtout tes proches.

Il tenait à ce qu'elle comprenne que ce n'était pas faute de la désirer. D'abord parce que c'était la vérité, et ensuite parce que l'idée qu'elle puisse se sentir humiliée lui serrait le cœur.

Quelques secondes s'écoulèrent de nouveau avant qu'elle ne réponde :

— Tu as couché avec d'autres femmes dans cette ville.

— C'était différent.

— Et en quoi, je te prie ?

— Tu le sais très bien, voyons ! Tu es un flic. Tu es dans le camp opposé.

— Je suis une femme avant tout.

— Aux yeux des gens, un policier se doit d'être irréprochable. Ils t'attendent au tournant, Allie. D'autant plus que tu enquêtes sur la disparition de Barker.

— Alors, tu me rends service, si je comprends bien ?

— J'essaie, en tout cas.

Elle hésita, comme si elle ne savait pas comment interpréter ce qu'il venait de dire.

— Je ne suis pas certaine d'être en état d'apprécier ta générosité à sa juste valeur. Quand j'ai compris que tu étais blessé, j'ai…

Elle laissa la phrase en suspens, mais sa voix brisée exprimait son angoisse mieux que des mots. Elle avait vraiment eu peur pour lui. Sans doute avait-elle voulu se rassurer de la façon la plus directe, la plus animale, en faisant l'amour avec celui qu'elle avait craint de perdre.

Il poussa un long soupir.

— Ce n'est pas facile de te dire non, crois-moi. C'est sûrement beaucoup plus dur que tu ne l'imagines.

Le doigt d'Allie se posa sur son torse et commença à tracer une longue ligne descendante.

— Vraiment ? Si dur que ça ?

Clay se doutait qu'elle ne faisait pas allusion à la difficulté de résister à ses avances.

— Suffisamment dur, dit-il d'un ton bourru.

Mais il ne fit rien pour l'empêcher de continuer.

— Il me semble que c'est à moi d'en juger, dit-elle en contournant son nombril.

Elle ne se pressait pas pour atteindre son but, lui laissant tout le temps d'y mettre un terme s'il le voulait vraiment. Mais cela ne l'aidait en rien, au contraire : l'attente ne faisait que l'exciter davantage, le privant de toute volonté. Plus elle s'approchait, plus son souffle devenait court.

Quand la main d'Allie enserra son membre, Clay sut qu'il n'aurait plus jamais la force de lui résister.

Il l'attira à lui avec son bras droit et dévora sa bouche comme un affamé. Enfin ! Enfin il goûtait à ces lèvres qui le rendaient fou depuis trop longtemps.

— Tu fais une grave erreur, dit-il, rompant un instant leur baiser.

— Heureusement que tu en vaux la peine, rétorqua Allie d'une voix hachée.

Puis elle enfouit son visage dans le cou de Clay dont les mains calleuses lui arrachaient déjà des petits cris de plaisir.

13.

Cela faisait plus d'un an qu'un homme n'avait pas touché Allie, et elle se rendit compte à quel point ça lui avait manqué. Mais ce qu'elle était en train d'éprouver dans les bras de Clay ne ressemblait à rien de ce qu'elle avait connu dans le passé. Il lui faisait l'amour avec un tel appétit, un tel sentiment d'urgence… Comme si son corps ne lui suffisait pas et qu'il voulait aussi posséder son âme. Le plus extraordinaire, c'est qu'elle la lui donnait sans la moindre réserve, avec chaque baiser, chaque caresse. Contre toute prudence, elle se livrait corps et âme à Clay Montgomery. Il avait failli mourir, mais la vie triomphait. Oui, Clay était vivant. Vivant ! Et, dans l'intimité de cette cabane coupée du monde, plus rien d'autre ne comptait.

Elle faisait pourtant une erreur, elle le savait. Ses proches ne lui pardonneraient pas cette proximité avec son principal suspect. Et Mme le maire ne tarderait pas à recevoir des plaintes de ses administrés. Voilà à quoi servaient leurs impôts ? A payer les parties de jambes en l'air des forces de police ? Et avec un criminel, par-dessus le marché ? Allie pouvait les entendre d'ici… Mais cette pensée se dissipa comme par miracle lorsque, les mains agrippées à ses fesses, Clay la souleva légèrement pour la pénétrer encore plus profondément.

Un sentiment d'euphorie, combiné à un désir cru, primaire, contracta tous ses muscles. Elle se mit à trembler, à vibrer, au-dehors comme au-dedans, et un long gémissement s'échappa de ses lèvres entrouvertes. Clay venait de prendre un sein dans sa bouche, suçant son téton avec juste assez de force. Il savait comment exacerber toutes les sensations, comment jouer avec les limites pour atteindre des sommets de plaisir.

— Qu'est-ce que tu ressens ? murmura-t-il d'une voix saccadée, hors d'haleine, tandis qu'il embrassait sa bouche, son oreille, son cou. Décris-moi ce que tu ressens, Allie...

— Toi. Je te sens en moi... Tout autour de moi...

Clay ne cessait de se mouvoir en elle, et de petits cris aigus entrecoupaient chacune des phrases d'Allie.

— ... Partout.

— Alors, laisse-toi aller. Abandonne tes dernières défenses et donne-moi ce que je veux, d'accord ? Fais-moi confiance.

Un reste d'inquiétude émergea de son esprit embrumé par la volupté.

— Attention à ta blessure, dit-elle.

Mais il ne se comportait pas comme un homme qui venait d'avoir le bras traversé par une balle. Il plaqua les mains d'Allie au-dessus de sa tête et picora son cou. Puis elle sentit sa bouche qui descendait de nouveau vers ses seins.

Jamais elle ne s'était sentie aussi vivante, aussi en phase avec quelqu'un. Tandis qu'il accélérait le rythme, elle perdit la notion du temps et de l'espace. Leurs corps semblaient ne faire qu'un, comme s'ils étaient devenus une entité rayonnante, inséparable. A cet instant, ils n'existaient plus l'un sans l'autre.

Ses muscles se raidirent, puis elle fut secouée d'une succession de spasmes qui la laissèrent un moment hébétée, à fleur de peau, entre rire et larmes.

Clay posa de tendres baisers sur sa tempe et ses cheveux.

— Allez, encore un ! dit-il avec un petit rire heureux.

Mais elle voyait bien qu'il était lui-même sur le point de jouir, et elle eut envie de prendre les choses en main. Chacun son tour... Prenant garde à sa blessure, elle lui prodigua des caresses auxquelles il ne résista pas longtemps.

Quand Allie se réveilla, le jour s'était levé. Elle cligna des paupières sous la lumière diffuse et s'étira paresseusement. Elle se sentait satisfaite, rassasiée... Jusqu'à ce qu'elle distingue une large tache rouge sur l'oreiller. Elle s'assit si vite sur le lit que des petits points noirs se mirent à danser devant ses yeux.

Le torchon qu'elle avait utilisé comme compresse était tombé, et le sang de Clay s'était répandu sur la taie. Dieu merci, une fois que son vertige fut passé, elle réalisa qu'il n'y en avait pas tant que ça.

— Qu'est-ce qui se passe ? demanda-t-il en se relevant sur un coude.

— Ta blessure a saigné.

Il grogna et se laissa retomber en arrière.

— Si ce n'est que ça…

— C'est tout ce que ça te fait ?

— De toute façon, c'est ta faute si j'ai saigné. Tu n'aurais pas dû faire battre mon cœur comme ça, cette nuit.

Malgré sa voix étouffée par l'oreiller, Allie comprit qu'il la faisait marcher.

— Il faut nettoyer cette plaie, dit-elle en se penchant pour la regarder de plus près.

— Pas ici. On n'a plus de bois pour faire bouillir l'eau.

— Laisse-moi au moins enlever le sang qui a séché sur ton bras.

Elle était déjà à moitié sortie du lit quand elle se rendit compte qu'elle n'avait rien à se mettre, hormis les vêtements mouillés qui se trouvaient en boule sur le plancher. Elle se figea aussitôt : se déshabiller dans la pénombre était une chose, mais se promener en tenue d'Eve dans la lumière du jour en était une autre. Surtout devant un homme qui avait l'habitude de coucher avec des filles aussi bien faites que Beth Ann.

— Qu'est-ce qui t'arrive ? demanda-t-il en la voyant hésiter au bord du lit.

Elle tira le drap pour s'en couvrir comme d'une toge.

— Il fait un froid de canard dans cette cabane.

— Avoue-le, dit-il sur un ton de reproche amusé : tu n'as pas envie que je te voie nue.

Rien ne lui échappait.

Se sentant rougir, Allie détourna le regard.

— On a fait l'amour une bonne partie de la nuit. Tu as eu tout le temps de m'admirer.

— Je t'ai sentie, mais je ne t'ai pas vue.

Si tu veux savoir à quoi je ressemble, prends Beth Ann et enlève-lui la moitié de ce qu'elle a…

Mais pas question de lui avouer qu'elle manquait de confiance en elle.

— Je suis gelée, c'est tout.

— Je savais bien que vous étiez pudique, madame l'agent de police !

Il s'adossa à la tête de lit et leva un sourcil peu convaincu.

— Arrête de me regarder comme ça, enfin ! protesta-t-elle. L'autre jour, tu m'as déjà traitée de « jeune femme très comme il faut », si ma mémoire est bonne. Et voilà que tu recommences !

— A te voir ainsi cachée derrière ce drap, je me demande si je n'avais pas vu juste, riposta-t-il.

— A ton avis, qui a bien pu te tirer dessus ? demanda-t-elle pour changer de sujet.

Au cours de la nuit, elle avait brièvement évoqué son revolver disparu et le message trouvé dans la cabane. Mais ils avaient eu trop à faire pour s'attarder sur la question.

— Je n'en ai pas la moindre idée, dit-il avec un sourire narquois. Alors, comme ça… je suis le numéro deux ?

Elle comprit tout de suite qu'il faisait allusion au nombre d'hommes avec qui elle avait fait l'amour. Dans sa tête, Clay était le numéro un, et pour très longtemps. Sans doute pour toujours. Jamais elle n'aurait cru que le sexe pouvait être aussi bon. Mais pas question de l'admettre devant lui.

— C'est vrai, dit-elle simplement.

— Eh bien, je suis l'homme le plus chanceux du monde.

— Tu veux savoir la vérité ? Tu m'as fait pitié avec ta blessure, répliqua-t-elle avec un sourire ironique. Sinon, je ne me serais jamais laissé faire.

Les yeux bleus de Clay s'allumèrent.

— J'aimerais beaucoup continuer à te faire pitié…

Elle éclata de rire.

— Désolée, Clay. Si j'en crois la façon dont tu m'as fait l'amour cette nuit, tu es en pleine forme.

— Et ça pourrait encore s'améliorer si tu laissais tomber ce drap.

— Pas question.

— Et si c'était moi qui l'enlevais ? suggéra-t-il avec un soupçon de défi dans la voix.

Mais Allie y reconnut également le désir. Cette intonation rauque, cette impatience mal maîtrisée… Elle s'était dit qu'ils en resteraient là, que c'était un accident, un moment de faiblesse à mettre sur le compte d'une situation particulière. Pourtant, Clay avait encore envie d'elle. Maintenant.

Et, comme Beth Ann l'avait deviné, elle aussi avait envie de lui. Un simple regard de lui la troublait infiniment… Allie retint sa respiration. Elle était sur le point d'envoyer balader le drap et de se jeter dans ses bras, quand une alarme se mit à résonner dans sa tête. Elle était déjà allée trop loin avec lui : trop loin par rapport à son travail et trop loin émotionnellement. Elle n'était tout simplement pas prête à vivre une histoire pareille.

— Il y a des choses dont il faut qu'on parle, Clay.

Elle quitta le lit et alla chercher un torchon propre.

— Tu n'as pas reçu d'appels anonymes ou de lettres de menaces, n'est-ce pas ?

— Non, répondit-il sèchement.

Le ton professionnel d'Allie semblait l'avoir passablement refroidi.

Elle plongea le torchon dans la casserole d'eau et vint lui nettoyer le bras avec des gestes d'une grande douceur.

Il la laissa faire sans piper mot, mais elle se rendait bien compte qu'il se refermait sur lui-même. Après avoir vu son autre visage — celui d'un homme sensible et chaleureux que peu de gens connaissaient —, elle souffrait de le voir endosser de nouveau son armure. Elle en souffrait d'autant plus que c'était à cause d'elle qu'il s'était senti rejeté au moment où il s'y attendait le moins.

— Qui pourrait vouloir ta mort ? lui demanda-t-elle.

— Après ce qui vient de se passer entre nous, j'aurais tendance à considérer ton père comme le suspect numéro un.

— Je te signale qu'on t'a tiré dessus *avant* que nous… Enfin bref, dit-elle en dissimulant son trouble par un geste d'impatience. De toute façon, ce n'est pas cette partie de la soirée qui m'intéresse pour le moment.

Il la regarda poser le torchon mouillé et la casserole au pied du lit.

— Ah bon, ça ne t'intéresse pas…, dit-il avec humeur. Doit-on faire comme s'il ne s'était rien passé ? Ne plus jamais en parler ?

Elle décida de ne pas s'engager sur ce terrain glissant.

— Réponds-moi, s'il te plaît. Qui aurait pu faire ça ?

— Joe, répondit-il sans hésiter. Sauf que Joe n'aurait pas pris le risque de me laisser en vie. Il est peut-être bête, mais il a l'instinct de conservation. Et si j'apprends que c'est lui…

Clay plaça un oreiller derrière son dos, et la médaille en or qui pendait sur sa poitrine étincela au soleil. Allie la prit dans la paume de sa main.

— C'est catholique, non ?

Il ne semblait pas pressé de répondre à cette question.

— Clay ?

— Saint Juda.

— *Priez pour nous*, lut-elle au dos de la médaille.

Elle sentait l'intensité de son regard posé sur elle.

— Juda est le patron des causes perdues, c'est bien ça ?

— Je n'en sais rien.

Allie releva la tête. Elle était presque certaine d'avoir raison. Elle avait vu une médaille similaire sur une victime quand elle travaillait à Chicago

— Tu n'es pas catholique, pourtant.

Il la regarda fixement, et elle eut le sentiment qu'il la jaugeait, comme le soir où elle s'était rendue à la ferme pour secourir Beth Ann.

— Tu es catholique, oui ou non ?

— Cette médaille appartenait à mon père.

— Il t'en a fait cadeau ?

— Non, c'est ma mère qui me l'a donnée. C'est la seule chose qu'il ait laissée derrière lui.

Le fait qu'il la porte encore en disait long sur la profondeur de la blessure infligée par Lucas à son fils. Allie sentit son cœur se serrer. Ça lui faisait de la peine d'avoir vu juste. Elle se sentait si proche de lui après la nuit qu'ils venaient de passer ensemble... Trop proche, sans doute.

Elle retira sa main, et la médaille reprit sagement sa place. Elle devait s'éloigner de Clay le plus vite possible, songea-t-elle en se hâtant de finir le bandage de fortune.

— Tu penses toujours que ton père a une aventure ? demanda-t-il. La fouille a donné quelque chose ?

La tension était désormais palpable entre eux, et Allie ne savait comment la faire retomber.

— Non. Dieu merci, je n'ai rien trouvé. J'avoue que j'ai eu un peu honte d'avoir douté de lui.

Elle s'attendait à ce que Clay se réjouisse pour elle, comme l'aurait fait n'importe qui. Mais, à bien des égards, cet homme restait pour elle un mystère.

Une fois le pansement terminé, elle se recula un peu pour admirer son œuvre.

— Ça va ? demanda-t-elle.

Il la regarda au fond des yeux.

— Je n'en sais rien.

Bien entendu, il ne parlait pas de la plaie qu'elle venait de panser. D'ailleurs, elle non plus n'aurait su dire comment elle allait. Quelque chose s'était passé durant la nuit, bien au-delà du plaisir physique. Quelque chose qu'ils n'osaient pas nommer et qui les affectait profondément.

Clay choisit ce moment pour enfin s'intéresser à sa blessure. Il tordit son épaule pour essayer d'apercevoir l'arrière de son bras, et étouffa un juron.

— Qu'est-ce que tu fais ? s'écria Allie. Tu vas te remettre à saigner !

— Ça va, ça va, grommela-t-il, plus bougon que jamais.

Elle remonta un peu le drap sur sa poitrine.

— Qu'est-ce qui t'a poussé à venir me rejoindre ici ? demanda-t-elle.

— Que veux-tu dire par là ?

— Quelqu'un t'a appelé pour te dire que j'avais besoin d'aide ? Ou pour te donner rendez-vous à la cabane ?

— Non.

Elle fronça les sourcils, perplexe. Comment leur agresseur avait-il fait pour attirer Clay dans cet endroit isolé ?

— Alors, pourquoi es-tu venu ?

Il posa sur elle un regard franc et direct.

— Tu ne t'en doutes pas un peu ?

Maintenant, si.

— Je voudrais l'entendre de ta voix.

— Je suis venu ici pour t'y retrouver.

Allie le regarda calmement sans rien dire, comme pour fixer cet instant dans sa mémoire.

Clay la laissa faire quelques secondes avant de tendre la main. Elle ne songea même pas à résister à cette invitation muette. C'était au-dessus de ses forces. Tendant le bras à son tour, elle mêla ses doigts aux siens.

Il l'attira doucement à lui et le drap blanc glissa au sol. Allie ferma les yeux, nue et frissonnante. Mais elle n'avait plus froid. L'instant d'après, elle sentit les lèvres de Clay sur son corps, légères comme les ailes d'un papillon.

— Clay…

Il la prit dans ses bras et roula sur lui-même pour la coucher sur le dos. Il ne se comportait pas comme tout à l'heure, quand il lui avait fait l'amour avec une passion débridée. La sauvagerie du désir avait fait place à une délicatesse, à un respect dont elle n'aurait jamais osé rêver.

Les yeux de Clay caressaient son corps de haut en bas, découvrant tout ce qu'elle avait eu peur de lui montrer.

— Parfait, dit-il. Exactement ce que j'avais imaginé.

Qu'allait-il se passer, maintenant ? se demanda Allie. Elle était en train de tomber amoureuse.

Elle faillit se dérober, repousser ces mains et ces lèvres qui lui procuraient des sensations si délicieuses. Il était temps de revenir sur terre. Oh ! et puis ça pouvait bien attendre un peu ! se dit-elle, tandis qu'il la pénétrait doucement.

Elle s'accrocha à son cou, se repaissant de son odeur et du plaisir de le sentir en elle, nichée sur ces sommets de volupté où seul Clay pourrait jamais l'entraîner. Mais ses longs gémissements se transformèrent en cri de panique lorsque quelqu'un essaya d'ouvrir la porte. Instinctivement, Clay la protégea de son corps, tandis qu'un craquement sonore résonnait dans la petite cabane. Aussitôt après, la porte s'ouvrit à toute volée, frappant le mur avant de revenir sur l'homme qui entrait, une hache à la main. Allie crut sentir son cœur s'arrêter.

Son père se tenait au milieu de la pièce, brandissant l'outil tranchant qu'il venait d'utiliser pour fracasser le verrou.

L'expression pleine de mépris de Dale McCormick atteignit Clay comme s'il venait de recevoir une autre balle dans le bras. Il ne pouvait pourtant s'en prendre qu'à lui-même… Il savait depuis le début que coucher avec Allie serait une grave erreur. Mais il avait été incapable de résister à la tentation.

— Donnez-nous une minute, dit-il sèchement.

La colère qu'éprouvait Clay, d'abord envers lui-même, avait conféré à ces mots une incontestable autorité. Il doutait toutefois que McCormick les ait entendus : le père d'Allie était déjà en train de reculer vers la porte. Il jeta la hache par terre et tourna les talons, sans doute parce qu'il ne supportait pas ce qu'il venait de voir.

Allie repoussa Clay et sauta hors du lit.

— Je m'en occupe, dit-elle en ramassant ses vêtements.

Clay enfonça la tête dans les oreillers, maudissant sa faiblesse et sa bêtise.

— Il aboie fort, mais il ne mord pas, reprit Allie. Il va se calmer.

Clay n'y croyait pas une seconde. Il décida pourtant de rester au lit pendant qu'Allie enfilait ses vêtements encore mouillés, puis se précipitait au-dehors.

Il s'était préparé à entendre fuser des noms d'oiseaux, mais le shérif n'éleva même pas la voix. Si Allie n'avait pas laissé la porte entrouverte, il n'aurait jamais pu savoir ce qu'ils se disaient.

— Tu es virée, dit Dale McCormick. Dès que tu seras revenue en ville, va déposer ton insigne, ta voiture et ton arme de service au poste de police.

Un long silence salua ces mots. Clay n'en croyait pas ses oreilles. Le shérif était-il sérieux ? Que ferait Allie si elle se retrouvait au chômage ? McCormick était bien placé pour savoir qu'elle avait un enfant à charge... Un père et un grand-père indigne, voilà ce qu'il était ! songea Clay en sortant du lit.

— Je suis un bon flic, dit Allie. Tu ne peux pas me mettre à la porte simplement parce que j'ai couché avec un homme que tu n'apprécies pas.

— Que je l'apprécie ou non n'est pas la question. Ce qui me pose un problème, c'est qu'il soit le suspect principal dans l'affaire la plus grave que notre ville ait jamais connue.

— En tout cas, jusqu'à preuve du contraire, il est aussi innocent que toi et moi. Quand je suis revenue à Stillwater, tu ne voulais même pas rouvrir le dossier Barker ! J'ai dû mener mon enquête officieusement pour essayer de fournir des réponses à Madeline.

— Tu sais très bien que la situation a changé.

— Mais la vérité reste la vérité. Et il faut d'abord l'établir avant de porter des accusations aussi graves. Les Vincelli n'ont pas à intervenir dans le processus judiciaire.

— Et tu penses que te vautrer dans le lit de Clay Montgomery sert la vérité ? Qu'est-ce qui te prend, Allie ? As-tu décidé de gâcher ta vie ? Et celle de Whitney, par la même occasion ?

— Laisse Whitney hors de tout ça. Je suis parfaitement capable de prendre soin d'elle.

— Ah oui ? Et comment, je te prie ? Tu n'as plus de travail et tu habites chez tes parents. Sans moi, tu n'as plus rien !

Clay se figea. Allie allait-elle s'effondrer en larmes ?

— Je te rappelle que c'est maman et toi qui m'avez proposé de venir vivre sous votre toit, répliqua-t-elle d'une voix égale.

— C'était *avant.*

— Avant quoi ?

— Avant que tu ne te comportes comme une chienne en chaleur !

En entendant ça, le sang de Clay ne fit qu'un tour. Non seulement ces mots étaient parfaitement déplacés, mais ils étaient d'une hypocrisie sans nom. Allie et lui ne vivaient pas une relation extraconjugale, eux, au moins ! N'est-ce pas, monsieur le mari volage ? Clay avait d'abord pensé qu'il valait mieux les laisser s'expliquer en famille. Mais il ne pouvait rester les bras croisés pendant qu'Allie était ainsi rabaissée par son propre père. D'autant qu'il était aussi responsable qu'elle de ce qui s'était passé.

Il bondit hors de la cabane, passablement remonté. *Une chienne en chaleur ?* A trente-trois ans, Allie n'avait couché qu'avec deux hommes ! Et, quelques minutes plus tôt, sa pudeur l'empêchait de se montrer nue devant lui, malgré la nuit d'amour qu'ils venaient de vivre.

— Faites attention à ce que vous dites, shérif !

— Ne te mêle pas de ça, Clay. C'est entre ma fille et moi.

— Plus maintenant.

— Tu me cherches, Montgomery ? cria Dale en posant la main sur la crosse de son revolver.

Allie vint se placer entre les deux hommes.

— Ça suffit comme ça ! lança-t-elle.

Clay pensait qu'elle allait expliquer à son père les circonstances particulières qui les avaient amenés à passer la nuit ensemble. Mais Allie était trop fière pour se justifier. Il vit les larmes lui monter aux yeux, et ses efforts pour les ravaler.

— Nous sommes coincés ici, dit-elle. Si tu veux bien nous

ramener en ville, on se débrouillera pour récupérer nos véhicules par la suite.

McCormick hésita. Son regard s'attarda un moment sur les voitures vandalisées avant de se tourner vers l'intérieur de la cabane où le lit trônait au milieu de la pièce. Lorsqu'il comprit enfin qu'il s'était passé des choses bien plus graves qu'un acte d'amour entre deux personnes majeures et vaccinées, il se tourna vers sa fille.

— Qu'est-ce qui vous est arrivé ?

— Tu n'auras qu'à lire le rapport, répondit Allie d'une voix dure. Je le rédigerai en allant rendre mon insigne.

Sans lui laisser le temps de répondre, elle partit récupérer ses chaussures dans la cabane, puis alla s'installer sur le siège avant du véhicule de patrouille.

Clay avait observé la scène sans bouger. Dire qu'il s'était inquiété du comportement de sa mère… Et voilà qu'après dix-neuf années de prudence, il venait lui-même de faire une erreur colossale.

Dale McCormick passa devant lui en le frôlant d'un peu trop près, puis il disparut à l'intérieur de la cabane.

Clay se tourna vers la voiture de police, mais Allie regardait droit devant elle. Il suffisait de voir l'expression de son visage pour comprendre à quel point elle s'en voulait, elle aussi.

Tout ça aurait pu être évité, songea-t-il, si seulement il était resté chez lui à s'occuper de ses affaires, comme il le faisait d'ordinaire. Oui mais… que serait-il arrivé s'il n'avait pas cédé à l'envie impérieuse de rejoindre Allie ? Qui sait si le mystérieux tireur n'aurait pas fini par s'en prendre à elle ? En fin de compte, il avait peut-être bien fait d'écouter son cœur.

— Qu'est-ce que c'est que ça ?

Clay se retourna et vit le père d'Allie qui brandissait son T-shirt ensanglanté.

— A votre avis ? répondit-il avant d'aller rejoindre Allie dans le véhicule de police.

*
* *

Pendant tout le temps où elle faisait ses valises, Evelyn n'avait cessé de lui tourner autour. Allie était triste de sentir le fossé se creuser entre elle et son père. Pourtant, même si elle se demandait comment s'en sortir sans travail, elle n'avait pas l'intention de supplier le shérif pour qu'il revienne sur sa décision. Et il ne s'agissait pas seulement d'une question de fierté. Allie savait pertinemment que ni son père ni le juge n'avaient l'intention de mener une véritable enquête. En vérité, ils ne chercheraient qu'à coincer Clay le plus vite possible pour faire retomber la pression politique. Non, songea-t-elle avec détermination, pas question d'être complice d'une parodie de justice !

Il fallait qu'elle se trouve un endroit à elle. Elle n'avait pas les idées très claires, ces derniers temps, mais, au moins, elle était sûre de ça.

— Pourquoi ne t'installerais-tu pas dans la maison d'amis ? proposa sa mère, une expression peinée sur le visage.

Cela faisait presque une heure qu'Evelyn attendait le bon moment pour lui parler. Allie ne lui avait pas facilité la tâche, bondissant d'un tiroir à l'autre, puis jetant pêle-mêle ses affaires et celles de Whitney dans une grande valise. Elle était si remplie que la jeune femme avait dû s'asseoir dessus pour la fermer. Le reste irait dans des bacs de rangement en plastique qu'elle conservait au garage.

— Pas question ! répondit-elle en regardant les tiroirs vides d'un œil sombre.

Au petit matin, son père les avait ramenés en ville, elle et Clay, dans un silence de mort. Pendant tout le trajet, il n'avait pas desserré les dents. Impossible de savoir ce qu'il ruminait. De toute façon, Allie ne voulait plus dépendre de lui. Plus jamais. Elle avait quelques économies, suffisamment pour payer une caution et quelques mois de loyer. Elle comptait commencer à chercher du travail dès lundi.

— Où on va, maman ? demanda Whitney qui la regardait avec des yeux presque aussi grands que ceux de sa grand-mère.

— Pas loin, mon trésor.

Après avoir déposé insigne et voiture de fonction au poste de police, elle avait rédigé un rapport sur le vol de son arme et la tentative de meurtre dont Clay avait été victime. Aussitôt après, elle était allée acheter le journal pour consulter les annonces immobilières, et elle avait passé quelques coups de fil. Les offres de location n'étaient pas légion à Stillwater, mais elle avait eu la chance de trouver tout de suite une petite maison.

Le seul problème, c'est qu'elle se trouvait juste en face de celle de Jed Fowler.

D'un autre côté, l'école de Whitney était à deux pas, et elle avait un besoin urgent de déménager… Après avoir pesé le pour et le contre, Allie s'était finalement décidée à signer le bail.

— Pourquoi te précipiter comme ça ? lui demanda Evelyn. Tu connais ton père… Laisse-lui le temps de se calmer et vous pourrez discuter tranquillement de ce qui s'est passé.

Cette fois-ci, le temps ne changerait rien à l'affaire, songea Allie. C'était un triste constat, mais leurs points de vue sur Clay divergeaient trop pour espérer trouver un terrain d'entente. Bien sûr, l'idée de ballotter sa fille de maison en maison — elle qui avait tant besoin de points de repère — lui faisait mal au cœur. Mais cela vaudrait toujours mieux que de lui infliger des disputes ou une atmosphère constamment tendue.

— Je n'ai plus rien à lui dire, répondit Allie.

— Tu es fâchée contre papy ? demanda Whitney.

Allie chercha une façon douce de présenter les choses.

— Il me fait la tête, c'est tout.

Whitney s'approcha de sa mère.

— Alors, tu veux partir avant qu'il rentre de son travail ? chuchota-t-elle sur un ton de conspiratrice.

— Je crois que ce serait préférable, oui.

Autant épargner à Whitney le genre de propos qu'il lui avait tenus la veille. *Chienne en chaleur*… Non, vraiment, il était allé trop loin, cette fois-ci. Et puis, Allie avait une autre raison de se dépêcher : elle voulait retourner dans les bois qui entouraient la cabane avant l'arrivée des policiers. Elle avait déjà effectué une visite, plus tôt dans la journée, quand un de ses collègues — ex-collègue, plutôt — l'avait emmenée chercher sa voiture. Mais elle avait préféré ne pas s'attarder, de peur de croiser Clay qui devait également venir récupérer son pick-up. Elle avait honte de s'être impliquée personnellement dans une affaire. Comment rester objective dans des conditions pareilles ?

— On va habiter dans une autre maison, maman ? demanda encore Whitney.

— Oui, mon trésor. Ça va être rigolo d'avoir une nouvelle chambre, tu ne crois pas ?

Pour toute réponse, Whitney s'accrocha à la jambe d'Evelyn.

— Et mamie, je pourrai encore la voir ?

Lisant l'inquiétude sur le visage de sa fille, Allie s'accroupit devant elle.

— Bien entendu, voyons ! Mamie pourra venir nous rendre visite quand elle le voudra.

— Vous rendre visite ? répéta Evelyn. Tu ne veux plus que je garde Whitney pendant que tu travailles ?

— Je ne travaille plus, maman.

— Tu as démissionné de la brigade ?

Allie posa plusieurs paires de chaussures sur le dessus-de-lit qu'on lui avait offert en cadeau de mariage. « A mettre dans un bac de rangement », songea-t-elle machinalement en balayant la pièce du regard pour voir si elle n'avait rien oublié.

— Non, papa m'a mise à la porte, figure-toi.

— Quoi ? s'écria Evelyn, estomaquée par cette nouvelle. Tu n'es pas sérieuse, j'espère ?

— Si, maman. Mais je le comprends, dit Allie pensivement. Au fond, il a dû prendre la bonne décision.

Si son père ne l'avait pas renvoyée, elle n'aurait fait que lui attirer des ennuis. Et bien qu'elle se sentît blessée par les mots qu'il avait prononcés, elle ne souhaitait pas lui causer de problèmes.

— Il y a quelque chose qui ne tourne pas rond chez lui, en ce moment, murmura Evelyn, la mine soucieuse.

Se rappelant de justesse la photo cachée sous son matelas, Allie la récupéra discrètement et la glissa dans sa poche.

— Il n'aime pas mes fréquentations, c'est tout, dit-elle avant d'aller chercher les bacs empilés dans le garage.

Clay venait de terminer son repas quand il se décida enfin à répondre au téléphone. Il l'avait laissé sonner toute la journée, préférant ne pas décrocher tant qu'il n'avait pas décidé de la meilleure attitude à adopter concernant l'incident entre Allie et son père. Il était déterminé à intervenir d'une manière ou d'une autre. Après tout, c'était aussi à cause de lui qu'elle avait perdu son travail.

— J'essaie de te joindre depuis des heures. Où étais-tu passé ?

— J'étais occupé, voilà tout.

— Je suis passée à la ferme tout à l'heure, et il n'y avait personne.

— J'étais allé faire des courses, maman.

Grace l'avait d'abord conduit chez *Jed Motors*, où il avait acheté deux pneus neufs, puis à la cabane pour qu'il y récupère son pick-up. Après ça, il avait décidé de rendre une petite visite à Joe Vincelli. Celui-ci avait juré ses grands dieux qu'il dormait à poings fermés à l'heure où Clay avait été blessé par balle. Mais personne n'était en mesure de confirmer cet alibi. Dans ces conditions, il n'était pas évident de lui accorder le bénéfice du doute.

— J'ai entendu dire qu'on t'avait tiré dessus, hier soir, dit Irene.

— C'est malheureusement le cas.

Il avait confectionné lui-même un nouveau pansement qu'il ne comptait pas conserver bien longtemps : d'une part, ça le gênait pour travailler, et, d'autre part, la plaie avait déjà commencé à cicatriser.

— Ça ne t'est pas venu à l'idée que ta mère pourrait s'inquiéter ?

Il alla poser dans l'évier de la cuisine la poêle dont il s'était servi pour faire frire des lardons.

— C'est Grace qui t'a mise au courant ?

— Non. Je n'ai pas eu plus de succès avec son téléphone qu'avec le tien. C'est Madeline qui a entendu quelqu'un en parler au supermarché. Tu imagines un peu ce que ça lui a fait d'apprendre par hasard qu'on avait tiré sur son frère ? On était mortes d'inquiétude, toutes les deux.

— Je suis désolé, maman. J'aurais dû t'appeler.

Il avait eu trop de choses en tête pour penser à prévenir sa mère.

— De toute façon, je ne suis pas sérieusement blessé, ajouta-t-il en guise d'excuse. C'est trois fois rien.

C'était cette nuit d'amour avec Allie qui l'avait profondément touché. Le projectile, lui, n'avait fait que le traverser.

— Que s'est-il passé, Clay ?

— Quelqu'un m'a tiré dessus, maman. Il n'y a rien de plus à dire.

— Comment ça, rien de plus à dire ? Qui a fait ça ? Et pourquoi ?

— Je n'en sais rien. Mais je t'assure que tout va bien, maintenant. La balle est entrée dans le haut de mon bras, et elle est ressortie.

— Oh ! mon Dieu ! dit Irene d'une voix étranglée, prenant conscience que son fils aurait pu mourir. Tu es sûr que tu n'auras pas de séquelles ? C'est ce qu'ils t'ont dit à l'hôpital ?

Clay rangea son assiette et ses couverts dans le lave-vaisselle.

— Je ne suis pas allé à l'hôpital.

— Tu me fais marcher, c'est ça ? Ne me dis pas que tu as refusé de voir un médecin !

— Je t'assure que ce n'est pas grave, maman.

— Où est-ce arrivé ? A la ferme ?

— A proximité de la cabane du shérif.

Silence à l'autre bout du fil.

— Inutile que je te décrive l'endroit, n'est-ce pas ? Je suppose que tu le connais déjà.

— A ton avis ? répondit Irene avec humeur.

Il mit la machine en marche et commença à nettoyer la poêle à l'aide d'une brosse.

— Tu sais, il était vraiment temps que tu mettes un terme à cette liaison, dit-il.

— Pourquoi dis-tu ça ?

— Hier soir, Allie est allée fouiller la cabane, persuadée que son père avait une aventure.

— Quoi ? Tu lui as tout dit ?

— Bien sûr que non ! Mais elle a commencé à se douter de quelque chose.

— Comment est-ce possible ? Nous avons fait preuve d'une telle prudence…

— Est-ce que tu as offert à Dale un mug orné d'un cygne ? demanda-t-il en rinçant la poêle.

Le mutisme de sa mère lui sembla le plus éloquent des aveux.

— Oui…, finit-elle par admettre d'une toute petite voix.

— Alors, tu as ta réponse. Allie est un flic dans l'âme. Rien ne lui échappe.

— Et ses recherches à la cabane ? Qu'est-ce que ça a donné ?

Il suffisait d'entendre le ton apeuré d'Irene pour comprendre qu'elle avait passé beaucoup de temps dans le cabanon de son amant.

— Rien, Dieu merci. Mais, surtout, ne retourne jamais là-bas !

— Pourquoi y retournerais-je ? demanda-t-elle d'une voix amère. Tu as peut-être oublié que tu m'as obligée à le quitter ?

Clay préféra ne pas relever.

— Qui a bien pu te tirer dessus ? demanda-t-elle, revenant à l'incident de la veille.

Il prit une éponge et essuya le plan de travail.

— Si je devais dresser la liste des gens qui ont une mauvaise opinion de moi…

— Oui, mais de là à essayer de te tuer… Et puis, pourquoi maintenant ?

— Allie pense que quelqu'un a essayé de se faire justice lui-même. Quelqu'un qui en aurait marre d'attendre que je sois condamné.

— Ça ne peut être que cette vermine de Joe Vincelli. Ce type est la pire ordure que j'aie jamais connue.

Depuis que Grace était revenue habiter à Stillwater, neuf mois plus tôt, Joe s'était montré plus haineux que jamais. Quelque chose chez Grace faisait ressortir les pires côtés de cet homme qui n'en comptait guère de bons. Et les choses n'avaient fait qu'empirer avec le retour d'Allie. Joe avait l'habitude que les autorités de la ville soient inféodées aux Vincelli, et le parti pris de la fille du shérif pour Clay Montgomery avait encore attisé sa colère.

Joe… Clay n'était pas certain qu'il s'agisse de lui. Certes, il n'avait pas d'alibi, mais pourquoi aurait-il écrit un mot enjoignant à Allie de ne pas remuer le passé, alors qu'il avait fait pression auprès du maire pour que l'enquête soit officiellement rouverte ? C'était parfaitement contradictoire.

— Moi aussi, j'ai d'abord pensé que c'était lui, dit-il. Mais à présent, j'en doute.

Ce qui expliquait que Joe fût encore sur ses deux jambes.

— Mais qui, alors ?

— Je ne sais pas, mais il faut absolument que j'aie une conversation en tête à tête avec le shérif. Peux-tu lui demander de venir chez moi ce soir ?

— Quoi ? s'écria Irene.

— S'il te plaît, maman. C'est important.

— Qu'est-ce que tu lui veux, d'abord ?

Clay se laissa tomber dans un fauteuil.

— Je voudrais lui proposer un marché.

— Quel genre de marché ?

— Crois-moi, tu n'as pas à t'inquiéter.

— Ça concerne Allie ?
— Ça se pourrait bien.
— Il paraît que tu couches avec elle. C'est vrai ?
— C'est le shérif qui t'a dit ça ?
— Mais non, voyons ! On ne se parle plus. Et puis, de toute façon, il ne raconterait jamais une chose pareille à personne. Il est tellement protecteur avec sa fille…
— Ouais, c'est sans doute pour ça qu'il la prive de travail, maugréa Clay.
— Pardon ?
— Rien, rien. Alors, qui t'a dit qu'on couchait ensemble ?
— Madeline en a entendu parler.
— Décidément, elle en entend des choses ! Et où a-t-elle pêché cette information, cette fois-ci ? Encore au supermarché ?
— Elle ne me l'a pas précisé.
Oubliant sa blessure, Clay s'appuya sur un bras du fauteuil pour se redresser. Il dut y renoncer avec une grimace de douleur. La personne qui faisait courir cette rumeur était très probablement celle qui lui avait tiré dessus. Qui d'autre, en dehors du shérif, savait ce qui s'était passé entre Allie et lui ?
— Ce sont des ragots, dit-il, songeant qu'il valait mieux nier dans l'intérêt d'Allie.
Il espérait d'ailleurs qu'elle ferait de même si d'aventure on lui posait la question.
Un long silence accueillit sa réponse.
— Tu mens à ta mère, maintenant ?
Merde !
— On a passé une nuit ensemble. Pas de quoi en faire tout un plat.
— Je vois.
— C'est toi qui m'as poussé à la séduire, ne l'oublie pas ! s'écria Clay. Alors, ne viens pas me reprocher d'avoir suivi tes conseils.
— Je ne t'ai jamais dit de coucher avec elle !
— Pas explicitement, non. Mais tu me l'as fortement suggéré.

Conscient de s'énerver parce qu'il s'en voulait, Clay décida de calmer le jeu.

— Ecoute, maman, on ne va pas se disputer pour ça. D'autant qu'Allie et moi, nous avons décidé de ne plus nous revoir.

— Eh bien, moi non plus, je ne vois plus son père. Alors, désolée, mais je ne vais pas pouvoir jouer les facteurs.

— Appelle-le, dit Clay en s'appuyant sur son bras valide pour s'extraire du fauteuil. Sinon, je le ferai moi-même.

Irene resta muette pendant un long moment.

— Que comptes-tu faire, Clay ? demanda-t-elle enfin.

Il se mit à arpenter le salon d'un pas nerveux.

— Le shérif sait-il que je suis au courant pour vous deux ?

— Quelle idée ! Bien sûr que non.

Voilà pourquoi il s'était permis de parler à Allie de cette façon-là.

— Peut-être est-il temps qu'il l'apprenne.

— Non, Clay ! Je lui ai dit qu'on ne devait plus se voir, comme tu me l'avais demandé. Maintenant, fiche-lui la paix.

Clay posa son front contre le carreau frais. La tentation était forte de faire pression sur Dale McCormick en menaçant de tout révéler à sa femme. Mais il ne pouvait s'y résoudre. Non seulement ça ne ferait qu'irriter davantage le shérif, mais il ne s'agirait jamais que d'un bluff : Clay craignait bien trop de blesser sa mère et Allie pour agir de la sorte.

De toute façon, il n'avait pas besoin de le faire chanter. Il détenait quelque chose que le shérif voulait suffisamment pour lui accorder tout ce qu'il désirerait en échange.

— Alors, tu vas l'appeler ? demanda-t-il à Irene. Ou tu préfères que je le fasse moi-même ?

— J'aimerais savoir ce que tu comptes faire, Clay.

Il ouvrit la fenêtre et aspira un grand bol d'air frais.

— Je souhaite simplement réparer mes erreurs.

Elle soupira, consciente qu'elle n'en obtiendrait pas plus de lui.

— Très bien. Je vais l'appeler.

— Tu as un moyen discret de le joindre ?

— J'ai un numéro qui va directement sur une boîte vocale. Il l'interrogeait de temps à autre, et il me rappelait si j'y avais laissé un message. J'espère qu'il continue à la consulter.

— Ne t'en fais pas pour ça, dit Clay. Il doit consulter sa boîte vocale plus souvent que jamais. Dis-lui simplement que je l'attends ici, à la ferme.

14.

Le shérif arrêta sa voiture au bord de la route et éteignit ses phares. A travers la vitre, il pouvait voir la masse sombre de la ferme où vivait Clay Montgomery. Il n'était pas certain d'avoir pris la bonne décision en acceptant ce rendez-vous, surtout à une heure aussi tardive. Après l'incident de la matinée à la cabane, le face-à-face risquait de tourner à l'affrontement. Mais le fait que Clay l'eût contacté par l'intermédiaire de sa mère l'avait franchement inquiété. D'ordinaire, Irene et lui prenaient soin de ne pas évoquer les Montgomery. D'une manière générale, tout ce qui avait trait à Lee Barker et à sa mystérieuse disparition était occulté d'un commun accord.

Et puis, comment Clay savait-il que sa mère pouvait le joindre à tout moment ? Cette convocation nocturne n'était-elle pas la preuve qu'il était au courant de leur liaison ?

Cette idée lui donnait des sueurs froides. La situation était déjà assez compliquée en ce moment ; il n'avait pas besoin qu'une nouvelle catastrophe lui tombe dessus. Même s'il était soulagé de ne plus avoir à mentir à sa femme, il ne pouvait s'empêcher de penser à Irene. Elle lui manquait terriblement. Quant au maire, il l'avait constamment sur le dos : elle menaçait de le mettre à pied s'il n'arrêtait pas *quelqu'un* pour le meurtre du révérend Barker. Pour couronner le tout, Evelyn l'avait appelé pour lui annoncer qu'Allie et Whitney avaient déjà déménagé !

Bien sûr, ça lui faisait de la peine. Mais il avait été obligé de marquer le coup. Il ne laisserait pas sa fille s'embarquer dans une histoire avec Clay. Que pouvait-elle espérer de lui ? Un mariage était hors de question. Non seulement Montgomery était un homme froid et distant, mais il avait de grandes chances de finir ses jours en prison. Si le jury ne le condamnait pas à la peine de mort, bien sûr… Et qu'adviendrait-il alors d'Allie et de Whitney ? Sans compter qu'un rapprochement entre les deux familles ne ferait pas les affaires de Dale : à terme, le secret de sa liaison finirait par éclater au grand jour. Et ça, il ne pouvait l'accepter. Irene était sa récréation. Il la désirait, il l'*adorait,* même, mais il ne l'aimait pas comme il aimait sa femme.

Il enclencha la marche avant et, sans rallumer ses phares, il alla se garer dans l'allée de gravier. Comment sa vie avait-elle pu prendre ce drôle de tour ? songea-t-il en coupant le contact. Jamais il n'aurait cru tromper un jour Evelyn. Mais il était tombé sous le charme d'Irene presque sans s'en rendre compte, à force de la voir tous les jours au Two Sisters où ils déjeunaient l'un comme l'autre.

Il se rappelait les premiers regards échangés, les sourires timides, puis le moment où ils avaient commencé à faire exprès de terminer leur repas en même temps pour sortir ensemble du café. Après avoir obtenu le numéro de téléphone d'Irene, il avait attendu longtemps pour l'appeler. Probité ou sentiment de culpabilité ? Il n'aurait su le dire. Toujours est-il que les scrupules l'avaient retenu durant deux bonnes semaines, avant d'être balayés par le désir. Même le fait qu'elle pût être impliquée dans la disparition de son second mari n'avait pas réussi à le dissuader.

Bien sûr, l'affaire Barker n'était plus vraiment d'actualité, à ce moment-là. L'enquête était alors dans une impasse depuis de longues années, et Dale était loin d'imaginer que cette histoire pût refaire surface. Et puis, rien de tel que le sentiment amoureux pour vous aveugler : au bout de quelques semaines de cette liaison, l'idée même qu'Irene pût faire du mal à quelqu'un lui était apparue comme des plus farfelues.

Aujourd'hui encore, il la croyait parfaitement innocente. Par contre, il pouvait concevoir qu'elle ait couvert les agissements coupables de son fils… Bien des mères étaient incapables de dénoncer leur enfant, quand bien même il serait un assassin.

Sans doute avait-il repoussé cette idée dans un coin de sa tête pour qu'elle ne vienne pas gâcher leur idylle. Mais à présent il ne pouvait plus faire l'autruche. Le maire lui mettait trop de pression.

Son téléphone se mit à sonner et il se dépêcha d'ouvrir le clapet en songeant qu'il s'agissait peut-être d'Irene. Elle n'était pas censée l'appeler sur le portable, mais il ne pouvait s'empêcher d'espérer.

Le prénom de sa femme s'afficha sur l'écran.

Le shérif hésita à décrocher. Même s'il ne la trompait plus, il se sentait encore nerveux quand elle cherchait à le joindre, comme si elle allait lui annoncer qu'elle l'avait démasqué. Et puis cette horrible dispute avec Allie lui avait laissé l'étrange sentiment d'une catastrophe imminente…

Il appuya sur le bouton vert.

— Allô !

— Dale ?

— Qu'y a-t-il, Evelyn ?

— Rien… C'est juste qu'il commence à se faire tard. Où es-tu ? Et pourquoi ne m'as-tu pas appelée ?

— J'étais occupé.

— A quoi ?

— Toujours cette maudite paperasse.

— D'ordinaire, tu me préviens si tu ne rentres pas dîner.

— Excuse-moi. J'avais la tête ailleurs.

Depuis qu'Irene avait mis un terme à leur histoire, il se préparait au pire. S'il coffrait Clay pour le meurtre de Barker, il y avait des chances pour que sa mère se venge en racontant à qui voulait bien l'entendre ce qui s'était passé entre eux. Même si elle n'évoquait presque jamais son fils en sa présence, il savait à quel point elle l'aimait.

— Je viens juste d'appeler au poste, dit Evelyn. On m'a dit que tu étais parti depuis vingt minutes. Comment se fait-il que tu ne sois pas encore rentré ?

— Je suis en patrouille.

— Je croyais que tu avais le nez dans la paperasse !

— C'est ce que je faisais tout à l'heure, Evelyn, répondit-il d'un ton impatient. Bon sang, mais qu'est-ce qui te prend de poser toutes ces questions ?

Elle ne répondit pas tout de suite.

— As-tu essayé d'appeler Allie ? demanda-t-elle après un court moment.

— Non.

— Tu as l'intention de le faire ?

Il se massa les tempes dans l'espoir d'endiguer son mal de tête naissant. Ce qui s'était passé avec Allie le rendait malade. Mais c'était pour son bien qu'il l'avait traitée si durement : il ne voulait pas la voir souffrir et, à bien des égards, Clay était trop dangereux pour elle.

— Non.

— Pourquoi, Dale ?

— Tu n'as qu'à le demander à Allie. Elle le sait pertinemment.

— Dale…

— Je ne veux plus en parler, coupa-t-il sèchement.

Si Allie pouvait si facilement quitter sa propre famille pour un type comme Montgomery, songea-t-il avec amertume, elle ne méritait pas leur aide.

Evelyn hésita à poursuivre sur ce terrain glissant, puis elle décida finalement de changer de sujet. Ce n'était que partie remise, bien sûr : sa femme finissait toujours par obtenir ce qu'elle voulait. Mais il accueillit le sursis avec un réel soulagement.

— Tu as l'air épuisé, lui dit-elle doucement. Est-ce que tout va bien ?

— Oui, ma chérie. Tout va très bien.

Mais en vérité, ça n'allait pas du tout. Non seulement il éprouvait un mélange de colère et de culpabilité en songeant à Allie, mais il s'en voulait terriblement d'avoir trompé sa femme. Ce qui ne l'empêchait pas de se languir d'Irene. Comment en était-il arrivé à se mettre dans des états pareils pour une autre femme ?

— Je t'attends pour dîner, dit Evelyn. Dépêche-toi de rentrer, d'accord ?

Il se figura la maigre assiette de petit pois et la minuscule portion de poisson qui l'attendaient chez lui. Comme les bons dîners aux chandelles avec Irene lui manquaient ! Ils avaient découvert un petit restaurant, à quelques kilomètres de Stillwater, où l'on dégustait des steaks à se damner. Et ces desserts qu'ils partageaient avant d'aller faire l'amour dans la cabane…

— J'arrive dès que possible.

Il sortit de la voiture et avança lentement vers la ferme plongée dans l'obscurité. Il imaginait Clay debout dans la pénombre, le regardant s'approcher.

Irene ne ferait pas de mal à une mouche, pensa-t-il en frissonnant, mais son fils… Son fils était capable de tout.

La porte s'ouvrit brusquement avant même qu'il ne l'atteigne, et l'imposante silhouette de Clay Montgomery se découpa dans la lumière du couloir. On entendait des voix étouffées quelque part derrière lui. Sans doute un poste de télévision resté allumé, songea le shérif en s'immobilisant à distance respectable du maître de maison.

— Entrez, dit Clay.

— Je préfère qu'on parle ici, rétorqua Dale. Qu'est-ce que tu me veux ?

Le shérif s'efforça de faire bonne figure sous le regard perçant de Clay. Ce type avait une façon de vous mettre mal à l'aise… Voilà pourquoi la plupart des gens préféraient ne pas s'approcher de lui. Sauf les nombreuses femmes qui appréciaient sa compagnie, au nombre desquelles figurait désormais sa propre fille.

— Je veux vous proposer un marché, dit Clay.

— Ça ne m'intéresse pas.

— Celui-là va vous intéresser.

— Ah oui, et pourquoi donc ?

Clay enfonça les mains dans les poches de son pantalon. Impossible de distinguer sa blessure sous son T-shirt à manches longues. Ses mouvements étaient fluides, décontractés. A croire qu'il ne souffrait pas. Mais sans doute ne fallait-il pas s'y fier : Clay était connu pour être un dur à cuire.

— C'est à propos d'Allie.

Dale serra les poings. L'idée que cet homme sombre et renfermé puisse avoir une relation intime avec une femme aussi lumineuse qu'Allie lui donnait envie de frapper. Bon sang, s'il avait su comment les choses allaient tourner, jamais il n'aurait proposé à sa fille de revenir vivre à Stillwater.

— Je t'écoute, dit-il d'une voix étranglée par la colère.

— Rendez-lui son travail…

— Tu crois que tu peux me donner des ordres ? lança le shérif, la mâchoire serrée.

— … et je vous promets de cesser de la voir.

Dale se détendit immédiatement. Mais il resta quand même sur ses gardes. Pourquoi Clay lui proposait-il de laisser Allie tranquille en échange de si peu ? Il n'avait même pas évoqué l'affaire Barker…

— Et à part ça, qu'est-ce que tu veux ? demanda-t-il.

— Rendez-lui son travail, répéta Clay. C'est tout ce que je vous demande. Pas de mesure de rétorsion à son égard, pas de ressentiment. Réconciliez-vous avec elle, oubliez que vous nous avez vus ensemble, et je vous promets de ne plus jamais m'approcher d'elle.

— C'est d'accord, répondit Dale aussitôt.

Un sourire encore plus narquois qu'à l'ordinaire se dessina sur les lèvres de Clay.

— Je pensais bien qu'on trouverait un terrain d'entente, dit-il. Merci d'être passé me voir, shérif.

Et il referma la porte sur ces mots.

Dale McCormick resta un moment interdit. Clay n'avait pas dit un mot au sujet de sa liaison avec Irene. Se pouvait-il qu'il ne soit pas au courant ?

Bien sûr qu'il n'était pas au courant ! S'il avait eu cette information, il en aurait profité pour le contraindre à faire beaucoup plus de concessions. Au lieu de ça, il lui avait proposé exactement ce qu'il voulait en échange de presque rien.

Soulagé, Dale regagna sa voiture en sifflotant. Après tout, les choses allaient peut-être s'arranger plus facilement qu'il ne l'avait imaginé.

Allie ne se sentait pas du tout chez elle dans cette nouvelle maison. Elle n'avait pas encore eu le temps de déballer ses affaires, et elle était contrainte de dormir par terre dans un sac de couchage, ce qui n'était plus vraiment de son âge. Sa mère l'avait appelée à plusieurs reprises, la suppliant de revenir sur sa décision. Lorsqu'elle avait compris que c'était peine perdue, Evelyn s'était tournée vers son fils. Daniel avait aussitôt appelé Allie, lui proposant de jouer les conciliateurs…

Pour couronner le tout, chaque bruit suspect de cette maison inconnue la réveillait en sursaut. Elle s'était déjà levée au moins dix fois pour aller jeter un coup d'œil à la maison de Jed.

Bon sang, ce type lui donnait la chair de poule… Son vieux pick-up était garé dans l'allée depuis des heures, et pourtant aucune lumière ne s'était allumée chez lui à la nuit tombée. Que faisait-il, une fois sa journée de travail terminée ? Mangeait-il un morceau avant d'aller se coucher ? Allumait-il des bougies ? Mais elle ne voyait même pas la lueur tremblotante d'une flamme.

S'efforçant de penser à autre chose, Allie laissa Whitney dormir dans le sac de couchage et se mit à déambuler dans la petite maison, notant sur un bout de papier ce dont elle avait besoin pour s'installer. Dieu merci, sa mère devait passer le lendemain matin avec des meubles empruntés à la maison d'amis. Allie était pressée de donner un peu de chaleur à cet endroit, même si elle ignorait quand elle pourrait s'atteler réellement à la tâche. Elle avait l'intention de retourner à la cabane dès le lendemain. Elle n'avait pas pu s'y rendre dans la journée parce que l'un de ses anciens collègues s'y trouvait déjà. Le policier qui l'avait appelée pour entendre sa version des faits avait retrouvé la douille *et* la balle qui avait blessé Clay. D'ailleurs, il avait l'intention de contacter Montgomery dès qu'il en aurait terminé avec elle.

Allie ne doutait pas que ce garçon fût très compétent, mais cette affaire était beaucoup trop personnelle pour qu'elle laisse à quelqu'un d'autre le soin de la résoudre.

Elle entendit un bruit sourd et revint se poster devant la fenêtre. Sans doute n'était-ce qu'un chat ou un raton laveur qui venait de sauter sur le toit, mais son imagination débordante lui suggéra qu'il s'agissait peut-être d'une portière qui claquait. Celle du pick-up de Jed, par exemple...

Son étrange voisin était-il réveillé ?

Elle plissa les yeux pour essayer de déceler un mouvement derrière les vitres sombres du 4x4. Mais une autre voiture reconnaissable entre mille attira alors son attention : celle du shérif qui descendait la rue. Il s'arrêta juste en bas de chez elle et coupa le moteur.

— Il ne manquait plus que ça ! maugréa-t-elle.

Elle n'avait aucune envie d'un nouvel affrontement avec lui. Pourtant, elle devait avouer que la présence de son père lui procurait un certain réconfort : cette première nuit dans une maison inconnue, de surcroît située face à celle de Jed Fowler, mettait ses nerfs à rude épreuve.

Elle ouvrit la porte avant qu'il ne sonne, afin de préserver le sommeil de Whitney.

— Clay t'a appelée ? demanda-t-il, surpris de constater que sa fille l'attendait.

Clay n'avait pas appelé, non. Allie n'avait eu aucune nouvelle de lui depuis qu'ils étaient revenus de la cabane. Elle comprenait qu'il veuille laisser passer un peu de temps après ce qui était arrivé. N'empêche qu'il lui manquait.

— Pourquoi m'aurait-il appelée ? demanda-t-elle en affectant un ton dégagé.

— Euh... Je ne sais pas, bredouilla Dale. Je disais ça comme ça.

Il épousseta la manche de son uniforme.

— Comment se fait-il que tu ne dormes pas encore ?

— Et toi ? rétorqua Allie. Tu es obligé de faire la patrouille de nuit, depuis que tu m'as virée ?

Elle croisa les bras et s'appuya contre le cadre de la porte. D'accord, son nouveau voisin lui donnait des cauchemars, mais ce n'était pas une raison pour se mettre à pleurer sur l'épaule de son père. Elle n'était pas près de lui pardonner pour la façon dont il lui avait parlé devant la cabane. *Chienne en chaleur?* Et puis quoi, encore?

— Si je suis encore debout, dit-il, c'est que j'ai consacré une partie de ma soirée à réparer tes erreurs.

Manifestement, il estimait qu'elle était seule responsable du conflit qui les opposait.

Allie était la première à admettre qu'elle n'aurait jamais dû aller aussi loin avec Clay. L'amitié qu'elle avait espéré nouer avec lui s'était vite transformée en irrépressible attirance. Et quand elle l'avait vu blessé, plus rien n'avait eu d'importance pour elle que le bonheur de le savoir en vie…

— Qu'est-ce que tu veux? demanda-t-elle à son père d'une voix dure.

A quoi bon regretter? Il était impossible de revenir en arrière. D'ailleurs, si c'était à refaire… Une pareille nuit d'amour ne se refusait pas, d'autant qu'Allie était certaine de ne plus jamais en connaître d'aussi belle.

Dale était très mal à l'aise. Il cherchait ses mots… Au fond il avait bon cœur, mais il n'était pas doué pour exprimer ses sentiments.

— Je suis revenu sur ma décision, marmonna-t-il entre ses dents. Tu peux réintégrer la brigade… Mais uniquement en tant qu'assistante personnelle du shérif.

— Quoi? s'écria Allie, estomaquée.

— Ce sont mes conditions et tu peux t'estimer heureuse. C'est la première fois que je donne une seconde chance à quelqu'un que j'ai renvoyé.

— Je ne me souviens pas que tu aies jamais renvoyé qui que ce soit, répliqua Allie. Pas même les plus nuls de tes policiers, ajouta-t-elle en songeant à Hendricks.

— Il y a certaines personnes qu'il vaut mieux ménager dans cette ville.

— Vraiment ?

Elle posa sur son père un regard perplexe.

— Ah oui, ça me revient, maintenant.

— Alors ? dit le shérif qui ne semblait pas goûter son humour. Que décides-tu ? Je te préviens, c'est à prendre ou à laisser.

— Je laisse, dit-elle en lui fermant la porte au nez.

Elle resta un moment immobile au milieu des bacs de rangement disséminés dans le salon, furieuse contre elle-même et contre son père, frustrée de se retrouver dans une telle situation.

Whitney toussa et remua dans son sommeil, tandis que ses petites jambes essayaient vainement de repousser le sac de couchage. Songeant à la bronchite dont sa fille avait souffert l'année précédente, Allie traversa la pièce pour allumer le chauffage. Ce n'était vraiment pas le moment que Whitney tombe malade. Mais pas question pour autant d'accepter la proposition de son père. Même si elle risquait de vivre des moments difficiles, mieux valait garder la tête haute.

Allie s'apprêtait à se recoucher quand on frappa de nouveau. Quoi, il n'était pas encore parti ?

Etouffant un juron, elle retourna à la porte et reconnut son père dans le judas.

— Oui ? dit-elle en lui ouvrant.

Dale marmonna une phrase inintelligible.

— Je ne t'entends pas, dit-elle avec humeur.

— Arrête d'être têtue comme une mule !

— Parce que je suis une mule, maintenant ? Je croyais que j'étais une chienne. *Une chienne en chaleur.*

Il regarda le bout de ses chaussures, visiblement embarrassé.

— Mes mots ont dépassé ma pensée. Je suis allé un peu loin, ce matin.

— C'est le moins que l'on puisse dire.

Il se renfrogna de nouveau.

— Si tu n'avais pas couché avec Clay, aussi ! La ville entière est déjà au courant ! Tu imagines ce que disent les gens ? Mets-toi un peu à leur place, Allie. Tout le monde ici espérait que tu allais enfin découvrir la vérité. Et au lieu de ça, tu tombes dans les bras du principal suspect.

Oui, elle imaginait aisément ce que disaient les gens. Et ce qu'elle avait fait ne servirait pas la vérité, elle le savait. Voilà pourquoi elle s'en voulait tellement.

— Tu as raison sur ce point, et je suis désolée si je t'ai causé des problèmes. Mais on ne peut pas m'accuser d'être juge et partie, maintenant que je ne fais plus partie de la police.

— Allie… C'est bon, tu as gagné. Tu peux reprendre le même boulot qu'avant. Je te demande simplement de ne plus t'approcher de Clay Montgomery.

Elle était d'accord pour ne plus le revoir, du moins pour le moment. Il fallait d'abord que les choses se tassent un peu. D'ailleurs, il était sûrement parvenu à la même conclusion puisqu'il ne l'avait pas appelée. Mais retourner travailler avec son père était une autre histoire. Comment faire preuve d'impartialité après ce qui s'était passé avec Clay ? D'autant qu'elle éprouvait encore des sentiments pour lui. Et puis le maire et les habitants de Stillwater la soupçonneraient toujours, à tort ou à raison, d'être de parti pris.

— Je préfère abandonner l'uniforme pour le moment, papa. Au moins jusqu'à la fin de cette enquête. Je crois que je ne ferais que t'attirer des ennuis.

Dale McCormick fronça les sourcils.

— Mais tu as besoin de ce travail, Allie ! As-tu pensé à Whitney ? Comment comptes-tu faire bouillir la marmite ?

— Je me débrouillerai.

— Whitney est ma petite-fille.

— Je suis contente que tu t'en souviennes.

Ils se firent face en silence pendant quelques secondes, les yeux dans les yeux. Le moment était si intense qu'Allie ne remarqua pas tout de suite Jed Fowler qui semblait les observer depuis la maison d'en face. Seule sa tête dépassait de derrière la porte d'entrée, à peine éclairée par le réverbère. Impossible de dire s'il les regardait vraiment ou si elle se faisait des idées.

— J'ai sommeil, papa. Il faut que j'aille me coucher, dit-elle, impatiente de refermer la porte sur son père et son étrange voisin.

— Alors, c'est décidé ? Tu ne veux pas revenir travailler avec moi ?

— Non, je ne reviendrai pas.

— Bon, comme tu voudras, dit-il, affectant l'indifférence.

Il tourna les talons et regagna sa voiture, tandis qu'Allie verrouillait la maison pour la nuit.

Le révérend Portenski s'efforçait de dissimuler l'inquiétude que faisaient naître en lui les propos d'Evelyn McCormick. D'ordinaire, il appréciait sa compagnie. Ils s'échangeaient des livres, confrontaient leurs points de vue sur l'essence divine, organisaient des collectes de fonds pour l'église.

Mais, pour la première fois, elle était arrivée en larmes.

— Je ne sais plus quoi faire, mon révérend. Dale peut se montrer sévère, mais il a toujours été un bon père.

— Cela ne fait aucun doute.

— Je ne veux pas que vous pensiez que je suis là pour me plaindre de mon sort. Je suis consciente de la chance que j'ai.

— C'est tout à votre honneur, Evelyn.

Portenski voyait bien qu'elle était en colère contre son mari mais qu'elle refusait de dire du mal de lui.

— Hélas ! je crains que son intransigeance ne fasse que rapprocher Allie et Clay. J'ai parfois l'impression qu'il considère encore notre fille comme une enfant. Mais Allie a largement passé l'âge d'obéir à ses parents.

Le pasteur hocha la tête avec un air de circonstance. En réalité, il songeait aux Polaroïd qu'il avait fini par remettre dans leur cachette. Si son prédécesseur avait été assassiné, comme il le croyait depuis qu'il avait découvert ces images scandaleuses, il était inutile d'aller chercher plus loin le mobile du crime. Allie, avec son expérience dans les rangs de la police, parviendrait sûrement aux mêmes conclusions que lui. S'il lui était donné de voir ces clichés, bien entendu…

Avait-elle conscience de ce qu'elle faisait en se laissant séduire par Clay ? Comprenait-elle qu'elle risquait de compromettre son avenir et celui de sa fille, de se fâcher avec ses parents ? Et tout ça pour un homme qui avait toutes les chances de terminer ses jours en prison. D'autant que les Vincelli semblaient déterminés à le faire condamner.

— Allie est une fille adorable, reprit Evelyn. Dale l'a poussée à bout, voilà tout.

— Justement, dit Portenski. Votre mari pense-t-il avoir une responsabilité dans le conflit qui l'oppose à sa fille ?

— Il reconnaît que ses mots ont dépassé sa pensée.

— Je vois.

— Si Allie ne s'était pas sentie agressée, elle aurait sans doute fini par entendre raison. Clay Montgomery n'est pas un homme fréquentable. Tout le monde sait ce qu'il a fait.

Portenski ne commenta pas cette accusation implicite.

— Les femmes semblent apprécier sa compagnie, dit-il.

Evelyn parut surprise par cette réflexion.

— Eh bien, dit-elle, il faut reconnaître que c'est un bel homme… Mais compte tenu de son passé…

— Il a mis fin à sa relation avec Beth Ann Cole, n'est-ce pas ?

— C'est ce que j'ai entendu dire.

— Et à présent il s'intéresse à votre fille.

— Apparemment, oui.

— Cette histoire avec Allie ne devrait pas durer longtemps, dit Portenski en essayant de s'en convaincre lui-même.

Détenir l'élément manquant du puzzle le mettait dans une position particulièrement inconfortable. Que faire de ces horribles clichés ? Cela faisait maintenant dix ans que cette question le tourmentait.

— Il peut se passer tant de choses en un court laps de temps, reprit Evelyn. Sa réputation va en pâtir. Même ses amis risquent de lui tourner le dos.

Elle baissa la voix.

— Et imaginez qu'elle tombe enceinte…

Cette pensée fit frissonner le pasteur. Il avait toujours eu de l'affection pour Allie.

— Votre fille a la tête sur les épaules, Evelyn. Je suis certain qu'elle est consciente du danger qu'elle court en fréquentant Clay Montgomery.

— C'est vrai qu'elle a toujours été très raisonnable. Mais elle se trouve dans une situation particulière en ce moment. Elle n'est pas encore tout à fait remise de son divorce. C'est une épreuve terrible, et elle est encore convalescente, si j'ose dire. Je ne l'ai jamais connue aussi… vulnérable.

— Je comprends.

— Vous croyez que je devrais demander à Dale de lui rendre une nouvelle visite ? demanda Evelyn, le visage crispé par le chagrin.

— Accepterait-il d'aller lui parler ? Existe-t-il une chance qu'ils puissent résoudre leur différend sans l'intervention d'une tierce personne ?

Evelyn serra dans sa main le Kleenex que le révérend lui avait donné.

— Si seulement elle n'avait pas hérité du caractère de son père ! dit-elle. Ils sont aussi orgueilleux et têtus l'un que l'autre, et j'ai peur que la situation ne soit bloquée.

— Et vous, Evelyn, pourquoi n'iriez-vous pas parler à Allie ?

— Vous pensez bien que j'ai déjà essayé, mon révérend. Je l'ai presque suppliée de revenir vivre à la maison. Pour son bien et pour celui de Whitney. Pour le mien, aussi… Même Daniel l'a appelée. Mais elle ne veut rien entendre. Quand je pense que Whitney vient d'attraper un gros rhume…, ajouta-t-elle en retenant ses larmes. Je suis inquiète pour ma petite-fille, vous savez. La dernière fois que je l'ai vue, elle n'avait pas l'air bien du tout. Si vous l'aviez entendue tousser…

— Comment Allie s'en sort-elle, financièrement ?

— Je suppose qu'elle puise dans ses économies. Je l'ai aidée à meubler la maison, mais elle ne me laisse même pas payer les courses pour elle.

— Elle vous permet de voir Whitney, n'est-ce pas ?

— Oui, Dieu merci ! Et je la garderai une fois que sa mère aura trouvé du travail. J'ai tout de même réussi à obtenir ça.

— Allie compte-t-elle rester dans la police ?

— Oui. Elle espère intégrer la brigade d'Iuka.

— Vous pensez qu'elle a une chance d'y parvenir sans une recommandation de votre mari ?

— Ses années passées à Chicago ne peuvent que les impressionner. Elle a résolu de nombreuses affaires, là-bas !

Portenski se massa le menton en se demandant quelle était la meilleure manière d'aider Evelyn McCormick.

— Est-ce qu'elle voit toujours M. Montgomery ?

— Dale les a surpris dans sa cabane, il y a moins d'une semaine. Et ce qu'on raconte à leur sujet est malheureusement vrai… Ils étaient… comment dire… très proches l'un de l'autre…

A peine eut-elle prononcé ces mots que des larmes se mirent à couler le long de ses joues.

— Le conflit qui s'est ensuivi avec votre mari lui a peut-être ouvert les yeux, risqua Portenski sans trop de conviction.

Secouée d'un rire amer, Evelyn se tamponna les yeux avec le mouchoir neuf qu'il venait de lui tendre.

— Non, au contraire. Je crois que ça n'a fait que renforcer sa détermination à agir à sa guise. C'est tout juste si Dale ne l'a pas poussée dans les bras de ce garçon.

Portenski quitta sa chaise et contourna son bureau pour se rapprocher de sa visiteuse.

— Evelyn…

— Oui, mon révérend ?

— Si cette relation perdurait, voulez-vous me promettre de m'en informer ?

Elle hésita.

— Que comptez-vous faire ?

Il comprit que quelque chose dans le ton de sa voix avait

dû alerter sa paroissienne. Evitant son regard, il composa un sourire bienveillant.

— Je vais prier pour elle.

Pour chacun d'entre nous.

Evelyn hocha la tête et se leva lentement.

— Oui… Bien sûr… Merci, mon révérend.

Portenski lui tapota gentiment l'épaule tandis qu'ils se séparaient à la porte de la sacristie.

En rejoignant son bureau, il se dit qu'il n'avait plus le droit de rester sans rien faire : une de ses ouailles était peut-être en danger, et il avait la possibilité de la ramener dans le droit chemin en lui ouvrant les yeux.

Le visage dans les mains, il vit pour la énième fois les odieuses scènes de pédophilie défiler dans sa tête. Dévoiler l'existence de ces Polaroïd aurait de graves conséquences, il le savait. Pour les Montgomery et pour Madeline… mais aussi pour son église bien-aimée. Non seulement Barker avait été un abominable pervers, mais il avait trompé ses fidèles.

Le révérend Portenski soupira, accablé. Quand il songeait aux répercussions que cela aurait certainement sur la foi des habitants de cette ville…

Mais Allie était la fille d'une bonne paroissienne, d'une femme digne de respect.

Peut-être la visite d'Evelyn était-elle une façon pour le Très-Haut de faire connaître sa volonté. De lui adresser ce signe qu'il attendait depuis dix ans.

Allie coupa le moteur et sortit de sa voiture. C'était sa cinquième visite à la cabane en moins d'une semaine. Tout ici lui rappelait Clay ce qu'ils avaient vécu dans l'intimité de cette pièce douillette. Elle ne pensait qu'à ça du matin au soir. Et parfois aussi la nuit, quand sa nouvelle maison devenait silencieuse et qu'elle avait du mal à s'endormir… Mais elle n'avait plus eu de nouvelles de lui depuis le matin où son père les avait ramenés en ville.

C'était sûrement mieux comme ça, se dit-elle en chassant

les images délicieuses et indécentes qui assaillaient son esprit, pour se concentrer sur la raison de sa venue : chercher des indices qui lui permettraient de remonter jusqu'au tireur. Pourtant, elle ne put résister à l'envie d'écouter la boîte vocale de son nouveau portable avant de se mettre au travail. Elle avait fait réparer la vitre de sa voiture, mais son sac, ses clés et son téléphone n'étaient jamais réapparus. Hélas! son arme de service non plus.

Elle avait trois messages. Le premier venait de sa mère :

Allie, je t'en prie. Pourquoi t'entêtes-tu ainsi? Je peux à la rigueur comprendre que tu ne veuilles plus habiter avec nous, mais la maison d'amis serait le compromis idéal, tu ne crois pas? Songe à quel point ça te simplifierait la vie pour...

Allie n'écouta pas la fin : pas question de revenir vivre là-bas!

Tandis que la voix de synthèse lui annonçait l'heure et la date de réception du message suivant, elle se sentit gagnée par la nervosité : elle ne pouvait s'empêcher d'espérer un signe de Clay. Après tout, il avait très bien pu demander son nouveau numéro à Madeline...

Justement, le second message était de Maddy : elle venait aux nouvelles

Le dernier appel non plus n'était pas de Clay. C'était Hendricks qui la rappelait. Dire que ce type qu'elle n'avait jamais pu souffrir était celui de ses anciens collègues qui se montrait aujourd'hui le plus aimable avec elle. Il semblait plus intrigué qu'ulcéré qu'elle tienne tête aux personnages influents de la ville et qu'elle ose remettre en question la culpabilité de Clay Montgomery.

Désolé, Allie, personne n'est venu rapporter ton sac à main. J'espère que tu as pensé à faire annuler tes cartes de crédit. J'ai dit à ton père qu'il devrait peut-être changer la serrure de sa porte d'entrée, on ne sait jamais... A propos du shérif, il ignore totalement qui a bien pu tirer sur ton petit ami. Ouais, pas l'ombre d'une piste.

En l'entendant dire *petit ami*, Allie rentra la tête dans les épaules. Si elle avait le moindre doute sur la façon dont était perçue sa relation avec Clay, voilà qui mettait les choses au clair. D'autant qu'il ne fallait pas se faire d'illusions : Hendricks n'était pas dans son camp. Personne n'était dans son camp puisqu'elle avait pris fait et cause pour Clay. Depuis quelques jours, elle ne pouvait plus faire trois pas dans la rue sans que quelqu'un la regarde de travers. Elle s'y était attendue, bien sûr, mais ça faisait quand même mal. Et dire que les Montgomery vivaient ça depuis près de vingt ans…

Je suis sûr que ton père n'aimerait pas que je te raconte ça, poursuivait Hendricks, *mais puisque tu me l'as demandé si gentiment, voici ce que tu voulais savoir : la douille et la balle proviennent d'un Glock 9 mm. Le tireur a donc vraisemblablement utilisé ton arme de service, ce dont on se doutait déjà. Il devait savoir ce qu'il faisait, parce qu'on n'a pas trouvé d'autre indice.*

Cela n'étonna pas Allie. Elle avait recherché des empreintes digitales sur le mot laissé dans la cabane, en lieu et place de son sac à main, mais sans succès : l'auteur du message avait dû prendre soin d'enfiler des gants avant de manipuler le morceau de papier.

Dis-moi si tu as besoin d'autre chose. C'est pas pareil ici sans toi.

Le ton faussement amical lui fit froncer les sourcils. Pour elle non plus ce n'était pas pareil depuis qu'elle avait quitté la brigade. Elle aimait son métier et n'avait toujours pas reçu de réponse de la ville d'Iuka. A quoi bon avoir des regrets ? songea-t-elle. Non seulement il était trop tard pour reprendre son ancien travail, mais elle n'aurait jamais accepté que son enquête fût soumise à des pressions politiques.

Elle vérifia une dernière fois qu'elle n'avait pas d'autres messages, puis raccrocha. N'était-elle qu'une pauvre fille parmi tant d'autres à succomber au charme de Clay Montgomery ? La dernière idiote d'une longue liste ?

Préférant éviter de répondre à cette question, elle laissa tomber son téléphone portable au fond de son sac et alla chercher son appareil photo. Au cours des quatre derniers jours, elle avait profité des moments où Whitney se trouvait à l'école pour étudier les environs. Une inspection minutieuse, centimètre par centimètre, qui n'avait pourtant rien donné. Pas de sang à l'endroit où sa vitre avait été brisée, pas d'empreinte exploitable de pneus ou de chaussures, pas de bouton égaré ni de morceau de vêtement accroché à une branche… Rien de rien.

Appareil et téléobjectif en bandoulière, elle parcourut de nouveau la clairière de long en large avant de grimper sur la petite colline située derrière la cabane. De là, elle aurait une vue d'ensemble. A certains endroits, la végétation était tellement dense sur les berges du lac qu'elle n'avait pu y accéder. Pourtant, si le tireur avait jeté quelque chose dans l'eau — l'arme du crime, par exemple —, l'objet avait pu rester coincé contre un rocher ou une plante aquatique en descendant le courant.

Si elle parvenait à trouver un endroit suffisamment élevé où prendre quelques clichés, elle pourrait se servir de son puissant téléobjectif pour photographier des zones inaccessibles jusqu'à une distance de quatre cents mètres. Puis, de retour chez elle, elle n'aurait plus qu'à transférer les images sur son ordinateur afin de les étudier de plus près.

Les chances étaient minces d'obtenir un résultat de cette manière-là, songea-t-elle en s'efforçant de dénicher le meilleur point de vue, mais elle ne renoncerait pas avant d'avoir tout essayé.

En vérité, Allie se sentait humiliée que quelqu'un ait pu lui voler son arme, puis s'en servir pour viser l'homme qui était venu la rejoindre.

Ainsi, le mystérieux tireur se moquait de ses qualités de flic et de son expérience ? Eh bien, elle allait lui faire regretter de l'avoir sous-estimée. Il s'agissait de laver l'affront, bien sûr, mais aussi et surtout de protéger Clay. Non seulement elle craignait que l'auteur du coup de feu ne récidive, mais elle ne supportait pas qu'on ait voulu attenter à la vie de Clay. Elle avait beau se dire qu'il valait mieux tuer dans l'œuf les sentiments qu'elle commençait à éprouver pour lui, le souvenir de la détonation et du cri étouffé qui s'était ensuivi la glaçait encore d'effroi.

Se promettant de mettre la main sur le salaud qui avait fait ça, Allie s'accroupit sur un rocher en surplomb. L'angle n'était pas idéal, mais ça ferait l'affaire.

Elle prit quelques clichés, puis grimpa un peu plus haut, se frappant la joue et la nuque pour écraser les moustiques, particulièrement nombreux à l'approche de l'été.

Elle était en train de se hisser sur un immense rocher qui offrait une vue imprenable quand un point rouge attira son attention. Elle douta d'abord que cela pût concerner son enquête : jamais le tireur ne se serait autant éloigné de la route et de la cabane.

Mais, en plissant les yeux, elle comprit ce dont il s'agissait.

15.

— Enfin, je réussis à te joindre! Mon Dieu, Clay, est-ce que tu vas bien?

En entendant la voix de la plus jeune de ses sœurs, Clay tira une chaise de cuisine avec son pied et s'y laissa tomber. Il revenait tout juste de la salle de musculation. Depuis quelques jours, il tournait en rond à la recherche d'activités assez prenantes pour occuper entièrement son corps et son esprit, et les haltères remplissaient parfaitement cette fonction. Ce besoin de faire diversion était devenu particulièrement pressant, ces cinq derniers jours, c'est-à-dire depuis qu'il avait promis au shérif de ne plus s'approcher de sa fille. A quoi bon appeler Allie pour lui dire qu'ils ne devaient plus se voir? Elle le comprendrait d'elle-même. Et puis ce serait une véritable torture d'entendre sa voix.

— Je vais bien, répondit-il à Molly en faisant une boule avec son T-shirt pour s'éponger le front.

— Mais tu es blessé, n'est-ce pas? Grace m'a appris qu'on t'avait tiré dessus!

— C'est juste une égratignure, Molly.

— Ce n'est pas ce que j'ai entendu dire.

— Tu as davantage confiance en ta sœur qu'en ton frère? demanda-t-il en esquissant un sourire.

— Dans ce cas précis, oui. D'autant que maman semblait tout aussi inquiète qu'elle.

Elle était surtout triste d'avoir perdu son amant marié, songea-t-il. Sa mère et lui formaient un véritable duo de cœurs brisés, en ce moment.

— Quant à Madeline, ajouta Molly, je l'ai rarement vue aussi bouleversée. C'est tout juste si elle arrivait à parler.

— Je te dis que tout va bien. Tu pourras le vérifier par toi-même quand tu seras là. Tu viens toujours, n'est-ce pas ?

— Je prends l'avion la semaine prochaine… La police a découvert l'identité de ton agresseur ?

— Non. Et je n'ai pas l'impression que le shérif fasse beaucoup d'efforts pour retrouver le coupable.

— Ah bon ? Pourquoi ?

— Je sais que c'est difficile à croire, mais contrairement à notre cher beau-père, je ne suis guère apprécié des habitants de Stillwater.

— Ça en dit long sur leur clairvoyance ! Comment peuvent-ils chérir le souvenir de ce détraqué et tourner le dos à un homme comme toi ?

— Tu oublies qu'il leur manque une information essentielle pour comprendre qui était vraiment leur guide spirituel…

— Non, je ne l'oublie pas. Et Grace ? Où en est-elle ?

Il changea de position, et sa chaise émit un petit bruit en raclant le plancher.

— Elle a dépassé de deux jours la date prévue pour l'accouchement.

— Mais c'est peut-être dangereux pour le bébé !

Clay ne put s'empêcher de rire.

— Allons, Molly, tu t'y connais encore moins que moi, question bébés ! Au fait, tu n'as pas l'intention de t'y mettre, toi aussi ?

— J'ai décidé de ne pas me mettre de pression avec ça, répondit-elle, légèrement sur la défensive. Après tout, j'ai le temps d'avoir des enfants.

Peut-être bien, songea Clay. Molly était encore jeune. Mais lui…

— Et qu'en dit ton instinct maternel ? reprit-il.

— Il attend que j'aie trouvé le père pour se manifester.

— D'après mes renseignements, tu ne te foules pas trop pour le chercher.

— Et toi, quand est-ce que tu deviens père de famille ? répliqua-t-elle.

Touché !

— Moi aussi, je suis encore jeune, dit-il avant de revenir à un sujet moins glissant. L'obstétricien a dit qu'il attendrait encore dix jours avant de provoquer l'accouchement.

— Ma parole, tu es au courant des moindres détails ! Je ne connais aucun homme aussi passionné que toi par les histoires de grossesse.

— C'est mon côté féminin, répondit Clay en riant. Les gens n'imaginent pas à quel point je suis un être délicat.

Molly saisit aussitôt la perche.

— A toi de le leur montrer, dit-elle.

— Pleurer n'est pas bon pour mon image, rétorqua-t-il.

— Au point où en est ton image dans cette ville…

— Oui, tu as raison… Alors, la vie new-yorkaise ?

— Manhattan est vraiment le centre du monde, Clay ! J'espère que tu viendras me rendre visite, un jour.

— Un jour, oui…

Pourtant, ils savaient l'un comme l'autre que ce vœu ne se réaliserait sans doute jamais.

Un signal sonore informa Clay qu'il avait un autre appel, mais il ne se donna même pas la peine de vérifier qui cherchait à le joindre. Sans doute encore Beth Ann, songea-t-il. Il l'avait contactée plus tôt dans la journée pour lui demander si elle avait quelque chose à voir avec le coup de feu. Beth Ann lui avait promis qu'elle n'y était pour rien, ni de près ni de loin, et elle lui avait fourni un alibi aisément vérifiable : à l'en croire, elle avait passé la soirée en question dans la salle de billard du Good Times. Après ça, elle l'avait rappelé à plusieurs reprises pour s'assurer qu'il ne mettait pas sa parole en doute. A un moment, elle lui avait même proposé de lui apporter un potage qu'elle venait de préparer elle-même. Comme Clay avait décliné l'offre, d'abord gentiment, puis un peu plus fermement, elle était partie dans un grand discours sur l'importance de rester amis après avoir été amants.

Le problème, c'est qu'ils n'avaient jamais été amis. Pas même quand ils couchaient ensemble. Et Clay ne voyait pas pourquoi ça changerait, maintenant qu'elle était avec quelqu'un d'autre. Mais il avait fini par lui dire qu'il la rappellerait plus tard…

— Tu pourrais emmener Allie McCormick en week-end à New York, dit Molly.

Clay lança son T-shirt trempé de sueur à l'autre bout de la pièce. Manifestement, ses sœurs et sa mère papotaient dans son dos.

— Pourquoi ferais-je une chose pareille ? demanda-t-il, parfaitement conscient de sa mauvaise foi.

— Parce qu'elle te plaît beaucoup.

— Qu'est-ce qui te permet de dire ça ?

— Non seulement Allie est flic, mais son père a une aventure avec maman. De quoi te faire fuir à toutes jambes, en temps normal. Soyons honnêtes, Clay : tu n'aurais jamais couché avec elle si tu ne lui trouvais pas quelque chose.

— Maman a mis fin à son histoire avec le shérif.

— C'est ce que tu diras à Allie si elle apprend qu'ils se sont vus en secret pendant des mois ? Je doute que ça change quoi que ce soit pour elle.

— Je préfère ne pas imaginer qu'elle puisse l'apprendre.

— Ça, je te comprends.

Elle abandonna le combiné quelques secondes pour s'adresser à quelqu'un.

— Excuse-moi, dit-elle. Qu'est-ce que je voulais dire ? Ah oui… Est-ce qu'Allie sait ce que tu ressens pour elle ?

— J'ignore moi-même ce que je ressens pour elle, répondit Clay, agacé par le tour que prenait cette conversation. De toute façon, le fait que j'aie ou non des sentiments pour Allie ne change rien.

— Pourquoi dis-tu ça ?

— A ton avis ?

— Ecoute, Clay…, commença Molly.

Heureusement, le signal sonore retentit de nouveau et, cette fois-ci, il fut ravi d'avoir un bon prétexte pour interrompre sa sœur.

— Attends une seconde, j'ai un double appel.

Il entendit Molly grommeler qu'il n'était qu'un ours mal léché qui ferait bien de sortir un peu de sa coquille s'il voulait se donner une chance de vivre une véritable histoire d'amour, mais il coupa court à sa diatribe en prenant l'autre appel.

— Allô !

— C'est moi.

— Grace… Comment vas-tu ?

— Le bébé s'est enfin décidé !

Clay bondit sur ses pieds.

— Quoi ? Maintenant ?

Elle éclata d'un rire fatigué.

— Oui, mais pas de panique. Ça va prendre un moment, tu sais. Je voulais juste te prévenir qu'on était en route vers l'hôpital. Tu préfères nous y rejoindre ou attendre à la maison qu'on te donne des nouvelles ?

— Et les garçons ? Tu n'as pas besoin que je les garde ?

— Non. On s'était mis d'accord avec une baby-sitter qui n'attendait qu'un signe de nous pour accourir.

— Dans ce cas, je prends une douche et je fonce à l'hôpital, dit-il. Au fait, j'ai Molly sur l'autre ligne. Je vais lui annoncer que le grand moment est arrivé.

— Super ! Dis-lui aussi que j'ai hâte de la voir.

Grace raccrocha, laissant son frère songeur. Que devait ressentir Kennedy en ces instants si particuliers ? Etait-il fou de joie, comme Clay se l'imaginait ? Ou cette idée n'était-elle qu'un fantasme, une vue de l'esprit ?

— Clay ? fit la voix de Molly. Allô !

— Oui, je suis là, dit-il en grimpant quatre à quatre l'escalier qui menait à sa chambre.

— Qui c'était ?

— Grace. Elle pense que le moment est arrivé.

— Pas possible !

— Elle m'a appelé de la voiture. Tu te rends compte ? Il va naître ce soir !

— C'est merveilleux, Clay. Aurais-tu imaginé qu'elle serait un jour aussi heureuse ? Qu'elle pourrait se remettre de… de ce qui lui est arrivé ?

— Non, dit-il en retirant son caleçon et en l'envoyant voler sur son lit.

— Si elle en est là aujourd'hui, c'est en grande partie grâce à toi, tu sais.

Non, il ne savait rien de tel. Tout ce qu'il savait, c'est que c'était en grande partie à cause de lui qu'elle avait tant souffert. Bien entendu, Barker était le premier responsable du malheur de sa sœur. Mais Clay ne pouvait s'empêcher de penser qu'il n'avait pas su la protéger.

— Il faut que je raccroche, Molly : je suis sur le point d'entrer dans la douche. Et ensuite je file à l'hôpital.

— Tiens-moi au courant, d'accord ?

— Je t'appelle dès que le bébé est né.

Ce qu'il fit, à minuit, tandis qu'il admirait la petite frimousse rouge et fripée de sa nièce.

Allie était assise dans sa cuisine, l'œil fixé sur la casquette de base-ball rouge qu'elle avait trouvée non loin de la cabane. Elle savait très bien à qui elle appartenait. Non seulement le logo de *Jed Motors* était cousu sur la visière, mais elle l'avait vue plusieurs fois sur la tête de Fowler.

Mais pourquoi Jed aurait-il tiré sur Clay ? Ça n'avait aucun sens. S'il voulait se débarrasser de lui, il n'avait qu'à l'accuser d'avoir tué Barker. En l'absence d'autre témoin oculaire, il y avait toutes les chances qu'on le croie sur parole. Après tout, Jed était présent à la ferme, ce soir-là. Mais au lieu de ça, le garagiste était le seul depuis dix-neuf ans à ne pas accabler les Montgomery. Mieux encore, il était allé jusqu'à s'accuser à leur place.

Allie se passa le pouce sur les lèvres, un geste qu'elle faisait parfois dans les moments de grande concentration. La logique voulait que Jed ne fût pas le tireur. D'un autre côté, quelle autre raison aurait-il eue de se trouver à proximité de la cabane ? Sans compter qu'elle l'avait croisé juste avant de s'y rendre, au stand de produits artisanaux que tenait Grace. L'avait-il suivie ce jour-là, comme il l'avait sans doute suivie quelques jours plus tôt, après qu'elle fut allée l'interroger chez lui ?

Elle aurait aimé en parler avec Clay. Mais les messages qu'elle lui avait laissés mardi étaient restés lettre morte, et elle n'avait aucune envie d'insister. Pas question de le harceler comme ces pauvres filles folles d'amour qui devaient encombrer sa boîte vocale du matin au soir avec des déclarations pathétiques... Ce qui s'était passé entre eux le week-end dernier avait été plus important pour elle que pour lui, voilà tout.

A moins qu'il ne trouve leur histoire beaucoup trop compliquée... Auquel cas ils n'étaient pas dans un état d'esprit si différent, tous les deux.

De toute façon, l'enquête était plus importante que ses états d'âme. Peut-être Clay savait-il quelque chose sur Jed... Quelque chose qui lui permettrait de comprendre ce que la casquette du garagiste faisait sur la scène du crime.

Après un long moment d'hésitation, Allie parvint à mettre sa fierté de côté. Cinq sonneries plus tard, le répondeur téléphonique débita son sempiternel message :

Vous êtes bien chez Clay Montgomery. Je suis absent pour le moment, mais vous pouvez laisser votre nom et votre numéro de téléphone après le bip.

Elle nota qu'il ne promettait pas de rappeler.

— Clay, c'est moi. J'aimerais bien te parler, si tu as un moment. C'est au sujet de ce qui est arrivé vendredi soir... Au sujet du coup de feu, je veux dire.

Puis elle raccrocha après avoir laissé son numéro de téléphone pour la troisième fois depuis mardi.

« Et maintenant ? » se demanda-t-elle. Elle brûlait d'envie d'aller jeter un coup d'œil dans le pick-up et le garage de Jed, pour voir si, par hasard, son arme de service ne s'y trouvait pas. Mais c'eût été se mettre hors la loi, et ce n'était sans doute pas une très bonne idée.

Avec un soupir, elle saisit de nouveau le combiné et composa le numéro du poste de police. Donner la casquette rouge à ceux-là mêmes qui l'avaient renvoyée la rendait malade. Mais comment exploiter cette découverte sans organiser une fouille chez Fowler ? Et, jusqu'à ce jour, on n'avait encore jamais vu un juge délivrer un mandat de perquisition à un flic au chômage.

Comme elle s'y attendait, ce fut Hendricks qui répondit.

— Ouais ? Euh… Police de Stillwater, j'écoute.

— Salut, Hendricks. C'est Allie.

— Ah, salut… Tu as eu mon message ?

— Oui, merci. Ecoute, je suis en possession de quelque chose qui va sûrement t'intéresser.

— C'est quoi ?

— La casquette de base-ball de Jed Fowler.

— Qu'est-ce que tu veux que j'en fasse ?

— Je l'ai ramassée aujourd'hui à proximité de la cabane de mon père.

Hendricks resta silencieux pendant de longues secondes.

— Je ne l'ai pas vue quand j'y suis allé, dit-il finalement.

Allie hésita, prise au dépourvu par cette réponse.

— Elle se trouvait en haut de la colline.

— Tu en es bien sûre ?

— Qu'est-ce que c'est que cette question, Hendricks ? Evidement que j'en suis sûre !

— C'est bon, c'est bon… Ne t'énerve pas. C'est juste que je ne vois pas ce que la casquette de Jed pouvait bien faire à cet endroit.

Allie se leva et commença à nettoyer le plan de travail. Préoccupée par sa trouvaille, elle avait abandonné les tâches ménagères à mi-parcours.

— Et si on essayait justement de comprendre ce qu'elle faisait là ?

— Qu'est-ce que tu suggères ?

— Il faudrait que mon père demande au juge un mandat de perquisition pour la voiture, la maison et le garage de Jed. Si mon Glock est chez lui, l'enquête aura sérieusement progressé.

— Ton père ne demandera pas de mandat, déclara Hendricks comme s'il énonçait une évidence.

— Et pourquoi donc ?

— D'abord parce qu'il ne croira jamais que Jed ait pu tirer sur Clay.

— Et ensuite ?

— Ensuite parce qu'il a des choses plus importantes à faire.

Allie rinça l'éponge dans l'évier.

— Quoi ? Vous avez d'autres suspects ?

— Non…

— Alors, je serais curieuse de savoir ce qui peut être plus important pour lui qu'une tentative de meurtre, dit-elle en fermant le robinet d'eau.

— Un meurtre réussi, répondit Hendricks.

— Que veux-tu dire par là ?

— Le procureur s'est décidé à inculper Clay d'homicide volontaire. Ton père a un mandat d'arrêt contre lui.

Allie eut l'impression qu'on venait de lui assener un coup derrière la tête.

— Quand va-t-il l'interpeller ? demanda-t-elle d'une voix blanche.

— Demain matin à la première heure.

Tenir le bébé de Grace dans ses bras était une expérience douce-amère. Sa parfaite innocence et même son odeur de nouveau-né évoquaient un mélange de tendresse et d'espoir qui contrastait avec les noirs secrets dont était peuplé le quotidien de Clay. Même si ces nouvelles émotions le déstabilisaient un peu, il n'était pas pressé de rentrer chez lui où l'attendaient les fantômes du passé. Il avait tellement envie de connaître le bonheur simple auquel chacun avait droit, de jouir de l'instant présent, comme quand il avait fait l'amour à Allie. Jamais auparavant il ne s'était senti aussi vivant. Jamais son corps et son esprit ne s'étaient ainsi confondus dans une même euphorie, un même désir. Désir fou, incontrôlable, de la posséder et de l'aimer bien au-delà des plaisirs de la chair. Mais aussi désir de se laisser posséder et aimer par cette femme si différente de celles qu'il avait connues jusque-là. Il voulait s'autoriser à éprouver des sentiments, à s'attacher à quelqu'un en espérant que ce fût pour toujours. Il voulait vivre, tout simplement.

Hélas ! ce genre de rêve était pour lui hors de portée. D'autant qu'il s'était engagé à ne plus la voir et qu'il comptait tenir sa promesse. Le shérif avait raison de penser que sa fille avait tout à perdre avec lui.

Pourtant, en revenant de l'hôpital, il ne put s'empêcher de faire un large détour pour passer à proximité de la maison des McCormick. Il hésita même à appeler Allie sur son portable. Il avait envie de lui parler de sa petite nièce, de lui décrire ce moment magique pendant lequel Grace et Kennedy l'avaient autorisé à la prendre dans ses bras.

Il imagina le sourire d'Allie au moment où il lui apprendrait la bonne nouvelle. Elle comprendrait : elle aussi avait connu ça avec Whitney. Il ne comptait même pas l'embrasser : partager sa joie avec elle suffirait à le combler. Mais lorsqu'il vit que sa voiture ne se trouvait pas dans l'allée, il en conclut qu'elle devait être en train de travailler, et passa son chemin.

Pour le bien de tous, il devait reprendre cette vie solitaire qu'il s'était résigné à mener depuis longtemps, se contenter d'histoires sans lendemain avec des filles comme Beth Ann. Bien sûr, il était las de ressentir cette impression de vide quand il tenait ces femmes dans ses bras ; las de ne jamais se réveiller heureux au côté d'un visage aimé. Mais ces passades, certes stériles et superficielles, valaient mieux qu'une absence complète de vie amoureuse… N'est-ce pas ?

Freinant au feu rouge à l'intersection de Fourth et Main Street, il jeta un coup d'œil à gauche, en direction de sa ferme, puis à droite vers la route qui menait au campement où se trouvait le mobile home de Beth Ann. S'il recommençait à la voir, parviendrait-il à oublier Allie ?

Sans doute pas, mais au moins pourrait-il s'enivrer de ce corps parfait comme d'un mauvais alcool, et anesthésier ainsi la douleur du manque.

Le feu passa au vert. Se rappelant le ton implorant de Beth Ann quand elle lui avait demandé si elle pouvait venir le voir, Clay tourna à droite en direction du campement. Il avait conscience de faire une erreur en allant la rejoindre à une heure pareille, mais son corps de rêve avait le mérite d'être un alcool fort. Et il avait besoin de s'enivrer.

— On fait quoi, maman ?

— Juste un petit tour en voiture, mon cœur.

Sans quitter la route des yeux, Allie tendit le bras vers le siège auto afin de mieux disposer la couverture qu'elle avait apportée pour couvrir Whitney. Elle s'en voulait d'avoir réveillé sa fille au milieu de la nuit et de l'entraîner avec elle dans cette expédition. D'autant qu'elle toussait encore. Mais impossible de la laisser seule à la maison, et Clay ne répondait pas au téléphone. Elle devait impérativement le prévenir de ce qui l'attendait à l'aube, quitte à le tirer du sommeil ou à partir à sa recherche s'il n'était pas à la ferme.

Une fois qu'elle lui aurait expliqué ce qui se tramait contre lui et les risques qu'il encourait, peut-être choisirait-il de fuir la ville avant le lever du jour. C'était en tout cas ce qu'Allie espérait, même si elle était terrifiée à l'idée de ne jamais le revoir. Qu'aurait-il à gagner en restant ici ? Il n'aurait pas droit à un procès équitable. Dieu sait ce que les Vincelli avaient imaginé pour le faire condamner…

— Maman ?

Allie s'engagea sur Main Street.

— Oui ?

— Je peux détacher ma ceinture ? J'ai envie de m'allonger.

— Non, ma chérie.

— Mais j'ai envie de dormir…

— Désolée, Whitney. On va vite rentrer à la maison et tu pourras dormir autant que tu voudras demain matin, d'accord ?

Allie frappa le volant du plat de la main en attendant que le feu passe au vert, tant elle était impatiente d'arriver chez Clay. Mais elle se rendit compte à ce moment-là que le Good Times était encore ouvert, et décida d'aller jeter un coup d'œil dans la salle de billard avant de quitter le centre-ville.

— C'est là qu'on va ? demanda Whitney lorsque sa mère s'engagea dans l'étroite ruelle qui menait au parking.

— Non, murmura Allie, penchée sur le volant pour scruter les alentours. Je cherche un pick-up noir.

Mais le 4x4 de Clay ne se trouvait pas parmi la quinzaine de véhicules encore présents à cette heure tardive. Allie était sur le point de faire demi-tour quand Joe Vincelli et son frère Roger sortirent du bâtiment.

Elle s'arrêta pour les observer. Ils titubaient. Joe se retourna soudain pour crier quelque chose à une silhouette qui s'attardait devant la sortie du Good Times.

Allie fronça les sourcils en l'entendant s'esclaffer bruyamment. Il avait vraiment l'air très excité. Etait-il au courant de l'inculpation imminente de Clay ? Son frère et lui fêtaient-ils leur victoire ? Le spectacle qu'ils offraient souleva le cœur d'Allie.

Elle était en train de manœuvrer pour quitter le parking quand Joe l'aperçut. Il fit aussitôt signe à Roger de bloquer le passage pour l'empêcher de s'en aller.

Allie baissa sa vitre, furieuse.

— Qu'est-ce que ça veut dire ? s'écria-t-elle.

Joe posa la main sur le toit de la Toyota et se pencha pour regarder dans l'habitacle.

— J'espérais que ton petit ami était avec toi, dit-il, la tutoyant et lui soufflant son haleine chargée de bière au visage.

— Je n'ai pas de petit ami, répliqua-t-elle.

— Ah bon ? Alors, tu couches juste pour le plaisir de t'envoyer en l'air ? Dans ce cas, je suis à ta disposition, chérie !

Les deux frères se mirent à rire à gorge déployée.

— Je vous signale qu'il y a un enfant dans ma voiture, dit Allie sèchement.

— Eh ben quoi ? Tu ne veux pas que ta fille sache ce que sa maman fait de ses nuits ? Remarque, c'est compréhensible. Il n'y a vraiment pas de quoi être fière.

— Tes parents ont déjà assez honte de toi ! ajouta Roger.

— Laissez-moi passer ! lança la jeune femme. Tout de suite !

Joe prit un air faussement effrayé, pour le plus grand plaisir de son frère qui s'étouffait de rire.

— Quelle autorité ! dit-il avec un sourire moqueur. Et qu'est-ce qui va se passer si on refuse de bouger ?

— Vous allez vous retrouver tous les deux en cellule de dégrisement.

— Et qui va nous arrêter, chérie ? Pas toi, en tout cas !

— C'est pas une chômeuse qui va faire la loi à Stillwater, ajouta Roger.

Joe s'approcha de nouveau d'elle, et elle eut envie de se boucher le nez pour ne plus sentir les relents de bière froide.

— Alors, tu as pris ton pied avec Clay ?

Allie se força à composer un sourire provocateur.

— Le meilleur coup de ma vie.

Le visage de Joe se crispa, et l'hilarité fit place à la rancœur.

— Ouais, eh bien j'espère que le souvenir de ce grand moment suffira à te réchauffer pendant les longues nuits d'hiver. Parce qu'il n'y en aura pas d'autre : ton protégé sera bientôt derrière les barreaux pour le restant de ses jours.

— Cessez de prendre vos rêves pour la réalité, Joe.

— Tu sais très bien que c'est vrai.

— Vous ne tarderez peut-être pas à l'y rejoindre !

Le sourire narquois de Joe disparut aussitôt.

— Pourquoi tu dis ça ?

— La tentative de meurtre est passible de longues années de prison.

— La casquette que tu as trouvée sur la colline ne m'appartient pas, que je sache.

Allie sentit son cœur faire un bond dans sa poitrine. Elle n'avait parlé de sa découverte qu'à Hendricks. Ce faux jeton avait dû appeler Joe juste après leur conversation.

A moins que la casquette n'eût été abandonnée intentionnellement à l'endroit où elle l'avait trouvée… Le tireur avait-il essayé de faire d'une pierre deux coups ? De se débarrasser à la fois de Clay et de l'homme qui couvrait les Montgomery depuis dix-neuf ans ?

— Si c'est vous qui avez tiré sur Clay, je vous le ferai payer, croyez-moi.

— C'est une menace ? demanda Joe avant de se tourner vers son frère. Il me semble qu'il s'agissait bien d'une menace, qu'en dis-tu ?

Devant le sourire goguenard des frères Vincelli, Allie eut envie de les gifler.

— C'est la vérité, voilà tout. Vous êtes prévenus maintenant.

— Pour qui tu te prends ? lança Joe en donnant un coup de poing sur le toit de la voiture.

Enfonçant la pédale de frein du pied gauche, Allie accéléra brusquement avec le droit. Le bruit du moteur et la violente secousse de la voiture inquiétèrent suffisamment Joe et Roger pour qu'ils s'écartent d'un bond.

Alors, elle démarra en trombe, avec un rire un rien provocateur.

— C'était qui, maman ? demanda Whitney tandis que les roues crissaient sur le bitume.

La pauvre gamine, recroquevillée sur son siège, ne semblait pas très rassurée.

— Des imbéciles, répondit Allie en remontant sa vitre.

— Est-ce qu'ils vont nous faire du mal ?

— Non, mon ange. D'ailleurs, je vais sûrement les mettre en prison.

— Alors, c'est pour ça que tu riais ?

— Exactement. C'était pour leur montrer qu'ils ne me font pas peur.

— Alors moi non plus, ils ne me font pas peur, dit bravement la petite fille.

Allie jeta un coup d'œil dans son rétroviseur et vit Whitney qui essayait tant bien que mal de trouver une position confortable pour s'endormir.

— On peut rentrer à la maison, maintenant ? demanda-t-elle en bâillant.

— Bientôt, répondit Allie.

Moins de dix minutes plus tard, elle arriva devant la ferme de Clay. Toutes les lumières étaient éteintes et son pick-up ne s'y trouvait pas. Où était-il donc ?

Allie passa ensuite devant le duplex d'Irene, devant l'imposant manoir de Grace et Kennedy, devant le cottage au charme suranné où vivait Madeline, et même devant le petit local qui abritait le *Stillwater Independent*. Sans succès.

A court d'idées, elle se gara sur le parking de l'église, laissant tourner son moteur au ralenti jusqu'à ce qu'elle songe à une dernière possibilité. L'idée qu'il pût être là la rendait malade. Mais cela expliquerait pourquoi il ne donnait plus de ses nouvelles.

— Clay ? C'est vraiment toi ?

Beth Ann plissait les yeux sous la lumière blafarde de la petite véranda.

— Que fais-tu ici ?

— Rien de spécial… Je viens juste te rendre une petite visite, dit-il platement.

En vérité, il ne savait plus trop pourquoi il était là. Pour oublier Allie dans les bras d'une autre ? Pour parler avec quelqu'un de ce qu'il venait de vivre à l'hôpital ? L'image de Grace et de son mari, épuisés et heureux, ne quittait pas son esprit. Irene elle-même avait oublié son chagrin pour s'émerveiller devant sa petite-fille. Quant à Madeline, c'est à peine si elle avait pu retenir ses larmes en apercevant le bébé. Tout le monde avait regretté l'absence de Molly, mais elle serait là dans une semaine. Pour une fois, il s'était senti heureux de se retrouver en famille. L'espoir qui avait surgi au fond de lui refusait de se dissiper, tout comme l'envie de fonder sa propre famille…

— Tout va bien ? lui demanda timidement Beth Ann.

— Très bien, merci.

— Entre, voyons, ne reste pas dehors…

A peine eut-il franchi la porte qu'elle lui mit les bras autour de la taille et posa la joue contre son torse.

— Je suis contente de te voir, murmura-t-elle.

Il la laissa faire, mais se sentit aussitôt pris au piège. Il ne s'attendait pas à ce que ce soit aussi difficile. Tant de choses avaient changé en l'espace de quelques semaines… Il avait l'impression d'être un autre homme.

Trop fatigué pour lutter contre lui-même, il s'assit et accepta un verre de vin.

— Tu es fatigué ? Tu veux qu'on aille au lit ? lui demanda Beth Ann avec un sourire suggestif.

Pour elle, les choses allaient reprendre là où elles s'étaient arrêtées.

Il essaya de se convaincre qu'elle avait raison, que la meilleure chose à faire serait de la suivre dans la chambre à coucher et de noyer ses tourments sous un déluge de sexe. Mais il n'y arrivait pas. Il n'avait pas envie de Beth Ann. Il avait envie d'Allie.

Seigneur Jésus, qu'est-ce qui lui avait pris de la rejoindre dans la cabane de son père ? Depuis qu'il lui avait fait l'amour, cette nuit-là, il avait le sentiment qu'il ne pourrait plus jamais toucher une autre femme.

— Quelque chose ne va pas ? demanda Beth Ann, inquiète de son silence.

— Non, non, tout va bien, dit-il en faisant un effort pour sourire. T'ai-je dit que Grace venait d'accoucher ?

— Non. C'est un garçon ou une fille ?

— Une petite fille. Je reviens tout juste de l'hôpital.

— Vraiment ?

Il hocha la tête. Inutile d'être très perspicace pour voir que Beth se moquait pas mal de Grace et de son bébé. Pourtant, c'était sans doute la première fois qu'il s'ouvrait à elle. Mais au lieu d'écouter l'homme qu'elle prétendait aimer, d'essayer de comprendre en quoi cette naissance l'avait bouleversé, elle se demandait comment utiliser ce qu'il lui disait pour obtenir ce qu'*elle* voulait.

— C'est super, ajouta-t-elle en mimant l'enthousiasme.

— Kennedy m'a dit que Grace s'était débrouillée comme un chef.

Elle sourit, mais il vit que quelque chose la préoccupait.

— Qu'est-ce qu'il y a ? demanda-t-il.

— Toi et Allie… C'est fini pour de bon ?

— Je n'ai aucune envie de parler d'Allie.

— D'accord. Je voulais seulement te dire que… Je sais ce qui s'est passé entre vous dans la cabane de son père.

Il posa sur elle un regard circonspect, se demandant où elle voulait en venir.

— Je ne te cache pas que ça m'a fait de la peine. Beaucoup de peine. Mais le principal, c'est que tu sois de nouveau avec moi.

Elle n'avait pas encore fini sa phrase que Clay secouait la tête pour la détromper. Il n'était pas question de reprendre cette liaison vide de sens. Il ne ressentait rien pour Beth Ann, pas même du désir.

— Je ne veux pas que tu t'imagines quoi que ce soit, dit-il. Je suis ici parce que tu m'as dit que tu voulais qu'on reste amis, et que j'avais envie de parler du bébé de Grace.

Le visage de Beth Ann se crispa à ces mots.

— Alors, tu la vois encore ? C'est pour ça qu'elle a loué cette maison, pas vrai ? Pour que tu puisses y passer la nuit sans que son père n'en sache rien !

Clay se redressa sur son fauteuil.

— Qu'est-ce que tu racontes ? Allie vit chez ses parents.

— Plus maintenant ! Votre petite histoire lui a valu de sérieux ennuis, on dirait…

— Que s'est-il passé ?

Il s'était volontairement tenu éloigné d'Allie, dans l'espoir de faire taire les rumeurs et de lui permettre de reprendre une vie normale. Et voilà qu'elle avait déménagé ! Il avait pourtant vu Madeline à peine une heure plus tôt, et elle ne lui avait rien dit. Clay savait qu'elles se téléphonaient plusieurs fois par semaine. Alors, pourquoi ne pas lui en avoir touché un mot ?

Parce qu'ils n'étaient pas là pour ça, se dit-il. Le bébé était plus important que ses peines de cœur. Et puis, Maddy préférait peut-être éviter le sujet, de crainte qu'il ne se sente responsable de la situation dans laquelle se trouvait Allie.

— Elle est brouillée avec son père. Apparemment, ils ne se parlent plus.

— Comment ça ? s'écria Clay. Elle n'a pas réintégré la brigade ? Le shérif avait pourtant promis de…

— Non. Elle est au chômage, dit Beth Ann sans pouvoir dissimuler un certain plaisir à l'idée que sa rivale se trouve dans le pétrin.

— Comment le sais-tu ?

— Evelyn McCormick l'a dit à la mère de Polly Zufelt qui l'a dit à Polly.

… Et Polly travaillait au Piggly Wiggly avec Beth Ann. CQFD.

— Comment fait-elle pour s'en sortir ? demanda Clay.

— Qu'est-ce que j'en sais, moi ? Polly m'a dit qu'elle refusait l'aide de ses parents.

— Merde !

— Qu'est-ce que ça peut bien te faire puisque vous ne vous voyez plus ? demanda Beth Ann qui commençait à se demander si Clay n'éprouvait pas encore quelque chose pour Allie.

Et puis elle en avait marre que la conversation porte uniquement sur cette enquiquineuse.

— Si on s'intéressait plutôt à nous ? suggéra-t-elle. Tu m'as dit tout à l'heure que tu n'avais pas envie de parler d'Allie avec moi.

— Et sa fille ? demanda Clay comme s'il se parlait à lui-même.

Beth Ann referma les pans de sa chemise de nuit transparente.

— Alors, c'est ça ? Ce sont les gosses qui t'intéressent, maintenant ? Mais qu'est-ce qui t'arrive, mon pauvre Clay ?

Il se leva et se dirigea vers la porte.

— Il faut que j'y aille.

Elle lui emboîta le pas.

— Je te donnerai un bébé, si c'est ce que tu veux. Je te l'ai déjà dit. Je suis prête à tout pour toi, Clay. A tout !

— Personne ne peut me donner ce que je veux, dit-il en ouvrant la porte.

Allie s'arrêta devant le mobile home de Beth Ann juste au moment où Clay en sortait. Elle savait qu'il existait une chance pour qu'elle le trouve ici, et elle avait essayé de se préparer à cette douloureuse éventualité. Mais en apercevant son pick-up devant la bicoque de Beth Ann, elle avait eu un haut-le-cœur. Et maintenant qu'elle le voyait au côté de la belle blonde en petite tenue, elle ne pouvait retenir les larmes qui lui montaient aux yeux.

— Je suis vraiment trop conne ! murmura-t-elle en se frappant le front contre le volant.

— Qu'est-ce qu'il y a, maman ? demanda Whitney. Tu t'es fait mal ?

— Oui, mon cœur. Je me suis fait mal, mais ce n'est pas si grave.

Après tout, Clay ne lui avait rien promis, songea-t-elle. C'était sa faute si elle s'était fait des illusions. Elle s'était monté le bourrichon, comme disait son père… C'était juste qu'après la nuit d'amour qu'ils avaient passée ensemble, elle ne pouvait plus imaginer qu'un autre homme la touche…

Il marcha vers la Toyota d'Allie, manifestement décontenancé de la trouver là.

Baisse ta vitre, préviens-le de ce qui l'attend dans quelques heures et oublie-le à tout jamais.

Mais comment lui parler avec cette boule dans la gorge ? D'autant qu'elle risquait d'éclater en sanglots si elle prononçait le moindre mot. Non, elle ne voulait pas qu'il sache à quel point il l'avait blessée.

Ravalant ses larmes, elle démarra brusquement et regarda sa longue silhouette immobile disparaître dans le rétroviseur.

16.

Clay appela Allie une demi-douzaine de fois avant qu'elle ne daigne décrocher.

— Allô !

— C'est moi, dit-il.

— Je sais.

Bien sûr qu'elle le savait. Sinon, pourquoi aurait-elle attendu aussi longtemps avant de répondre ? Et puis, qui d'autre téléphonerait six ou sept fois de suite entre 3 heures moins le quart et 3 heures du matin ?

— J'espère que je n'ai pas réveillé Whitney, dit-il comme s'il hésitait à entrer dans le vif du sujet.

— Non, j'avais mis mon portable sur vibreur.

— Ecoute, Allie, j'aimerais te voir tout de suite. Je peux venir ?

— Non.

Il ne réagit pas tout de suite. Il savait ce qu'elle s'était imaginé en le voyant sortir de ce mobile home en pleine nuit. Pourtant, il n'avait pas l'intention de se défendre. Après tout, il était allé voir Beth Ann pour coucher avec elle. Simplement, il n'en avait pas eu envie. A quoi bon lui dire la vérité, de toute façon ? Le fait de croire qu'il était un salaud l'aiderait probablement à couper les ponts. Oui, c'était sans doute mieux comme ça…

— Comment savais-tu que j'étais chez Beth Ann ? demanda-t-il.

— Je l'ignorais.

Elle resta silencieuse quelques secondes, hésitant à engager une véritable conversation.

— Je t'ai cherché partout, dit-elle finalement.

Elle parlait doucement à cause de Whitney, et ses chuchotements donnaient à ses propos un côté intime qui troublait Clay.

— Je suis allée chez Beth Ann en dernier recours… Je ne pensais pas que tu y serais.

Il soupira. Si seulement il avait pu lui révéler ses véritables sentiments…

— Pourquoi est-ce que tu me cherchais ?

— Ils vont…

Les mots s'étranglèrent dans sa gorge.

Clay attendit sans rien dire qu'elle retrouve sa voix.

— Ils vont venir chez toi dans quelques heures.

— Qui ça, « ils » ?

— Mon père et ses hommes.

— Ils ont un mandat de perquisition ?

— Non… Un mandat d'arrêt.

Clay savait depuis très longtemps que ça risquait d'arriver un jour ou l'autre. Mais pourquoi maintenant ? La police n'avait pas plus d'éléments de preuve aujourd'hui qu'hier.

— Qu'est-ce qui a motivé cette décision ? demanda-t-il d'une voix calme.

Ce fut au tour d'Allie de soupirer.

— La pression politique. Le dossier est toujours aussi vide, Clay, mais le maire veut donner satisfaction aux Vincelli et au reste de la population, quitte à commettre une erreur judiciaire. Ailleurs qu'à Stillwater, ils n'auraient aucune chance de te faire condamner. Mais ici…

— Mais ici ? répéta Clay pour l'inciter à préciser sa pensée.

— Comment faire pour composer un jury impartial ? La plupart des habitants de cette ville sont déjà convaincus de ta culpabilité.

Il promena son regard sur la cuisine où s'étaient déroulés presque tous les événements de cette nuit fatidique, et il entendit de nouveau la voix colérique et les mensonges éhontés de son beau-père se mêler aux cris de sa mère. Il revit Grace, pâle comme un linge dans un coin de la pièce, le visage inondé de larmes. Et Molly qui s'était précipitée au côté de sa grande sœur et qui restait collée à elle. Puis les coups avaient plu… De violents coups de poing assenés par le révérend lorsque Clay avait décidé de s'interposer pour défendre sa mère. Il n'était alors qu'un adolescent, mais il avait trouvé le courage et la force de protéger sa famille contre l'homme qui les menaçait.

L'horreur avait atteint son comble quelques minutes plus tard, quand il avait pris conscience du caractère irréversible de ce qui venait de se produire. Cette panique, ce vertige sans fond à la vue du sang qui avait giclé partout, de ce corps sans vie qu'il avait eu tant de mal à tirer hors de la maison…

Clay avait encore envie de vomir en songeant au trou qu'il avait dû creuser cette nuit-là. Un trou qui en réalité était une tombe. Il se souvenait de son épuisement, tant physique qu'émotionnel, de son envie de se mettre en boule entre les draps dans l'espoir qu'à son réveil tout cela ne serait qu'un horrible cauchemar.

Dix-neuf ans plus tard, il attendait toujours de se réveiller. Parce que ce qui s'était passé ce soir-là était hélas ! bien réel. Il avait fallu se lever le matin suivant, et celui d'après. Continuer à vivre comme si de rien n'était. A seize ans, il s'était retrouvé dans la peau d'un chef de famille, chargé de rassurer et de protéger les siens, alors qu'il était lui-même terrifié par le drame qui venait de les frapper.

Fermant les yeux, il régula sa respiration. Il voulait affronter son destin dans le calme et la dignité.

— Merci de m'avoir prévenu, Allie.

— C'est tout ce que ça te fait ? s'exclama-t-elle.

— Que veux-tu que je te dise ? Je n'ai pas le pouvoir de changer le cours des choses.

— Mais tu as encore le temps de quitter la ville ! Va où bon te semble, le plus loin possible, et ne reviens jamais à Stillwater !

Clay se massa les épaules pour soulager la tension qui s'y était accumulée.

— Tu me conseilles de fuir ?

— J'ai peur pour toi, Clay. Pars avant qu'ils ne viennent t'arrêter.

— C'est étonnant d'entendre ça dans ta bouche. Je croyais que tu plaçais la loi au-dessus de tout.

— Dans la mesure où le juge n'hésite pas à la bafouer, je ne vois pas pourquoi nous serions plus royalistes que le roi.

« Nous... »

Il passa la main dans ses cheveux. Pas question qu'elle prenne des risques pour lui. Comment pouvait-elle y songer ? Elle devait pourtant le haïr après l'avoir trouvé chez Beth Ann !

— Il n'y a pas de « nous » qui tienne, Allie. Cette histoire ne te concerne pas.

Silence.

Bon sang ! songea-t-il, mâchoires serrées. Si seulement il pouvait lui révéler ses sentiments... Mais cela ne ferait que compliquer les choses.

— Et puis, de toute manière, je ne veux pas m'en aller.

Elle renifla, et il se demanda si elle pleurait.

— Pourquoi, Clay ? Pourquoi ?

Parce qu'il ne pouvait pas. S'il fuyait, la police finirait par investir la ferme et par trouver les restes du révérend. Alors, le sort des Montgomery serait définitivement scellé. Il avait beaucoup plus de chances de s'en sortir sur le banc d'un tribunal, face aux maigres indices dont disposait l'accusation...

— Le moment est venu de mettre un point final à cette affaire, tu ne crois pas ? Les habitants de cette ville veulent que quelqu'un paie pour la disparition du révérend. Si je sors libre du procès, ils tourneront peut-être la page et cesseront de traiter ceux que j'aime comme des criminels.

— Mais vous ne l'avez pas tué !

Un long silence fit écho à ces mots.

— Comment peux-tu en être aussi sûre, Allie ?

— Je le sais, voilà tout. Et je m'en veux terriblement pour ce qui s'est passé la semaine dernière à la cabane. En suscitant la colère de tes ennemis les plus influents, nous avons provoqué une réaction en chaîne qui aboutit aujourd'hui à ton arrestation. Nous n'aurions pas dû…

Elle laissa sa phrase en suspens, mais il décida de la conclure pour elle.

— … Faire l'amour ?

— Oui. Nous n'aurions pas dû faire l'amour, Clay.

Il ne put s'empêcher de sourire, malgré ce qui l'attendait au lever du jour.

— Tu plaisantes, j'espère ? Aussitôt que je ferme les yeux, j'ai le goût de ta peau sur la bouche, et l'odeur de ton corps me revient à la mémoire comme si je te tenais encore dans mes bras. Je…

— Arrête, Clay ! dit-elle dans un souffle. Je t'en supplie !

— J'ignore ce que l'avenir me réserve, dit-il gravement, mais je sais que jamais je ne regretterai ce moment merveilleux.

Allie aurait voulu lui dire qu'elle aussi garderait toujours un souvenir enchanté de cette nuit, mais il avait déjà raccroché.

— Votre père vient d'arrêter mon frère, dit Grace Archer d'une voix blanche.

Allie se massa le visage sans parvenir à ouvrir les yeux. Elle n'avait pas dû dormir plus d'une heure depuis qu'elle avait emmené Whitney à l'école, ce qui était loin d'être suffisant pour affronter la dure journée qui s'annonçait. Elle n'avait pas fermé l'œil après sa conversation avec Clay : elle était folle d'inquiétude à l'idée qu'il pût finir ses jours en prison. Elle s'était torturé l'esprit pour trouver un moyen de l'aider, mais au petit matin, alors qu'elle imaginait son père en train de lui passer les menottes, elle avait dû reconnaître son impuissance.

— Qui vous a donné mon numéro ? demanda-t-elle machinalement, l'esprit encore engourdi et déjà submergé par d'intenses émotions que le sommeil avait mises entre parenthèses.

— Madeline.

Avec un soupir, Allie se laissa retomber sur ses oreillers.

— Je suis désolée, Grace…

Il y eut un long silence à l'autre bout du fil.

— Etes-vous vraiment désolée, ou n'est-ce qu'une formule de politesse ?

La question prit Allie au dépourvu.

— Que voulez-vous dire par là ?

— Quand nous nous sommes rencontrées devant l'ancienne maison d'Evonne, vous m'avez dit que vous vouliez aider mon frère.

Allie se redressa sur un coude.

— C'est la vérité.

— Eprouvez-vous des sentiments pour lui ?

C'était une question qu'elle essayait justement de ne pas trop se poser. Mais le seul moyen de s'assurer le concours de Grace était sans doute de lui fournir une réponse honnête…

— Je… Je suis amoureuse de lui, dit-elle avec un mélange de stupeur et de plaisir.

De nouveau, un long silence lui répondit. Puis Grace se décida à parler.

— Pourriez-vous venir chez moi ce soir ?

— Pour quelle raison ?

— Madeline m'a dit que vous cherchez un emploi.

— En effet. Et alors ?

— Je voudrais vous proposer de travailler pour moi.

— Mais encore ?

— Je vais avoir besoin d'un bon détective privé pour défendre mon frère avec le maximum d'efficacité.

Allie bondit hors de son lit.

— Vous allez assurer vous-même la défense de Clay ?

— Bien entendu.

— Mais vous êtes sur le point d'accoucher !

— Lauren Elisabeth est née hier soir. Et elle est magnifique.

Dans d'autres circonstances, Allie aurait sans doute souri en entendant ces mots. Grace semblait tellement fière…

— Félicitations. Comment vous sentez-vous ?

— Je me sentirais très bien si mon frère était libre.

— Mais vous m'avez donné rendez-vous chez vous, n'est-ce pas ? Vous êtes déjà sortie de l'hôpital ?

— Pas encore, mais mon mari doit passer me prendre dans quelques heures pour me ramener à la maison.

Elle l'appelait donc depuis son lit d'hôpital ?

— Vous ne croyez pas que vous devriez vous reposer une semaine ou deux, profiter de votre petite fille et laisser quelqu'un d'autre s'occuper de…

— Rien ne sera jamais plus important pour moi que d'aider mon frère, coupa la jeune maman. Et il n'est pas question que je perde du temps : il est urgent de préparer sa défense.

La détermination de Grace donna soudain un regain d'énergie à Allie.

— Quel est le montant de la caution ?

— On ne le sait pas encore. Ces salopards… Pardon, les policiers l'ont arrêté un vendredi parce qu'ils savent qu'il ne pourra pas voir le juge avant mardi.

— Ce qui signifie qu'il va passer quatre jours en prison.

— Exactement. Mais quel que soit le montant de la caution, j'ai l'intention de payer. Pas question de le laisser derrière les barreaux. Je trouverai l'argent nécessaire, quitte à vendre ma maison.

Allie se mordit la lèvre, essayant d'évaluer leurs chances de gagner la partie. Du côté de Clay, on pouvait compter sur la famille Montgomery, sur Kennedy, et peut-être sur Jed Fowler. Contre eux se dresseraient la ville entière et les personnages clés de son administration, dont le propre père d'Allie.

Quant à Fowler, le peut-être était plus de mise que jamais depuis qu'elle avait découvert sa casquette sur la colline jouxtant la cabane…

Allie se laissa retomber sur le lit, se couvrant les yeux avec son bras.

— A quelle heure voulez-vous que je vienne chez vous ?

— A 7 heures, si ça vous convient.

— Très bien. On va faire regretter au procureur général d'avoir voulu instruire ce dossier, n'est-ce pas ?

— Avec un peu de chance, oui, répondit Grace.

De toute évidence, elle était plus volontaire qu'optimiste.

Après avoir raccroché, Allie resta allongée sur le lit, les yeux fixés au plafond. Elle venait de reconnaître à haute voix qu'elle était amoureuse de Clay… Avait-elle perdu la tête ? Elle venait tout juste de le surprendre chez son ancienne maîtresse !

Pourtant, le fait qu'il partage ou non ses sentiments ne changerait en rien sa détermination à lui venir en aide. Oui, elle était amoureuse de lui. Très, très amoureuse… Mais avant tout, elle était convaincue de son innocence.

Allie vit un pick-up tourner dans sa rue, et recula d'un pas pour se cacher derrière le rideau. Elle attendait que Jed rentre du travail pour aller lui parler de sa casquette rouge. Un nouveau coup d'œil lui permit de constater qu'il ne s'agissait pas du vieux Chevrolet de Fowler, mais du Buick d'un voisin qui habitait quelques numéros plus bas.

Encore un quart d'heure d'attente et elle aperçut enfin le garagiste au volant de sa guimbarde, exemple saisissant du vieil adage qui voulait que le cordonnier fût toujours le plus mal chaussé. Elle attendit qu'il se gare devant chez lui pour sortir précipitamment et traverser la rue.

Heureusement, Evelyn était allée chercher sa fille à la sortie de l'école : Whitney la tannait depuis des jours pour aller voir ses grands-parents, et Allie avait fini par céder. Ça tombait à pic, parce qu'elle préférait discuter avec Jed et Grace sans se soucier des oreilles indiscrètes d'une gamine qui répétait tout ce qu'elle entendait à son papy et à sa mamie…

Allie avait le sentiment que Fowler attendait sa visite. Etait-ce pour cela qu'il prenait tout son temps pour s'extraire de son véhicule antédiluvien ? Elle n'avait pas oublié qu'il lui avait expressément demandé de ne plus revenir sans mandat de perquisition, mais elle avait trop besoin de réponses pour faire preuve de prudence. Si elle découvrait le nom du tireur, elle parviendrait peut-être à faire douter le procureur en ce qui concernait les motivations qui avaient abouti à l'arrestation de

Clay. Qui sait s'il n'abandonnerait pas alors les charges qui pesaient contre lui ?

— Vous êtes au courant ? demanda-t-elle quand Jed ouvrit enfin sa portière.

Il la dévisagea un moment en silence. Etait-il en train de songer à ce qu'il lui avait dit lors de sa dernière visite ? « Ne revenez pas ici… »

— Clay Montgomery a été arrêté ce matin, poursuivit-elle. Pour le meurtre du révérend Barker.

Jed secoua la tête, attrapa sa sacoche posée sur le siège passager et se dirigea sans un mot vers la porte d'entrée.

— J'ai quelque chose qui vous appartient, dit-elle alors.

Lorsqu'il se retourna, elle sortit la casquette rouge de son sac à main.

— Ça vous dit quelque chose ?

— Où avez-vous trouvé ça ? demanda-t-il en essuyant sa main libre sur sa salopette maculée de cambouis.

— A proximité de la cabane de mon père.

Il la regarda sans réagir, une expression maussade sur le visage.

— Vous savez comment vous rendre à cette cabane de pêcheur, n'est-ce pas ? insista Allie.

— Pas la moindre idée.

Elle regarda la casquette sous toutes les coutures en affectant la surprise.

— Vraiment ? Alors, je me demande bien comment elle a pu atterrir là-bas.

Il cala sa sacoche sous son bras.

— Je n'en sais rien. Ça fait plusieurs jours que je ne l'ai pas vue. Je pensais l'avoir perdue.

— Où l'aviez-vous laissée avant qu'elle ne disparaisse ?

— Je ne m'en souviens pas.

— Dans votre pick-up ?

— Possible.

— Ou à bord de la dépanneuse, peut-être ? Ou alors au garage ?

Il haussa les épaules et fit la moue pour signifier qu'il l'ignorait.

— On a cassé la vitre de ma voiture, puis on a volé mon revolver pour tirer sur Clay, dit-elle. Tout ça s'est justement passé près de la cabane de mon père…

Pas de réponse.

— J'imagine que vous ne savez pas qui aurait pu faire une chose pareille, monsieur Fowler ?

— Les Vincelli prétendent que c'est vous qui lui avez tiré dessus.

La surprise laissa Allie sans voix pendant quelques secondes.

— Pourquoi aurais-je fait ça ?

— Pour brouiller les pistes, je suppose.

— Pour brouiller les pistes ?

— En suggérant que quelqu'un craint de voir éclater la vérité, vous disculpez votre protégé.

Allie revit le sang qui s'écoulait du bras de Clay.

— Et j'aurais pris le risque de le tuer pour le faire disculper ?

— On n'imagine pas ce dont les gens sont capables, dit Jed.

Par amour ? Voilà ce qu'il voulait dire ? Et était-ce aussi par amour qu'il s'était accusé du meurtre de Barker ?

Mais il disparut dans la maison avant qu'elle ne pût lui poser la question.

Aussitôt arrivé au bureau, Dale McCormick s'était mis à attendre l'appel d'Irene. Il se doutait bien qu'elle n'allait pas rester sans réaction alors qu'il venait d'arrêter son fils. Par contre, il n'aurait jamais imaginé qu'elle compose le numéro du poste de police plutôt que la ligne privée qui lui était exclusivement destinée. Quand Hendricks lui annonça qu'Irene Montgomery était en ligne et voulait lui parler, il faillit avoir une crise cardiaque. Le moment était vraiment mal choisi : Mme le maire de Stillwater, les Vincelli au grand complet et

Beth Ann Cole se trouvaient rassemblés autour de lui pour fêter l'arrestation de Clay. Il y avait même là quelques personnes qui avaient témoigné dans le cadre de l'affaire Barker, des années plus tôt.

— Oui… Euh… Très bien… Passez-la-moi, Hendricks, bredouilla-t-il alors que tous les regards se tournaient vers lui, y compris celui de sa femme qui venait d'arriver.

Affichant un air aussi professionnel que possible, il décrocha le combiné.

— Shérif McCormick, j'écoute.

— Comment as-tu osé ?

Il jeta un regard furtif autour de lui, et s'éclaircit la voix pour se donner quelques secondes avant de répondre.

— Oui, vos informations sont exactes, madame Montgomery. Je suis navré, mais de nouveaux éléments nous ont conduits à prendre cette décision…

— Quels éléments ? coupa Irene d'une voix dure.

— Un témoin qui…

— Beth Ann ? dit-elle avec un rire dégoûté. Cette fille n'est qu'une sale menteuse, et tu le sais très bien !

Il dut faire un effort pour répondre d'une voix égale.

— Les conditions ne sont pas idéales pour discuter de ça, madame Montgomery. Je ne suis pas *seul* dans mon bureau, vous comprenez ? Permettez-moi de vous rappeler un peu plus tard.

— Non, Dale !

— J'ai bien peur de devoir insister.

— Quand ? demanda Irene, au bord des larmes.

— Dès que possible, soyez assurée.

— Tu as intérêt à ne pas trop tarder ! lança-t-elle avant de raccrocher.

Evelyn vint poser la main sur l'épaule de son mari, et déclara d'un ton égal :

— J'ai de la peine pour elle. Ça doit être terrible d'avoir un enfant en prison.

— Elle sait qu'il est coupable depuis le début ! fit remarquer Joe. J'en mettrais ma main à couper.

Il tourna vers Beth Ann son sourire carnassier.

— Pas vrai, ma chérie ?

La jeune femme ne semblait plus si pressée d'envoyer Clay en prison, mais Joe faisait manifestement pression sur elle pour qu'elle maintienne sa version des faits.

— Si…, marmonna-t-elle sans conviction.

— Il lui a dit que toute la famille était au courant, précisa Joe.

Bien que le témoignage de Beth Ann ait servi à justifier l'arrestation, Dale doutait de sa véracité. Clay était peut-être dangereux, mais certainement pas idiot. Jamais il n'aurait confié un tel secret à une fille comme elle. Seulement voilà… A peine Beth Ann avait-elle déposé contre lui que la ville entière en entendait parler. Aujourd'hui, ses accusations étaient devenues paroles d'Evangile, et la belle vendeuse du rayon boulangerie du Piggly Wiggly avait acquis le statut d'héroïne locale. En revenant sur ses déclarations, elle se serait exposée à un sévère retour de bâton.

Elle n'était pas le témoin le plus crédible qui fût, loin de là, mais son histoire allait dans le sens des preuves indirectes déjà versées au dossier. En cherchant bien, on pouvait également trouver des correspondances avec certains fragments d'anciens témoignages. Des éléments somme toute peu probants, mais avec l'intervention des notables de la ville et quelques renvois d'ascenseur, on risquait néanmoins d'aboutir à une condamnation.

En vérité, le shérif voulait en terminer une bonne fois pour toutes avec l'affaire Barker. Il avait fini par se convaincre que la seule façon d'y parvenir était de traduire le principal suspect en justice. Dans le meilleur des cas, Clay Montgomery serait acquitté et on ne pourrait plus jamais l'accuser d'être un assassin. Dans le pire, il passerait de longues années en prison. Pourtant, même une pareille éventualité avait ses bons côtés : c'était une pensée dont il n'était pas fier, mais Dale ne pouvait s'empêcher de songer qu'Irene aurait alors besoin d'un homme fort dans sa vie.

Il se mêla à la petite assemblée, serrant les mains qui se tendaient et répondant d'un modeste sourire aux félicitations unanimes. Tout le monde se réjouissait, comme si le procès avait déjà eu lieu et que Clay avait été reconnu coupable. Allie avait pourtant raison d'affirmer que le dossier était presque vide, se dit-il en recevant les encouragements de Mme Nibley, le maire de Stillwater. Les pressions politiques parviendraient-elles à influer sur le cours de la justice ?

— … On le tient à présent…

— … Il était plus que temps qu'il réponde de ses actes…

— … Lorsqu'on est sûr de son fait, il n'y a aucune raison de ne pas donner un coup de pouce à la justice…

— … Les gens en ont marre de voir un criminel se pavaner en toute impunité dans les rues de notre ville. Et ça fait vingt ans que ça dure…

Dale entendait ces bribes de conversations sans vraiment les écouter. La plupart du temps, il ne prenait même pas la peine de regarder qui prononçait ces mots.

— Quel foutu gâchis ! marmonna-t-il avant de sentir la main de sa femme se poser sur son bras.

— Quelque chose ne va pas ? lui demanda-t-elle.

— Non, non… tout va bien.

Près d'eux, quelqu'un évoqua en riant la parenté qui existait entre le juge et le maire, et le fait que le père de Hendricks fût le préfet de la région.

— Voilà qui n'est pas de bon augure pour Clay, dit Evelyn.

Puis, après que son mari lui eut assuré une nouvelle fois que tout allait bien, elle le quitta pour se rendre à son atelier de lecture.

Dès qu'Evelyn fut partie, il bredouilla une excuse à la ronde et sortit à son tour. Une fois dans sa voiture de patrouille, il roula quelques minutes, vitres ouvertes, avant d'appeler Irene.

— Irene, ma chérie, je suis vraiment désolé, lui dit-il. Tu

sais qu'il n'est pas en mon pouvoir d'influer sur la procédure, n'est-ce pas ?

— Tu ne m'as même pas prévenue, Dale.

Sa voix étranglée de larmes lui donna envie de la prendre dans ses bras.

— Tu m'avais dit de ne plus t'appeler. J'essayais simplement de respecter ton choix.

— Tu oses parler de respect, alors que tu viens d'arrêter mon fils ? s'écria-t-elle.

Il passa la main sur la barbe naissante qui mangeait son visage. Avec toutes ces histoires, il avait oublié de se raser ce matin.

— Je ne voulais pas l'arrêter, crois-moi. J'ai essayé de vous protéger, tous les deux. Seulement, depuis que Grace est revenue vivre en ville, les Vincelli ont déterré la hache de guerre et ils font jouer leurs réseaux…

— Ne me raconte pas de salades, s'il te plaît ! Tu sais très bien que Grace n'a rien à voir là-dedans. La vérité, c'est que tu as décidé de te venger de Clay ! De lui faire payer son histoire avec ta fille !

Bien sûr, il ne voulait pour rien au monde que sa fille lie son destin à celui de Clay. Mais il ne serait pas allé jusqu'à de telles extrémités pour l'en empêcher.

— C'est faux, Irene. La décision vient d'en haut.

— Que puis-je faire, Dale ? cria-t-elle soudain à travers ses larmes. Comment sortir mon fils de là ?

Le shérif avait quitté le centre-ville et se trouvait à présent en rase campagne. Il s'engagea sur un chemin de terre et coupa le moteur.

— Rien, ma beauté. Tu ne peux rien faire du tout.

— Je veux bien qu'on recommence à se voir si ça peut te convaincre de m'aider.

— Si seulement les choses étaient aussi simples…

— Tu as encore envie de moi, n'est-ce pas ?

Oh oui ! Il la désirait tellement qu'il s'en rendait malade.

Mais il ne pouvait rien pour Clay. Son sort était désormais entre les mains des magistrats.

— J'ai envie de toi, dit-il. Mais je ne peux pas sortir ton fils de prison. Je ne suis qu'un pion dans toute cette histoire, ma chérie. Ce sont le maire et le préfet Hendricks qui dictent les règles du jeu.

Irene ne cherchait plus à retenir ses sanglots.

— Que vais-je faire ? Oh ! mon Dieu…

— Tu vas soutenir ton fils, dit-il. Le dossier est une coquille vide, ou presque. L'accusation n'a pas la moindre preuve directe à se mettre sous la dent.

Elle renifla.

— Tu crois que Clay a une chance de s'en tirer ?

— Rien n'est encore perdu, dit-il.

En réalité, il n'avait pas la moindre idée de la manière dont les choses allaient tourner. L'avocat de Clay — Grace, selon toute vraisemblance — se battrait forcément pour que le procès eût lieu dans une autre ville. A Stillwater, les ennemis des Montgomery avaient trop d'influence pour garantir l'équité des débats. Mais il doutait qu'elle obtienne gain de cause. Si Grace évoquait un procès déloyal et partial, l'accusation ne manquerait pas de lui faire remarquer qu'il avait fallu attendre près de deux décennies pour que son frère soit jugé. Dans ces conditions, il était difficile de parler d'acharnement judiciaire ou d'impartialité aux dépens de l'accusé.

La voix d'Irene devint un murmure plein d'espoir.

— Tu m'aimes encore, Dale ?

Bien qu'Irene eût souvent joué avec cette idée, le shérif McCormick n'avait jamais vraiment eu l'intention de quitter sa femme. Pourtant, il éprouvait des sentiments pour elle. Oui, il l'aimait… à sa façon. S'il l'avait rencontrée à une autre époque, dans d'autres circonstances, s'il avait été plus jeune…

— Bien sûr que je t'aime. Et tu le sais. Je ferai tout ce qui est en mon pouvoir pour t'aider dans cette épreuve, d'accord ?

— C'est de *toi* que j'ai besoin, Dale. Je n'ai pas le courage d'affronter seule l'épreuve qui m'attend.

Avec elle, il se sentait toujours tellement fort, tellement indispensable. Il savait qu'il aurait dû la remercier pour les bons, les beaux moments qu'ils avaient passés ensemble, et puis tourner la page. Seulement, voilà : il l'avait dans la peau.

— Tu peux compter sur moi, Irene. Je ne te laisserai pas tomber.

— Mais ce serait une folie de se revoir, dit-elle.

— Tu viens de dire que tu avais besoin de moi.

— Oui, j'ai besoin de toi. Et pourtant…

Elle ne termina pas sa phrase, laissant s'installer un long silence. McCormick retint sa respiration. Allait-elle de nouveau changer d'avis ?

— Une bataille à la fois, pas vrai ? dit-elle finalement.

Il poussa un long soupir de soulagement.

— Oui, Irene. Une bataille à la fois.

Deux minutes plus tard, il demandait à la fleuriste de Corinth de livrer ses douze plus belles roses à Mme Montgomery. Inutile de préciser l'adresse, elle la connaissait déjà.

— Que souhaitez-vous inscrire sur la carte ? demanda la fleuriste.

— « Je suis impatient de te revoir. Appelle-moi dès que possible. »

Allie ne savait pas trop à quoi s'attendre en arrivant devant la magnifique demeure géorgienne où vivait Grace. Situé au sud de la ville, le manoir des Archer était, avec la vieille poste, le seul bâtiment de Stillwater classé monument historique. Le terrain, immense et bien entretenu, avait des allures de parc anglais. Les ombres des vieux arbres s'allongeaient sur le gazon verdoyant et une fontaine faisait entendre un murmure serein et rafraîchissant. Une allée de pierres plates passait sous une arche qu'enlaçaient des rosiers grimpants, avant de conduire vers l'arrière de la maison. Dans un coin du jardin, la balançoire qui pendait à la branche d'un chêne géant n'avait pas bougé depuis l'époque où Allie fréquentait le lycée.

Songeant à l'incroyable destin de Grace, elle avança jusqu'aux trois marches qui menaient à une profonde véranda en partie recouverte de glycine. Passer ainsi du dénuement dans lequel elle avait grandi à la magnificence de cette existence fortunée… En tout cas, la sœur de Clay semblait à l'aise dans sa vie de femme. Et voilà qu'une nouvelle épreuve se mettait en travers de son chemin. Le lendemain de la naissance de sa fille ! A croire que le passé finissait toujours par vous rattraper.

Allie remarqua une paire de petites bottes en caoutchouc posée à l'extrémité de la véranda, devant une porte-fenêtre. Mais ce fut la grande porte ouvragée qui se trouvait face à elle qui s'ouvrit lorsqu'elle pressa la sonnette.

— Merci d'être venue, dit Grace en la faisant entrer dans un vestibule sombre et spacieux.

Grace n'était pas maquillée et elle avait attaché ses cheveux à la va-vite, mais, tout comme son frère, elle avait les yeux d'un bleu profond et un visage d'une grande élégance. Peu de femmes pouvaient se vanter d'être aussi belles juste après avoir accouché. Sans doute avait-elle encore quelques kilos en trop, mais comme elle avait toujours eu des formes féminines, elle n'en était que plus sensuelle.

— Comment allez-vous ? demanda Allie en lui serrant la main. Et le bébé ?

Un sourire illumina le visage de la jeune maman.

— Elle va bien. Elle dort dans son couffin à l'étage. J'irai la chercher tout à l'heure si vous avez envie de la voir.

— Et les garçons ? Ils sont là ?

— Non. Kennedy les a emmenés rendre visite à leurs grands-parents. Ils auraient aimé prendre Lauren Elisabeth avec eux, mais je ne suis pas encore prête à me séparer d'elle, ne serait-ce que pour quelques heures.

Allie se rappela la joie qu'elle avait éprouvée à la naissance de Whitney. Elle se rappela également son besoin de partager ce bonheur avec son mari, et la réaction de rejet que lui avait opposée Sam. Il avait passé les premiers mois à travailler tard ou à sortir avec ses copains, parce qu'il ne supportait pas l'émerveillement qu'il lisait dans ses yeux lorsqu'elle regardait sa petite fille.

— Il n'y a rien de plus beau au monde que d'avoir un enfant, murmura-t-elle, soudain submergée par l'émotion.

— Ce n'est pas moi qui vous dirai le contraire, répondit Grace.

Allie ajusta la bandoulière de son sac à main et s'éclaircit la voix, le temps de se ressaisir.

— Je suis vraiment navrée pour ce qui vient d'arriver à votre frère, dit-elle. Et d'autant plus navrée qu'actuellement vous devriez pouvoir savourer votre bonheur en paix.

Une ombre passa sur le visage de Grace.

— Je doute qu'ils aient choisi ce moment par hasard, dit-elle.

— Le maire et les Vincelli pensaient que vous seriez trop fatiguée pour défendre Clay, c'est ça?

— Que je serais trop fatiguée et que j'aurais la tête ailleurs... Mais c'est mal me connaître, ajouta Grace, la mâchoire serrée. Je ne les laisserai pas condamner mon frère. Il ne mérite pas d'aller en prison.

— Je sais, dit Allie.

— Alors, nous sommes d'accord sur l'essentiel, dit Grace en la conduisant dans un petit salon où se trouvaient un canapé et deux fauteuils.

Des bibliothèques intégrées couvraient intégralement deux des murs, tandis que les deux autres étaient percés d'immenses fenêtres bordées de lourds rideaux. Allie s'apprêtait à féliciter Grace pour la beauté de cette pièce décorée avec goût dans les tons cerise, vert et ivoire, quand elle se rendit compte que deux femmes assises sur le canapé la dévisageaient. Deux femmes qu'elle ne s'attendait pas à voir ce soir : Madeline Barker et Irene Montgomery.

— Bonjour, Allie, dit Madeline. Viens donc t'asseoir avec nous.

— Salut, Maddy! Ça me fait plaisir de te voir. Bonjour, madame Montgomery.

— Bonjour, Allie. Et merci de nous aider, ajouta-t-elle du bout des lèvres.

A en juger par son visage rouge et gonflé, la mère de Clay avait beaucoup pleuré. En remarquant la manière dont elle pinçait les lèvres, Allie ne put s'empêcher de songer qu'Irene la tenait en partie responsable de ce qui était arrivé à son fils.

Les trois femmes avaient forcément entendu parler de la nuit qui avait suivi le coup de feu et de la violente réaction du shérif. D'ailleurs, Madeline avait tout de suite prêté des meubles à Allie pour sa nouvelle maison. Avait-elle également suggéré à Grace de lui trouver un travail ?

Mal à l'aise sous le feu croisé de tous ces regards, Allie s'assit dans l'un des fauteuils qui faisaient face au canapé.

— Il sera présenté au juge mardi, annonça Grace en augmentant le volume de l'Interphone qui la reliait au bébé.

— Avez-vous du nouveau concernant le montant de la caution ? demanda Allie.

— On ne m'a pas encore donné de chiffre, mais j'imagine que ce sera de l'ordre d'un demi-million de dollars.

— Un demi-million ! s'exclama Madeline. C'est scandaleux !

— L'accusation compte présenter Clay comme un danger pour la société, expliqua Grace, les yeux brillants d'indignation. C'est Kennedy qui me l'a dit.

— Comment le sait-il ? demanda Allie.

— Il le tient de sa mère. Elle connaît tout le monde dans cette ville, et rien ne lui échappe.

— Et comment ferez-vous si la caution est aussi élevée ? demanda Allie en évitant le regard d'Irene.

— Nous la payerons, répondit Grace sans hésiter. Clay a hypothéqué la ferme afin d'avoir des fonds pour la rénover, mais il a effectué presque tous les travaux lui-même, et ça ne lui a pas coûté trop cher. Il lui reste beaucoup d'argent. On pourra l'utiliser si je n'en ai pas assez.

— La ferme lui appartient ? demanda Allie.

— Il a racheté nos parts il y a quelques années, expliqua Madeline.

— Pour revenir à ce qui nous rassemble ici, reprit Grace, Mme Archer affirme qu'ils vont lui mettre un maximum de chefs d'accusation sur le dos.

— Le témoignage de Beth Ann ne tient pas la route, fit remarquer Madeline. Il ne résistera pas à un contre-interrogatoire.

— Quoi ? s'écria Allie. Beth Ann maintient ses déclarations ?

Elle pensait que la belle blonde aurait changé d'avis après la visite nocturne que Clay lui avait rendue, juste avant son arrestation.

— C'est le bruit qui court, expliqua Grace.

— Mais je croyais qu'ils… Qu'ils s'étaient remis ensemble, dit Allie en rougissant un peu malgré ses efforts pour prendre un air dégagé.

— Comment ça ? demanda Madeline en la regardant avec de grands yeux. Toi et Clay, vous ne… Vous n'êtes…

— Pas vraiment, non, coupa Allie.

Sentant monter de nouvelles larmes, Irene pressa son mouchoir contre ses paupières closes.

— Les Vincelli manipulent Beth Ann, murmura-t-elle. La pauvre fille n'est ni assez maligne ni assez forte pour se défaire de leur emprise. Ils vont lui faire dire tout ce qu'ils veulent, au procès. L'avocat général aussi. C'est bien ce que tu nous as expliqué, Grace ? ajouta-t-elle en tournant son visage éploré vers sa fille.

Mais Grace s'adressa à Allie au lieu de répondre à sa mère :

— Ont-ils autre chose contre Clay ? Quelque chose que j'ignorerais ?

— Non, pas que je sache. Ils n'ont découvert ni les restes du pasteur ni l'arme qui aurait servi à le tuer ni le moindre morceau de vêtement ensanglanté lui ayant appartenu… En l'absence de preuve directe, ils vont au procès avec un dossier vide et mal ficelé, si vous voulez mon avis.

— Jed Fowler pourrait témoigner contre Clay, dit Grace. Et un témoin oculaire à charge changerait la donne du tout au tout.

— Qu'est-ce qui vous fait penser qu'il pourrait faire une chose pareille ?

— Un homme m'a appelée ici pour m'en informer.

— Qui ? demandèrent Allie et Madeline d'une même voix.

— Il a refusé de me donner son nom.

Instinctivement, elles se penchèrent en avant, comme pour mieux écouter ce que Grace avait à leur révéler.

— Qu'a-t-il dit ?

— Que c'est Jed qui a tiré sur Clay.

— Non ! s'écria Madeline. Jed ne lui ferait jamais de mal !

Allie, préoccupée par l'information que venait d'apporter Grace, ne commenta pas cette affirmation.

— Il n'a rien dit d'autre ? demanda-t-elle.

— Non. Il a prétendu qu'il existait une preuve de ce qu'il avançait, mais il a raccroché sans me donner plus de précisions.

La casquette de Jed. La veille au soir, devant la salle de billard, Joe en avait parlé. A priori, Vincelli et Hendricks étaient les seuls à être au courant. Lequel des deux avait appelé Grace ?

A moins que… Allie sentit ses muscles se contracter. Hendricks n'avait pas montré beaucoup d'intérêt pour la casquette. Mais il devait être loin d'imaginer que quelqu'un pût s'en servir pour faire pression sur Jed et l'obliger à témoigner à charge contre Clay.

Le cœur d'Allie se mit à battre follement lorsqu'elle comprit l'ingéniosité d'un tel scénario. Si elle avait deviné juste, elle avait été manipulée par Joe, le maire, ou n'importe quel autre ennemi de Clay. Celui qui était derrière tout ça savait parfaitement qu'elle réagirait de façon significative au fait qu'on lui vole son arme et qu'on s'en serve pour tirer sur Clay. Persuadé qu'elle reviendrait sur la scène du crime pour y chercher des indices, le mystérieux tireur avait volontairement laissé la casquette rouge afin qu'elle tombe dessus. Et c'est ce qui était arrivé : non seulement elle l'avait ramassée, mais elle avait informé la police de sa trouvaille avant d'aller porter la pièce à conviction au poste aujourd'hui même, en se rendant chez Grace. Le fait que ce soit une amie de Clay, ancien flic par-dessus le marché, qui ait trouvé la casquette donnait du crédit à cette découverte, et par conséquent du poids aux pressions que les adversaires de Clay pouvaient exercer sur Jed Fowler.

Allie ne pensait pas que Joe fût assez malin pour imaginer un plan aussi sophistiqué. Et même si Mme le maire était impatiente de trouver un coupable, elle ne voulait tout de même pas la peau de Clay au point d'ourdir une telle machination. Qui d'autre irait aussi loin pour le faire condamner ?

— A quoi songez-vous ? demanda Grace.

Allie enfouit son visage dans ses mains et secoua la tête.

— Quoi ? lança Madeline d'un ton impatient. Qu'est-ce qu'il y a ? Comme je te l'ai dit, je sais que Jed n'est pour rien dans tout ça. Ce coup de fil était sûrement… une mauvaise blague ou je ne sais quoi.

— Ou je ne sais quoi…, répéta Allie, songeuse. J'ai le sentiment que quelqu'un essaie d'obliger Jed à revenir sur ses premières déclarations.

— Jed ne se laissera pas influencer, affirma Irene. Il s'est accusé de l'assassinat de mon mari pour nous disculper.

— Savez-vous pourquoi il a fait ça ? lui demanda Allie en la regardant droit dans les yeux pour la première fois de la soirée.

— Non. C'est un personnage difficile à cerner. Mais le principal, c'est qu'il ait prouvé sa loyauté.

— D'accord avec toi, maman, déclara Grace. Je ne vois vraiment pas quels arguments pourraient le convaincre de retourner sa veste. Un homme prêt à passer sa vie en prison à la place de quelqu'un d'autre n'est perméable ni aux pressions ni aux menaces.

On n'imagine pas ce dont les gens sont capables…

Fowler avait semblé presque… dégoûté en prononçant ces mots. Pourquoi ? Faisait-il allusion au sacrifice qu'il avait consenti pour sauver les Montgomery ?

Allie soupira.

— Vous avez sans doute raison… Sauf si… A-t-il une raison de vous en vouloir, madame Montgomery ?

Irene lissa un pli sur la manche de son chemisier violet.

— M'en vouloir ? A moi ? Et pourquoi donc ? Je ne le vois pour ainsi dire jamais, et si on se croise par hasard dans la rue, c'est à peine si on se salue du regard.

— Il est d'une timidité maladive avec les femmes, dit Allie. Mais pour avouer un crime qu'il n'avait pas commis, il lui fallait une bonne raison. Une *très* bonne raison, même. Et la seule que je puisse imaginer, madame Montgomery, c'est qu'il ait cherché à vous protéger.

Irene haussa brièvement les épaules.

— Je ne vois pas pourquoi il ressentirait quelque chose de particulier pour moi. C'est à peine si on se connaît.

— Se peut-il qu'il vous ait secrètement admirée, pour ne pas dire plus ?

— Je ne saurais vous répondre.

— Alors, vous ne vous êtes jamais disputée avec lui ? Vous n'avez jamais rien fait qui ait pu provoquer sa colère ou sa rancœur ?

— A quoi songez-vous ?

— S'il est amoureux de vous et qu'il vous a surprise en compagnie d'un homme, il a pu en concevoir une grande amertume…

Le regard d'Irene se figea soudain, comme si elle venait de penser à quelque chose d'inquiétant. Mais elle secoua négativement la tête.

— Non, dit-elle d'une voix mal assurée, il n'a aucune raison de m'en vouloir.

17.

— Je me demande si je n'ai pas fait une bêtise.

Ces mots n'étaient pas ceux que Clay espérait entendre de la bouche de son avocate, après avoir passé la nuit en prison.

Deux chaises et une table branlante composaient tout le mobilier de la petite pièce aveugle destinée à abriter les rencontres entre les prisonniers et leurs défenseurs. Il s'assit lentement et regarda sa sœur.

— Tu es resplendissante, lui dit-il. Comment va Lauren Elisabeth ?

— Elle va bien. As-tu entendu ce que je viens de te dire ?

— Tu l'as ramenée toi-même de l'hôpital ?

Grace eut une moue impatiente.

— Oui, avec Kennedy. Elle se porte comme un charme, je me porte moi-même comme un charme et il fait chaud pour la saison. Là, tu es satisfait ? Et maintenant, j'aimerais que tu écoutes ce que j'ai à te dire. Nous n'avons pas de temps à perdre, Clay.

Il étira ses longues jambes et croisa les chevilles.

— Tu viens à peine d'accoucher, Grace. Tu devrais profiter de ton bébé au lieu d'être dans cette pièce sordide.

— Toi non plus, tu ne devrais pas te trouver ici, répliqua-t-elle.

— Peut-être. Mais moi, je n'ai pas le choix.

— Eh bien, moi non plus, figure-toi ! Comment veux-tu que je profite de Lauren en sachant que tu es derrière les barreaux ?

Elle attendit un moment qu'il réponde. Après quelques

secondes de silence, elle estima qu'il était à bout d'arguments et frappa la table du plat de la main.

— Bon, on peut parler du problème qui nous occupe, maintenant ?

— Qu'y a-t-il à dire qu'on ne sache déjà ? Tu vas essayer de dépayser le procès dans une ville où le juge, le shérif, le maire et le préfet ne sont pas de mèche pour me faire condamner à tout prix. Une ville où les habitants qui vont composer le jury ne réclameront pas que je reçoive une injection létale avant même d'avoir entendu ta plaidoirie… Mais le camp adverse s'y opposera, et comme le juge est l'oncle de Mme le maire, ils obtiendront gain de cause. Faute de mieux, tu feras l'impossible pour sélectionner quelques jurés un peu moins partiaux et…

— J'ai embauché Allie pour m'aider à enquêter.

Clay fit la grimace et se tassa sur son siège. Voilà donc la bêtise à laquelle Grace avait fait allusion en arrivant.

— Peut-on savoir ce qui t'est passé par la tête ?

— J'avais besoin d'une personne talentueuse qui ait une envie farouche de te défendre.

— C'est sûr que ça ne se trouve pas à tous les coins de rue, reconnut-il. Surtout si on parle des rues de Stillwater… Mais tu aurais pu engager quelqu'un de l'extérieur. Un détective professionnel.

— Allie est une professionnelle, Clay. Et puis crois-tu qu'un détective privé trouvé dans l'annuaire mettrait la même passion qu'elle à te sortir de là ?

Cette sombre histoire avait déjà suffisamment coûté à Allie, et Clay ne voulait plus qu'elle s'en mêle. Il préférait encore renoncer à elle et conserver l'image de l'amante si sensuelle qu'il avait découverte dans la cabane. Si elle faisait équipe avec Grace, toute la ville lui tournerait le dos. Sans compter qu'elle risquait fort de se brouiller définitivement avec son père. De quoi le shérif aurait-il l'air si sa fille s'alliait avec l'avocate de l'homme qu'il venait d'arrêter ? Et tout ça pour quoi ? De toute façon, les dés étaient pipés et le procès se terminerait fatalement par une condamnation.

— Peu importe ce que je crois, dit-il en réfutant les arguments de sa sœur d'un geste de la main. Je refuse qu'Allie s'implique dans cette affaire.

Grace sortit un stylo de sa mallette et le jeta sur son bloc-notes.

— C'est trop tard. Même si je ne faisais pas équipe avec elle, elle est déjà impliquée.

— Ecoute, Grace...

Elle leva la main pour l'interrompre.

— Laisse-moi finir ce que j'ai à dire. Quand Allie est venue à la maison, hier soir, maman et Madeline ont toutes les deux...

— Maman ? s'écria Clay. Grace, maman est trop fragile en ce moment pour s'occuper de ça. Il faut la rassurer, lui promettre que tout va s'arranger, et surtout ne tenir devant elle que des propos optimistes.

— J'en suis bien consciente. Mais je t'assure que sa présence à notre réunion était un moindre mal. Depuis qu'elle a appris ton arrestation, elle est dans tous ses états : j'ai eu un mal fou à l'empêcher d'aller faire des aveux au poste de police

— Qu'est-ce qu'elle s'imagine ? Ça n'aurait fait que nous mettre tous dans le pétrin.

— C'est ce que je lui ai expliqué. Mais elle est au bord de la crise de nerfs. Je n'ai pas eu d'autre choix que de lui demander de se joindre à nous.

Clay se tortilla nerveusement sur sa chaise. C'était vraiment pénible d'être ainsi enfermé, même pour quelqu'un qui avait l'habitude de vivre dans un périmètre restreint. Au moins, chez lui, il pouvait se changer les idées en labourant les champs ou en retapant ses voitures. Sans parler d'une virée occasionnelle en ville. Mais, ici, il avait un sentiment d'impuissance : il en était réduit à compter les mouches au plafond de sa cellule, alors que le ciel allait lui tomber sur la tête d'une minute à l'autre.

— Je suppose que Madeline a également tenu à participer aux discussions ?

— Bien sûr ! Toute la famille est solidaire, Clay. Solidaire et inquiète. Le fait de se mobiliser pour te venir en aide est aussi une façon de combattre l'angoisse.

— Sauf que ça te complique encore plus la tâche, n'est-ce pas ?

— De toute façon, notre passé est particulièrement dur à affronter, dit-elle.

Clay soupira.

— C'est vrai.

Ils entendirent tourner la poignée, et un gardien passa la tête par la porte. Son crâne chauve brilla sous la lumière dure du néon qui les éclairait.

— Tout va bien, madame ?

— Oui, merci, répondit Grace avec un sourire forcé.

L'homme dévisagea d'un air gourmand la jolie sœur de Clay.

— N'hésitez pas à me faire signe s'il vous pose des problèmes.

— Sortez d'ici ! lança Clay d'une voix dure.

Voyant une lueur mauvaise s'allumer dans le regard du gardien, Grace intervint aussitôt.

— Je vous en prie, ayez la gentillesse de me laisser travailler.

— Votre client ferait bien de se tenir à carreau s'il ne veut pas avoir d'ennuis !

Grace attendit qu'il fût parti pour reprendre la conversation qu'elle avait avec son frère.

— En tout cas, dit-elle, Madeline pense qu'elle pourra se rendre utile.

La sœur adoptive de Clay était à la fois son sauveur et son pire ennemi. Toutes ces années, elle l'avait défendu bec et ongles, clamant son innocence à qui voulait l'entendre. Sans sa loyauté et celle de Jed Fowler, il aurait connu l'horreur de la prison depuis déjà longtemps. Mais Madeline faisait aussi partie de ceux qui refusaient de tourner la page, de laisser le passé à sa place. L'idée qu'on ne puisse jamais connaître la vérité la révoltait, et elle faisait tout son possible pour que nul n'oublie que son père avait disparu dans des conditions suspectes. A cause d'elle — et des Vincelli, bien sûr —, Clay ne vivait plus en paix depuis bientôt vingt ans.

— Se rendre utile ? Et comment ça ?

— Elle a décidé de faire passer un avis sur une pleine page de son journal…

— Pour ?

— Pour informer ses lecteurs qu'une récompense sera offerte à quiconque fournira une information permettant de démasquer celui qui t'a tiré dessus.

— D'où provient l'argent de cette récompense ?

— De la poche de mon mari.

Clay fronça les sourcils.

— Qu'en disent les parents de Kennedy ?

— Il ne leur a pas demandé leur avis. Pour lui, tu fais partie de la famille.

Clay secoua la tête, impressionné par l'amour qui unissait ces deux-là.

— Il est vraiment prêt à tout pour sa petite femme, dit-il.

Grace consentit enfin à sourire.

— Peut-être… Mais c'est surtout pour toi qu'il fait ça.

— En résumé, dit Clay en posant sa main sur celle de Grace, mon comité de défense se compose d'une substitut du procureur en congé sabbatique qui va devoir donner le sein en plein tribunal, d'une mère à bout de nerfs, d'une sœur adoptive à qui on ne peut pas dire la vérité, et d'un flic qui vient de perdre son job à cause de moi… Tu parles d'une fine équipe !

Grace le regarda droit dans les yeux.

— Dit comme ça, évidemment… En réalité, c'est loin d'être aussi catastrophique, Clay. D'autant qu'on dispose d'un véritable atout avec Allie dans notre camp.

— Dommage qu'on soit obligés de se séparer d'elle.

Grace se mit à mordiller le bout de son stylo.

— Je reconnais que c'est un peu risqué de faire appel à la fille du shérif, mais je crois que ça vaut la…

Il se pencha au-dessus de la table.

— Un peu risqué ? C'est stupide, tu veux dire ! As-tu l'intention de m'aider ou de me mettre des bâtons dans les roues ?

Clay avait des raisons plus profondes de vouloir qu'Allie reste en dehors de tout ça, mais il préférait que sa sœur ignore à quel point cette femme comptait pour lui.

— Clay, sois un peu raisonnable, d'accord ? Qu'on fasse équipe ou non, Allie continuera à enquêter. Après le départ de maman et de Madeline, hier soir, elle m'a parlé du message que le tireur a laissé dans la cabane. Elle m'a aussi appris qu'elle avait trouvé la casquette de Jed à proximité de l'endroit où tu as été blessé.

— La casquette de Jed ? Tu es sûre ?

— Absolument certaine.

— Je ne sais pas ce qu'elle faisait là, mais je peux t'assurer que Jed ne m'aurait jamais tiré dessus. Et puis, pourquoi aurait-il écrit ce mot ? Non, ça ne tient pas debout, Grace.

— Allie pense qu'il s'agit d'un coup monté.

— Mais pourquoi impliquer Jed ? Qu'est-ce que le coupable aurait à y gagner ?

— Le but était sûrement de faire diversion, d'envoyer la police et Allie sur une fausse piste… Celui qui a voulu te tuer ne doit pas porter Jed dans son cœur, et il en a profité pour faire d'une pierre deux coups. Après tout, si tu n'as pas été inculpé plus tôt, c'est parce que Jed n'a cessé d'affirmer que notre cher beau-père n'était pas revenu à la ferme, le soir de sa disparition.

— Ça et le fait que la police n'ait jamais retrouvé son corps. Ou du moins ce qu'il en reste, ajouta-t-il sombrement.

— Au point où on en est, tes ennemis ont renoncé à trouver des preuves. Tout ce qui les intéresse, c'est de satisfaire un vieux désir de revanche… Quitte à prendre des libertés avec la justice.

La mine grave, Clay posa les coudes sur la table et appuya son menton sur ses mains. Il deviendrait fou si on le condamnait à une longue peine de prison. Il pouvait supporter beaucoup de choses, mais l'idée de perdre son indépendance, de vieillir entre quatre murs, à la merci des surveillants, lui faisait réellement peur.

— Je sais, dit-il.

— Allie pense que tes adversaires se servent de cette histoire de casquette pour faire pression sur Jed. Qu'ils veulent l'obliger à revenir sur sa version des faits et à témoigner contre toi. En échange, ils renonceraient à le poursuivre pour tentative de meurtre. Je dois reconnaître qu'il s'agit là d'une hypothèse tout à fait crédible.

Clay enfouit un instant le visage dans ses mains. A ce jour, il se demandait encore ce qui avait pu pousser Fowler à faire preuve de tant de solidarité à leur égard. Le garagiste en savait forcément plus sur les circonstances de la disparition de Barker qu'il ne voulait bien le dire. Sinon, songea Clay en regardant de nouveau sa sœur, pourquoi aurait-il éprouvé le besoin de s'accuser quand la police avait déterré les restes de Butch, son vieux chien mort de vieillesse ?

— Aucun d'entre nous n'a jamais été proche de Jed, dit-il. Nous ignorons même pourquoi il a témoigné en notre faveur. Du coup, on ne peut être sûr de rien. Qui sait s'il ne changera pas d'avis au moment du procès ?

Grace se mit à jouer nerveusement avec son stylo.

— Allie m'a dit autre chose qui me préoccupe.

— Quoi, encore ? demanda Clay, de plus en plus tendu, lui aussi.

Il avait cru qu'il n'aurait à se défendre que contre des preuves indirectes, mais plus il parlait avec Grace, plus il se rendait compte que ce serait moins simple qu'il ne l'avait d'abord imaginé. Manifestement, quelqu'un avait décidé de se débarrasser de lui une fois pour toutes, sans lésiner sur les moyens pour y parvenir.

— Elle a demandé à maman si Jed l'avait déjà surprise au bras d'un homme.

A ces mots, Clay bondit sur ses pieds.

— Pourquoi lui a-t-elle posé cette question ?

— Elle pense que Jed a un faible pour maman depuis des années.

— Ce n'est pas un scoop.

— Non, mais Allie pense que c'est la raison pour laquelle il s'est accusé du meurtre de Barker. Elle croit aussi que Jed continuera à nous couvrir, sauf s'il a une raison précise d'en vouloir à maman.

Clay se mit à arpenter la petite pièce de long en large.

— Et c'est déjà le cas, selon elle ? Elle a eu l'impression que Jed avait une dent contre maman ?

— Elle se pose la question.

Etouffant un juron, Clay revint s'asseoir devant Grace. Allie était loin de se douter qu'Irene avait un amant depuis plusieurs mois. Un homme qui n'était autre que son propre père. Elle allait tomber de haut quand elle découvrirait la vérité… Et il sentait que ça n'allait pas tarder. L'idée qu'elle puisse souffrir le désolait. Mais que pouvait-il faire, coincé dans sa cellule ?

— De mieux en mieux ! grommela-t-il.

La sonnerie du sans-fil tira Allie d'un profond sommeil. Elle tâtonna autour d'elle pour essayer de le trouver et faillit faire tomber la lampe de chevet. Sa fille arriva à ce moment-là en courant, le combiné à la main.

— Tu l'avais laissé dans la cuisine, maman.

— Mmm, grogna-t-elle en se frottant les yeux.

Elle se tourna sur le dos au moment où Whitney atteignait le bord du lit, et s'aperçut que le jour était déjà complètement levé.

— Oh non ! s'écria-t-elle dans un accès de panique. Est-ce qu'on est en retard ?

— En retard pour quoi ?

— Pour l'école, évidemment !

Sa fille se mit à rire comme s'il s'agissait d'une bonne blague.

— N'importe quoi, maman ! On est samedi, aujourd'hui : y a pas d'école.

— Samedi ? Ah oui… Bien sûr, dit Allie en prenant le téléphone et en décrochant.

Elle se laissa retomber sur les oreillers et couvrit l'appareil de la main, le temps de demander à Whitney ce qu'elle était en train de faire.

— Je regarde des dessins animés, répondit la fillette avant de détaler en direction du salon.

Allie la regarda s'éloigner, soulagée de voir qu'elle semblait trouver ses marques dans la nouvelle maison. Puis elle répondit enfin au téléphone.

— Allô !

— Allie, c'est moi.

Sa mère, pour changer. Depuis qu'Allie avait déménagé, Evelyn l'appelait plusieurs fois par semaine et ne cessait de lui apporter de nouveaux meubles. A ce train-là, elle allait bientôt pouvoir ouvrir un magasin d'antiquités.

— Bonjour, maman. Ça va ?

— Pourquoi n'es-tu pas venue me dire bonsoir quand tu es passée chercher Whitney, hier soir ?

— Je ne voulais pas te réveiller.

— Ça ne m'aurait pas dérangée, tu sais.

— Ce n'était pas utile.

— Mais ça nous aurait permis de bavarder un peu !

Son père étant à la maison, Allie s'était éclipsée aussi vite que possible.

— Rien ne nous empêche de discuter maintenant, répondit-elle.

— Bien sûr, bien sûr, dit pensivement Evelyn. Comment ça va chez toi ? Vous vous nourrissez correctement ?

— Tout va bien, maman.

— Et si on allait faire des courses, toutes les trois ? On pourrait acheter des aliments de base, comme ça je serais rassurée. Tu ne vas peut-être pas trouver de travail avant un bon bout de temps, tu sais.

Allie songea à la proposition qu'elle venait d'accepter. Sa mère ne serait sans doute pas ravie d'apprendre qu'elle allait être payée pour aider Clay à s'en sortir, mais elle ne voyait pas l'intérêt de faire des cachotteries. De toute manière, Evelyn l'apprendrait tôt ou tard, et Allie préférait que ce soit de sa bouche.

— En fait, j'en ai déjà trouvé, dit-elle.

— Vraiment ? s'écria Evelyn. Voilà une excellente nouvelle, Allie ! Quelle brigade vas-tu rejoindre ?

Allie inspira profondément, comme avant un plongeon.

— Grace Montgomery va défendre Clay, et elle m'a demandé de la seconder.

Silence glacial. La main d'Allie se crispa sur le combiné, mais elle refusa de parler la première.

— Tu me fais marcher, hein ? dit finalement Evelyn.

— Non, c'est la vérité.

— Allie, tu ne vas pas continuer à gâcher ta vie pour Clay Montgomery. Cette… Cette obsession a assez duré, tu ne crois pas ?

— Obsession ?

— Ce sera au jury de décider de son sort, poursuivit Evelyn, imperturbable.

— Comment les jurés pourraient-ils prendre une juste décision sans savoir ce qui s'est réellement passé ?

— En l'absence d'éléments tangibles, ils devront faire appel à leur intime conviction, voilà tout. Toi-même, tu as été incapable de faire avancer cette enquête. Et pourtant je sais que tu es une grande professionnelle, Allie.

— Je ne peux pas baisser les bras maintenant, maman. Tu te rends compte que quelqu'un vient d'essayer de tuer Clay ? Tout le monde ici semble croire qu'il est responsable de la disparition de son beau-père, mais je suis convaincue que les choses ne sont pas aussi simples.

— Tu sais comme moi que c'est Joe Vincelli qui lui a tiré dessus. Alors, ravale ta fierté, accepte de reprendre ton ancien poste, et fais le nécessaire pour que Joe réponde de son forfait. Ensuite, oublie Clay Montgomery.

— Je ne suis pas convaincue que ce soit Joe qui ait tiré.

— Eh bien, tu devrais l'être. Quand je suis allée faire mes courses au Piggly Wiggly, tout à l'heure, j'ai entendu son ex-femme dire à Francine Eastman qu'elle pensait que Joe avait ton arme de service. Figure-toi qu'elle aurait aperçu un revolver en allant récupérer de l'argent chez lui.

A quoi bon se fatiguer à mener une enquête quand il suffisait de passer quelques heures près des caisses du Piggly Wiggly pour résoudre une affaire ? songea Allie avec un certain agacement.

— Pourquoi n'en a-t-elle rien dit à la police ?

— Elle commence tout juste à reprendre pied après son divorce, et elle n'a pas envie d'avoir d'histoires avec lui, si tu veux mon avis.

— Personne ne veut avoir d'histoires avec Joe et sa clique ! répliqua Allie. Mais ne compte pas sur moi pour rester les bras croisés pendant que les Vincelli et leurs amis manipulent la justice à des fins personnelles. Clay a droit à un procès équitable et...

— Clay ! Clay ! Clay ! cria brutalement Evelyn. Tu n'as que ce prénom à la bouche, ma pauvre Allie. Parce que tu crois qu'il s'intéresse à toi pour tes beaux yeux ? Tu es bien naïve, ma fille !

Allie était tellement soufflée par ce que venait de dire sa mère qu'elle resta bouche bée, incapable de prononcer un mot.

— Clay n'aime personne, poursuivit Evelyn. Il se sert de toi. D'abord pour influencer ton enquête et te soutirer des informations, et maintenant pour que tu le sortes de prison. Oui, il te manipule cyniquement sans se soucier du mal qu'il risque de te faire.

— C'est faux ! lança Allie. Clay n'est ni un mondain ni un lèche-bottes, mais il n'est pas insensible pour autant, loin de là. Tiens, tu sais ce qu'il m'a dit ?

Oh ! et puis à quoi bon lui expliquer tout ça ? songea-t-elle soudain. Comme tous les gens d'ici, sa mère voulait un bouc émissaire, et Clay était le candidat idéal.

— … Laisse tomber, dit-elle.

Mais Evelyn ne désarma pas.

— Pense un peu au nombre de maîtresses qu'il a eues. Tu n'es qu'un trophée de plus pour lui. Et la seule chose qui te différencie de toutes celles qui sont passées dans son lit, c'est qu'il n'en veut pas seulement à ton corps, mais aussi à ton talent d'enquêtrice. Et ne me dis pas que…

Allie, furieuse, raccrocha au nez de sa mère. Ce n'était pas une chose à faire, bien sûr, mais elle n'avait pas pu se retenir.

— Maman ? appela Whitney depuis le salon.

Avant de répondre, Allie s'efforça de repousser la vague d'émotions qui menaçait de l'emporter.

— Oui, ma chérie ?

— Est-ce que mamie t'a demandé ?

— Demandé quoi, mon trésor ?

— Si je peux rester chez elle ce soir.

Allie ne sut que dire. Elle n'avait pas eu le temps d'aborder ce sujet avec sa mère.

— Hein ? Elle t'a demandé, maman ? insista Whitney.

Le téléphone se mit de nouveau à sonner, et Allie décrocha au lieu de répondre à sa fille.

— As-tu décidé de renier ta famille pour ce type ? demanda Evelyn.

Allie eut une grimace de rage et de frustration.

— Bien sûr que non, maman.

— C'est pourtant ce qui se passera si tu acceptes de travailler pour les Montgomery. Ton père le prendra comme un affront personnel, et moi, je ne pourrai plus rester neutre comme j'ai essayé de le faire jusqu'ici. Si tu me forces à choisir un camp, je serai bien obligée de me ranger aux côtés de Dale. Tu comprends bien que je n'aurai d'autre choix que de me montrer loyale envers mon mari.

— Dans ce cas, ce serait vous qui me renieriez, pas moi, répliqua Allie d'une voix plus triste que fâchée. Mais, de toute façon, il ne s'agit pas de choisir entre un camp et un autre, maman : figure-toi que j'ai besoin de ce travail.

— Si tu n'étais pas aussi orgueilleuse, tu pourrais réintégrer la police de Stillwater.

Cette solution présentait des avantages, bien sûr. Un emploi stable était toujours appréciable quand on avait un enfant à charge. Sans compter qu'elle pourrait renouer des relations normales avec sa famille... Oui, il était tentant de mettre fin à cette situation difficile, tant sur le plan financier que sur le plan émotionnel. Sauf que les autorités de cette ville se souciaient comme d'une guigne de résoudre le mystère Barker. Les politiques n'avaient qu'un seul objectif : en finir coûte que coûte avec cette affaire pour satisfaire la population et les Vincelli, puis reprendre leur petite vie tranquille, quitte à laisser un innocent en prison. Evidemment, il était plus facile de s'acharner sur Clay que sur le reste de sa famille. Contrairement à sa mère et à ses sœurs, Clay était un être sauvage, en colère. Et cette colère que l'on sentait profondément ancrée en lui avait parfois quelque chose d'effrayant. De là à voir en lui un homme capable de tuer, il n'y avait qu'un pas que beaucoup avaient allègrement franchi. Mais Allie s'intéressait à la vérité, pas aux apparences... Et puis elle éprouvait des sentiments si forts pour Clay.

— Non, maman. C'est hors de question.

— Même pas pour Whitney ?

— Tu sais très bien que Whitney ne manquera jamais de rien.

— Tu oublies qu'elle nous aime et qu'elle souffrirait de ne plus nous voir.

Allie refusait d'imaginer que les choses puissent un jour aller aussi loin. Elle préféra donc revenir au débat qui l'opposait à sa mère et qui, pour le moment, se limitait aux mots.

— Personne ne sait ce qui est arrivé au révérend Barker. Comme tout un chacun, Clay mérite un procès équitable, tu ne crois pas ?

Evelyn éleva la voix.

— Sa sœur est là pour le défendre. Elle n'a jamais perdu un procès.

— Sans doute parce qu'elle n'a jamais eu à défendre un présumé coupable ! rétorqua Allie.

— Laisse-la se débrouiller seule ! Elle s'en sortira très bien sans toi.

— Je dois écouter ma conscience, maman. C'est comme ça que papa et toi m'avez élevée.

Ces mots furent suivis d'un long silence. Evelyn le rompit d'une voix dure.

— Tu es sûre que c'est ta conscience qui te suggère d'aider cet homme ?

Et cette fois-ci, ce fut elle qui raccrocha au nez d'Allie.

— *Ma-man!* cria Whitney, à bout de patience. Pourquoi tu ne me réponds pas ?

Allie eut envie de jeter le téléphone contre le mur, mais elle se maîtrisa et le reposa gentiment sur son socle.

— Je suis désolée, mon trésor. Ce n'est pas possible d'aller voir mamie. Elle avait oublié qu'elle devait faire autre chose, ce soir.

— Mais elle me l'avait promis ! On devait faire un gâteau toutes les deux !

— Et si je demandais à ton amie Emily si elle peut venir dormir à la maison ?

— Et mamie, elle pourrait venir dormir aussi ?

— Non, Whitney, il n'y a pas de lit pour elle, ici. On ira peut-être la voir la semaine prochaine, d'accord ?

Peut-être… Ou peut-être pas, songea Allie. Compte tenu de la vitesse à laquelle se dégradaient ses relations avec ses parents, elle ne pouvait jurer de rien.

Elle se rappela soudain ce que sa mère lui avait dit au sujet de son arme volée. Alors comme ça, Cindy pensait l'avoir vue chez son ex-mari ? Dans la mesure où la haine de Joe vis-à-vis de Clay était de notoriété publique et qu'il n'avait pas d'alibi vérifiable, la police aurait dû obtenir facilement un mandat pour perquisitionner à son domicile. Sauf que Joe était un

Vincelli et que sa famille faisait la pluie et le beau temps à Stillwater. Jamais Allie ne parviendrait à convaincre son père de faire les démarches nécessaires auprès du juge. Il n'oserait pas s'opposer au clan Vincelli, surtout dans le contexte actuel. D'ailleurs, personne n'osait leur tenir tête.

Sauf elle. Puisque les représentants de la loi se comportaient comme des pleutres, son père y compris, elle n'avait d'autre choix que d'agir elle-même, et vite : si Joe était bien en possession de son Glock, il ne tarderait sûrement pas à s'en débarrasser.

— Whitney ?

— Quoi, maman ?

— Et si tu restais plutôt dormir *chez* Emily ? Sa maison est vraiment très chouette, tu ne trouves pas ?

Dale consulta sa montre, appuyé contre l'établi de la cabane à outils. Il venait de tondre la pelouse comme tous les samedis matin, mais le sentiment de détente que cette activité lui procurait d'ordinaire cédait aujourd'hui la place à une certaine nervosité. A cette heure-ci, Irene avait dû recevoir ses fleurs. D'habitude, elle se manifestait sur-le-champ quand il avait une attention pour elle, et il attendait son message avec impatience. Il avait un besoin viscéral de la voir, de la toucher. S'il lui faisait l'amour, même pour la dernière fois, il aurait ensuite la force d'affronter les problèmes qui s'accumulaient dans sa vie personnelle et professionnelle : sa brouille avec Allie, les pressions du maire et des Vincelli, la tentative de meurtre sur Clay Montgomery.

Il s'essuya rapidement les mains sur une serviette en papier avant d'attraper son portable et de composer le numéro de la boîte vocale réservée à Irene.

Vous avez un nouveau message.

A la fois ravi et excité, il appuya sur le clavier de son téléphone pour l'écouter.

Mais la voix qu'il entendit en premier fut celle de sa femme qui venait d'arriver dans son dos.

— Dale, qu'est-ce que tu fabriques là-dedans ?

Il se retourna et vit Evelyn qui l'observait depuis la porte de la remise. Il fut tenté de refermer le clapet de son portable et de le glisser dans sa poche, mais c'était le meilleur moyen d'éveiller les soupçons. Et puis Irene commençait à évoquer les « magnifiques roses » au creux de son oreille…

Il fit signe à Evelyn de se taire.

— J'écoute mes messages pour m'assurer qu'il n'y a pas d'urgence au poste de police, dit-il, tandis qu'un étrange mélange de plaisir et de culpabilité accélérait considérablement son rythme cardiaque.

Evelyn était plutôt du genre à respecter les desiderata de son mari, mais, pour une fois, elle ignora le doigt qu'il avait posé sur ses lèvres.

— Je dois aller voir le révérend Portenski, dit-elle. Je reviens dans un petit moment.

A en juger par sa mine renfrognée, quelque chose la tourmentait. Il lui aurait bien demandé ce qui n'allait pas, mais Irene était en train de lui dire à quel point elle l'aimait et combien il lui manquait… De quelle manière elle comptait retirer la lingerie fine — très fine — qu'il lui avait offerte la dernière fois qu'ils s'étaient vus.

Non seulement il n'essaya pas de retenir sa femme, mais il poussa un ouf de soulagement lorsqu'il entendit sa voiture démarrer.

Il sortit aussitôt de la remise, balaya les alentours du regard, et composa le numéro d'Irene.

— Allô !

— C'est moi, dit-il.

— Comment se fait-il que tu m'appelles aujourd'hui ? D'habitude, tu es chez toi le samedi matin.

— Evelyn vient de sortir faire un tour.

— Merci pour les fleurs, Dale. Et pour la petite carte. Les roses m'ont fait plaisir, mais ce sont tes mots qui me manquent le plus.

— J'ai envie de toi, dit-il d'une voix rauque.

— Tu veux qu'on se voie tout de suite ?

Oui. Tout de suite. Mais ce n'était pas si simple. Sa cabane était située trop loin, et, de toute façon, il n'était pas sûr d'avoir envie de faire l'amour dans ce lit où il avait vu sa fille vautrée avec Clay. Le petit hôtel de Corinth qu'ils affectionnaient n'était pas vraiment plus proche, en tout cas pas assez pour un intermède amoureux.

— Bientôt, ma beauté, bientôt. Le plaisir est dans l'attente, n'est-ce pas ?

— Mais je n'ai pas envie d'attendre, moi ! dit-elle d'une voix implorante. J'ai besoin de toi maintenant.

Il craignait qu'elle ne change d'avis s'il n'organisait pas très vite un rendez-vous.

— Je te proposerais bien ce soir, mais je ne sais pas trop où on pourrait se retrouver.

— Et ta maison d'amis ?

Il avait beau être en manque d'elle, il lui restait encore un brin de lucidité.

— Non, il nous faut un endroit sûr.

— Allez, Dale… Personne n'en saura jamais rien.

— Tu n'es pas sérieuse, Irene ? C'est juste à côté de chez moi !

— Qu'est-ce que tu racontes ? On ne peut même pas la voir depuis ta maison. Tu voulais même que je m'y installe, à une époque, souviens-toi !

Bien sûr, il avait caressé cette idée, mais elle savait comme lui que ça relevait du fantasme.

Il contempla son gazon parfaitement tondu en cherchant comment lui ôter cette folie de la tête.

— On n'en profiterait pas, dit-il, essayant une autre approche. Je passerais mon temps à épier le moindre bruit et je serais incapable de te donner toute l'attention que tu mérites.

Irene se mit à pleurer.

— Laissons tomber, puisque tu as tellement peur d'être surpris avec moi… Comme si j'étais une maladie honteuse… Laissons tout tomber, Dale…

— Je t'en prie, Irene. Arrête… J'ai tellement envie de toi que je…

Une idée lui traversa soudain l'esprit.

— Attends une seconde. On pourrait aller à la ferme…

— A la ferme ? répéta-t-elle en reniflant.

— Elle n'est pas habitée pour le moment, n'est-ce pas ? Et puis, c'est un endroit discret. Je pourrais entrer par le portail qui se trouve à l'arrière de la propriété et cacher ma voiture dans la grange.

— Non, Dale, je ne pense pas que ce soit une bonne solution. Molly arrive de New York cet après-midi. Elle a pris un avion plus tôt à cause de ce qui est arrivé à Clay. Je l'ai eue au téléphone juste avant que tu n'appelles et elle vient d'atterrir à Nashville. Elle va louer une voiture à l'aéroport.

— Elle a l'intention de s'installer à la ferme ?

— Je ne lui ai pas posé la question, mais c'est probable. D'ordinaire, elle reste chez Clay lorsqu'elle nous rend visite.

— Mais ton fils n'y sera pas, ce week-end. Tu penses qu'elle aura envie de rester seule dans cette grande maison ?

— Peut-être pas, admit Irene. D'autant qu'elle a très envie de voir le nouveau-né et de partager ces moments de bonheur avec sa sœur. Maintenant que j'y réfléchis, je suis sûre qu'elle choisira le manoir pour poser ses valises. Mais je suis censée me joindre à elles, ce soir.

— Tu trouveras bien une excuse pour t'échapper. Tu n'as qu'à dire que tu es fatiguée, que tu as mal à la tête, je ne sais pas, moi… Tu t'éclipses en prétextant que tu vas te coucher, ce qui n'est pas entièrement un mensonge, et on se retrouve chez ton fils.

— Mais si quelqu'un aperçoit de la lumière dans la ferme ? demanda-t-elle, encore hésitante.

— On n'allumera pas l'électricité, voilà tout. Ce sera encore plus drôle, tu verras, dit-il avec l'excitation d'un gamin. Et tu pourras planquer ta voiture avec la mienne dans la grange.

Elle ne répondit rien.

— C'est l'endroit idéal, ma beauté. C'est à la fois proche et discret. Hein ? Tu es d'accord ? demanda-t-il d'un ton pressant, comme elle tardait à répondre. Et puis, quelle autre solution avons-nous ?

— C'est que… Clay est en prison, Dale.

— Pas pour longtemps, ma chérie. Grace va le sortir de là.

Il parlait d'une libération sous caution, même s'il savait qu'Irene songeait à quelque chose de plus définitif. Mais il préférait rester dans le flou pour ne pas l'alarmer.

— Il va m'en vouloir s'il apprend que je suis venue chez lui avec toi, dit-elle.

— Comment veux-tu qu'il le sache ? De toute façon, il n'est pas au courant pour toi et moi.

Silence.

— Irene ? Il n'est pas au courant, n'est-ce pas ?

— Non, répondit-elle vivement. Bien sûr que non !

— Ça vaut mieux, dit Dale sans pouvoir cacher son soulagement. Alors, on se retrouve là-bas ce soir.

— Que vas-tu dire à ta femme ?

— Je prétendrai qu'un de mes hommes s'est fait porter pâle et que je dois le remplacer.

— A quelle heure on se retrouve ?

— A 10 heures.

Il l'entendit soupirer doucement à l'autre bout du fil.

— D'accord, si tu penses que c'est une bonne idée…

— Oui, c'est que je pense. Et n'oublie pas de mettre les dessous dont tu parlais dans ton message.

Les yeux grands ouverts, Clay fixait le plafond de sa cellule tandis que les ressorts du mauvais matelas lui martyrisaient le dos. Il avait essayé la couchette inférieure, mais c'était encore pire. Dieu merci, la prison du comté n'était guère peuplée, et il avait la chance d'être seul. Mais pour combien de temps ? La situation risquait d'empirer s'il était reconnu coupable du meurtre de Barker. Mais, dans l'immédiat, il valait mieux ne pas trop y penser…

Il posa son regard sur un endroit où la peinture s'écaillait. D'ordinaire, cet isolement forcé ne l'aurait pas trop perturbé. Au fond, ce n'était pas si différent de ce qu'il vivait à la ferme. Le problème, c'est qu'il n'arrêtait pas de penser à Allie et que rien ici ne pouvait le distraire de cette obsession. Dire qu'elle allait s'exposer à la vindicte populaire, se fâcher avec ses amis et ses proches… Tout ça parce qu'elle avait décidé de lui venir en aide contre vents et marées. L'idée qu'on pût lui faire du mal — ce qui ne manquerait pas d'arriver si elle continuait à le défendre — lui fit serrer les poings. Mais à quoi servaient ses poings, s'ils ne pouvaient frapper que les murs d'une cellule ?

Il se contorsionna pour atteindre avec son doigt l'endroit de sa blessure. Ça le démangeait terriblement depuis ce matin, signe d'une bonne cicatrisation. Si seulement sa situation judiciaire pouvait suivre le même chemin… Mais il ne fallait pas se faire d'illusions. Certaines plaies étaient restées ouvertes depuis dix-neuf ans, et la ville regorgeait de gens qui les haïssaient, lui et sa famille. Si sa mère et ses sœurs ne pouvaient défaire leurs liens de sang, Allie n'avait aucune raison de se mettre en danger en rejoignant les rangs des parias de Stillwater. Sans doute était-elle loin d'imaginer à quel point elle comptait pour lui, et combien il rêvait de lui offrir le refuge de ses bras…

Le plus douloureux dans sa détention n'était pas le manque de confort ni même le sentiment d'enfermement… C'était le fait de ne pas pouvoir protéger Allie.

— Grace a intérêt à faire ce que je lui ai dit, marmonna-t-il en sautant de sa couchette.

Il avait demandé à sa sœur d'expliquer à Allie qu'il ne voulait plus la revoir. Plus jamais. C'était dur, très dur même, mais c'était la seule façon de lui faire entendre raison. Et la peine momentanée qu'elle éprouverait en entendant ces mots serait pour elle un moindre mal : ne valait-il pas mieux souffrir quelques jours que gâcher toute sa vie ? Qu'elle se réconcilie avec ses parents et qu'elle réintègre la police de Stillwater, songea-t-il. Surtout, surtout, qu'elle l'oublie et qu'elle trouve un bon père pour Whitney. Elle avait besoin d'un homme avec un avenir et non d'un homme avec un passé.

Tout en faisant les cent pas dans sa cellule, Clay se laissa aller à imaginer ce que serait la vie auprès d'Allie. Rentrer des champs et partager son dîner avec elle. La regarder s'endormir dans ses bras. L'aider à élever sa fille. Lui faire un enfant et regarder son ventre s'arrondir un peu plus chaque jour.

Un sourire rêveur aux lèvres, il se rappela avec émotion la petite chose rouge et ridée qui était sortie du ventre de sa sœur, et la façon dont Lauren avait tourné sa minuscule bouche vers lui quand il lui avait caressé la joue. Tenir ce bébé dans ses bras lui avait rappelé, avec plus de clarté que jamais, ce qui comptait dans la vie. La plupart des hommes trouvaient *normal* de fonder une famille. Ils ne connaissaient pas leur chance. Sans doute fallait-il être dans la position de Clay pour comprendre à quel point c'était une chose extraordinaire.

Même s'il savait qu'il ne pourrait en faire partie, Clay souhaitait qu'Allie jouisse à l'avenir d'une vie pleine et heureuse. Mais il avait le sentiment que Grace ne transmettrait pas son message. Sa sœur était plus forte que jamais ; sûre d'elle-même et de ses décisions. Et elle semblait croire que la collaboration d'Allie pouvait s'avérer déterminante.

Oui, Grace allait utiliser tous les moyens à sa disposition pour le sortir de ce bourbier, que ça lui plaise ou non. Et l'un de ces moyens s'appelait Allie McCormick.

18.

Joe passait presque tous ses samedis soir à se soûler avec la bande de copains qui le suivait partout. A en croire Cindy, son ex-mari buvait trop, et même beaucoup trop. Cela n'avait certes rien de louable, mais ça faisait ce soir les affaires d'Allie. Adossée à la barrière qui protégeait l'enceinte de Stillwater Sand and Gravel, l'entreprise familiale des Vincelli, elle poussa un soupir de soulagement : la maison de Joe était plongée dans le noir.

Abandonnant sa voiture dissimulée entre d'immenses tas de sable et de pierres, Allie se rapprocha de la grande bâtisse sombre qu'elle distinguait entre les arbres. Elle n'était pas vraiment fière de passer du statut de policier à celui de cambrioleur, mais elle n'avait pas le choix. Avant de se lancer dans cette aventure aussi risquée qu'illégale, elle avait appelé Hendricks une dernière fois pour lui demander si Dale comptait interroger Joe. Sa réponse négative avait achevé de la convaincre de la nécessité d'agir en dehors du cadre de la loi.

Vêtue d'un jean sombre et d'un T-shirt assorti, Allie se faufila entre le grand frêne blanc et les érables argentés qui formaient une clôture naturelle au fond du jardin de Joe, puis elle se dirigea droit vers la porte de derrière. Elle avait emporté une torche électrique, mais elle préférait ne s'en servir qu'à l'intérieur. Par chance, c'était une nuit de pleine lune, et elle trouva facilement son chemin jusqu'à l'entrée de la maison. La seule chose qu'elle redoutait vraiment, c'était qu'un chien ne déboule brusquement.

Arrivée devant la porte doublée d'un paravent antimoustiques,

Allie resta un moment immobile à écouter les bruits alentour. La nuit était calme et la demeure silencieuse.

« Il est parti. »

Elle voulut ouvrir le paravent, mais il était verrouillé.

Etouffant un juron, elle plongea la main dans le grand sac de toile qu'elle portait à l'épaule et qui contenait un canif, la torche électrique et quelques autres outils. Le plus simple était de faire un trou dans le mince grillage du paravent et d'y passer la main pour défaire le loquet. Seulement, Joe verrait forcément le trou, et Allie préférait qu'il ignore tout de sa petite expédition, car, s'il était sur ses gardes, il deviendrait beaucoup plus difficile de le prendre en défaut. Il y avait sûrement une fenêtre ouverte quelque part : juin arrivait à grands pas, déjà précédé de sa chaleur humide et étouffante. Et puis Stillwater faisait encore partie de ces villes paisibles où les gens n'étaient pas obsédés par la sécurité. Ici, on ne verrouillait pas forcément sa maison quand on partait faire une course, et l'on trouvait parfois dans les parkings des voitures avec les clés sur le contact.

Allie essuya ses mains un peu moites sur son jean et décida de faire le tour. Tout semblait fermé au rez-de-chaussée, mais une fenêtre était entrouverte au premier étage. Sans doute la salle de bains. Elle pouvait voir les rideaux onduler légèrement, bien qu'il n'y eût pas une once de vent. Joe avait dû laisser un ventilateur en marche, songea-t-elle en cherchant le moyen de grimper là-haut sans être vue depuis la rue.

La fenêtre, située sur la façade, juste au-dessus de la véranda, n'était pas protégée par le feuillage des arbres.

Allie se mordit la lèvre. Que faire ? Découper le grillage du paravent antimoustiques ou tenter l'escalade jusqu'à l'étage ?

A cette heure-ci, il n'y avait guère de circulation… Et puis, la nuit la protégeait, même si la lune pouvait dénoncer sa présence à un automobiliste ou à un voisin particulièrement attentif.

Ne voyant aucune voiture à l'horizon, elle mit son sac en bandoulière et se hissa sur la barrière de la véranda. Le treillis métallique sur lequel s'accrochait la vigne vierge ne semblait pas excessivement solide, mais Allie était presque certaine qu'il parviendrait à supporter ses cinquante-deux kilos. Une fois qu'elle serait sur l'auvent de bois qui couvrait une partie de la terrasse, il lui serait facile d'atteindre la fenêtre et…

Elle entendit un bruit de moteur et se plaqua contre le mur de la maison. Estimant le temps qu'il lui faudrait pour grimper jusqu'à la fenêtre, elle renonça aussitôt : la voiture se rapprochait à la vitesse grand V.

L'urgence de la situation lui fit oublier sa peur, et elle s'élança comme un singe sur le treillis métallique avant de basculer sur les tuiles de l'auvent et de s'y allonger.

Essayant de se faire encore plus petite qu'elle n'était, de se fondre au décor, elle attendit que le véhicule soit passé.

Mais il ne passa pas.

Au lieu de poursuivre son chemin, le 4x4 ralentit et tourna lentement dans l'allée qui menait au garage.

Joe ! Joe venait de rentrer chez lui.

Allie se tint parfaitement immobile tandis que le moteur s'arrêtait. Puis une portière claqua et elle perçut des bruits de pas qui venaient dans sa direction. Quelques secondes plus tard, elle entendit un bruit de clé. Elle se promit de ficher le camp d'ici dès que Joe aurait refermé la porte derrière lui. D'un autre côté, songea-t-elle aussitôt après, cette fenêtre entrouverte se trouvait maintenant à portée de main… S'il restait en bas suffisamment longtemps, elle pourrait au moins jeter un coup d'œil à l'étage avant de repartir… non ?

Dominant son appréhension, elle se releva et agrippa les rebords de la fenêtre. Elle resta dans cette position quelques secondes, l'oreille aux aguets, prête à prendre ses jambes à son cou si elle entendait un chien. Le son de la télévision arriva jusqu'à elle, mais pas d'aboiements, de halètements ou de petits gémissements joyeux.

Allie rassembla ses forces et tira sur ses bras. Puis elle ouvrit la fenêtre en grand d'un léger coup de tête, et se laissa tomber en avant pour atterrir sur les mains dans ce qui semblait être la chambre de Joe.

Une fois debout elle balaya la pièce du regard. Il y avait là un ventilateur qui ronronnait, un lit défait, une commode aux tiroirs ouverts, un placard et un bureau encombré de papiers. Du linge sale était éparpillé un peu partout sur la moquette.

Allie se dépêcha d'aller éteindre le ventilateur afin de pouvoir entendre Joe, si d'aventure il s'avisait de monter au premier. Sa torche électrique à la main, elle se jucha sur la chaise de bureau pour inspecter le haut du placard. Elle repéra un petit ballot prometteur dans un coin. Qu'avait-il ainsi enveloppé dans un vieux vêtement, avant de le repousser au fond de la plus haute étagère de son placard ? Son arme ?

Non. Le T-shirt contenait un assortiment de jouets érotiques, dont un godemiché électrique de taille respectable, ainsi que des accessoires sadomasochistes.

— Voilà quelque chose ce que j'aurais préféré ignorer, murmura-t-elle.

Allie remballa sa découverte du bout des doigts et replaça le ballot là où elle l'avait trouvé. Elle s'intéressa ensuite à la commode. Dans l'un des tiroirs ouverts, il y avait un caleçon et un magazine féminin. En dessous, elle repéra un vieil annuaire scolaire. Elle faillit le repousser, mais elle se ravisa en constatant que la télévision était toujours allumée en bas. Après tout, elle avait sûrement le temps d'y jeter un coup d'œil.

L'annuaire datait de l'époque où Joe était en terminale. Sur les premières pages, réservées aux commentaires des camarades d'école, certains de ses amis avaient préféré laisser des dessins cochons. Kennedy lui souhaitait de bien « s'éclater » pendant l'été. Plusieurs filles avaient inscrit des messages plus personnels, tel ce : « Je ne peux pas croire que ce soit vraiment fini entre nous. Rappelle-moi vite, d'accord ? ». Ou encore ce long poème d'amour écrit par Cindy, sa petite amie de l'époque qu'il avait fini par épouser… avant de divorcer, puis de se remarier avec elle pour divorcer de nouveau !

Que faisait cet annuaire de terminale dans le tiroir de la commode où il rangeait ses caleçons ?

Allie trouva ce détail très intéressant. Surtout quand elle découvrit qu'une des pages consacrées aux photos des élèves était dotée d'un préservatif en guise de marque-page. C'était la page où se trouvait le portrait de Grace Montgomery. Contrairement à celles des autres élèves, sa photo n'avait pas été réalisée dans un de ces coûteux studios professionnels. Pourtant, ce n'était pas la médiocre qualité du cliché qui retenait l'attention, mais les mots que Joe avait tracés sur le visage de la jeune fille : « Tu me le paieras, espèce de salope. »

Avait-il écrit ça à l'époque où la photo avait été prise ou plus récemment ? Allie eut le sentiment que ce message de haine était récent.

Tout le monde savait que Joe reprochait à Grace de l'avoir éloigné de son meilleur ami. Kennedy et lui étaient inséparables au lycée, et cette complicité avait duré jusqu'à ce que Grace revienne à Stillwater, un an plus tôt. Kennedy était alors tombé amoureux d'elle, et ça avait sonné le glas de leur longue amitié. La phrase griffonnée sur le portrait de Grace exprimait certes de la rancune, mais Allie y lisait également une violence, une malveillance qui dépassait le simple dépit.

Elle en était là de ses réflexions quand elle entendit craquer les marches de bois de l'escalier.

Elle se figea, tendant l'oreille pour être certaine que quelqu'un montait à l'étage. Les pas se rapprochèrent. Elle éteignit sa torche électrique, jeta l'annuaire dans le tiroir, puis fourra son sac sous le lit de Joe avant de s'y glisser elle-même. Il y avait tellement de poussière qu'il était difficile de respirer, mais, de toute façon, la peur l'en empêchait. Elle n'était même pas certaine d'être assez loin sous le sommier pour ne pas être vue. Il y avait un tel bric-à-brac là-dessous, y compris ce qui semblait être de la vaisselle, qu'elle ne pouvait plus se mouvoir sans risquer de faire du bruit.

La lumière inonda la pièce. La joue pressée contre la moquette, Allie aperçut les pieds de Joe au moment où il pénétrait dans sa chambre.

« Pourvu qu'il ne remarque pas que j'ai éteint le ventilateur ! »

Aucune réaction de surprise, pour autant qu'elle pouvait en

juger depuis sa cachette. Sans doute ne se souvenait-il pas de l'avoir laissé allumé en partant. Le matelas couina au-dessus de sa tête, tandis que Joe se laissait tomber sur le lit pour ôter ses bottes.

Dieu merci, il allait se coucher ! Quand il dormirait à poings fermés, elle sortirait de là et irait fouiller le reste de la maison.

Mais au lieu de se déshabiller, il échangea ses bottes contre une paire de tennis et se leva pour aller passer un coup de fil.

— Tu es prêt ?... Non, ça prendra davantage de temps... Je commence à croire qu'il est enterré sous cette foutue grange... Et alors ? Jed était peut-être dans le coup, lui aussi. Ils l'ont forcément enterré tout près... Où est-ce que tu l'as vue ?... Ça n'a pas d'importance. Elle ne sera pas à la ferme. Elle va rester chez sa mère ou chez Grace... Oui, exactement. Fais attention : que personne ne voie ta voiture pénétrer dans la propriété. Si Clay apprend qu'on est entrés chez lui, il nous enterrera avec mon oncle... Ouais, ouais... N'empêche que si tu avais vu comment il a arrangé le portrait de Tim Fox quand il l'a surpris en train de tripoter Grace, tu serais moins tranquille... Peu importe que ce soit une vieille histoire, je le connais mieux que toi... Ouais... Pas grave. On pourra toujours terminer demain ou après-demain si ça s'avérait nécessaire... Tant mieux... D'accord... N'oublie pas d'apporter une pelle-bêche !

Il raccrocha sur ces mots, prit quelque chose sur sa table de nuit et quitta la pièce.

Allie commença à ramper pour s'extraire du nid à poussière dans lequel elle avait failli étouffer, tout comme elle avait failli s'étouffer en entendant les propos que Joe venait de tenir au téléphone.

Mais, une seconde plus tard, il revint pour éteindre la lumière.

Le révérend Portenski marchait de long en large dans son bureau. Evelyn McCormick était partie depuis des heures, mais il ne parvenait pas à oublier sa visite. Jamais il ne l'avait vue aussi désemparée. Désorientée par la tournure que prenaient ses rapports avec sa fille, elle était venue chercher conseils et soutien auprès de lui. Mais il n'était pas certain d'avoir réussi à rassurer cette femme qu'il estimait tant.

Il en revenait toujours à la même question : devait-il agir dans son propre intérêt ou dans celui d'Evelyn ? Et comment oublier tous les autres ?

Pourtant, il ne pourrait pas cacher éternellement sa sinistre découverte. Jusqu'à présent, il s'était tu pour le bien de l'Eglise, et parce qu'il n'y avait plus rien à faire pour les malheureuses fillettes dont Barker avait abusé.

Portenski n'avait jamais mis les pieds à Stillwater avant de remplacer le pasteur disparu, et il n'aurait même pas su dire qui étaient les autres gamines qui se trouvaient sur ces photos. De plus, les clichés dataient déjà de plusieurs années quand il était tombé dessus, et les enfants qu'on y voyait photographiées étaient devenues des adultes. Aucune plainte n'ayant été déposée contre Lee Barker, le révérend Portenski pensait que les victimes du pédophile étaient parties vivre ailleurs depuis longtemps, pour mieux tourner la page. Sauf Grace, bien entendu.

Mais elle aussi avait préféré conserver le silence. Alors ? Ce qui était fait était fait, après tout... En ne disant rien à personne, il protégeait Madeline de la terrible réalité, l'Eglise de la honte et les Vincelli — qui formaient une famille particulièrement fière — de la pire des humiliations. Bien sûr, ces Polaroïd pouvaient, en révélant le mobile du crime, aider à faire condamner Clay. Mais il ne faisait guère de doute qu'à choisir, Joe et son clan préféreraient préserver la réputation d'un des leurs et étouffer le scandale. Depuis le temps que cette ville avait fait de Barker un saint...

Les Montgomery non plus ne seraient pas ravis de voir ces clichés apparaître au grand jour. D'une part parce qu'ils pourraient avoir une influence globalement négative sur l'issue du procès de Clay — une probable condamnation avec circonstances atténuantes —, et d'autre part à cause de la fragilité psychologique de Grace. Les circonstances atténuantes n'empêcheraient pas Clay de passer de longues années en prison, et Portenski n'avait aucune envie d'obliger Grace à revivre le traumatisme qu'elle semblait avoir surmonté, sans doute au prix de terribles souffrances. Elle lui avait demandé de venir en aide à son frère, et il n'avait pas l'intention de se dérober. Même s'il ne se sentait pas très à l'aise avec Clay, il ne pouvait s'empêcher d'admirer la force morale de ce garçon, et il comprenait les décisions difficiles qu'il avait sans doute eu à prendre.

Mais comment protéger à la fois les Montgomery, les Vincelli et les McCormick ?

Le révérend Portenski posa un doigt pensif sur ses lèvres. Que faire ?

Avec un soupir, il s'agenouilla et se mit à prier.

— Mon Dieu, montrez-moi le chemin. Indiquez à Votre humble serviteur comment être juste avec tous.

Il se tut dans l'attente d'un signe. Mais, pendant de longues secondes, seul le silence lui répondit. Puis, enfin, une pensée s'imposa à lui.

La vérité est le secret de l'éloquence et de la vertu, la base de l'autorité morale. C'est l'art et la vie à leur zénith.

Ces mots étaient de Henri Frederic Amiel, philosophe suisse romand du XIXe siècle. Pourquoi lui venaient-ils à l'esprit en cet instant précis, sinon parce qu'ils renfermaient la réponse qu'il espérait ?

Amiel avait écrit autre chose qui donnait à réfléchir :

L'homme qui attend d'y voir parfaitement clair avant de prendre une décision reste à jamais indécis. Accepter la vie, c'est aussi accepter les regrets.

Oui, songea Portenski en levant les yeux vers la croix, c'était le signe qu'il attendait pour agir.

Allie se transforma aussitôt en statue de sel. Mais rien dans l'attitude de Joe ne laissait supposer qu'il l'avait aperçue. Il se contenta d'abaisser l'interrupteur d'une pichenette avant de descendre l'escalier quatre à quatre.

Dix secondes plus tard, elle entendit claquer la portière de son 4x4, puis le moteur qui démarrait. Comment avait-il pu ne rien remarquer ? se demanda Allie, le cœur battant à tout rompre. Sans doute avait-il l'esprit entièrement occupé par ce qu'il s'apprêtait à faire… Et si elle avait bien saisi la teneur de la conversation qu'il venait d'avoir avec son mystérieux interlocuteur, cette crapule de Joe comptait profiter de l'absence de Clay pour s'introduire dans la ferme.

Qu'il cherche, si ça lui fait plaisir. De toute manière, il ne trouvera rien.

La police avait déjà effectué des fouilles, sans aucun résultat. Clay était innocent.

Epoussetant ses vêtements couverts de poussière, elle commença à inspecter les autres tiroirs de la commode. Pendant que Joe s'échinerait en vain à creuser des trous dans la propriété de Clay, elle aurait tout le temps de chercher son revolver.

Mais elle se ravisa presque aussitôt. Clay n'avait pas commis de meurtre de sang-froid. C'était son intime conviction, et elle refusait d'imaginer que ses sentiments puissent l'aveugler. Pourtant, elle devait reconnaître qu'il existait en lui une part d'ombre, et qu'elle avait peur de connaître les secrets qui la peuplaient. Il avait forcément une bonne raison pour surveiller sa propriété avec tant de vigilance.

Et si Joe et son complice trouvaient quelque chose, après tout ?

C'était peu probable, d'accord, mais pouvait-elle prendre le risque de les laisser découvrir un élément dont ils pourraient ensuite se servir contre Clay ?

Mettant un terme à ses propres recherches, elle dévala l'escalier, sortit par la porte de derrière et courut vers sa voiture. Il fallait absolument qu'elle les arrête avant qu'il ne soit trop tard.

La ferme apparut dans les phares de sa voiture. En chemin, elle avait essayé de joindre Grace et Madeline, mais la ligne de la première était sans cesse occupée tandis que celle de la seconde sonnait dans le vide. En désespoir de cause, Allie avait appelé Kirk, le petit ami de Madeline. Il lui avait appris que Molly était arrivée en ville dans l'après-midi et que les trois sœurs se trouvaient au manoir. Kirk avait dû sentir qu'Allie était nerveuse, parce qu'il lui avait promis de se rendre lui-même à la ferme pour qu'elle ne soit pas seule au cas où les choses tourneraient mal. Mais Allie avait manifestement été plus rapide que tout le monde : la propriété de Clay semblait déserte.

Elle se gara dans l'allée et se rua vers la porte d'entrée. Fermée à clé. Elle contourna le bâtiment — préférant la terre meuble et silencieuse à la véranda qui faisait le tour de la maison —, et gravit les marches menant à la porte de derrière. Egalement verrouillée.

Elle se trouvait devant le poulailler quand il lui sembla apercevoir une brève lueur dans l'une des pièces du premier étage. La lumière avait disparu aussi vite qu'elle était apparue, et Allie songea que ce n'était peut-être qu'un rayon de lune qui s'était réfléchi dans une vitre.

A moins qu'elle n'imagine des choses ?

Elle était suffisamment nerveuse pour voir une menace dans le moindre bruit, la moindre ombre ou le moindre reflet. D'autant que Vincelli était capable du pire, elle le savait. Si c'était bien son arme que Cindy avait vue chez lui, Joe était sans doute celui qui avait essayé de tuer Clay. Non seulement ce type avait un mauvais fond, mais il était peut-être un assassin en puissance. Qui sait si elle ne serait pas sa prochaine victime, dans le cas où il la trouverait ici ?

Tuée avec son propre revolver... C'était tout à fait plausible... Joe éprouvait une haine viscérale envers les Montgomery, et la haine pouvait conduire aux pires extrémités.

Allie voulut appeler son père pour avoir du renfort. Il semblait croire que Clay était le seul dans cette ville à être capable de violence, malgré le coup de feu essuyé à la cabane, leurs deux voitures vandalisées et le vol de son arme de service. Pourtant, elle savait qu'il n'hésiterait pas une seconde à venir s'il pensait que sa fille courait un danger. Encore fallait-il réussir à le joindre.

A la troisième sonnerie, elle tomba sur la boîte vocale.

— C'est pas vrai ! marmonna-t-elle entre ses dents.

Heureusement, Kirk n'allait pas tarder à arriver.

En l'attendant, elle décida de vérifier si le 4x4 de Joe ne se trouvait pas dans les parages : la ferme était trop éloignée de la ville pour que l'on y vienne autrement qu'en voiture. Si Joe était déjà là, il s'était probablement garé à proximité pour pouvoir fuir plus vite en cas de problème. Il avait le choix entre le chemin de terre qui longeait l'arrière de la propriété, la clairière où Clay entreposait son équipement lourd, et derrière la grange.

« Je commence à croire qu'il est enterré sous cette foutue grange… »

Se rappelant les mots de Joe, Allie décida de commencer par là, d'autant que c'était l'endroit le plus proche. Elle n'avait pas encore atteint son but lorsqu'elle remarqua que la grande porte coulissante qui fermait l'entrée du bâtiment était entrouverte.

Même menottes aux poignets, Clay ne serait jamais parti sans mettre le cadenas, songea-t-elle.

Joe… En fin de compte, il était arrivé avant elle. Avaient-ils déjà commencé à creuser ? Allie s'approcha de la porte sur la pointe des pieds. Pas de lumière à travers la mince ouverture. Ils ne creusaient quand même pas dans le noir…

La maison !

Elle fit volte-face, désormais certaine que la lueur aperçue au premier étage était plus qu'un simple reflet de lune. Mais au dernier moment, elle eut envie de rendre à Joe et à son ami la monnaie de leur pièce en crevant à son tour les pneus de leurs voitures. De toute façon, même si Vincelli n'était pas celui qui avait tiré sur Clay, il méritait amplement ces petites représailles. Et puis ça l'empêcherait de s'enfuir et de prétendre par la suite qu'il n'avait jamais mis les pieds ici.

Elle fouilla dans son sac, sortit son canif et sa torche électrique et s'enfonça dans la grange plongée dans le noir.

Quelque chose lui frôla le pied. Elle faillit hurler à l'idée qu'il s'agissait sans doute d'une souris.

— On se calme, Allie ! murmura-t-elle en allumant sa torche. On se calme…

Elle braqua le faisceau lumineux sur les voitures garées non loin de la Jaguar de collection de Clay. Ce qu'elle vit alors la stupéfia au point qu'il lui fallut quelques secondes pour reprendre ses esprits. Ce n'était pas le 4x4 de Joe qu'elle avait sous les yeux, mais la Honda bleue d'Irene Montgomery. En soi, ça n'avait rien d'extraordinaire… Sauf qu'un véhicule de patrouille se trouvait juste à côté. Le véhicule de patrouille de son père. Pendue au rétroviseur, elle pouvait voir la petite carte que Whitney avait coloriée à l'école pour la fête des Pères.

Pourquoi ? se demanda-t-elle, abasourdie. Que faisaient-ils ici tous les deux ? S'ils s'étaient donné rendez-vous pour un motif avouable, ils n'auraient pas pris soin de dissimuler leurs voitures…

Allie se remémora la peur qu'elle avait lue dans les yeux d'Irene lorsqu'elle lui avait demandé si Jed l'avait déjà surprise au bras d'un autre homme que Barker.

— Oh non…, murmura-t-elle, en proie à une affreuse nausée. Non…

Elle écouta les battements de son cœur pendant de longues secondes avant d'arriver à faire un mouvement. Elle n'avait plus aucune envie de retourner dans la maison : elle était trop effrayée par ce qu'elle risquait d'y découvrir. A présent, elle savait d'où venait le tube de rouge à lèvres carmin oublié dans la voiture de son père : c'était celui d'Irene.

L'idée de les surprendre l'horrifiait, mais elle ne pouvait tout de même pas rester sans rien faire. Joe allait arriver d'une minute à l'autre. S'il entrait par l'arrière de la propriété, il ne verrait pas la voiture d'Allie stationnée devant la maison, et alors…

— Mon Dieu ! s'écria-t-elle en éclairant ses pas avec la torche, tandis qu'elle quittait précipitamment la grange.

Il fallait absolument qu'elle prévienne les deux amants. Si Vincelli les surprenait, c'en serait fini de la carrière et de la réputation de son père. Sa mère connaîtrait une terrible désillusion, doublée d'une humiliation publique, et Stillwater se vengerait d'Irene en envoyant Clay en prison pour le restant de ses jours. La meilleure des défenses ne pourrait rien pour lui.

Comment son père avait-il pu faire une chose pareille ?

Malgré la boule qui grossissait dans sa gorge, Allie balaya de son faisceau lumineux la zone située entre le poulailler et la cabane à outils. Rien. Elle décida alors de refermer la porte de la grange à l'aide du cadenas resté ouvert au bout de sa chaîne. Si Joe découvrait la voiture de police garée tout contre celle d'Irene, il n'aurait pas besoin de surprendre le shérif et sa maîtresse en train de faire des galipettes pour comprendre la situation.

Une fois la grange cadenassée, elle se résolut à marcher vers la maison.

« Irene Montgomery et papa… »

Secouant la tête comme si cela pouvait lui permettre de chasser à jamais l'image embarrassante qui s'y formait malgré elle, Allie pressa le pas. Il fallait faire vite : avant que Joe n'arrive et ne parvienne à crocheter le cadenas qui fermait la grange. D'autant que Kirk n'avait toujours pas montré le bout de son nez.

Restait à trouver une solution pour s'introduire chez Clay.

Optant pour la manière forte, Allie sortit le pied-de-biche qui se trouvait dans son sac et l'inséra entre la porte et l'huisserie. Après un dernier regard par-dessus son épaule, elle fit levier de tout son poids.

Le bruit fut tel qu'elle ferma les yeux et rentra la tête dans les épaules, persuadée que son père allait apparaître à la fenêtre, en caleçon.

Mais s'il avait entendu quelque chose, la crainte d'être découvert avait dû le dissuader de se montrer.

Elle attendit encore quelques secondes… Aucun signe de Joe non plus.

C'était plutôt une bonne nouvelle, sauf que la porte refusait de céder. Après avoir marmonné deux ou trois jurons bien sentis, Allie fit une nouvelle tentative à peine moins bruyante.

Victoire!

Mais à quel prix… Pour ce qui était de la discrétion, c'était franchement raté. Quant à l'intimité de Clay… Au moins cinq intrus allaient sans doute investir sa ferme, cette nuit. Nul doute qu'il serait ravi d'apprendre ça.

Elle remit le pied-de-biche dans son sac et pénétra dans la cuisine. Une fois la porte maintenue fermée à l'aide d'une chaise — autant que Joe ignore aussi longtemps que possible qu'il n'était pas seul à avoir eu la mauvaisc idée de passer la soirée chez Clay —, elle se dépêcha de traverser la pièce pour atteindre l'escalier. Elle fut tentée d'annoncer sa venue, mais se ravisa de crainte que son père et Irene ne fussent pas les seuls à l'entendre.

Elle découvrait cette maison pour la première fois et Clay n'était pas là pour la guider, songea-t-elle avec tristesse. Mais les circonstances ne lui permettaient pas de s'appesantir sur ce sentiment, et c'était sans doute aussi bien comme ça. Le cœur lourd, elle gravit les marches aussi vite que possible.

A l'étage, toutes les portes étaient ouvertes. Toutes, sauf deux.

Derrière l'une d'elles, son père se trouvait en compagnie d'une femme qui n'était pas sa mère…

Elle prit son courage à deux mains et ouvrit la première. C'était la chambre de Clay et elle était vide. La subtile odeur masculine qui y régnait la ramena à cette nuit d'orage passée tout contre lui, à cette nuit magique au cours de laquelle leurs corps s'étaient donnés sans retenue. Elle avait une telle envie de le voir, de l'entendre, de le toucher… Mais il était en prison et il n'en sortirait peut-être pas de sitôt. En attendant, son père avait une liaison, et Joe profitait des ennuis judiciaires de son ennemi juré pour essayer de pousser son avantage.

Le monde s'était mis à marcher sur la tête. Chaque jour apportait son lot de catastrophes. Allie eut soudain envie de se mettre en boule dans un coin et de laisser couler les larmes de rage et de frustration qu'elle retenait depuis trop longtemps. Mais elle ne pouvait pas baisser les bras maintenant. Il fallait d'abord qu'elle trouve son père et Irene. Ses états d'âme devraient attendre un peu.

Lorsqu'elle voulut ouvrir l'autre porte, celle-ci résista.

Elle frappa doucement. Pas de réponse.

— Papa, c'est Allie. Ouvre-moi !

Silence.

— Ecoute, papa, murmura-t-elle en s'approchant de la porte de bois. Joe ne va pas tarder à arriver. Il a l'intention de fouiller la propriété pour essayer de retrouver les restes de son oncle. S'il tombe sur vos deux voitures, il risque d'étendre le champ de ses investigations, si tu vois ce que je veux dire. Il faut que tu viennes avec moi en bas et qu'on fasse semblant de s'être donné rendez-vous ici.

Elle crut percevoir un bruit. Avaient-ils entendu sa mise en garde ? Etaient-ils en train de se rhabiller en toute hâte ? Impossible d'en être certaine.

— Papa ? Tu as compris ce que je viens de dire ? J'ai remis le cadenas sur la porte de la grange parce que c'est là qu'il compte commencer à creuser, mais je doute que ça le retarde très longtemps.

Elle allait frapper de nouveau, mais elle suspendit son geste à la dernière seconde, hésitante.

— Tu m'entends ? Réponds-moi, s'il te plaît ! Joe n'est peut-être…

— … Pas aussi stupide que vous le croyez, madame McCormick, fit une voix derrière elle, tandis que la lumière inondait le couloir.

Allie sentit son cœur faire un bond dans sa poitrine. Elle se tourna lentement et se trouva face à face avec l'homme qu'elle s'était efforcée d'éviter toute la soirée. Il se tenait sur le seuil d'une chambre voisine, la main encore posée sur l'interrupteur.

— Comment avez-vous su que je serais ici ce soir ? demanda-t-il.

— Je me doutais que vous profiteriez de la détention de Clay pour tenter quelque chose, répondit Allie sans se démonter.

Il ne sembla pas entièrement convaincu par son explication, mais le plaisir d'avoir l'avantage sur elle l'emporta sur la curiosité.

— J'ai bien fait de venir, vous ne croyez pas ? dit-il avec un sourire narquois. J'ai enfin des réponses aux questions que je me posais depuis longtemps. A présent, je comprends mieux pourquoi votre père n'était pas pressé d'arrêter les assassins de mon oncle. Il était trop occupé à tripoter les gros nichons de la mère Montgomery.

Joe secoua la tête d'un air navré.

— Tss, tss, tss… Pauvre Evelyn ! De quoi aura-t-elle l'air, désormais ? Et son mari volage ?… Qui se serait douté ? Un homme qui va à la messe tous les dimanches. Le shérif de Stillwater, rien que ça… Vraiment, ça me navre d'avoir à vous dire ça, mais les gens vont très mal le prendre, c'est certain.

Allie le fusilla du regard.

— Vous n'avez rien à faire dans cette maison, Vincelli. Ça s'appelle une violation de domicile.

Il leva les sourcils d'un air faussement surpris.

— Vraiment ? Parce que vous avez le droit d'être ici, peut-être ?

— Plus que vous. Au moins, Clay a confiance en moi.

Joe éclata d'un rire mauvais.

— Ouais, c'est ce que j'ai entendu dire. Et je crois que toute la ville sait maintenant à quel point il goûte votre compagnie.

— Comment vous êtes-vous introduit chez lui ? demanda Allie pour gagner du temps.

N'entendant aucun bruit venant de la chambre où son père était censé se trouver, elle espéra que les deux tourtereaux avaient trouvé un moyen de s'échapper par la fenêtre.

— Il est plus facile de casser un carreau du sous-sol que de forcer la porte, si c'est ce que vous voulez savoir.

— Où est votre complice ?

— Mon complice ! Tout de suite les grands mots… Et d'abord, qu'est-ce qui vous dit que je ne suis pas venu seul ?

La conversation qu'elle avait surprise quand elle se trouvait cachée sous son lit. Mais elle n'était pas pressée de lui faire des confidences.

— Joe, écoutez…

— Allie ? Allie, tu es là ? cria Kirk en tambourinant sur la porte d'entrée.

— Ça suffit comme ça ! dit Joe.

Il agrippa violement Allie par le bras et l'attira contre lui.

— Hé ! McCormick ! cria-t-il. Votre fille chérie est entre mes mains !

— Entre par-derrière, Kirk ! hurla Allie en essayant de se libérer d'un mouvement brusque.

Mais Joe ne se laissa pas surprendre.

— C'est vous qui avez tiré sur Clay ? lui demanda-t-elle.

Il éclata de rire.

— Une tentative de meurtre ? Vous plaisantez ! On se retrouve aux assises pour moins que ça !

— Cindy a vu mon arme chez vous.

— Cindy n'est qu'une pauvre conne. Elle n'a rien vu du tout.

Allie entendit un bruit de chaises dans la cuisine : Kirk avait contourné la maison et venait enfin à son secours.

— Vous détestez tellement Clay que vous seriez capable de tout pour vous débarrasser de lui.

— C'est sûr que je n'irai pas pleurer quand on le mettra au trou, maugréa Joe avant de cogner sur la porte de la chambre avec sa torche électrique. McCormick ! Je sais que vous êtes là !

— Votre haine est en train de vous transformer en monstre, Joe.

— Parce que votre père est un saint, lui ? Comme les Montgomery ? Je sais qu'il est en train d'essayer de fuir par la fenêtre, ajouta-t-il avec son méchant sourire. Mais avec Roger en bas, je vous garantis qu'il n'ira pas loin.

Ainsi, ils étaient venus en famille..., songea Allie. Et son frère bloquait la seule issue possible pour Irene et Dale.

— Allie ? cria Kirk qui venait de s'élancer dans l'escalier.

— Tu arrives trop tard, lui dit Joe.

Et il avait raison. Le hurlement d'une sirène déchira le silence de la nuit, s'intensifiant de seconde en seconde avant de s'arrêter brusquement.

— Vous avez appelé la police ? s'écria Allie.

— La police et quelques autres personnes susceptibles d'apprécier le spectacle, répondit Joe avec un petit rire satisfait. Je ne voulais pas être seul à en profiter, vous comprenez ? Et puis comme ça, personne ne pourra mettre ma parole en doute.

Kirk obligea Joe à lâcher Allie, mais Hendricks apparut quelques secondes plus tard, flanqué de son collègue Pontiff et de Mme McCormick en personne.

— Que se passe-t-il ? demanda Evelyn en apercevant sa fille. Pourquoi m'a-t-on demandé de te retrouver ici ?

Allie regarda Joe avec tout le mépris dont elle était capable. Cette espèce de salaud avait fait venir sa mère pour qu'elle soit aux premières loges.

— Seule la vérité blesse, murmura-t-il à quelques centimètres de son oreille.

La voyant se décomposer, Kirk vint poser une main rassurante sur son épaule. Mais Allie ne put retenir ses larmes, d'autant que Joe et Hendricks venaient d'enfoncer la porte de la chambre.

Le policier appuya sur l'interrupteur, et Dale apparut sous la lumière crue du plafonnier. Dieu merci il était habillé, mais il avait une trace de rouge à lèvres sur sa chemise, le visage cramoisi et les cheveux hirsutes.

Bien que le shérif s'efforçât de la cacher à la vue de la petite assemblée massée devant la porte béante, Irene était là aussi, dans un état plus pitoyable encore que celui de son amant. Sa chevelure qui, d'ordinaire, avait beaucoup de volume était complètement aplatie d'un côté. Quant à son mascara, il coulait tristement sur ses joues.

Mais le pire restait à venir.

Pénétrant dans la chambre comme en terrain conquis, Joe ramassa un morceau de tissu caché sous le lit.

— Regardez ce que j'ai trouvé là ! dit-il en le présentant à la ronde.

Il s'agissait d'un petit bustier transparent.

19.

Le soleil se levait sur Stillwater. Attablée dans sa cuisine, Allie but une gorgée de café sans paraître remarquer qu'il était froid. Elle avait ramené sa mère chez elle et avait essayé, en vain, de lui faire manger quelque chose. Faute de mieux, elle lui avait donné un somnifère et l'avait mise au lit dans la chambre de Whitney. Jamais elle n'oublierait son cri étouffé au moment où elle avait compris que son mari la trompait. Un cri de stupeur, de douleur… Un cri de profond chagrin.

Allie reposa la tasse et enfouit son visage dans ses mains. Impossible d'arrêter le film qui défilait dans sa tête : son père bredouillant des excuses, sa mère lui disant entre deux sanglots qu'elle n'avait jamais aimé que lui, la jubilation de Joe qui traitait les fautifs de tous les noms, Kirk menaçant de lui casser la figure, l'arrivée de Mme le maire au beau milieu de ce chaos… Dire qu'il n'y avait pas un an de cela, alors qu'elle vivait encore à Chicago avec son mari, Allie rêvait de Stillwater comme d'un paradis perdu…

Drôle de paradis, en vérité. La vie avec Sam était loin d'être parfaite, mais elle était tout de même plus stable que celle qu'elle connaissait aujourd'hui : Allie était divorcée, ses parents le seraient bientôt, elle avait perdu son emploi, et son père n'allait pas tarder à rejoindre, lui aussi, les rangs des chômeurs. Et pour couronner le tout, elle aimait un homme qui allait probablement être condamné à de longues années de prison.

Un homme qui lui manquait affreusement.

Elle pensait qu'il n'y aurait pas de meilleur endroit que sa ville natale pour panser ses blessures. Elle était revenue s'y ressourcer, s'y reconstruire. Au lieu de cela, les choses n'avaient fait qu'empirer.

Elle se demanda comment son frère réagirait en entendant le récit des événements de la veille. Elle songea un instant à l'appeler, mais ne put finalement s'y résoudre. Avant de raconter à d'autres ce qui s'était passé dans la ferme de Clay, il fallait qu'elle accepte elle-même cette nouvelle réalité : son père avait trompé sa mère. D'ailleurs, plus elle y pensait, moins elle était convaincue de l'utilité de mettre Daniel au courant. A quoi bon écorner l'image de l'homme que Danny admirait depuis toujours ? Le fait que leur père ait eu une aventure extraconjugale était en soi suffisamment grave. Pareille trahison pouvait détruire un couple, même aussi soudé que l'était celui que formaient Evelyn et Dale. Mais coucher avec Irene Montgomery ? C'était de la folie ! De la provocation ! Comment n'avait-il pas songé à tous les problèmes que cela pouvait entraîner ? S'était-il entiché de la mère de Clay au point de perdre toute lucidité ?

Il ne faisait guère de doute que Joe allait essayer de tirer profit de la situation en demandant que de nouvelles recherches soient conduites dans la propriété de Clay. Son argument était tout trouvé : il affirmerait que le shérif avait délibérément occulté la grange, lors des fouilles précédentes, pour protéger la famille de sa maîtresse.

Lorsque Allie avait quitté la ferme aux petites heures du matin, Vincelli prétendait déjà que Dale savait pertinemment ce qui était arrivé à son oncle et qu'il gardait le silence pour ne pas faire de tort à Irene.

Allie se souvenait de ce que lui avait dit son père : *Il y a certains mystères qu'il vaut sans doute mieux ne jamais élucider.* Se pouvait-il que Joe eût raison ? Que Dale fût vraiment au courant de ce qui s'était passé ?

Etouffant un bâillement, elle se leva et essaya de s'occuper en faisant un peu de rangement. Elle jeta à la poubelle l'omelette qu'elle avait préparée pour sa mère, puis elle fit la vaisselle. Mais elle n'avait aucune énergie. Le moindre geste lui semblait une montagne à gravir. Dans quelques heures, elle devrait aller chercher Whitney chez son amie Emily. La perspective de devoir lui expliquer pourquoi sa mamie vivait maintenant avec elles la décourageait encore un peu plus. Qu'allait-elle bien pouvoir inventer ? Et, plus tard dans la journée, Allie avait rendez-vous avec Grace. La sœur de Clay serait-elle surprise d'apprendre que le shérif couchait avec sa mère ? Ou était-elle déjà informée de cette liaison ? Et Madeline ? Et Molly ? A l'heure qu'il était, Kirk leur avait forcément raconté la scène à laquelle il avait assisté. Seul Clay, isolé dans sa cellule, ignorait tout des événements qui s'étaient pourtant déroulés chez lui.

Elle se rappelait à présent ses réponses évasives quand elle lui avait fait part de ses doutes concernant la fidélité de son père, et aussi ses excuses de dernière minute pour ne pas l'accompagner à la cabane. Apparemment, il n'ignorait rien de cette intrigue. Mais il ne lui avait rien dit, alors qu'elle s'était confiée à lui sans détours. Et ce qui la peinait le plus, c'est qu'elle comprenait la raison de son silence : Clay avait des priorités, des gens qu'il devait protéger coûte que coûte. Des gens qui comptaient davantage qu'elle à ses yeux.

Comment s'en étonner ? Leur histoire ne reposait sur rien de solide. Elle était faite de sentiments furtifs, insaisissables. Une rencontre fulgurante, éphémère. Un amour magnifique mais sans lendemain. Elle le savait mais elle avait du mal à l'accepter. La nuit passée avec Clay avait été un moment si intense. A la fois intime et prometteur d'avenir…

Voilà qu'elle recommençait à se faire des idées ! songea-t-elle en secouant la tête. C'était plus fort qu'elle. En proie à une soudaine bouffée de chaleur, Allie se sécha les mains et sortit sous la petite véranda. C'était une douce matinée printanière. La rue entière semblait encore endormie.

Elle s'assit sur une chaise en plastique, les yeux rivés sur la maison de Jed Fowler. Il fallait *à tout prix* qu'elle découvre l'identité du tireur. Elle devait également prouver l'innocence de Clay et défendre l'honneur de son père en démontrant qu'il ne s'était jamais rendu coupable de complaisance envers les Montgomery.

Autant dire qu'elle avait du pain sur la planche.

Lorsque le chat d'un voisin sauta sur sa boîte aux lettres, elle se rappela qu'elle n'avait pas relevé son courrier de la veille. Sans doute n'y avait-il que des factures, mais à l'instar de Madeline, elle attendait un chèque des impôts. De quoi tenir le coup jusqu'à ce qu'elle trouve un vrai travail… Motivée par le mince espoir que l'administration lui eût déjà remboursé le trop-perçu, elle descendit dans l'allée vérifier le contenu de sa boîte.

Une grosse enveloppe se trouvait coincée à l'intérieur.

Après avoir réussi — non sans mal — à l'extraire, Allie se rendit compte qu'elle n'était pas timbrée. Il y avait juste son nom inscrit en grosses lettres noires. Manifestement, quelqu'un était venu la déposer en son absence.

Qui ? Et quand ?

Elle regarda au fond de la boîte s'il n'y avait rien d'autre qui pût expliquer la présence de cette étrange missive, et ne trouva qu'un prospectus publicitaire et une facture d'électricité.

Elle inspecta machinalement la rue, mais le messager était parti depuis longtemps.

Lorsqu'elle ouvrit la grosse enveloppe, elle comprit pourquoi il avait préféré ne pas s'attarder.

L'homme que le gardien conduisit le long de l'étroit couloir devait mesurer pas loin de deux mètres dix. Menotté, les pieds entravés par une chaîne, il arborait pourtant un sourire tranquille, comme si le fait de se retrouver en prison ne lui faisait ni chaud ni froid.

Observant la scène à travers les barreaux, Clay se demanda pourquoi ce colosse semblait si paisible. En tout cas, ce n'était certainement pas l'accueil de ses geôliers qui pouvait le ravir de la sorte : le gardien le poussait sans ménagement dans la cellule qui faisait face à celle de Clay, et répondait à ses questions d'un ton abrupt.

— A quelle heure on passe à table ? demanda le géant. J'ai hâte d'avoir mes trois repas quotidiens, moi ! Dehors, c'est la jungle, les mecs. C'est pas évident de manger tous les jours à sa faim.

— Tu boufferas quand on te le dira, répondit le gardien. C'est pas un restaurant, ici.

Le nouveau détenu éclata de rire quand la porte de sa cellule se referma derrière lui avec un bruit de verrous qui coulissent.

Il attendit que le surveillant soit parti pour se tourner vers Clay.

— Alors, comment est la bouffe dans cette taule ?

— Infecte, répondit Clay. Depuis quand est-on censé bien manger en prison ?

Le colosse haussa les épaules.

— J'en ai visité quelques-unes et, franchement, c'est pas toujours aussi mauvais qu'on le dit. En tout cas, c'est toujours meilleur que ce qu'on trouve dans les poubelles.

Clay l'examina attentivement.

— Tu vis dans la rue ?

— Non, heureusement ! C'est juste un truc que j'ai appris.

— Un truc ?

— Ouais, une ruse pour ne pas avoir le cafard. Si tu penses à ce qu'il y a de pire, tu t'aperçois que tu ne t'en tires pas si mal que ça. Et crois-moi, mon ami, il y a toujours pire !

— On devrait te donner la médaille de l'homme le plus positif du Mississippi ! dit Clay en lâchant les barreaux pour aller s'allonger sur son lit. Sauf que tu ne risques pas d'amadouer les gardiens en leur riant au nez.

— J'en ai rien à foutre de ces connards, répondit tranquillement son voisin. De toute façon, je n'ai aucun goût pour les décorations. Sauf si elles sont en or et que je peux les revendre, bien sûr. Mais il en faudrait beaucoup pour que ça me rapporte autant que de braquer une banque.

Croisant les mains derrière la tête, Clay essaya de trouver une position confortable.

— C'est pour ça que tu es tombé ? Pour attaque à main armée ?

— Ouais. Et parce qu'un coup de feu est parti accidentellement.

— Accidentellement ?

— C'est ma version des faits, en tout cas, répondit l'homme en retrouvant son grand sourire.

Lassé de fixer le plafond dont il connaissait déjà les moindres détails, Clay se redressa et regarda de nouveau le géant.

— Ça ne doit pas être évident de dévaliser les banques quand on est aussi grand que toi, dit-il. Pour la discrétion, tu repasseras…

— Bon sang, mais c'est bien sûr ! s'écria l'autre en se frappant le front. Alors, c'est pour ça que je me fais attraper chaque fois !

Clay ne put s'empêcher de rire.

— Si tu te décides à rentrer dans le droit chemin, tu pourras toujours te mettre au basket.

— Impossible, *amigo.* A cause de ma mère, je suis incapable de marquer un panier.

— Pourquoi tu dis ça ?

— Parce que je ne peux pas m'en prendre à mon père : personne ne sait qui c'est.

Clay songea à Lucas.

— Parfois, c'est aussi bien comme ça.

— Ouais, possible.

— Tout ça ne me dit pas pourquoi tu es incapable de jouer au basket.

— Un jour, ma mère a décidé de se racheter de ses péchés, figure-toi. A partir du moment où la Marie-couche-toi-là s'est transformée en grenouille de bénitier, je n'ai plus eu le droit de toucher un ballon.

— Et pourquoi donc ?

— Le sport était contraire à ses nouveaux principes moraux. Elle rejetait l'esprit de compétition. Ouais, ajouta-t-il avec un nouveau haussement d'épaules, Dieu est entré dans sa vie et le basket est sorti de la mienne. Elle voulait que j'exerce une activité dans laquelle il n'y aurait pas de perdants.

— Dans la vie, il y a toujours des perdants, répliqua Clay.

— Exactement.

— Et ta mère s'imagine qu'on gagne à chaque coup quand on attaque une banque ?

— Elle ignore tout de mes activités professionnelles. D'ailleurs, elle ignore tout de moi. Elle vit coupée du monde dans une communauté religieuse.

Clay songea à tout ce que ce jeune homme avait déjà enduré dans sa courte vie.

— Tu as raison dit-il. Il y a toujours pire que son propre sort.

— Tant mieux si mes malheurs peuvent t'aider à relativiser, l'ami !

Puis le silence enveloppa les cellules disposées de part et d'autre de l'étroit couloir. Clay se laissa retomber sur l'oreiller et ferma les yeux, à la recherche du sommeil. Inquiet pour sa famille et pour Allie plus encore que pour lui-même, il dormait mal, ces derniers temps. Et puis, l'idée que la ferme soit laissée sans surveillance le rendait nerveux.

— Et toi, qu'est-ce que tu as fait pour te retrouver ici ?

Clay rouvrit les yeux. Son voisin avait le front pressé contre le métal froid des barreaux.

— Moi ? Rien. Je suis innocent du crime dont on m'accuse.

— Comme tous les prisonniers du monde, pas vrai ?

Clay s'assit, songeant qu'il était inutile d'espérer dormir, maintenant que son voisin avait décidé de reprendre la conversation.

— Et toi, tu vas peut-être m'expliquer comment tu t'y es pris pour tirer *accidentellement* sur quelqu'un ? rétorqua-t-il.

— A vrai dire, ce n'est pas le coup de feu qui était accidentel.

— Ah bon ? fit Clay en levant un sourcil. C'était quoi, alors ?

— Ma bourde, c'est d'avoir laissé quelqu'un voir mon visage.

Ce type avait essayé de tuer un homme, simplement parce qu'il avait vu son visage et qu'il risquait de témoigner contre lui. La vague sympathie que Clay avait éprouvée pour son compagnon d'infortune fondit comme neige au soleil.

— Tentative de meurtre, alors ?

— C'est ce qu'ils veulent me coller sur le dos, répondit l'autre avec un clin d'œil.

De toute évidence, sous ses airs débonnaires, ce type n'avait aucune morale.

Clay se rallongea sur sa couche et posa le bras sur ses yeux pour indiquer qu'il n'était plus d'humeur à bavarder. Il devait être présenté au juge le surlendemain. Bien sûr, le temps s'écoulait au compte-gouttes en prison, mais mardi finirait bien par arriver. Une fois la caution payée, il serait enfin libre. Au moins jusqu'au procès. Inutile de donner trop d'importance à ce braqueur de banque ou de songer dès maintenant aux voyous encore plus dangereux qu'il allait côtoyer si on le condamnait pour le meurtre de Barker.

Tandis qu'il se laissait aller à toutes sortes de pensées, une idée lui vint à l'esprit pour la première fois. Jusque-là, il avait toujours considéré que celui qui lui avait tiré dessus avait agi par vengeance ou sous l'emprise de la colère. Et s'il n'en était rien ? Si Clay s'était simplement trouvé au mauvais endroit au mauvais moment, comme le client de la banque que son voisin de cellule avait voulu supprimer ? Avait-il vu quelque chose, ou avait-il été sur le point de voir quelque chose qui lui aurait permis d'identifier ce mystérieux individu ?

Si seulement il parvenait à se souvenir de tous les gens et de toutes les voitures qu'il avait croisés ce soir-là, en roulant vers la cabane…

— Allie, je suis désolée pour ce qui est arrivé, dit Madeline. Tu tiens le coup ?

La main d'Allie se crispa sur le téléphone. Elle était venue se réfugier chez Clay pour être un peu tranquille. Depuis qu'Evelyn s'était installée dans la petite maison de location, elle manquait cruellement de ces moments de solitude au cours desquels on peut faire le point sur sa vie, réfléchir à ce que l'on ressent tout au fond de soi. Et après avoir vu les clichés qui se trouvaient dans la grosse enveloppe, ce besoin de se retrouver tête à tête avec elle-même était devenu une absolue nécessité.

Elle sortit les Polaroïd de son sac à main et les aligna soigneusement sur le plan de travail. Bien qu'elle les eût regardés vingt fois depuis ce matin, elle ne put réprimer un nouveau frisson d'horreur.

— Ça va, merci, dit-elle en s'efforçant de parler d'une voix égale.

— Tu dois être bouleversée.

Bouleversée ? Oui, et sûrement plus que Madeline ne pouvait l'imaginer. Mais la sœur adoptive de Clay ne faisait pas allusion aux photos qu'Allie avait sous les yeux. Inutile d'être très perspicace pour comprendre qu'elle ignorait leur existence. Non, elle parlait bien évidemment du scandale dont Dale McCormick et Irene Montgomery étaient les tristes héros. Comme toujours à Stillwater, la nouvelle s'était répandue comme une traînée de poudre, et Allie se sentait embarrassée, humiliée au possible. Son cœur se serrait chaque fois qu'elle songeait à son père et à la mère de Clay en train de batifoler dans cette chambre.

Mais comparés à ces photos, les événements de la veille lui semblaient presque sans gravité. Elle avait été tellement choquée en les sortant de l'enveloppe qu'elle avait immédiatement annulé son rendez-vous du soir. Elle ne pouvait revoir Grace avant d'avoir décidé de l'attitude à adopter en sa présence. Fallait-il mettre les pieds dans le plat et lui parler du martyre qu'elle avait enduré entre les mains de son beau-père ? Fallait-il lui dire qu'elle détenait ces ignobles Polaroïd ?

— C'est un mauvais moment à passer, dit-elle. Mais je crois que maman va s'en remettre.

Comment Grace était-elle parvenue à surmonter un tel

traumatisme ? Comment les Montgomery avaient-ils vécu cette épreuve ?

— Je dois dire que je me doutais que maman avait quelqu'un dans sa vie, dit Madeline. Ça fait plusieurs mois que je la trouve un peu cachottière. Mais de là à imaginer que… Qu'elle…

Laissant sa phrase en suspens, elle soupira longuement avant de reprendre :

— Tu sais, Allie, je veux que tu saches que j'ai honte pour elle et pour ma famille. Je te demande pardon pour ce que maman a fait.

Allie continuait à entretenir la conversation, mais son esprit était ailleurs, aspiré par les images abjectes alignées sur le plan de travail. Ainsi, sa première impression en parcourant la bible de Barker avait été la bonne… L'amour que le révérend prétendait éprouver pour sa belle-fille était en réalité une obsession sexuelle des plus répugnantes. Oui, Allie en avait eu l'intuition, mais elle n'avait pas osé y croire.

— Tu n'as pas à me demander pardon, Maddy. Tu n'es en rien responsable des agissements de ton père… euh…

Elle s'éclaircit la voix.

— … De ta *belle-mère,* je veux dire.

Madeline sembla un peu décontenancée par ce lapsus, mais son trouble ne dura qu'un instant.

— Je te promets que je n'étais pas au courant, dit-elle.

— Et Clay ? demanda Allie en regardant la grange par la fenêtre.

— Ça m'étonnerait.

Allie promena son regard sur la cuisine. Pour pénétrer dans la maison, elle avait dû faire tomber le panneau de contreplaqué apposé sur la fenêtre du sous-sol. Bien sûr, c'était illégal, mais elle avait tellement besoin d'un endroit où personne ne viendrait la déranger… Evelyn refusait de parler à son mari ou d'évoquer la situation avec sa fille. D'ailleurs, elle ignorait superbement Allie, comme si celle-ci avait été responsable de ce qui était arrivé, et elle reportait toute son attention et sa tendresse sur Whitney. Allie s'inquiétait de la voir ainsi faire l'autruche : n'était-ce pas reculer pour mieux sauter ? Sa mère allait devoir affronter la réalité tôt ou tard et, en repoussant l'échéance, elle ne ferait que rendre les choses plus difficiles pour tout le monde.

Et puis il y avait cette vermine de Joe. Bien que les chances de voir la police obtenir un mandat pour perquisitionner la ferme aient considérablement augmenté, Allie craignait qu'il ne revienne cette nuit pour entreprendre les fouilles qu'il n'avait pas pu mener la veille. L'absence de Clay constituait une opportunité bien trop tentante pour qu'il la laisse passer.

— Je suis persuadée que Grace ignorait tout de cette liaison, disait Madeline au téléphone. Sinon, elle m'en aurait parlé.

Allie saisit un Polaroïd du bout des doigts, comme si elle craignait de se brûler ou de se salir. Sur cette photo, Grace devait être âgée de douze ou treize ans. Impossible de dire où cette image avait été prise, mais on y voyait la gamine nue, bras et jambes écartés, attachée aux chevilles et aux poignets. Sur une autre, Barker s'était photographié à genoux devant Grace, la bouche entre ses cuisses, le visage légèrement déformé par l'angle de l'appareil photo qu'il devait tenir à bout de bras.

Et Madeline qui s'imaginait que Grace lui disait tout... Les enfants d'Irene l'aimaient et la considéraient *presque* comme l'une des leurs, mais, contrairement à ce que croyait Maddy, ils ne partageaient pas tous leurs secrets avec elle.

Et on pouvait les comprendre, songea Allie en regardant les immondes clichés, le cœur au bord des lèvres. Balayant le plan de travail d'une main rageuse, elle les envoya valdinguer. Puis elle resta un moment immobile, son corps menu secoué de larmes. Ces scènes scandaleuses l'affectaient profondément. Jamais auparavant elle n'avait éprouvé un tel dégoût pour un être humain. Comment pouvait-on en arriver à un tel degré d'abjection ? Le fait que Barker eût été un homme d'Eglise rendait son crime encore plus odieux. Pour avoir été flic à Chicago, Allie connaissait l'éventail des ignominies dont les humains étaient capables. Mais s'il existait une échelle dans l'horreur, ce qu'avait fait Barker se trouvait tout près du sommet. Voilà un homme qui avait abusé de son autorité paternelle et morale, un homme qui encourageait la chasteté dans ses sermons et qui se transformait en prédateur sexuel, aussitôt descendu de sa chaire.

Et Grace n'était pas sa seule victime ! Bien qu'elles fussent toutes plus âgées qu'elle, Allie reconnaissait les visages des petites suppliciées. Rosy Lee Harper, qui avait avalé tellement de somnifères à l'âge de seize ans qu'elle ne s'était plus jamais réveillée… Allie se rappelait que la classe avait été interrompue pour permettre aux élèves d'assister à son enterrement. Et Katie Swanson, qui avait fugué à… A quoi ? Quatorze, quinze ans, peut-être ? Allie était si jeune à l'époque qu'elle n'était plus très sûre de l'âge que Katie avait alors. Mais elle n'avait pas oublié que toute la ville s'était mise à sa recherche, Barker en tête. Quelle ordure ! Quel hypocrite ! Ils avaient passé plusieurs journées à faire des battues, fouillant la moindre parcelle de forêt, jusqu'à ce que la nouvelle tombe : l'adolescente venait d'être retrouvée morte sur le bas-côté de la voie rapide, victime d'un chauffard qui ne s'était même pas arrêté. Rosy et Katie étaient toutes deux issues de familles défavorisées qui s'en remettaient entièrement à l'aide et aux conseils de leur pasteur.

Allie étouffa un sanglot. Au dégoût qu'elle ressentait vis-à-vis de Barker s'ajoutait une immense compassion pour Grace. Comment avait-elle fait pour ne pas connaître le sort funeste de Rosy Lee Harper et Katie Swanson ? Pour retrouver confiance dans les hommes et fonder une famille ?

Devait-elle sa survie à Clay ?

La conversation téléphonique qu'Allie entretenait tant bien que mal était entrecoupée de silences de plus en plus longs. Madeline se montrait patiente, mais Allie regrettait d'avoir répondu à cet appel. Elle avait décroché par réflexe, par besoin d'entendre une voix amie qui la réconcilierait avec le monde. De façon parfaitement irrationnelle, elle avait espéré que cette voix lui expliquerait comment un être humain pouvait commettre des actes aussi… inhumains. Mais Madeline ne pouvait rien pour elle. Et celui à qui Allie aurait voulu poser la question avait disparu dix-neuf ans plus tôt.

— Je vais devoir raccrocher, dit-elle finalement.

— Allie…

A en croire son ton plein de sollicitude, Madeline avait compris qu'elle pleurait.

— Ne t'inquiète pas, Maddy. Je suis juste un peu fatiguée.

— Je suis vraiment désolée, tu sais.

— On n'est pas responsable des erreurs de sa famille.

— Je sais, mais… Promets-moi de m'appeler si tu as besoin de quoi que ce soit.

— Je te le promets, dit Allie, pressée de raccrocher.

Une fois son portable rangé dans sa poche, elle ramassa tous les Polaroïd et les jeta pêle-mêle dans son sac à main pour ne pas avoir à les regarder de nouveau. Qu'allait-elle en faire ? Si elle les donnait à la police, ils y verraient le mobile du crime, et Clay n'aurait plus aucune chance de sortir libre du tribunal.

Incontestablement, ces photographies éclairaient la disparition de Lee Barker d'un jour nouveau. Clay avait-il découvert ce que son beau-père faisait subir à Grace ? Auquel cas on pouvait imaginer sans peine qu'il eût employé les grands moyens pour mettre un terme définitif aux sévices endurés par sa sœur.

Hier encore, Allie aurait défendu Clay bec et ongles contre ses accusateurs. Mais maintenant qu'elle avait vu ces images, elle n'était plus si certaine de son innocence. Si quelque chose avait pu le pousser à commettre l'irréparable, c'étaient bien les scènes épouvantables qu'on pouvait découvrir sur ces Polaroïd.

Un bruit sourd tira Allie d'un profond sommeil. Elle ouvrit les yeux avec difficulté, et balaya du regard la pièce où elle s'était endormie, sans comprendre tout de suite où elle se trouvait. La faible lumière qui éclairait les lieux venait d'ailleurs… Sans doute de la cuisine où elle avait laissé une lampe allumée. En un clin d'œil, tout se mit alors en place dans son esprit, et elle se rappela qu'elle se trouvait dans la ferme de Clay, sur le canapé de son salon.

Elle s'assit et tendit l'oreille pour écouter si le bruit qui l'avait réveillée se répétait. La pénombre avait quelque chose de lourd, d'oppressant. Il était tard. Trop tard pour avoir de la visite.

Etait-ce un chat qu'elle avait entendu, ou le claquement d'une portière ? C'était juste un petit bruit…

Boum.

Encore ! Essayant de maîtriser la peur qui commençait à la gagner, Allie s'empara de son sac à main et le serra contre elle. S'il s'agissait de Joe, comme elle le croyait, il n'était sûrement pas venu là pour lui dérober son sac, mais elle devait à tout prix en protéger le contenu. Si par malheur ces photos tombaient entre de mauvaises mains…

Click.

Quelqu'un venait de tourner la poignée d'une porte. Et, à présent, des gonds grinçaient légèrement. Elle n'était plus seule dans la maison.

Elle glissa son sac sous le canapé et attrapa le premier objet un peu lourd qui lui tomba sous la main. Armée d'une lampe, elle marcha sur la pointe des pieds jusqu'à la porte qui communiquait avec la cuisine, et se plaqua contre le mur. Les bruits semblaient provenir de l'arrière de la maison. Pourtant, la porte extérieure qui ouvrait sur la cuisine avait été temporairement condamnée après qu'elle l'eut elle-même forcée, la veille au soir.

Oui, mais… Elle entendait maintenant des pas sur le carrelage, là, juste de l'autre côté du mur.

Allie agrippa solidement le pied de la lampe, prête à s'en servir pour assener un coup sur le crâne de l'intrus. Puis, le cœur battant à tout rompre, elle se pencha et jeta un coup d'œil par l'ouverture de la porte. Une surprise l'attendait : au lieu de Joe ou d'un cambrioleur, elle vit s'avancer Grace, un couffin à la main.

— Grace ? bredouilla-t-elle, baissant prestement la lampe qu'elle brandissait encore.

— Bonjour, Allie, répondit la jeune femme sans paraître étonnée de la trouver là.

Après avoir reposé son arme de fortune sur un guéridon, Allie s'avança dans la lumière, gênée de se sentir hirsute et bouffie de sommeil.

— Comment avez-vous fait pour entrer ? demanda-t-elle, songeant aux planches que Kirk avait clouées en travers de la porte cassée.

Quant à la fenêtre du sous-sol, elle voyait mal Grace faire des acrobaties avec son bébé…

— J'ai une clé du vestibule où Clay laisse ses affaires en revenant des champs, dit-elle en indiquant d'un signe de tête la petite pièce attenante.

— Quelque chose ne va pas ? demanda Allie.

Grace l'examina un moment en silence, avant de poser le couffin à ses pieds et de s'asseoir à la table de la cuisine.

— Il y a beaucoup de choses qui pourraient aller mieux en ce moment, vous ne trouvez pas ? répondit-elle avec un petit sourire fatigué. Mais je ne suis pas ici pour apporter d'autres mauvaises nouvelles. En fait, j'avais demandé à Kennedy d'aller jeter un coup d'œil à la ferme pour s'assurer que Joe n'était pas revenu y fourrer son nez, et il a aperçu votre voiture dans l'allée.

— Je suis désolée, dit Allie, au comble de l'embarras. J'aurais dû vous demander l'autorisation de venir ici. Je ne voulais certainement pas vous obliger à sortir de chez vous à une heure pareille.

— Je serais sortie, de toute façon : Lauren refusait catégoriquement de dormir. Dans ces cas-là, je l'emmène faire un tour en voiture.

Elle remonta la couverture sous le menton de son bébé.

— C'est radical, ajouta-t-elle en regardant sa petite merveille profondément endormie.

Allie ne put s'empêcher d'envier la paisible inconscience du bébé.

— Moi aussi, je craignais que Joe ne revienne cette nuit, expliqua-t-elle. C'est pour ça que je me suis permis de…

— Je sais, coupa gentiment Grace. Vous n'avez pas à vous justifier.

Le silence s'installa pendant un court moment, puis Grace s'éclaircit la voix.

— Comment va votre mère ?

— Elle a connu des jours meilleurs, vous vous en doutez. Mais elle tient le choc.

— Et vous, Allie ? Vous allez bien ?

Elle aurait voulu qu'on cesse de lui poser cette question à laquelle il était si difficile de répondre honnêtement. En vérité, elle était déçue, blessée, inquiète et en colère. Des sentiments qui concernaient, dans le désordre, sa mère, son père et Clay. Mais ce n'était rien en comparaison de ce que Grace avait enduré, à un âge où l'on essayait tant bien que mal de sortir de l'enfance, de se forger une identité. Allie ne pouvait imaginer pire supplice que l'œuvre de destruction accomplie par Barker. Et pourtant Grace n'avait bénéficié d'aucun soutien psychologique, d'aucune compassion de la part des gens de cette ville. Au contraire, elle avait été calomniée, vilipendée et montrée du doigt. On l'avait même accusée d'avoir fait du mal à son beau-père ! Un comble…

— Non, je ne vais pas bien, dit Allie dans un souffle.

Grace hocha doucement la tête.

— Je suis navrée. A tout prendre, je vous avoue que j'aurais préféré que ma mère ne soit pas impliquée dans cette histoire.

Allie en voulait naturellement à Irene d'avoir fait souffrir sa mère, mais elle était assez intelligente pour comprendre que les choses n'étaient pas aussi simples. D'une part, elle ne connaissait pas suffisamment Irene Montgomery pour se forger une opinion à son sujet, et d'autre part elle savait pertinemment que, dans les affaires d'adultère, les responsabilités étaient souvent partagées. Et puis, depuis qu'elle avait ouvert cette affreuse enveloppe, l'infidélité de son père était passée au second plan. Allie ne pouvait cesser de penser à ce qu'avaient subi Grace et les deux autres fillettes qu'elle reconnaissait sur les clichés.

— Il y a des choses plus graves qu'un adultère, dit-elle sans avoir prémédité ces mots.

Grace ouvrit de grands yeux.

— Je veux dire, ça ne me fait pas plaisir, bien entendu, mais…

Soudain, Allie ne sut plus comment exprimer ce qu'elle ressentait. D'un côté, elle ne voulait pas contraindre Grace à évoquer un sujet sans doute insupportable pour elle. Mais, d'un autre, elle ne pouvait oublier que le sort de Clay dépendait en grande partie de son avocate… donc de sa sœur. Pour faire du bon travail et se donner une chance de sauver Clay, les deux femmes ne devaient-elles pas travailler main dans la main et ne rien se cacher ?

— Grace…

Elle avait réussi à prononcer son prénom malgré la boule qui s'était formée dans sa gorge, mais, aussitôt après, elle éclata en sanglots.

L'élégant visage de Grace Archer se crispa sous l'effet de la surprise, et elle se leva pour venir poser la main sur l'épaule d'Allie.

— Que se passe-t-il ? C'est à cause de Clay que vous vous mettez dans des états pareils ?

Du revers de la main, Allie essuya les larmes qui baignaient ses joues, puis elle prit une profonde inspiration pour essayer de canaliser ses émotions.

— Je suis au courant, Grace, dit-elle d'une voix étranglée. Je sais ce que Barker vous a fait.

Grace pâlit et vacilla comme si ses jambes ne la soutenaient plus. Allie voulut lui prendre le bras, mais la sœur de Clay fit un pas en arrière et releva la tête avec un air de défi. On aurait dit qu'elle toisait du haut de sa douleur la méchanceté et la perversité des hommes tels que Barker.

— Comment avez-vous su ? demanda-t-elle du bout des lèvres.

Allie aurait voulu la prendre dans ses bras, pour la réconforter et peut-être aussi pour se rassurer elle-même. Elle avait besoin d'humanité comme antidote au poison de sa colère, de douceur pour tempérer son envie de s'en prendre au monde entier. A cet instant, elle était prête à se dresser face à quiconque oserait faire le moindre mal à cette femme qui avait vécu l'innommable. Elle comprenait maintenant pourquoi Kennedy se montrait si prévenant avec son épouse : elle aussi voyait désormais la petite fille vulnérable et blessée qui se cachait sous la robe noire de l'avocate.

Clay devait éprouver des émotions similaires vis-à-vis de sa sœur, lui qui l'adorait et qui avait toujours essayé de la protéger. Similaires mais amplifiées par l'amour et les liens familiaux. Mon Dieu, songea-t-elle, il avait dû s'en vouloir terriblement quand il avait découvert les monstruosités dont Barker s'était rendu coupable ! Il s'était certainement juré que plus personne ne ferait jamais de mal à sa petite sœur.

S'était-il contenté de mots, de résolutions, ou était-il passé à l'acte ?

Non, Allie refusait d'envisager sérieusement une telle hypothèse. Pourtant, elle était désormais certaine que les Montgomery avaient supprimé le bourreau de Grace. Et si Clay ne s'en était pas chargé lui-même, il couvrait *la* coupable, puisqu'il s'agissait fatalement de sa mère ou de l'une de ses sœurs.

— Quelqu'un a déposé une grande enveloppe dans ma boîte aux lettres, hier soir ou très tôt ce matin. Elle contenait…

Allie ravala un sanglot.

— … Elle contenait des photos, termina-t-elle en fondant de nouveau en larmes.

— Portenski, murmura Grace.

Elle titubait comme un boxeur sonné par une pluie de coups.

Allie eut vers elle un nouvel élan de tendresse, mais elle sentit que Grace avait besoin d'espace.

— Portenski, dites-vous ? Vous pensez que c'est le révérend Portenski qui a déposé ces photos dans ma boîte aux lettres ?

— Ça ne peut être que lui, répondit Grace d'une voix à peine audible. Il a dû les trouver dans l'église.

— Depuis quand les a-t-il en sa possession ?

— Je l'ignore.

Grace regarda Allie d'un œil absent. Et Allie n'osa songer à ce qu'elle voyait vraiment.

— Grace ? dit-elle avec toute la douceur dont elle était capable. Je suis désolée. Je regrette de tout mon cœur que vous ayez vécu une telle horreur. Je sais que ces mots sont peu de chose, mais je tenais à vous les dire.

Grace déglutit plusieurs fois, mais ses yeux bleus restèrent secs.

— Vous n'avez rien révélé à Madeline, j'espère ?

— Bien sûr que non !

— Que comptez-vous faire de ces photos ?

— Que devrais-je en faire, à votre avis ?

— Si je vous demandais de les brûler, iriez-vous dire à la police que je vous ai suggéré de détruire des pièces à conviction ?

Allie secoua négativement la tête. Elle n'avait pas l'intention de dire quoi que ce soit à une police qui ne songeait qu'à plaire aux puissants, quitte à bafouer la justice.

— Alors, brûlez-les, dit Grace d'une voix où perçait une colère sourde.

Allie referma les doigts sur ceux de Grace. Ils étaient glacés. La sœur de Clay ne répondit pas à ce geste de réconfort, mais elle ne retira pas non plus sa main.

— Et si Portenski en avait d'autres ? demanda Allie.

— Pourquoi en aurait-il déposé certaines dans votre boîte aux lettres s'il avait l'intention d'informer la police de sa découverte ? Non, ça n'a pas de sens.

Allie approuva d'un signe de tête. Elle ne comprenait pas pourquoi le pasteur l'avait désignée comme la personne la plus à même de faire bon usage de ces clichés, mais…

Une pensée lui traversa soudain l'esprit.

— Etes-vous certaine que ce n'est pas Jed Fowler qui a apporté cette enveloppe ?

Les photos, le mot de menace dans la cabane... Et s'il avait été au courant des agissements de Barker, lui aussi, et qu'il s'était pris de compassion pour Grace ?

— Je ne vois pas comment il aurait obtenu ces photos, dit Grace. Quoique, maintenant que j'y pense... Ce n'est pas impossible. Peut-être les a-t-il trouvées alors qu'il travaillait dans la grange.

— Alors, on pourrait imaginer que, contrairement à ce qu'a toujours affirmé Fowler, votre beau-père soit revenu à la ferme, le soir de sa disparition. Une dispute a pu éclater entre les deux hommes au sujet des Polaroïd, et...

— Jed n'a pas tué Barker, interrompit Grace.

Elle avait prononcé ces mots avec un tel aplomb, une telle certitude... Non pas comme quelqu'un qui donnait son opinion, mais comme quelqu'un qui *savait*. C'était à vous donner froid dans le dos. Allie était désormais sûre et certaine que Grace connaissait le nom du coupable.

— Alors qui ? demanda-t-elle.

L'ombre d'un sourire effleura les lèvres de la belle Mme Archer.

— Pas Clay, en tout cas.

Sur ces mots, elle ramassa le couffin et repartit comme elle était venue. Elle n'avait pas demandé à voir les photos ni à assister à leur destruction. Pourtant, sa voiture n'avait pas encore démarré qu'Allie les dispersait déjà dans la cheminée de Clay avant d'y mettre le feu. Les mâchoires serrées, elle regarda chacun des odieux clichés se tordre et se consumer dans la fournaise.

Comme Barker en enfer, songea-t-elle avec colère.

Après quelques minutes, il ne resta plus qu'un petit tas de cendres et une odeur de brûlé. Enfin presque : Allie avait décidé de conserver les Polaroïd qui montraient Barker en compagnie de Katie et Rosy. Bien sûr, elle savait le mal qu'ils pouvaient faire à Madeline. Elle se doutait aussi que Grace et

Clay auraient sûrement préféré qu'elle se débarrasse de l'intégralité des photographies obscènes. Mais Allie espérait que la vérité finirait par triompher. Et quand ce jour viendrait, les Montgomery auraient besoin de pièces à conviction qui, pour une fois, leur seraient favorables.

20.

Clay dégustait une bière en regardant les danseurs évoluer sur la piste. Quel soulagement de ne plus être enfermé ! Il en venait presque à apprécier la foule et le bruit. Oui, il se sentait si bien qu'il aurait pu rester au Good Times toute la nuit. Molly était à Stillwater pour voir Lauren Elisabeth et soutenir son frère dans l'épreuve qu'il traversait. Et comme Grace et son bébé s'étaient couchés de bonne heure, Clay avait décidé d'emmener sa petite sœur s'amuser un peu.

Pour le moment, il ne regrettait pas son initiative : Molly semblait ravie de danser avec un cow-boy qui venait tout juste de s'installer en ville.

Un sourire se dessina sur ses lèvres tandis qu'il la regardait virevolter dans les bras de son cavalier. La présence de Molly lui faisait un bien fou. Il goûtait d'autant plus sa compagnie qu'elle ne parlait presque jamais du passé ni même des problèmes qu'il avait en ce moment. De tous les membres de la famille, elle était celle qui semblait le moins affectée par les circonstances tragiques de la mort de Barker. Parce qu'elle était très jeune à l'époque, Molly n'avait pas compris ce que son beau-père avait fait subir à sa grande sœur. Elle savait simplement qu'une terrible dispute s'était soldée par la mort accidentelle du pasteur et qu'on avait décidé de ne rien dire à la police pour éviter la prison à leur mère. Une fois Irene derrière les barreaux, les enfants auraient été séparés et envoyés dans des familles d'accueil.

Appuyant son épaule contre le mur, Clay but une longue gorgée de bière. En grandissant, Molly avait sans doute deviné l'origine de la dispute. Les mots hurlés ce soir-là, incompréhensibles pour une fillette, avaient dû prendre du sens au fil des années. Mais comme Grace avait toujours refusé de parler de leur beau-père, elle ignorait probablement les détails sordides de cette histoire, comme elle ignorait l'existence des photos que Clay et Irene avaient détruites après les avoir découvertes dans le bureau de Barker.

Contrairement à Grace, qui avait agi comme un automate, faisant ce qu'on lui disait de faire sans poser de question, Molly s'était bouché les oreilles avant de s'enfuir dans sa chambre. Elle n'en était sortie que le lendemain matin, quand tout était terminé.

Deux ans plus tôt, elle avait avoué à Clay qu'elle ne gardait qu'un souvenir flou de cette nuit d'horreur, comme s'il ne s'agissait que d'un mauvais rêve.

Elle avait bien de la chance.

Ce n'était pas comme Grace, qui avait été contrainte de les aider à nettoyer le sol pour éliminer la moindre tache de sang, parce qu'ils manquaient si cruellement de temps…

Réalisant que Molly le regardait par-dessus l'épaule du cow-boy, Clay leva la bouteille de bière dans sa direction.

D'un signe de la main, elle l'encouragea à venir sur la piste. Mais il déclina la proposition en secouant la tête : il n'était pas d'humeur à danser. Certes, le fait d'être sorti de prison était un immense soulagement, mais il n'oubliait pas que Grace avait payé une caution exorbitante et qu'un procès à haut risque l'attendait à court terme.

Comme si ça ne suffisait pas, Irene avait été surprise chez lui en compagnie de Dale McCormick, et, depuis, elle s'était cloîtrée dans son duplex dont elle refusait de sortir, même pour aller travailler.

Bien sûr, Clay était tenté d'aller la réconforter, mais il devait d'abord surmonter sa colère. Il en voulait à sa mère d'avoir recommencé à voir son amant malgré la promesse qu'elle lui avait faite, surtout à un moment où il aurait fallu au contraire redoubler de prudence. Par sa faute, la situation s'était encore dégradée. Sans compter qu'Allie avait également fait les frais de son égoïsme. Pauvre Allie… Elle devait avoir le sentiment que le monde s'écroulait autour d'elle, ces derniers temps.

L'idée qu'Allie pût souffrir lui était insupportable. D'une manière ou d'une autre, toutes ses pensées le ramenaient vers elle. Bien que Grace lui eût affirmé qu'elle allait bien, il brûlait de l'appeler pour s'en assurer par lui-même. Mais il n'en était pas question : il ne pouvait pas en même temps lui demander de l'oublier et revenir continuellement dans sa vie.

— Salut, Clay ! lui lança Helaina, une fille avec qui il avait eu une petite aventure.

Il lui répondit d'un signe de tête et d'un bref sourire, puis reporta son attention sur la piste de danse pour ne pas l'encourager à entamer la conversation.

Malheureusement, elle ne sembla pas saisir le message.

— Je suis surprise de te voir ici, dit-elle.

— Pourquoi ? demanda-t-il en levant sa bouteille. Je compte profiter des menus plaisirs de la vie tant que c'est encore possible.

Elle s'approcha tout près de lui, à la manière d'un chat qui vient se frotter contre les jambes de son maître.

— Tu penses vraiment qu'ils vont t'envoyer en prison ?

— Ils vont essayer, en tout cas.

— S'ils parvenaient à leurs fins, ce serait vraiment une perte pour les femmes, dit-elle avec une moue suggestive. En tout cas, si tu veux profiter au maximum de tes derniers moments de liberté, je suis toute prête à t'aider…

Elle était à présent si proche de lui qu'il sentait ses seins lui frôler le bras.

Dans quelques mois, il serait peut-être privé à jamais du plaisir de tenir une femme dans ses bras, et cette perspective l'incitait à faire l'amour. Mais pas avec Helaina. Ni avec aucune autre des nombreuses femmes qu'il avait connues dans sa vie. C'était Allie qu'il désirait. Son envie d'elle était si violente qu'il en rêvait toutes les nuits.

— Merci pour ta proposition, dit-il à Helaina, mais je suis venu avec ma sœur.

— Tu ne crois pas qu'elle est assez grande pour rentrer seule à la maison ?

— Ce ne serait pas très gentil de l'abandonner alors qu'elle vient tout juste d'arriver en ville.

Le visage ovale d'Helaina s'empourpra sous l'effet de la déception, mais elle se contenta de hausser les épaules.

— Tu as mon numéro, si tu changes d'avis.

Il s'apprêtait à la congédier d'une formule creuse quand les mots s'étranglèrent dans sa gorge. De l'autre côté de la salle, la porte venait de s'ouvrir sur Allie. Elle portait une jupe sexy qui lui tombait juste au-dessus du genou, des bottes texanes et un pull marron qui épousait sa poitrine menue. Et surtout elle n'était pas accompagnée. Lorsqu'il la vit balayer l'assemblée du regard, les yeux légèrement plissés, il comprit qu'elle n'était pas là pour se distraire.

— Ne me dis pas que tu es toujours avec cette petite fille modèle ! s'écria Helaina qui avait suivi son regard.

— Je ne suis avec personne, rétorqua Clay.

Dans l'intérêt d'Allie, il préférait couper court aux rumeurs. Mais la « petite fille modèle » venait de le repérer et fonçait droit sur lui.

— Tu veux bien m'accompagner dehors cinq minutes ? demanda-t-elle sans préambule en arrivant devant lui. J'aimerais te dire un mot.

Un peu en retrait, Helaina suivait la scène avec la plus grande attention, sans perdre un mot de ce qui se disait.

— Pas ce soir, répondit-il.

Allie accusa le coup, mais se reprit aussitôt.

— Désolée de devoir insister, Clay, mais je ne te demande pas de m'accorder une danse. J'ai besoin de te parler, et c'est très important.

— Je ne vois pas ce qu'on pourrait avoir d'important à se dire, répondit-il avec humeur. On n'a plus rien à faire ensemble, Allie.

— Oooh ! fit Helaina, qui semblait trouver cet échange tout à fait à son goût.

Allie la fusilla du regard, puis reporta son attention sur Clay.

— Tu peux me dire à quoi tu joues, exactement ? Je te rappelle que je fais tout ce que je peux pour t'aider !

— Je n'ai pas besoin de toi, répliqua-t-il en affectant la plus complète indifférence. Ni pour m'aider ni pour quoi que ce soit d'autre.

Allie ouvrit de grands yeux stupéfaits, comme si elle venait de recevoir un coup de poignard. Mais Clay se demanda s'il ne se sentait pas encore plus mal qu'elle : ce qu'il venait de dire le rendait littéralement malade, mais il ne voyait pas d'autre alternative. Aussitôt sorti de prison, il avait laissé un message à la jeune femme pour lui demander de se trouver un autre boulot. Le soir même, elle avait laissé sa réponse sur le répondeur : payée ou non, elle continuerait à œuvrer pour son acquittement.

Puisqu'elle était déterminée à le sauver, la seule manière de la décourager était de lui prouver qu'il n'en valait pas la peine.

Elle le fixa pendant un moment de ses yeux brillants, tandis qu'il s'efforçait de prendre un air aussi détaché que possible. Il poussa la comédie jusqu'à la saluer d'un vague signe de tête, pour indiquer que le débat était clos. Mais la goutte qui fit déborder le vase, ce fut l'attitude d'Helaina, qui pouffait de rire derrière Clay.

Allie sentit les larmes lui monter aux yeux, mais elle conserva la tête haute et parla d'une voix claire et assurée.

— Très bien, je respecterai ta décision, dit-elle en tournant les talons.

Allie traversa la salle à grandes enjambées, le cœur dans un étau. Quelques connaissances cherchèrent à l'arrêter, mais elle se contenta de leur lancer des banalités au vol, sans même ralentir le pas. De toute façon, c'était à peine si elle savait à qui elle s'adressait, tant la souffrance embrumait son esprit.

D'après Grace, Clay n'était pas certain que l'auteur du coup de feu eût prémédité son forfait. Il pensait qu'il avait peut-être croisé le tireur sans s'en rendre compte et que celui-ci, paniqué à l'idée d'être identifié, avait décidé de le supprimer. Allie était aussitôt retournée à la cabane pour travailler sur cette hypothèse, interrogeant les pompistes et les caissiers de toutes les stations-service qui jalonnaient le trajet. Ralph Ling, l'employé du Texaco situé sur la voie rapide, juste avant la sortie menant au lac, lui avait raconté des choses vraiment intéressantes. Mais elle ne pouvait pas obliger Clay à les écouter.

Je n'ai pas besoin de toi... Ni pour m'aider ni pour quoi que ce soit d'autre.

Ces mots lui faisaient terriblement mal. Et ces regards mauvais sur son passage... Ils faisaient mal, eux aussi, même si la douleur n'était pas aussi profonde. D'autant plus mal qu'ils provenaient bien souvent de gens qui, hier encore, lui souriaient.

Elle arriva enfin au parking situé derrière la salle de billard, et se dirigea vers sa voiture. Elle voulait seulement être certaine que Clay n'irait pas en prison pour un crime qu'il n'avait pas commis. Et elle voulait aussi...

Beaucoup plus.

Elle le voulait, lui. A quoi bon le nier ? Beth Ann avait vu juste, finalement. Prévenue du danger auquel elle s'exposait, Allie avait cru pouvoir garder ses distances avec Clay. Mais elle s'était surestimée. A moins qu'elle n'eût sous-estimé le pouvoir de séduction de cet homme...

Vous vous rendrez vite compte qu'il n'y en a pas deux comme lui...

Sans doute, songea-t-elle avec une pointe d'amertume.

Elle allait ouvrir la portière de sa voiture quand une main, large et puissante, recouvrit la sienne.

Clay avait vraiment essayé de la laisser partir. Il était parvenu à rester parfaitement immobile en la regardant disparaître dans la foule. Il n'avait pas sourcillé en écoutant un abruti dire dans son dos : « Il a déjà jeté la fille McCormick ? Moi, j'aurais attendu quelques jours de plus, histoire d'en profiter encore un peu. Elle a quand même un joli petit… »

Pour ne pas entendre la fin de cette phrase, Clay était parti brusquement. Une seconde de plus, et ça aurait mal tourné. Pas question de donner du grain à moudre à ses détracteurs quelques semaines avant le procès, avait-il songé en trouvant refuge sur un tabouret du bar. Mais à peine venait-il de commander une autre bière qu'il se levait sur un coup de tête, traversait la salle en courant presque, et déboulait sur le parking. Avant qu'il ne comprenne exactement ce qu'il faisait, il posait sa main sur celle d'Allie.

— Je te demande pardon, murmura-t-il, tandis qu'elle levait vers lui de grands yeux tristes et déconcertés.

Il aurait voulu lui expliquer pourquoi elle devait s'éloigner de lui, mais il ne trouvait pas les mots. Les seuls qui lui venaient à l'esprit disaient exactement le contraire.

Au lieu de la repousser, il l'attira à lui et plongea dans la chaleur humide de sa bouche.

— Il faut que tu m'oublies, dit-il sans aucune conviction.

Une petite voix en lui lui enjoignait de se reprendre, de surmonter son désir et ses sentiments pour la convaincre de ne plus jamais le revoir. Mais le combat entre le cœur et la raison était inégal, d'autant qu'elle lui rendait son baiser avec la même avidité, la même urgence. Après quelques secondes, ils s'embrassaient comme s'ils faisaient déjà l'amour, comme s'ils étaient seuls au monde.

Mais quand quelqu'un ouvrit la porte de la salle de billard et que la musique leur parvint, Clay eut vaguement conscience de se trouver dans un lieu public. Il entraîna alors Allie dans une remise où le propriétaire du Good Times conservait des outils de jardinage.

Après avoir refermé tant bien que mal la porte derrière lui, il cala une petite lame de scie dans le loquet pour qu'on ne puisse ouvrir de l'extérieur. Puis il souleva Allie dans ses bras, l'allongea sur l'établi de fortune et glissa ses mains impatientes sous sa jupe.

Elle étouffa un cri, ouvrant les jambes avec une merveilleuse impudeur, tandis que Clay sentait son corps se tendre vers elle.

— J'ai tellement envie de toi depuis qu'on a fait l'amour à la cabane… Je n'en dors plus la nuit, murmura-t-il d'une voix méconnaissable. Jamais je n'ai désiré une femme comme je te désire.

Il sentit qu'elle s'étirait et se contorsionnait, comme si elle cherchait à atteindre quelque chose au-dessus de sa tête.

L'instant d'après, la lumière inondait la pièce encombrée. Allie venait de tirer la chaînette qui actionnait le plafonnier.

— Cette fois-ci, je veux te voir me faire l'amour, dit-elle. Je veux voir ton corps, l'expression de ton visage… Tout.

Clay guida les mains d'Allie vers son pantalon et retint sa respiration tandis qu'elle le déboutonnait. Elle ne le quitta pas du regard pendant tout le temps que dura l'opération. Puis quand elle lui eut retiré son jean et son caleçon, elle baissa lentement les yeux vers son sexe.

Jamais il n'avait vu de sourire plus sexy.

— Tu peux venir chez moi ? chuchota Clay en aidant Allie à se rasseoir sur l'établi.

Elle était couverte d'une fine pellicule de sueur, et les vagues successives de plaisir l'avaient laissée faible et fébrile. Un sourire extatique s'attardait sur ses lèvres, tandis que ses jambes bottées entouraient encore la taille de Clay.

— Il faut d'abord que j'aille faire un tour à la maison, dit-elle. Si Whitney dort et que maman n'a pas besoin de moi, je te rejoindrai à la ferme. Mais je ne pourrai pas rester toute la nuit.

— A quoi tout ça va-t-il nous mener ? demanda-t-il, soudain de retour dans la réalité. Tu sais qu'on se prépare des lendemains difficiles, n'est-ce pas ?

Elle repoussa du doigt les quelques mèches qui barraient le front de Clay.

— Je suis amoureuse de toi, c'est tout ce que je sais.

Il fit la grimace, comme si ces mots le blessaient.

— Je ne veux pas que tu tombes amoureuse de moi, dit-il. Je ne veux pas que tu souffres de mon absence et je ne veux pas non plus souffrir de la tienne. Tu ne comprends donc pas que je n'ai rien à t'offrir ?

— Tout ce que je demande, c'est que tu m'aimes en retour.

— Et qu'est-ce que ça t'apportera ? demanda-t-il avec un peu d'amertume dans la voix. Tu as besoin d'un foyer, de quelqu'un qui prenne soin de toi et de ta fille, qui t'apporte un peu de confort et de sécurité… Pas d'une visite bimensuelle au parloir d'une prison.

— Tu n'y es pas encore, dit-elle d'un ton volontaire.

Il passa une main impatiente dans ses cheveux.

— Parlons franchement. Quelles sont mes chances d'être acquitté ?

— Je l'ignore, répondit-elle, refusant de le suivre sur ce terrain glissant. Rien n'est encore joué. Il peut se passer beaucoup de choses, avant et même pendant le procès.

Il boutonna son pantalon avec des gestes brusques.

— Tu te voiles la face, Allie.

— Non, dit-elle en terminant de réajuster son soutien-gorge et son pull marron. J'essaie seulement de me montrer positive.

Il attrapa son menton pour la forcer à le regarder dans les yeux.

— Allie, si tu ne m'oublies pas très vite et que tu ne fais pas ce qu'il faut pour te réconcilier avec tes parents, que va-t-il advenir de toi quand je serai en prison ? Les gens d'ici te traiteront en paria ! Tu crois que ça me fait plaisir d'imaginer ça ? Ils ne te pardonneront pas d'être tombée amoureuse de l'homme le plus haï de cette ville. Non, je refuse que tu te brouilles avec ta famille et tes amis à cause de moi.

— Je ne resterai peut-être pas à Stillwater, dit-elle. Mais où que j'aille, sache que je t'attendrai.

Clay se figea comme s'il n'en croyait pas ses oreilles. Puis une expression douloureuse traversa son visage, et elle crut voir ses yeux bleus se mouiller de larmes.

Mais il tira la chaînette du plafonnier avant qu'elle ne puisse en être certaine.

— Tu mérites mieux que ça, murmura-t-il d'une voix mal assurée.

Malgré ces mots, elle eut le sentiment que sa promesse l'avait touché au plus profond. Et c'était suffisant pour lui donner de l'espoir.

— C'est mon choix, dit-elle doucement.

Allie arriva à la ferme un peu plus tard dans la soirée. Cette visite nocturne avait quelque chose d'incongru, et elle se sentit un peu embarrassée quand Molly lui ouvrit la porte. Mais la plus jeune des sœurs de Clay sembla trouver ça parfaitement normal.

— Salut ! dit-elle. Entre donc, Clay est en train de préparer des œufs brouillés au bacon.

Allie hocha la tête. Des œufs brouillés au bacon à 1 heure et demie du matin ? Pourquoi pas, après tout ?

D'autant qu'elle adorait cette odeur de bacon qui se répandait dans toute la maison.

— Hum… Ça sent bon. J'en ai l'eau à la bouche.

Allie avait oublié à quel point l'amour donnait faim.

Molly eut une grimace sceptique.

— Ouais, enfin… Attendons de voir ce que ça donne.

Allie la regarda, un peu surprise, et Molly s'expliqua aussitôt :

— J'étais sur le point de les faire, ces œufs brouillés, mais il a fallu qu'il me prenne la spatule des mains. Tu sais comment il est : un vrai Monsieur Je-sais-tout.

Elle avait élevé la voix pour prononcer ces derniers mots afin de s'assurer que Clay l'entendrait bien.

— Parce qu'il fallait que je te laisse gâcher mes œufs ? cria-t-il depuis la cuisine.

— Bon, d'accord, admit-elle en riant. J'en ai raté quelques-uns.

C'est que je n'habite pas à la campagne, moi ! A New York, personne ne fait la cuisine. Il y a trop de bons restaurants… Mais avec un peu d'entraînement, je suis sûre que j'aurais fini par y arriver.

— J'ai faim, grogna-t-il. Je n'avais pas envie d'attendre toute la nuit.

Allie suivit Molly dans la cuisine, amusée de voir Clay dans son rôle de grand frère. A en juger par les piques qu'ils s'envoyaient, ces deux-là entretenaient une belle complicité, malgré la distance géographique qui les séparait la plupart du temps.

A peine eut-elle franchi la porte qu'il se tourna vers elle.

Il était vêtu d'un simple T-shirt blanc et du même jean délavé qu'il portait au Good Times. Le cœur d'Allie se mit à tambouriner dans sa poitrine. Tout en cet homme lui plaisait : son visage taillé à coups de serpe, son corps musclé, sa farouche indépendance, sa fierté, son panache… et la façon dont il faisait l'amour. *Surtout* la façon dont il faisait l'amour. Dans l'intimité, Clay savait à merveille mêler douceur et sauvagerie.

Une délicieuse vague de chaleur l'enveloppa au souvenir de ce qui s'était passé, un peu plus tôt, dans la remise. Pas étonnant que Beth Ann ait eu tant de mal à oublier son bel amant.

— Quoi ? demanda-t-il en l'examinant attentivement.

— J'étais en train de penser à la nuit où Beth Ann a appelé la police, dit-elle.

Il se remit à battre les œufs, l'air peu convaincu.

— Vraiment ? Et c'est ça qui te faisait sourire ?

— C'était la première fois qu'une femme à demi nue me fonçait dessus. Et je me rappelle aussi le regard noir que tu m'as jeté en ouvrant la…

— Ce dont je me souviens, moi, interrompit Clay, c'est que tu m'as demandé de faire un strip-tease. Et comme si ça ne suffisait pas, tu as insisté pour prendre des photos ! Tu voulais un souvenir de mon torse, puis de mon dos… Je m'attendais à tout moment à ce que tu glisses un billet de dix dollars dans mon caleçon.

Clay pensait sans doute qu'il aurait le dernier mot, qu'Allie n'oserait pas surenchérir devant Molly. Mais c'était mal la connaître.

— Je n'avais pas d'argent sur moi, dit-elle, sinon ce n'est pas dix dollars que j'aurais mis dans ton caleçon, mais au moins le double. D'ailleurs, ajouta-t-elle malicieusement, l'un des clichés pris ce soir-là se trouve au chaud sous mon matelas. Ça m'aide à m'endormir…

— Oh, oh !…, fit Molly.

— Sous ton matelas ? répéta Clay. Tu me fais marcher, c'est ça ?

Elle lui lança un sourire provocateur.

— Peut-être bien que oui, peut-être bien que non.

— Je vérifierai moi-même, dit Clay.

— Promis ? rétorqua Allie.

Molly les regarda alternativement, puis indiqua la poêle d'un signe de tête.

— Bon, c'est bien gentil tout ça, mais j'ai l'impression que les œufs se sentent un peu négligés. Donne-moi cette spatule, Clay, je vais les faire cuire.

— Jamais de la vie ! s'écria-il en se remettant aussitôt aux fourneaux. Si je te laisse faire, on ne mangera jamais.

— Je n'ai pas l'impression que ce soit de nourriture que tu as envie pour le moment, maugréa-t-elle.

Clay lança un regard discret à Allie, et prépara enfin les œufs brouillés.

— Combien de temps comptes-tu rester à Stillwater ? demanda Allie en s'adressant à Molly, tandis que Clay leur tendait des assiettes.

— Je retourne à New York dimanche.

— Je suppose que tu as vu Lauren Elisabeth ?

— Oui, bien sûr. Elle est tellement adorable…

Elle s'interrompit pour pousser un long soupir.

— Si seulement il n'y avait pas ce procès…

A ces mots, l'atmosphère perdit beaucoup de sa légèreté.

— Clay sera acquitté, tu verras, dit Allie qui refusait de se laisser aller au pessimisme.

Molly dévora le contenu de son assiette et se leva pour aller la rincer dans l'évier.

— Je trouve ça super que tu le soutiennes durant cette épreuve.

Sans doute Clay avait-il besoin de sa présence, mais un simple soutien moral n'était pas suffisant pour Allie. Ce qu'elle voulait vraiment, c'était trouver un moyen de le sortir de là.

— Merci, dit-elle néanmoins.

Lorsque tout le monde eut fini de manger, Clay alla mettre les assiettes dans le lave-vaisselle et revint prendre Allie par la main.

— Je commence à être fatigué, dit-il. Allons vite au lit pendant que j'ai encore un peu d'énergie.

Mais elle résista lorsqu'il voulut l'entraîner vers l'escalier. Elle ne se voyait pas grimper dans la chambre de Clay pour aller faire l'amour, alors que sa sœur était dans la maison.

— Je ferais mieux de rentrer chez moi, dit-elle.

— Vraiment ? dit-il, la mine renfrognée.

— Oui, vraiment. Mais… j'aurais aimé parler un peu avec toi avant de m'en aller.

— On pourrait discuter là-haut, dit-il avec un sourire enjôleur. Mon lit est l'endroit idéal pour avoir une bonne conversation.

Quel gamin ! songea-t-elle avec tendresse.

— Pour ne rien te cacher, j'aimerais autant rester ici, répondit-elle en riant. Ou dans le salon, si tu préfères.

— Je vous laisse décider, dit Molly. Moi, je vais me coucher. Je suis vannée.

— Bonne nuit, lui dit Allie.

Molly répondit d'un petit signe de la main et disparut dans l'escalier.

Clay s'assit à côté d'Allie, étira ses longues jambes et croisa les mains derrière la tête. A la vue de son torse dont les contours se devinaient sous le T-shirt, elle se demanda comment elle avait pu refuser de l'accompagner dans sa chambre. Sans doute était-ce absurde, et peut-être même ridicule, mais la présence de sa petite sœur l'embarrassait terriblement.

— De quoi voulais-tu me parler ? demanda-t-il.

Je voulais te dire que mon corps te réclame, que j'ai envie de te déshabiller ici même, dans la cuisine, et de…

Mais elle conserva ses pensées coupables pour elle-même.

— Tu connais la dernière station-service de la voie rapide, juste avant la sortie qui mène à la cabane ?

Sur le visage de Clay, l'air charmeur céda immédiatement la place à une expression sérieuse et concentrée.

— Bien sûr, je m'y suis arrêté pour acheter les préservatifs qu'on a utilisés.

Allie était soulagée que Molly ne fût plus là pour entendre ça.

— Tu es sûr qu'on parle de la même station-service ?

— Ouais. La dernière avant la sortie qui mène au lac. La Texaco. Il n'y en a pas trente-six mille, de toute façon.

— As-tu vu quelqu'un que tu connaissais, là-bas ?

Le front plissé, Clay se creusa la tête pour la énième fois.

— Non. J'ai passé en revue toutes les étapes de cette soirée, seconde par seconde. Tout ce dont je me souviens, c'est que l'employé de la station-service se plaignait d'un type qui avait mis du sang partout. Comme il maugréait dans sa barbe, je n'ai pas bien compris ce qui s'était passé. Et, de toute façon, le type en question était déjà parti quand je suis arrivé.

— Alors tu ne l'as pas vu ?

— Il est possible qu'on se soit croisés, mais je ne prêtais pas vraiment attention à ce qui m'entourait. J'étais trop occupé à m'engueuler avec moi-même.

— Comment ça ?

— Je m'en voulais d'avoir acheté les préservatifs, parce que je savais que ce serait une connerie de coucher avec toi, dit-il avec un sourire. En plus, c'était prétentieux de tout prévoir comme si j'étais sûr d'arriver à mes fins. Mais d'un autre côté, je ne voulais pas être pris au dépourvu au cas où la tentation se révélerait trop forte, pour l'un comme pour l'autre…

Elle éclata de rire.

— Tu as bien fait, en fin de compte.

— Malgré nos performances, la boîte n'est pas encore vide, dit-il en tournant vers elle un regard que le désir rendait ardent. Il doit bien m'en rester cinq ou six, si tu penses que c'est suffisant…

— Prétentieux ! répondit Allie, le souffle un peu court.

Elle hésita à tendre la main pour qu'il la conduise dans sa chambre, mais la perspective de devoir affronter le regard de Molly, le lendemain matin, l'empêcha de se laisser aller.

— Il est temps que je rentre, dit-elle à contrecœur.

— Tu n'as pas à te sentir gênée vis-à-vis de Molly, tu sais ? Elle s'en fiche complètement.

— Je sais. C'est juste que…

Elle se sentit rougir.

— Je vais finir par croire que tu es vraiment coincée, si tu continues comme ça !

— Je ne suis pas coincée ! s'exclama-t-elle en haussant les épaules. Oh ! et puis peut-être que si, après tout…

Il fit tourner la chaise d'Allie afin de se trouver bien en face d'elle. Il avait fait ça avec une aisance déconcertante, comme il aurait soulevé Lauren Elisabeth dans son couffin.

— Ton petit côté « jeune fille très comme il faut » ne me dérange pas, Allie. Au contraire, je trouve ça terriblement sexy. C'est autrement plus excitant qu'une femme qui se jette sur vous sans la moindre pudeur… Alors, qu'as-tu trouvé dans cette station-service ?

— Ralph Ling, l'employé, m'a parlé du type qui saignait.

— Raconte.

— L'homme s'est pointé vers minuit, la main ensanglantée. Il s'est précipité dans les toilettes pour nettoyer sa blessure, au grand dépit de Ling qui venait tout juste de passer la serpillière.

Les coudes sur les cuisses, Clay prit les mains d'Allie dans les siennes.

— L'employé le connaissait ?

— Non, c'était la première fois qu'il le voyait. Quand il est ressorti, Ling lui a demandé ce qui lui était arrivé. Le type a prétendu qu'il s'était arrêté au bord de la route pour permettre à son chien de faire ses besoins. Selon lui, la laisse aurait glissé à cause de la pluie et le toutou se serait enfui dans les bois. Ce serait en essayant de le rattraper que l'homme aurait fait une chute et se serait coupé sur une branche cassée.

— Il s'est coupé sur une branche ou en brisant la vitre de ta voiture ?

— C'est bien la question que je me pose, dit Allie.

— Est-ce que ce Ralph Ling a pu voir la blessure ?

— Malheureusement pas.

— Et le chien ? Il l'a vu ?

— Non. Quand l'homme a quitté la station-service, Ling s'est posté derrière la vitre de la boutique et l'a regardé partir. Mais il n'a pas vu le moindre chien dans la voiture.

— C'est plutôt étrange, non ?

— Oui, d'autant qu'aucun chien errant n'a été signalé dans le coin. Et puis Ralph Ling m'a dit que le gars avait un comportement bizarre.

Clay leva les yeux vers Allie.

— Bizarre comment ?

— Il portait une casquette de base-ball dont il se servait pour dissimuler une partie de son visage. Quand il est venu à la caisse acheter des pansements, il a baissé encore un peu plus la visière, comme s'il se méfiait de la caméra de surveillance.

— Il y a une caméra dans la station-service ?

Clay se leva d'un bond.

— Mais alors, il a été filmé !

— C'est probable. Seulement, ils utilisent les mêmes cassettes plusieurs fois de suite, et il y a de fortes chances pour que l'enregistrement ait été recouvert par un autre. De toute façon, Ling avait besoin de la permission du gérant pour m'autoriser à visionner la bande, et il n'a pas réussi à le joindre sur le moment.

— Il ne t'a pas rappelée, depuis ?

— J'ai consulté ma messagerie tout à l'heure, juste avant d'arriver au Good Times. La cassette sera à ma disposition demain après-midi.

Clay se massa la nuque.

— Et la police ? Personne à part toi n'est venu interroger cet employé ?

Allie aurait préféré éviter le sujet, même si elle savait que Clay ne s'étonnerait pas de ce qu'elle avait à dire sur l'enquête en cours.

— J'ai l'impression que les flics du coin ne font rien pour retrouver celui qui t'a tiré dessus. En gros, ils ont passé le bébé à mon père.

— Echange de bons procédés entre collègues ?

— Quelque chose dans ce genre, oui.

Il marcha jusqu'à la fenêtre et laissa son regard se perdre dans la nuit. Allie attendit quelques secondes, mais il resta silencieux.

— Pour le moment, leur passivité m'arrange, reprit-elle. S'ils avaient fait leur boulot, ils auraient sans doute eu la cassette avant moi.

— As-tu informé Grace de ta conversation avec Ralph Ling ? demanda-t-il sans se retourner.

— Pas encore. J'ai essayé de la joindre sur le chemin du retour, mais je suis tombée trois fois de suite sur son répondeur. Même chose avec toi. Et puis j'ai vu ton pick-up en passant devant le Good Times.

— Je pense que ça va lui faire plaisir, dit-il, le nez toujours collé à la vitre.

— Sûrement… Je ne veux pas te donner de faux espoirs, Clay, mais on tient peut-être quelque chose d'important.

Il soupira et se retourna.

— Il se fait tard. Tu devrais rentrer chez toi.

Elle approuva d'un signe de tête, et il l'accompagna jusqu'à sa voiture. La chaleur était chaque soir plus intense au cours du mois de juin, et la moiteur devenait oppressante. Mais Allie aimait l'odeur de terre humide et de jasmin étoilé qui flottait dans l'air.

— C'est agréable ici, n'est-ce pas ?

— Je te confirme qu'on s'y sent mieux qu'en prison, répondit Clay en ouvrant galamment la portière.

Elle allait s'engouffrer dans l'habitacle, mais il lui serra doucement le bras afin qu'elle se tourne vers lui.

— Comment vis-tu ce qui s'est passé avec ton père ? demanda-t-il.

— Tu veux parler de sa liaison avec *ta mère* ? répliqua-t-elle d'un ton ironique.

Comme souvent, elle eut du mal à lire son expression. D'autant qu'ils se trouvaient dans la pénombre.

— Ouais, dit-il.

— Tu étais au courant, n'est-ce pas ? Le soir où je t'ai fait part de mes soupçons, tu le savais déjà…

Il hocha la tête.

— J'ai essayé d'y mettre un terme, mais… Certaines personnes continuent à foncer, même si elles savent qu'elles vont droit dans le mur.

Etait-elle l'une de ces personnes aveuglées par la passion ? Clay l'avait mise en garde, chaque fois que le désir les avait rapprochés : en tombant amoureuse de lui, elle risquait de gâcher sa vie. Et s'il avait raison ? Allait-elle payer le prix fort pour les élans de son cœur ?

Probablement.

— Je suis bien placée pour les comprendre, dit-elle.

— Il n'est pas trop tard pour faire machine arrière, dit Clay.

— Si. C'était déjà trop tard le soir où j'ai répondu à l'appel au secours de Beth Ann.

Levant d'un doigt le menton d'Allie, il embrassa tendrement ses lèvres.

— Je vais finir par croire que tu as vraiment une photo de moi sous ton matelas…

Elle enfonça la main dans les épais cheveux de Clay et se dressa sur la pointe des pieds pour plaquer un baiser furieux sur sa bouche.

— C'est notre secret, dit-elle.

— Il est tard et tu es fatiguée, Allie. Conduis prudemment, s'il te plaît. Et appelle-moi quand tu seras arrivée.

— D'accord.

Il la saisit de nouveau par le bras alors qu'elle venait de s'asseoir sur le siège de sa voiture.

— Allie ?

— Oui ?

— Tu veux bien venir dîner chez moi, demain soir ?

A la façon dont il avait prononcé ces mots, avec une certaine gravité, elle comprit qu'il donnait un sens particulier à cette invitation.

— Bien sûr, dit-elle en se demandant où il voulait en venir.

— Avec Whitney ?

Whitney ? Allie marqua un temps d'arrêt. Tant qu'elle la laissait en dehors de tout ça, sa fille ne faisait pas les frais de son histoire avec Clay. Mais si elle l'emmenait à la ferme, la fillette risquait de s'attacher à Clay et de souffrir s'il était contraint de s'absenter pendant de longues années. Whitney avait terriblement besoin d'une figure paternelle… et surtout pas d'une nouvelle séparation.

Allie avait conscience de l'importance de sa réponse. Clay la testait. Il avait besoin de savoir si elle avait confiance en lui, si elle était sincère quand elle disait qu'il s'en sortirait, qu'elle l'attendrait dans le pire des cas.

Elle n'avait pas le courage de doucher l'espoir qu'elle avait perçu dans sa voix. Ni le courage ni l'envie.

— Bien sûr, dit-elle. Avec Whitney.

— Ce sera une bonne chose pour elle, dit-il d'un ton convaincu. Tu es de mon avis, n'est-ce pas ?

— Oui, je suis de ton avis.

— Bonne nuit, Allie.

Il posa un baiser rapide sur ses lèvres, et attendit que le moteur tourne pour fermer la portière.

Allie quitta la ferme après un ultime salut de la main, et prit la direction de la ville. Une fois que la propriété de Clay eut complètement disparu dans son rétroviseur, elle s'arrêta sur le bas-côté. Coupant le contact, elle fixa la campagne sombre et immobile qui l'entourait.

Clay commençait à s'ouvrir, à se comporter comme s'il avait envie de s'investir dans cette relation… S'était-elle trop précipitée en lui faisant des promesses ? En lui rendant l'espoir ?

Jusque-là, il avait vécu dans une certaine forme de renoncement. Il avait enterré les rêves communs à la plupart des hommes au profit d'une vie solitaire, parce que les suspicions dont il faisait l'objet lui interdisaient de fonder un foyer. Qui était-elle pour venir bouleverser sa vie, détruire les défenses qu'il s'était créées ? En lui donnant envie de mener une vie normale, elle le fragilisait. Plus il s'autorisait à croire à un possible bonheur, plus il risquait de tomber de haut.

D'un autre côté, les sentiments qu'ils éprouvaient l'un pour l'autre méritaient d'être défendus. Comment renoncer à l'amour sans se battre ?

Inspirant profondément, Allie remit le moteur en marche. De toute façon, le sort en était jeté. Il avait déjà pris trop de place dans son cœur pour qu'elle pût l'oublier.

Une fois chez elle, elle se faufila dans sa chambre, puis se glissa sans tarder entre les draps. Whitney dormait parfois avec sa grand-mère, mais, ce soir-là, Evelyn l'avait couchée dans le lit d'Allie.

Elle fut heureuse de trouver là son petit corps tout chaud. Elle avait besoin de cette présence aimée, de la merveilleuse odeur de son cou et de ses cheveux. Se collant tout contre sa fille, elle l'embrassa sur la tempe.

— Je t'aime, murmura-t-elle.

Et elle espérait de tout son cœur qu'elle prenait la bonne décision en acceptant de lui faire rencontrer Clay.

21.

Dans un demi-sommeil, Allie perçut des éclats de voix en provenance de la cuisine. Qu'est-ce que son père pouvait bien faire chez elle ?

Seigneur, par pitié… Faites que ce ne soit qu'un cauchemar.

Elle poussa un grognement et enfonça la tête dans l'oreiller. Mais lorsqu'elle entendit une fois de plus ses parents se disputer, elle sut qu'elle n'avait d'autre choix que de se lever pour aller jouer les arbitres. Si elle restait au fond de son lit, Dieu sait à quel spectacle Whitney risquait d'assister !

Allie enfila une robe de chambre et marcha au radar jusqu'à la cuisine. Elle vit d'abord sa mère, adossée au plan de travail, dans son peignoir rose pâle, les bras résolument croisés sur la poitrine. Face à elle se trouvait le shérif. Allie songea que c'était peut-être la dernière fois qu'elle voyait son père en uniforme. Selon Grace, les services administratifs de la mairie lui avaient déjà préparé son solde.

Qu'allait-il faire, à présent ? se demanda la jeune femme, tandis qu'une pointe de compassion perçait sous la colère.

Bien sûr, il aurait pu profiter du scandale pour demander le divorce et partir vivre avec Irene Montgomery. Après tout, il n'avait plus rien à perdre. Sa réputation était salie, et il était sur le point de perdre son travail. Alors, pourquoi ne quittait-il pas sa femme ? Parce qu'il l'aimait encore, pensa Allie. Ça crevait les yeux.

Pourtant, elle avait du mal à lui pardonner. Peut-être était-ce parce qu'il s'était toujours posé en exemple.

— Puis-je vous suggérer de poursuivre cette conversation

loin des oreilles sensibles ? demanda-t-elle en désignant discrètement Whitney du regard.

La fillette, attablée devant un bol de céréales, semblait subjuguée par le drame qui se déroulait sous ses yeux.

— Ne partez pas ! dit-elle. J'ai envie d'entendre la suite.

Allie lança un regard de reproche à sa mère, accompagnée d'une mimique qui semblait dire : « Je te félicite ! »

— Je n'ai pas l'intention d'aller m'exhiber dans la rue en peignoir, déclara sèchement Evelyn. D'autant que Dale est sur le point de partir.

— Pas du tout ! lança-t-il. Je viens à peine d'arriver.

— Et moi, je veux que tu t'en ailles ! répliqua Evelyn.

Dale laissa échapper un long soupir.

— Il va bien falloir que tu me parles un jour ou l'autre. Que ça te plaise ou non, tu es encore ma femme.

— Plus pour longtemps.

Ces mots, prononcés d'une voix véhémente, semblèrent accabler le shérif.

— Je t'en prie... Je... Je sais que je mérite ta colère. Mais donne-moi au moins une chance de m'expliquer.

Allie détestait voir son père s'humilier de la sorte. Lui qui avait toujours été si fier, si sûr de lui... Mais il ne pouvait s'en prendre qu'à lui-même. De toute façon, elle n'avait aucun moyen de lui venir en aide. Et c'était aussi bien comme ça, parce qu'elle n'en avait pas la moindre envie pour le moment. Ou peut-être que si ? Mon Dieu, elle éprouvait des sentiments tellement contradictoires, face à cette situation...

— Qu'y a-t-il à expliquer que je ne sache déjà ? demanda Evelyn.

— Je te demande pardon, ma chérie. Depuis que...

Il jeta un coup d'œil nerveux en direction de Whitney.

— ... Depuis que tu es au courant, j'essaie de te dire à quel point je suis désolé. Mais tu refuses de m'écouter.

— Parce que tu penses t'en tirer avec de simples excuses ? s'écria Evelyn, comme si elle n'en croyait pas ses oreilles. Ce serait trop facile !

Pour la première fois depuis cette horrible soirée où elle avait découvert son mari en compagnie d'une autre, le visage d'Evelyn exprima toute l'étendue de sa détresse.

— Nous sommes ensemble depuis quarante ans, Dale. Quarante ans de vie commune que tu as foulés aux pieds pour une...

— Maman ! interrompit Allie, effrayée par le mot qui risquait de sortir de la bouche de sa mère. Pourriez-vous au moins aller sous la véranda ? A défaut de solution, vous n'avez qu'à essayer de vous entendre sur le partage des biens.

— Je veux la moitié de tout, dit Evelyn. J'ai été une bonne épouse depuis le jour où j'ai commis l'erreur de me marier avec ce... ce coureur de jupons.

— C'est quoi, un coureur de jupons ? demanda Whitney.

— C'est juste une expression, répondit Allie, exaspérée.

— Je reconnais que j'ai fait une bêtise, dit Dale d'un ton penaud. Tout le monde peut faire une bêtise dans sa vie, non ?

Evelyn joignit ses mains tremblantes.

— *Une* bêtise ? Parce que tu ne l'as vue qu'une seule fois, peut-être ?

Dale ne répondit rien.

— Non ! s'exclama-t-elle. Bien sûr que non, voyons !

Tout ce qu'Evelyn avait gardé en elle depuis des jours était en train de remonter à la surface, et elle semblait sur le point d'avoir une crise de nerfs. Même si Allie considérait dans l'absolu qu'il s'agissait d'une bonne chose — sa mère avait besoin d'exprimer sa colère au lieu de la nier —, elle ne voulait pas que l'explosion ait lieu devant sa fille. Cela risquait de marquer durablement Whitney et de causer des dégâts irréversibles.

— Puisque c'est comme ça, dit-elle, c'est Whitney et moi qui allons faire un tour.

Evelyn s'interposa, la main levée.

— Pas question ! C'est à ton père de s'en aller.

— Mais papy a demandé pardon pour sa bêtise, dit Whitney.

Alors, il peut rester, maintenant… Hein, mamie ? Tu voudras bien lui préparer son petit déjeuner comme avant ?

Evelyn ne répondit pas. Toute son attention était focalisée sur son mari.

— Tu dois avoir des sentiments pour cette femme, murmura-t-elle. Tu n'aurais jamais fait une chose pareille si elle ne comptait pas pour toi.

Dale baissa piteusement la tête.

— Oui, j'ai des sentiments pour elle, reconnut-il du bout des lèvres. Je te dis ça parce que je ne veux plus te mentir. Mais je ne l'ai jamais aimée comme je t'aime. Jamais.

Le silence s'abattit sur la pièce, tandis que les joues d'Evelyn se mouillaient de larmes.

Allie se sentit plus déchirée, plus perdue que jamais. Après une hésitation, elle décida d'aller réconforter sa mère, mais Evelyn la repoussa.

— Alors, pourquoi ? dit-elle sans quitter son mari des yeux. Pourquoi m'as-tu trompée ?

— Je me fais vieux, répondit Dale en fixant la pointe de ses chaussures. Je… J'ai l'impression de tomber en ruine. Je n'avais pas envie de faire un régime, de vérifier ma tension artérielle toutes les semaines, de me voir tel que je suis vraiment, à savoir un vieux bonhomme avec des kilos en trop et des cheveux en moins. Irene m'a fait oublier tout ça. Elle me nourrissait de cheese-cakes et remplissait mon verre de vin. Avec elle, j'entretenais l'illusion de la jeunesse. Je sais que c'est une piètre excuse, mais je ne peux pas m'expliquer autrement ce que j'ai fait… Ce que j'ai fait et que je regrette du fond du cœur, ajouta-t-il avec un visage défait.

— Moi, je ne te trouve pas vieux, papy, dit Whitney.

Il adressa un sourire triste à sa petite-fille.

— Je ne sais pas quoi te dire, avoua Evelyn en ravalant ses larmes. Je suis tellement en colère que je n'arrive même plus à savoir ce que j'éprouve au fond de moi. Pour le moment, je ne vois pas comment je pourrais te pardonner.

— Vas-tu au moins essayer ? demanda Dale gravement.

Allie savait combien il serait difficile à sa mère de reprendre la vie commune. Dans une ville de la taille de Stillwater, la trahison se doublait d'une terrible humiliation. Pendant des mois, voire des années, Evelyn ne pourrait plus faire un pas sans lire un mélange de pitié et de curiosité malsaine dans les yeux de tous ceux qu'elle croiserait.

— Oui, je vais essayer, dit-elle. Au nom des quarante années que nous avons passées ensemble. Mais je ne pense pas pouvoir y arriver.

— Merci quand même, dit-il. Comptes-tu revenir à la maison ?

Evelyn secoua vigoureusement la tête et quitta aussitôt la pièce.

— Elle finira par revenir, dit Allie. Et à présent, je crois que tu devrais partir, papa.

Il quitta la cuisine, le dos voûté, et se dirigea vers la porte. Allie décida de le raccompagner. A l'instar de sa mère, elle ne savait plus trop ce qu'elle éprouvait pour lui. L'amour était toujours là, bien sûr, mais enfoui sous un tel fatras de sentiments contradictoires qu'elle avait parfois du mal à le ressentir.

Une fois dehors, Dale se retourna vers sa fille.

— Il y a quelque chose que tu dois savoir, Allie.

— Quoi ?

Elle s'attendait à ce qu'il lui demande de ne pas le juger trop sévèrement. Ou à ce qu'il la remercie de ne pas avoir mis de l'huile sur le feu pendant qu'il s'expliquait avec Evelyn. Mais elle ne s'attendait pas, mais alors pas du tout, aux mots qu'il prononça.

— Je crois que c'est Hendricks qui a tiré sur Clay.

Allie mit quelques secondes à réaliser ce qu'il venait de dire.

— Tu te moques de moi ?

— Non.

— Qu'est-ce qui te fait penser une chose pareille ?

— Hier, j'ai trouvé ton arme de service cachée dans le local où sont entreposées les pièces à conviction. Pourtant, personne ne m'a dit qu'elle avait été retrouvée, et je n'ai pas vu circuler le moindre rapport à ce sujet.

Ce local était toujours verrouillé, et chaque membre de la brigade disposait d'une clé.

— Pourquoi Hendricks ? Ça pourrait être n'importe lequel de tes hommes.

— Non. On ne t'a pas encore remplacée, et Hendricks est le seul à travailler sans coéquipier… Je mettrais ma main au feu que c'est lui.

— Mais pourquoi aurait-il voulu tuer Clay ?

— Il s'est peut-être contenté d'exécuter un contrat pour quelqu'un d'autre ? Quelqu'un qui lui aurait proposé de l'argent… De quoi verser un acompte pour son pick-up flambant neuf, par exemple.

— Ah bon ? Il a un nouveau pick-up ?

— Je l'ai vu passer au volant d'un Ford F-150. Tu sais le prix que ça coûte, un engin pareil ?

Frappant nerveusement la main contre sa cuisse, Allie attendait que Madeline réponde enfin au téléphone.

La sœur adoptive de Clay décrocha au bout de la cinquième sonnerie.

— *Stillwater Independent,* j'écoute.

— Maddy ?

— Oui ?

— C'est Allie.

— Salut, Allie. Quoi de neuf ?

— C'était précisément la question que je comptais te poser. Alors, cette offre de récompense ? Ça a donné quelque chose ?

— Rien du tout.

— Personne n'a appelé ?

— Non. Tu penses bien que je t'aurais prévenue !

Allie laissa échapper un soupir.

— Oui, je m'en doute… Je voulais quand même m'en assurer.

Madeline laissa passer un court instant avant de répondre.

— Je suis navrée.

— Nous le sommes tous, dit Allie.

La maison de Hendricks était dans un désordre indescriptible. Sans parler de la saleté repoussante et de l'odeur pestilentielle qu'Allie pouvait sentir jusque dans l'entrée. Dégoûtée à l'idée de pénétrer plus avant dans ce capharnaüm nauséabond, elle avait dû se retenir pour ne pas dire à Mme Hendricks qu'elle préférait attendre son ancien collègue dans le jardin.

Respirant le moins possible et seulement par la bouche, Allie profita du moment où la brave femme était partie chercher son mari pour jeter un coup d'œil dans le salon.

Deux adolescents — un garçon et une fille — étaient vautrés sur un canapé orange au cuir élimé, et s'excitaient sur les manettes d'une console de jeux vidéo. C'était le début de l'après-midi, mais ils portaient encore des T-shirts informes et des pantalons de pyjama, et leurs cheveux n'étaient pas peignés. A leur droite, un bambin seulement vêtu d'une couche fouillait dans les placards de la cuisine, sortant toutes les boîtes de céréales qu'il y trouvait et se nourrissant comme bon lui semblait.

Allie entendit quelqu'un qui descendait l'escalier, faisant grincer les marches de bois sous son poids. Incapable de retenir une grimace de dégoût à la vue du garçonnet qui mangeait maintenant à même le sol, elle leva les yeux et vit Colleen Hendricks qui revenait sans son mari.

— Il m'a dit qu'il vous appellerait plus tard, quand il serait réveillé. Il n'arrive pas à sortir du lit. Vous savez ce que c'est quand on travaille la nuit.

Allie hésita sur l'attitude à adopter. Elle était sur le point d'insister pour lui parler tout de suite, mais elle se ravisa. Après tout, peut-être valait-il mieux visionner la cassette de la station-service *avant* de parler à Hendricks. S'il avait été filmé par la caméra de surveillance, elle serait en position de force pour l'interroger.

— Pas de problème, dit-elle. Je vais vous donner mon nouveau numéro de téléphone.

Cela prit un certain temps, mais, après avoir ouvert divers tiroirs de la cuisine et du salon, Colleen finit par trouver de quoi noter le numéro d'Allie.

— Et la blessure que votre mari s'est faite à la main ? demanda Allie juste avant que Colleen Hendricks ne referme la porte. Ça va mieux, j'espère ?

— C'est en train de cicatriser, Dieu merci. Mais ça a tout de même nécessité six points de suture.

Bingo. Décidément, le bluff avait du bon.

— C'est ce que j'ai entendu dire, fit-elle avec une moue navrée. Comment est-ce arrivé, déjà ?

— Au travail.

— Ah bon ? Au poste de police ou…

Sans doute Allie était-elle soudain apparue trop avide de réponses, parce que le sourire bon enfant de Colleen céda la place à une expression prudente, voire méfiante.

— Je ne suis pas très sûre. Vous n'aurez qu'à lui poser la question.

— Oh ! ça n'a aucune importance ! dit Allie d'un ton dégagé. Le principal, c'est que ce ne soit pas trop grave.

Sur ces mots, elle fit un pas en arrière et désigna le Ford F-150 rutilant stationné dans l'allée qui menait au garage.

— Il est superbe, dit-elle. J'aimerais bien m'en offrir un comme ça, un de ces jours.

— Oui, c'est vrai qu'il est beau, mais je vous avoue que je suis un peu inquiète pour les mensualités.

— Vous avez emprunté pour l'acheter ?

— Bien sûr ! répondit Colleen avant de refermer la porte, cette fois-ci pour de bon.

*
* *

— Tu l’as ? demanda Clay.

Allie réajusta l’oreillette de son portable et jeta un coup d’œil à la cassette vidéo posée sur le siège passager de sa voiture.

— Oui, je l’ai.

— Qu’est-ce qu’on y voit ?

Elle sentait à sa voix les efforts qu’il faisait pour ne pas s’emballer sur cette vidéo, pour ne pas en attendre trop.

— La bande est de mauvaise qualité, répondit-elle. Dieu sait combien d’enregistrements ils ont effectués là-dessus… Mais on arrive à distinguer un type bien portant qui achète des pansements. On le sent fébrile. Il porte une casquette de base-ball.

— Rouge ?

— Le film est en noir et blanc. Mais il ne s’agit pas de la casquette de Jed, si c’est ce que tu veux savoir. Il n’y a pas le logo du garage cousu sur la visière.

— As-tu trouvé quoi que ce soit qui permette d’identifier ce type ?

Allie ralentit pour négocier un virage un peu sec.

— A en juger par sa corpulence, on jurerait qu’il s’agit de Hendricks.

— Qui ?

— Hendricks, un ancien collègue. Tu le connais forcément.

— C’est le gros qui passe son temps à s’éponger le front avec un mouchoir sale ?

— Tout juste, répondit Allie avant d’expliquer à Clay ce que son père lui avait appris, plus tôt dans la journée.

— Mais pourquoi Hendricks aurait-il volé ton arme de service ? Et pourquoi t’aurait-il laissé ce mot ?

Elle baissa le volume de son autoradio.

— Je pense qu’il voulait me faire croire que c’était toi.

— Pour que tu te ranges du côté des Vincelli et de tous ceux qui rêvent de me voir moisir en prison ?

— Je suppose. C’est comme si j’avais été une hérétique et qu’il ait voulu me convertir.

— Je veux bien que cet imbécile ne me porte pas dans son cœur, mais de là à prendre des risques personnels… Il n'a aucun lien de parenté avec les Vincelli, que je sache. D'ailleurs, je ne me rappelle pas avoir jamais vu ce gros plein de soupe faire la fête avec Joe ou son frère. En plus, il est marié et il a des gosses, si je ne m'abuse…

— Le fric, dit Allie. On a dû le payer pour faire le coup, que ce soit les Vincelli ou quelqu'un d'autre.

Un long silence s'ensuivit, comme si Clay prenait le temps de réfléchir à cette hypothèse.

— Si tu ne l'avais pas aperçu ce jour-là à la station-service, il ne t'aurait sans doute pas tiré dessus, poursuivit Allie. Je ne pense pas qu'il ait prévu de s'en prendre à toi.

— Il a dû me voir quand je me suis garé devant la boutique, et il s'est imaginé que je l'avais vu, moi aussi.

— C'est la conclusion à laquelle je suis également parvenue.

— Alors, il a paniqué et il est revenu à la cabane avec la ferme intention de me faire taire à jamais.

Clay marqua un temps d'arrêt.

— Dire que ce type s'entraîne au tir depuis des années ! reprit-il. Il faudrait qu'il songe à changer de métier.

— A sa décharge, nota Allie, il faisait nuit et il pleuvait des cordes. Sans compter que Hendricks devait trembler comme une feuille. Et le lendemain, quand il a compris que tu n'étais pas mort, il était trop tard pour revoir sa copie. De toute manière, je doute qu'il ait le cran de faire une nouvelle tentative.

— A l'heure qu'il est, il doit penser qu'il ne sera plus inquiété.

— Dans la mesure où la piètre qualité de cette cassette vidéo ne permet pas de l'identifier au-delà d'un doute raisonnable, comme l'exige la loi, on peut craindre en effet qu'il ne soit pas inquiété, dit Allie tristement.

— As-tu soigneusement inspecté l'intérieur de ta voiture pour t'assurer qu'il n'y avait pas de trace de sang ?

La chaleur au-dehors se faisait de plus en plus oppressante.

Allie ajusta les grilles de ventilation afin de mieux profiter de la soufflerie.

— Oui, je l'ai fait. Et je n'ai rien trouvé. Mais…

Une idée lui traversa soudain l'esprit.

— … Et la station-service ?

— Quoi, la station-service ?

— Hendricks n'a pas nettoyé le sang qui a coulé de sa blessure, n'est-ce pas ? Il a laissé à Ralph Ling le soin de faire le ménage derrière lui.

— En effet. Ling avait déjà sorti sa serpillière au moment où je suis arrivé, fit remarquer Clay.

— Je reconnais que c'est peu probable, mais va savoir s'il n'est pas passé à côté d'une tache ou deux… Sans doute pas dans la partie commune des toilettes, mais peut-être dans la cabine où Hendricks s'est enfermé. Je suis encore tout près du Texaco, Clay. Je crois que je vais aller vérifier.

— Tu penses que le gérant te laissera inspecter les toilettes pour hommes ?

— Certaine. C'est un fana de romans policiers et il est tout excité à l'idée que j'enquête sur une tentative de meurtre, dit Allie en ralentissant pour se ranger sur le bas-côté de la voie rapide.

Elle attendit que la route soit déserte, et fit un rapide demi-tour.

— Tu as de quoi recueillir un échantillon de sang ? lui demanda Clay.

— Bien sûr. J'ai la mallette du parfait petit technicien de police scientifique dans le coffre de ma voiture.

— Tu trimballes encore ça avec toi ?

— Quand on est flic, c'est pour la vie, Clay, répondit-elle en riant. Désolée…

— Personne n'est parfait, dit-il. Mais même si tu trouvais son ADN sur place, qu'est-ce qui empêcherait Hendricks de prétendre qu'il a saigné du nez trois mois plus tôt dans cette station-service ? Tu m'as bien dit que les vidéos de surveillance étaient effacées au fur et à mesure des nouveaux enregistrements ? Dans ces conditions, il sera impossible de le confondre en prouvant qu'il n'a jamais mis les pieds dans ces toilettes avant le jour où l'on m'a tiré dessus.

— Il ignore que les bandes sont effacées, fit remarquer Allie. En plus, sa femme a admis devant moi qu'il s'était sérieusement blessé à la main.

— Vraiment ?

— Après m'avoir dit ça, elle a dû se rendre compte qu'elle avait gaffé, parce qu'elle s'est refermée comme une huître. Mais c'était trop tard : tu penses bien que ces propos ne sont pas tombés dans l'oreille d'une sourde…

Elle fit une courte pause pour rassembler ses idées.

— Voilà comment j'aimerais procéder, dit-elle avant que Clay ne reprenne la parole. On dit à Hendricks que tu l'as vu au Texaco, la main ensanglantée, le soir où tu as reçu une balle dans le bras. Tel que je le connais, il va paniquer et jurer qu'il ne s'est jamais rendu dans cette station-service. De fait, je doute qu'il ait eu l'occasion de s'y arrêter avant ce soir-là. En tout cas, mon père ne l'aurait jamais invité à la cabane : il ne peut pas le supporter.

— Personne ne peut le supporter, renchérit Clay. Ce type est une véritable plaie.

— A ce moment-là, on lui parle de la bande vidéo sur laquelle on le voit acheter des pansements — sans lui préciser que la qualité empêche de l'identifier formellement —, et de son ADN retrouvé là où il prétend n'être jamais allé. Avec un peu de chance, ça suffira à le convaincre de nous donner l'information qui nous intéresse vraiment.

— A savoir le nom du commanditaire.

— Exactement, dit machinalement Allie dont l'attention s'était soudain portée sur tout autre chose.

Un pick-up klaxonnait à tue-tête juste derrière sa voiture.

— Y a-t-il des choses que Whitney n'aime pas ? demanda Clay, changeant radicalement de sujet.

Allie, qui ne pouvait pas distinguer le visage du conducteur dans le rétroviseur, se contorsionna pour regarder derrière elle.

Hélas ! le soleil se reflétait sur le pare-brise de son poursuivant, dissimulant l'intérieur du véhicule.

— Allie ?

— Un type me suit de très près en klaxonnant, dit-elle. J'ai l'impression qu'il veut que je m'arrête sur le bas-côté.

— Qu'est-ce que c'est que cette histoire ? s'écria Clay, visiblement inquiet.

— Je n'en sais rien. Mais si je ne te rappelle pas d'ici à cinq minutes, préviens la police.

Clay composa le numéro d'Allie aussitôt après qu'elle eut raccroché. Il voulait savoir qui la poursuivait, et il voulait le savoir *tout de suite.* Mais elle ne répondit pas.

Vous êtes bien sur le portable d'Allie McCormick. Veuillez laisser votre message après le signal sonore et je vous rappellerai dès que possible.

Il fit une nouvelle tentative et tomba encore sur la boîte vocale. Avec un soupir, il reposa le combiné sur la table et alla se poster devant l'une des fenêtres de la cuisine.

Il resta un moment immobile, fixant un point invisible au-dehors, en proie à une pénible indécision. Comme il ne possédait pas de téléphone portable, il ne pouvait quitter la ferme. Le mieux était-il d'attendre qu'elle le rappelle ? De continuer à essayer de la joindre ? De prévenir les flics, au cas où ?

Le silence d'Allie n'avait pas duré plus de cinq minutes — peut-être même moins —, mais Clay n'y tenait plus. Il décida d'appeler la police et d'aller voir lui-même ce qui se passait.

Mais lorsqu'il s'empara du téléphone, celui-ci se mit justement à sonner.

— Allie ? s'écria-t-il avant même d'entendre la voix de son interlocuteur.

— Tout va bien, répondit-elle aussitôt pour le rassurer.

— Que se passe-t-il ?

— Je ne peux pas te l'expliquer tout de suite. Je vais me

rendre à la cabane avec Jed Fowler. Je suis désolée, mais je crois qu'il va falloir remettre notre dîner à une autre fois.

— Je ne m'inquiète pas pour le dîner, dit Clay d'un ton que l'angoisse rendait un peu abrupt. Je m'inquiète pour toi. Qu'est-ce que Jed te veut ?

— C'est encore un peu flou. Je te rappellerai dès que j'en saurai plus.

— Tu veux que je te rejoigne là-bas ?

— Non, c'est inutile. On en aura terminé avant que tu n'arrives. A tout à l'heure, ajouta-t-elle avant de raccrocher.

Clay n'avait pas l'intention de rester là à se ronger les sangs en attendant qu'Allie veuille bien l'appeler. Il ramassa ses clés de voiture, se précipita hors de chez lui… et tomba nez à nez avec un homme d'une cinquantaine d'années, à peine moins grand que lui, qui gravissait les marches de la véranda. Avec ses longs cheveux grisonnants et tressés, l'inconnu avait des faux airs de Willie Nelson. Sauf qu'il ne s'agissait ni du célèbre chanteur de country ni même d'un inconnu.

Après vingt-cinq ans d'absence, Clay ne mit que quelques secondes à reconnaître son père.

Allie dut s'asseoir sur l'une des chaises taillées dans un rondin de bois, les jambes et le souffle coupés.

— Pourquoi ne m'avoir rien dit lorsque je suis venue vous interroger chez vous ? demanda-t-elle à Jed Fowler quand elle eut enfin retrouvé sa voix.

Il ne répondit rien. C'était pourtant lui qui avait tenu à avoir avec elle cet entretien privé, au point de s'approcher dangereusement de son pare-chocs. Lorsqu'elle avait fini par comprendre qui était au volant du pick-up bleu, elle s'était arrêtée dans l'endroit le plus peuplé qu'elle avait trouvé à proximité, à savoir un petit centre commercial en bordure de la voie rapide, à seulement quelques centaines de mètres de la station-service où Hendricks avait été filmé. Jed l'avait rejointe dans le parking et elle avait baissé sa vitre, le doigt sur la touche du numéro de police secours qu'elle avait préprogrammé. Lorsque le garagiste avait réussi à la convaincre qu'il ne lui voulait aucun mal, mais souhaitait seulement lui faire une importante révélation, elle avait rappelé Clay pour lui dire de ne pas s'inquiéter. Elle en avait également profité pour lui glisser le nom de celui avec qui elle se trouvait. On n'était jamais trop prudent… Puis Jed et elle étaient partis en direction de la cabane.

Et voilà qu'après tous les efforts qu'il avait faits pour se retrouver seul avec elle, elle devait se battre pour lui soutirer la moindre information.

— Jed, s'il vous plaît, dit-elle. Vous ne devez pas hésiter à tout me raconter. J'ai besoin de connaître les… les détails, vous comprenez ?

— Je ne vous faisais pas confiance, dit-il, répondant avec un temps de décalage à sa première question.

— Pourquoi ?

— Je pensais que vous étiez dans leur camp.

— Dans leur camp ?

Le garagiste enfonça profondément les mains dans les poches de son bleu de travail.

— Les Vincelli. Votre père. Le maire.

— Qu'est-ce qui vous fait croire maintenant que je ne suis pas des leurs ?

Il fallait patienter systématiquement pour obtenir des réponses, mais au moins était-il disposé à parler de l'affaire Barker. Ce n'était pas rien, si l'on considérait qu'il était resté bouche cousue pendant dix-neuf ans.

— Je vous ai observée, dit-il enfin.

Ça, elle s'en était aperçue. Sa façon de lui tourner autour l'avait rendue nerveuse et avait même éveillé ses soupçons. Il l'avait suivie lorsqu'elle était allée voir Clay à la ferme. Idem quand elle avait parlé à Grace devant son étalage de produits artisanaux. Et aujourd'hui encore, à la station-service où elle était venue récupérer la vidéo de surveillance. Il avait dû emprunter le véhicule d'un de ses clients pour ne pas se faire repérer, parce que son pick-up à lui était une ruine reconnaissable entre mille.

— Est-ce à vous que je dois cette grosse enveloppe ?

Il la regarda sans comprendre pendant quelques secondes avant que son visage ne s'éclaire soudain.

— Vous voulez parler de celle qui a été déposée dans votre boîte aux lettres ?

Le portable d'Allie se mit à sonner, mais elle préféra l'éteindre et le ranger dans son sac à main. Pas question d'interrompre Jed alors qu'il semblait enfin disposé à parler.

— Oui, cette enveloppe-là.

— C'est Portenski qui est venu vous l'apporter.

Grace avait donc vu juste.

— Qu'est-ce qui vous permet d'affirmer une chose pareille ?

— Je l'ai vu la fourrer dans votre boîte.

Décidément, Jed l'avait vraiment surveillée de près. Il avait même gardé un œil sur sa maison pendant qu'elle dormait !

— Vous savez ce qu'elle contenait ? demanda Allie.

— Non.

— Des Polaroïd.

Il ne put réprimer une grimace.

— Souhaitez-vous que je vous dise ce qu'on peut voir sur ces photos ?

— Non.

Un seul petit mot, mais prononcé d'une voix qui trahissait une vive émotion.

— Pourquoi ?

Il soupira lourdement.

— Parce que je m'en doute.

— Comment pourriez-vous vous en douter ?

— Il suffisait de voir la manière dont Barker la regardait, dit-il avec une moue dégoûtée.

Allie se redressa sur sa chaise.

— La manière dont il regardait qui ?

— Grace. J'ai tout de suite eu peur que ça ne recommence.

Allie déglutit. Ces mots lui faisaient froid dans le dos.

— Que ça ne recommence ? Vous saviez qu'il s'était déjà attaqué à d'autres enfants ?

Il baissa la tête, comme écrasé par la honte et la culpabilité.

— J'aurais pu l'empêcher de continuer à faire ses saloperies.

— Mais ?

— Mais Eliza m'avait supplié de garder le silence. Et après sa mort, je n'avais aucune preuve qu'il s'en prenait aussi à Grace.

Eliza. La femme de Barker. L'invitation encadrée qui trônait dans le salon du garagiste…

— C'est elle qui m'a dit que son mari était un monstre, poursuivit Jed. Elle avait découvert des photos, sans doute du genre de celles qui se trouvaient dans votre boîte aux lettres… Moi, je ne les ai jamais vues. Eliza était terrifiée par le révérend Barker, et elle m'avait fait promettre de ne rien dire, vous comprenez ? Elle voulait d'abord organiser sa fuite. D'ailleurs, elle comptait sur moi pour l'aider à quitter la ville. Elle avait l'intention de communiquer les photos à la police une fois qu'elle aurait mis le plus de distance possible entre elle et cette ordure de Barker.

Il existait donc d'autres photos ? Ou s'agissait-il de celles que Portenski avait déposées dans sa boîte ?

— Aviez-vous une relation intime avec Eliza Barker ?

— Comme votre père et Mme Montgomery, vous voulez dire ?

Il n'avait pas prononcé ces mots d'un ton goguenard ou amer. Il cherchait simplement à clarifier les choses.

— Oui, confirma Allie. C'est bien ce que je veux dire.

— Alors, non. Nous étions… simplement amis. Eliza était toujours si triste… J'avais envie de lui venir en aide, mais…

— Mais ?

— J'ai trop tardé à agir.

— J'ai plutôt le sentiment qu'elle a baissé les bras avant que vous ne puissiez la secourir.

— Ça, c'est votre opinion, dit-il, répondant aussitôt, pour une fois. Parce que vous croyez qu'elle s'est donné la mort ?

Allie le regarda avec de grands yeux.

— Oui. C'est l'opinion générale. La vôtre est différente ?

Mâchoire serrée, il détourna le regard. Manifestement, oui, il avait un autre avis. A en juger par l'expression de son visage, il pensait plutôt que…

— Quoi ? dit Allie, vous ne pensez tout de même pas que Barker l'a tuée ?

Jed ne répondit rien, et Allie sut que c'était précisément ce qu'il supposait.

— C'est pour ça que vous avez conservé son portrait dans votre salon, murmura-t-elle.

Cette invitation encadrée était un hommage à une amie chère à son cœur ; une amie qu'il avait abandonnée à son sort.

— Alors, c'est elle qui vous a raconté ce que Barker faisait…

Songeant au martyre des pauvres gamines, Allie sentit les mots s'étrangler dans sa gorge.

— … subir à ces enfants ?

— Comme je vous l'ai expliqué, elle m'a dit qu'elle avait trouvé des photos. Des photos abominables. Pour elle, le pasteur était le diable incarné. Un jour, elle m'a demandé de me tenir prêt à l'emmener loin d'ici. Elle m'a dit que tout était organisé et qu'elle m'appellerait bientôt pour me donner la date à laquelle elle comptait s'échapper. Après ce coup de fil, je ne l'ai plus jamais revue.

Allie sentait son cœur battre de plus en plus fort au fur et à mesure qu'elle essayait de rassembler les morceaux du puzzle. Barker avait-il commis ce meurtre afin de pouvoir continuer à abuser de fillettes, en toute impunité ? Avait-il tué sa femme, la mère de Madeline ? Le pasteur bien-aimé de Stillwater était-il un affreux pédophile doublé d'un assassin ?

— Pourquoi ne pas avoir prévenu la police après la mort d'Eliza ?

— Avec quelles preuves ?

— Eliza ne vous avait pas dit où se trouvaient les photos ?

— Non. Ça aurait été ma parole contre celle de Barker. Les gens d'ici lui accordaient une confiance aveugle. Vous pensez vraiment qu'on m'aurait cru ?

— C'est pour ça que vous n'avez jamais lâché les Montgomery, dit-elle.

— Ce salaud a eu ce qu'il méritait.

Allie était d'accord avec lui, mais c'était la justice qui aurait dû décider de son sort. Pas les Montgomery. Elle avait beau être de tout cœur avec Grace et Clay, avec tous ceux qui avaient souffert des agissements du pasteur, elle savait qu'aucun tribunal du Mississippi ne leur pardonnerait de s'être fait justice eux-mêmes.

— Dites-moi exactement ce qui s'est passé le soir où Barker a disparu.

Elle avait cru qu'il lui faudrait jusqu'au bout déployer des trésors de patience pour lui tirer les vers du nez, mais à présent qu'il avait commencé à se confier, Jed répondait sans se faire prier. Sans doute était-il soulagé de se débarrasser d'un secret qu'il conservait depuis bien trop longtemps.

— Le révérend Barker est rentré chez lui assez tôt, ce jour-là.

Allie se couvrit le visage avec les mains. Avait-elle vraiment envie d'entendre ce que Jed s'apprêtait à lui dire ? Ces révélations risquaient de se dresser pour toujours entre elle et l'homme qu'elle aimait… Mais comment fuir la vérité ? Pouvait-elle envisager d'aller plus loin avec Clay, d'entraîner sa fille dans cette aventure, sans connaître ses sombres secrets ?

Bien sûr que non ! Si elle avait été seule, les choses auraient sans doute été différentes. Mais elle n'avait pas le droit de prendre le moindre risque avec Whitney.

Jed attendit patiemment, comme s'il comprenait l'état d'esprit de la jeune femme.

— Et ? dit-elle enfin en relevant la tête.

— J'ai appelé Irene. Elle se trouvait chez Ruby Bradford, en train de répéter avec la chorale de l'église.

— Comment avez-vous fait pour l'appeler ? D'après ce que je sais, vous étiez dans la grange et il n'y avait pas de portables, à l'époque.

— Un téléphone était accroché au mur, en ce temps-là, juste à côté de la porte du bureau de Barker.

— Je vois. Et qu'avez-vous dit à Mme Montgomery ?

— Rien.

— Vous n'avez rien dit ? demanda Allie, perplexe.

— Que vouliez-vous que je dise ?

— Je ne sais pas, moi. Que son mari était sur le point de violer sa fille, que…

Elle s'interrompit, comprenant qu'Irene aurait sans doute pris Jed pour un détraqué s'il avait prononcé de telles paroles.

— Alors, pourquoi l'appeler si vous ne pouviez pas la prévenir ?

— Pour la faire réagir. J'ai appelé plusieurs fois de suite et je raccrochais chaque fois qu'on me la passait. Je me suis dit qu'à force de recevoir ce genre de coup de fil, elle finirait par s'inquiéter.

— Vous vouliez qu'elle revienne, c'est ça ?

— Oui. Au cas où Barker…

Il ne termina pas sa phrase, mais Allie n'avait nul besoin d'un dessin.

— Et ensuite ? demanda-t-elle.

— Irene est rentrée. Peu de temps après, tandis que je me dirigeais vers la maison pour expliquer à Barker ce qui clochait avec son tracteur, j'ai entendu des éclats de voix.

— Continuez.

— J'ai eu peur qu'il ne se montre violent avec Irene et ses enfants. Alors, au lieu de rebrousser chemin…

Fowler plissa le front et il se passa la main dans les cheveux.

— … j'ai jeté un coup d'œil par la fenêtre.

Allie pria pour qu'il ne lui révèle pas un fait qu'elle se verrait contrainte d'aller raconter à la police.

— Et qu'avez-vous vu ? demanda-t-elle, la bouche sèche.

— Ils se trouvaient tous dans la cuisine. Barker frappait Irene à coups de poing. Et puis, Clay s'est interposé pour protéger sa mère.

Dire qu'il n'avait que seize ans ! Pauvre Clay... Allie l'imaginait très bien se jetant dans la bataille malgré son jeune âge, afin de secourir sa mère. Elle n'avait pas de peine non plus à imaginer les possibles conséquences de son intervention.

— Est-ce que... Est-ce qu'il l'a tué ? souffla-t-elle d'une voix blanche.

Comme son cœur battait fort ! Elle aurait voulu retirer sa question, revenir en arrière, ne jamais entendre la réponse. Mais Jed ouvrait déjà la bouche... Trop tard. Grace lui avait dit que Clay n'était pas coupable, songea-t-elle pour se donner du courage. Mais avait-elle dit la véri...

— Non, répondit Jed, mettant un terme au suspens.

Non ?... Non ! Le soulagement d'Allie était à la mesure de l'angoisse qu'elle avait éprouvée en attendant sa réponse : immense.

— Mais, sans Irene, le pasteur aurait sans doute tué Clay, ajouta-t-il. Il le tabassait sans la moindre retenue. J'étais sur le point d'intervenir quand Clay a réussi à lui échapper. Il s'est enfui en direction du salon, mais Barker l'a rattrapé par les cheveux et l'a tiré vers la cuisine. A ce moment-là, Irene a dû craindre pour la vie de son fils, parce qu'elle a saisi un objet que je n'ai pas réussi à distinguer et elle s'en est servie pour assener un coup violent sur le crâne de son mari.

Allie était restée suspendue aux lèvres de Jed pendant toute la durée de son récit.

— Et il s'est écroulé, conclut-elle.

— Oui.

— Pouviez-vous voir son corps, de là où vous vous trouviez ?

Fowler hocha la tête.

— Il était parfaitement immobile.

La nuit tombait, et Allie se leva pour allumer la lampe à

pétrole. Elle avait besoin de s'occuper les mains. Elle se sentait si fébrile…

— Que s'est-il passé ensuite ? demanda-t-elle en soufflant sur l'allumette.

— Ils l'ont enterré.

— Où ?

— Derrière la grange.

La flamme de la lampe projetait des ombres dansantes sur la table.

— Ils n'avaient pas peur que vous les surpreniez ?

— Ils étaient dans un tel état de panique qu'ils ont dû oublier que j'étais là… Bien sûr, ils ont essayé d'être discrets, mais…

— Il était trop tard, compléta Allie. Vous aviez déjà assisté à toute la scène.

Un autre signe de tête.

— Seulement, vous ne leur avez rien dit. Ni ce soir-là ni plus tard.

— J'ai pensé que ça valait mieux pour tout le monde.

— Pourquoi n'ont-ils pas prévenu la police, à votre avis ?

— Pour la même raison que je n'ai rien dit quand il a tué Eliza.

— Mais eux, ils possédaient des preuves. Grace ne pouvait pas ignorer l'existence de ces photos.

— Il se peut qu'elle ait eu honte d'en parler à sa famille. Et puis, savait-elle seulement où trouver ces clichés ?

Il soupira.

— Quand bien même ils les auraient eues en leur possession…

Jed haussa les épaules et Allie n'eut aucun mal à deviner ses pensées. Comment une fille de treize ans aurait-elle pu supporter que ces photographies sordides soient exhibées à l'occasion d'un procès ? Si, en effet, elle connaissait l'endroit où son tortionnaire les cachait, la perspective d'une telle humiliation devait être au-dessus de ses forces. Après ce qu'elle venait de vivre… D'autant que la divulgation de ces Polaroïd l'aurait contrainte à témoigner au procès de sa mère, dans une ville qui vénérait leur bourreau et qui avait toujours fait preuve de méfiance à l'égard de sa famille. De là à ce que certains laissent entendre que le diable l'avait envoyée pour provoquer le saint homme…

— Si vous aviez vu cette pauvre Grace, ce soir-là…, ajouta Jed.

Jamais elle n'aurait pu supporter un procès, songea Allie. Et si la légitime défense n'avait pas été retenue par la cour ? Si l'avocat général avait réussi à convaincre le jury qu'Irene avait tué son mari de sang-froid après avoir découvert les sévices qu'il infligeait à sa fille ? Au Mississippi, les circonstances atténuantes ne dispensaient pas de la prison une personne reconnue coupable d'homicide, surtout s'il y avait eu préméditation.

Allie ne tenait plus en place. Elle se mit à arpenter la petite pièce de long en large, prenant soin de ne pas regarder le lit. En entrant, elle avait vu que les draps étaient encore maculés du sang de Clay : personne n'était venu nettoyer la cabane depuis le jour où il avait reçu une balle dans le bras. Les dernières fois qu'Allie était venue ici, elle avait été tellement occupée à chercher des indices qu'elle n'avait même pas remarqué ces taches brunes.

— Pourquoi briser le silence après tant d'années ? demanda-t-elle. Et pourquoi m'avoir choisie pour recevoir ces confidences ?

Le garagiste passa une main calleuse sur sa barbe de trois jours.

— Parce que Clay préférera être condamné plutôt que raconter ce qui s'est réellement passé. Il a toujours fait passer sa famille avant lui. Et comme il n'aurait pas laissé Grace vous dire la vérité…

Allie ne pouvait qu'être d'accord sur ce point : Clay était presque trop dévoué à sa mère et à ses sœurs. Quant à laisser Grace lui raconter les événements qui avaient conduit à la mort de Barker, Jed avait raison de dire qu'il ne fallait pas trop y compter. Allie commençait à suffisamment connaître le personnage pour savoir qu'il tenait à la maintenir en dehors de tout ça. Non par manque de confiance, mais par respect pour elle.

— J'ai pensé que vous seriez mieux armée pour l'aider si je vous disais tout, ajouta Jed.

— Et vous aviez parfaitement raison.

— Je ne pouvais pas rester sans rien faire, cette fois-ci. Clay ne mérite pas de passer le restant de ses jours en prison.

Et Jed n'avait aucune envie d'ajouter des regrets à ceux qu'il éprouvait depuis la mort d'Eliza, songea Allie. C'était bien compréhensible. Le garagiste taciturne avait sans doute prononcé plus de mots durant cette dernière heure que lors du mois qui venait de s'écouler, ce qui montrait à quel point cette histoire lui pesait.

Oui, il avait beaucoup parlé, mais Allie avait tout de même une dernière question à lui poser.

— Pourquoi mon père et ses hommes n'ont-ils rien trouvé quand ils sont venus fouiller la ferme ?

Jed fit la moue et haussa les épaules.

— Je n'en sais rien. Ils ont pourtant creusé au bon endroit.

Voilà pourquoi Fowler avait avoué l'assassinat du pasteur… Tout s'éclairait d'un seul coup : Jed ne s'était pas accusé par amour pour Irene, mais parce qu'il se sentait coupable de n'avoir rien fait pour empêcher Barker de tuer Eliza et d'abuser de Grace.

Barker… Une ordure de la pire espèce, pensa Allie avec un frisson de dégoût. Et dire que Madeline faisait des pieds et des mains pour savoir ce qui s'était passé ce soir-là. Pauvre Maddy… La fille du pasteur risquait fort de trouver la vérité sur son père bien plus pénible encore que l'énigme de sa disparition.

22.

— L'Alaska est vraiment un endroit unique, dit Lucas avec un grand sourire, comme si Molly et Clay ne pouvaient qu'être ravis d'écouter les descriptions bucoliques d'un père qui les avait abandonnés vingt-cinq ans plus tôt.

Pourtant, loin de l'accueillir à bras ouverts, ses enfants faisaient preuve à son égard d'une politesse froide et dédaigneuse. Surtout Clay, dont les souvenirs étaient encore très vivaces. Molly, elle, affichait plutôt une certaine curiosité, comme on peut en avoir vis-à-vis d'un homme dont on a entendu le plus grand mal pendant des années et qui apparaît soudain en chair et en os.

— Avec ta grande gueule, dit Clay, tu aurais dû vendre des voitures d'occasion.

Molly, mal à l'aise, lui jeta un coup d'œil.

— Pardon ? fit Lucas, pris au dépourvu.

Manifestement, il ne s'attendait pas à ça. Clay lui-même était un peu surpris par sa réaction. Il avait longtemps rêvé que son père reviendrait les bras chargés de cadeaux, avec des excuses et des mots d'amour.

Mais après cet été où il avait dû, faute d'argent, manger des flocons d'avoine matin midi et soir, les fantasmes de Clay avaient pris une tournure beaucoup moins optimiste. Puis, pendant ce qu'il appelait « Les années Barker », il lui avait été impossible de songer à revoir son père sans inclure une scène de violence dans le scénario mental qu'il se construisait presque quotidiennement. D'ordinaire, il lui envoyait son poing dans la figure en guise de préambule.

Clay avait cru cette phase dépassée depuis longtemps, mais il se rendait compte à présent qu'il avait sous-estimé la force de la colère qui sourdait en lui. D'ailleurs, il était en train d'observer Lucas en se demandant s'il n'était pas temps de transformer son vieux rêve de lui casser la figure en réalité. Mais Molly semblait au contraire se radoucir au fil des minutes, et il n'avait pas envie de lui imposer le spectacle d'une bagarre. Et puis son père était devenu un adversaire trop facile. Le temps avait fait son œuvre et Lucas était loin d'être aussi costaud que dans le souvenir de Clay. C'en était presque décevant, songea-t-il sans le quitter des yeux.

— Qu'est-ce que tu as dit ? insista Lucas en évitant le regard de son fils.

— Ne fais pas attention à lui, intervint aussitôt Molly, qui craignait que la conversation ne vire à l'affrontement.

— J'ai dit qu'avec ta grande gueule, tu aurais dû vendre des voitures d'occasion.

Lucas eut un petit rire gêné.

— Je peux savoir pourquoi tu dis ça ?

Clay regardait l'inscription qui figurait sur le T-shirt de son père : « Mon avion vole toujours au-dessus des nuages. »

— Parce que je n'ai jamais rencontré quelqu'un qui corresponde mieux que toi au vieux stéréotype du vendeur de bagnoles : du bagout et aucune probité.

— Clay, s'il te plaît…

Les yeux rivés sur son père qui commençait à transpirer, Clay n'eut pas l'air d'entendre la mise en garde de Molly.

Lucas Montgomery s'épongea le front. De fait, il commençait à faire chaud. Clay lui-même sentait des petites gouttes de sueur ruisseler dans son dos. Et l'humidité oppressante de l'été sudiste n'était pas seule responsable de l'atmosphère de plus en plus lourde qui régnait dans la pièce.

— D'accord, dit Lucas. C'est sûrement mérité. Je comprends que tu m'en veuilles, Clay. Je…

— Tu ne comprends rien du tout, coupa sèchement Clay. De quel droit te permets-tu de débarquer comme ça chez moi ?

— Je suis venu t'aider.

Molly s'approcha de son frère.

— Je t'en prie... Il vient juste d'arriver.

— Je m'en fous ! répondit Clay en serrant les poings malgré sa détermination à ne pas s'en servir. Je m'en suis sorti tout seul quand il nous a lâchement abandonnés, et c'est la même chose aujourd'hui... Où étais-tu quand on avait besoin de toi ? reprit-il en s'adressant directement à son père. Où étais-tu quand j'ai dû assumer tes responsabilités de père ?

Sans doute Clay ne s'était-il pas très bien débrouillé dans ce rôle ingrat, mais il avait fait de son mieux. Il avait été contraint de devenir l'homme de la famille à dix ans, un âge où l'on manquait cruellement de maturité, de discernement et de moyens financiers.

— S'il était resté avec nous, dit-il en se tournant vers sa sœur, Grace n'aurait pas vécu ces moments d'horreur. Jamais nous n'aurions croisé le chemin de Barker.

Et maintenant, au lieu de mener l'existence normale à laquelle avaient droit la plupart des gens, ils devaient supporter jour après jour le poids d'un passé tragique. Clay en était même réduit à cohabiter avec les restes de son beau-père ! Et cet homme qui avait une part de responsabilité dans tout ça osait venir lui proposer de l'aide après vingt-cinq années d'absence !

Molly voulut intervenir une nouvelle fois pour tempérer la colère de son frère, mais Lucas l'en dissuada d'un signe de la main. Clay dut reconnaître que c'était à porter au crédit de son père, tout comme le fait qu'il continue à faire face tête haute, contrairement à ce à quoi il s'était attendu.

— J'ai simplement pensé que, dans ta situation, tu apprécierais un peu de soutien, ne serait-ce que moral, dit Lucas sans élever la voix.

— Maintenant ? Tu ne crois pas qu'il est un peu tard pour te manifester ? Au moment où tu nous as abandonnés, nous n'étions que des enfants ! Quand je pense à ce que Grace a subi alors que tu aurais dû être là pour la protéger, je...

Les mots s'étranglèrent dans sa gorge, tandis qu'il revoyait le visage livide de sa sœur, le soir où Irene avait tué son bourreau.

Il aimait tellement Grace et Molly… Comment cet homme qui était leur père avait-il pu faire preuve de tant d'indifférence à leur égard ?

Et comment Molly pouvait-elle se comporter comme s'il n'avait rien fait de mal ? Cette mansuétude le mettait hors de lui. Lucas ne méritait pas son indulgence. Il ne méritait rien du tout. Leur père n'était qu'un salaud qui avait préféré faire souffrir sa femme et ses enfants plutôt que renoncer à son plaisir égoïste.

— La porte est par là, dit-il. Nous n'avons plus rien à nous dire.

Lucas se tourna vers Molly.

— Tu es devenue une bien jolie femme, dit-il.

— Ferme-la ! aboya Clay.

Son père le regarda sans animosité.

— Je n'aurais peut-être pas dû revenir après toutes ces années, dit-il. Mais j'ai reçu le coup de fil d'une femme, il y a plusieurs jours. Une femme flic. Elle m'a posé tout un tas de questions et j'ai…

Il soupira avec une mimique désolée.

— … J'ai bien peur d'avoir fait une ou deux gaffes. Ça m'a tracassé ensuite. Je ne voulais pas que mes propos vous causent des ennuis supplémentaires. J'en ai parlé à ma femme et elle m'a conseillé de…

— Ta femme ? répéta Clay.

— Lorette.

— C'est son nom ? demanda Molly, incapable de dissimuler sa curiosité.

Clay serra les dents tandis que Lucas confirmait d'un signe de tête. Qui était cette femme qu'il avait épousée ? Elle devait avoir des qualités qu'eux n'avaient pas, puisqu'elle avait réussi à le retenir près d'elle.

— Eh bien, tu peux dire à Lorette que c'est très aimable de sa part de s'inquiéter pour les parfaits inconnus que nous sommes à ses yeux. Mais comme tu viens de le dire toi-même, tu n'aurais pas dû revenir après toutes ces années. En ce qui nous concerne, tu n'existes plus.

Molly resta silencieuse. Clay sentait à quel point elle était déchirée entre la conscience des fautes de son père et l'envie de ne pas laisser filer une occasion peut-être unique de lui parler. Clay avait laissé Lucas entrer dans sa maison pour cette raison même : pour ne pas priver sa petite sœur d'une rencontre qu'elle attendait depuis toujours. Il était allé jusqu'à faire des efforts surhumains afin de taire ce qu'il avait sur le cœur. Mais la colère avait eu raison de sa volonté, et à présent, il ne pouvait plus tolérer la présence de cet homme sous son toit.

— Tu as raison, dit Lucas. Je suis désolé.

— Accompagne-le dehors si tu en as envie, grommela Clay à l'intention de Molly.

Il ne voulait pas décider à sa place. Après tout, si elle acceptait de parler à Lucas, c'était son problème. Chacun se débrouillait comme il pouvait avec sa souffrance. Oui, si ça pouvait l'aider à faire la paix avec son passé, il en serait heureux pour elle.

Mais au lieu de se lever, elle se rapprocha de Clay et glissa ses mains dans les siennes.

Tandis que leur père se dirigeait vers la porte, Clay s'étonna de ne ressentir ni soulagement ni sentiment de victoire. Il avait pourtant eu l'opportunité de dire ses quatre vérités à celui qui l'avait blessé si profondément.

Et chacune de ses critiques acerbes était amplement justifiée.

Mais il n'éprouva nul apaisement en voyant disparaître la silhouette étrangement familière de son père. Il se sentit au contraire affreusement mal, comme si la plaie ancienne de l'abandon venait soudain de se rouvrir.

— Ça va aller, lui dit gentiment Molly lorsqu'il tourna vers elle son visage défait.

— Non, je ne crois pas, répondit Clay, qui doutait que cette blessure ne se referme jamais.

*
* *

Après le départ de Jed, Allie enleva les draps tachés de sang et les porta dans sa voiture. Puis elle revint mettre de l'ordre dans la cabane. Si ses parents divorçaient, son père se verrait sans doute contraint de vendre son nid d'amour afin qu'Evelyn puisse en toucher sa part. Dans la mesure où Clay et elle avaient été les derniers à en profiter, faire un peu de rangement était la moindre des choses.

Allie était triste à l'idée que ses parents se séparent, et ce travail de rangement lui permettait de se défouler un peu. Elle se demandait que faire des informations qu'elle avait réussi à obtenir. Après deux décennies, la vérité brûlait encore ceux qui la détenait.

Bien sûr, elle était soulagée de savoir que Clay n'avait pas tué Barker et qu'elle pouvait toujours se fier à son intuition de femme autant qu'à son instinct de flic. Mais s'il n'était pas lui-même un meurtrier, elle n'oubliait pas que l'aide apportée à sa famille au cours de cette nuit tragique constituait une somme de délits au regard de la loi : non seulement il n'avait pas dénoncé la coupable, mais il avait dissimulé le cadavre et les preuves du crime.

Comment s'étaient-ils débarrassés de la voiture du pasteur ? Risquait-on de la découvrir un jour ? Et qu'avaient-ils fait de son corps, puisqu'il ne se trouvait plus derrière la grange, là où Jed les avait pourtant vus l'enterrer ?

Barker reposait certainement quelque part dans la propriété. Clay n'aurait pas pris le risque de le cacher dans un endroit qu'il ne pouvait surveiller.

En tout cas, jamais il ne pourrait quitter cette ferme… Décidément, c'était une folie d'aimer cet homme !

Mais ce n'était pas comme si elle avait le choix. Elle lui avait déjà ouvert son cœur et il n'y avait plus aucun moyen de revenir en arrière. Certes, Clay n'était pas un homme ordinaire, mais elle l'aimait aussi pour ça. Il avait vécu des choses terribles et il était toujours debout, incroyablement fort et digne malgré la pression qu'il subissait depuis presque vingt ans.

De son point de vue, les Montgomery avaient assez souffert

comme ça. Elle comptait revenir à Stillwater et parler à Hendricks dès ce soir. Une fois qu'Allie aurait la certitude que Joe ou un autre membre du clan Vincelli avait soudoyé le policier, Grace serait en position de force pour négocier l'abandon des charges qui pesaient sur son client. Le maire et le procureur général avaient beau entretenir des relations étroites avce les Vincelli, ni l'un ni l'autre ne voudraient prendre le risque d'être discrédités. Si Allie établissait la preuve d'une machination contre Clay, les haut magistrats regarderaient peut-être d'un autre œil le mince dossier qui soutenait l'accusation.

— Oui, murmura Allie à haute voix pour se donner du courage.

Elle passa un coup de chiffon rageur sur la table.

— C'est ce que je vais faire.

Elle maintiendrait le cap, même si elle savait qu'elle atteindrait ainsi le point de non-retour. A partir de l'instant où elle irait menacer Hendricks en échange de ses aveux, elle serait, sans la moindre réserve, dans le camp des Montgomery. Et cela, même si son histoire avec Clay était sans avenir.

Un bruit au-dehors la fit tressaillir. Aussitôt après, la lumière aveuglante des phares d'une voiture s'invita par la fenêtre. Sa première pensée fut que Fowler était revenu, qu'il avait oublié de lui dire quelque chose. Mais l'homme qui frappa à la porte n'était pas Jed.

C'était Joe.

Jed faisait preuve d'une telle loyauté et cela depuis si longtemps que Clay avait du mal à l'imaginer en train d'agresser Allie. Il s'était détendu quand elle lui avait dit que c'était le garagiste qui souhaitait lui parler, et non Hendricks ou l'un des Vincelli. Mais il n'avait toujours aucune nouvelle d'elle, et l'inquiétude pointait de nouveau le bout de son nez. D'autant qu'il l'avait rappelée trois fois sur son portable, sans succès.

— Quelque chose te tracasse ? lui demanda Molly.

Sa petite sœur n'avait pas dit un mot depuis le départ de leur père. Clay ignorait ce qu'elle avait en tête, mais les pensées de Molly ne devaient pas être beaucoup plus gaies que les siennes.

Regrettait-elle de ne pas avoir raccompagné Lucas ? De ne pas lui avoir demandé l'adresse de son hôtel ? Clay espérait seulement qu'elle ne s'était pas sentie obligée de rester auprès de lui alors que son cœur lui disait autre chose.

— Je vais partir à la recherche d'Allie.

— A sa recherche ? Tu ne sais pas où elle est ?

— Je n'en suis pas sûr, en tout cas. C'est un peu compliqué, dit-il avec un sourire, comme s'il s'excusait auprès de Molly de ne pas lui expliquer toute l'affaire. Le fait est qu'elle aurait dû me rappeler depuis longtemps… En plus, je n'arrive pas à la joindre sur son portable.

— Tu veux que je t'attende pour dîner ?

— Non. Mange et ne t'occupe pas de moi.

— Tu as des sentiments pour elle, hein ?

— Non.

Il avait dit ça en espérant s'en convaincre lui-même. Parce que chaque fois qu'il se laissait aller à croire en l'avenir, le passé venait tout gâcher.

— Vraiment ? lança Molly avec un sourire sceptique. C'est drôle, mais moi, je pense tout le contraire. Je pense que tu es fou d'elle et qu'elle t'aime aussi.

Clay se rembrunit.

— N'importe quoi…

— Je te connais, tu sais.

Mais Clay n'était pas d'humeur à entrer dans le jeu de sa petite sœur. Il se leva sans un mot et sortit de la pièce.

Molly se précipita à sa suite et alluma la lumière de la véranda.

— Tu ne veux pas que je t'accompagne ? cria-t-elle.

Clay, qui avait déjà ouvert la portière de son pick-up, secoua négativement la tête.

Allie préféra sortir plutôt que laisser Joe entrer dans la cabane. Elle n'avait aucune envie de se trouver seule entre quatre murs avec ce sale type. Le souvenir du coup de feu la rendait nerveuse. Pourtant, elle était certaine que Joe avait payé Hendricks pour monter une machination contre Clay, et non pour le tuer… Du moins, elle en était *presque* certaine.

— J'ai eu une petite conversation avec votre mère, dit Joe.

— Je suis surprise qu'elle ait accepté de vous parler après ce que vous lui avez fait subir à la ferme, rétorqua Allie.

Il mima la compassion, comme il avait dû le faire devant Evelyn. Un hypocrite, songea Allie. Comme son oncle bien-aimé.

— Ainsi que je l'ai dit à Mme McCormick, je suis vraiment navré qu'elle ait dû assister à ce désolant spectacle. Une bien triste affaire, en vérité. Oui, bien triste…

— Vous aviez plutôt l'air de trouver ça divertissant, répliqua Allie, les mâchoires serrées.

— J'étais simplement satisfait que tout le monde puisse voir qu'Irene Montgomery n'est rien qu'une traînée. Vous savez ce que je pense de cette famille…

Il s'était également réjoui du malheur des McCormick, se dit Allie qui n'avait pas oublié la jubilation de Joe devant son désarroi et celui de sa mère, devant l'humiliation de son père. Comment Evelyn ne s'en était-elle pas rendu compte ? Comment avait-elle pu se laisser duper par ce comédien de troisième catégorie ?

— Je n'arrive pas à croire qu'elle vous ait dit que je me trouvais ici.

Lorsqu'elle avait appelé sa mère pour voir si tout allait bien avec Whitney, elle avait mentionné, au détour d'une phrase, l'endroit où elle se trouvait. Mais elle était loin d'imaginer qu'Evelyn en parlerait. Surtout à Joe !

Manifestement, sa mère ne partageait pas sa défiance envers les Vincelli. Cela pouvait se comprendre : Evelyn McCormick connaissait Joe et sa famille depuis des années. Et, comme eux, elle était convaincue que Clay représentait une menace pour la paix et la sécurité de Stillwater.

Joe coinça une chique dans sa bouche et alla s'adosser à la portière de son 4x4.

— On a vraiment eu une conversation très agréable, Evelyn et moi, dit-il en mastiquant la boulette de tabac. Je me suis excusé d'avoir été contraint de lui montrer le vrai visage d'Irene Montgomery, et elle m'a dit tout le mal qu'elle pensait de cette famille qui n'a fait que du tort à notre ville.

Il n'était pas facile de discerner son expression dans la pénombre, mais la jeune femme le vit sourire, comme si quelque chose l'amusait.

— Elle m'a aussi parlé de vous, Allie. Elle m'a dit que vous deviez être en pleine confusion, en ce moment, pour vous fourvoyer ainsi dans les bras d'un homme tel que Clay. Oui, vous fourvoyer... C'est le terme qu'elle a employé. Elle est très inquiète pour sa fille, vous savez, ajouta-t-il avec un petit ricanement.

Allie trouva que la plaisanterie avait assez duré.

— Qu'est-ce que vous êtes venu faire ici ? demanda-t-elle sèchement.

— J'aime bien cet endroit. L'odeur des pins, le chant des cigales...

— Je répète ma question : qu'êtes-vous venu faire ici ?

— C'est là que tu t'es tapé Clay ? demanda-t-il en passant brusquement au tutoiement, comme lorsqu'il était venu l'agresser verbalement sur le parking du Good Times, l'haleine chargée de bière. Dans ce pieu ? ajouta-t-il en pointant du doigt la porte entrouverte de la cabane par laquelle on apercevait une partie du lit.

Allie sentit la concupiscence qui transpirait derrière ces propos.

— Dites-moi pourquoi vous êtes là, Joe, au lieu de faire des réflexions dignes d'un adolescent.

— Hendricks m'a appelé, répondit-il, changeant de nouveau de ton.

— Ça ne me surprend pas, dit-elle sans se démonter.

— Il m'a dit que tu voulais lui poser des questions.

— En effet.

Il cracha le jus brun de sa chique sur le sol spongieux.

— A quel sujet ?

Se sentant coincée entre Joe et la cabane qui se trouvait juste dans son dos, Allie se déplaça légèrement afin de se ménager une sortie d'urgence.

— A votre sujet, Joe. Vous devez vous en douter, sinon vous ne seriez pas là, n'est-ce pas ?

Il prit le temps de caler une autre boulette de tabac à chiquer contre sa gencive.

— Je n'ai pas payé Hendricks pour qu'il se débarrasse de Clay, si c'est ce que tu penses.

Allie envisagea plusieurs réponses possibles. Dans l'idéal, elle aurait voulu obtenir les aveux de Hendricks avant de parler à Joe. L'argent pour payer le pick-up flambant neuf venait forcément de quelque part. Mais l'arrivée inopinée de Vincelli avait contrecarré ses plans, et ce face-à-face la prenait au dépourvu.

— Je veux bien admettre que vous ne l'avez pas payé pour tuer Clay, mais vous lui avez demandé de me faire peur, n'est-ce pas ? Vous vouliez me persuader que cette tentative d'intimidation était l'œuvre de votre ennemi juré.

Il se détacha du 4x4 et s'avança dans le faible rayon de lumière qui s'écoulait, tremblotant, par la porte entrouverte.

— Non. Je ne suis pour rien dans tout ça.

— Quelqu'un de votre famille, alors.

Le regard de Joe, soudain fixe et froid, mit Allie en état d'alerte maximale.

— Et pourquoi ça ? demanda-t-il, la voix déformée par la chique coincée dans sa joue.

Joe avait déjà eu maille à partir avec la police pour son comportement violent. Bien que ses tristes exploits aient presque tous été commis sous l'emprise de l'alcool et qu'il ne semblât pas ivre ce soir-là, Allie savait que les Montgomery — et Clay plus particulièrement — étaient pour lui un sujet permanent de colère. Avec le temps, sa haine semblait avoir tourné à l'obsession.

— Qui d'autre voudrait dénigrer Clay à mes yeux ? demanda-t-elle en faisant un pas de côté en direction de sa voiture.

Au moindre geste suspect de sa part, elle comptait s'y engouffrer et le planter là.

— Tout Stillwater le croit coupable du meurtre de mon oncle, répondit-il.

— Tout Stillwater ? Alors, c'est la ville qui a débloqué les fonds pour payer Hendricks ? Il est vrai que vous êtes en bons termes avec Mme le maire…

Un autre jet de tabac gicla de sa bouche tandis qu'il se déplaçait à son tour de manière à l'empêcher de battre en retraite.

— Je t'ai déjà dit que je n'avais jamais donné un centime à Hendricks pour me rendre quelque service que ce soit. Et ça vaut également pour les membres de ma famille.

— C'est pour me dire ça que vous êtes venu jusqu'ici ? Pour m'expliquer que vous êtes innocent ?

— Je suis venu te dire que tu faisais fausse route. Je n'ai pas envie que tu me causes du tort.

Elle s'efforça de mesurer la distance qui la séparait de sa voiture. Avait-elle une chance de l'atteindre ?

Non, Joe l'intercepterait avant même qu'elle n'ouvre la portière.

— Comment pourrais-je vous créer des ennuis sans la moindre preuve ? demanda-t-elle.

— Tu pourrais essayer de convaincre ma mère que je suis impliqué dans cette histoire.

— Ne me dites pas que vous craignez que je lui fasse de la peine ! Vous n'avez pas la réputation d'être quelqu'un de très délicat, monsieur Vincelli.

Il cracha en direction d'Allie, manquant d'un rien ses chaussures.

— Elle sait que je déteste les Montgomery. Va savoir si elle n'accorderait pas du crédit à tes affabulations.

— Et alors ?

— Et alors, il n'est pas question que ça arrive.

Craignait-il que sa mère lui coupe les vivres ? Probablement. Sans l'appui financier de ses parents, il ne s'en sortirait pas. Malgré son titre ronflant de directeur de l'entreprise familiale, il était incapable de faire autre chose que toucher son salaire.

Même si ça l'ennuyait de l'admettre, Allie avait le sentiment que Joe lui disait la vérité quant à son implication dans cette machination qui avait failli tourner au drame.

— Alors, qui est le commanditaire, si ce n'est pas vous ni quelqu'un de votre famille ?

— Réfléchis un peu, répliqua-t-il. Qui souhaite encore plus que moi voir le meurtrier de Barker sous les verrous ?

— Personne, Joe ! Et vous le savez très bien.

Il tendit le bras au-dessus de la tête d'Allie, soi-disant pour appuyer la main contre un étai qui soutenait le petit auvent de la cabane. Mais cette manœuvre lui permit surtout d'encercler sa proie.

— Encore une fois, tu fais fausse route. Ou est donc passé votre flair, madame le flic ? Vérifie mes comptes bancaires, si ça te chante. Je n'ai jamais donné d'argent à Hendricks. Pourquoi aurais-je fait une chose pareille ? Clay a déjà un pied en prison.

Allie secoua la tête en prenant l'air le plus assuré possible.

— Vous allez un peu vite en besogne, vous ne croyez pas ? Le procès n'a même pas encore commencé.

— La police vient d'obtenir un nouveau mandat de perquisition, dit-il avec un large sourire. Cette fois, il concerne la propriété tout entière : la maison, les bâtiments extérieurs et même les champs. Ils vont retourner chaque centimètre de terre.

Allie se décomposa. Jed avait vu les Montgomery enterrer le pasteur derrière la grange. Pourtant, la police avait déjà creusé à cet endroit, sans rien découvrir d'autre que des ossements de chien…

— Au moment des faits, vous ignoriez que la police obtiendrait ce nouveau mandat de perquisition, lui fit-elle remarquer.

Et vous étiez furieux que je mène l'enquête sans préjugés au lieu de condamner Clay sur la foi de simples rumeurs.

— J'étais furieux, c'est vrai, mais pas au point de dépenser deux mille dollars.

Deux mille dollars… Assez pour verser un acompte et repartir avec un magnifique pick-up…

— N'empêche que celui qui…

Allie se tut brusquement. Elle venait de se rappeler une phrase prononcée par Madeline autour de la table de billard du Good Times : « Les impôts sont sur le point de me rembourser un trop-perçu. Ils ont commis une erreur et maintenant ils vont me faire un gros chèque ! »

Assez gros pour dépenser deux mille dollars ?

Une autre bribe de conversation lui revint à la mémoire, plus récente, celle-ci : « Alors, cette offre de récompense ? Ça a donné quelque chose ?… Non… Personne n'a appelé ?… Non, personne. »

Et si c'était un mensonge ? Si Maddy avait éconduit d'éventuels témoins, de crainte que leurs informations ne permettent de remonter jusqu'à elle ?

Se pouvait-il que la sœur adoptive de Clay eût engagé Hendricks ? Non, impossible ! Jamais elle n'essaierait de faire passer son frère pour coupable. Elle le défendait bec et ongles devant quiconque mettait en doute son innocence. Quant à prendre le risque de le blesser, voire de le tuer, c'était tout simplement inconcevable.

D'un autre côté, si la théorie d'Allie était juste, il n'avait jamais été question que Hendricks joue les snipers. D'autant que Clay n'aurait pas dû venir, ce soir-là. Allie elle-même avait été surprise de sa visite. Il se pouvait donc que Madeline eût « seulement » cherché à lui faire peur et que le coup de feu n'eût pas du tout été prévu au programme. Sauf que ça n'avait aucun sens, puisque Madeline s'échinait à défendre son frère… A moins que… A moins que cette mauvaise mise en scène eût été au contraire imaginée pour renforcer la détermination d'Allie à mener son enquête jusqu'au bout, en toute impartialité : Maddy connaissait suffisamment son amie pour savoir comment elle réagirait face à une tentative d'intimidation…

Allie se souvenait à présent de la réaction de Madeline quand elle avait appris la mésaventure de Clay. Jamais elle ne l'avait vue aussi bouleversée.

Parce qu'elle craignait que cela ne se reproduise, comme elle l'avait prétendu ? Ou parce qu'elle éprouvait un affreux sentiment de culpabilité ?

« As-tu découvert qui était l'auteur du coup de feu, Allie ? »

— Oh ! mon Dieu…

— Je vois que tu commences à comprendre, dit Joe.

— Vous aussi, vous pensez que c'est Madeline qui est derrière tout ça ?

— Je ne le pense pas. Je le sais.

— C'est Hendricks qui vous l'a dit ?

— Tout juste. Il a fini par se mettre à table. Il est venu me voir pour me confier ses angoisses, pauvre bébé ! Il avait la trouille que tu ne l'aies démasqué. Comme il se rendait compte que je m'intéressais moyennement à son sort, il m'a expliqué que tu me soupçonnais d'être le commanditaire. Tu l'aurais vu : il transpirait encore plus que d'habitude… En me disant ça, je crois qu'il comptait sur moi pour te faire taire à jamais.

Allie sentit la peur l'envahir. Dans cet endroit isolé, Joe n'aurait aucun mal à faire ce que Hendricks attendait de lui.

— A l'entendre, on aurait cru qu'il m'avait rendu service en plaçant la casquette de Jed sur la colline ! expliqua-t-il en ricanant. Comme si je lui étais redevable de vous avoir mise sur une fausse piste. Mais je n'ai rien à voir dans cette histoire, moi !

— Dans ce cas, pourquoi Cindy a-t-elle affirmé qu'elle avait vu mon arme de service chez vous ?

— Pourquoi ? Parce qu'elle me déteste, voilà pourquoi.

Allie se couvrit la bouche de la main, horrifiée à l'idée que son amie ait pu imaginer un scénario aussi tordu… et aussi dangereux. On s'imagine que l'on connaît les gens, songea-t-elle en se mordant l'index, et…

— Je n'arrive pas à croire que Maddy…, murmura-t-elle entre ses doigts.

— Tu n'as qu'à l'appeler s'il te reste le moindre doute. Dis-lui que tu as la preuve que Hendricks a tiré sur Clay et qu'il l'accuse d'être le commanditaire. Tu verras bien sa réaction.

Le téléphone d'Allie était resté dans la cabane. Elle hésita à aller le chercher, craignant que Joe n'entre derrière elle. Mais il lui tendit son portable.

Elle regarda fixement le petit appareil pendant quelques secondes avant de s'en saisir et de composer le numéro de Madeline.

— Allô !

— Maddy ? C'est Allie.

— Salut, Allie. Comment ça va ?

Elle jeta un bref coup d'œil vers Joe.

— Je suis à la cabane de pêcheur de mon père, en compagnie de Joe Vincelli.

— Joe ? répéta Madeline sans pouvoir dissimuler sa surprise.

— Il prétend que tu as donné de l'argent à Hendricks pour qu'il me fasse peur, le soir où on a tiré sur Clay. Est-ce que c'est vrai, Madeline ?

Silence.

— Maddy, est-ce que c'est vrai ? répéta Allie, bien qu'elle connaisse désormais la réponse à sa question.

— Je ne voulais pas que ça se passe comme ça, bredouilla Madeline, des larmes dans la voix. Je ne voulais pas faire de mal à Clay. Je… J'ignorais qu'il serait avec toi. D'ordinaire, il ne sort jamais de sa ferme, et encore moins de la ville.

Allie ferma les yeux et secoua doucement la tête.

— Qu'est-ce qui a bien pu te passer par la tête, Maddy ?

— Je voulais que tu poursuives ton enquête. Je te sentais moins motivée et je… J'avais tellement peur que tu renonces ! J'ai placé tout mon espoir en toi, Allie… Tu es la seule qui puisse découvrir ce qui est arrivé à mon père. Mais… je n'aurais pas dû faire ça… C'était une erreur, une terrible erreur.

— Tu te rends compte que Clay a failli y laisser la vie ?

Madeline éclata en sanglots.

— J'ai tellement honte de moi… Tellement honte… Je suis contente que tu sois au courant. Cent fois j'ai voulu t'appeler pour te le dire moi-même, mais j'avais tellement peur que Clay ne m'aime plus…

— Maddy, il t'aimera toujours, voyons ! Tu devrais savoir ça.

— J'ai déjà perdu trop de gens. Et Hendricks ! Quel imbécile ! Et dangereux, avec ça… Il a cru que Clay l'avait vu dans cette station-service. Mais même si ç'avait été le cas, je n'aurais jamais voulu qu'il lui tire dessus ! Jamais ! Tu me crois, Allie ? Clay est mon frère tout autant que si nous avions les mêmes parents. Je l'aime de tout mon cœur.

Allie ne savait que dire. Aveuglée par la souffrance et le désespoir, Madeline avait pris une décision insensée qui avait failli coûter la vie à quelqu'un qu'elle aimait plus que tout au monde.

— Joe est encore avec moi. Je te rappelle plus tard, d'accord ?

Madeline pleurait tellement qu'elle ne put répondre.

— Qu'est-ce que je t'avais dit ? lança Joe en saisissant le téléphone qu'elle lui tendait.

Allie ne lui jeta même pas un regard. La vie de Lee Barker — et sa mort — avait bouleversé l'existence de tellement de gens…

— Alors, on est d'accord ? Plus question de me faire porter le chapeau, n'est-ce pas ?

Elle était toujours en train de rassembler ses pensées quand il ajouta :

— Sinon, je vais te faire passer pour de bon l'envie de me chercher des poux dans la tête !

— Vous me menacez ?

— A ton avis ?

— Madeline sait que je suis avec vous.

— Et alors ? Un accident est si vite arrivé. Ce serait vraiment trop bête si on retrouvait ta voiture au fond d'un ravin, tu ne crois pas ? C'est vrai qu'avec tous ces lacets, les routes du coin ne sont vraiment pas sûres. Surtout la nuit…

D'aussi loin qu'Allie se souvenait, Joe n'avait jamais été un garçon particulièrement sympathique. Mais la vie l'avait rendu amer et revanchard, faisant ressortir le côté le plus sombre de sa personnalité. Elle savait que Grace avait vraiment peur de lui et que ce sentiment n'était pas sans fondement.

— Pourquoi vous lanceriez-vous dans une entreprise aussi périlleuse, maintenant que nous connaissons la vérité ? demanda-t-elle. Je ne représente plus aucune menace pour vous.

— Parce que je n'aime pas qu'on se mette en travers de mon chemin.

C'était donc ça… Il la voyait toujours comme un obstacle dans sa guerre contre les Montgomery.

— Et puis, fais-moi confiance, ajouta-t-il, je ferai ce qu'il faut pour qu'on croie que tu as quitté la route sans l'aide de personne.

— Allons, Joe, vous n'êtes pas assez bête pour risquer de finir en prison alors que la police vient d'obtenir le mandat de perquisition que vous réclamiez à cor et à cri depuis des mois. Si Clay est reconnu coupable, ça devrait suffire à votre bonheur.

Il mâchouilla sa chique, cracha le jus brunâtre, et se remit à mâcher de plus belle.

— Bien sûr que ça me fera plaisir. Je sais que cet assassin de Clay a enterré mon oncle quelque part dans cette foutue ferme, et cette fois-ci on va le trouver.

Ces mots, prononcés d'un ton presque enjoué, firent retomber la pression. Il n'avait pas vraiment l'intention de la tuer. A quoi bon ? Le procureur général avait décidé d'inculper Clay, et la fouille qui allait être conduite dans sa propriété apporterait vraisemblablement la preuve matérielle qui manquait pour le faire condamner à coup sûr.

Tandis qu'elle… elle n'avait rien.

— Tu n'as pas l'air dans ton assiette, lui dit Joe en courbant son corps dégingandé pour qu'elle ne rate rien du sourire narquois qui illuminait son visage. Ne me dis pas que tu viens seulement de réaliser que ton protégé va finir ses jours en prison.

— Clay est innocent, dit-elle.

Joe éclata de rire.

— Arrête de te mentir, Allie ! La partie est terminée et tu as perdu, dit-il avant de saisir son menton et de plaquer un affreux baiser mouillé sur ses lèvres.

— Espèce de porc ! s'écria-t-elle en essuyant du revers de la main la salive aux relents de tabac qu'il avait laissée sur le coin de sa bouche.

— Comme c'est touchant ! dit-il, la main sur le cœur. Tu veux te refaire une virginité pour Clay… C'est le grand amour, hein ? Sauf que lui se fout pas mal de toi. Ne te fais pas d'illusions, ma chérie : il se contente de t'utiliser. Beth Ann dit qu'il a une bite à la place du cœur.

Riant de ces mots imbéciles, il remonta dans son 4x4 et démarra en trombe.

Allie le regarda partir, en proie à un découragement aussi profond que l'obscurité qui l'enveloppait. Elle s'était trompée. Les Vincelli n'étaient pas responsables du coup de feu. Ses espoirs de voir le procureur abandonner les charges qui pesaient contre Clay s'envolaient en fumée.

« Arrête de te mentir, Allie. La partie est terminée et tu as perdu. »

23.

Lorsque Clay croisa un Ford Explorer sur la route tortueuse qui menait à la cabane, il n'eut pas tout de suite conscience qu'il s'agissait du 4x4 de Joe. L'obscurité empêchait de distinguer le visage du conducteur, mais pas la marque ni le modèle du véhicule. C'était la première voiture qu'il apercevait depuis qu'il avait quitté la voie rapide, et il avait machinalement noté ces informations dans un coin de sa tête. Il lui fallut quelques secondes pour comprendre qu'il s'agissait de Vincelli. La sourde angoisse qu'il éprouvait jusque-là se transforma alors en véritable panique. Qu'est-ce que ce salopard de Joe faisait ici ?

Clay regretta une nouvelle fois de ne pas avoir de téléphone portable. Avant ces dernières semaines, il n'avait jamais ressenti le besoin d'en posséder un car il ne souhaitait pas être accessible à tout moment. Et puis, de toute manière, il était à la ferme la plupart du temps. Mais aujourd'hui il aurait donné cher pour en avoir un. Il n'avait pu appeler Allie qu'une seule fois, d'une cabine téléphonique. Elle n'avait pas décroché et il avait préféré reprendre la route pour ne pas perdre de temps. Quelque chose n'était pas normal, il le sentait. Et le fait d'avoir croisé le 4x4 de Joe ne faisait que renforcer ce mauvais pressentiment.

— Je le tuerai de mes mains, marmonna-t-il.

Clay n'était pas le personnage dangereux que les gens s'imaginaient. Mais si quelque chose pouvait faire de lui un homme à la hauteur de sa réputation de criminel, c'était bien le fait que l'on fasse du mal à Allie.

Les branches d'arbres giflaient le pare-brise et griffaient les flancs de son pick-up tandis qu'il fonçait à travers bois, sans se soucier des trous et des cailloux dont était truffé le chemin de terre. Il ne pouvait chasser de son esprit l'image d'une Allie livide, gisant dans un bain de sang…

Mais lorsqu'il arriva devant la cabane, ses phares éclairèrent la jeune femme qui était assise devant la porte. Derrière elle tremblotait la lumière de la lampe à pétrole.

Elle leva les yeux vers lui quand il ouvrit la portière, mais n'esquissa pas le moindre mouvement.

— Que s'est-il passé ? lui demanda aussitôt Clay. J'ai croisé Joe sur la route… Que faisait-il ici ?

— La police a un mandat de perquisition, répondit-elle avant que son regard ne se perde de nouveau dans les ténèbres.

Clay vit alors que ses yeux étaient brillants de larmes.

Ainsi, les Vincelli avaient obtenu gain de cause… Clay aurait dû être immunisé contre ce genre de revers. Après tout, il menait une guerre de tranchée contre eux depuis l'âge de seize ans. Pourtant, cette nouvelle lui fit l'effet d'un coup de poignard, et il comprit à quel point ses sentiments pour Allie avaient changé la donne. Pour le meilleur et pour le pire, sa carapace s'était brisée depuis que la fille du shérif était entrée dans sa vie. La prison ne se résumait plus à une simple privation de liberté. Clay avait désormais beaucoup plus à perdre.

Un espoir, une raison d'exister, un être à aimer.

Allie…

Se pouvait-il qu'on lui retire le goût de vivre au moment même où il le découvrait ?

Il ne savait que dire, comment exprimer les violentes émotions qui le submergeaient.

— On va s'en sortir, murmura-t-il pour la réconforter. Tu verras, tout va s'arranger.

L'idée qu'elle pût avoir de la peine était pire que sa propre souffrance.

— Non, ça ne s'arrangera pas, Clay ! Tu vas aller en prison alors que tu n'as pas tué Barker !

Elle avait dit ça avec une telle conviction…

— Comment sais-tu que je ne l'ai pas tué ? lui demanda-t-il doucement.

— C'est Jed qui me l'a dit. Il a tout vu.

Jed. Clay s'était toujours demandé ce qu'il savait au juste.

— Pourquoi n'a-t-il pas prévenu la police ?

— Il était ami avec Eliza. Il est persuadé que…

Elle fit une pause pour reprendre sa respiration.

— … Il est persuadé que Barker l'a tuée.

Clay hocha lentement la tête.

— C'est tout ce que ça te fait ? lui demanda Allie.

— Rien ne m'étonne plus de la part de ce monstre.

— Apparemment, Eliza avait découvert ce qu'il faisait aux fillettes. Jed pense qu'il a voulu la faire taire avant qu'elle ne le dénonce à la police.

— Maddy aurait le cœur brisé si elle apprenait ça, dit Clay.

— Ce n'est pas la seule chose qui pourrait lui briser le cœur au sujet de son père, nota sombrement Allie. Et puis, à quoi bon lui dire, maintenant que Barker est mort ?

Elle tendit le bras et referma les doigts sur le jean de Clay pour l'inciter à s'asseoir près d'elle. Ils restèrent ainsi côte à côte pendant quelques secondes, à écouter les murmures de la nuit.

Allie fut la première à parler.

— Où sont-ils ?

— Quoi ?

— Les restes de Barker.

Il n'avait jamais dit à personne où il les avait déplacés. Pas même à sa mère et à ses sœurs. Et il ne pouvait faire une exception pour Allie : elle était trop précieuse à ses yeux pour qu'il lui impose un tel fardeau.

— Je préfère que tu n'en saches rien.

— S'ils se trouvent dans l'enceinte de la ferme, il faut que tu t'en débarrasses, dit-elle. Ce soir.

La voir ainsi continuer à se battre pour le sauver donnait à Clay envie de lui rendre la pareille, de la protéger à son tour, de lui offrir la vie qu'elle méritait. Mais il était trop tard pour ça. Il était trop tard pour beaucoup de choses.

— Ça ne changera rien, dit-il. Autant en finir une bonne fois pour toutes.

— Je refuse de baisser les bras, Clay. Tu m'entends ? Je refuse !

Il se pencha vers elle et but les larmes qui coulaient sur ses joues.

— Ne pleure pas, Allie…

— C'est tellement injuste, dit-elle. Tout ça à cause de cette espèce de… de sale pervers.

Inutile de lui demander de qui elle parlait.

— Il faut que tu oublies toute cette histoire, maintenant, dit Clay en essuyant délicatement de nouvelles larmes avec son doigt. Que tu te réconcilies avec tes parents ou peut-être même que tu partes vivre loin d'ici. Tu trouveras quelqu'un qui s'occupera de toi comme tu le mérites, et tu recommenceras une nouvelle vie.

— Pourquoi devrais-je te laisser affronter seul cette épreuve ? s'écria-t-elle. Hein ? Pourquoi ?

Clay se sentait si vulnérable que ça le mettait presque en colère. Il n'avait pas l'habitude d'être ainsi à fleur de peau, au bord des larmes.

— Pourquoi ? Parce que je ne suis pas en position de te protéger contre les événements qui s'annoncent, voilà pourquoi !

— Je ne t'ai jamais demandé de me protéger ! répliqua-t-elle sur le même ton.

Il se leva d'un bond.

— Tu ne comprends donc pas que tu souffriras encore plus si tu restes ?

— Parce que tu crois que je peux effacer les sentiments que j'éprouve pour toi d'un coup de baguette magique ? Que je peux laisser ces salauds te condamner sans tout faire pour les en empêcher ?

— Quel choix as-tu, Allie ? As-tu envie d'épouser un taulard ? As-tu envie de gâcher quinze ou vingt ans de ta vie à attendre que je sorte de prison ? Qui pourrait avoir envie d'une pareille existence ?

Elle se leva à son tour.

— Moi, si je sais qu'on peut finir nos jours ensemble.

Ces mots désarmèrent Clay.

— Allie…

— J'ai seulement besoin de savoir une chose, dit-elle. Et je veux que tu sois parfaitement honnête avec moi.

— Quoi ?

— Es-tu prêt, toi aussi, à m'attendre, quel que soit le nombre d'années que tu risques de passer en prison ?

Il tarda à répondre, et Allie sentit qu'elle perdait pied.

— Est-ce que tu m'aimes, Clay ? lui demanda-t-elle d'une toute petite voix.

Seul un parfait égoïste pourrait répondre oui à cette question, songea Clay. S'il parvenait à prononcer ce non qui restait coincé dans sa gorge, Allie n'aurait d'autre choix que de l'oublier. Elle finirait par surmonter sa tristesse et par tomber amoureuse d'un autre.

— Clay ?

Il posa son front contre le sien, en proie à un affreux dilemme. Il sentait son parfum, le souffle tiède de son haleine sur son visage… Et il comprit soudain qu'il n'aurait pas la force de lui mentir.

— Oui, dit-il. Je t'aime.

Puis il la prit dans ses bras et l'emmena à l'intérieur de la cabane où ils mêlèrent leurs larmes et leurs baisers avant de faire l'amour comme s'il n'y avait pas de lendemain.

Allie était étendue sur le lit, groggy de bonheur, la tête sur la poitrine de Clay. Il était immobile, et elle aurait presque pu le croire endormi. Mais elle savait qu'il était simplement dans le même état qu'elle après ce qu'ils venaient de vivre dans ce lit. Jamais Allie ne s'était abandonnée à ce point. Et il suffisait de regarder Clay pour comprendre que c'était aussi une première pour lui.

— Combien de temps nous reste-t-il avant le procès ? demanda-t-il.

— Pour profiter l'un de l'autre ?

Il hocha la tête.

— Quelques semaines ? Quelques mois ?

— Je ne sais pas. Ça dépend de beaucoup de choses : du juge, des batailles juridiques entre l'accusation et la défense…

Il resta silencieux un moment.

— Je vais te donner la ferme. Comme ça, Whitney et toi, vous aurez un endroit à vous. Si tu préfères vivre ailleurs, tu n'auras qu'à la vendre et utiliser l'argent pour acheter autre chose.

Il s'inquiétait encore pour elle, pour son confort et sa sécurité. Allie sourit et posa un baiser dans son cou.

— Si par malheur tu étais condamné, j'irais vivre le plus près possible de la prison où tu purgeras ta peine.

Il repoussa doucement les mèches qui lui tombaient sur les yeux.

— J'aime ta façon de faire l'amour, dit-il.

A peine un sourire s'était-il installé sur les lèvres d'Allie qu'une ombre le chassa.

— Je ne sais pas comment je pourrais me passer de toi si tu devais aller en prison.

— Quand j'en sortirai, on sera trop vieux pour avoir des enfants ensemble, murmura Clay.

Une idée traversa l'esprit de la jeune femme, et elle se redressa d'un bond.

— Pourquoi on ne ferait pas un bébé tout de suite ?

— Impossible, dit-il.

— Et pourquoi ça ?

— Je refuse de te laisser seule avec deux enfants à charge.

Elle se laissa retomber sur lui et chercha sa joue à tâtons afin de lui prodiguer une caresse.

— Il faut que tu apprennes à me faire confiance. Je me débrouillerai très bien.

Clay eut soudain trop chaud, et il la repoussa gentiment pour se débarrasser du drap enroulé autour de leurs pieds.

— Et tu crois que notre enfant serait content d'avoir un papa en prison ?

Il avait essayé de prononcer ces mots d'un ton aussi léger que possible, mais elle sentit toute la tristesse qui les portait. Se redressant sur les coudes, elle se tourna pour croiser son regard.

— Je lui dirai la vérité, Clay.

— Et quelle est la vérité ?

— La vérité, c'est que tu es l'homme le plus merveilleux que j'aie jamais connu.

Il la regarda en silence pendant de longues secondes, puis retira soudain la médaille qui pendait à son cou pour la passer autour du sien.

Elle sentit l'agréable chaleur du métal se nicher entre ses seins.

— Tu es sûr que tu ne veux pas la garder ? demanda-t-elle, profondément touchée par ce geste.

— Sûr, dit-il en enroulant une mèche de cheveux autour de l'oreille d'Allie. Si saint Juda existe vraiment et qu'il veille de là-haut sur ceux qui portent sa médaille, je veux que ce soit toi qu'il protège. Surtout si je ne suis pas en mesure de le faire.

Il lui avait donné l'objet qui comptait le plus pour lui, le bijou symbolisant la famille qu'il avait eue un jour et qu'il avait perdue.

Elle dessina lentement le contour de ses lèvres avec son doigt, avant de les embrasser tendrement. Puis amoureusement. Puis passionnément. Très vite, ils se mirent de nouveau à faire l'amour. Au moment où Clay s'apprêtait à enfiler un préservatif, Allie posa la main sur son poignet pour l'en dissuader. Elle vit qu'il était tenté d'y renoncer, mais, après une brève hésitation, il poursuivit son geste.

— Je m'inquiète trop pour toi, lui expliqua-t-il un peu plus tard, alors qu'elle venait de se lover dans ses bras, le souffle court et les yeux encore dans le vague. On a déjà tellement de soucis…

Allie cala confortablement sa tête contre l'épaule de son

amant. Si seulement elle pouvait rester ainsi, tout contre lui, pour toujours… Mais, bien vite, le chant des rainettes, de plus en plus insistant, lui rappela qu'il était temps de regagner la ville. Elle s'était beaucoup absentée, ces derniers temps, et elle avait envie de passer du temps avec sa fille. Mais comme il était difficile de se séparer de Clay ! Chaque moment avec lui semblait désormais aussi fugace que précieux…

— As-tu toujours l'intention de faire des investigations à la station-service ? demanda-t-il.

— Oui.

— Et si tu ne trouves aucune trace de sang ?

— Je dirai quand même à Hendricks que j'en ai trouvé en espérant que mon bluff lui arrachera des aveux.

— Tu crois qu'il donnera le nom du commanditaire ?

Allie savait qu'une fois qu'il aurait reconnu être l'auteur du coup de feu, Hendricks n'aurait plus aucune raison de taire le reste de l'histoire. Aussi décida-t-elle de mettre Clay au courant.

Lorsqu'elle eut terminé son explication, il soupira longuement.

— Pour moi, dit-il enfin, Maddy est aussi une victime dans tout ça. Je ne peux pas lui en vouloir.

— Je pense comme toi, dit-elle. Et j'étais certaine que tu réagirais de cette façon.

— Crois-tu qu'elle va avoir de graves ennuis avec la police ?

— Non. Surtout si nous ne portons pas plainte. Et puis, elle n'a jamais voulu qu'on te tire dessus. Elle craignait seulement que je ne sois plus assez motivée pour mener l'enquête sur la disparition de son père. Le fait qu'elle ait sacrifié tout cet argent prouve à quel point cette histoire la perturbe encore.

— L'année dernière, elle est entrée par effraction dans le garage de Jed dans l'espoir d'y découvrir la preuve qu'il avait tué Barker.

— La pauvre ! murmura Allie. Elle est encore plus traumatisée que je ne le croyais.

Il promena ses doigts sur la peau d'Allie, la frôlant avec une telle douceur qu'elle eut le sentiment qu'une brise chaude caressait son corps.

Après plusieurs minutes de ce traitement de faveur, il retira sa main, et Allie décida de se lever. Mais Clay la retint au moment où elle s'apprêtait à sortir du lit.

— Comment l'as-tu appris ? lui demanda-t-il.

— Appris quoi ?

— Quel genre d'homme était réellement Barker.

— Grace ne t'a pas parlé de l'enveloppe que Portenski a déposée dans ma boîte aux lettres ?

— Qu'est-ce que c'est que cette histoire ?

— Il a fait ça en catimini, mais Grace a deviné que ça venait de lui, et Jed l'a vu de ses propres yeux.

— Que contenait cette enveloppe ?

— Des Polaroïd.

Clay se raidit aussitôt.

— De Grace ?

Elle confirma d'un signe de tête.

— Portenski s'imagine que j'ai tué son prédécesseur, dit Clay. Pourquoi t'aurait-il donné ces clichés à toi plutôt qu'à la police ?

— Il a dû éprouver de la compassion à ton égard.

Clay resta un moment silencieux, comme s'il se demandait si cette explication était crédible.

— Qu'en as-tu fait ?

— Grace m'a demandé de les brûler.

Elle sentit qu'il se détendait.

— C'est mieux comme ça.

— Je n'en suis pas aussi sûre que toi, dit Allie.

— Ces Polaroïd m'auraient accusé à coup sûr.

— Oui, mais si la police exhume le squelette de Barker, ils auraient constitué une circonstance atténuante.

— Je m'en fous, dit Clay. Je refuse de laisser ces images dégueulasses circuler de main en main lors du procès. Grace a assez souffert comme ça : inutile de lui faire subir une nouvelle humiliation. Et imagine un peu ce que ça ferait à Madeline si elle découvrait le vrai visage de ce père qu'elle aime toujours et qu'elle a sans doute idéalisé avec le temps. Elle est si fière de lui, de l'admiration que lui portent encore les gens de cette ville. C'est tout ce qu'il lui reste... Elle n'est pas très heureuse aujourd'hui, c'est vrai, mais si ces photos étaient portées à la connaissance de tous, elle ne s'en remettrait sans doute pas.

— Et toi, Clay ? J'aime beaucoup Maddy, malgré ce qu'elle a fait, mais à choisir, il me semble plus important d'éviter que tu ne passes des années en prison.

— Allie, les habitants de Stillwater vouent un véritable culte à Lee Barker. Crois-tu qu'ils m'épargneraient s'ils découvraient que leur cher pasteur est très loin d'être le saint qu'ils imaginent ? Ils se sentiraient ridicules au dernier degré. La nature humaine est ainsi faite qu'ils m'en voudraient sûrement d'avoir apporté la preuve de leur bêtise et de leur aveuglement.

Il avait sans doute raison, songea Allie. Mais dans la mesure où les fouilles de la police allaient très probablement aboutir à la découverte des restes de Barker, ça valait tout de même la peine de prendre le risque. Surtout si...

Allie sauta du lit.

— Qu'est-ce qu'il y a ? lui demanda Clay.

— Rien, répondit-elle, certaine qu'il ne la laisserait pas faire si elle lui révélait son nouveau projet. Il faut que j'y aille, Clay. J'ai envie de passer un peu de temps avec Whitney.

Le lendemain matin, assise sur une bergère ancienne, Allie humait le parfum citronné de la cire pour meubles qui flottait dans le salon des Vincelli. Devant elle se trouvait Elaine, la maîtresse des lieux, et ses deux enfants : Joe et Roger. Lorsqu'elle avait appelé Mme Vincelli pour organiser cette entrevue, celle-ci n'avait accepté qu'avec réticence. Mais à présent, Allie sentait combien sa présence piquait la curiosité de son hôtesse.

— On t'attend, Marcus !

Son mari était pendu au téléphone depuis l'arrivée d'Allie. Il avait vaguement jeté un coup d'œil dans sa direction lorsqu'elle avait traversé la cuisine pour rejoindre le salon, mais il n'avait pas cru bon de la saluer, ne fût-ce que d'un signe de tête, pas plus qu'il n'avait eu la politesse d'écourter sa conversation téléphonique. Chacun des membres de la famille avait mis un point d'honneur à lui faire comprendre combien sa venue était inopportune en se montrant aussi inhospitalier que possible.

Mais Allie avait de bonnes raisons de penser qu'ils ne tarderaient pas à changer d'attitude.

— Peut-on savoir quel est le but de votre visite ? demanda Elaine.

Allie réajusta son chemisier blanc pour se donner une contenance.

— Je préfère attendre que votre mari nous rejoigne.

Son regard croisa celui de Joe, qui se rembrunit aussitôt.

— Je vous ai déjà dit que je n'avais rien à voir là-dedans, maugréa-t-il.

— Je sais, répondit-elle poliment avant de poser les mains sur ses genoux croisés.

Après quelques minutes d'un silence pesant, Elaine sembla perdre patience. Elle quitta brusquement le salon et revint presque aussitôt en poussant presque son mari dans la pièce.

— Qu'est-ce que vous nous voulez ? demanda Marcus Vincelli en se laissant tomber sur le canapé à côté de sa femme.

Sans se donner la peine de répondre à ce rustre, Allie sortit un dossier de la sacoche posée à ses pieds. Elle l'ouvrit sans se presser, puis distribua à la ronde les photos qu'elle avait scannées et imprimées. Sur l'une d'elles, on pouvait voir Barker violer une fillette d'une douzaine d'années à l'aide d'un godemiché, poussant le vice jusqu'à plaquer son visage sur le bas-ventre de la malheureuse afin de signer son crime d'une mimique ravie. Sur une autre, on reconnaissait la bague du pasteur sur la main qui empoignait les cheveux d'une gamine plus jeune encore, tandis que, de l'autre, il l'obligeait à lui faire une fellation.

A en croire le cri étouffé d'Elaine, Allie avait déjà atteint une partie de son but. Mais choquer Mme Vincelli ne suffisait pas à garantir la reddition des ennemis de Clay. Toujours tendue malgré le calme qu'elle s'efforçait d'afficher, Allie ne pouvait s'empêcher de penser que ce coup de poker était son dernier espoir.

— Mon Dieu ! s'exclama Elaine, la main devant la bouche. Mais c'est Rosy ! Et Katie Swanson !

— D'où viennent ces photos ? lança Marcus Vincelli qui s'était levé d'un bond, rouge de fureur.

— Quelle importance ? rétorqua Allie d'une voix posée.

Mais en réalité elle n'en menait pas large. Tant de choses allaient se jouer dans les minutes à venir…

— Répondez-moi tout de suite !

— Quelqu'un les a déposées dans ma boîte aux lettres, dit-elle sans se départir de son ton courtois, bien qu'elle eût envie de l'envoyer sur les roses.

— Qui aurait intérêt à diffuser ces… ces horreurs ?

— L'expéditeur n'a malheureusement pas inscrit son adresse au dos de l'enveloppe.

Joe et Roger, hébétés, semblaient avoir été frappés par la foudre.

Joe fut le premier à retrouver l'usage de la parole.

— C'est forcément un montage, marmonna-t-il entre ses dents. Ça ne peut pas être…

— Votre oncle ? termina Allie. Je peux pourtant vous assurer qu'il s'agit bien de lui. Si vous pensez que ces images sont truquées, vous êtes libres de les faire examiner par un expert.

Elaine était livide et ses mains tremblaient.

— Marcus, jamais mon frère n'aurait fait une chose pareille, et encore moins à des enfants… Lee était un homme d'Eglise, il…

Elle se tut, incapable de prononcer un mot de plus.

— Je ne sais pas quoi dire, murmura Marcus qui avait perdu sa morgue au profit d'une expression aussi stupéfaite qu'accablée. Je ne peux pas imaginer que… qu'il… Lee était notre pasteur.

Nous avions toute confiance en lui. Si nous avions eu une fille, nous n'aurions pas hésité à la laisser seule avec lui.

— Peut-être qu'il n'aurait pas fait de mal à quelqu'un de sa famille, glissa Allie pour voir leur réaction.

A en juger par la tête qu'ils faisaient tous, ils n'en étaient plus aussi sûrs. Ils commençaient à comprendre que, contrairement à ce qu'avait affirmé Elaine quelques instants plus tôt, Barker avait bien abusé de plusieurs enfants.

— Il semblait si… bon, bredouilla Elaine avec des larmes dans la voix.

Allie se sentit presque coupable en voyant s'embuer les yeux de Mme Vincelli. Elle aurait voulu que Barker pût voir le chagrin et le dégoût qu'il avait semés sur sa route. Mais sous ses airs compassionnels, l'ancien pasteur de Stillwater s'était toujours moqué du malheur des autres.

— Qu'espérez-vous obtenir en nous montrant ces photos ? demanda Joe.

— Moi ? dit-elle d'un air faussement innocent. Je suis simplement là pour vous faire remarquer à quel point il serait désolant que ces clichés soient produits devant un tribunal.

— Devant un tribunal ? balbutia Elaine à travers ses larmes.

— Oui, devant tout le monde, confirma Allie. Je ne doute pas que les journalistes s'empareront de l'affaire. Ce genre d'histoire est, si j'ose dire, du pain bénit pour la presse. Un pasteur qui profite de la confiance de ses ouailles pour faire subir des sévices sexuels à de toutes jeunes filles, ça fait vendre du papier, vous savez. Si nous devions en arriver là, il faudrait vous attendre à avoir une meute de reporters jour et nuit devant votre maison.

— Mon Dieu, murmura Elaine, notre nom sera traîné dans la boue !

— D'autant que certains n'hésiteront pas à affirmer que vous étiez au courant de ses agissements, expliqua Allie. Vous savez comment sont les gens : prompts à calomnier leur prochain… Votre acharnement contre Clay sera perçu comme une volonté de couvrir les actes ignominieux d'un membre de votre famille.

Elle s'arrêta pour leur donner le temps de réfléchir à ses propos.

— A quoi bon déterrer ces vieilles histoires? dit-elle en choisissant ce verbe à dessein. Lee Barker n'est plus parmi nous. Pourquoi salir sa réputation et la vôtre, après toutes ces années? Tout ça pourrait rester entre nous, si seulement…

— Si seulement quoi? demanda Joe, le front plissé.

Allie inspira profondément et se tourna vers lui.

— Si seulement vous pouviez faire en sorte que les charges qui pèsent contre Clay Montgomery soient abandonnées. Pas de perquisition. Pas de procès. S'il a vraiment tué votre oncle — et je dis bien si —, vous êtes désormais en mesure de comprendre son geste, ajouta-t-elle en s'adressant de nouveau à Elaine. Cela devrait suffire à calmer votre rancœur, n'est-ce pas?

Mme Vincelli, pâle comme un linge, semblait sur le point de se trouver mal.

— J'ai toujours été si… fière de mon frère…

Elle éclata en sanglots, et Allie attendit patiemment que son mari la réconforte. Joe et Roger, qui avaient rassemblé tous les tirages, s'employèrent pendant ce temps à les déchirer en mille morceaux.

— Voilà ce que j'en fais, de vos photos! s'écria Joe en se débarrassant théâtralement des morceaux qu'il tenait encore entre ses doigts.

Allie resta impassible. Peu lui importait qu'il fît des confettis avec les copies qu'elle avait apportées. Seule comptait la réaction de ses parents.

— Elle bluffe, maman, renchérit Joe. Je connais suffisamment Clay pour savoir qu'il ne la laissera pas faire une chose pareille. Il pensera d'abord à protéger Madeline. Ces photos lui feront plus de mal qu'à nous.

— Mon Dieu, Maddy! s'exclama sa mère qui n'avait pas dû réaliser que la divulgation de ces images affecterait aussi sa nièce.

Allie se sentit gagnée par la panique. Elle avait sous-estimé Joe. L'aîné des Vincelli avait tellement observé son ennemi qu'il était capable de deviner ses réactions.

— Qui vous dit que j'ai mis Clay au courant ? lança-t-elle avec un petit sourire. De toute façon, ces photos sont en ma possession, et personne ne décidera à ma place ce qu'il convient d'en faire. Vous ne serez pas surpris si je vous dis que je suis décidée à tout mettre en œuvre pour éviter la prison à M. Montgomery, n'est-ce pas ?

— Vous oseriez faire ça à Maddy ? demanda Roger, dubitatif.

Allie posa sur lui un regard froid et déterminé, malgré ses propres doutes.

— Je n'hésiterais pas une seconde à porter ces images à la connaissance du juge et du public, dit-elle en espérant donner le change. De toute façon, Maddy sera tout aussi dévastée si son frère est condamné. La seule façon de ne pas la faire souffrir serait que l'accusation renonce au procès et que je m'engage à ne jamais divulguer ce que je sais sur son père.

Joe vint se poster devant ses parents.

— Ne l'écoutez pas ! dit-il. Elle n'osera jamais mettre sa menace à exécution

— Joe a raison, déclara Roger qui venait de rejoindre son frère.

Marcus Vincelli resta muet, tandis que sa femme levait sur Allie des yeux noyés de larmes.

— Lee a-t-il aussi abusé des… des sœurs de Clay ? demanda-t-elle.

— A votre avis, madame Vincelli ? répondit Allie.

— Peu importe, intervint Joe. On tient Clay par les couilles et, cette fois-ci, on ne va pas le laisser s'en sortir.

— Surveille ton langage, Joe ! s'écria sa mère.

Son père, les bras croisés et le visage fermé, semblait réfléchir à la situation. Allie retint sa respiration. S'il se rangeait à l'avis de ses fils, tout était perdu.

Après quelques secondes interminables, il se tourna vers Joe et Roger.

— Si quelqu'un avait fait subir ça à ma sœur, moi aussi je l'aurais tué, dit-il d'une voix sombre.

— Il s'agit d'un meurtre, papa ! s'exclama Joe. On n'a pas le droit de se faire justice soi-même !

— Il n'avait que seize ans, murmura Elaine.

— En effet, dit Allie en lui prenant la main. Et la mort de votre frère a été accidentelle.

Joe tendit un doigt accusateur dans sa direction.

— Elle a reconnu que Clay l'avait tué ! Vous avez entendu ? Elle sait ce qui s'est passé ! Elle vient de reconnaître qu'oncle Lee avait été assassiné !

Elaine se leva tant bien que mal. Son mari dut la soutenir tellement elle tremblait, mais elle parvint néanmoins à conserver une attitude digne.

— Je n'ai rien entendu de tel, Joseph.

— Quoi ? s'écrièrent les deux frères à l'unisson.

— A mon grand désespoir, je me rends compte que nous avons accusé un innocent, poursuivit-elle sans se soucier des visages stupéfaits de ses enfants. J'irai m'entretenir dès demain avec le maire et le procureur général pour m'assurer que cette regrettable erreur n'aura aucune conséquence sur le plan judiciaire.

Allie n'en revenait pas. Elle avait compté sur l'orgueil des Vincelli, mais c'était la compassion d'une femme qui allait sauver Clay.

— Merci, murmura-t-elle, la gorge serrée. Je vous promets que Clay est quelqu'un de bien.

— Il ne peut pas être pire que mon frère, répliqua Elaine en regardant tristement les morceaux de photos qui jonchaient le sol.

Puis elle s'accrocha au bras de son mari et quitta la pièce.

Ils n'avaient pas encore franchi la porte du salon que Joe s'approchait d'Allie.

— Ce n'est pas encore terminé, lui souffla-t-il à l'oreille.

Mais son père l'entendit et se retourna vivement.

— Si, c'est terminé, dit-il avec autorité. Ne t'avise pas de faire quoi que ce soit contre Clay, ou nous te déshériterons. Est-ce clair ?

La bouche ouverte, Joe regarda alternativement Allie et son frère, cherchant quelque chose à répondre. Mais son père reprit la parole avant qu'il n'ait put rétorquer quoi que ce soit.

— A partir d'aujourd'hui, nous n'évoquerons plus jamais le révérend Barker, ne serait-ce que pour le bien de Maddy. Cette histoire est morte et enterrée, comme l'est sans doute ton oncle.

Allie vit nettement l'effort que Joe faisait pour contenir sa rage.

— On ne peut tout de même pas…, commença-t-il.

— Si, on peut, coupa son père. Clay Montgomery a bien réussi à garder le secret. Je crois qu'on devrait prendre exemple sur lui.

Allie emboîta le pas aux époux Vincelli et quitta le salon.

Une fois dans la rue, elle sortit la médaille de Clay et y déposa un long baiser.

Lorsque Allie l'avait appelé, la veille, en sortant de chez les Vincelli, Clay lui avait demandé à trois reprises de répéter la bonne nouvelle. Et, aujourd'hui encore, il avait du mal à croire que le cauchemar était terminé. Pourtant, il venait d'apprendre que le procureur avait déjà abandonné les charges qui pesaient contre lui.

Et dire que, sans l'intervention de Portenski, il aurait peut-être vieilli en prison…

— Le Seigneur donne et le Seigneur prend, murmura-t-il.

Sauf que, cette fois, c'était dans l'ordre inverse…

Il entendit frapper à la porte et son cœur s'emballa. Il avait invité Allie à dîner, et elle venait avec Whitney.

Dès qu'il aperçut la jeune femme, il eut envie de la couvrir de baisers. Mais il conserva ses distances par respect pour la petite fille qui levait vers lui de grands yeux intrigués.

— Salut ! dit-il.

De jolis yeux noisette si semblables à ceux de sa mère…

— Salut ! répondit-elle gaiement.

Il se mit à rire, surpris par tant d'enthousiasme.

— Whitney, je te présente Clay, commença Allie. Tu sais, le… l'ami de maman.

— T'es drôlement grand, dis donc !

Il souleva un sourcil et s'accroupit devant elle.

— Et toi, on dirait une miniature de ta maman.

— Une quoi ? demanda la petite fille en plissant le nez.

— Le portrait tout craché, si tu préfères.

Whitney fit une grimace dégoûtée.

— Craché ? Berk !

— Ce que je veux dire, c'est que tu es très belle, dit Clay. Comme ta maman, ajouta-t-il en regardant Allie dont le sourire s'élargit encore un peu plus.

Clay se releva. Puis, avec une petite courbette et un geste de la main, il invita la fillette et sa mère à entrer.

— Molly n'est pas là ? demanda Allie en pénétrant dans le salon.

Clay perdit soudain de sa bonne humeur.

— Elle est chez ma mère.

— Quelque chose ne va pas ? demanda-t-elle, étonnée de le voir se rembrunir.

Il se massa le cou, mal à l'aise.

— Lucas doit passer chez maman, ce soir.

— Ah bon ? Il n'est pas rentré chez lui ?

La veille, au téléphone, Clay avait évoqué la visite de son père. Mais il lui avait dit qu'il était reparti en Alaska.

— Eh bien non, tu vois…

— Comment se fait-il qu'il aille chez ta mère ?

— Il l'a appelée pour lui demander si elle voulait bien le rencontrer.

— Je n'arrive pas à croire qu'elle ait accepté.

Clay soupira d'un air fataliste.

— Je ne m'étonne plus de rien.

— Et Grace ?

— Elle refuse de le revoir.

— Ça t'ennuie que Molly et Irene passent la soirée avec lui ?

— Non… Tant mieux pour elles si elles arrivent à lui pardonner, dit-il sans être lui-même totalement convaincu par cette vision positive des choses.

Il en voulait à son père d'avoir le culot de s'inviter ainsi dans leur vie après vingt-cinq ans de silence. Et sans doute aussi un peu à Molly et à Irene de lui donner, en quelque sorte, raison en ne l'envoyant pas promener.

— Elles sont probablement curieuses de voir ce qu'il est devenu, dit Allie. Et puis je comprends qu'elles aient envie de lui poser les questions qui doivent leur trotter dans la tête depuis toutes ces années. Même si les réponses seront sans doute décevantes…

— Ouais, tu as sûrement raison, dit Clay, songeant à ses propres interrogations qui se heurtaient au silence depuis si longtemps.

Allie fit glisser sa main le long de son avant-bras avant de mêler ses doigts aux siens.

— Et toi ? Tu crois que tu parviendras un jour à lui pardonner ?

Il regarda Whitney déambuler dans le salon, à la découverte de ce lieu étranger.

— Va savoir… En tout cas, pas pour le moment.

Allie ne fit aucune remarque sur sa façon de réagir, et se garda bien de lui donner le moindre conseil.

— Quand tu seras prêt, tu le sauras, dit-elle simplement.

Il fit un signe de tête en direction de Whitney.

— C'est vrai qu'elle est jolie, dit-il. Et toi aussi…

— J'avoue que je suis toujours fière d'elle quand on se promène ensemble.

— Je le serais aussi, à ta place… Et ta mère, comment va-t-elle ?

— Elle dîne au restaurant avec mon père, ce soir. C'est la première fois qu'ils font une sortie ensemble depuis… Depuis la fameuse soirée, dit-elle avec un petit rire.

Il la conduisit dans la cuisine où les attendaient une salade, des pommes de terre cuites sous la cendre et du pain à l'ail. Les steaks étaient encore dehors, sur le barbecue.

— Tu penses qu'ils vont réussir à sauver leur mariage ?

— Ils vont essayer, dit Allie en déposant son sac à main sur le plan de travail. C'est déjà ça.

Clay prit plaisir à voir le sac d'Allie négligemment posé entre une coupelle à fruits et une carafe. Cela signifiait qu'elle se sentait déjà un peu chez elle à la ferme.

— Ça prendra du temps, bien sûr, mais… Qui sait ?

Soudain, Whitney battit des mains en laissant échapper un cri aigu.

— Maman ! Regarde dehors ! Il y a un petit chien !

Whitney était littéralement fascinée par les animaux, et en particulier par les chiots.

Tant pis pour la surprise, songea Clay, ravi de voir l'excitation illuminer le visage de Whitney.

— On peut le faire entrer dans la maison ? demanda-t-elle, le regard brillant d'un tel espoir que Clay n'aurait pu lui dire non, même s'il en avait eu l'intention.

— Bien sûr ! répondit-il en observant avec amusement le labrador âgé de trois mois qui sautait contre le carreau de la porte-fenêtre. Regarde, il a envie de venir te voir. J'ai l'impression qu'il t'aime bien.

— Oh ! Il est tro-o-o-op mignon ! s'écria la petite fille en serrant les mains avec une moue attendrie. Il est à toi ?

— Non, il n'est pas à moi.

— Ah bon ? Il est à qui, alors ? Et pourquoi il a un nœud autour du cou ?

— Parce que c'est un cadeau, expliqua Clay en allant ouvrir la porte.

Il sentit le regard d'Allie se poser sur lui, mais ce fut Whitney qui parla la première.

— Un cadeau ? Pour qui ?

— Pour toi, dit-il, tandis que le chiot bondissait à l'intérieur et que la petite fille poussait un cri de joie.

Au milieu des jappements, caresses et autres léchouilles, Whitney parvint à tourner un visage implorant vers sa mère.

— Je peux le garder, maman ? S'il te plaît, oh ! s'il te plaît ! Hein ? Je peux le garder ?

— Je suis désolée, mon trésor, mais on ne peut pas avoir de chien dans notre nouvelle maison. Le propriétaire ne sera pas d'accord.

Clay s'accroupit devant la fillette qui semblait sur le point de fondre en larmes.

— Je crois que j'ai une solution, dit-il en caressant le petit chien. Tu peux le garder, mais toi et ta maman allez devoir déménager ici pour que tu puisses t'en occuper avec moi.

— On va venir habiter dans ta maison ? demanda Whitney, soudain un peu méfiante. Avec maman, tu as dit ?

— Bien entendu.

— Et mamie, alors ?

— Euh…, fit Clay, pris au dépourvu. Eh bien, je crois qu'elle préférera rester dans la maison où vous êtes en ce moment.

— Quoi ? Toute seule ?

Clay leva les yeux vers Allie et lui sourit.

— Elle décidera peut-être de retourner habiter chez ton papy…

Whitney ne lâchait pas le petit chien, comme si elle craignait qu'il ne disparaisse.

— Mais mamie sera triste si on la laisse toute seule !

— Au début, sans doute… Mais elle s'habituera très vite. Surtout si on se marie, ta maman et moi.

— Vous allez vous marier ? demanda Whitney en ouvrant de grands yeux.

Pendant quelques secondes, elle sembla même oublier le

chiot. Chaque fois qu'il avait imaginé cette conversation avec la petite fille, Clay avait craint qu'elle ne se braque…

— Tu seras mon nouveau papa ?

— Moi, j'aimerais beaucoup, mais ce sera à toi d'en décider, Whitney. On pourrait d'abord être amis, si tu veux bien, et apprendre à se connaître.

— Alors, on habitera ici avec maman, on sera amis, et moi je pourrai garder le chien ?

Clay s'inquiétait un peu du calme excessif qu'affichait Allie. Mais il avait décidé d'abattre toutes ses cartes d'un seul coup, et il était trop tard pour faire machine arrière.

— C'est exactement ça, dit-il.

En réalité, ce serait bien plus encore, songea-t-il, parce qu'il était déterminé à faire tout ce qui était humainement possible pour offrir à la fillette la vie la plus agréable qui soit.

— Et maman portera une robe de princesse pour se marier avec toi ?

— Ça, c'est sûr.

— Alors, je suis d'accord.

Voilà. Sa décision était prise. La seconde d'après, elle se roulait par terre avec le labrador, poussant des petits cris ravis tandis que le chiot lui léchait la figure.

— Regarde, Clay ! Il m'aime bien !

— Tu aurais pu m'en parler avant, murmura Allie, qui semblait un peu sous le choc. Je n'avais pas prévu que les choses iraient aussi vite.

— Pourquoi attendre ? Je suis déjà sûr de mes sentiments…

Il caressa tendrement sa joue du revers de la main.

— … Pas toi ?

Elle plongea son regard dans le sien.

— Si, mais…

Il la prit dans ses bras et enfouit son visage dans le cou qui s'offrait à lui, picorant la peau douce et tiède d'Allie.

— Pardon d'être…

Un baiser.

— … allé un peu…

Un autre baiser.

— … vite en besogne.

Encore un baiser.

— Mais je te promets d'être un bon père pour Whitney, dit-il en quittant le nid douillet de son cou afin de la regarder dans les yeux.

Il n'y vit pas de colère. Juste un peu d'agacement.

— Je sais que tu seras le meilleur des papas, mais… tu l'as soudoyée avec un cadeau !

— J'ai aussi un cadeau pour toi, dit-il, une lueur coquine dans le regard.

Elle le repoussa pour le dévisager d'un air provocateur.

— Quoi ? Une bague de fiançailles ?

Un grand sourire éclaira le visage de Clay.

— J'ai aussi ça en magasin, dit-il en sortant un écrin de sa poche.

Épilogue

Allie poussait le chariot dans les allées du Piggly Wiggly, suivie de Clay et de Whitney qui marchaient main dans la main. Il sentait le regard de Beth Ann qui ne les quittait pas depuis qu'ils avaient passé la porte du supermarché, et il pouvait presque entendre le murmure de sa voix tandis qu'elle se penchait vers Polly, sa voisine du rayon traiteur. Par contre, il ne comprenait pas ce qu'elle pouvait avoir de si passionnant à lui raconter. Qu'y avait-il à dire ? Allie et lui étaient mariés depuis six mois, et ces six mois avaient été les plus heureux de sa vie. Ils croisaient Beth Ann tous les dimanches à l'église, mais Clay ne lui adressait plus la parole. En vérité, elle ne lui manquait pas le moins du monde. Beth Ann, par contre, dissimulait mal son trouble quand elle le voyait.

— Papa, je peux avoir un beignet ?

Clay baissa les yeux vers la petite fille. Bien qu'il eût désiré un enfant depuis longtemps, il n'aurait jamais imaginé que l'on pût aimer à ce point.

— Je ne crois pas, mon trésor. Tu as déjà mangé une glace, tout à l'heure, et on ne va pas tarder à dîner.

— Et si je n'en mangeais que la moitié ? proposa-t-elle. Comme ça, il me restera de la place pour le dîner.

Il savait qu'il ne fallait pas céder. Mais elle lui adressait le sourire auquel il n'arrivait jamais à résister : celui qui creusait ses petites fossettes.

— S'il te plaît, papa…

Elle pensait sans doute que « S'il te plaît » était le mot magique, alors que c'était le « papa » qui le faisait craquer.

— Ecoute ton père, dit distraitement Allie, occupée à choisir des fruits.

Mais Clay avait parlé en même temps qu'elle, et il avait rendu les armes.

— D'accord, mais tu le gardes pour le dessert.

Allie se figea, une pomme dans une main et la liste des courses dans l'autre.

— Tu capitules déjà ? dit-elle en se tournant vers lui.

— Comme d'habitude, répondit Clay avec un grand sourire.

Allie se mit à rire en secouant la tête d'un air incrédule.

— Qui aurait cru que cet air sévère et ce grand corps musclé cachaient une telle faiblesse ?

— Toi ? dit-il en lui volant un baiser.

Il savait qu'elle avait entièrement confiance en sa façon d'élever Whitney. D'ailleurs, Allie voulait un autre enfant, d'autant plus qu'elle avait décidé d'être une mère au foyer pendant deux ou trois ans. Mais c'était Clay qui préférait attendre un peu, malgré son envie de la voir enceinte de lui : il souhaitait que Whitney pût vivre au moins une année seule avec eux.

— Tu vas en faire une enfant gâtée pourrie, gronda-t-elle avec un sourire dans les yeux.

— Termine tes courses et on se retrouve à la caisse, dit-il pour qu'elle ne vienne pas avec eux au rayon boulangerie pâtisserie.

— D'accord, mais fais attention à ce que Beth Ann ne mette pas de poison dans le beignet ! grommela-t-elle à voix basse afin que Whitney ne l'entende pas.

Après une tendre pression sur le bras de sa femme, Clay partit avec la petite fille en direction du présentoir où s'accumulaient tartes, gâteaux, beignets et autres merveilles colorées.

Lorsque Beth Ann les vit approcher, elle cessa ses messes basses et se redressa, mettant en valeur ses atouts naturels.

Afin de produire un effet maximum, la belle blonde avait

défait les deux premiers boutons de son uniforme, comme s'il faisait une chaleur tropicale dans le magasin. Sauf que les surgelés se trouvaient à quelques pas de la boulangerie et que le climat de son rayon était franchement hivernal.

Clay n'eut aucun mal à ignorer son décolleté avantageux. Il s'accroupit face à la vitrine du présentoir, plus intéressé par la mine réjouie de Whitney que par les minauderies de son ancienne maîtresse.

— Lequel veux-tu, trésor ?

— Celui qui est long avec le glaçage marron foncé.

— Tu es sûre ? Je croyais que tu voulais un beignet.

Whitney secoua fermement la tête de haut en bas : elle était sûre de son choix.

— On va prendre un éclair au chocolat, dit-il en se relevant.

Pour le plus grand plaisir de Whitney, Beth Ann saisit la pâtisserie à l'aide d'une pince spéciale et la glissa dans un petit sac en papier sur lequel elle agrafa un ticket. Clay s'apprêtait à s'en saisir quand Beth Ann le retira vivement du présentoir où elle venait de le poser.

— Comment vas-tu ? demanda-t-elle en dévorant Clay des yeux, au point qu'il eut pitié d'elle.

— Bien, et toi ?

— Bien, merci.

Elle esquissa un sourire.

— J'ai entendu dire que les parents d'Allie vivaient à Jackson, maintenant.

— En effet.

— Je suis heureuse qu'ils soient parvenus à se réconcilier.

— Nous aussi.

Elle passa la langue sur ses lèvres sèches. Mais il en fallait plus que les réponses laconiques de Clay pour la décourager.

— Que fait le shérif McCormick, à présent ?

Clay tendit à Whitney le sac qu'il avait enfin réussi à attraper.

— Il s'occupe de la sécurité d'une grosse entreprise de Jackson. Je crois que ça lui plaît bien.

— Et sa femme ?

— Elle enseigne le piano.

— Tout est bien qui finit bien, alors ?

— Les choses ne sont jamais aussi simples, mais ils n'ont pas l'air malheureux.

Il lui adressa un petit salut de la tête, mais elle se remit aussitôt à parler, comme si l'idée de le voir s'éloigner lui était insupportable.

— Ta mère va bien ?

Contre toute attente, Irene s'était assez vite remise du départ de Dale.

— Elle a toujours mille choses à faire, dit Clay. Elle n'a vraiment pas le temps de s'ennuyer.

— J'ai fait un tour à la boutique où elle travaille, la semaine dernière, et on a un peu discuté. Elle avait l'air en pleine forme.

Beth Ann décocha à Clay un sourire plus franc que le premier, plus séducteur, aussi.

— Eh bien, je vais te laisser partir, dit-elle. En tout cas, ça m'a fait plaisir de te voir.

— A un de ces jours, Beth Ann ! répondit Clay avant de tourner les talons.

Mais Whitney et lui n'avaient pas fait trois pas qu'ils virent Allie se précipiter dans leur direction. Il suffisait de la regarder pour comprendre qu'il y avait un problème.

— Que se passe-t-il ? lui demanda Clay quand elle arriva à sa hauteur.

Elle l'entraîna à distance respectable des oreilles indiscrètes.

— Grace vient de m'appeler, dit-elle à voix basse.

— Qu'est-ce qu'elle voulait ?

Allie baissa les yeux vers son chariot pendant quelques secondes, avant de se décider à croiser son regard.

— Ils viennent tout juste de découvrir la voiture de Barker dans la carrière.

Si, comme nous l'espérons, vous avez aimé Noirs soupçons, *les pages suivantes vous permettront de découvrir un extrait de* Noire révélation, *le troisième roman de cette trilogie à paraître le 1er septembre 2010.*

Son corps se trouvait-il dans l'habitacle?

Grimaçant sous la pluie glacée de janvier, le cou rentré dans les épaules, Madeline Barker, entourée de sa famille d'adoption, regardait les policiers extraire la voiture de son père de l'ancienne carrière inondée depuis des années. Un affreux mal de tête dû au manque de sommeil lui martelait le crâne, et c'était tout juste si elle parvenait à respirer. Pourtant, Madeline se tenait parfaitement immobile et ne montrait aucun signe de fatigue ou d'impatience : elle attendait. Au bout de vingt ans, les questions qu'elle se posait au sujet de la disparition de son père allaient peut-être enfin trouver des réponses.

Toby Pontiff, le shérif de Stillwater, Mississippi, s'agenouilla au bord du trou béant.

— Doucement, doucement, Rex! cria-t-il par-dessus le couinement aigu du treuil qui coulissait sur la grue d'une énorme dépanneuse.

Joe Vincelli et son frère Roger, les cousins germains de Madeline, trépignaient de l'autre côté, incapables de dissimuler leur excitation. Ils échangeaient des propos avec de grands gestes, mais le bruit empêchait Madeline d'entendre ce qu'ils se disaient. De toute façon, elle aimait autant ça : leurs commentaires n'auraient fait qu'ajouter à son désarroi. Depuis des années, ils accusaient sa seconde famille — en particulier les trois personnes qui l'entouraient aujourd'hui : Irene, Grace et Clay — d'être responsable de la disparition de leur oncle. Malheureusement, le fait que la voiture de son père ait été découverte dans l'ancienne carrière, à huit kilomètres de la ville, les conforterait certainement dans le sentiment d'avoir eu raison depuis le début. Cela prouvait en tout cas que le révérend Barker n'avait pas pris la clé des champs pour recommencer sa vie ailleurs.

Les cagoules noires et luisantes des plongeurs, semblables à des têtes d'otaries, émergèrent de l'eau dans laquelle ils avaient disparu quelques minutes plus tôt. Etouffant un cri, Madeline se rendit compte que la calandre de la Cadillac apparaissait désormais sous le liquide boueux. Sentant les larmes lui monter aux yeux, elle se rapprocha instinctivement de Clay qui restait aussi sombre et impassible que les pierres alentour.

Au moment où la voiture allait sortir du cloaque, Rex appuya sur un bouton qui arrêta brutalement l'action du treuil hurlant. Le silence qui s'ensuivit fit bourdonner les oreilles de Madeline.

Sa belle-mère, une petite femme plantureuse coiffée à la Loretta Lynn, poussa un gémissement en distinguant la grille de la calandre et le blason rouge et jaune de la célèbre firme automobile. Grace vint la réconforter, mais Clay n'esquissa pas le moindre geste. Madeline leva les yeux vers lui. Que se passait-il donc derrière le bleu intense de son regard ?

Difficile à dire, comme toujours. Son visage semblait refléter la grisaille du ciel bas et lourd. Peut-être, après tout, ne pensait-il à rien. Peut-être se contentait-il, lui aussi, de faire face au tourbillon d'émotions qui l'assaillaient certainement.

Cette épreuve serait bientôt terminée, songea-t-elle. Affronter la réalité valait toujours mieux que vivre dans le fantasme et l'angoisse. Du moins l'espérait-elle.

— Ça me rend nerveux, expliqua Rex d'un ton plaintif. Et si le treuil se coince sur l'arête d'un rocher ? La voiture pourrait se décrocher et s'écraser.

— Le treuil ne se coincera pas, dit un policier du nom de Radcliffe.

Le propriétaire de la dépanneuse ignora ce commentaire et s'adressa au responsable de l'opération.

— Ecoute, Toby, je ne pense pas que ça puisse fonctionner

de cette façon. Il faut faire venir une grue avant que quelqu'un ne se blesse ou que mon camion soit endommagé.

Toby Pontiff, un homme aussi mince que blond, affublé d'une moustache taillée avec soin, avait été promu au grade de shérif six mois plus tôt. Il connaissait bien la fille du révérend Barker : ils se fréquentaient depuis l'époque où Madeline et celle qui allait devenir sa femme étaient devenues des copines de lycée. Il lui lança un regard amical avant de baisser la voix et de lui tourner le dos.

Elle parvint néanmoins à percevoir ses propos, sans doute portés par le vent qui soufflait dans sa direction.

— Faire venir une grue, ça va prendre plusieurs jours, Rex. Regarde les gens qui se trouvent juste derrière nous. Jette un œil discrètement… Discrètement, je te dis ! Tu as vu la jeune femme au milieu ? Celle qui est blanche comme un linge ? Sa mère s'est suicidée alors qu'elle n'avait que dix ans. Son père a disparu six ans plus tard. Elle est là depuis l'aube à attendre sous la pluie. Je ne vais pas la renvoyer chez elle sans avoir sorti la voiture de son père de cette foutue carrière. Il faut absolument que l'on sache si ses restes se trouvent dans l'habitacle. Ça m'a déjà pris une semaine d'organiser tout ça.

— Je ne comprends pas, répliqua Rex. Puisqu'elle a attendu toutes ces années, qu'est-ce que ça peut bien lui faire de patienter encore deux ou trois jours ?

— Mets-toi à sa place ! cria presque Toby. Et puis, elle n'est pas la seule à s'intéresser à ce qui se passe ici, comme tu as pu le constater.

De toute évidence, il parlait des Vincelli qui n'avaient cessé de reprocher à la police son incapacité à résoudre le mystère Barker. Vingt ans que leur oncle bien-aimé avait disparu, et justice n'avait toujours pas été rendue. Pontiff n'avait sûrement pas envie que cette famille influente de Stillwater se plaigne au maire comme elle l'avait déjà fait lorsque l'ancien shérif était encore en place.

— Les notables de la ville sont sur les dents, dit Toby en

retrouvant son calme. Si je reporte cette opération, ils vont tous me tomber sur le dos.

Rex se renfrogna et enfonça les mains dans les poches de son gros blouson. Madeline et lui ne s'étaient jamais croisés avant aujourd'hui. Vieille connaissance de Toby Pontiff, Rex travaillait dans une ville voisine. Il avait été appelé quand le garagiste de Stillwater avait estimé que sa dépanneuse n'était pas assez robuste pour un tel travail.

— Je suis navré, dit Rex, mais avec toute cette eau vaseuse et le poids de cette voiture, j'ai trop peur de casser le moteur de mon treuil ou de…

— Si on voulait attendre, on ne serait pas en train de se geler le cul ici depuis des heures, interrompit le shérif. Quand on t'a appelé, tu as dit que tu pouvais le faire. Alors j'aimerais qu'on cesse de palabrer et qu'on sorte cette foutue bagnole de l'eau, d'accord ? Ton camion est assez puissant pour tracter un semi-remorque, nom d'un chien !

Madeline, les nerfs à vif, fut secouée d'un violent frisson. Elle était submergée par l'angoisse et la frustration qui lui gâchaient la vie depuis si longtemps. La dernière semaine avait été particulièrement éprouvante : huit jours plus tôt, des adolescents étaient venus faire la fête dans l'ancienne carrière, et une fille avait glissé dans l'eau. Hélas ! elle était trop soûle pour avoir la force de remonter. Avant que ses camarades ne parviennent jusqu'à elle, la malheureuse avait été engloutie par l'eau saumâtre, et elle n'avait plus jamais réapparu. Son corps avait été retrouvé vingt-quatre heures plus tard, alors que le soir tombait. Il était bloqué contre les roues d'une voiture qui s'était avérée être la Cadillac du révérend Barker.

En tant que propriétaire, rédactrice en chef et unique reporter du journal local, le *Stillwater Independent*, Madeline avait suivi l'affaire depuis le premier coup de fil paniqué des amis de la noyée. Mais jamais elle n'aurait imaginé que cette histoire finirait par la concerner directement. La voiture de son père était-elle là depuis toutes ces années ? Depuis qu'elle avait seize ans ? Voilà la question qui l'avait tourmentée tout au long de cette semaine interminable, pendant que la ville essayait d'encaisser le choc de la mort de Rachel Simmons.

— Toby, dit Rex, les plongeurs travaillent à l'aveugle là-dedans. L'eau est tellement opaque que leurs torches sous-marines ne servent presque à rien. Si les câbles sont mal accrochés, la voiture va s'écrabouiller au fond de ce trou putride.

Pour la première fois depuis qu'il était arrivé sur les lieux, Clay prit la parole :

— Les plongeurs ont dit que les vitres de la voiture étaient baissées, n'est-ce pas ?

Toby et Rex se tournèrent comme un seul homme pour le regarder.

— Ouais, et alors ? demanda Rex. Quel rapport avec notre problème ?

— Si les vitres étaient ouvertes, les plongeurs ont pu y faire passer les câbles. Il n'y a aucun risque que ça se décroche. Vous pouvez actionner votre treuil.

Clay imposait le respect par sa force physique et son intelligence, mais ce n'était pas la seule raison pour laquelle sa voix comptait dans cette affaire. On l'avait tellement soupçonné d'être responsable de la disparition de Lee Barker que chacune de ses paroles était écoutée avec une attention particulière et sujette à toutes les interprétations. Madeline pouvait presque deviner les pensées du shérif : *Propose-t-il son aide parce qu'il ignore ce qui se trouve dans cette voiture ou le sait-il parfaitement et essaie-t-il de donner le change ?*

Madeline eut envie de crier, pour la énième fois, que celui qu'elle considérait comme son frère n'avait rien à voir avec ce qui était arrivé à son père.

— Laisse-moi gérer la situation, Clay.

Toby avait dit ça sans agressivité, et ses yeux revinrent se poser sur la carrière inondée avant que ses mots ne puissent être interprétés comme une sorte de défi. Même le nouveau shérif de Stillwater marchait sur des œufs en présence de Clay Montgomery. Avec son mètre quatre-vingt-dix et ses cent huit kilos de muscles harmonieusement répartis, Clay en impressionnait plus d'un. Mais davantage que sa morphologie, c'était sa façon d'être qui mettait les gens mal à l'aise. Il était si renfermé en public, si secret, que certaines personnes le croyaient capable de tout, même de meurtre.

— Rex, dit le shérif d'une voix ferme, finissons-en, s'il te plaît.

Le dépanneur lâcha une bordée de jurons, mais se résolut néanmoins à regagner son engin. Après quelques secondes, le treuil se remit en marche, tirant lentement la voiture hors de l'eau.

Madeline retint sa respiration.

Mon Dieu, nous y voilà!

— Attention aux plongeurs! cria Rex.

Le shérif leur avait déjà fait signe de s'écarter.

— Laissez le treuil faire le boulot, les gars! cria-t-il, une main en porte-voix. Ne vous approchez pas de la voiture!

Le frottement de la carrosserie contre la roche fit frissonner Madeline. C'était un bruit affreux, presque aussi affreux que de regarder l'eau sombre et glauque recracher cette voiture qu'elle avait connue durant toute sa jeunesse. Pourquoi la Cadillac se trouvait-elle dans la carrière abandonnée? Qui l'y avait conduite? Et — question qui lui gâchait l'existence depuis bientôt vingt ans — qu'était-il arrivé à son père? Allait-elle enfin le savoir?

Comme Rex le craignait, la voiture se coinça contre un large rocher en saillie.

— Je vous l'avais bien dit! s'exclama-t-il, furieux, avant de jurer de nouveau.

Mais avant qu'il n'ait le temps de stopper le treuil, l'essieu arrière de la Cadillac se brisa, libérant la voiture qui continua à émerger de son tombeau liquide.

Madeline était de plus en plus oppressée. La vision de cette automobile la renvoya à son enfance, comme si quelqu'un venait de la saisir par l'épaule et de la déposer sur le siège passager de la vieille Cadillac. A cinq ou six ans, elle s'y asseyait à côté de sa mère quand celle-ci sillonnait la ville, rendant visite aux membres de la congrégation du pasteur, apportant vivres et réconfort aux malades et aux nécessiteux.

A cette époque, Madeline était convaincue que sa mère était un ange.

Pressant les doigts sur ses tempes, elle ferma les yeux et s'efforça de chasser ces souvenirs. Elle s'autorisait rarement à penser à sa mère. Eliza avait été une femme d'une grande douceur et d'une grande bonté ; elle avait représenté pour sa fille tout ce qui était bon en ce monde. Mais, comme l'avait si souvent répété le pasteur après le suicide de sa femme, Eliza était également une femme fragile et vulnérable. Un être faible. Lee Barker n'avait jamais eu grand-chose de positif à dire au sujet de sa première épouse. Pourtant, Madeline ne lui avait pas tenu rigueur de la sévérité de son jugement. Au fond, c'était à sa mère qu'elle en voulait de l'avoir abandonnée.

Le bras de Clay vint entourer ses épaules et elle se pressa contre lui. Elle n'était pas certaine de pouvoir supporter ce qui allait suivre.

— Ça va aller, Maddy, murmura-t-il.

DANS LA MÊME COLLECTION

Par ordre alphabétique d'auteur

BEVERLY BARTON	*Dans l'ombre de l'assassin*
OLGA BICOS	*Nuit d'orage*
OLGA BICOS	*La mort dans le miroir*
LAURIE BRETON	*Ne vois-tu pas la mort venir ?*
BARBARA BRETTON	*Le lien brisé*
JAN COFFEY	*La dernière victime*
JAN COFFEY	*L'accusé*
JASMINE CRESSWELL	*La Manipulatrice*
JASMINE CRESSWELL	*Le secret brisé*
JASMINE CRESSWELL	*La mort pour héritage*
JASMINE CRESSWELL	*Soupçons mortels*
JASMINE CRESSWELL	*Je saurai te retrouver*
CAMERON CRUISE	*La perle de sang*
MARGOT DALTON	*Amnésie*
MARGOT DALTON	*Kidnapping*
MARGOT DALTON	*Le sceau du mal*
MARGOT DALTON	*Crimes inavoués*
WINSLOW ELIOT	*L'innocence du mal*
ANDREA ELLISON	*Elles étaient si jolies*
LYNN ERICKSON	*Le Prédateur*
SUZANNE FORSTER	*Le cercle secret*
SUZANNE FORSTER	*Secrets*
MICHELLE GAGNON	*Le cercle de sang*
MICHELLE GAGNON	*La forêt de la peu*
TESS GERRITSEN	*Présumée coupable*
TESS GERRITSEN	*Crimes masqués*
TESS GERRITSEN	*Ne m'oublie pas*
HEATHER GRAHAM	*L'invitation*
HEATHER GRAHAM	*L'ennemi sans visage*
HEATHER GRAHAM	*Le complot*
HEATHER GRAHAM	*Soupçons*
HEATHER GRAHAM	*La griffe de l'assassin*
HEATHER GRAHAM	*Prémonition*
HEATHER GRAHAM	*L'ombre de la mort*
HEATHER GRAHAM	*Danse avec la mort*
HEATHER GRAHAM	*Noires visions*
HEATHER GRAHAM	*Nuits blanches*
HEATHER GRAHAM	*Apparences*
HEATHER GRAHAM	*La crypte mystérieuse*
HEATHER GRAHAM	*Sombre présage*
HEATHER GRAHAM	*Hantise*
HEATHER GRAHAM	*Dangereuse vision*
HEATHER GRAHAM	*La nuit écarlate*
CAROLYN HAINES	*Les fiancées du Mississippi*

... / ...

DANS LA MÊME COLLECTION

Par ordre alphabétique d'auteur

KAREN HARPER	*Testament mortel*
KAREN HARPER	*Le saut du diable*
KAREN HARPER	*L'œuvre du mal*
KAREN HARPER	*Les portes du mal*
KAREN HARPER	*Une femme dans la nuit*
KAREN HARPER	*Mortel mensonge*
KAREN HARPER	*Intention mortelle*
KATHRYN HARVEY	*La clé du passé*
BONNIE HEARN HILL	*La disparue de Sacramento*
BONNIE HEARN HILL	*Mortelle perfection*
CHRISTIANE HEGGAN	*Miami Confidential*
CHRISTIANE HEGGAN	*L'Alibi*
CHRISTIANE HEGGAN	*Intime conviction*
CHRISTIANE HEGGAN	*Labyrinthe meurtrier*
CHRISTIANE HEGGAN	*Par une nuit d'hiver*
CHRISTIANE HEGGAN	*Troublantes révélations*
CHRISTIANE HEGGAN	*Intention de tuer*
CHRISTIANE HEGGAN	*Meurtre à New York*
METSY HINGLE	*Le masque de la mort*
METSY HINGLE	*La fille de l'assassin*
METSY HINGLE	*Noces noires*
GWEN HUNTER	*Faux diagnostic*
GWEN HUNTER	*Virus*
GWEN HUNTER	*Les mains du diable*
GWEN HUNTER	*Le triangle du mal*
GWEN HUNTER	*La piste du mal*
LISA JACKSON	*Dans l'ombre du bayou*
LISA JACKSON	*Noire était la nuit*
LISA JACKSON	*Les disparues de la nuit*
LISA JACKSON	*L'hiver assassin*
LISA JACKSON	*Piège de neige*
CHRIS JORDAN	*L'étau*
CHRIS JORDAN	*Disparue*
PENNY JORDAN	*De mémoire de femme*
PENNY JORDAN	*La femme bafouée*
R.J. KAISER	*Qui a tué Jane Doe ?*
ALEX KAVA	*Sang Froid*
ALEX KAVA	*Le collectionneur*
ALEX KAVA	*Les âmes piégées*
ALEX KAVA	*Obsession meurtrière*
ALEX KAVA	*Le Pacte*
ALEX KAVA	*En danger de mort*
RACHEL LEE	*Neige de sang*
RACHEL LEE	*Le lien du mal*
RACHEL LEE	*Secret meurtrier*

.../...

DANS LA MÊME COLLECTION
Par ordre alphabétique d'auteur

DINAH McCALL	*Le silence des anges*
DINAH McCALL	*Les disparus de l'hiver*
DINAH McCALL	*Mélodie mortelle*
HELEN R. MYERS	*Mortelle impasse*
HELEN R. MYERS	*Les ombres du doute*
HELEN R. MYERS	*Mort suspecte*
HELEN R. MYERS	*Suspicion*
HELEN R. MYERS	*La marque du diable*
CARLA NEGGERS	*L'énigme de Cold Spring*
CARLA NEGGERS	*Piège invisible*
CARLA NEGGERS	*La dernière preuve*
CARLA NEGGERS	*Le voile noir*
CARLA NEGGERS	*La nuit du solstice*
CARLA NEGGERS	*Noirs desseins*
CARLA NEGGERS	*Une femme en fuite*
BRENDA NOVAK	*L'étrangleur de Sandpoint*
BRENDA NOVAK	*Noir secret*
BRENDA NOVAK	*Noirs soupçons*
MEG O'BRIEN	*Le piège*
MEG O'BRIEN	*En lettres de sang*
MEG O'BRIEN	*Pluie de sang*
MEG O'BRIEN	*La déchirure*
MEG O'BRIEN	*Spirale meurtrière*
SHIRLEY PALMER	*Zone d'ombre*
SHIRLEY PALMER	*Le bûcher des innocents*
EMILIE RICHARDS	*Le refuge irlandais*
EMILIE RICHARDS	*Mémoires de Louisiane*
EMILIE RICHARDS	*Le testament des Gerritsen*
EMILIE RICHARDS	*L'héritage des Robeson*
EMILIE RICHARDS	*L'écho de la rivière*
EMILIE RICHARDS	*Promesse d'Irlande*
EMILIE RICHARDS	*Du côté de Georgetown*
NORA ROBERTS	*Possession*
NORA ROBERTS	*Le cercle brisé*
NORA ROBERTS	*Et vos péchés seront pardonnés*
NORA ROBERTS	*Tabous*
NORA ROBERTS	*Coupable innocence*
NORA ROBERTS	*Maléfice*
NORA ROBERTS	*Enquêtes à Denver*
NORA ROBERTS	*Crimes à Denver*
NORA ROBERTS	*L'ultime refuge*
NORA ROBERTS	*Une femme dans la tourmente*
NORA ROBERTS	*Clair-obscur*
NORA ROBERTS	*Le secret du bayou*
NORA ROBERTS	*Le souffle du danger*
NORA ROBERTS	*La maison du mystère*
FRANCIS ROE	*L'engrenage*
FRANCIS ROE	*Soins intensifs*

.../...

DANS LA MÊME COLLECTION

Par ordre alphabétique d'auteur

KAREN ROSE	*Le lys rouge*
KAREN ROSE	*Et tu périras par le feu*
KAREN ROSE	*Je te volerai ta mort*
KAREN ROSE	*Le cercle du mal*
KAREN ROSE	*Le sceau du silence*
KAREN ROSE	*Les roses écarlates*
M. J. ROSE	*Le cercle écarlate*
M. J. ROSE	*La cinquième victime*
M. J. ROSE	*Rédemption*
JOANN ROSS	*La femme de l'ombre*
SHARON SALA	*Sang de glace*
SHARON SALA	*Le soupir des roses*
SHARON SALA	*Meurtre en eaux troubles*
SHARON SALA	*L'œil du témoin*
SHARON SALA	*Expiation*
SHARON SALA	*Si tu te souviens*
SHARON SALA	*Dans les pas du tueur*
MAGGIE SHAYNE	*Noir paradis*
MAGGIE SHAYNE	*Un parfait coupable*
TAYLOR SMITH	*Le carnet noir*
TAYLOR SMITH	*La mémoire assassinée*
TAYLOR SMITH	*Morts en série*
ERICA SPINDLER	*Rapt*
ERICA SPINDLER	*Black Rose*
ERICA SPINDLER	*La griffe du mal*
ERICA SPINDLER	*Trahison*
ERICA SPINDLER	*Cauchemar*
ERICA SPINDLER	*Pulsion meurtrière*
ERICA SPINDLER	*Le silence du mal*
ERICA SPINDLER	*Jeux macabres*
ERICA SPINDLER	*Le tueur d'anges*
ERICA SPINDLER	*Collection macabre*
ERICA SPINDLER	*Et vous serez châtiés*
ERICA SPINDLER	*L'innocence volée*
AMANDA STEVENS	*N'oublie pas que je t'attends*
AMANDA STEVENS	*La poupée brisée*
AMANDA STEVENS	*Juste après minuit*
AMANDA STEVENS	*Le repaire du mal*
ANNE STUART	*La veuve*
TARA TAYLOR QUINN	*Enlèvement*
ELISE TITLE	*Obsession*
CHARLOTTE VALE ALLEN	*L'enfance volée*

.../...

DANS LA MÊME COLLECTION
Par ordre alphabétique d'auteur

LAURA VAN WORMER	*La proie du tueur*
GAYLE WILSON	*Les disparus du Mississippi*
GAYLE WILSON	*Rumeurs*
GAYLE WILSON	*Le secret de Maddie*
GAYLE WILSON	*L'innocence trahie*
KAREN YOUNG	*Passé meurtrier*

5 TITRES À PARAÎTRE EN SEPTEMBRE 2010

MIRA

Composé et édité par les
éditions Harlequin

Achevé d'imprimer en Allemagne
par GGP Media GmbH, Pößneck
en juin 2010

Dépôt légal en juillet 2010
N° d'éditeur : 15090